MPR 出版物链码使用说明

本书中凡文字下方带有链码图标“══”的地方，均可通过“泛媒关联”App 的扫码功能或“泛媒阅读”App 的“扫一扫”功能，获得对应的多媒体内容。

您可以通过扫描下方的二维码下载“泛媒关联”App、“泛媒阅读”App。

“泛媒关联”App 链码扫描操作步骤：

1. 打开“泛媒关联”App；
2. 将扫码框对准书中的链码扫描，即可播放多媒体内容。

“泛媒阅读”App 链码扫描操作步骤：

1. 打开“泛媒阅读”App；
2. 打开“扫一扫”功能；
3. 扫描书中的链码，即可播放多媒体内容。

The love and art life of a sexologist and his wife

蜜室

Sweet Cabin

性学大师吴敏伦伉俪的爱情与艺术人生

黄　灿◎著

暨南大学出版社
JINAN UNIVERSITY PRESS

中国·广州

图书在版编目（CIP）数据

蜜室：性学大师吴敏伦伉俪的爱情与艺术人生/黄灿著．—广州：暨南大学出版社，2018.6
ISBN 978-7-5668-2328-1

Ⅰ．①蜜…　Ⅱ．①黄…　Ⅲ．①纪实文学—中国—当代　Ⅳ．①I25

中国版本图书馆CIP数据核字（2018）第035741号

蜜室：性学大师吴敏伦伉俪的爱情与艺术人生
MISHI：XINGXUE DASHI WU MINLUN KANGLI DE AIQING YU YISHU RENSHENG
著　者：黄　灿

出 版 人：徐义雄
策划编辑：苏彩桃
责任编辑：苏彩桃　陈绪泉
责任校对：何　力
责任印制：汤慧君　周一丹

出版发行：暨南大学出版社（510630）
电　　话：总编室（8620）85221601
　　　　　营销部（8620）85225284　85228291　85228292（邮购）
传　　真：（8620）85221583（办公室）　85223774（营销部）
网　　址：http：//www.jnupress.com
排　　版：广州市天河星辰文化发展部照排中心
印　　刷：深圳市新联美术印刷有限公司
开　　本：850mm×1168mm　1/16
印　　张：40
字　　数：700千
版　　次：2018年6月第1版
印　　次：2018年6月第1次
定　　价：219.00元

内容简介

这是一段旷世奇缘；这是一种令人神往的真实生活；这是一段感人肺腑的永恒之恋；这是一曲穿越世纪的婚恋凯歌；这是一幕丰富多彩的艺术人生。本书通过对当代世界著名性学大师吴敏伦教授及其夫人徐梅女士的爱情故事及婚姻艺术生活的真实描写和戏剧性的演绎，表现了在特定历史时期和不同文化背景下，他们是如何摆脱传统文化婚恋观的束缚及现实生活中的各种困扰和阻力，凭着自己对艺术理想和生命价值的追求、对美好爱情和幸福婚姻的向往，经历了一段颇为传奇的爱情体验和艺术化的婚姻生活，谱写了一支可歌可泣的爱情浪漫曲和婚姻幸福曲，成为当代社会青年男女幸福情爱和婚姻艺术生活的光辉典范，并给我们留下许多有关人生与爱情、婚姻、家庭等极富现实意义与非凡价值的思考和启示。

性学大师吴敏伦教授

吴敏伦 香港大学医学博士，香港大学教授，英国、澳大利亚及新西兰精神医学院荣授院士，美国性学委员会创会荣授文凭及注册性治疗家，美国临床性学院院士，前世界性健康学会（WAS）理事（亚洲部主任），世界华人性学家协会创始会长，前香港大学家庭研究院副总监。现任香港大学社会工作与社会行政学系荣誉教授、亚洲家庭治疗学院临床联席总监及香港和谐之家董事。曾任香港性教育促进会（现名为香港性教育会）及亚洲大洋洲性学联会创办人及首届会长、第14届（1999年）世界性学会议会长关注妇女性暴力协会荣誉顾问，香港政府不同部门（如教育署、卫生署、高等法院等）、香港多个社会服务团体（如香港家庭计划指导会、青少年艾滋教育中心等），内地及国际医学或性学团体（如世界卫生组织、广州性学会等）之性学顾问。1994年获“亚洲性学家奖”，2003年获世界性学会性学金章奖，以表扬其对世界性学及性健康的贡献。出版著作中文版22部，英文版7部，公开发表学术论文百余篇。其中关乎爱情的中文版图书有《性爱谬论大审裁》（香港天地图书有限公司，1994），《至性情书》（深圳报业集团出版社，2011）及《我们是这样相爱到老的》（香港天地图书有限公司，2014）。

徐　梅 吴敏伦妻子，广西合浦人，战乱时随父母迁居越南岘港。自幼对绘画具有浓厚的兴趣，曾随职业画家学习油画。此外，亦喜爱文学及音乐，12岁便进行小说创作，在越南岘港有“小琼瑶”的雅号，是当地华侨眼中的才女。后来，她与妹妹一同学钢琴，很想懂多一点古典音乐知识，但苦无途径，结果透过征友栏，找到一个志同道合的笔友——吴敏伦。他们经过三年的神交和波折，于1972年在香港结为夫妇。

摄影：易　礼

【作者简介】黄灿，艺术家，性学家，诗人，文化学者，社会学家，艺术理论批评家，世界华人性学家协会性文学艺术委员会主任，亚洲性学联会会员，中国性学会会员，广东省性学会理事，《华人性文学艺术研究》主编。早年攻读于中国艺术研究院研究生院及中国社会科学院研究生院，曾长期在高校担任美术教学工作及新闻媒体的编辑出版工作。多年来，致力于学术研究及艺术创作实践，发表多篇学术论文及各类文学艺术作品，已出版《女阴文化研究》《妓女研究》《幽径探微：黄灿的性学之路》《漂浮的心象：精神障碍患者"原生艺术"研究》等性学、文化学、人类学、社会学、心理学、艺术理论及历史研究方面的学术专著和文学作品14部，共计380余万字，在海内外产生了广泛的影响。

目 录

第二部曲　爱的小夜曲

第三部曲　生活交响曲

附录

多媒体索引

视频与照片剪辑

电视报道与访谈

序曲

开启“蜜室”之门

序曲

徐梅(吳敏倫夫人)
珍珠婚紀念畫展
Sui May (Mrs. Ng Man Lun)
Pearl Wedding Anniversary
Painting Exhibition

展览会之画[①]

一片绿叶，一缕晨光，几滴露珠，无意中泄露了梦中的秘密。当你沉睡在梦中，总有一些漂浮不定的情爱意象在身边萦绕，也许他或她就是你一见钟情或从未谋面的梦中情人。不管多么柔情蜜意、难舍难分，或情至深处，恨别情仇，或偶然相遇，一见钟情，生死相随，终究会有梦醒时分，留下无法排遣的忧郁和惆怅。也许，人生只不过是一场长长的梦，但人们总是在一次次充满激情的追求和又一次次希望的破灭之后，仍然渴望好梦成真，到达希望的彼岸。然而，在现实生活中，爱情总是那么不期而至，悄悄地潜入你的心灵，那么甜蜜，那么美好！像一壶陈年的老酒，那么香醇，令人陶醉；像一道五彩斑斓的彩虹，点缀着你的艺术化的人生画卷。你无须惊喜，也不必顾忌，大胆去拥抱这幸福的人生，尽情地去品味爱情

① 《展览会之画》，俄罗斯穆索尔斯基创作的钢琴组曲。

雨露的甘甜吧！

尘埃弥漫，寂静无声。时光在黑暗中悄悄移动，黑夜的缠绵让你依然安睡在甜蜜的梦中。一声长长的汽笛打破了黎明前维多利亚港湾的宁静。在灰暗的海面上，一艘客轮即将起航，白色的海鸥在空中盘旋，潮水一次又一次地冲击着海岸，似乎在不断地洗刷着那些早已被时间覆盖的斑斑足印，诉说那些如歌如泣的浪漫往事。所有的记忆，所有的欲望，所有的梦想和追求，所有的柔情和蜜语，所有的相思与爱恋，所有的情感碎片都随着朵朵浪花的飞溅，在时光的隧道中骤然飞逝，而又像潮汐般悄然而至，敲击着沉默的黑色礁石，漫过柔软的银色沙滩，停驻在人们的深层记忆之中……

香港被人们誉为东方之珠，是一座不夜之城，黎明时分更是喧嚣非凡，车水马龙，璀璨闪烁，散发着现代都市特有的气息。夜色渐渐消隐，鳞次栉比的楼宇在朦胧的晨光中渐渐清晰起来。新的一天开始了。

日月如梭，时光之手指向2002年12月19日，在香港视觉艺术中心，一场别开生面的画展正在举行。人声鼎沸，热闹非凡，前来参观的人群像潮水般涌入展厅，络绎不绝。

展厅里弥漫着轻柔的音乐，一幅幅色彩斑斓、造型精美的油画艺术品悬挂于展厅洁白的墙上，在柔和的光照下，鲜艳夺目。那娴熟的表现技巧、严谨的造型、精致的构图，以及色彩与光线的巧妙运用，都显示出画家深厚的绘画功力和较高的艺术素养，让观众们深深折服，赞叹不已。于是，前来参观的人群中出现了种种猜测，议论纷纷：这些惟妙惟肖的人物肖像、充满阳光和生机的大自然风光，还有那些栩栩如生的可爱的小猫小狗，到底出自哪位著名画家之手？难道是西方某位油画大师的杰作？这位神秘的画家又会是谁呢？观众在每一幅油画之前驻足，细心观赏，陶醉在美的享受之中，流连忘返。

许多观众的兴趣集中于一系列不同色调和风格的自画像，但这些并不是像凡·高所描绘的那样充满痛苦和惊恐的自画像，而是一位美丽的女性不同时期、不同风情的自我展示。其中一幅描绘的是一位纯情可爱、美丽动人的少女，穿着洁白而透明的短袖上衣，下着洁白如云的裙子，头上系着柠檬色的发带，脸上露出灿烂的笑容，眼睛炯炯有神地直视观众，充满了青春的活力。背景有一扇尚未打开的门，一扇神秘的蓝色之门，右边的墙上挂着一盏微亮的灯，隐喻少女对未来美好的希冀和期待，而门边

阴影中的粉红色蔷薇正在悄悄地盛开，似乎暗示着少女正在等待她心爱的人快快到来。而另一幅表现的是一位成熟而性感的少妇，身着花色旗袍，神态自然，笑容可掬，含情脉脉，文静而优雅，高贵而恬淡，温柔而富有魅力，单纯而淡雅的背景空间留给观众无限的遐想。

在川流不息的人群中，一位香港记者扛着摄像机正在捕捉这些激动人心的画面，镜头缓缓地移动，定格在一幅落满余晖、山峦起伏的画面上。色彩缤纷，云雾缭绕，层层叠叠，迷离扑朔，光线骤然变得暗淡，人们似乎进入了一个神秘的“蜜室”，在那里，隐藏着有关爱情和人生的巨大秘密。在这个“蜜室”的大门之前，有些人视而不见，匆匆而过；有些人时而止步，徘徊不前；而另一些人似乎感受到了某种巨大力量的诱惑，一心想要敲开这扇神秘的大门，去探究爱情的秘密，寻求人生的真谛。那么，当我们掀开重重虚掩的历史帷幕，穿过时光的隧道，历史的碎片便似乎从四面八方向着一个焦点飞奔而来。人们在光影中不停地穿行，色彩斑斓的生活片段在一瞬间构成了一幅幅灿烂的画卷。四周开满了绚丽的鲜花，美丽的蝴蝶飞来飘去，似乎在采撷爱情的甘甜；在深涧的幽暗中，一汪清泉在悄悄地流淌，似一曲优美的旋律在轻轻地向人们讲述着一个爱情故事；火红的余晖洒落在起伏的峰巅上，斜挂在迎风招展的树枝上，折射出耀眼的光芒；紫色的云层在悄悄飘动，像一曲缓慢而深沉的旋律在空中弥散开来。

在这片神秘的空间中，人们隐约看到，在一条蜿蜒的乡间小路上，有一对人影手挽着手，从遥远而朦胧的地平线徐徐向我们走来，越来越清晰，他们正是本书的主人公——吴敏伦教授和他的太太徐梅女士。而展现在人们面前的一幅幅精美的画作正出于徐梅之手，这是吴敏伦与徐梅结婚 30 周年的珍珠婚纪念画展。在画展的开幕式上，吴敏伦手捧一束鲜花献给他亲爱的太太，以表达他多年来对太太炽热的爱情和对画展的庆贺，徐梅的脸上露出了幸福的笑容，四周响起一阵热烈的掌声。

人流仍在涌动，视线在一幅幅画作上流连，捕捉各种美的意象，陶然欲醉。观众的目光一下子集中在一幅精美的油画上，这是他们爱情的见证。画中表现的是吴敏伦与徐梅拥抱在一起，正将接吻的那一刹那：英俊的男子面带微笑，深情地望着心爱的新娘；而披戴婚纱的美貌少女含情脉脉地凝视着新郎，正期待着她心上人那甜蜜而销魂的一吻。在激情热辣的形象背后却是一片宁静的深蓝色，这是一种理性的象征，这是一个深邃的空间，这是一种深沉的情感漩涡，在吴敏伦深刻的记忆中，似乎没有什么能代替这种在黑暗的背景中所发出的光亮，色彩在跳跃，乐曲在回旋，历史的曲线似乎浓缩在一个凝固的画面里，吴敏伦的思绪却早已飞越千山万壑，超越了画面的空间，飞向了他与夫人徐梅一起精心筑构的“蜜室”。随着人流潮水般地涌动，观众的视线投向一幅海景画，蔚蓝色的海洋，沉默的礁石，洁白的浪花，喧哗的涛声，银色的沙滩，长长的海岸线……这一切构成了一幅令人赏心悦目的精彩画面，人们仿佛从那一阵阵连绵不断的涛声中听到了吴敏伦伉俪那充满传奇和浪漫的爱情故事……

在温柔的灯光照射之下，在轻柔舒展的旋律之中，似乎一切都在回闪，回闪，往事像潮水般袭来，像浪花般飞溅。穿过时空的屏障，一切都变得模糊起来。在这一幅幅画作的背后，人们似乎看到，吴敏伦与太太携手漫步在伦敦雾气笼罩的大街小巷；

徘徊于罗浮宫的世界名画之前；陶醉于巴黎歌剧院里普契尼《艺术家的生涯》的旋律；在大雪纷飞的黄山踏雪寻梅；在苏格兰神秘的尼斯湖旁寻找水怪；在巴厘岛的金巴兰海滩一起观赏海上落日；在那充满爱的芬芳的神秘“蜜室”之中演奏优美的旋律……

满面红光的吴敏伦久久地伫立在一幅描绘大海的油画之前，全神贯注，眼前那深邃的、神秘莫测的海洋，那金黄色的天空，那随着浪潮的冲击而泛起的朵朵浪花，使他心潮起伏，浮想联翩，陷入了深深的回忆之中。从他那充满欣喜和期望的眼神中，我们看到了一名成功男士的喜悦和积极的人生态度；从徐梅那充满幸福的笑容中，我们似乎感受到了一名唯美主义者对真善美的追求和对未来的美好希冀。从悬挂在墙上的那一幅幅画作中，他们过去所经历过的一切令人难忘的情景似乎随着朵朵浪花漂浮而来，徐徐地浮出水面，浮出画面，渐渐地变得清晰起来……

这也许是人生最美妙的一刻，也是人们感受幸福和享受审美的一次艺术盛宴。既然我们已经通过这一幅幅精彩的油画踏上这一通往人生的艺术之路，观赏了主人公幸福、飘逸的灿烂人生画卷，而这一切又似乎向我们展示了一个神秘莫测的“蜜室”，我们似乎隐约听到了从“蜜室”里传来的温馨而悠扬的旋律，以及一阵阵欢快的笑声。我们是驻足不前，还是继续观赏下去？如果我们经受不住这一令人向往和迷醉的诱惑，就让我们一起来开启这一扇神秘的“蜜室”之门！

扫码 更精彩

第一部曲

艺术奏鸣曲

1

第一乐章

跳跃的音符

梦幻曲[①]

1838 年，热恋中的舒曼写信告诉未来的妻子克拉拉："记得有一回你对我说：'有时在你面前我真像个孩子。'无论是不是这句话的影响，总之，我突然有了灵感，即席写了 30 首有趣的小品。"《梦幻曲》就在其中。

人们常说，人生如梦。这不是真的，因为总有梦醒时分。

这是一个动荡不安的年代。第二次世界大战的阴影尚未消散，人们仍处于战争带来的创伤和阵痛之中，香港百废待兴，满目疮痍，经济一片萧条，然而，在港人的努力下，也逐渐有所恢复。

1946 年的香港灾难不断，发生了太多可怕的事情。在这座人口达 150 万的港口城市，难以预料之事像潮水一样不断袭来，香港的老百姓尚未从战争的阴影中走出来，又接连经受了一次又一次生命的重创和精神上的打击。

当时，香港政府为了安抚民众，迅速恢复经济，采取了一系列强有力的措施。1 月 21 日，为了抚平战争带来的创伤，港府设立了发展处，下设农业、林业、渔业、花园 4 个部门，以克雷格·赫克洛茨为首任处长，开展了一系列整改措施。

5 月 1 日，军政府首长夏悫宣布撤销军政府，恢复文人政府，杨慕琦复任港督。同日设立副财政司，由马森·塞德维克出任。尽管如此，动乱仍接二连三地发生。6 月 6 日，政府为缓解粮荒，发起节约粮食运动；日本战犯 30 余人被押抵香港受审。6 月 9 日，黄埔船坞工人罢工，抗议包工制。7 月 30 日，天星小轮工人罢工。9 月 25 日，架准备前往越南西贡（今胡志明市）的英国皇家空军 C－47 运输机在恶劣天气下，由旧 31 跑道往狮子山方向起飞后于九龙塘坠毁，导致 19 人死亡。

---

① 《梦幻曲》，德国舒曼所作《童年情景》钢琴套曲中的第七首。

1946 年 10 月 14 日是一个令人难忘的日子，因为这一天，香港遭受了猛烈的台风袭击。天文台显示为八号风球，而在香港，10 月本来已经过了台风季节，还挂八号风球是很不寻常的，但就是在这一天，在这场狂风暴雨之中，一个新的生命悄然降临了。他就是后来的世界著名性学大师——吴敏伦。这似乎预示着，他的到来，必将给香港带来一场剧烈的思想风暴。

吴敏伦出生在一个家底殷实的知识分子家庭。他的父亲吴挥扬原籍广东顺德，是一个学贯中西、知识渊博的学者，通晓八种欧洲语言，曾在香港的领事馆和一家报馆工作，并一直积极地参与中国文化建设的活动。他拥有硕士学位，是英国皇家语言学会会员，还有许多其他头衔，并且翻译过几本俄国小说。早年深受共产主义的影响，积极投身共产党人的革命活动，在香港曾经帮助过沈雁冰（茅盾）等重要人物。但由于后来受社会环境的影响，他转而从事商业翻译，处理一些中外来往的商务文件，还兼任语言教师。吴敏伦从母亲口中得知，父亲年轻时曾有过远大的理想和抱负，但因当时政治的残酷和时局的动荡而一蹶不振，开始变得消沉，脾气也暴躁起来。父亲人生状态的转变使吴敏伦深感同情，也使他后来对政治一直保持距离。

吴敏伦的母亲黎咏霞是一名传统女性，心地善良，朴实勤劳，除了扶持丈夫的事业之外，家里的大小事情全由她一人操劳，是一位全职家庭主妇。

在吴敏伦儿时的印象中，父亲是一个十分严肃、不苟言笑的人，工作十分勤勉，时常一大早挟着一个黑色的公文包匆匆外出，到很晚才回来，回到家里便躲进书斋，不许人打扰。只有当仆人叫他吃饭时，他才和家人一起享受天伦之乐。

应该说，吴敏伦的童年是幸福的。由于吴敏伦是家中的独子，还有两个姐姐和一个妹妹，所以他几乎是在女生堆里中长大的，这对他的性格形成和对女性的认识产生了一定的影响，使她比较了解女性的心理和气质。但父母对他的严格管教，也使他丧失了很多应有的自由。

在三姐妹中，吴敏伦最喜欢他的大姐。大姐是香港养和医院的一位护士，在吴敏伦的眼里，大姐性情率真而刚强。一岁多的时候，大姐经常把他背在背上，逗他玩耍。大姐至今还记得，有一次她背着弟弟在家里的庭院里玩石子，由于蹲在地上时间长了，两腿发麻，好不容易才能站起来。

四五岁的时候，吴敏伦十分淘气，经常调皮捣蛋，有时故意惹大姐生气。而大姐依旧对他关爱有加，常常教他数数，他总是故意出错，以致她又打又骂，而他又大哭大闹。一天清晨，吴敏伦早早起来，见大姐还在睡觉，想捉弄她一下，便悄悄地摸到她的床边，用一把铁皮玩具手枪对准大姐的额头，“叭”的一声，橡皮子弹擦破了大姐的皮肤，鲜血直流，大姐从睡梦中惊醒，痛得哭喊起来。在厨房做早餐的母亲听到叫喊声赶过来，对吴敏伦一顿斥骂，至今大姐的额头上还留着一道疤痕。不过，他们姐弟平时的关系十分融洽。吴敏伦长大后，大姐要住在医院宿舍，二姐远嫁德国，一两年才回家一次，姐弟接触的时间少很多，所以他在家中常感孤独，不过慢慢也习惯了。

吴敏伦从小天资聪颖，十分好学，对一切事物都怀有强烈的好奇心。3 岁开始上学，从幼儿园一直到小学四年级都在大德小学读书，学校的校规十分严格。他印象最深的是每天被迫睡午觉，使他很不习惯。那时的大德小学是全日制，每天午餐后必有 15 至 20 分钟的午睡时间，孩子们都伏在桌子上，不想睡觉也得睡。吴敏伦不知道那时自己为什么要睡，只知道动一下便会被老师罚站或罚抄写课文。

后来，吴敏伦转入德明小学，那里的校规也很严格。有一次上美术课，老师叫同学们画国旗，他画了一面“五星旗”。他当时还未知这是一所国民党开办的学校，自然被老师骂得狗血淋头。

吴敏伦在德明小学只读了一年就转到了湾仔堂小学，这是一所基督教学校，经常要唱赞美诗。虽然教学内容丰富，但他并不满足于课本上的知识，他总是希望自己多看一点，多想一点，多学一点。在他的记忆中，唱国歌、喊口号、周会听校长或老师谈政治形势，无论在哪一所学校都是逃避不了的“必修课”。那

时他年纪虽小，可是什么歌曲都会唱，比如《义勇军进行曲》《万福玛丽亚》等歌他都烂熟于心，时常一展歌喉，充满激情。当时他还被邀请去香港电台演唱歌曲和吹奏口琴，赢得了许多家长和小朋友的赞赏。50 多年后，他也被香港电台邀请制作了一系列节目，但不是去吹拉弹唱，而是大谈性教育和性文化。

湾仔堂小学的教学楼后有一个小山坡，课余时间，吴敏伦经常一个人到那里，静静地躺在树荫下，仰望蔚蓝的天空，一朵朵白云悠悠飘过，他似乎看到他的梦想也随着白云远去，飘向遥远的天际。一天放学后，他独自来到小山坡，躺在柔软的草地上，展开他梦想的翅膀遨游。天色渐暗，草丛里的蛐蛐儿开始悄悄地歌唱，晶莹闪亮的萤火虫在他的身旁欢快地飞舞，他依然沉浸在美妙的幻想之中。晚饭的时间已过，家里人发现他还没有回家，十分着急。于是，大姐匆匆地赶到学校，发现他居然躺在那片孤寂无人的草地上睡着了。

严厉而仁慈的父亲特别注重培养吴敏伦的兴趣，希望他多参加一些与文学艺术相关的活动，因此经常带他去看电影或看戏。当时看得最多的是美国好莱坞拍摄的电影，比如《战争与和平》《魂断蓝桥》《北非谍影》《乱世佳人》等，还有一些粤语片，如《慈母泪》《家家户户》，黄梅戏片如《梁山伯与祝英台》和武侠片《黄飞鸿》等。有时候，他也会跟随母亲去看粤剧。润物细无声，这些生动可感的艺术形象无疑在吴敏伦幼小的心灵里撒下了日后生根发芽的种子。

有一天，父亲带儿子去看了一场电影，在回家的路上，见到一些浓妆艳抹的妓女在街上的路灯下招徕客人。吴敏伦好奇地问："老爸，那些女子在做什么啊？"

父亲不假思索地回答说："她们在谈生意。"

吴敏伦更加迷惑地问："是谈什么生意啊？"

父亲告诉他："她们是在用自己的身体和'本钱'做生意。你现在还小，以后长大了会明白的。”他略微停顿了一下说：“不过，你要记住，她们都是些苦命人，靠自己养活自己。”

吴敏伦眨巴着眼睛，似懂非懂地点了点头。

在吴敏伦模糊的记忆中，当时的湾仔是香港妓女云集之地，有许多酒吧和茶楼，每当夜幕降临，门前便会点亮红灯。尤其在洛克道和谢斐道，四处可见一些涂脂抹粉、打扮妖艳的女子招徕客人。她们有的看上去比较年轻，有的三四十岁，还有的可能有五十多岁了。一些比较年轻和高级的妓女通常在舞厅和夜总会里物色客人，许多美国水兵都会来这些酒吧寻欢作乐，一些商贾和花花公子也会来这儿寻花问柳。

一天傍晚，吴敏伦放学回家，路过一个酒吧门口，遇到一个漂亮的小姐向他招手：“小弟弟，快过来！”

吴敏伦走了过去，不解地问道：“阿姐，找我有事吗？”

小姐回答：“是这样，我刚收到一封家信，我不识字，你帮我念念。”

吴敏伦读信后，告知阿香她的弟弟不久前因无钱治病，已经走了。阿香听了悲伤不已，泣不成声。

在回家的路上，吴敏伦在想，为什么穷人家的孩子连病都看不起，而我们可以衣食无忧？为什么这些女子只能用自己的身体来换取金钱？人与人之间的差别真的那么大吗？他百思不得其解。

此后，吴敏伦又见过阿香几次，可都是看到她醉醺醺地挽着陌生男子从酒吧里走出来，消失在熙熙攘攘的街道上。

圣诞节快到了，阿香送给吴敏伦一只红色的袜子，神秘地对他说：“你把它挂在你的门口，第二天起来你会发现，里面有圣诞老人送给你的礼物。”

吴敏伦眨了眨眼睛：“真的吗？我不信！”

阿香说：“真的，你是一个聪明的好孩子，圣诞老人一定会喜欢你的。”

吴敏伦说："谢谢阿香姐！"说完便高兴地回家了。

圣诞节的前夕，吴敏伦按照阿香说的把圣诞袜子挂在卧室的门上，便美美地睡着了。

第二天早晨起来，吴敏伦急忙取下那只袜子，可并没有发现什么圣诞礼物，不免感到有些失望。这时大姐推门进来打扫房间，吴敏伦问道："大姐，我为什么没有收到圣诞老人的礼物啊？"

大姐笑着说："可能是圣诞老人忘了吧，他只喜欢听话的孩子，你平时太调皮捣蛋啦！"

吴敏伦想了想说："不对！我不信！我调皮他怎么会知道啊？他到底长什么样啊？为什么我从来没有见过他？"

大姐问道："你昨晚没有梦见他？"

吴敏伦回答："没有啊，我没有见过他怎么会梦见他呢？我才不相信有什么圣诞老人呢！"

大姐好奇地说："那你昨晚做了什么梦啊？"

吴敏伦揩了揩眼睛，努力回忆道："我好像梦到我在一只漂流在海面上的船里，风浪很大，船颠簸得很厉害，后来漂到了一个无人的小岛，我一不小心掉进了一个山洞，里面黑咕隆咚的，我爬起来慢慢向前摸索，发现前面有一点光亮，我急忙走过去，发现一个很大的木箱，心想难道这就是传说中的珠宝盒子？我打开一看，哇！你猜里面装的是什么？"

大姐的脸上露出惊喜的神情："真的是一箱价值连城的珠宝？"

吴敏伦靠近大姐的耳朵，小声地说："我告诉你，是满满的一箱书。"

大姐的心里开始明白她这弟弟已逐渐长大了，不会轻易受骗，而他最追求的东西不是珠宝而是学问。

吴敏伦本来想把圣诞老人的事和这个梦告诉阿香姐，可后来他再

也没有见过她。听她的姐妹们说，她被卖去了南洋，从此杳无音信。当时他幼小的心里有些疑惑：“人怎么可以像商品那样被卖来卖去呢？”

吴敏伦不仅善于观察身边的人和事物，而且还善于思考和感悟，并把所观察到的事物及得到的感悟记录下来。从11岁开始他便养成了写日记的习惯。虽然记述的语言简单，但毕竟相当真实。如有这样两则日记：“1958年1月21日——今天天气闷热，动一下便挥汗如雨，偏偏今天又有体育课，把我们晒得像一只烧猪，好辛苦，好在后来天气还算阴凉，不然便不堪设想了。”“1958年6月14日——今天是星期六，下午放假，但是没有什么娱乐。晚上，爸爸想叫我们去看戏，但是没有买到票，大家也失去了这个机会。”当时的日记本几乎每页都会印上一句人生励志格言，如莎士比亚：“放弃时间的人，时间也放弃他。”卢梭：“节俭和勤勉是人类的两大名医。”诸如此类。不过，吴敏伦觉得这些格言并不是非常好，大多似是而非，不一定对，只不过在玩文字游戏，不算什么大智慧。于是，他在十五六岁时写了一句“格言”：“人生就像一双袜子，虽然给人以温暖，但是它是臭的。”

贪玩是孩童们的天性。课余时间或节庆假日，吴敏伦经常和同班好友何仲伟等几个小伙伴一起玩耍。他们最喜欢去的是当时设在上环街市对面，毗邻海岸的“平民夜总会”，那里是一般平民低消费的露天集市，有许多小商品地摊、各种风味小吃档，还有一些卖唱的、耍功夫的表演，引来不少行人驻足围观，熙熙攘攘，人声嘈杂，热闹非凡。他们在那里游来逛去，瞧这看那，别人不敢吃的东西，他们都敢去尝尝味道。

他们喜欢去游玩的地方另一个是铜锣湾的“水上乐园”避风塘，因为离湾仔不远，他们通常走小路步行去，以节省车费。在那里，一到晚上，船家那密集闪烁的灯火倒映在水面上，别有一番浪漫情致。岸上游客云集，人声鼎沸，好不热闹。港湾的岸边停泊了许多渔艇，围成一个半圆形，中央还有许多大船，有的游客在花船上喝花酒，挟妓宴饮，觥筹交错，及时行乐；有的船上一些卖唱的艺人在吹拉弹唱，或耍杂技，或表演武功，或表演歌舞节目。人们可以在船上一边吃夜宵一边听歌，而且只要花5

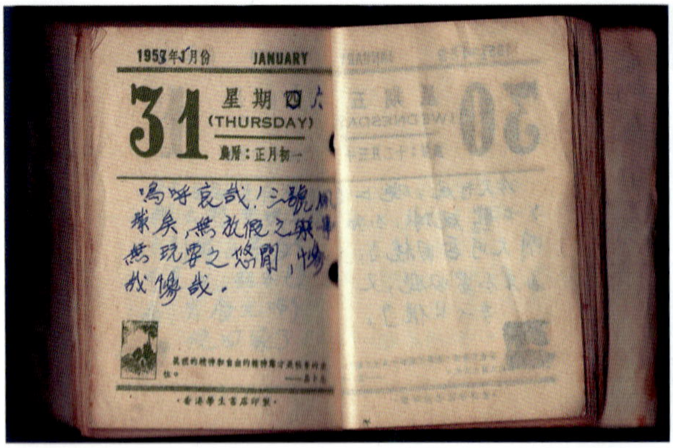

毛钱便可以叫那些艺人唱一支歌，他们所唱的有当时的流行歌曲，如《夜上海》《夜来香》等小调，也有黄梅调和粤曲。吴敏伦和小伙伴们很喜欢听这些曲子，经常兴高采烈地在熙熙攘攘的人流里窜来窜去，或租一条小船，在水面上游荡，尽情玩乐。玩得尽兴后，他们会找一个小摊，吃一些夜宵才回家。他们的另一大娱乐项目就是去湾仔堂小学前面的香港大舞台看电影，电影一般分日场和晚场，放映一些古装戏、武侠剧和国外翻译过来的片子。但因没有钱买门票，吴敏伦便想了一个法子，因为只要有大人携带，小孩就可以免票进入，于是他们在晚上守候在入场口，只要看到有大人入场，便悄悄地跟在后面，轻轻地拉着大人背后的衣角，让检票员误认为是该大人所带的小孩，这样便可以瞒天过海进入剧场了。当然，更多的时候，他们几个小伙伴会坐在湾仔堂路口的石阶上聊天，吹牛说笑。

吴敏伦全家福照

吴敏伦是湾仔堂小学第一届小六毕业生。他在学校十分勤奋好学，而且每次考试总是名列前茅。那时的小学不是人人都可以参加公开升中会考的，通常一班二三十人中，只有六个可获得甄选应试的资格，而学校也会为这些同学安排特别的补习，以训练这批学生参加考试为校争光。吴敏伦自然也是这批“精英”中的一员，不但顺利地考上了香港著名的华仁书院，还成了老师们眼中的“湾仔堂之光”哩！

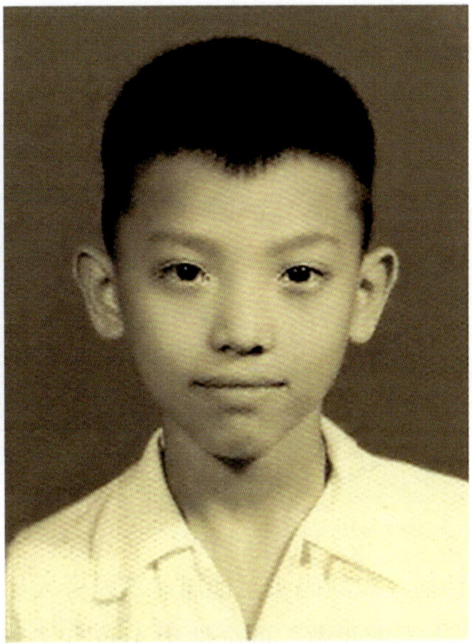

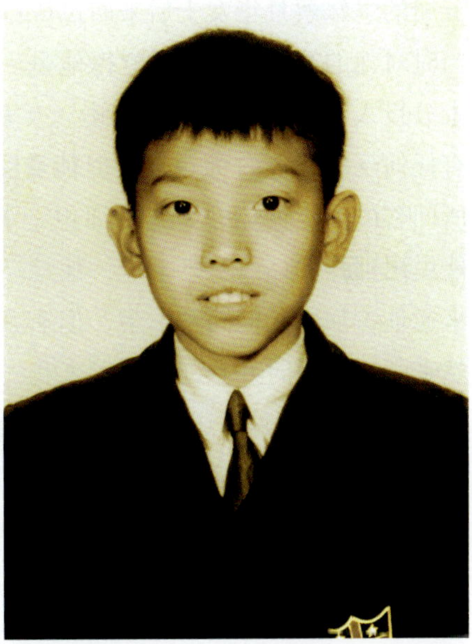

小学毕业后不久，这位“湾仔堂之光”和同学们重返校园探望师长，有感学校对自己的悉心培养，决定成立校友会。吴敏伦性情独特，自小喜欢与众不同、做先锋，他直率地说：“一窝蜂去做的不该是我，而没有人去做的，我就先去做。华仁校友会有那么多人去做，我再去做好浪费啊。湾仔堂没有人去做，我就去做啦。”谁知，这一做就是50多年，并曾担任校友会会长七八年，直到他考入香港大学。当年的校友会每年都有聚会，大家都鼎力支持。在那个年代，校友聚会最常见的就是进行一些文化活动，一拨人围坐在一起畅谈学问、艺术与人生，或自导自演地表演一些文艺节目。作为会长，吴敏伦经常编写一些15分钟左右的短小话剧，将生活中一些有趣的故事和时事话题写成生动活泼的情景剧，他自己也扮演剧中的角色，其幽默搞笑的对话和滑稽的情节，每每令在场观看的校友们捧腹大笑。他们几乎每个礼拜都会举行一次小小的聚会，每次聚会，吴敏伦都会吟诗作赋，或演唱民歌，或与何仲伟一起吹奏口琴，表演《康定情歌》《夜来香》《瑞典狂想曲》《梭罗河》等曲子，获得校友们阵阵热烈的掌声。有的时候，吴敏伦还会组织校友一起去听音乐会、参观博物馆或进行郊外旅行。这些青年文艺活动也得到了湾仔堂小学的支持，虽然校方的另一目的是想传教，但身为会长的吴敏伦不大理会，只是继续进行校友会的联谊活动。直到现在，他们仍有十多个校友经常联络，每年会举行一两次聚会，形式也没有多大的改变，都是大家在一起谈天说地，或去旅游、聚餐等。不知不觉，这班老友至今也陪伴了吴敏伦半个多世纪。吴敏伦说：“我认识最久的就是湾仔堂的朋友，有时他们会电邮一些诗作给我，评说我太太的油画作品。”

已经移民澳大利亚30多年的Alan，是吴敏伦在湾仔堂小学低一届的学弟。至今，Alan仍每年都回港出席校友会聚会，跟吴敏伦等十来位中坚校友保持着细水长流般的友情。在一次校友会聚会上，Alan说："记得有次我的同学跟吴敏伦打赌，要住在观塘的他，头戴怪帽，手拿纸扇，步行十多分钟前往观塘码头。他居然不顾旁人异样的眼光，完成了任务，赢了一顿饭。"吴敏伦那"人不做我做"的个性让Alan印象十分深刻。一位曾就读于湾仔堂小学且比吴敏伦低五届的学妹蔡月华女士后来回忆说："我是通过湾仔堂校友会的活动认识吴敏伦的，我当时对他的第一印象，就觉得他是一个怪人。平时他比较好静，沉默寡言，但玩起来十分投入，十分活跃。有时候，人家和他说话，或问他什么问题，他似乎没听到，没有任何反应，像白痴一样，但他会突然回答你一句，让人觉得很幽默、很搞笑，而他所回答的语言让你一笑之后细想一下觉得很特别，与众不同，很有道理，只有天才才能说出那样的话。另外一点，他是一个十分重感情的人，记得当年我结婚的时候，本来邀请参加婚礼的同学不多，但有几个玩得好的同学恰巧因事不能前来，但吴敏伦居然来了，我当时好感动哦。后来我去了台湾多年，回到香港的时候，他的儿子都已经会走路了。"蔡月华还记得，他当时经常手里拿着一把纸扇摇来摇去，吟诗作赋，口里念念有词，像一个老学究，十分搞笑。

查拉图斯特拉如是说[①]

我们每个人都有过梦幻般的童年和懵懂青涩的少年时代，有过无数天真烂漫的幻想。梦想是创造人生的愿景，是一种美妙的人生体验，每一个梦想都是独一无二的，我们的梦境无论多么惝恍迷离、多么惊险恐怖，或者多么美好奇妙，都是我们内心世界的一种反映。对吴敏伦来说，他的少年时期是在无数美妙的梦境中度过的，充满了激情和狂想，充满了浪漫和青涩。

在吴敏伦的印象里，父亲是一个大书虫。他们当时住在湾仔渣菲道 96 号 4 楼道一所住宅里。他记得家里的书房设在面积不大的客厅旁，一推开门就能闻到一股淡淡的书香。四壁的书架上林林总总，摆满了各类书籍，不过大都是人文社科方面的书籍。由于父亲曾潜心研究唯物辩证法，所以很多书是什么哲学史、哲学辞典等，也有不少古今中外的文学名著，还有一些关于生物和医学方面的书籍。这对吴敏伦来说，无疑是一座知识的宝山、一片知识的海洋。他梦想的翅膀就从这里开始展开，他理想的航船就从那里开始起航。于是，他如饥似渴地阅读了大量的书籍，包括天文、地理、哲学、社会学、心理学、文学、政治、经济、音乐、美术等，当然也不乏一些有关性爱和情色的“三级书”。他的父亲也非常鼓励他多看课外书籍，并不限制书的种类。其实，吴敏伦看书的原则，是看不明白的也要看。他觉得看不明白不要紧，明白多少便吸收多少，不一定要全都弄明白。也许现在不明白，过两年拿来再看就会了解多一些，又或者翻翻其他批评这本书的著作，那又可知道多一点点。就凭他坚守这个“不求甚解”的读书原则，莎士比亚的戏剧，从亚里士多德、罗素至尼采的哲学，还有牛顿的科学理

① 《查拉图斯特拉如是说》，德国尼采的著作。

论，他都似懂非懂地“啃”过。当然，他特别喜爱阅读的还是文学作品，他经常躲在家里的小阁楼里阅读古今中外的文学名著，如巴尔扎克、果戈理、普希金、卢梭等诗人和作家的作品，在他幼小的心灵里产生了潜移默化的影响。此外，他还阅读过一些关于柏拉图和马克思的著作，尤其是第一次接触到伊壁鸠鲁的学说时，他深深地被吸引了，留下了深刻的印象。他对侦探小说和推理小说也颇有兴趣，读过《福尔摩斯探案集》等小说。所以说，在吴敏伦的少年时代，他已经涉猎了许多知识领域，至少可以说，他很小便在知识的海洋里遨游。

那么，为什么后来他没有学习文学而是选择了医学，而且成为一个性学家？这与他的童年与少年有关吗？当然，在他父亲的“书斋”里就收藏有丰富的性学书籍。吴敏伦的性启蒙教育就发生在父亲这小小的“书斋”里。在那些日子里，他不仅读了张竞生的《性史》，还读了《红楼梦》《金瓶梅》《肉蒲团》《素女经》及一些关于中国古代房中术的书籍，也翻阅过不少《花花公子》等色情杂志。他说：“我不用偷偷摸摸地看，但也不会大摇大摆地在老爸面前看，通常都是一个人在家时便拿出来读读。读不明白的就一年半载之后拿来再读，但不会去问父母，全凭自己理解。那时的人太保守了，父母虽然开放，也不会直接回答这些问题。”

结果，从金赛博士的《性学报告》到四级官能照片都尽收少年时代的吴敏伦眼底，令他以后凡读到一些涉及性知识的书籍，都不会感到紧张、羞涩或尴尬。也正因为他广泛地阅读了这些有关“性”的书籍，在他幼小的心灵里才埋下了“性”的种子，才有了后来的性学研究在他身上的生根、萌芽、开花和结果，才在香港这片热土上成为一位举世闻名的性学家。

不过，吴敏伦读书不是泛泛而读，更多的是在进行深入思考，能从书本的字里行间发现问题并加以消化。在他阅读了罗素的《幸福之路》和《婚姻与道德》之后，他对社会上视为禁忌的种种性问题产生了浓厚的兴趣，并予以特别的关注。没想到的是，罗素的思想对他的影响如此之深，以至于他后来走上了“性福之路”。

在别人眼中，吴敏伦也许是一个“怪人”，喜欢别人不喜欢的东西，行为总是难以预测，而且对许多事物十分敏感，好思辨，爱孤独。所以他的大姐曾以法国作家雨果的《巴黎圣母院》中的“钟楼驼侠”来形容他的外形和性格。吴敏伦自幼喜欢音乐，并具有极高的音乐禀赋，尤其是对西方古典音乐有着浓厚的兴趣，这种兴趣也许来自父亲对他的影响和熏陶。那时家里有一台带喇叭的老式留声机，父亲特别喜欢欣赏西方古典音乐，经常买一些古典音乐唱片回家来听，家里就收藏了超过500张之多，谁知吴敏伦比老爸更喜欢欣赏。渐渐地，吴敏伦喜欢上了音乐，并且希望将来有一天自己也能演奏出那些激情奔放的优美旋律。作为一种爱好，父亲并不反对他学习音乐，但不希望他将音乐作为未来的职业，而是希望他将来成为一个“实用型”的人才。因此，当他提出想学习小提琴而父亲反对时，大姐觉得弟弟喜欢做的事应该尽力支持他，决定给他鼓励并解囊相助。那时大姐刚当上实习护士，每月只有七八十元薪金，她却存钱送一把小提琴给他作生日礼物，每月还替他交30元的学费去学小提琴。吴敏伦心想，总有一天他要好好报答大姐。因此，除了如饥似渴地阅读课外书籍之外，他平时也勤奋练习小提琴，一拉就是好几个小时。

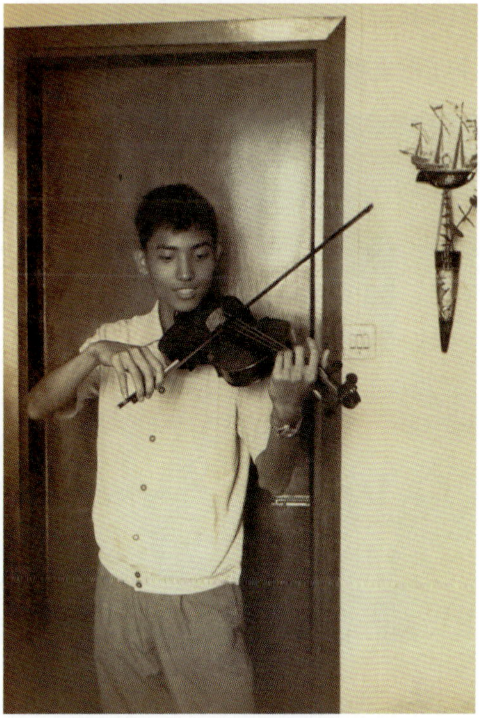

沙滩是吴敏伦另一片展开幻想翅膀的天地。他经常独自一人来到海边，在银白色的沙滩上漫步，或静静地躺在柔软的沙粒上，思考着他的未来。有时，他也会面对着无垠的大海引吭高歌，抒发自己内心的渴望和期待。

一剪梅[①]

花开花落意味着诞生和衰落。不同的季节会有不同的鲜花盛开，寒冬腊月是梅花盛开的时节。那是 1947 年 12 月 17 日，一个寒冬之夜，在素有“还珠故郡，海角名区”美称的广东合浦县的一个小镇上，一个可爱的小生命悄然降临了。因时值寒冬，而徐家的院子里长满了梅花，故家人为其取名徐梅，寄寓了父母对她的美好祝愿。

不过，由于徐梅已有一个姐姐，而她的祖母抱有根深蒂固的“男尊女卑”“重男轻女”的传统思想，希望家里能添一个男丁，以传宗接代，延续香火，祖母逼迫徐梅的父母忍痛割爱，将她送给一对家底殷实、为人厚道的夫妇抚养。这对夫妇结婚多年，可膝下尚无子女，徐梅的到来给他们带来了生活的乐趣和希望。他们自然视她为掌上明珠，当宝贝似的呵护。

然而，没过几天，祖母去庙里烧香，祈求家族能香火延续，还为此抽了一签，占卜子嗣之事，居然抽到了上上签。据老衲释义，刚出生的徐梅是一颗福星，大吉大利，必然能使家族兴旺，人丁旺盛。祖母听了不禁大喜，回来后立即找到那对夫妇，想要回徐梅，可人家实在不愿意，后来好说歹说，不得不花了一笔钱才把徐梅抱回来。果然，在徐梅回家后，家中连续添了两个弟弟，这可把祖母和全家人给乐坏了。不过，在她的弟弟到来之前，家里人一直把她当作男孩来抚养，还称呼她为“梅仔”呢！

命运往往是这样喜欢捉弄人，甚至让人啼笑皆非。我们知道，人赤裸裸地来到这个世界上，似乎显得很偶然也很荒谬，就像几许花粉或一粒树籽在空中随风飘荡，偶然地飘落，如果落在一块青石板上或腐臭的阴沟里，就会逐渐枯萎且腐烂消亡；但

---

① 《一剪梅》，词牌名。

如果落在肥沃的土壤里和阳光与水分充裕的地方，就会发芽、开花、结果，甚至长成参天大树。人生就是这样，也许这就是所谓的命运。如果当时徐梅真的送给别人抚养，如果祖母不去庙里烧香，不把她抱回来，她将过另外一种生活，不会有今天的徐梅，也就不会有后来她与吴敏伦的爱情故事，也就不会有他们温馨而浪漫的艺术人生。

由于当时战乱频繁，战火纷飞，徐梅满月后，父母就为了躲避战乱，历尽千辛万苦，举家从广东迁往越南北部的海防，并在那里开办了一家米酒作坊。由于徐父善于经营，生意上红红火火，初具规模。但战争的烈火仍在蔓延，使他们无法安生，于是再次举家逃往越南南部的西贡，但好景不长，西贡内乱使他们再度逃往岘港，可以说，幼儿时代的徐梅一直是在战火的硝烟和颠沛流离中度过的。所幸的是，凭着父母的勤劳打拼，一家人总算是安定下来了。

岘港是越南南部第二大城市，是越南的一个军港，也是一个美丽的小镇，不少华人为了避难和生计都居留在这里。当地华人社会流行一个习俗，小孩周岁时，家人要给孩子“抓周儿”，就是在小孩面前摆上一大堆东西，玩具、食物、算盘、笔、化妆品等，让小孩任意抓一个，以预测孩子的前途和性情。一般家长都希望孩子抓笔或算盘，因为据说这预示着孩子的学习兴趣和智慧都高，将来会很有出息。徐梅满周岁的那天，父母与亲朋也与她玩“抓周儿”，徐梅伸出小手，什么也不抓，就抓了一支笔。父母非

常开心，有客人惊呼道："哇！这孩子将来一定很有出息，是一块玩笔杆子的好料！"

徐梅家中有 10 个兄弟姊妹，她排行第二，上有一个大姐，下有 4 个弟弟和 4 个妹妹。父亲徐乃森在岘港开了一家中药店，由于经营有方，加上十分勤劳，生意十分红火。母亲陈翠英在岘港比较热闹的市场租了一个门面，做服装批发和零售生意，从小孩到老人的各种服装款式，应有尽有，生意兴旺。然而，越南战火仍在燃烧和蔓延，人们生活在动荡和艰难之中。徐梅目睹了战争的残酷，见尽人性的虚伪、自私及荒唐，从小就养成了坚强独立的个性。

徐梅出生于书香世家，祖父是晚清进士，父亲也自小酷爱读书，认为"书中自有黄金屋"，他不仅是一个书迷，也是一个英文迷，中英辞典随时备在口袋里。平时书不离手，在店里看店也不忘读书，趁没顾客的空隙就看书查字典，柜台上的放大镜和英汉字典很引人注目，顾客和朋友都见怪不怪了，常常称赞他好读书。晚上下班后父亲还去美国牧师开的英文补习班学习英文，父亲是老师的高才生，每次作文都拿高分，并得意地朗读给子女欣赏，乐此不疲，如此好学，人人称奇。不仅如此，他还是一个注重人情的生意人，他为人厚道，心地善良，和蔼可亲。店里有一男工自动辞职，却每天都到店里来吃饭，父亲不计较之余，反而给他一些零花钱。有一次发现一女工偷米，父亲也没有责怪她，还让她继续在店里干活。

女诫[1]

父亲工作十分勤勉，平时早出晚归，心地善良而慈爱，谈吐风趣而幽默，经常与孩子们谈笑风生，使孩子们在健康快乐的氛围中成长。徐梅至今还记得，父亲经常给他们讲一些有趣的故事，使他们捧腹大笑。比如：两亲家见面讨论孩子的结婚事宜，大家正高兴地边吃边聊，男方父母喜吃鸡屁股就把鸡屁股夹给女方父母，但女方父母最恨鸡屁股，就回敬给男方父母，如此一来一往，两人大怒翻脸，婚事告吹。不同于其他孩子的温驯，徐梅敢于与父亲辩论，甚至质疑。不过，徐梅从小就比较懂事，经常主动帮家里干活。母亲的服装摊位处于热卖旺季时，她便会去小店帮忙卖服装。有时父亲外出进药或谈生意，她便会去中药店帮忙。店里请了一位郎中给病人看病，开出处方后，她便会捡药和配药，有的药放在百子柜较高的抽屉里，她都会踩着凳子、踮起脚尖去取下来。当年未流行百子柜，市内只有父亲的民安堂药房一家独有，以至小有名气，受到顾客的称许。休闲的时候，徐梅便一个人坐在柜台后面认真看书，而且，她和店里十几个伙计都相处得很好，大伙儿都特别喜欢这个聪明伶俐的小姑娘。

父亲十分重视对子女的教育，男女一律平等，要求十分严格，而且特别关注他们在生活中的一言一行。他经常鼓励子女用功念书，舍得花钱让他们出远门读书，希望

自己的子女们都能够上大学，甚至能出国留学深造，即使费用昂贵也在所不惜。因此，他十分重视孩子们英语学习及中华传统文化教育。当时家里客厅挂着一块大黑板，父亲每天用它

① 《女诫》，东汉班昭的作品。

来教孩子们的英文单词及语法句型、汉语修辞，要求他们都背下来，还要求每天背一首唐诗或宋词。徐梅当然是父亲心目中最用功的“学生”，因为她特别喜欢诗词，天天背诵，非常勤奋，以至对唐诗三百首非常熟悉，《长恨歌》《琵琶行》等都已背到滚瓜烂熟，即使是现在她也可以一字不漏地背诵出来。

父亲还非常喜欢园艺，种植花草。他们当时的住宅是一座前院宽大的法式建筑，三个家庭共用一个大院子。父亲在院子里栽种了各式各样的树和花草，徐梅的七妹徐权最记得的是橘子树和各种颜色的玫瑰花，色彩缤纷，非常漂亮。她还记得小时候曾经偷偷地摘光了橘子树上刚长出不久的橘子，被父亲罚跪了一整天！

父亲除了工作、读书、研究园艺之外，闲暇时也喜欢欣赏音乐，家里有一台留声机和一台收音机，经常播放一些当时的流行音乐。显然，父亲对园艺和音乐的爱好无疑对徐梅审美趣味的陶冶和艺术天赋的培养与发挥起到了至关重要的作用。父亲最喜欢听周璇演唱的歌曲，还有黄梅调和流行歌曲。当然，他也很浪漫哦！每天下班，父亲都会骑自行车到母亲的摊位接她，然后两人一起推着车步行回家。

徐梅的母亲善良慈爱，对邻居和朋友十分友好，也非常慷慨，从不计较，她每次有事去西贡都会买很多水果回家，而且都选最好的送给邻居，把有瑕疵的留给自己，

每次和好友坐三轮车也都抢着付钱。有时服装店的客人拿货不付钱离去，她会追上去很有礼貌地提醒客人付钱，让客人不难堪，有台阶可下。有时隔壁店里有些展示的衣服挂到母亲的摊位上，母亲也不在乎，能和隔壁的同行和睦相处。而且，她经营生意十分勤劳，一年仅大年初一休息，年初二就开门营业了。而且，为了争取早点去店里开门，本来可吃两碗饭，但她只吃一碗就匆匆赶路去了。母亲这与人为善、勤俭持家的美德和吃苦耐劳的精神，让她的孩子和朋友们都十分敬重和称赞。

母亲虽然只是中学毕业，但写得一手好字，也非常重视孩子们的文化教育，自始至终地支持他们外出求学、学有所成。她深爱自己的丈夫，对子女疼爱有加，她每天都会煮营养佳肴给家人享用，最拿手的几道营养汤是包心菜、马铃薯、红萝卜煮猪骨汤，莲藕汤、花生猪骨汤和鱼头豆腐汤，因为天天喝浓汤难免会发腻，所以孩子们有时要求母亲煮青菜白水汤，但母亲总是怕他们不够营养，还是经常煲浓汤给孩子们喝，希望他们能够健康地成长。

父亲不仅对孩子们的学习严加监督，还对他们的生活习惯有所要求，如孩子们在晚上 10 点钟以前必须睡觉，10 点一到便熄灯。徐梅从小对绘画有着浓厚的兴趣，表现出很高的艺术天赋。她经常瞒着父母半夜起来躲在蚊帐内，打一个小小的手电筒偷偷地作画或看书，陶醉于自己七彩斑斓的梦想世界中。偶尔被父亲发现，对她进行责罚，但她仍然我行我素。

有一天，父亲买了几张新桌布回家，上面印有十分漂亮的图案，其中有一朵大红花，旁边围绕着六朵小花。5 岁左右的徐梅竟然将这些图案都剪下来，拿入房中细心地端详并开始临摹，被父亲发现后，罚她在桌布的“大洞”上跪了一个多小时。又有一次，父亲在后院里好不容易才种出的几盆很漂亮的玫瑰，她又每个颜色都剪了一朵回去端详，并依样描摹，父亲发现后罚她任选唐诗一句抄写一百遍，她选抄的却是：“花开堪折直须折，莫待无花空折枝。”虽然桌布图案、花叶等可以剪取下来端详临摹，但动物与人不能。徐梅便常常站在窗前或坐在街边观望行人，仔细观察他们的表情、衣着、仪态等并思考着如何能以之入画。对待动物也一样，她会凝望一盆金鱼或一只睡着了的小猫很久很久，研究怎样画鱼鳞或猫毛。有一次，她在街上看到一只大狗，眼睛又圆又大，瞳孔颜色蓝得特别斑斓清

澈，美极了，要怎样画呢？徐梅呆呆地看得入神，越看走得越近，几乎要碰到狗鼻子。大狼狗以为她不怀好意，突然向她大吼一声，作势若扑，吓得她整个人跳了起来，落荒而逃……徐梅就是这样对绘画痴迷，加上过人的天赋，很早便练得一手优良的画技。

徐梅天资聪颖，聪敏过人，6 岁不到就升上小学，由于勤奋好学，而且绘画和作文都十分出色，在班上的成绩总是名列前茅，她的绘画作品和作文都被陈列在学校走廊的橱窗里，经常得到学校老师的表扬以及同学们的追捧和赞赏。

2002 年，已移居美国洛杉矶的母亲在与朋友的交流中回忆道："梅是我 10 个儿女中最文静的一个，难怪怀着她的时候常不觉胎动。她虽然好静，却胆大包天，不怕蛇虫鼠蚁，也不怕黑，是唯一能在 12 岁便独自出埠替父母办货，做生意赚钱的儿女。梅从小没脾气，喜照顾别人，温柔体贴，唯对绘画感兴趣，经常占着客厅大桌的一边绘画。我每天晚上回家，很少见她和那桌分开，叫她不要画那么多，她总是不听。梅对什么都可有可无，很宝贵的东西都愿意给人，但她所得到的反而更多，每次想到我有一个这么有福气的女儿，我便感到十分欣慰。"

的确，徐梅从小性格内向而文静，善于察言观色，刨根问底。她喜欢坐在自家的门前，仔细观察来来往往的行人，若有所思。她在想，这些行色匆匆的人到底在忙些什么？他们是什么身份？干什么的？那些年迈的老人和幼小的孩童是战难的逃荒者吗？这一系列问题使她百思不得其解。一天傍晚，她坐在家门口乘凉，忽然看到一个男子揪着老婆的头发又打又骂，那女子使劲挣扎，大声哭叫。街坊邻居及时劝解，都指责那个男子。原来这个男子是镇上出了名的瘪三，不仅在外包养情妇，还经常出入赌场输得精光，每次输完后就回来找老婆出气，大打出手。徐梅在想，这个女子是多么可怜！她为什么只是忍让而不反抗呢？难道这就是女人的命运？不，女人应该变得坚强起来，与自己的命运抗衡，去争取属于自己的幸福！

当然，徐梅并不总是处于宁静和沉思的状态中，有些时候，她也会和伙伴们一起去沙滩放风筝，当她看到在天空中自由自在地飞翔着的风筝时，心情便开朗和欢快起来，但当她意识到风筝的自由还被手中的长线控制着时，她不由自主地松开了，让风筝彻底地自由飘舞。

徐梅的姐姐徐槐也十分聪明勤奋，在学校读书时是一个高才生，她虽不懂画画和弹琴，但她喜欢运动，是校篮球队健将，乒乓球和演讲冠军，可以说是学校的“风云人物”。在西贡鸣远学校高中毕业后，她继续留在西贡读英文商科，后来辗转到美国读大学，很快成就了一番事业。所以在别人眼中，她是一位女强人。然而，她结婚较早，嫁给了邻居一位年轻的小伙子。徐梅记得，大姐举办婚礼那天，许多亲朋好友前来庆贺，场面十分热闹，她看到许多人闹洞房，但她对性行为仍然茫然无知，因为她也曾问过母亲什么是月经，妈妈却叫她去问朋友。

又有一次，徐梅问母亲：“我是从哪里来的？”母亲说：“BB是从肚脐里钻出来的，或是从腋底下掉下来的。”徐梅只能装懂：“哦，原来是这样……”另外一次，她问好学的爸爸：“爸爸，我在书上读到‘子宫’这个词，那是什么啊？”爸爸却回答：“小孩子不应该问这些问题。”她只好沉默不语，可见，在那种封建而封闭的环境中，一个人的性启蒙教育是何等匮乏。

徐梅是一个善于思考的女孩，对关于人的生命和存在的问题一直充满疑问，决定要自己去寻找答案。

思想者[①]

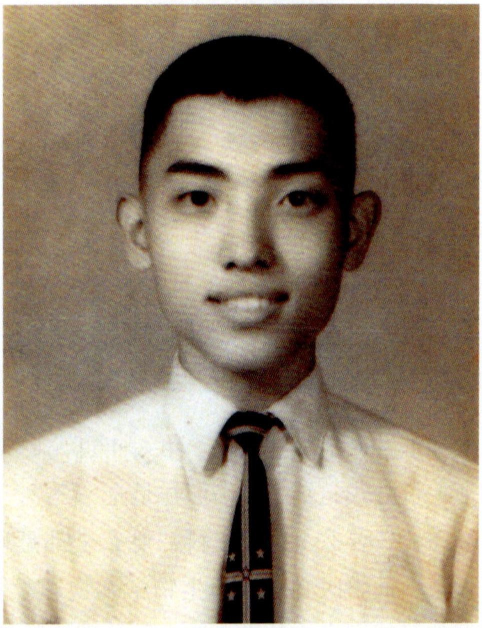

少年时代的吴敏伦就读于香港数一数二的老牌名校——香港华仁书院（简称“港华”），这是香港一所著名的男子英文中学，位于香港湾仔皇后大道东281号，由天主教耶稣会开办，建筑风格为战前欧洲式建筑。1919年建校的港华，校友多是顶级精英，包括曾任特首的曾荫权、房屋及规划地政局长孙明扬、香港大学法律系创办人余叔韶、DNA诊断科学之父简悦威、终审法院常任法官陈兆恺、医院管理局主席胡定旭等。香港华仁书院的学生又被称为“华仁仔”。根据天主教信仰对主的爱和对中华文化的传承，学校矢志：第一，做一位具有同理心的模范人士，培养学生成为负责任和富仁心的社会一员；第二，启迪学生勇猛精进，以至君子；第三，培育具备爱心、灵性、道德与智慧的领袖。华仁书院学风自由，教学灵活，即使学《圣经》内容也不要求学生死记硬背，反而注重训练他们的思辨能力，鼓励学生独立思考，培养学生多方面发展。这对吴敏伦崇尚自由的人生观产生了极大的影响。

1957年，入读港华的吴敏伦做了8年的低调学生——成绩中规中矩，课外活动也不显山露水，属于精英中的中游分子。他回忆道：“那时分A、B、C、D四个班，A班是精英班，我念A班，但又不属于考前十名的那些同学。那时曾荫权高我两级，他也不是什么‘风头趸’（出风头的人），都没有人认识。”毕业后，他没有参加声名显赫的港华同学会，反而为只读了一年的湾仔堂小学创立了校友会，吴敏伦特立独行的性格由此可见一斑。

① 《思想者》，法国罗丹创作的铜雕。

吴敏伦具有强烈的求知欲。当时学校的教学和学生对课程的选择比较自由，并没有严格地区分文理科，但规定必须在全港中学公开试中至少选择五门课程，并考试合格后方可毕业。所以，大部分同学都只选择五门课程，多的也不过七八门，可吴敏伦一下子选择了 11 门课程，文科和理科课程全包括在内。这需要他付出很大的勇气和精力去学习和应付考试。通过刻苦学习，一年下来，吴敏伦考试成绩的结果全都是“乙”，没有一个“甲”，也没有一个“丙”，这样的平均成绩对他来说已经是非常不错的啦，毕竟是 11 门课啊！5 年中学学习之后，吴敏伦顺利地升入了大学预科，第一年也允许学生不分文理，自由选择学科，吴敏伦仍沿用他一贯方式，结果成绩照样是全“乙”。到了第二年就一定得分科了，而且必须至少挑选 3 科，要么全都是文科，要么全都是理科。由于吴敏伦的父亲希望他将来考入医科大学，而学医必须掌握生物学、物理学和化学的基础知识，所以他便选择了这 3 门，但他又特别喜欢数学，数学又分理论数学与应用数学，故又选修了这两科，一共 5 门，这对他自己来说无疑又是一种挑战，因为他班上的同学虽然有人选了 4 门，但从来没有人敢选 5 门的。沉重的学习负担压得他几乎喘不过气来，但他有兴趣去学，做自己喜欢的事。因为他的埋头苦读，最后除了应用数学不合格之外，其他学科都顺利通过，这样的成绩对他来说已非常难得！

吴敏伦之所以能够在后来的性学论战上唇枪舌剑，妙语连珠，这种辩论能力和技巧的训练可以追溯到他身为“华仁仔”的时期。那时，港华从不鼓励学生死读书，也不“填鸭”，反而尽量为学生提供自由的空间，注重思辨和讨论。吴敏伦回忆道：“在那个时代真的很难得，老师上课和你讨论从来不给答案，然后要你告诉他，让学生很注重反思和自己的看法。”吴敏伦是一个无神论者，虽然在港华这所天主教学校度过了整整 8 年的时光，但他并不信教，尽管身边的同学多是教徒，加上神父费尽唇舌，但他仍然不为所动，他只相信自己，相信科学，神父也拿他毫无办法。不过，神父 8 年来的心血也没白费，吴敏伦虽然没有信教，却充分学习了说教的技巧。有一次他与神父讨论圣母受孕和耶稣降生，他问神父："既然你们认为只有结婚登记后才能生孩子，那么圣母玛利亚为什么没有结婚登记就生下了耶稣？而且是把他生在伯利恒野外的一个马厩里，况且她既然是一个处女，没有与男性发生过性行为，怎么会受孕？怎么会生孩子？"神父无言以对。不过吴敏伦说："神父想用道理说服人，虽然说服不了我，但我学了很多游说技巧，现在跟那些保守的人就性的问题进行论战，我很了解他们的招数，我十几岁就已学会，所以他们说不过我……"他记得，有一次遇到神父，神父问他为什么还没有信耶稣，有什么怀疑的地方，有什么不信的证据，是不是有些没有想通，他回答说："我未通，抑或你未通呀？"可见，这个"华仁仔"总是这样能言善辩。

多少年之后，吴敏伦回母校探访，恰巧遇到那个经常与他辩论的外籍神父。神父用不标准的广东话说："呵呵呵！我记得你，那个无论如何也不肯入教的小顽固。但我相信神是全能的，告诉我，你现在信什么教？"

吴敏伦慢吞吞地回答："有……无……没……未……教……"

神父追问道："什么？毛教？美味教？究竟是什么教？"

吴敏伦战战兢兢地说："……在我心目中，我老婆是全部天神的混合体，她名字叫梅，所以我信的是……梅教。"

神父若有所思地说："梅教？混合体？唔，有混合的也好，也包含了我这个教。算你啦，想不到我搞不定的你，可以由你老婆搞定，可见神确是全能的，阿门！"

吴敏伦对任何事都会用自己的眼光去看待、去思考，并质疑，不会被任何表面的现象所迷惑，而且他对自己所选择的事情都会坚定地、义无反顾地做下去。他有着自己的人生态度和追求目标，多年之后他说："我的哲学是：有人做的事我不做，无人做而很需要我做的事才做，所以我做性教育。"在华仁时，他从没做过领袖，而太多的人想做，他并不稀罕这些，他喜欢自由自在的生活。

在学校里，同学们最关心的是几时下课，中学时代的吴敏伦也一样，但当时手表尚未普及，而教室里又没有时钟，怎么办？坐在窗旁一角的吴同学居然想出了一个妙法。因为，透过教室的窗口可以眺望维多利亚港湾，渡轮每天在港口穿梭，心思缜密的他发现，每到下午一点钟放学时，海中央便有三艘渡轮相遇，排成一个三角形。这便成了他的"时钟"，只要他一见到"三角形"，便知道快放学了，这个"钟"从没出过错。

嬉游曲[①]

课余时间，吴敏伦特别喜欢下棋，书包里总是装着一副象棋，经常放学后和同学在校园门口的一棵大榕树下下象棋，几乎没有人能赢他，虽然阿健是他班上下棋较厉害的，但也常常是他的手下败将。吴敏伦对象棋十分着迷，一旦进入状态便聚精会神、忘乎所以，虽然“战友”戴了手表，但每到战况激烈时双方都会忘了时间，怎么办？吴敏伦又想出一妙计，他把棋盘放在一个固定的位置，每当阳光洒到棋盘上时便是回家的时候，所以他从没玩物丧志，而是准时回家。可见他当时已具有科学头脑了，难怪能顺利地考上香港大学。除了爱好下棋之外，吴敏伦还会每个星期和何仲伟一起打一次羽毛球或乒乓球，不过，他虽是象棋高手，但球技实在不敢恭维，几乎每次都输给何仲伟。直到40多年之后，吴敏伦退休在家，为了锻炼身体，还经常通过电脑软件对着大屏电视练球，一段时间后，自觉“球技”大有长进，于是约出老同学何仲伟打了一次羽毛球，他使出浑身解数，终于击败了对方。何同学不愿服输，坚持要再来一局，可吴敏伦笑呵呵地说：“不打啦！虽然这是我唯一赢你的一次，但对我来说，能够赢你，足矣！”何同学听了哈哈大笑。

休闲时光，吴敏伦喜欢和何仲伟等几个要好的同学一起打桥牌、玩麻将，或去茶楼喝茶。

① 《嬉游曲》，奥地利莫扎特的作品。

在那里，他们可以肆无忌惮地说笑。有一次，他们一起去一家比较高档的茶楼，尽兴之后，由吴敏伦做东买单，老何打赌吴敏伦不敢给服务生5仙硬币小费，吴敏伦说当然敢，并提出如果他给了5仙小费而平安无事，老何便要请了这顿餐，老何爽快“应战”。账单来了，吴敏伦掏了好几个口袋才把钱掏出来，不多不少地付了餐费，可是那个服务生还傻傻地站在他的身边不愿离去，吴敏伦不解地问道：“怎么啦？给少啦？”服务生没有回答，仍然傻呆呆地站着。在一旁的老何正庆幸快有好戏看时，吴敏伦装作恍然大悟地说：“哦，我忘了给小费啦。”于是，手再一次伸进口袋里搜寻，拿出5仙硬币放到服务生盘中，服务生脸上立即笑容满面，连声道谢，再三鞠躬才离去。在场同学哄然大笑，老何却莫名其妙，输了这一餐。老何对此事至今仍莫名其妙，其实，在未结账之前，吴敏伦借往洗手间的机会，先给了一倍小费给服务生，然后与他协议好演出那场“戏”。

我的生涯[①]

20 世纪 60 年代的香港，处在受中西文化冲激的动荡年代，经济腾飞，贫富悬殊。一方面国际资本大量涌入，华资财团崛起，推动香港经济起飞，向多元化发展：香港从半新半旧的加工出口贸易港变成独具实力的工商业大城市，一个注重工业、贸易、金融、旅游等的多元化经济中心。

经济的迅猛发展带动了文化的勃兴。当时香港的文化分为两个派系：流行派与传统派。流行派以歌坛与影坛发展最为突出，20 世纪 60 年代是香港“乐队之音”（band sound）的黄金年代。当时的乐队虽然大都是翻唱来自英美最新的或是昔日的热门流行曲，但与此同时，他们也会在唱片公司的推荐下，演绎一些冷门的海外歌曲，使它们在香港流行起来。传统派则恰恰相反，偏重于对中国传统文化的继承和发展。香港保留了许多中华传统文化，当时香港人十分自由，有的人穿着长袍马褂走在大街上，一些小巷还有许多传统的卖中药的商店。20 世纪 60 年代的香港影界诞生了《黄飞鸿》《雷洛传》《大醉侠》《独臂刀》等。李小龙、洪金宝、成龙等一批武打巨星兼导演在香港影坛的崛起，为后来的香港动作片开创了新的辉煌时期。

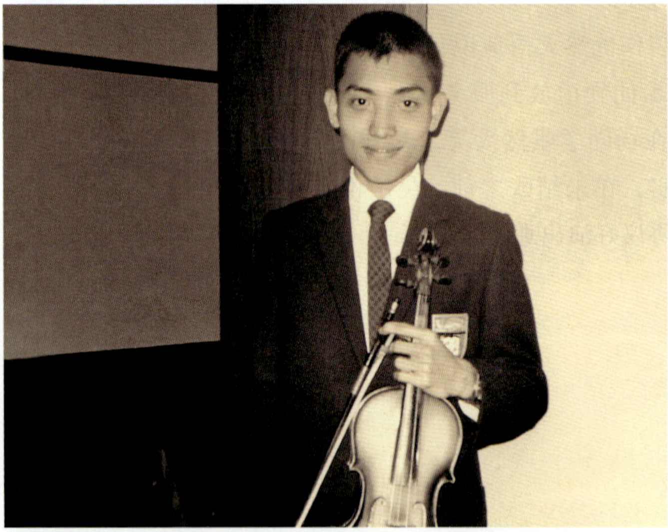

① 《我的生涯》，捷克史麦塔纳创作的弦乐四重奏曲。

吴敏伦从小在香港长大，深受香港文化的熏陶和滋养，当时的流行文化无疑给他带来了一定的影响。中学时代，他也表现出新潮和浪漫的一面，有时也会弹弹吉他，唱唱猫王（Elvis Presley）、披头士（The Beatles）等歌曲，但他还是对古典音乐的兴趣更大，所以，他在学校与四五个“音乐迷”同学组织的 Band，还是个古典音乐小组合，经常聚在一起弹奏音乐，参加校区的音乐比赛或外出到公共场合公开表演。他们之中有弹钢琴的，有拉小提琴的，也有拉大提琴的。他们的弹奏技能都是各自花钱在外面找老师习得的，遗憾的是，中学毕业后，团员各奔东西，很多都去了国外，只有他留在香港继续自己的学业，此后数十年也没有重聚过。现在回想起来，吴敏伦十分怀恋那段充满音乐旋律、青春浪漫的日子。所幸数十年退休之后，他们重逢了，现在偶尔仍可重温旧梦。

每天放学回到家里，吴敏伦要趁父亲还未下班回家的时间抓紧练习小提琴，因为父亲嫌吵，而且压根儿就不希望他将来当小提琴家。吴敏伦练得最多的是贝多芬的协奏曲，还有《梁祝》小提琴协奏曲，一首当时刚刚出炉且流行、非常唯美、用音符讲述一个中国古典爱情故事的作品。每次拉这首曲子，他都非常感动，如痴如醉。那时，

吴敏伦也喜欢读金庸的武侠小说，对《神雕侠侣》尤为欣赏。此外，他仍保持了写日记的习惯，虽然他父亲对此仍然反对，说是浪费时间，应该把主要精力用于学习书本知识上，但他不以为然，认为应该把自己日常生活中的一点一滴记录下来，这样可以经常反思自己，还可以对自己的行为进行心理分析呢！

当时的吴敏伦正值青春年华，风华正茂，身材高挑，面部轮廓分明，英俊潇洒，很容易得到女孩子的青睐，但由于他读的是男校，学校里都是男生，因此很少有机会与女孩子接触。不过，华仁书院的高年级班会定期和邻近女校合作举行各种活动，如辩论会、展览、话剧，甚至舞会等，因而可以接触到不少女生。尽管如此，深埋在他心底的爱情之火仍未燃烧起来，他似乎在等待，等待那花开时节的到来。

爱情是一只自由的小鸟[①]

谁也没想到，在参加校外活动的过程中，一位女生悄悄地进入了吴敏伦的视野。这位附近女校的学生叫阿雯，美丽大方，聪明伶俐。刚开始接触时，吴敏伦觉得她比较朴实，不像许多女孩子那样去刻意打扮自己，这正是他所欣赏的。此外，她的英文很棒，尤其是对英国文学很有兴趣，也懂得较多，当吴敏伦与她谈到一些英国作家的小说时，她能够说出一些自己的观点或看法，这不得不令吴敏伦对她刮目相看。不过有一次，吴敏伦邀请她来家里欣赏音乐，并谈论一些绘画和音乐的话题，发现她不是搪塞、转移话题，就是不懂装懂，可以说她除了文学以外，几乎完全不懂其他艺术，更不用说欣赏古典音乐。这不得不让吴敏伦大失所望。那段时间，阿雯经常来找吴敏伦或约他外出散步和划船，对他有意无意地流露出含蓄的好感，但又不明确地表达出来。渐渐地，吴敏伦发现她不够诚恳，在处理情感问题上有些“人工化”。他对她这种不够谦虚但又

① 《爱情是一只自由的小鸟》，法国乔治·比才的作品。

矫情的交往态度开始感到有些厌倦，而且，她的性情还是太古板，不够开放，连跳舞这类娱乐活动也不能接受，于是吴敏伦慢慢地对她敬而远之，只保持一般的朋友关系。那即是说，当时吴敏伦对她只有过些许好感，还没有达到“恋爱”的程度，这把“爱情之火”尚未燃烧起来就已经熄灭了。

不过，后来吴敏伦发现她的情绪有很大的变化，经常为一些小事动不动就大发脾气。吴敏伦心想，这也许是她性格的真实一面吧。令人意想不到的是，那段时间，吴敏伦班上的一位同学阿坚突然疯狂地爱上了她，并对她发起强烈攻势，但阿雯对他没有任何感觉，态度十分冷淡，一直躲闪着他，使他痛苦万分，曾一度想自杀。吴敏伦为此感到十分震惊，他认为爱情是男女两相情愿、心心相印之事，任何一方的拒绝或背离都不可能成就美好的爱情，更不可能带来双方的幸福，既然如此，就不应该用生命做赌注。阿坚经常找吴敏伦诉说自己心中的苦闷，吴敏伦耐心地开导他，不厌其烦地反复向他讲解爱情的真正含义和生命的重大价值，终于帮他消除了痛苦的心理危机。可以说，吴敏伦从中学的时候开始就已经是一名合格的“爱情顾问”了。

虽然吴敏伦早已接触过性教育，不过受当时传统的校风影响，他十分低调，也从没有向同学们炫耀过，因为“性”在学校是禁忌，尤其是教会学校。然而，当时吴敏伦在同学中仍发表过一些“激进”的性言论：“根本就不应该区分男校、女校，读这些单性学校对青春期有影响，制造经常性的性压抑。”他认为：“社会应该容许青年人有性行为。踏入青春期，有性需求但无法满足，会整天忐忑不安，很是烦恼，我不得不经常用冷水洗澡，降温熄火。性幻想也很浪费时间嘛！”

1965年，吴敏伦没有辜负父亲对他的厚望，考入了香港大学医学院。进入一个新的学习和生活环境，他的思维更活跃，视野更开阔，兴趣更广泛，但繁重的课程又不得不使他专注于专业学习，因此很少有时间顾及其他的业余爱好，连练小提琴的时间也很少了，这不免使他更加怀念在华仁书院和几个音乐发烧友一起度过的快乐时光。

圣诞节快到了，学校举办各种舞会，而华仁校友会也有一个舞会，且门票比较便宜，也是吴敏伦愿意去参加的。可是，谁来做他的舞伴呢？大姐经常提醒他应多与女性朋友接触，但他觉得大学里的女学生太高傲，他未必能与她们融洽相处，而且，他从来对女子不太熟络，现在要找个舞伴也不是件容易的事。他也不能找一个“湾仔堂”的女同学，因为他担心人会说他“假公济私”，这可有关自己的名誉。所以他只能往外找，一个可能性，就是他同学阿荣的妹妹阿英，但阿英会不会跳舞也成问题，况且她所读的学校如同“尼姑庵”，这样一个“大家闺秀”，贸然地去邀请她跳舞，吴敏伦真怀疑会不会吓坏她，不过他想，无论如何也得去试一试。

考虑再三，吴敏伦终于鼓起勇气邀请阿英和他去圣诞舞会，谁知竟铩羽而归。他在日记中写道：“回头一想，这位阿英显然从未入过舞池，而且我可能是第一位向她发出邀请的人，真的好像把她吓坏了！果然不易将她说服，也许她还在怀疑与男性跳舞有罪或触犯戒律呢？或者她今晚还会心神不宁、抱着《圣经》而眠了！”

其实，在大学期间，吴敏伦以未来医生的身份，在校内根本不愁没有女朋友，然而她们的修养和素质经常令他要与她们保持一定的距离。那时，他接触到的女生，有其他系的，也有几个是医学系的，但他并不喜欢学医的女生，因为在他看来，与学医的女生在一起聊天，虽然有不少共同话题，但内容除了医学还是医学，很难转入其他领域，尤其是艺术的领域，至少他所接触的那些医学系女生没有一个对艺术感兴趣的，甚至完全没有欣赏艺术的细胞。因此，吴敏伦与她们交往，实难激发出生命激情，擦出爱的火花。当然，他也认识一两位会弹钢琴的女生，但她们并不是真的喜欢音乐，或许只是她们的父母要求她们学习钢琴罢了，他觉得她们不懂情感、不太诚恳而又有些矫揉造作。当时的香港，许多家长送自己的孩子去学习钢琴，主要是为了掌握一门技能，通过严格的训练和考级，来取得等级资格证书，让自己的履历好看一些。他们学钢琴不是真正为了学习音乐、创作音乐，或享受音乐艺术，也不是为了对美好事物的追求。因此，吴敏伦与那些通过朋友介绍或在校内结识的女孩见过一两次面之后，发现话不投机半句多，最后还是没有与她们来往。

有一次，吴敏伦与阿丽、阿娇一起玩音乐合奏，合弹了几曲之后，阿娇说有些累

了，提出不如一起出去走走。

阿丽问："去哪里？哪里有什么可玩的啊？"

吴敏伦回答说："是啊，玩什么呢？这样，不如我们一起去图书馆走走吧！"

阿娇翘了翘嘴说："图书馆有什么可看的啊？不都是些书吗？"

吴敏伦想，既然她们都弹琴，何不一起去找一些新的曲子来试试？于是他说："我们可以去图书馆找找有什么新乐谱，又譬如看看有没有我们刚才演奏的曲子的其他版本啊。"

阿丽显得有些不快，略带迁就地说："那……好吧！"

于是，他们一起来到图书馆，谁知吴敏伦就像一条书虫，一头栽进去，查阅了三四个小时。女孩子们实在忍受不住了，催促道："还没找到吗？我看我们还是回去了，天都快黑了！你送我们回家吧！"

吴敏伦只好和她们打道回府，扫兴而归。一路上，两个女孩在他背后一直兴致勃勃地谈近来有哪些新的时装款式，而吴敏伦心里却想着赶快回家练习小提琴。

到大一后期，吴敏伦在参加一次大学的公开社交会活动中认识了一个女孩阿兰。她虽然相貌平平，但性格活泼，热情大方，快人快语，十分爽快，这既是她的优点也是她的缺点，因为她说话无所顾忌，有时一不小心得罪了人或伤害了别人也全然不知。吴敏伦不太喜欢这种性格，但阿兰疯狂地喜欢上了这位靓仔，对他发起了强烈追求，隔三岔五地来找他聊天。阿兰当时刚刚中学毕业，似乎对艺术很有兴趣，在一个艺术培训机构里学习钢琴和绘画，十分勤奋。有一次，她来找吴敏伦，让他看看她最近画的一些作品，吴敏伦看了之后，实在不敢恭维，觉得她根本不是一块学习美术的料，劝她尽早放弃，把主要精力用在该做的事情上，但她仍我行我素。可是，令吴敏伦始料未及的是，她居然在朋友圈里到处说吴敏伦非常喜欢自己，很喜欢她的画，还陪她一起去看画展和听音乐会等。在一次朋友聚会时，一位朋友肥仔问吴敏伦："你的眼界那么高，真的会喜欢阿兰吗？"吴敏伦有些吃惊："没有啊！你怎么这样说啊？"肥仔说："是阿兰自己告诉我们的，应该不会错吧！"吴敏伦争辩道："这不可能！真是冤枉啊！我怎么会喜欢她呢？她的那种性格真让人受不了，不过，做一般朋友还行，要是做未来的老婆，那绝对不可能！"肥仔笑着说："不至于吧！我看她挺优秀的啊！"吴敏伦回答："那就嫁给你当老婆吧！哈哈！"吴敏伦意识到事情的严重性，怎么能让这种子虚乌有的事在朋友间流传呢？于是他郑重其事地给阿兰写了一封信，明确告诉她自己并不喜欢她，请不要胡编乱造再这样胡闹下去，否则连朋友也做不成啦！阿兰读信后，急匆匆地找到吴敏伦，诚恳地说："我很后悔说过那些话，对不起！不过请问你，难道爱一个人有罪吗？"吴敏伦回答："难道不喜欢一个人有罪吗？"阿兰无言以对。吴敏伦接着说："当然，我们每一个人都有爱与被爱的权利，但爱情的产生是两相情愿的事。如果真爱一个人应

该使他获得幸福，而不是对他造成伤害，这些你想过没有啊?”阿兰点了点头，似乎明白了许多道理。

后来，他们一直还是朋友，再也没有发生过不愉快的事情。

中学时有一段时间，吴敏伦迷上了金庸的武侠小说，尤其喜欢阅读他的《神雕侠侣》，为小龙女与杨过在情感的路上跨越 16 年且劫难重重、几度生死而深深相爱的爱情故事深深感动，尤其是被小龙女的外貌和性情所吸引。在金庸的笔下，小龙女清丽秀雅，美若天仙，洁若冰雪，如异花初胎，美玉生晕，明艳无伦。她披着一袭轻纱般的白衣，犹似身在烟中雾里，似真似幻，实非尘世中人。她不仅有超群的美貌、纯真的性格、单纯的内心世界，而且具有为爱牺牲的奉献精神，而这一切正是吴敏伦极为欣赏的少女形象，可以说，小龙女成了他对女性审美的理想类型。然而，他一次又一次地在幻想世界中描摹他未来的“梦中女神”，慢慢他又觉得小龙女也有很多缺点，太不现实。人还是要回到现实生活中来才好，只要不俗气、浅薄和虚伪就不必苛求了，但他遇到的女孩子都令他感到茫然和失望，他心目中的“超级小龙女”又在何方?

吴敏伦后来回忆道：“当时我觉得香港的女孩子并不是我想象的那么诚恳，有的只是贪玩爱吃，在约会了两三次后便没有往来了。”其实，吴敏伦的择偶标准是比较高的，青春靓丽固然是一个基本要求，但更重要的是对方必须具有一定的内涵、高雅的气质、良好的素养和乐观的生活态度，他尤其喜欢一些具有艺术修养的女孩子。他所说的“艺术修养”并不是指非得具有很高的艺术能力和水平，或具有很高的艺术成就，而是指对艺术本身具有浓厚的兴趣和积极的追求。因为他觉得，一般来说，喜欢艺术或对艺术有所追求的人大都是理想主义者、唯美主义者或完美主义者，懂得如何去积极地创造美好的生活，享受美好的艺术人生；另一方面，具有艺术修养的人大都较为感性，具有敏锐的观察力，懂得如何细心地体察对方的心理，分享对方的快乐，分担对方的忧愁，其人生态度也不同于常人，不会成为物质和金钱的奴隶。也许，在吴敏伦的内心深处，早已描摹出了一个“梦中女神”的形象，而且越来越清晰，越来越具有魅力，他在静静地期待“梦中女神”的到来……

对知识的寻求与对爱情的渴望激荡着这个年轻人的心灵。吴敏伦不是交不到女友，只是没有一个女生能符合他对理想伴侣的“十项要求”，直至他的“梦中女神”徐梅出现!

少女的祈祷①

徐梅的初中是在岘港树人中学完成的，那是当时岘港唯一的一所中文学校。由于徐梅勤奋好学，天资聪颖，在班上的成绩一直名列前茅，多次得到学校的嘉奖和老师的表扬。尤其是她的作文，十分优秀，每次都是班上第一名，张贴在墙报上第一的位置，供同学们阅读欣赏。语文老师拿她当宝贝，觉得她颇具文学天赋，经常指导和鼓励她，希望她将来能走上文学这条路。

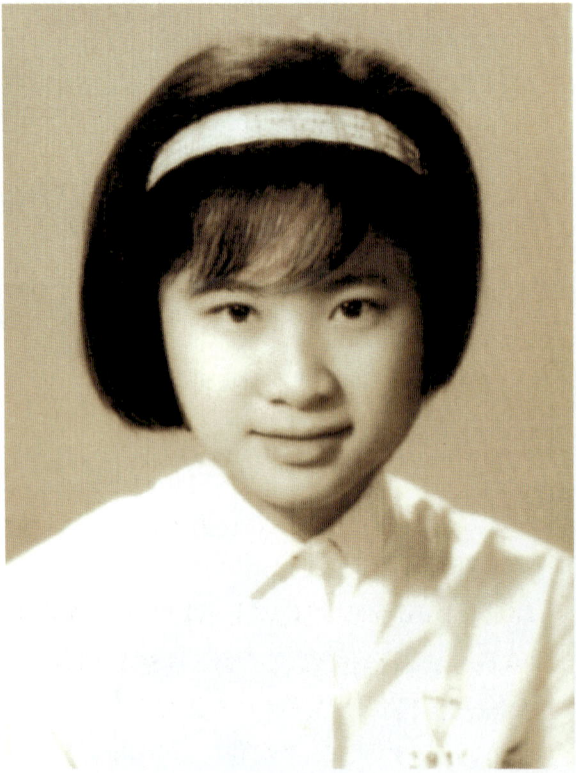

随着年龄的增长和发育成熟，徐梅逐渐变成了一个水灵灵的清纯少女，像出水芙蓉，高洁若梅花。不过，她性情恬静，喜欢独来独往。

徐梅对绘画的兴趣也一直不曾停止过。当时学校开设了美术课，基本上教的是一些简单的铅笔画、蜡笔画，偶尔也教一些水彩画，这对徐梅来说无疑是一个难得的学习机会。因为她特别喜欢水彩画，她觉得水彩画的表现特性和技巧能够使她描绘她所观察到的五彩缤纷的世界，可以尽情地渲染，挥洒斑斓的色彩，构造出她的梦幻空间。

正如雨后的春笋需要滋润和养分，徐梅开始如饥似渴地阅读各种书籍，因此逛书店变成了她的一大爱好。当时，越南岘港市有一家不

① 《少女的祈祷》，波兰巴达捷夫斯卡创作的钢琴小品。

太大的中文书店，她经常去那里寻找和阅读各类中外文书籍，主要是一些著名的中外文学作品、诗歌和散文，也看过梁羽生的武侠小说，连毛泽东的著作也读过一些。她几乎将店里的书都看完了，往往要等到有新书上市才去光顾。

除了绘画和文学外，她对音乐也有着浓厚的兴趣，喜欢唱歌，尤其喜欢唱那首《红豆词》。

随着知识的积累，太多的想法和期望，太多的激情和梦想，徐梅需要停下脚步，将那些转瞬即逝的模糊意象清晰地记录下来，这使她产生了创作小说的强烈欲望和冲动。于是，12 岁那年，徐梅开始投入“疯狂”的小说创作之中，她利用一切课余时间进行写作，甚至在学校的考试期间也顾不上复习功课，一直埋头写作。有几次参加学校考试，她特意很快地完成试卷，然后偷偷地拿纸张出来，继续她的小说创作，漫游于幻想中的各种场景，周旋于各式各样的人物之间。她觉得，那些场景是那么的熟悉，似乎是自己曾经游历过的地方，身边又都是自己的朋友或熟悉的人，她完全将自己融入小说的扑朔迷离和迂回曲折的情节之中，仿佛自己就是主人公。她在作品中通过对人物的塑造表现了她对爱恨情仇的感觉和体验，倾注了她的真情实感，这似乎在冥冥之中喻示了她自己往后的命运。

徐梅写作十分勤奋，常常写到深夜。她父亲规定她必须在晚上 10 点之前睡觉休

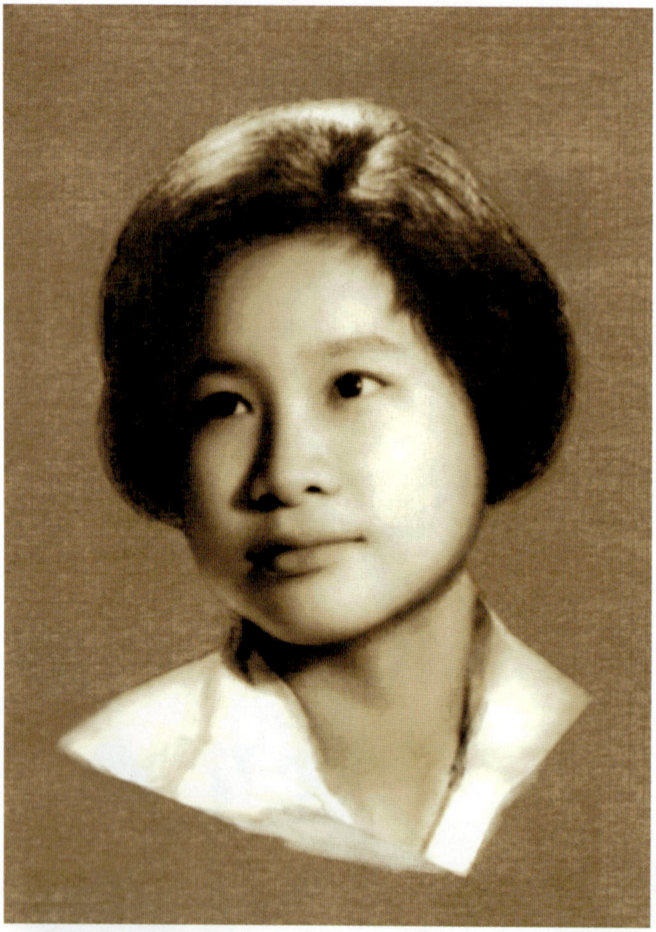

息，而且一到10点便关灯，但她经常在关灯后，悄悄躲在被窝里，打着一个小小的手电筒，进行阅读或写作。有一次，不小心被父亲发现了，遭到了一顿斥骂。但她并没有因此而放弃自己的理想和追求，继续在被窝里写作。由于徐梅富于幻想，思维敏捷，往往一下笔就思潮汹涌，一发而不可收，写作的速度十分惊人，两年多以来，她竟然写了8本厚厚的爱情小说、一本侦探小说和一本武侠小说。

徐梅所创作的小说主要是描写浪漫的爱情故事，如《非梦》便是她的第一部爱情小说，其中描述女主角常常做梦写信给同一个人，去同一个地方，遇见同一个男子，慢慢地，在现实中竟然发现越来越多似曾相识的景物，梦的感觉越来越强烈，真实与梦幻交织在一起，表达了她对美好爱情的憧憬与渴望。令人难以置信的是，徐梅后来的爱情发展路径和生活命运似乎在她的少女之梦及小说创作中已经初具原型了，原来这一切并非一场梦！

徐梅的小说创作得到了家人的热情支持，她的妹妹徐权是她的第一位热心读者，妈妈读了也很感动，对她大加赞赏。后来她的作品开始在同学之间传阅，甚至连同学的家长也争相阅读，称赞不绝。因此，徐梅在岘港有“小琼瑶”的雅号，是当地华侨们眼中的才女。而她的第一个粉丝竟然是一个高她一级的男同学小潘，他的作文能力也很好，教室的光荣榜上永远跟着徐梅后面排第二，但他一点也不妒忌，反而写信给徐梅称她为作家、才女，表达仰慕思念之情，而且常向她借书，也借书给她，向她请教：

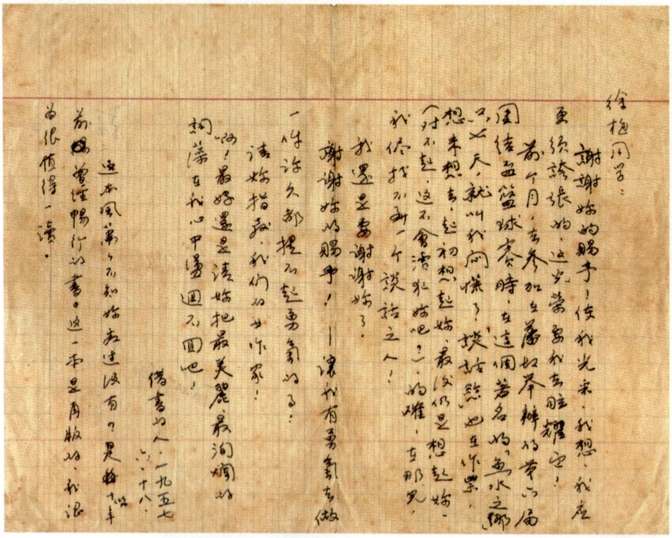

徐梅同学：

谢谢你的赐予，使我光彩，我想，我应更须夸张的，这光荣要我去炫耀它！

前个月，去参加在西堤举办的第五届团结杯足球赛时，在这个著名的鱼水之乡只七天就叫我闷慌了，谈话欲也在作祟，想来想去，起初想起你，最后仍是想起你（对不起，这不会渎犯你吧?）的确，在那儿，我竟找不到一个谈话的人！

我还是要谢谢你了。谢谢你的赐予！让我有勇气去做一件许久都提不起勇气的事。

请你指教，我们的女作家！

啊！最好还是请你把最美丽最绚烂的辞藻在我心中荡回不回吧！

借书的人　1957 年 6 月 18 日

这本《风萧萧》不知你看过没有，是十几年前曾经畅销的书，这一本是再版的，我认为很值得一读。

虽然文学创作并不能完全满足徐梅对艺术的追求和成就感，但她仍然非常投入和执着，以至于脑海里似乎有一个人在操纵她的笔杆。她文思如泉涌，各种人物、情节和情感不断从她的笔尖涓涓流出，她觉得自己似乎已经生活在编织的梦幻空间了。终于有一天，她在家里伏案写作时，由于贫血和过度劳累，突然昏倒在桌旁。父亲立刻把她送往医院抢救，并给她输血，这才渐渐苏醒过来。当她康复出院后，小说中的那些情节又时常出现在她的梦中，而她感觉到现实世界又是那么的俗不可耐……她突然意识到，自己不能再这样沉迷于小说创作的幻想世界了，必须回到现实生活中来，必须面对现实，解决生活中的一些的实际问题。

“必须停止写作！必须停止！必须停止！”她在心里重复又重复地告诫自己。

在她写完最后一本武侠小说《梅花掌》之后，便刻意地将对写作的兴趣转移到了其他艺术上。“小琼瑶”从此封笔，那一年，她还只有 15 岁！

爱的季节[①]

徐梅自小便开始被男孩子追求，早自 10 岁起便有好几位男同学写情书给她，似乎从未停止过。但在她的眼里，他们更像她的弟弟，完全没有那种让人心跳的感觉。不过，她从小便养成一个习惯，总是为别人着想，站在对方的立场来看待问题。所以，她觉得那些男孩子对她表示好感，甚至示爱，只要他们诚恳、友善，她还是很开心的，也很感激他们，跟他们在一起聊聊天，一起参加课外活动，也表现得开朗而愉快。

徐梅现在还记得她第一次收到男孩子的情书的情景。那时，她刚上初中一年级，有一个 20 岁的小伙子阿良喜欢上了她，阿良是她妈妈一个朋友的弟弟，平时他经常过来帮他的姐姐卖衣服，徐梅有时也去帮她妈妈卖衣服，就这样，他们相识了。阿良的姐姐有一个女儿在读幼儿园，和徐梅家中排行第六的弟弟（1955 年出生，比梅小 8 岁）在同一幼儿园上学。有一天，弟弟放学回家，交给徐梅一封信，说是那个大哥哥要他捎的。徐梅当时看了，信里只是说：“你怎么这几天没来你妈妈的档口卖衣服啊？很想念你的！昨晚为你失眠了，连眼睛都熬红了……”虽然徐梅有些生气，但也根本没把它当回事，结果这事还是

① 《爱的季节》，电影《回到爱开始的地方》片尾曲。

让妈妈知道了，挨了妈妈的一顿训斥："你年纪轻轻的，才 12 岁，不好好学习，以后不要谈这些东西。"徐梅反驳道："我没有谈恋爱，信是他写给我的，我什么也没做。"徐梅心里觉得特别委屈。

不过，现在回想起来，她觉得那时真的是很幼稚，很可笑。

可是，又有谁能猜透一个少女的心？

对于一个少女来说，16 岁的花季是纯真而充满幻想的，17 岁的雨季是充满理想的，也是一个爱拼才会赢的季节。

16 岁那年，为了求学，徐梅不得不离开生活了十多年的岘港，乘坐美国的军机经过两小时的飞行，去到越南美丽的首都——西贡，开始她新的校园生活。

徐梅就读于越南西贡的鸣远高级中学，虽然这是一所天主教会学校，但她并不信教。这个时期，徐梅的思想逐渐成熟，而且又迷上了数理化。于是，她便选择了读理科，希望能够掌握更多科学而实用的知识。

由于徐梅的姐姐也在这所学校念高中，而学校并没有提供专门的学生宿舍，都是学生自己在外租房子住，正好她的大姐高中毕业，原来与她一起租住的同学搬回了岘港，而大姐要继续留在西贡完成两年英文商业专科学校的学业，所以徐梅能够和大姐租住在离学校不远的一处民居——堤岸安平街 143/11 号。这是一幢小楼，室内整洁而舒适，木质的地板油光发亮，窗户的采光和通风都很不错。房东太太是一位心地善良的中年妇女，她有两个女儿和一个调皮的小儿子，大女儿水莹比徐梅小 1 岁，漂亮聪

1966年，徐梅高中毕业照

明，读法文学校；小女儿水云比徐梅小4岁，性情开朗，虽然只有12岁，却特别喜欢徐梅这位“大姐姐”，有什么心里话都会找梅姐一吐为快，她们很快成了无所不谈的知心朋友，而且经常一起去丽都电影院看电影，一起去消夜、逛街。

在新的学习和生活环境中，徐梅依然成绩优异，于是学校决定让她跳一级，直接升入高一下学期。一开始她还有些不适应，但她在学习上十分勤奋，而且有自己的一套学习方法。当领到新课本时，她就开始预习；当老师教第一课时，她便温习第一课，然后开始预习第二课；当老师教第二课时，她便温习第二课，然后又预习第三课。这种方法很奏效，而且考试之前不用像其他同学那样“开夜车”，所以她的成绩一直名列前茅。

徐梅平时很少和同学们凑在一起，总是独来独往，不过一直表现得很乖，在学校里是出了名的模范生，但她也有顽皮和慧黠的一面，有时也会捉弄人。陈慧琴同学回忆说：“徐梅常戏弄那个戴眼镜、瘦瘦的、有点龅牙的越文化学老师，可是老师也不在意，也不生气，还反过来逗她，叫她‘Tu Be’。说真的，当时我也不知道Tu Be是什么意思，只记得老师在教‘试管培育种子’课，我还在猜是不是‘试管’的意思呢。也可能是徐梅的越文名字叫‘Tu Mai’，所以老师取她的姓‘Tu’再加上一个‘Be’而叫她‘Tu Be’，因越文的‘Be’是‘小孩’的意思。也就是说，老师称徐梅为可爱的徐小妹。反正我们都把它当成徐梅的昵称了。我们大家这么叫她，她也欣然答应。原来老师早就料到徐梅日后会是我们的‘You Tube’，果真是先知。”

据同班同学冯根国忆述：“徐梅是个天生的艺术家，当年那幅乐蒂彩色画像，栩栩

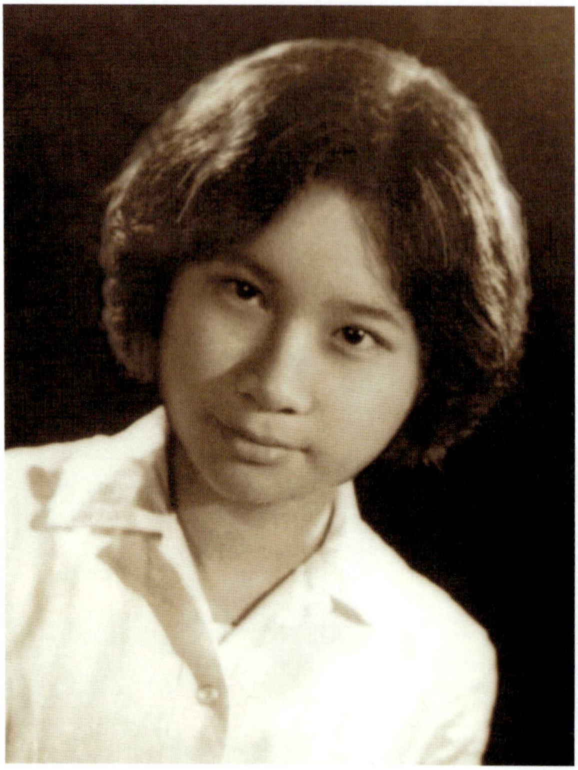

如生。真不敢相信那出自一个十来岁的小姑娘之手。但她的惊人之作是上英文课时，悄悄地用‘粉笔刷’将阮春禧神父黑袍的后背部分刷白。”

原来徐梅在读高二的时候，教英文的是穿黑色长袍的阮春禧神父，戴黑框眼镜，大嗓门，人很风趣，教学方式很灵活，时常装凶吼同学们，其实他很疼学生，一副恨铁不成钢的样子，旨在激励同学们。他在班上很爱讲笑话，和同学们开玩笑，大家都很喜欢他，所以常捉弄他。有一天，徐梅觉得如果能弄得他的黑袍背后白色一片，会很好笑，便在神父未进课室时，把一些笔粉末故意撒在神父要坐的椅面上。这个过程好几位男生都看到了，但都默不作声。神父不知就里，一进来便坐下去，到要起来转身板书时，背后臀部一片白色便露了出来，全班同学捧腹大笑，在神父发觉是什么事之后，勃然大怒，要学生们供出谁是“凶手”，几经逼迫，终于有 3 位男学生举手指认徐梅是“元凶”，谁知神父听后更加生气，说你们自己顽皮就罢了，还要冤枉模范生，非罚不可。徐梅站起来说：“校长，的确是我干的，对不起！我错了！”神父说：“你不要袒护他们而委屈自己，坐下！”结果，那 3 个学生惨被罚抄书，而徐梅继续乖乖地做她的模范生。

徐梅的班上也有几位来自岘港的同学，而其他同学从他们的口中得知徐梅以前写过小说，所以大家都争先恐后向她借来一阅。陈慧琴同学回忆说：“我曾拜读过阿梅的三部大作，但不确定她到底写过多少部，反正我排队排了很久才抢到三部。她的小说都写在厚厚的笔记本上，每个字都那么端正工整，非常漂亮，甚至没有发现一个错别字，真是不可思议。阿梅的每部长篇小说，都要分成好几个笔记本才写得完，有时候第一集被人家抢先借走，我还得从下一集先看，再倒追回去。当时还被她笔下男女主角那‘春蚕到死丝方尽，蜡炬成灰泪始干’的悱恻缠绵的爱情感动得落泪。阿梅画的那幅乐蒂的彩色画像，那发型还是经典的Omega装（发长齐肩，发尾往外弯）。”陈慧琴这么形容她：“阿梅在学校里有那么一点顽皮，又有那么一点稚气；有那么一点故意把自己放大，又突然缩小到完全看不见。像是十分认真，又像游戏人间。她进出教室都是无声无息的，生怕打扰别人的样子，教人不舍。”

正值豆蔻年华的徐梅虽然写过一些“纯情小说”，可以说对爱情已有一些模糊的意识，但自身尚未对爱情有过真正的体验，仅漫游在幻想的空间中。可是，没有想到的是，一个男孩正在悄悄地暗恋着她，当时，她和姐姐，每天晚上都要去不远处的叔叔婶婶家搭伙吃饭，并按月交付一定的伙食费。她们去婶婶家时会经过一条狭长的小巷，回来的时候，由于没有路灯，在幽暗的小巷中行走，两姐妹的心里难免有些害怕。由于姐妹俩经常出入婶婶家，偶尔会遇见住在隔壁的一个19岁的男生陆明。陆明的妈妈和婶婶是邻居，也是好朋友，因利乘便，陆明几乎每天晚饭后都过来婶婶家串门。陆明当时为了躲避兵役，不敢外出，只能躲在家里靠雕刻手工艺品度日。有一天早晨，徐梅去离婶婶家不远的小店排队买面包，陆明突然出现在她的背后，轻轻地拍了一下她的肩膀，把她吓了一跳。相识之后，陆明坚持要每天都送她们姐妹回家，一路上他会找出各种话题来与她们交流。后来被陆明的母亲知道了，有些不高兴，由于他是在家躲避兵役，经常外出难免被人发觉，担心出事。徐梅也觉得不能与他走得太近，有一次，快到家的时候，徐梅告诉陆明：“陆明，我想以后你就别送我们了吧。”

“为什么？这不是好好的吗？为什么不让送？”陆明就是不明白，有些疑惑。

徐梅告诉他：“我和姐姐不会有事的，你还是不要送的好，你回去吧。”

陆明还是没有听懂徐梅的话，急忙说：“是不是我做得不好？一定是有什么事让你生气了？”

徐梅不知怎样回答才好，但又不能说他妈妈不高兴这样做，只好说："我没有生气，其实这样对你不好，我也并不想麻烦你，以后你还是别送了吧！"当时陆明反应很强烈，认为徐梅不喜欢他，感到十分伤心。

有一天傍晚，陆明来安平街找徐梅，刚到楼下便遇到准备外出的水云，水云知道徐梅在家，但不想他来纠缠，于是便告诉他梅姐不在家，陆明却偏偏不信，叫嚷着要上楼去看看，水云拗不过陆明，只好跟随他上楼。房东太太打开徐梅的房间，陆明看到室内的确空无一人，这才悻悻而归。原来，房东太太知道徐梅不愿见陆明，听到楼下陆明的叫嚷声，便让她迅速藏到了衣柜里，终于躲过了一次令她心烦的纠缠。

后来，失恋的陆明自觉了无生趣，还是主动去当兵了。他曾多次给徐梅写信，在信中告诉她，他一见到她就爱上了她。因为得不到徐梅的爱情，他十分痛苦，近乎疯狂。有一次，他在给徐梅的信中留下了多滴血迹；还有一次寄来一条带有锁和心形吊坠的项链，以表达他爱的真诚。后来听他的室友黎冠说，陆明为此曾经试图开枪自杀，幸亏被黎冠及时发现才阻止了悲剧的发生。

萝卜青菜，各有所爱。没想到，同在一个学校读书的徐梅的表妹却一见到陆明就喜欢上了他，但这个男孩并不喜欢表妹，还是喜欢徐梅。不过，后来事情却发生了戏剧性的变化，由于表妹的穷追不舍，陆明与表妹终于结婚了，后来移民去了美国。

其实，爱与被爱都是幸福的。虽然爱情是人的一生值得追求的最美好的事情，但并不是人生的全部。徐梅身边有那么多的追求者，她虽然觉得自己很荣幸，但她认为，爱只是艺术人生的主旋律，其中还有亲情、友情和各种情感的伴奏与插曲。在徐梅看来，人生最精彩的乐章应该是一部交响曲。

1

第二乐章

青春的变奏

青春舞曲[①]

一个人的青春是十分灿烂而美好的，却又那么短暂，昙花一现。对吴敏伦来说，他的青春年华一直伴随着音乐的飘动，因为每次练习小提琴，琴声都能使他更理性地思考他眼前的境遇和未来的人生道路，有时也带给他一种精神上的鼓舞。随着年龄的增长，身体发育的成熟，吴敏伦也开始感到一种新的、强烈的内心需要，他需要爱，需要被爱，以爱情的滋润和力量来面对未来。

然而，吴敏伦在父亲的书斋里，虽然阅读了许多性爱理论书籍和情色刊物，还阅读过不少描绘性爱和爱情的小说，如《查泰莱夫人的情人》《安娜·卡列尼娜》《罗密欧与朱丽叶》等，但是他无法从中找到爱情的真谛，他觉得那些爱情故事都是作家的臆想，要么结局太完美，一对恋人历经千辛万苦和各种离奇曲折之后终于结合在了一起，皆大欢喜；要么结局太悲惨，一对真心相爱的情侣由于遇到各种阻力和不可逾越的鸿沟而共赴黄泉。这些爱情故事并不能令吴敏伦相信和感动，在他看来，这种所谓的“爱情”实在太虚假，太矫揉造作，太荒谬，甚至太愚蠢。他认为，生命诚可贵，但并不意味着“爱情价更高”，因为人存在的价值是多元的，可以在许多领域，比如事业方面得到体现，许多有意义和有价值的事情值得我们去努力，去为之奋斗，根本没有必要为了单一纯粹的“爱情”而轻易放弃自己的生命。所以，他特别喜欢俄国作家屠格涅夫的《春天的黄昏》这首诗，似乎这就是他当时的想法的投射：

① 《青春舞曲》，王洛宾创作的新疆维吾尔族民歌。

金黄色的乌云，
在静息着的大地上飘扬；
辽阔的无声的田野，
在闪耀着露珠的光芒；
小溪在峡谷的阴暗处潺潺滚流——
春天的雷声在遥远的地方震响，
懒散的和风在白杨的树叶中间，
用被束缚住了的翅膀在扇动。
高高的树林哑然无声，丝毫不动，
绿色的黑暗的森林静默不响。
只不时在深深的阴影里，
一片失眠的树叶在沙沙作响。
星啊，美丽的爱情的金星啊，
在落霞时的火焰里闪闪发光，
心里是多么轻快而又圣洁，
轻快得就像是在童年时代一样。

正在这个时候，医学系一位高他一届的同学阿强为情自杀，据说阿强是因为他热恋多年的女友最近移情别恋，毅然去了美国，往日一切的浓情蜜意和美好的期待一瞬间化为泡影，阿强承受不了这种毁灭性的打击，才选择以结束自己生命的方式来寻求解脱。吴敏伦深感爱情难测，生命脆弱，这种非理性的力量是否一定要把人推向死亡的边缘才得以显示其价值？他摇头叹息，觉得人为何要经常把自己困在一种莫名的烦恼和苦闷之中。

然而，吴敏伦思想的超脱，远过于同龄人，于是同学们谑称他为“黐线仔”（精神障碍患者），不过，他听到后却毫不介意，因为他自己也承认自幼便是如此。被取笑得多了，吴敏伦向别人介绍自己的名字时都喜欢这样说：“我姓吴，名字是敏伦，神经过敏的敏，不伦不类的

伦。”弄得很多初相识的人都不知如何应对，他心中便暗喜整蛊了人。到他年近退休时，有一天，吴敏伦初遇一个和他年纪相仿的女医生，他说：“我不用自我介绍了罢。”女医生说：“你这样有名，当然不必，我还知道敏是神经过敏的敏，伦是不伦不类的伦呢！”吴敏伦感到十分惊讶，因为自从他当了医生之后就一直没有用这方式介绍自己了。女医生笑道：“哈哈！你还记得吗，四十多年前，港大利玛窦堂常搞社交舞会，有一次，请玛利诺女书院的高中生参加，你和其中一个舞伴交谈时便是这样介绍自己的，这句话日后传遍全班，让我们笑了很久呢……”

吴敏伦虽然性格一直比较内向和敏感，但在他认定的事情上从不退却或放弃。他在学习上十分努力勤奋，他思维敏捷，兴趣广泛，早在读预科选科时已特别“贪心”，别人从物理、生物、化学和数学四科中任选其三，他却偏偏全修，原因是科科都喜欢，但广泛的兴趣难免会使他出现顾此失彼的情况。所以到了升大学选择学科专业时，他也要煞费苦心，仔细思量，最后才让他想到也可以选读集生物、物理、化学、心理、社会各科于一体的科目——医科。事实上，吴敏伦坦言：“当时的我，学医并没有什么济世为怀的远大理想，家里人喜欢，赚钱多，有地位，前途又好，而且自己也喜欢，便选读了。”

吴敏伦在大学期间，除了攻读医学课程，他还利用课余时间学习小提琴、钢琴、吉他，并经常参观画展，他特别喜欢法国的印象派艺术，尤其喜欢莫奈的绘画和德彪西的音乐。他还经常坐在学校图书馆的一角，阅读心理学著作和外国文学名著。他仍不忘以后成为一名艺术家，如音乐家的梦想，因为他觉得，只有在欣赏艺术的过程中，他才能找到自我，才能活得真实。

对医学的钻研和对艺术的追求几乎占用了吴敏伦的大部分时间，不过，他并不是那种“死读书，读死书”的书呆子，他是一个懂得劳逸结合的人。有一个可能鲜为人知的秘密，那就是：他不仅是一位“音乐发烧友”，在大学时还喜欢打麻将，每星期总有一两天的时间，“雀林四贤”齐聚一堂，切磋切磋，偶尔还会打个通宵达旦，毫无倦意。这也许是他生活中的一种小小的乐趣，因为他毕竟是一个和你我他一样的平凡人。

糖梅仙子之舞[1]

我们每一个人都有过自己的理想，不管是平凡还是伟大的人，也不管这种理想是否已经实现，或者根本无法实现。那么，什么是理想？有的人希望成为科学家，有的人希望成为艺术家，也有些人希望成为探险家，还有的人希望成为旅行家，可以游遍整个世界。对于徐梅来说，她也曾有自己的理想，不过她的理想并不是什么“鸿鹄之志”，而是做自己感兴趣的事，并尽力做好身边每一件事。徐梅从小性格比较内向，含蓄，像她的母亲一样温和善良。但她与她的兄弟姐妹在性格上的不同之处就在于她对任何一件自己向往和追求的事物都非常执着，会一直不停地做下去，甚至达到疯狂的地步，她是一个“完美主义者”。

1967 年前后，徐梅对音乐产生了浓厚的兴趣，开始学习唱歌，但并不是进行严格的发声训练，而是喜欢什么唱什么，如流行歌曲、粤曲、黄梅调等，也没有乐器伴奏。有一天，她弟弟买回来一个美国出产的最新款的录音机（AKAI－1810），她开心极了，便立即随心所欲地试录了很多首歌，由此可见她对歌唱的喜爱。

这段时间，她也经常一个人去离家不远的丽都电影院观看电影，因为那是她的好朋友郭瑞美的家人开办的，她可以免费看电影。而且，当时在越南流行港台的一些影片，其中有许多精彩的插曲。所以，与其说她是去看电影，倒不如说是去学唱歌，因为一般电影中的插曲，凭着她的聪颖和极强的感悟力，看过一遍电影后，基本上就能从头至尾唱下来了。不过，有的电影，她还是乐此不疲地看了好几遍。这段时间，她对电影和歌曲十分着魔。然而，在西贡读高中时，由于徐梅学的是理科，主要精力用于学习数理化，也没有其他学习唱歌的机会，学校也没有绘画课程，因此，她利用一切课余时间练绘画。但她都只是为了自己的兴趣，并没有希望将来能成为一名著名的画家。

除了完成学校的功课和练绘画之外，闲余时候，徐梅会和一两个闺蜜去逛街或“打边炉”（吃火锅）。其中有两位要好的同班同学，小朱和郭瑞美都是与她同年同月同日出生的，所以她们三人经常形影相随，平日出外小吃，谁做东都无所谓，可是到了谁的生日当天聚餐便麻烦了，互相争着请客，结果是我请她、她请我，实行 AA 制！

---

① 《糖梅仙子之舞》，俄罗斯柴可夫斯基创作的芭蕾舞曲。

有的时候，她们会一起去海边观景，畅谈各自的理想和未来的人生道路，面对广阔无垠的大海，在歌唱嬉笑之后，静躺在沙滩上，聆听阵阵由远及近又逐渐远去的潮水声，这种富有节奏感的涛声在重复着一个单调的旋律，不绝于耳。她们会望着茫茫无际的大海，感到迷惘，脚下的路伸向何方？

忧郁小夜曲[①]

那么，吴敏伦的理想又是什么呢？当一个音乐家、科学家，还是社会活动家？他常常反思，扪心自问：我将来干什么？我究竟能干什么？他有太多的梦想和希冀，一时也找不到确切的答案。不过，他一直认为，既然人生的目标就是快乐和幸福，那么，做自己喜欢做的事，并从中获得快乐，同样也可以给人以快乐。也许，追求自由和快乐是吴敏伦最大的理想，这就是他的没有理想的理想。不过，没有理想的理想有时也会令他忧郁，也会在黑夜里一个人拉一首小提琴曲，倾吐那淡淡的哀愁。

上了大学，吴敏伦的父亲为了工作方便，和母亲与妹妹迁往观塘月华街，而在大学附近的西区（坚尼地城）山市街43号紫兰楼9楼租了一间房子给吴敏伦独居，以便他能有一个良好而安静的学习环境。然而，当同学们正为测验考试拼搏之际，吴敏伦却甘愿牺牲温习功课的时间，钻进书海探求别的知识。他觉得，广阔的学海远比狭隘的课程珍贵。对牺牲学业和成绩，吴敏伦说："我读书一向不拼搏，一个人有潜质拿一百分，并不代表他一定要取足一百分……将全部精力集中在单一学科上，我看不值得。拿得优异成绩又有什么益处？说穿了还不是为了那份虚荣心！"因此，他把大部分时间用来看书、自学乐器、组织小学校友会活动，甚至也玩玩扑克牌和麻将，让自己过得轻松和开心。然而，对大学本身的课外活动，吴敏伦并不太积极参与，因为他认为当年的港大仍然很"贵族化"，同学们

① 《忧郁小夜曲》，俄罗斯柴可夫斯基创作的小提琴独奏曲。

不是沉迷于课本，就是玩得太疯狂，这些都不符合他的性格。他的大学生涯只是和少数知己一同度过。虽然生活在一个小圈子中，但他涉猎的知识和追求的兴趣都十分广泛，学到的反而比其他同学更多。

有的同学说，吴敏伦是一个傻头傻脑的怪人，只是个孱弱书生，不像一个医生。不过，他其实也没有漠视身体的锻炼，有一个时期，吴敏伦参加了大学的击剑社和柔道社。人们经常可以看到，在学校的操场上有一个纤瘦颀长的身影，手中挥舞着西洋剑，生龙活虎，威风凛凛，那便是他。

那个时期吴敏伦的忧郁，大多是因为对人类的前景感到迷茫。他觉得人类世界充满了愚蠢和虚伪，甚至无可救药。他也寻找爱的真谛，可是，在他身边的女孩不是矫揉造作、虚情假意，就是缺少灵性，甚至显得有些愚笨，令他失望。而小说和电影里所描绘的爱情都过于虚假，甚至愚蠢可笑，如《梁祝》《罗密欧与朱丽叶》的爱情悲剧，所表现的只是理性的丧失和愚昧导致的结果，对他来说毫无感人之处。至于性的问题，虽然他曾在父亲的书斋里读过不少性学理论著作和情色刊物，但总觉得有些抽象，流于浮泛，甚至有隔靴搔痒之感，不能客观解释或切实解决现实生活中的许多性问题。而宗教中的许多反性言论更是愚蠢之极，既然说“性”是“罪”，应该压制，那么人类为何还在不断地繁衍？他觉得应该有人站出来改变这些性观念、性态度和性现状。虽然他当时并没有想到自己以后会付诸行动，但他相信将来一定会有所改变的，因为文明是不断前进的，历史的车轮是无法阻挡的。在吴敏伦看来，世界上的愚昧现象实在太多，不仅仅反映在“性”上，也反映其他方面，如商场

上的尔虞我诈、历史上的宫廷斗争、经济纠纷、家庭矛盾、战争、压迫、歧视、偏见等，都是愚笨所造成的结果，也是非理性的体现。他觉得，要改变或消除这些愚昧，使人类摆脱人性恶化的困境，救人救己，科学和理性是一股强大的力量。但是，光靠科学和理性还不行，艺术也是一支不可忽视的药剂。因为，对某一事物的观点和看法取决于一个人的性格、知识背景和文化素养，不同的人可以有不同的看法。而且，同样一个事物，从不同的视角观察可以产生不同的观点，得出不同的结论，每一种观点或结论都相对具有其自身的道理，而艺术家可以用不同常人的眼光去看待事物，进行审美观照，由此引发人们的共鸣。所以吴敏伦认为，对于事物的考察和研究，科学（理性思维）和艺术（形象思维）同等重要，如果能够将这两者很好地统一起来去看待那些愚昧、荒谬的现象，去面对和解决现实生活中所遇到的各种问题，人类将会减少和消除许多愚昧和痛苦。然而，吴敏伦当时尚未有能力做实际工作，只能在失望与希望之间徘徊，在人生的岔道口彷徨。他就像航行在茫茫黑夜海面上的一叶小舟，漂浮在惊涛骇浪之中，努力寻找生命的灯塔和能量以便能到达希望的彼岸。

医科大二的课程大多数需要反复强记，比较注重资料性，让吴敏伦闷到发慌。每天都是无休止的上课和实验，课室、实验室与宿舍三点一线，几乎构成了他全部的校园生活。“每一分钟都是医学，我觉得自己的精神很干涸，真怕自己成了个机械人，这

世界上的机械人太多了，都是这样开始做成的吗？我应该怎样救自己呢？”于是，放学后他还是和几个同窗好友打麻将，每周三次，因为他觉得必须经常改变一下生活环境和方式，才能好好地调整自己的心态。结果，他在第二年一个阶段性的考试中成绩不及格，需要重读一年。多年之后，当有人问到他对这次经历是否感到可惜时，他却不以为然：“有啥可惜？千万不要觉得可惜，我是自找的！我的人生哲学是，不要为一棵大树牺牲整个森林。如果想要森林，树木唯有长得慢些。”吴敏伦还庆幸他那一年的留班呢，因为他非常确定，若他没有重读这一年，他一定不会有机会遇上他那唯一的真爱。

重读的日子并不艰难，因为父亲很明白他，没有责怪，知道对某些人来说，多一年反而可以成长得更好。而书本既然已是他读过的，他更可以脱离那种严格的程序化的生活模式，学业与兴趣能兼顾，轻松了不少。然而，他的寂寞更深了，因为旧同学升班了，时间表与他的不一样，没办法和他一起，新同学则已有他们既有的群组，所面对的功课压力又与他不同，所以他也很难融入。在无可奈何的情况下，他耐心告诉自己，一个人的命运并不会一帆风顺，需要忍耐和等待，期待命运的转机。

仲夏夜之梦①

1968年夏天，吴敏伦完成了重读一年的学业，他没有什么强烈的感觉，反而有些忧虑——他又要过那些无休止的，课室、实验室与宿舍三点成一线的机械人日子了。那是一个午后，天气十分闷热，没有一丝风，巴士站只有三五人在等候，站牌静立在那里，拖着长长的影子，纹丝不动，似乎空气都凝固了。一辆巴士停了下来，吴敏伦走出巴士，懒洋洋地登上山市街那缓平的石梯，向紫兰楼走去。回到自己的房间，他冲了一杯茶，推开窗户，一缕淡淡的阳光射进来，他伸展了一下身体，深深地舒了口气，拿起小提琴，拉了一曲马斯奈的《沉思》之后，斜躺在沙发上，揣摩着三年更忙的医科生活该怎么过，随手翻阅他前几星期买回来的几本《音乐生活》，发现其中一些音乐“发烧友”组成的乐队频繁演出，乐趣无穷。他又想起中学时代那几个音乐“发烧”同学，经常与他集聚在一起吹拉弹唱的情景，如今那些欢乐的日子已经离自己远去，不免有些黯然神伤，又一次感到孤独向他悄悄袭来。他突发奇想，何不通过杂志这个渠道去寻找自己志同道合且趣味相投的朋友呢？也许这是一个神秘而浪漫的游戏，也是一个很好的消遣方式。于是，他以笔名“吴梓平”向《音乐生活》投递了自己的征友信息。

不料《音乐生活》杂志回信说它并没有办征友栏，不能刊登，吴敏伦又向另一份文艺杂志再投。这杂志是刊登了，但印错了他的通信地址，吴敏伦的心冷下来，把征友的念头搁置。过了几个星期，有一天，他很晚才放学，错过了去学生饭堂吃晚饭的时间，只能独自踏着茫茫夜色，往山市街底下的新中华饭店解决饥饿问题。这饭店对他来说已较贵，他其实也很少进去，但因它关门较晚，在没有其他更好选择的情况下，只好“委屈”一下。去到酒家门前，想买份读物排遣吃饭时的寂寞，但报贩也已准备收拾回家，晚报早已售罄，只剩下一些漫画和娱乐周刊，他无奈随手买了一本叫《星岛画报》的，心想既然叫画报，又不是漫画，总应该有些好的摄影或画作看看罢，岂料吃饭时打开一看，都是明星相片和他们的花边新闻以及一些电影信息，无聊之极，正想把画报丢弃之际，看到内里有一整版的征友栏，他从没见过有杂志用这么大的篇

① 《仲夏夜之梦》，英国莎士比亚创作的浪漫喜剧。

幅来做征友栏的，应该是做得很好和很受欢迎才会这样吧！吴敏伦想起他上两次投征友稿失败，都是选错杂志之过，何不今次选这份办征友栏好像很有经验和很成功的来做最后尝试？正好身上有纸笔、邮票和信封，于是他就在纸上简单写了一些基本信息，贴好邮票信封，饭后就把信投进离饭店门口不远的邮筒内。

夜晚的坚尼地城显得十分寂静，昏黄的街灯下树影摇曳，黑色的夜空没有星星，更没有月亮，吴敏伦还要爬上山市街那百多级石阶才能回到紫兰楼。不过，他已习惯了，也习惯了那黑夜的孤独。在漆黑之中，他冷静地回想，《星岛画报》的征友栏或许真的很受欢迎，但喜欢看《星岛画报》的又会是哪一类人呢？他们会喜欢古典音乐？会喜欢印象派画、谈文学、哲学和科学？他越想越觉得自己有点傻，浪费信封信纸和邮票去做这么无意义的事，想到此他暗暗地骂自己：“吴敏伦，你真的是大傻瓜，就像一个迷失在漆黑海洋中的船长彷徨至手足无措，不理前面是什么，只懂向前冲，不有一天葬身大海才怪！”不过，他又安慰自己：“不要紧，浪费那些少的纸张和邮票，买一个短暂缥缈的梦，也是不错的。”

征友信被刊登后，果然，很快便有雪花般的信件飘然而至，吴敏伦在两三星期内便收到逾百封，可是，大都字迹恶劣、文句不通、装模作样、思想幼稚，其中还不乏一些妙龄少女热情奔放的情书，吴敏伦不禁嘲笑自己：“要梦醒了，你这没脑袋的傻瓜！”他把来信全丢进垃圾箱，几个月过去，随着功课的繁忙，吴敏伦已渐渐淡忘了他这件傻事。

不过，黑夜与梦还是会不断降临的，它要让人知道，生命是神秘的，答案谁也不能预料，包括黑夜自己。

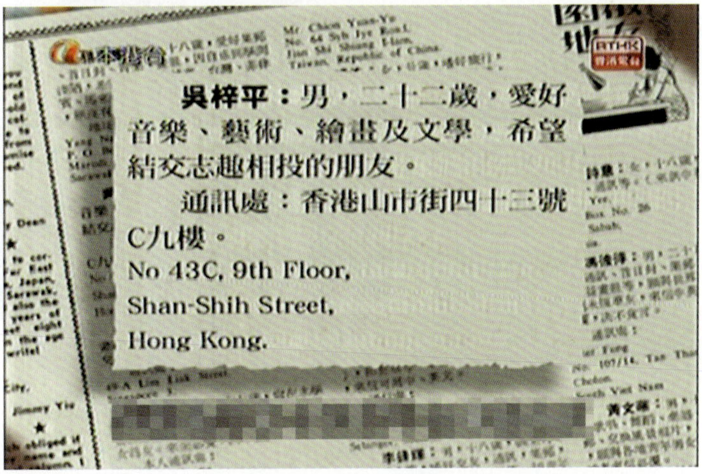
吳梓平：男，二十二歲，愛好音樂、藝術、繪畫及文學，希望結交志趣相投的朋友。

通訊處：香港山市街四十三號C九樓。

No 43C, 9th Floor,
Shan-Shih Street,
Hong Kong.

1

第三乐章

曲折的旋律

艺术家的生涯[①]

我们每一个人都有 18 岁，18 岁是人生最美好灿烂的年华，是青春激荡的岁月，也是徐梅高中毕业的年龄。毕业典礼那天，徐梅忙得不可开交，因为每一个同班同学都找她拍纪念照和写纪念册，依依不舍。她感到很意外，因为自问在校内一向低调，独来独往，自己做自己的事，不搞小圈子，不联群结党，更不涉儿女私情，却原来在同学们的心中都这么默默地关注、爱护她。她很感动，只好每一本纪念册都认真地写，好留给他们一个美好的印象与回忆。但环境真是太挤了，时间也太急，每个同学所给的笔和纸都不同，使她觉得其实没有任何一本写得好。但没办法，见同学待她一写完便急忙高兴拿走，她想不算也要算了。50 年后，徐梅通过鸣远第四届交流平台与同班同学及该平台的创建者黄伟琼恢复联络，谈起这件事，黄同学说："你根本没有理由觉得奇怪，因为你虽不理人，人人都早已知你是个大作家、大画家，还写得一手好字，我们由得你自己做自己的事，只不过

徐梅与同学黄伟琼（后排中）

① 《艺术家的生涯》，意大利普契尼创作的四幕歌剧。

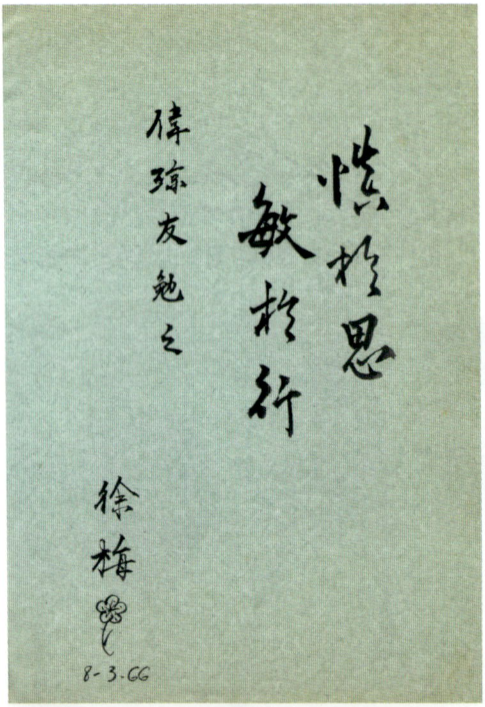

不敢干扰天才，但到毕业时刻，当然要争取最后机会去拿你一份墨宝，你给我的那份，我现在仍保存着呢!”徐梅不禁大惊：“怎么？你还保存着？我记得了，那是我当天最后写的，写得最丑的一幅啊!”黄伟琼笑道：“这样美的字画，是我的传家宝了，不要乱说丑，我电邮相片给你看你便明白。”徐梅收到后，虽然觉得写不出当时最好水平，但能重见 50 年前的“墨宝”确实难得，她很珍惜，对黄伟琼同学感激不已。吴敏伦更是如获至宝，坚持要在本书中晒一晒。

高中毕业后，徐梅并没有打算回到岘港那个充满童年回忆的小镇，仍然留在西贡，因为她喜欢这座城市，这里曾经有她的梦想和追求，也有太多的快乐和忧伤，也有她走过的每一个足印。她不愿离开这片她的“希望之地”。于是，她一边在西贡一所大学学习法文，一边外出打工以维持生活和学业。

徐梅对未来充满了幻想，她现在最大的梦想就是成为一个能雕琢艺术而又能被艺术雕琢的人。她不想回到岘港，她觉得那里不能充分发挥她的艺术创作灵感，也无法开拓她艺术的自由之路。正在这时，她的命运发生了奇迹般的转折。

于海是徐梅在岘港读初中时的校友，比她高一年级，同样喜欢文学，在学校的一次作文比赛中，徐梅获得了第一名，而于海获得第二名，共同的兴趣使他们在一起有许多谈论的话题。由于岘港没有高级中学，于海

后来也来到西贡进入徐梅所在的学校。因此，他们平时也经常在一起交流学习心得和体会，渐渐地，于海对徐梅表现出了一定的好感。当于海得知徐梅希望留在西贡继续学习时，便介绍她认识了比他大 10 岁的朋友晓光——一位当地颇有名气的青年画家。由于晓光在西贡市开设了一个画室，招收了几个学习绘画的学生，每周来画室上课两三次，因此，徐梅获得了一个极好的学习机会，并开始了循序渐进的正规绘画训练。

那是一个夏日的午后，强烈的阳光照耀着一片绿色的原野，显得格外壮丽。没有一丝风，沉闷的空气似乎凝固了。徐梅背着画夹，穿过一条蜿蜒曲折的乡间小路，终于来到了晓光的画室。她抑制住激动的心情，轻轻地敲开了画室的大门。当她第一次走进去时，看到有两三个学徒正在认真地给一组静物写生，她没有见到画家的身影，但从里屋传来了悠扬的西方古典音乐，徐梅的第一感觉是进入了音乐厅而不是画室。

几分钟之后，晓光从里屋走出来，对她说："你来了，你就是于海所说的阿梅吧！"徐梅彬彬有礼地回答："老师，您好！我就是徐梅！请您多多指教！"晓光上下打量了她一会，慢条斯理地说："你和他们一样，先画一幅窗外的风景素描试试吧。"然后打了个哈欠，回到了里屋。大概十多分钟之后，晓光撩开门帘，懒洋洋地走出来，看到徐梅一动不动地坐在那里，画板搁在一边，晓光有些不悦地说："怎么不画啦？"徐梅还未答话，他走近一看，才发觉徐梅居然已经画好了。晓光大吃一惊，因为他所带的学徒，即使跟他学了五六年，也不能这么快便完成一幅风景素描，而且素描的基本功大多仍未完全掌握，造型也欠准确。但他看到徐梅的素描，功底竟然如此扎实，实在是个可塑之才。

晓光身材瘦长，留着两片小胡子，风度翩翩，颇有一种艺术家特有的气质，而且他特别欣赏西方古典音乐，也许是因为在艺术方面有一些共鸣，徐梅对他颇为敬慕。当时，31 岁的晓光有一个漂亮的妻子和一个两岁的儿子，而且妻子尚怀有身孕。尽管

生活安定，家庭和睦，但面对青春靓丽、天资聪颖、勤奋好学的徐梅，内心仍不免产生几分好感，但始终没有表白出来。他对这位颇有天赋的女弟子十分器重，经常带她外出进行油画风景写生，重点进行辅导，虽然两人经常单独相处，而晓光也对她关爱有加，但双方一直维持着一种师徒的关系。徐梅的心里很坦然，她知道喜欢并不代表爱，在她的心里，爱是神圣的、伟大的，爱一个人就应该全身心地投入和付出，并且厮守一生。

徐梅在艺术的海洋中自在翱翔，游刃有余，这是她青少年时代最开心的一段日子。当时于海与他的哥哥于德在西贡租了一套大房子，客厅十分宽敞，晓光也经常过来和他们住在一起。因此，于海经常邀请徐梅这位艺术才女来到这里，一起谈论艺术话题，欣赏音乐或练习绘画，共同分享艺术带来的快乐。于海后来去了欧洲，在那里成家立业。多少年之后，他携带太太和女儿来香港旅游，还特地来吴敏伦夫妇的家中做客，当见到徐梅风韵犹存，依然光彩照人时，不禁感慨万分，十分欣慰。

于德是一所学校的英文兼音乐教师，具有较高的音乐天赋，钢琴和小提琴都很熟练，尤其是对西方古典音乐，具有较高的欣赏水平，平时摆放在客厅显眼位置的留声机会不停地播放各种风格的古典乐曲。徐梅每次来到他们这个“艺术之家”，都会陶醉在古典音乐的旋律之中。于德性格比较内向，很拘谨，很严肃，平时话语不多，不像他弟弟那么活泼。他也很喜欢阿梅这位才貌双全的姑娘，但因知道弟弟一直对她有好感，所以不敢“轻举妄动”。不过，他发现这位才女不仅具有绘画天赋，还具有相当的音乐潜质。于是，于德便刻意培养她关于古典音乐方面的素养，经常向她传授一些西方古典音乐方面的知识。可以说，徐梅对古典音乐的兴趣和鉴赏力的培养就是从这个“艺术之家”开始的，而她在这方面的启蒙老师便是于德。令人难以置信的是，这古典音乐的神奇“魔力”不仅震撼了这位青春少女的心灵，而且成就了后来她与吴敏伦“千里姻缘一线牵”的爱情。

徐梅跟随晓光主要学习人物速写、水彩风景画和油画，尤其在油画的造型技巧和表现方法方面，凭她扎实的素描造型基础和天资聪颖，进步非常之快。她开始知道如何运用色彩的对比和糅合来表现大自然的景物和微妙的光线变化，如何运用明暗对比和虚实的变化来表现物体的立体感和空间感，如何运用油画的凝重笔触和覆盖重叠的特质来表现风景的层次和视觉空间的魅力。

午后的阳光把郊外的景色照得轮廓鲜明，树枝凝着不动，树叶温柔地蜷曲身子，似乎在享受着那懒洋洋的日光浴。在静静的山坡上，一片浓郁的树荫下，戴着草帽的徐梅正挥动着画笔，全神贯注地描绘眼前的风景。在她的不远处，晓光也正在专心地作画。

在徐梅的眼前，是一片金黄色的稻田，微风吹拂，稻浪一波一波地涌动。远处有一条银色的小河，河对岸

有一片郁郁葱葱的小树林，背景是绵延起伏的群山，山脚下有几家农舍，隐约可见。天空蔚蓝，晶莹透亮，朵朵白云悬挂在天边，徐徐移动。徐梅从画箱里拿起一支白色颜料，挤了一些在调色板上，然后用画笔增添了一些湖蓝色和钴蓝色，加了少许紫罗兰，与白色调和在一起，开始在画纸的上方涂抹开来。

这时，晓光放下手中的画笔，走到这位美女弟子的身边，轻轻地问道："画得怎么样啦？对大自然的感受如何？"

徐梅回答："简直美极了！但我不知如何才能把这种美的感觉真实地描绘出来。"晓光说："你的色彩感不错，眼前这片金黄色的稻田表现得很真实，远方淡紫色的山峦也恰到好处，但是天空的云彩有些让人眼花缭乱，那些像小蛇一样的笔触，似乎有些模仿凡·高的《星夜》的风格啊。"

徐梅："是的，我比较喜欢凡·高的绘画，喜欢他表现大自然时强烈的色彩对比和富于动感的笔触所显示出来的感染力。可能无形之中受到了他的影响。"

晓光："向一个大师学习，这并非坏事。但是，你要知道，凡·高是在一种特殊的精神状态下描绘他自己的特殊感觉的。你可以受到他作品的启发或影响，但你必须在你的作品中表现你自己的真实感受。"

徐梅："这一点我知道，我一直凭感觉作画，相信眼睛不会欺骗我。每一次写生，我对色彩的冷暖和光与影的对比关系都进行了细心的观察和描绘，可能我对油画的技巧还掌握得不太熟练。"

晓光："这就对啦，你以前擅长水彩画，虽然水彩画与油画都属于西洋画，但在表现技巧方面有着许多区别。一般来说，水彩画是用从浅到深的色调来描绘，而油画大都是用从深到浅的色调来表现对象的。"

徐梅："我承认，油画的表现力比水彩更丰富，更便于表现物体的立体感和景象的空间，也便于反复地修改和完善，可能更适合我呢。"

晓光："你说得很对，艺术本来就是对现实生活的描绘，西洋画讲究形似，而中国画追求神似。其实都一样，都是表现作者对客观现实的主观感受。"

徐梅："真的吗？我真的有些迷糊！"

"是这样的，你想想看，"晓光耐心地说，"不管是西方文艺复兴时期的古典油画，还是现实主义、印象派的或现代主义、抽象派的作品，都不是对现实简单的模仿，而是包括了画家自己的思考、感受和情感。"

徐梅："也就是说，凡·高的作品在很大程度上是他个人激情的表达？"

晓光："对，毕加索的作品也同样如此。"

"我懂啦！"徐梅问道，"老师，您看我的这幅画应该怎么修改？"

晓光："你先把天空的色调提亮，树的阴影也太暗，不能用纯黑色，它们受到环境色的影响，也是有反光的。"

徐梅："哦！记住了。"

晓光："还有，远处的田野色彩对比过于强烈，可以用油画刀刮一下，将空间的感觉推移过去。"

徐梅："好的！一会儿就改好！"

当他们提着画箱疲惫地走在回家的路上时，夕阳的余晖已布满了天幕，刺眼的阳光逐渐被灰暗的夜色所吞隐。徐梅的心里乐滋滋的，觉得今天的收获不小。

其实，每当徐梅完成一幅写生作品时，都会感到十分开心，很有成就感，她追求美的事物，并力图表现，她在艺术的熏陶中获得了无穷的心灵滋养。

梅花三弄[1]

然而，开心快乐的日子似乎总是短暂的。转眼七八个月的光景过去了。由于徐梅经常与晓光一起在野外写生作画，难免引起一些人的风言风语，并很快传到了晓光太太的耳朵里。而且晓光太太近来发现丈夫总是闭门画梅花，茶饭不思，当她进入画室，见到满屋都是梅花画作时，气急败坏，将所有梅花作品撕得粉碎，和晓光大吵一场，晓光愤怒地摔下手中的画具，夺门而出。

忽然有一天，徐梅接到晓光太太的电话，约她在西贡市的一间小餐馆里见面。徐梅有些犹豫，是不是他太太对自己产生了误解？或听信别人的传言产生了嫉妒？既然自己与晓光之间没有任何见不得人的事情，就应该坦然面对。但她也为晓光着想，如果与他的太太见面，会不会对他们的夫妻关系产生不太好的影响呢？不管怎样，徐梅觉得这事不能回避，最终还是决定前往赴约。

① 《梅花三弄》，东晋桓伊吹奏的笛曲。

在一个顾客稀少的小店里，徐梅与身怀六甲的晓光太太相对而坐。二人话题的焦点当然是晓光的“移情别恋”。一开始，晓光太太对自己的丈夫破口大骂，说晓光是如何如何让她心烦：“他又丑又老，又蠢又穷又粗鲁，还是一个不负责任的男人。”接下来她话锋一转，“你真是个狐狸精！没想到他被你勾走了魂，如果你真的喜欢他，我就只有成全你们，让给你好了！我不想跟着这样一个窝囊的人一辈子受气！”

徐梅听了感到非常不悦，又很为对方感到悲伤与同情。但她为了不过分刺激对方，尽可能平心静气地说：“太太，我根本不是你想象的那种人，我可以坦率地告诉你，我从来没有喜欢过你的丈夫，我只是想跟他学习画画，其他什么都没有。我没有勾引他，是他喜欢我，我也没办法。”她稍微停顿了一下。“我才 18 岁，还很年轻，既然你把他说得那样一无是处，为什么要让给我？是不是你觉得我很丑，不会有人追，才把他让给我？你想，我会喜欢一个有家室妻儿，而且像你说的‘又丑又穷’的人吗？你既然要给我，也得找一个好一点的男人给我啊！”

晓光太太无言以对，自觉理亏，悻悻地离开了。虽然徐梅十分理性地平息了这场情感风波，但对她来说，内心的感慨无疑是十分巨大的，因为她并不想卷入别人的情感纠纷，更不愿去破坏他人的婚姻生活，她只想追求她所热爱的艺术。事实上，她没有喜欢过晓光，在她眼中，晓光的确才华横溢，具有艺术素养，她非常敬佩，但也仅此而已。

晓光太太回家以后，冷静下来前后思量，觉得徐梅对她比较友善，言辞恳切，而且发现徐梅的确画得不错，是真心跟丈夫学画，于是逐渐改变了对徐梅的看法，认为自己的丈夫只是一时收不住心，正在努力寻求办法摆脱这种情感的困扰，她决定以后不再干涉丈夫画梅花，反而与徐梅联手，慢慢引导他恢复正常生活。此后一年，徐梅与晓光太太变成了好朋友，徐梅也能安心地跟着画家继续学画了。后来，晓光和太太移民北美了，他在一间影视公司从事广告设计。多少年之后，也许是因为还惦念着这位才华横溢的得意门生，他特地偕太太来香港看望徐梅，他们三人久别重逢，恍如隔世，但见双方都家庭美满，更感欣慰。原来画家早已不迷恋画梅花了，自去了北美，反而与太太合力研究在家中种植梅花，以至每年新春，便梅香满屋，其乐无穷。

然而令人烦恼的事在当时并没有结束。不久，有关徐梅与晓光的流言蜚语很快传到了她远在岘港的父母的耳朵里。作为一个深受中国传统文化影响的家庭，父母听信了她与有妇之夫的画家有暧昧关系的传闻，坚决反对她继续留在西贡学习绘画，便发电报给她：“母亲病重，速归。”于是，心急如焚的徐梅怀着复杂的心情，依依不舍地离开了她生活四年多的地方，匆匆乘飞机回到她久别的岘港。

回到岘港后，徐梅才发现母亲根本没有什么病，十分健朗，心里感到很委屈，便闹着要回西贡继续学习绘画，但遭到父母的强烈反对。他们苦口婆心地劝她留在岘港，找一份工作好好地生活，但徐梅坦诚地告诉父母，自己与那位画家毫无情感瓜葛，只是为了追求艺术，学习自己所喜爱的绘画，提高自己的绘画水平。但是，徐梅越是强烈要求，越是说自己没有问题，父母就越是相信他们之间有问题，以至父亲终于发出“最后通牒”：“如果你一定要坚持去西贡，就当我们没有你这个女儿，与你脱离关系！”这对一个一向平静和谐的家庭来说，简直是晴空霹雳，对硬骨头的徐梅无疑也是沉重的一击。那天，她一个人跑到海边，面对势不可挡的海浪，伤心地大哭了一场，终于向父母屈服了。

少女的烦恼①

徐梅被父母强迫留在岘港，但由于已离开岘港好几年，以前的好友和同学大都已经疏远或离开了岘港，徐梅时常孤单一人，闷闷不乐，回忆过去在西贡的那些美好的时光，更觉唏嘘。有一天，家里来了一位不速之客——李晴，徐梅的一个初中同学，原来是另一位校友陈振文抄了一些中文诗歌托她带给徐梅，说要和徐梅探讨一下诗歌中的风景意象。徐梅想起来了，陈振文一向品学兼优，才华出众，特别是绘画和作文，深得老师和同学们的欢心。徐梅虽然和他接触不多，但知道他对自己怀有好感，所以就一直和他保持距离。徐梅接过诗后，说会另找时间和阿文谈，便和李晴聊起了陈年往事。这次交流，双方交谈得十分融洽，徐梅觉得李晴很真诚、善良，没有心机。此后，便经常约她一起逛街或到她家里开的士多店聊天。当时阿文正在岘港躲避兵役，无所事事，逐渐也到李晴家加入了“聊天团”。除了一起聊天、逛街之外，他们也经常一起拍照取乐，服装不

① 《少女的烦恼》，香港程步高执导的电影。

够，李晴还找出她哥哥的军装和她家卖的玩具手枪作道具给徐梅摆造型，好玩极了。徐梅逐渐发现，李晴对阿文颇有好感，虽然李晴心里知道阿文并不喜欢自己，但只要一见到阿文便会非常开心和满足。而阿文钟情于徐梅，并且总在聊天时谈论一些古典文学中的爱情话题，以试探徐梅的反应，而徐梅总只做一个优秀的倾听者，不发表过多的看法，以免他敞开爱的心扉。

一天下午，徐梅接到一个陌生的电话，是一个叫黎冠的人打来的，说来岘港办事，想约她出来见面，因为有件很重要的关于陆明的事要告诉她。徐梅认识陆明，是个对她非常痴心的追求者，但她不认识黎冠，只知他是西贡一个出名富商的儿子，因在岘港有他家的产业，所以经常来岘港帮父亲打理生意。由于他英俊潇洒、风度翩翩，且风流倜傥，所以很受岘港一些女孩子的青睐，争相和他谈朋友，但她和那些女孩子都只是逢场作戏，是当地出了名的“花花公子”。徐梅本来不想见黎冠的，但他关心陆明，不知他出了什么事，只好应约。原来，黎冠是陆明两年来在军营中的室友，经常听到陆明痛苦地说起徐梅，爱她爱得死去活来。有一天，他想徐梅想得快要疯了，竟企图为她吞枪自杀，要不是当时黎冠手快夺下他手中的枪，并答应替他带血书给徐梅，恐怕他早就不在人世了。所以黎冠一直对徐梅感到十分好奇，是什么样的国色天香能让自己

的朋友如此痛苦狂恋呢？他这次来除了要带血书外，更重要的其实是想见一见这个“要命的”徐梅。

黎冠自命风流倜傥，阅女无数，觉得能令陆明要生要死的，也不一定是什么好货色，或许让他看过后找出缺点，反可劝陆明死了这条心。岂知徐梅来应约，趋前问他是否黎冠时，徐梅那清纯秀丽的容貌和娴静文雅的气质便立刻把他给惊呆了。他还未向徐梅自我介绍便冲口而出：“哇！真漂亮！难怪陆明为你那么伤心痛苦，要死要活的，你真是仙女下凡啊！我现在才知道我以前认识的女孩子，全部都是庸脂俗粉……”徐梅没有理会他，问道：“你找我有什么事？快说吧！”黎冠结结巴巴地回答：“其……实……也没有什么大事。我只是感到好奇，谁会有那么大的魅力让我的兄弟可以为之寻死，现在我……终于明白了。不过，还是有一点不太明白，你为什么不喜欢陆明呢？他可是一个重情重义的人啊！”徐梅告诉他：“这不是他人好不好的问题，而是我对他根本就没有感觉。”黎冠笑着说：“那你看我怎么样？做你的男朋友应该还行吧？”徐梅白了他一眼说：“就你这种花心萝卜，根本不是我喜欢的那种类型。”黎冠见他在其他女孩那里惯用的伎俩在徐梅面前不奏效，有点自讨没趣，但心想以自己这么优越的条件，不可能追不上徐梅，只要给他多点时间。

之后，黎冠差不多每次来岘港“公干”，都约徐梅出来见面，起先还用陆明来作借口，慢慢连借口也不要了，再后，即使他不在岘港，也来信大诉仰慕之情。徐梅不胜其烦，只好约他见面，很礼貌地告诉他二人很不适合，是没有可能的。黎冠知道大势已去，恼羞成怒，悻悻然道：“我这样好条件的人你也说不适合，你还要什么？我告诉你，你这么挑剔，最后只会嫁个又老又丑的老公！”然后挥袖而去。

徐梅最终还是在岘港找了一份工作，那就是在驻越的美军海空陆战部军需处当文房管理员。这军需处所占的面积有六七条街那么大，货品应有尽有，美国政府以一二折低价售给军人。徐梅主要负责货物和商品的登记与批发审计，包括进货、验货，而且每一件商品的交易都需要她签字。当时，美国军人、韩国军人、中国台湾军人和菲律宾军人都可以来这里购物。每一个士兵每月都有一定数量的配给卡，如多少啤酒、汽水、香烟和奢侈品等，其他如音响、雪柜、钢琴和首饰等则每年限额购买。

军需处销售的白、红酒和所有生活用品的价格都要比外面市场上低好几倍甚至十倍之多，比如一支啤酒外面商店要卖 7 元，而这里只要 1 元便可以买到。如果是过节或部队开 party，就没有购买数量的限制，但需要有主管的签字。部门大的要有好几个签名，最后加上徐梅的签名，才可以完成一宗交易。工作虽然不很劳累，但比较烦琐，

极其单调枯燥，而且与那些高鼻子、蓝眼睛的老外相处也感到十分的无聊。她觉得不应该放弃自己的艺术追求，必须努力坚持下去。于是，每当下班之后，徐梅回到家里，便继续自学绘画，回到了她的艺术王国。

在那里，也有一些高鼻子、蓝眼睛的美国大兵向她示爱，但她并不喜欢那些过于开放的美国男人。徐梅尤其不喜欢那位长着鹰钩鼻子的好色上司，他经常举着新相机来到徐梅的办公室炫耀，展示把一个人拍成两个人之技巧，替她摄影，逗她玩，然后说徐梅如何漂亮和性感，令他心动。还多次向徐梅暗示，只要她好好工作，乖乖地听话，可以派送她去美国的总部工作，让她全家离开战乱的地方等，但徐梅拒绝了这种诱惑，只想踏踏实实地做好自己的本职工作。

由于工作努力，徐梅经常受到军需处的上司嘉奖，并且在一次全国会计师资格考试中取得了第一名的殊荣。一年下来，她还积蓄了不少钱，达三百多两黄金，在当时是一笔不小的财富。于是，她给六弟徐峰买了一辆电动单车，可把弟弟高兴坏了，因为当时的岘港一般人很少拥有这种昂贵的电单车，就像今天普通人很少拥有宝马车一样。为了使自己在音乐方面得到更多的训练和学习，也为了培养妹妹的音乐兴趣，她又用自己的积蓄花了两万多元给妹妹买了一架最好的钢琴，在当时的岘港没有几户人

家能买得起这种乐器，她的婶婶看到这台钢琴还以为是一个很大的怪物呢。为了避免父母的责备，说她乱花钱，只好对母亲说是一位美国同事因为工作需要回国，把这架不便带走的钢琴送给了她。

徐梅的求知欲似乎永远无法满足，她的勤奋和努力使她在艺术上不断进步，也由此挖掘出了她的艺术天赋。为了学习钢琴，她花钱与妹妹去教堂向司琴修女求教。每次妹妹从教堂学习回来，她便和妹妹一起反复练习曲谱，进步非常之快。后来妹妹进了台湾辅仁大学音乐系，她的音乐生涯正是从这架钢琴开始的。过了一段时间，徐梅觉得对西方古典音乐的认识还不够深入和全面，非常渴望能多获得一些这方面的知识，但又没有很好的学习途径。在岘港这么一个小小的地方，连古典音乐的唱片和书籍都无法找到，更别提能得到专业教师的指点了，为此，她感到十分苦恼。

第二部曲

爱的小夜曲

2

第一乐章

梅花之恋

红叶传书[①]

徐梅的姐姐结婚较早，21 岁便已嫁给邻居的同学。这邻居小伙子自小便喜欢徐梅的姐姐，毕业后回岘港做事，因利乘便，自然对徐梅的姐姐穷追不舍。他人倒是挺老实的，深得徐梅父母的欢心，尤其是徐母，总希望女儿嫁得近一些，可以经常见面。徐梅在军需处的工作假期是每星期一或二，因为她的同级同事都喜欢过周末假期，徐梅不喜与人争，就选择每星期一或二放假。这个星期一，刚巧也是学校放假，难得做教师的姐姐休息，徐梅便上姐姐家串门。她来到姐姐家，碰巧姐姐正要外出买些东西，叫徐梅在书房等一会儿，她回来便可一起闲谈了。徐梅独自坐在书房，等得无聊，想拿些书来看看，但发觉都是她早已看过的，游目四顾，只见书桌上有一本杂志——《星岛画报》，她知道是姐夫订阅的，可是她从未看过。她拿起压着那本杂志的笔盒，正想翻阅，忽有一阵风吹过来，吹起最上面那本杂志内的一页，徐梅一看，是满满一页的“征友栏”。她从未见过这么大篇幅的“征友栏”，于是多看几眼，但见每一篇征友稿都是密密麻麻的文字，文句不通者有之，胡乱卖弄学问者有之，矫揉造作者有之，徐梅觉得有趣，便拿下来继续看看解闷，但看到一半时定下神，因为见到一个叫“吴梓平”（吴敏伦的笔名）的却写得十分简单，仅二十多个字：“爱好音乐、艺术、绘画及文学，希望结交志趣相投的朋友。”徐梅不知为何，心中有一种从来没有过的很好奇的感觉，她想：“这人很特别呀！”而他所说的“爱好音乐、艺术”更是深深吸引着她，因为自她回岘港后，常挂念在西贡向晓光学画以及和其他两个朋友学听古典音乐的自由愉快的时光。现在，她虽然买了钢琴，能继续学习古典音乐，但苦于没有与她志趣相投的朋友可以互相切磋和学习，枯燥无比，这个“怪人”能不能填补一下这点空虚呢？就这样，在毫无心理准备的情况下，她见桌上刚好有纸笔、信封和邮票，便随手写了一封信去回应那特别的征友者。刚刚写好、贴好信封和邮票，姐姐便回来了，她帮姐姐做了些家务，闲谈到姐夫快要回来时才离开。

和姐姐的家虽然离得很近，徐梅回自己家仍要走过一个小庭院，庭院内的花草树木，多是父亲种植的，她早已看惯了，但在这次回来的时候发现在庭院一角，开了一

---

① 《红叶传书》，出自宋人张实的传奇《流红记》。

丛她从未看过的红花，在微雨笼罩及夕阳掩映下，美得醉人。她走近端详良久，还未猜到那是什么花，却听到后面有个声音说道：“春雨楼头尺八箫，何时归看浙江潮？”徐梅还未回头，便已答上：“啊！芒鞋破钵无人识，踏过樱花第几桥？是樱花！”来者答道：“对了，但这种花不是越南土生，一定是你父亲不知从哪里移植过来的，真厉害！樱花开花就是这时节，但花的寿命很短，要欣赏必须抓紧时间，不能错过呀……不过，哈哈，切记不要剪下来拿到房里写生才好，不然又要被你父亲罚抄诗句了。”说话者原来是邮差叔叔，正往她家派信出来，而他也是个喜种花的人，和徐梅的爸爸很熟，所以连徐梅的“丑事”也知道。徐梅有些不好意思，笑着说：“不会了。”她忽然想起身上正好有一封未寄的征友回信，便递上前去说：“邮差叔叔，我刚写好了这封信还未寄出，你可替我寄吗？”邮差叔叔欣然答应：“当然，当然，替人带信，我还是最喜欢带你的，因为你的字最美，连带你的信也是赏心乐事。”

邮差叔叔走了，徐梅仍不舍地站在树下看花，几片红瓣飘落在她一袭白衣上，像要为这世界增添一点美艳，也像为人间的爱情送上最温暖的祝福。

维纳斯的诞生[①]

吴敏伦依然在求学的路上奋力前行，广泛地汲取各种科学知识，充分发挥自己的艺术兴趣，努力丰富和提高自己的艺术素养。不料一晃进入了大三阶段。医科大三所涉及的科目和关注的范围较为广泛实用，比较切合他的性格，所以他的成绩还不错。正在这时候，吴父为了方便与儿子住在一起，能给他多些照顾，应付即将来临的繁重和起居不定时的临床学习，决定把家从观塘迁回港岛湾仔。于是，吴敏伦搬出他已居住了三年多的紫兰楼，在离开之前，他把新地址和电话留给房东以及她那读高中的女儿，以便日后联络。

1969 年 2 月 11 日，吴敏伦在新居内收拾和整理他的房间，突然接到紫兰楼房东女儿的电话，说收到一封寄给他的信，而她刚好有事要来湾仔，可以顺便带给他。吴敏伦当然说好。接过信后，觉得有些奇怪，因为信是从遥远的越南寄来的，正在狐疑他与越南有什么关系之时，再仔细一看，还未打开信，就已被那信封深深吸引，怔住了。

这是一个普通的白里透蓝信封，但没有一丝折痕，封口和邮票（虽然是四个贴在背后的大邮票）都贴得很整齐服帖，没有一个起角。由于封面地址需要中英双语填写，想装整得好是有点难度的，但来信者处理得很干净利落，右边中文直书，左面英文横书，字体大小适中，互相呼应，平衡又不单调，巧妙之处还在两者之间，好像有意留下空间，给圆圆的邮戳印上去，让一个布满横直线条的画面在最关键的地方因有个不同的图案而活跃起来，似太阳从地平线上

① 《维纳斯的诞生》，意大利桑德罗·波提切利创作的油画。

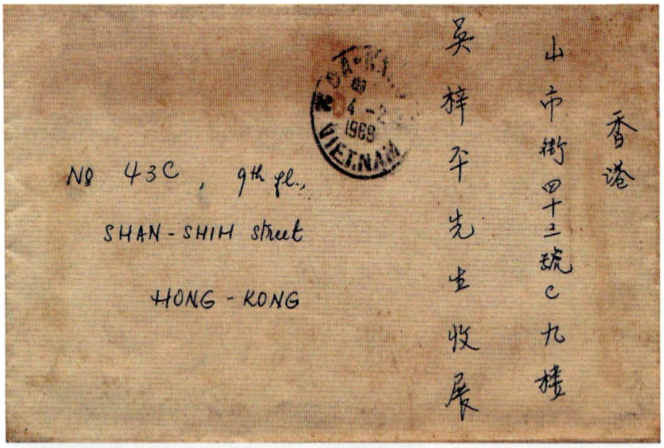

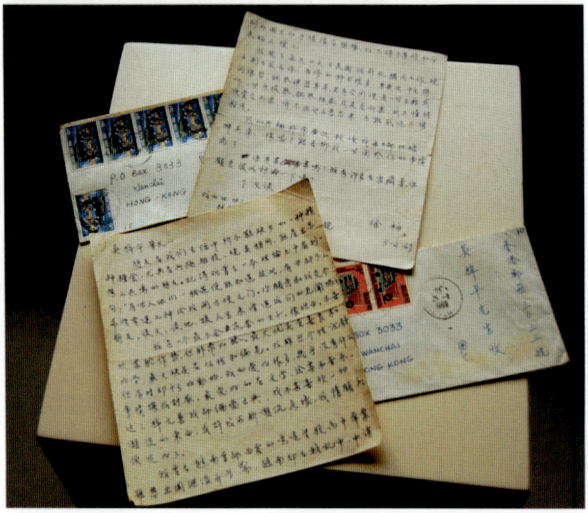

升起，也像满月从树梢窥探。如此富于艺术感又似乎毫不经意的设计，是有意为之呢，还是吴敏伦自己想多了？不过，再端详那些中文字体，吴敏伦知道他只有想少而不会想多，因为那些虽然只是钢笔字，但已见遒丽清秀，法度有致，若非曾潜心钻研书法，尤其是王羲之的字，不可能至此。何况此人书法虽有王羲之的影子，却还添了一份婉约和青春（所以她一定是个温柔端庄的少女），又隐含一点坚持和力量，极具个人特色，耐人寻味。一时间，吴敏伦的内心感到一股极大震动，他想这信或许是回复他一年前的征友栏的，但可能吗？为什么会隔了一年？又为什么会是如此出类拔萃到不可思议的一封？是梦吗？还是某处高人的恶作剧？吴敏伦带着一大堆问号和敬畏，小心翼翼地用割刀沿封口割开，像是怕弄坏这件艺术品，哪怕就只是一丁点儿。

展现在他眼前的信纸只是普通的单行纸，共两页，只见一行行秀丽字迹整齐排列，但一点也不挤迫呆滞，美得就像一篇理想的钢笔字帖，赏心悦目。再读内容文句，真挚流畅，毫不做作或卖弄学问，只是适当地介绍自己和随意写一下心中所想，很理性，但也很感性，有关乎她的理想和愿望、她自己的优点和缺点、坚持与矛盾……是这么坦率及人性化……吴敏伦觉得他就像正在读着一个“神人”写的一篇漂亮流畅的散文：

吴梓平笔友：

朋友是我们生活中所不能缺少的一种精神粮食，尤其是兴趣相投、观点相同、能产生思想上共鸣的朋友。记得我曾在一本理论书中看到一句：“有些人他们一相遇便能知道彼此，有些却不。”希望幸运之神给我开方便之门。你愿意和我交个朋友，谈天、说地、谈人生来增进我们的见闻吗？

我是一个最不会客套的女子，很坦白，不喜欢装腔作势，但非常好胜。最大优点是善良和好学；最大缺点是任性和偏见。我虽然个性沉静，但有时十分好动的。我的爱好很多，几乎没有什么事让我讨厌。最爱好的是文学、绘画和音乐。这三样文艺我都偏爱古典，我不喜欢一切潮流的东西，或许我与新潮流无缘，我情愿落后好了。

我曾在越南西贡的鸣远学校高中毕业，虽想出国继续升学，然而，越南却在战乱中，申请到外国去的手续很是困难。我不得不等待和平来临之后了。我现在每天在美国政府机构内工作，晚上则在家自修。自修的科目很多，有英文、中文、诗词练习、钢琴练习等等。若有空闲便看一些书籍或听一些小提琴、钢琴独奏或是交响乐，我不懂得欣赏交响乐，听不出什么意思来，可能我还不够程度。

我的兴趣非常广泛，致使我每日都忙碌异常。你呢？能告诉我一些关于你的事情吗？

你有画画吗？我有许多画在收藏着。你愿意彼此讨论一下吗？

下次谈。

我的地址：越南岘港市安拜街十四号。

No：14. YEN－BAY Street

DANANG（VIETNAM）

徐梅上

03－02－1969

读罢信件，吴敏伦内心波涛起伏，不能自已，其实是不能相信自己的眼睛。这不就是他一向心中理想对象的模型吗？怎会可能出现？而且是在这么奇怪的时空之中出现，难道是命运在捉弄，还是爱神的诞生？理智告诉他要冷静下来，多想几天才决定怎么办，但感性告诉他，就是因为出现在这么奇怪的时空里，机会才更可能会稍纵即逝，此时尝试去抓抓，即使结果还是一场梦，也不会毕生遗憾，后悔没作尝试。吴敏伦左右思量，心神不宁地折腾了半天，还是到了晚上才从被窝中起来回信。不料一提起笔，他停不了了，除了如徐梅那样介绍自己外，还说他在何时、什么情况和心境下投登了那征友信、他是个怎么样的“怪人”、他喜欢的音乐家和作品、他从他们的音乐中领略到什么、他学画的经验、喜欢的画派和画家、对中英文诗词的想法等，下笔何止千言，大有江河决堤，一发不可收拾之势。显然，他太久没有能与他一起谈这些东西和心事的朋友了。还好，几经挣扎，尝试停笔又多次停不了后，他才真的停了下来。这封信是这样结尾的：

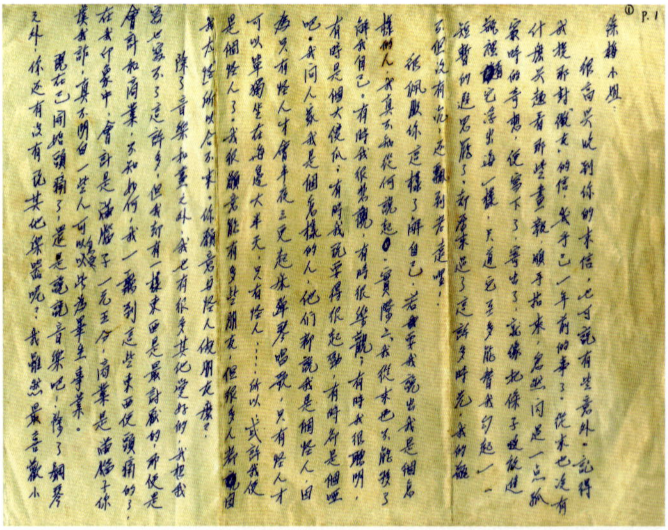
① P.1

徐梅小姐：

很高興收到你的來信，也可說有些意外。記得我投那封徵友的信，差不多已一年前的事了。從來也沒有什麼興趣看那些書報，順手拈來，忽然間是一點孤寂時的奇想，便寫下了，寄出了，就像把條子放進瓶裡[illegible]，它浮出海一樣，只道它至多能替我勾起一短暫的遐思罷了。新年來過了這許多時光，我的瓶不但沒有沉，還飄到岸邊哩！

很佩服你這樣了解自己，若要我說出我是個怎樣的人，我真不知從何說起。實際上我從來也不能夠了解我自己。有時我很孝親，有時很冷淡，有時我很聰明，有時是個大傻瓜；有時我覺得很起勁，有時我卻是個啞吧。我問人家我是個怎樣的人，他們都說我是個怪人。因為只有怪人才會半夜三更起床彈琴唱歌，只有怪人才可以單獨坐在海邊大半天，只有怪人……所以，或許我便是個怪人了。我很願意能有多些朋友，但很多人都[illegible]因我太怪，所以合不來。你願意與怪人做朋友麼？

除了音樂和畫之外，我也有很多其他愛好的，我想我寫也寫不了這許多，但我卻有一樣東西是最討厭的，那便是會計和商業。不知如何，我一想到這些東西便頭痛的了，在我們家中，會計是[illegible]一元五分，商業是[illegible]你搞我說，真不明白一些人可以以此為畢生事業。

現在已開始頭痛了，還是說說音樂吧。除了鋼琴之外，你還有沒有玩其他樂器呢？我雖然最喜歡小

……写得太长了，若果我不逼自己收笔，可能还会一口气写下去几小时，什么事也不晓做了。还是下次再说罢。我知我的中文写得不好，因为我是从英文书院出来的。但我很希望练好我的中文，毕竟中文是自己国家的语言啊！不知你有没有读英文诗，什么莎士比亚、拜伦、雪莱，加起来也不及一个李白哩，我想其中最大的不同，并不是思想或才华的问题，而是语文结构上的问题。中国语言……唏！还是收笔哩，下次再谈，希望早些收到你的信。

第二天一大早，吴敏伦起床的第一件事便是把回信寄了。当晚，他在日记中写道：

“我很愿意结识一个这样的女子，因为我从来也没认识过，而现在又正因生活单调，倘若能有一个这样的笔友经常与我通信，也可解解自己的烦闷。我回了信去，希望她对我有好印象吧。”

2月12日，是吴敏伦的“罗曼史”上值得纪念的日子，因为这一天，他向他未来的太太徐梅发出了第一封信，由此引发了一段浪漫缠绵的爱情故事，造就了一个温馨幸福的“蜜室”。

战战兢兢地寄出那封回复“徐梅小姐”的长信后，吴敏伦日夜处于盼望和等待之中，但一个月快过去了，他收不到任何回音，仿佛石沉大海。他多次拿徐梅的信出来玩味再三，越多看一次，就越觉得不可思议，但又越怕它只是一阵无踪的风或一抹飘过的浮云，因为它实在太美，太像他一直潜藏心底的梦了。他反复为自己这次的奇遇解释，安慰自己要快快放下：“世界上怎会有这样合乎你理想的女子？这或许是上天给你开的一个大玩笑，惩罚你的痴梦幻想和不切实际，要你快些醒过来。”也许，“这是一个很懂你怎样傻的好友或别人的恶作剧，你回了那封长信已足他们拿来取笑你一世，你现在越挂念越写信去催，就只会让他们笑得更开心”。

然而，无论他解释多少次，放下多少次，他还是放不下、挥不去，最后，他实在按捺不住了，向自己咆哮：“即使这真是个梦，难道追梦也有错吗？有多少梦

想，开始时都没有人相信会是真的，然而最后却变成了必然要发生的事？”

于是，吴敏伦决定向徐梅发出第二封信，但采用他的一贯风格，只寥寥几句：

徐梅小姐：

上月我寄了一封信给你，至今还未收到你的回信，不知是否我的信寄失了还是你不愿意和我通信呢？我很希望能够与你做成朋友，但倘若你认为不适宜的话，也请你写几个字来告诉我。因为对我来说，空盼着信是这么令人难受的事。

祝

快乐！

吴梓平

三月十四日

香港邮箱 3033 号

信寄出后不久，终于，吴敏伦收到了徐梅的第二封信，仍是那么秀丽的字，流畅的笔触，坦诚又有点顽皮的风格，令吴敏伦如沐春风。她在信中说，她因为病了，所以迟回了信：“很想诅咒你一顿的，因为一接到你的信我便病了，但为了避免你对我有‘迷信的小老太婆’的印象，不得不作罢。”她说她本来对交笔友这玩意儿是没有丝毫兴趣的，然而，天下间却偏有这么多无法解释的事情：一个非常偶然的机会之下，便写了信，“碰上了你这个大怪人……起初还预定，假如这吴梓平是个油头粉面、吊儿郎当，或派头潮流之类的人，便不了了之。谁知道，哼，你懂得较我还多！……安慰！”

然后她说了很多有关他们共同兴趣的内容。从中外文学到古典音乐，到她学习各种乐器和聆听录音的经验与困难，再从反省自己的性格到对人生与人性的看法，都有条不紊，出自肺腑，最难得的是没有半点炫耀味道，反而处处谦卑自省，充满孜孜以求的精神。以下是她反省自己的一段：

我实在不知道自己是一个什么样的小精灵，有人说我开明，有人说我保守，有人说我骄傲，有人说我神秘，有人说我浪漫，有人说我严肃，而我却觉得自己莫名其妙，总而言之，我是善变的。我喜欢在烈日之下爬山，也喜欢在黑暗之中沉思；我喜欢浩瀚的大海洋、蔚蓝的天空、漂浮的白云、一些无际的原野、阴沉沉的森林、大自然的一草一木。我也喜欢闷，有时我闷得不想再闷了，有时我又感到闷是一种很好的心理享受。我，没有梦，更没有美丽的梦，虽然哀伤从不曾侵蚀过我，但我的心却已自然地苍老起来。

一般的女孩子，新衣服能使她们欢愉，一部电影能使她们快乐，朋友们的赞美能使她们显耀。这些欢乐的时间虽短，程度虽浅，但一些人想拥有这些欢乐却是一件非常困难的事呢。假如我们闭了双眼，把虚伪的恭维当作真诚的赞美，那么，我们短暂的欢乐又将增添不少了。但谁又稀罕这些欢乐呢？有谁会知道了“真”而又去寻找“假”呢？

我们人真可悲，一来到这个世间便与现实结了不解之缘。许多事情我们喜欢的却无法凭着心愿去做，不喜欢的而应该去做。有些人竟会为了不相干的人的毁谤、讽刺或中伤而卒然放弃自己想做或应做的事。

读完徐梅的来信，吴敏伦非常高兴，因为他知道自己遇到的已不是梦神的幻觉或谁的恶作剧，徐梅这个人是真的，虽然是理想得这么难以置信，虽然是这么遥不可及，或永远会如此，还可能随时消失，但已足够令他快乐，给他的生命点燃了一丝动力和希望。他在日记中写道：“她很有趣，很爽朗，但不流于粗俗，颇诚实，但亦有些女子的自傲与矜持。听她说有时爱静，有时爱动，是则与我的性格颇相近。她对于几乎所有的艺术都很有兴趣，但究竟水平如何，我还不太了解。像许多其他女子一样，她也很喜欢看小说，可幸的是她没有提到琼瑶、伊达。还有一点我很喜欢的是她没有抛出那些人作文时把肉麻当有趣的句子。此外，她也有些不尚于俗眼的思想，很是不错。”

于是，他们开始互相通信了，什

么都谈，从文学、诗词、音乐到绘画、哲学、宗教、政治、下棋、打麻将、运动和日常生活点滴等，越来越投契。鱼雁千里，还要通过战火的关口，为了避免因邮递延误或寄失造成误会和焦虑，他们约定至少每两星期写一封，多忙也写两三个字，每封在封面上写上号数，谁寄失了也不怪谁，万事不向坏的方面想等。

到第四封信时，吴敏伦开始不用“徐梅小姐”来称呼她，也告诉她自己的真姓名，但徐梅的回信虽然也不称呼他为先生，但也不叫他的真名，而是叫他“大鬼”，只因为在上一封信中，他们谈及鬼神，徐梅说宁愿见到魔鬼，也不愿错过真理，吴敏伦便画了一只鬼来逗她，而她又觉得吴敏伦的中文字写得像丑陋的瘦金体，每个字都扭起来，似油炸鬼（油条），所以便称他为“大鬼”了。这就是徐梅！吴敏伦唯有“投桃报李”，根据她“徐”字的越文拼音和“梅”字的普通话声调合成个“主和弦”，成为清脆铿锵的“杜 MAY”。

吴敏伦于 5 月 11 日的日记中写道：

又接到梅的来信，很是高兴！原来她也是读理科的，却竟会对艺术这么有兴趣，这次我真的被她惊奇到了。如此说来她岂不是几乎要成为另外的一个我？真是太奇妙了，奇得令我很难相信，但我又有什么理由不相信呢？这样的一个女子，怎能不引起我的幻想呢？但在幻想中，我当然把她幻想得十全十美的了……

她叫我作大鬼，不知她什么意思，也亏得她这样快便敢这样顽皮，她说她是任性的人，也真不错，不过只要不过分，一点儿任性是很可爱的，我自己何尝不是一样？

不知她是什么样子的，现在知道的是她的家颇富有，她很好静，也很聪明，不过有些好胜，可能是家中的大家姐，以至养成一种颇坚强的个性，照看外表也不会太差（因为她说过，有人说她是浪漫的），若这分析对的话，我真要神魂颠倒了，但极有可能，我的分析是有主观成分的渗入——是一个潜意识的创作罢了。

吴敏伦发现，他们彼此志趣相投，又推崇科学，追求艺术，互相的好感已随着书信来往的增加而逐步加深。虽然他只局部了解徐梅的身世和现状，也不曾见过照片和真人，但从她来信的字里行间，他已经感觉到自己喜欢上了她，但他仍有犹疑，未敢确定，尤其是徐梅对他的想法。所以，到第六封信时，他尽量“谦虚”地介绍自己，向她试探：

我五尺十寸高，一百二十五磅（是瘦了），满头白发，也很散乱，粗眉突眼、大鼻、兜风耳，左面有痣，牙齿很白，但有点前凸，也有崩牙，有点驼背，行路垂头丧气，但有时发傻笑，所以在街上很多次便几乎给汽车撞倒……好了，我想我若继续写下去，你晚上要发噩梦了。

他也说出自己对徐梅的印象，略显自己的心迹，但也提醒大家要提防对对方的幻想：

我也曾幻想过你的样子（……我想你一定长得很美丽，我这“钟

楼驼侠”一定令你很失望了），但理智常常禁止我，因为幻想里面的东西，一定是十全十美，逐渐便会跳出现实的圈子，以致最后令到自己所喜欢的已不是“杜 MAY”，而是自我心目中的形象，到了那时，还算是什么友谊呢？

6月到了，吴敏伦还未收到徐梅的下一封信，对徐梅的思念开始燃烧，又试图在日记中进行“心理分析”了。他在6月1日的日记中写道：“每次梅来信，我便要写一篇日记，真怪！梅有些像我？喜欢自我表现一下（可能人人都有这个心理），不过照看她对理论也不甚坚持，只不过喜欢想想罢了。她也问我很多我自己的东西，我很高兴告诉她，但也希望她能告诉一些关于她自己的，我告诉她我的样子像钟楼驼侠，不知会否把她吓怕呢？”

三个星期过去了，徐梅仍没有来信，吴敏伦由思念变为担心，他忘记了他与徐梅的约定，即他们书信来往的特别困难，收不到信也不能总往坏处想，他开始忧虑她可能她发生了什么事，又或她又病倒……于是他写信给徐梅说：“梅，自相识以来你对我都这么好，为什么现在要这样惩罚我呢？你不是承诺过无论什么事也写几个字给我的么？你虽然没有真正答复，但我已当作你已答应的了。真的，无论怎样，先写几个字给我吧，就算是绝交信，让我看了哭几星期或走上山顶跳下来，也总好过现在不知像个什么东西。”

吴敏伦在信中向梅详细描述了他近一个月来

的生活状况。但也描述他从新闻图片以及纪录片中看到的一些越南的战争状况时，怎样令他担心，甚至心中燃烧着火，信写到结尾，他仿佛已失去了梅一样，无端自责自伤自怜，很不像他平时的自己：

> 我会否再收到你的信呢？不过，倘若你真的不打算再来信给我，我也不会怪你的（虽然我会很伤心），因为我知道我一定已犯了一个无可饶恕的罪过，谁叫我的性情这么怪？以我这样的一个人，能够获得这样好女子的友谊，已是非常幸运了，还奢望什么永远永远呢？但无论如何，我会惦记着你的。

也许，在复杂的火焰下面，还隐藏着一团强烈的爱火。

7 月 3 日，吴敏伦终于收到了徐梅的来信，原来是因为她与朋友临时决定出岘港以外度假两星期，回家后才见到他的前一封信，所以回信迟了。吴敏伦很高兴，但又想到徐梅或许现在已经收到了他上星期寄的“撞头心急信”，弄得她啼笑皆非，令他出丑了，真是后悔莫及。于是他立刻回信：

想起来我真对你不起，我竟然对你这样没有信心，你宽恕我吧。我以后真的不敢了。但以后倘若我到了时候还收不到你的信，我应该怎样做呢？你一定要教教我。

吴敏伦在7月7日的日记中写道：“梅有信来了，原来她度假去了。她说不怕我的丑样子，还说了很多关于她的事。我真是越来越喜欢她了。我想，有这样一个红颜知己真是太难得了，不论她的样子怎样，只要她给我的印象是真的，我怎样也舍不得她。经过大丸（公司）见到一个怪模样的公仔，我买下寄给她，我想，以她的性格，一定会觉得很有趣的，希望她欢喜。我提议与她交换我们的相片，倘若她答应，我就可看到她的样子了，真好。”

爱的献礼[1]

然而，只过了一个多星期，吴敏伦还未收到徐梅的相片，爱火已促使他寄出给徐梅的第9封信。起先他还只在为自己的“撞头心急信”解嘲，然后说起他一年多前发征友稿的过程和趣事，但到最后，他简直崩溃了：

> 与你通信真是一件快乐的事，心痒痒便是不想收笔。噢，我想我还是真的爱上你的了。我不理你说什么，说我傻也好，冲动也好，盲目也好，不知什么是爱也好，怀疑我也好，对我失望也好，要罚我骂我也好，与我永远也不会见面也好，认为我只五分钟热度也好，语无伦次也好，希望我明天便死去也好，只要我真的是爱了，又岂是自己所能禁制的？谁叫你这么好？谁叫你我喜欢什么你便喜欢什么？谁叫你是“杜 MAY”？一天都是你不好，都是你不好！噢，不是不好，我怎会怪你？你是天下第一好人……都是我不好，唏！不写了。

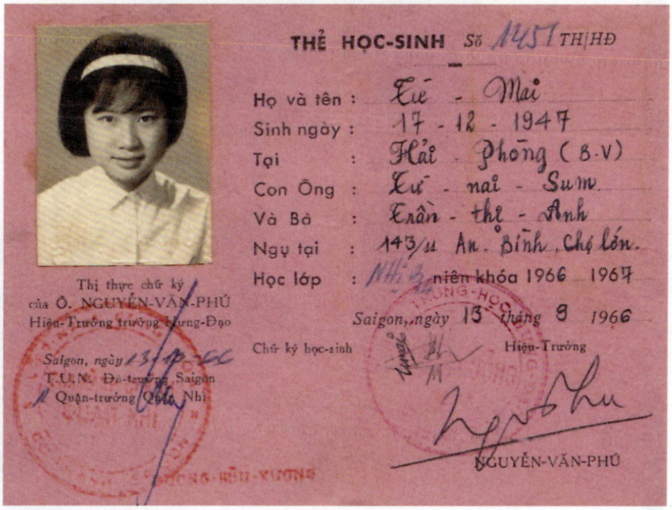

写完之后，他立刻把信贴好，下楼把信寄了，免自己后悔而卒之寄不出去。那便是吴敏伦给徐梅的第一份爱的献礼。

一星期之后，吴敏伦收到了徐梅的来信，信中所流露出来的情绪是欣喜的，但平静理智的，那种成熟的表现显然胜吴敏伦一筹：

---

① 《爱的献礼》，英国埃尔加创作的小提琴曲。

看样子你是爱上我了。你没有做错，爱是非常自然的一种感情流露，动物尚且有爱，何况是有血有肉的人类呢？你乐意和我为友已使我感到荣幸，你爱上我更使我值得骄傲，被爱使我甜在心头，我又怎么会不想继续与你做好朋友呢？你问我有恋爱的经验吗？我不清楚有或没有，初中的时候我喜欢一位男同学，他也喜欢我，我们常在一起研究功课，却没有谈及情爱，后来他去了遥远的瑞士，我们也随着时间的流逝而淡忘了。如果这不算是“恋爱”的话，那我可以说我没有恋爱的经验。但我的男朋友很多，各式各样的人都有，女朋友却很少。(你想知道关于我和男朋友们的事情吗？多得很。) 假如我们能在一起，我一定会爱上你的，而我相信你也会对我更好更好。现在我问你，假如我是一个很善良很温柔而学问不十分好的女子，你会爱我吗？我想你是不会的。

……你不曾见过我，连我是什么样子（什么性情）也不知道，却这么喜欢我，你太傻了！现在我寄我的相片给你，你看了之后便将没有你心目中“杜 MAY”的印象了。我一向没想到要寄相片给你，现在我却寄去，目的是想你不要将我想象得脱离了现实。我不愿意你爱一个想象中的我，知道吗？

当吴敏伦收到这封信，知道徐梅可以接受他的爱，和他发展下去，他安心了，但当他见到徐梅寄来的几张照片，他只能说是欣喜若狂，因为他简直不敢相信自己的眼睛，原来他朝思暮想的“梦中情人”竟是一位如此清纯美丽的姑娘。

他在8月1日的日记中写道：

> 梅很美丽可爱，长长的头发，圆圆的面孔，可能比安妮少一些高贵气质，也不能说是出俗，但真的令人有容易亲近的感觉。如学生证那张，却像个很勤奋的学生。这样好的女子，我还有什么不满意呢？我看着相片，想着问着，她真的便会是我将来的妻子吗？若果是的话，我是很愿意的，她一定会是一个好妻子。

第二天，吴敏伦又收到徐梅的第二封信，只是短短的。“她说又要飞去西贡了，说挂念我，并觉得我们很有缘分（我不知是不是，但我也觉得我们的相识真的很巧妙、奇怪）！问我是否能忍受失去她。显然，她对我也很有情的，这样的一个女子，我怎能不深深地去爱她呢？”

> 爱情？这就是爱情？不是安妮，不是阿倩，不是阿娇，却是一个遥远的“杜MAY”，这么的难以相信，却又这么的真实。我会是一个专情的人吗？我会对梅专心一致吗？我现在是这样高兴，又这样战战兢兢，真怕自己做了一个爱情上的罪人，糟蹋了一个好女子纯真的感情。笔友，本来是很难互相信赖的，但我们却能这样互相信任，通过信纸这样相好，这难道就是爱情的力量？

礼尚往来，吴敏伦也立刻寄了一些自己的相片给徐梅。

你们可知道爱情是怎么回事[1]

在大海彼岸的岘港，徐梅也在体验着爱情潮水的冲击，她在给吴敏伦的信中写道：

我的脑袋再也不能塞下些什么了，全装满了你的爱。下班回家，收到你的信，真是澡也不洗，饭也不吃，琴也不弹，书也不读，立刻看信和回信，我心里的话就无法多等一会儿。喂，要等到两年后或者五年后才“隆重”地向我求婚吗？噢，我等不及了，我现在就偷偷地答应你吧！一千个一万个答应，毫不迟疑地答应，很开心很开心地答应，真真实实完完全全地答应，你喜欢何时何地结婚我都答应，一切都依你，你是“一家之主”，一切都由你决定。你说要跪在我面前向我求婚，我怎么舍得？你跪我，我也要跪你的。我只要你在心里轻轻地问我，我便会在心里轻轻地答应你，有这样的一天真是乐坏了。

你怕我把你想得太好而将来会感到失望，怎么会呢？我肯定地绝对不会。我想象到有一天假如你因意外而残废了，我亦一样地爱你，除非你不是你。将来见面时，在我这方面，我深信我绝不会有丝毫的失望（除非是冒充的梓平），因为你是你，所以无论你是什么样子我都同样喜欢和顺眼，你是钟楼驼侠我也一样喜欢，何况你和钟楼驼侠比起来小巫见大巫呢？的的确确，我心目中的爱人便是这个样子，很顺眼，很好看。话说回来，你也不能把我形容

① 《你们可知道爱情是怎么回事》，出自奥地利莫扎特的歌剧《费加罗的婚礼》。

得太好了，我怕将来见面会令你失望。相片不可靠哦，你再说我美丽，我真怕你将来要失望呢。

不过，我虽然与你订了终身，但只要你喜欢，随时随地你都可以从我身边走开的，不论成了夫妻与否。只要你觉得我不再适合你或对你有所妨碍，你可以不必担心我，你将时时刻刻都是自由的，我绝对不会给你任何束缚。万一真的这么不幸，我们合不来，你离去了，我也不会埋怨，只有怪自己的无能。我爱你，希望你获得快乐，假如我不能使你快乐，我也不会快乐，你的离去又怎能怪你呢？请你记住我这番话，我是正正经经地说的，我的话也是真真正正的。但愿我有能力能够使你一生快快乐乐。

我太想立刻飞到你的身边了。……现在我已很想见你了，我的天！还要等待多久！

然而，可恶的战争仍在继续，炮火连天，硝烟弥漫，使一对真心相爱的恋人难以相聚，只能苦苦思念。徐梅在信中写道："昨夜被火箭炮的巨响和警报声惊醒，我一下子忽然对死亡恐惧起来。躺在床上，睁着眼睛，就是无法安睡。从来没有哪一个时刻

我像此刻这般爱惜我的生命。失去你我会痛苦，正如失去我你也会痛苦一样，我怎么可以死去而让你承受这死别的痛苦呢？我一千个一万个不愿意不愿意不愿意。又假如万一我真的意外地死亡了，天！那真是太残忍了！就这样撇下你，我死了也一定不会闭目。”可见，徐梅将爱情、生死联系在一起来思考，同时也体现了她对爱情的真正价值的理解：追求真爱，至死不渝。

徐梅继续写道：“正如你所说，我们好像很久很久以前已相识而相约，现在才见面一样，我有同样的感觉，若不，我们为什么每事都相投呢？……我曾怀疑这辈子是否会爱上别人，现在我不怀疑了，真真正正地我爱上了你，我等了你这许多年了！我还要继续再等下去，你会等我吗？你等我到何时？我们何时才能见面？何时才能在一起谈天说地？你要带我去看海呀！……你的相片，我每张都愈看愈爱看，看到你的样子便要甜在心头，以后你若能拍多些寄给我就真是太美妙了。你赞我美丽的话我不是不喜欢，我很开心呢，时常重复地看几遍，有什么能较心爱的人的赞美更为使我快乐呢？只是我总觉得我不及你所形容的那么美丽罢了，这样便失去了一部分‘真实’，你明白我的心情吗？”

月亮河[①]

现在，吴敏伦有一个“杜 MAY”了，他一开始便这么喜欢她，以至目前他已把她当作一个可以无所不谈的知己朋友。有人说：“生而得一知己，死而无憾。”而吴敏伦已替自己找到了一个红颜知己。他幻想着徐梅也是以同样的真诚将他作为知己朋友看待的，真是如此就太好了，就怕只是一个梦。“梅，真的，无论怎样，我也非常感激你所给予我的东西，无论它是珍贵的友情或只是一种虚渺的沉醉。”

然后，吴敏伦忽然想起，他们一直谈音乐艺术及各式各样太多了，他竟还未告诉徐梅他是做什么事的。他叫徐梅猜猜，谁知她猜得离题万丈，被她气坏了，他回信：

你猜我在做什么事，真是离题万丈。要我参加夜总会乐队或者可以——如果有人肯闻奏鸣曲而起舞，要我做商行职员，三日内被“炒鱿鱼”无疑。我知你为什么这样猜。第一，你不愿伤我自尊心，如果你猜我是大学生（这是如果我还是在读书的最大可能性）而我又不是，或如果你猜我是教师，而我又根本未有资格的时候，我心中一定会很难过的，所以你只好猜我在做事，而做事的职位一定不要高。第二，我既说了我不像这一行的人，那你便立意向最无可能的方面想，我既喜古典音乐，又特别憎商业，所以你便这样猜了。嘻嘻，我的心理分析学是否比你的第六感觉厉害？好了，我要揭晓了，其实我是

① 《月光河》，美国亨利·曼奇尼创作的歌曲。

香港大学医学院的学生，现在已是在临床实习的阶段，倘若一切顺利（这是很困难的），还有一年多我便可以做正式的医生了。怎么样？觉得意外吗？

其实，吴敏伦真是怕她会觉得意外，怕一个文艺少女不会喜欢如医生那类的科学怪人。幸好，她的回信一点也没有介意，提也不提，一味说她如何被他的相片迷倒：

你的相片每一张我都喜欢得要命（活生生的你可想而知更要我的命了），你的样子，你的头发，你的衣服，你的一举一动，全都是我最喜欢的。学我表情的两张怪有趣，挺顽皮的。……你要“出家”我不怕，我陪你，或者用我的“柔情”感化你，欲“还尘”不能，那时，才问你怕不呢！很喜欢你文质彬彬的风度，不知要迷死了多少女子？你说你像雨果小说中的“钟楼驼侠”，真是活见你的大头鬼！

现在我爱你已经爱到不能再爱了，将来见面更爱得要命。我很喜欢你会到机场来接我，但不喜欢为了陪我而浪费你应该读书的时间，我又不希望你太少时间陪我，不如折中一下，读书时间读书，其余时间陪我，好吗？

我爱你，我爱你，爱你的一切一切，爱你至天荒地老。没有你，我便没有了爱，这份爱是与你并存的。

吴敏伦被徐梅炽热的爱情之火燃烧起来，整个心快要熔化了。他在 10 月 9 日的日记中写道：

> 我们现在真是相爱得发狂了，她什么相片也寄给我，我只觉得愈看愈美丽。她的美真是多彩多姿，一时静一时动，一时纤弱一时豪放，真看得我神魂颠倒，我现在正寻求着一些保持自制和清醒的方法。

俄国作家车尔尼雪夫斯基曾经说过：“爱一个人意味着什么呢？这意味着为他的幸福而高兴，为使他能够幸福而去做需要做的一切，并从这当中得到快乐。”可以说，徐梅把自己的快乐与吴敏伦的幸福捆绑在一起，把对吴敏伦的深沉的爱视为自己生命的一部分，不，甚至是自己的整个生命。她在信中写道：

> 我非常非常愿意和你永远地生活在一起，但又担心没有足够的能力使你快乐、更快乐。自爱你始，我的快乐都建筑在你的身上，你不快乐，还有什么能够使我快乐呢？活，让我们一起活；死，也让我们一起死。我不敢想象失去你的日子我该怎样过。总之，我知道我是为了你而活的，没有你，世界上一切有价或无价的东西也救不了我——只有你的爱。

时光悄然流逝，花开花落，转眼又是一年。而徐梅在这一年中感受到了生活的充实和生命的意义和力量，她在给吴敏伦的信中写道：

1969 年已过去了，但它在我的心目中却将永不消逝。在这一年中，我认识了一位很好的男子，他了解我，爱我，给我幸福，使我快乐。我知道，除了他再也没有谁能够给我快乐了。同样的，我也爱他，一团火热的真情，整个儿给他。但愿每一年我都能使他快乐。希望将来我们永不分离，永远生活在一起，追求我们共同的理想……

在香港的吴敏伦一直思念着自己的梦中情人，但那不是苦而是甜的。当夜幕低垂，觉得孤寂的时候，他会拿起吉他，弹唱那首由美国音乐家亨利·曼奇尼创作的歌曲《月亮河》。他相信那舒展的旋律和悠扬的歌声，随着轻柔的夜风，会穿越黑夜的迷雾，飞越千山万水，飘向遥远的地方，飞到徐梅的身旁，悄悄地潜入她的心底：

月亮河，宽又阔
总有一天，我会优雅地渡过
噢，这织梦的河，这心碎的河
不论你流向何方
我都将追随你
两个浪子，出发去看这个世界
有如此广阔的世界让我们欣赏
我俩在岸边同一道彩虹的末端等待
那里有我可爱的朋友，月亮河与我

2

第二乐章

情系 G 弦

传说在宫廷舞会上，巴赫的大提琴被做了手脚，除了G弦之外，所有的弦都断裂了。当大家准备看巴赫出糗的时候，巴赫，只用了一根G弦，便即兴演奏了一首咏叹调，该曲子就是今天我们所说的G弦之歌。这个故事告诉我们，人生不管在多困难的时候，都可以完成最动人的乐章。

爱的力量[①]

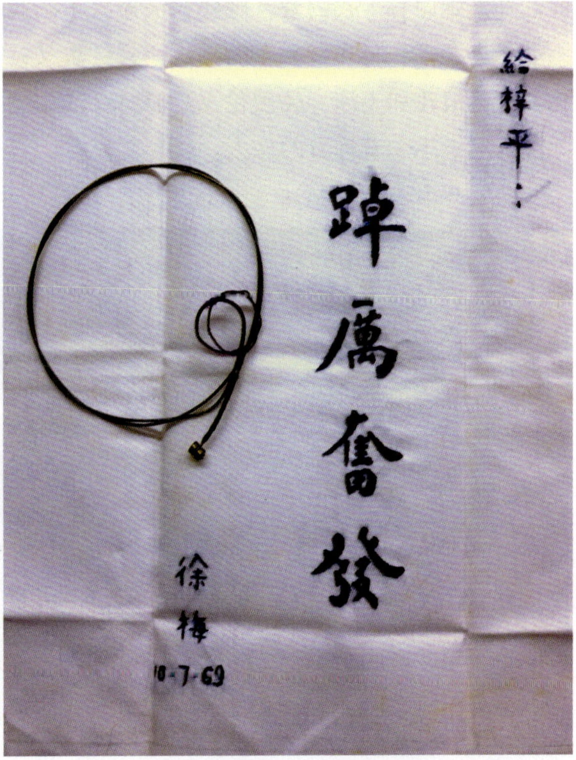

爱情是一种无形的力量，是一个人的事业走向成功的动力。因此，获得爱情的吴敏伦开始对自己的学业认真起来，比以往更加勤奋，因为他觉得自己肩负着一种责任，不单是为了父母和自己，还有身在远方的他最爱最爱的徐梅。他要尽快完成学业，赚钱去越南探望她，如果有可能，应想办法帮她离开越南，迎接她来香港，之后，当然还要和她组建家庭，生养孩子等。

远在越南的徐梅也日夜思念着她心中的“白马王子”，对吴敏伦的学业和生活予以极大的关注和鼓励，倾注更多的热情。1969 年 7 月 10 日，徐梅在一方洁白的手绢上绣上“踔厉奋发”四个苍劲有力的大字，

① 《爱的力量》，美国摇滚乐曲。

寄给吴敏伦，这给他带来极大的鼓舞，他回赠给梅一条他用过的小提琴线，音调最低、最坚韧的那条G弦，象征他们爱的沉实和坚贞，这条手绢与G弦，他们珍藏到现在，成为他们浪漫爱情的见证。

吴敏伦在8月19日的日记中写道："……梅绣了一幅很美丽的字给我，鼓励我奋发些，后来她又来信，说她也很爱我，愿意和我终身相许。本来'杜MAY'迟早也会爱我，我是知道的，因为只有这样才是自然的发展，但我想不到我们这么快便能互相默许。啊，梅，我将来的妻子，我想来想去，还有谁更适合呢？我不知我什么吸引她，可能是我的爱感动了她，我只知道她老早便有爱我的倾向，我所欢喜的，是在她开始有爱我倾向的时候，她还不知我是医学生，也不知我的容貌如何，我相信她爱的是真正的我。现在我们的心真的在一起了，她说她现在是多么爱惜自己的生命，为了爱我，她说她现在很惧怕枪炮，她不愿我失去了她。她又说她现在准备到外国读书，问我如何选择，她说有了我的爱，她要积极做人了。我真高兴！"

冬去春来，时光像大海的潮水一样一次又一次地冲击着银色的沙滩和沉默的岩石，化为朵朵浪花和飞沫。吴敏伦又一次来到海边，坐在一块巨大的岩石上，仰望无边无际的天空，思念着远方的恋人。

G 弦上的咏叹调[①]

G 弦是最坚韧的弦，但仍会有人试图去弄断它。

此时，比徐梅小 8 岁的七妹徐权正在岘港树人学校读中学。一天，她的一位教英语的阮老师来家进行家访，正好徐梅在家休息，便十分热情地接待了他。阮老师以前见过徐梅，觉得她比较文静温和，而且具有一定的文学修养，一向对她抱有好感。这之后他便经常来家访，顺便和徐梅聊天。阮老师与徐梅熟悉之后，在一次闲谈中，阮老师终于向徐梅表白了他的爱意，徐梅却告诉他："我已经有未婚夫了。"当徐梅要拒绝任何喜欢她的男孩时，她从来不婉转说话，以免给对方误解或留有幻想，浪费时间。她也不会说"已经有男朋友"，而是不留余地地说"已经有未婚夫"，这种善意的谎言有时很奏效，但不尽然，她也有被穷追不舍的时候。

由于岘港是一个很小的镇子，有什么新鲜事一下子便传开了。因此，当徐梅与吴敏伦成为笔友时，阮老师很快便知道了，内心很不是滋味。当知道徐梅打算去台湾升学时，他劝说徐梅："香港仔大都是花花公子，你千万要小心！不要上当受骗啊！万一哪一天你被抛弃了，不要伤心，我会接受你的。"徐梅无可奈何，只有轻轻叹息，希望自己去了台湾后，时间和距离可以让阮老师冲淡一切。不过，后来证明，阮老师这份情，将是他一生的咏叹调……当然，这是后话。

① 《G 弦上的咏叹调》，德国威廉密改编的钢琴伴奏的小提琴独奏曲。

奋斗[①]

徐梅向来抱着乐观而积极向上的人生态度，对生活充满激情，更是坐言起行。她为了尽快和自己心爱的人相聚，立即辞去美国军需处的工作，说服了父亲，毅然前往西贡，为去台湾读大学而做准备，因为如果她能考上台湾的大学，入学便可去香港。在飞往西贡途中，徐梅满脑子都是吴敏伦的影子：“在飞机上什么都不想，就是想你。喂，将来见第一面不知你会有什么感觉，不知道你会认得我否？我真担心我的一切都会使你失望呢！在飞机上所有时间都想着我们的事情，我在想将来我们一定是一对永不争吵的夫妻（我最不会，也最讨厌吵架，相信你也一样），也是一对年年都恩爱的夫妻，不会一年较一年平淡，你可有这种感觉？”

来到西贡，徐梅仍然客居在水云家里，一个小阁楼上。房东太太本来就很喜欢这位勤奋好学的姑娘，并对她特别关照，所以吃住不用愁。但是，接下来的几天也是徐梅最忙碌的日子，她每天冒着酷暑烈日在外劳累奔波，联系和选择适合自己的补习学校以及去各家旅行社咨询办理护照的事宜，十分辛苦。有一天特忙，她从外面回来，感到自己仿佛骨头都快散架了，“整个人瘫痪在床上。我在想，假如有大鬼在身边，我一定要躺在他的怀里舒舒服服地睡一觉，那是多么温暖和幸福啊！你肯吗？想起你，真感到甜蜜、温馨和安慰。我睡不着了，还是起床写一封情信给你，我不疲倦了，就是疲倦也要写，我满脑子都是爱你的话要说。来到西贡，我更加更加地想念你，想到你，我便觉得幸

① 《奋斗》，香港无线电视剧集《奋斗》主题曲。

福，每分每秒都觉得幸福。我太爱你了，第一爱你的心，第二爱你的心，第三还是爱你的心，将来见面，我一定要靠在你的怀里，听听你的心跳。我要的，我要的，还有，我要你吻我，但先声明，不准偷看我脸红的样子，我会很难为情、很不好意思的，答应吗？”

一开始，徐梅本来是决定考台大英文系的，但几天来，她去考察西贡的各个大学和学院，还在生物院研究室内听了两堂课，她那什么都想学的野心又来了，以至在填报选科的时候，鬼使神差地填下了理科组生物学系，其次是药学系，再其次是物理学系。由于她离开高中已 4 年，理科的知识已生疏很多，而现在考试的日期已经临近，她却来了一个 180°的转弯，这使得她有点手忙脚乱，只有赶鸭子上架，加油苦读。

眼看还有一个月就要考试了，徐梅处于“备战”状态，全力以赴，日夜苦读，不知疲倦。同时，关于出境的华商证明书、护照、入台证、准考证等都在顺利办理之中。谁知天有不测风云，徐梅好不容易快要获得签证之时，越南政府突然颁布了“暂停出国”的公告，这对徐梅来说无疑是晴天霹雳，她所计划的一切都被打碎了，她几乎难以承受，深感无能为力，欲哭无泪。

这“暂停令”一出，致使徐梅的“香港梦”破灭了，况且相信这一次的“暂停”在半年之内不会恢复，就算在半年之内获得批准，她也最多只能被批准去台湾，去香港则不可能。老天爷真是不长眼啊！不过，徐梅毫不气馁，她仍努力读书，争取先入台大，去台湾完成大学学业，再想办法去香港与心上人团聚。徐梅在信中向吴敏伦诉说了自己心中的郁闷和对他真诚而坚定不移的爱情：

假如永远“暂停”，那我便要死困在越南了！我心中总觉得若你来越南，你爸爸不会放心的，越南是一个战区，除非我迫不得已——五年八年也不能出去——否则，我是不会叫你来的，不说两年，就是十年、二十年、三十年，等到我老了也一样的等你，我爱你，绝对绝对不会做别人的妻子。在感情方面，我很知道自己，就算你患绝症、明天要死，我今天也要嫁给你做妻子，一天的夫妻我也要的。

快要见面的美梦虽又被打破了，但我不怕，我们始终都能见面的，可能三个月后，可能是年底，可能是明年，不会太远的。梓平，好丈夫，我真对你不起，时常使你一忽儿喜又一忽儿忧，见面时一定要好好地尽我所有力量使你快快乐乐。我答应你，我一定会好好地照顾自己，以后不会再辛劳了。现在，除了考试，我什么担忧的事情都没有，考完试后我便时时刻刻都可以想你了。

梓平，我真有说不出的爱你，有你让我爱，我真是太幸福了！想起你我便心里甜甜的，你要拥抱我、吻我，我更是心甜，能够躺在你的怀里，多么幸福！我想到那时我一定会觉得自己是世界上最幸福、最安全的人了。谢谢你答应不偷看我面红，你将来要记得呀！不然我不依的。还有，你吻我时要疯狂一些呀！不然我不够的。我喜欢你对我多多说亲密的话，我很喜欢。……爱你，永远等你。

记得，若工作太忙便不用回信给我。见面时要你叫我很多声好妻子，不敢叫也要你叫的，我不理，我就是喜欢听。你的亲热的说话使我舒服极了。

虽然徐梅凭着自己坚强的毅力和奋发图强的精神，孤身一人在西贡求学、打拼，历尽艰辛，屡遭磨难。但令人欣喜的是，凭着自己的知识功底和聪慧，加上孜孜不倦的苦读，她终于顺利地通过了入学考试，被台湾大学理学院生物系录取，而且，入台证和入学通知书等证件全都具备了，只差一本最困难的出境护照。但由于当时的政治形势，要想顺利地拿到护照似乎遥遥无期，出国的希望非常渺茫。于是，徐梅只好申请保留学位，然后，在西贡开始半工半读的生涯，伺机飞向台湾。

爱之梦[1]

事情既然已经定下来，徐梅已没有那么忙了，便只会更加思念吴敏伦。最近她经常做梦，甚至有时做白日梦，觉得不可思议，很可笑，告诉了吴敏伦，但只说了一些便欲言又止，因为她觉得再说下去会面红耳热。吴敏伦在回信中写道：

原来说出来要面红耳热的，嘻，那你不必说了，我知你发些什么，完完全全地知道，因为我也常常发着这样的梦。不要以为我取笑你呀，我爱你，至于你发的四个梦，我说过要使你的梦实现的。所以，我将来一定大骂你说对牛弹琴，教你大哭一顿，嘻，杜 MAY 哭的样子我还未看过，一定很好看的。你其他的梦发得真美丽，我真害怕我会替你实现不了，可能我的海滩不及你梦中的美丽，可能这里的田螺不好吃……那时你便要失望了，怎么办呢？噢，你又说我文质彬彬，真不知是真是假，相片是不活动的，哪能看出来？你知我曾习过一年柔道吗？你又知我现在正玩着击剑，还是文质彬彬？我只知我行动古怪，一时又垂头丧气，一时又傻笑……总之若非钟楼驼侠，也是钟楼傻侠。杜 MAY，真难为你了，要

① 《爱之梦》，匈牙利李斯特的钢琴曲。

你一生伴着这个大傻人。

七月的香港，天气十分炎热，徐梅的大弟徐榆成功地从越南来到香港，会留港数星期，然后转往台湾。吴敏伦非常高兴，因为这是第一次可以见到徐梅的亲人，望梅（弟）止渴，也总比没有好。在给徐梅的信中，他说：

吴敏伦与徐梅的大弟徐榆合影

喂！见过你的弟弟了，真有趣！他搬了家，我一直找，本来很容易，却糊糊涂涂累得自己奔走了一小时才找到。那一晚，我们下了象棋（他的棋差我一大截），也玩过围棋（我教他，他学得很快，就是有些古板——不肯要我送他围棋，一定要给回钱我），吃过饭，行过山顶，到过海滩，好玩极了，就是想着他换作是你会多么好。嘻嘻！他样貌颇像你呀——也有个大扁头（他却不认像你）。我们也谈过很多东西，正如你所说，他是一个很实际的人！最气死人的是他不大谈你（而我却这么爱听），我问他关于你的事，他却总是称赞，又说你聪明勤奋，又说你绘画好，又说你弹钢琴不错……但我想知的不是这些呀……我想我与他还会有几次见面的。

过了几天，吴敏伦继续向徐梅写信，不过没想到竟然会谈到性教育：

你来信说的他，使我以为他很古老头脑，谁知并不是——他提倡在小学推行“性教育”，又认为如瑞典的解放社会才是理想，哈！真使我惊奇了一阵呢！这一次我借了一本《相对论入门》他看，我想下一次真要借本“金赛博士”的论文和研究报告给他看，因为他说这是好书，值得一读呢！喂，不知道你对于这一方面的问题愿不愿意谈？若愿意我也想知道你的意见。至于我，我是百分之一百赞成你弟弟的。因为人类对于“性”的误解和不知所以然的忌讳，弄致乌烟瘴气，百病丛生，我真是看得厌烦了。

“梅弟”离去不久，吴敏伦又没有东西帮他“止渴”了，为了“止渴”，他利用幻灯机，在墙上打出徐梅的影像，然后站在影像侧前方盘起手来与它合照半身相，弄了大半天，试过各种灯光角度，他终于弄出一幅好像与梅携手合照的相片来。他高兴极了，立刻多晒一张寄给徐梅。徐梅收到后也很高兴，但却“口是心非”，说那只扶着吴敏伦手臂的手太不像她的手，吴敏伦应该找一只僵尸的手来挂上去才像。话虽如此，这张相片在他们一年后能真正相见之前，是双方有空便拿出来以慰相思之苦的最珍贵的相片之一，那是他们当时唯一能放入“爱之梦”的相片。

转眼到了1970年秋天，西贡的气候仍然十分炎热，在花好月圆的中秋佳节之夜，人们大都一家人坐在室外观花赏月，共享亲人团聚的喜悦，而徐梅却独自一人坐在自己的小楼阁里发呆，在昏黄的灯光照射下，她那投射在墙上的影子显得那么孤单和幽暗，窗外不时传来人们的欢声笑语，而室内则显得格外的寂静和沉闷。她心烦意乱地坐在地板上，正在苦苦思念着远在香港的吴敏伦。

> 你知道我此刻想你想得多么心神缭乱吗？不说此时，我几乎每个时刻都是这样的想你，想你想得真辛苦呀！像要爆炸的火山，不爆发也不能够了。梓平，我真想抛下一切，什么也不要，只要去到你身边和你相爱在一起，但现在我就是什么也不要也无法去到你身边了，这不知还有多久的日子叫我如何挨过呢？好丈夫，我要你，我要你，将来在一起我要你抱我吻我，给我温暖，安慰我多年的相思之苦。你知道吗？我想你想得我连心都苦了，我以前没有想到我会这样的想念一个人的，好丈夫，我这样的想你，怎么办呢？我现在曲坐在地板上，把头埋在膝盖里，苦苦地想着你，一遍又一遍地在心里呼唤着你的名字，信和笔放在楼板上，想一回，写一回……知道我为什么这

样想你吗？以前我不知道，现在我想起来了，因为我们前生已是一对好夫妻，今生再续前缘的缘故，是吗？

刚才发了个白日梦，梦见你坐在楼阁的一端，握着我的手向我倾诉情意，我情不自禁地把脸埋在你的胸膛中，感受到你的温暖，听到你的心在跳，你轻抚着我的头发，我慢慢地抬起头望着你，不知怎样我流下了眼泪，于是你便吻我的眼睛、双颊、嘴唇。你紧紧地抱住我，柔情蜜意一丝丝一缕缕地颤动我的心，我什么也不知道，只觉得热情传遍了我的全身……

好丈夫，白日梦发得多了，只是有些不好意思告诉你，直至如今我还未曾真正和你亲密过呢，但在我的感觉中好像和你亲密过许多许多遍了。现在的我寂寞非常，我多渴望能和你时常亲密在一起呀！我要等到哪一年呢？

不过，徐梅也担心与吴敏伦过于热切的通信会影响到他的学习和生活，她觉得应该抑制自己的情感，但要抑制到什么程度呢？爱之梦可以抑制的吗？会否白日梦越受抑制，睡梦反而更多更易失控？他们把这问题拿出来讨论。吴敏伦的意见是在某程度

上还是不抑制的好，即使是违反一些固有社会道德，但他又怕这样说会吓怕徐梅，岂知道徐梅的回答是这样的：

你对于性问题的高见，我百分之百赞成，而这也是我向来的看法。什么使你觉得我会被吓怕？若你看过我那封遗失了的有谈及罗素与性道德的信的话，你便不用说还会有吓怕我的议论了。你不说我也知道，是关于性的忠贞方面的，是吗？我认为性只是人生命的一部分，过于重视便产生不正常的种种了，不少人竟为了这小的事而闹出许多大事来，对于有思想的动物，这简直是一个讽刺，我们现在社会的不当还不是由于对这不可讨论、不可观察、不可研究的神秘事而围着转吗？谁要是实行将“性”公开化，不给许多人攻击和打得焦头烂额才怪呢！你说我们的社会何时才能像北欧的那样大解放？

在他们分享恋情的同时，细心的读者会发现，徐梅对于性爱的一些观点或看法是如何的理性而独到，这就使我们不难理解后来作为“性学斗士”吴敏伦的妻子为什么一直义无反顾地支持丈夫的事业，并参与到香港的性教育事业之中。

1971 年 2 月 3 日，吴敏伦和阿娇一起去机场为他们的好友阿明送行，在回来的路上，吴敏伦与阿娇聊了许多话题，不知不觉便谈起了徐梅，其实以前吴敏伦已告诉过阿娇他已经有女朋友了，但阿娇以为他在说笑，故意找借口来与她保持距离，但这次看到吴敏伦在谈起徐梅时便眼神发光，情绪激动，这才相信他的确有一位远在越南的心上人。于是，她饶有兴趣地追问吴敏伦许多关于徐梅的事情。吴敏伦在想，她是不是想知道我这个“怪人”有个怎样的“怪妻子”呢？她问他们是怎样相识的，吴敏伦便随意编造了一个“怪故事”，信不信由她了！当然，他还把徐梅说得如何如何的好，说徐梅是多么多么爱他。他越说越起劲，越说越陶醉，神采飞扬，沉浸在一种幸福的喜悦之中，以至站在一旁的阿娇目瞪口呆。

莎士比亚曾经说过：“爱情不过是一种疯狂。”网络上也流行这样一段话：“爱情就像一场高烧，烧昏了的人结婚了，烧退了的人分手了，那些痴痴缠缠要到天涯去的人还正在烧着呢！”的确，对于一对处于热恋中的青年男女来说，是很容易一同进入一种类似于疯狂和“发烧”的迷糊状态中，由此而经常产生幻觉和做白日梦的。谁知，对于吴敏伦和徐梅这对“发烧恋人”来说，一“烧”就“烧”了 40 多年，而且直至现在仍然“高烧”未退，实为罕见。

在西贡的这些日子里，徐梅为了尽快办理好出国的手续，到处托人找关系，四处奔波，但希望仍十分渺茫，致使她身心疲惫，极度沮丧，深感无助。但是，每当她静下来时便会万分想念自己的心上人，她把吴敏伦的相片带在身边，寂寞和苦闷的时候便拿出来看看，这样便会感到心情舒适多了。

今天一大早我便起床了，独自一人坐在楼下的沙发上想你，我忽然发了一个很有趣的白日梦。我和你已经结婚，已有孩子，孩子们都去游玩了，家里只剩下我和你。你坐在另一端的沙发上和我谈话，谈话中不是我望着你作会心的微笑，便是你望着我笑笑，我心里很快乐，我知道你心里亦很快乐。白日梦已完，但快乐还在我心里……我此刻真是快乐！

希望你比我更快乐！爱你，到老也一样要吻你……

梅

01－04－1971

西贡的夜晚显得格外沉闷，令人烦躁不安，在外累了一天的徐梅静静地躺在阁楼里松软的床上，拿出她心爱的“大鬼”的照片仔细端详起来，充满了迷思和幻想，她仿佛听到了李斯特的《爱之梦》那优美的旋律，她也情不自禁地随之哼了起来：

我的爱之梦，将绵延直到永远，
虽然我俩遥分离；
我的爱之梦，
我知仍然绵延，
虽然物换星移，
在沉寂的深夜里，
听你奇妙的心声，
仿佛在我身旁，
直到黎明始知你已远去。
我的爱之梦，充满柔情蜜意，
如同你把我拥抱，夜月下，
愿幸福充盈，爱情之梦，何其欢欣。

2

第三乐章

两地情

当雪花爱上梅花[①]

也许，对每个上过大学的人来说，大学生涯都一定会有许多美好而难忘的记忆。然而，当吴敏伦回忆在港大的那些日子时，他却自嘲是港大之耻，因为他的校园生活并不是他所期望的，而且他的主要精力并没有放在专业课程的学习上，而是随性使然，按照自己的兴趣和意愿广泛地涉猎和学习医学之外的其他知识领域，尤其热衷于自己所热爱的音乐艺术。幸好，有了徐梅的爱之后，他有了一个新的方向，使他较为集中力量地去完成学业，以备将来开创一番事业。

1971 年 6 月，吴敏伦以良好的成绩毕业，获得香港大学医学院内外全科医学学士衔，并在香港大学玛丽医院担任实习医生，从此开始了他的医师生涯。

对吴敏伦来说，这是人生的一个转折点。毕业后他要先做一年实

① 《当雪花爱上梅花》，国产电视剧《当雪花爱上梅花》主题曲。

习医生，被安排到哪一科对他未来的路很有影响，但他完全不顾了，因为在实习前他有一个月的长假，他要利用这个假期去越南探望徐梅。他给徐梅去信告知这个消息。徐梅得知他已毕业和正在办理前往越南的入境签证，准备漂洋过海来看望自己时，欣喜不已，急切地盼望他能早日到来，并将他来越南的安顿、游玩路线和景区等都做了构想和安排，还想到了“亲密”的“问题”：

自从和你相爱后，一直都想和你亲密，近来更甚，白日梦做得愈多便愈想。六月中我们若能顺利相会，如何能禁得住不和你亲密呢？我要让你知道，我们亲密在一起的时候会有多温暖、多舒畅，做妻子的不让你知道还会有谁呢？当我们亲密在一起的时候，我也会非常眷顾你的，你受不起，我一定会手下留情，绝不会不顾到你，我有时候觉得你像大孩子似的需要多多的疼惜和眷顾，引起了一种母性的本能，为了爱护你，什么都能牺牲，但有时又觉得很需要你，觉得你是我的好丈夫，现在我就是非常需要你了。

你有想及我的害羞我很愿意，你若更进一步地要挑起我的热情我更愿意，怎算是狠心呢？我愈热情一定愈不害羞的，记得要吻我的时候尽情地吻呀！看到你说会很温柔、很细意地吻遍我每一寸身子，我又是害羞又是陶醉，世界上

还有什么比和亲爱的人亲密在一起更为陶醉呢？谢谢你将会给我的一切……

很爱你，希望很快地便能和你亲密在一起。

梅

01－06－1971

但前往越南会见情人并非易事，当时越南正值战乱，烽烟四起，如果吴敏伦的父母知道一定会反对的。而且，当时香港申请到越南旅游的手续非常复杂，吴敏伦在各旅行社之间来回奔走，不但毫无结果，且浪费金钱，连机票也快付不起了。还好，这件事二姐很支持他，虽然远在德国，却寄钱给他，鼓励继续努力，并答应不把这个秘密告诉父母，会骗说他们只是去台湾。但吴敏伦这时的假期已只剩10天，他一股脑走进一个他从未尝试过的旅行社，孤注一掷，送上身上最后的900元钱，如果再办不成也只能认命了。幸好，只隔一天，旅行社便回复一切办妥，明天便可启程。这一夜，他兴奋难眠，急发电报给徐梅告知这个好消息，但他们如不计接机和送机那特短的两天，其实只不过有一星期的相聚时间。尽管如此，整个见面过程仍是吴敏伦毕生难忘的。30年

之后，一次偶然的机会，他很惊奇地发现一首由香港流行歌手谢霆锋演唱的歌曲《如果只得一星期》，其歌词内容几乎像是在写他那一星期的经验和感想，此后他也经常满怀柔情地唱起这首歌：

无论地球是怎么转，我亦爱不完
能来自你的什么东西也留恋
面容是否冰冷双手总是暖
无论岁月长短，能抱住便嫌短
如果只得一星期，宁愿那日放开你
以后会更回味，那个角度凝望你
留住那段晨曦，那一种方法喜欢你
无论话题是否吸引，我亦觉感人
而名字换了什么称呼也动心
嘴角是否亲吻心声一样近
无论哪种原因，仍会这样情深
如果只得一天依恋你，宁愿看着那出戏
要在那里转机，那里雪地陪伴你
才令以后提起，连呼吸都变冷空气
Da…Da…La　Da…La…
Da…Da…La　Da…La…

吻[1]

1971年6月16日下午5时，吴敏伦乘坐越南航空公司VW784号班机（波音727）前往越南，他坐在经济舱第十排A号座位上，心潮起伏，难以平静。他望着窗外飞逝而过的朵朵白云，浮想联翩。他从怀中掏出一张徐梅的相片，静静地端详，脸上露出了一丝甜蜜的微笑。邻座的一位中年妇人凑过来搭讪，得知他和徐梅的笔友故事，先是表露惊讶，然后感动赞叹，并祝他们见面顺利，永结同心。

约下午7时，吴敏伦抵达了越南西贡新山机场，吴敏伦谨慎地走下飞机，仰望蓝天，抑制不住内心的激动，他在机舱里曾经幻想过与梦中情人第一次见面的情景：她会伫立在那里焦急地等待，当他出现在她的面前时，会立即飞奔过来，勾住他的脖子，献上热烈的一吻……她会静静地站在那里，望着他大步走来，神情羞涩，有点不知所措……她会亭亭玉立于出口的灯火阑珊处，急切地左顾右盼，他突然出现在她的面前，她面颊飞过一阵红晕，眼睛里放射出惊喜的光芒……他提着沉重的旅行箱，走进机场大楼，等待他的会是个什么情景呢？

想着想着，他来到了要排队接受海关检查的闸口，人龙很长，检查又慢又复杂，前面一位乘客提醒他在护照内夹上美金给关员，可保顺利过关。他焦急地望向来接机的人群，但看不到徐梅的身影，直至检查完毕，走出关口，走进人群，他仍然看不到徐梅，正在彷徨之际，有人在背后轻拉他的衣角，轻声地呼唤：“喂！”他回头一看，

只见身着一套浅蓝色连衣裙的徐梅正在向他微笑。吴敏伦一脸惊喜，也回叫一声：“杜MAY！”原来徐梅早已站在检查闸口，远远地望到一个头戴草帽，穿着西裤和夏威夷衬衫，风度翩翩的修长身影迎面走来，一眼便认出那是她心中的吴敏伦。两人没有握手，更没有拥抱，

---

① 《吻》，奥地利古斯塔夫·克里姆特创作的油画。

只是礼貌地点了点头。第一眼，徐梅觉得吴敏伦有些拘谨，比想象中酷，看起来还有点高傲，但一经交谈，却感到十分亲切。吴敏伦深情地望着徐梅，觉得她比相片上略显消瘦，但其他都完全符合他“梦中情人”的形象。

出了机场，徐梅向吴敏伦介绍了用车带她一起来接机的朋友曾义，他们随即乘坐曾义的黑色奔驰前往酒店。吴敏伦与徐梅坐在后排座位上，也许由于初次见面，或有第三者在场，一路上谈话不多，只是相视而笑。

曾义是西贡一个著名旅行社的老板，徐梅是在1970年考获台湾大学入学资格后要办入境台湾手续时认识他的。他为人正直有礼，对徐梅颇有好感，到处找门路帮助她，但未能成功，当知道她在香港的“书信男友”会来探望她，曾义坚持包管接送，因为他公司的车可直接驶入机场，接送更便捷，他也想亲眼见见吴敏伦，看他是不是一个可靠的人，也好让他知道徐梅在西贡有很多人帮助她，不要乱来，总之很有“护花”之意。徐梅推辞不掉，也只好如此了。后来，曾义和他在香港的哥哥曾华和徐梅仍有接触，这是后话。

到达西贡堤岸同庆大道八达酒店后，曾义与吴敏伦、徐梅在地面餐厅一起享用西式晚餐后离去，吴敏伦与徐梅才一起步入酒店房间。

房间内简洁大方，设有两张单人床，灯光柔和，极为温馨。由于没有第三者，他们便放松了，开茶围桌而坐，打开话匣，有说不完的话题。时间在不知不觉间溜走，吴敏伦看了一下手表，时钟已指向午夜12点，他便问徐梅要不要回家，徐梅说可以不回，他们于是分床躺下，继续交谈，开始谈一些情话。谈了约半小时，吴敏伦觉得这样谈太别扭，腼腆地走到徐梅的床边，坐在地上握着徐梅的手继续谈。

过了一会，吴敏伦说徐梅的裙子质地很柔软，轻抚她的肩膀，四目相投，进而亲吻，这是他们的初吻。双方都有些害羞，但很热情，是湿吻，但他们没有更进一步，吻后只是继续闲谈。直到累了，吴敏伦返回自己的床，大家分床和衣而眠，直至东方既白。

1971年6月17日早晨，吴敏伦和徐梅在酒店餐厅吃过早点，准备开始头顿之行。回房间收拾行李时，吴敏伦将从香港带来的约1 000港元交给徐梅，由她在这7天内替他保管和消费。徐梅收下后去附近安平街自己的住处拿细软，回来再会合，一起到酒店后街租了一辆中型车往头顿。在过马路时，吴敏伦第一次搂着徐梅的腰肢，心中禁不住赞叹："楚腰纤细，我见犹怜！"

往头顿的车程约3小时，途中所见，都在提醒着人们身处一个正在战乱中的城市：到处是关卡或检查站，看守的都是荷枪实弹的军人，旁边还可能有战壕、重机枪、瞭望塔等。离城市稍远一些，便可见到忙碌的军队、军车、火炮、坦克等，空中亦常有战机飞掠或盘旋。对战争的这些真实景象，吴敏伦还是第一次亲眼所见，觉得有点好奇，也有点紧张，拿出随身携带的微型摄像机想录下来，但路面不平，车子不停地颠簸，摄得的影像都摇晃不清，而车停在检查站时又不敢摄，怕被指为间谍，所以最后还是没有拍成。对于这一切，徐梅则见怪不怪，只谈风景或她在岘港军需处工作时的一些趣事。

当他们到达头顿时已是下午时分了，他们要先找酒店安顿下来。找到一间家庭式的旅店，有四层，房间很大，也清洁淡雅，他们便住下来了。店主问要一间还是两间房，吴敏伦望着徐梅，徐梅不假思索地说："一间。"

当一切安顿好之后，已近黄昏，趁着茫茫暮色，他们坐人力三轮车同游头顿小城，只见街市宁静宽敞，风清气朗，的确是个度假胜地。然后他们去往菜市场参观，晚餐吃了越南地道的美食。

晚上8时左右，他们便回了酒店。在当时的越南，无论是西贡、头顿还是其他大城市，一般人在晚上都是不敢外出的，因为约晚上10时便戒严，而且时间常有变动，在戒严前一两小时回到家才是最安全的。所以，他们在越南的7天里，晚上都没有往外走，即使是后来去美心歌剧餐厅看表演，已是外出时间最晚的了，也只是9时便完场，有足够时间在10时前返回酒店。像前晚一样，他们一起促膝谈心，有说不完的话题。当然，不再是分床而谈，分床而睡，而是换上睡衣同床。情浓时他们会拥抱、亲吻和做一些亲密的举动，但都适可而止，紧守见面前信中的约定，守住最后防线，免为他们各自的将来增加不利因素。日后吴敏伦被问及此事时，他答道："现在想来，我们能完成这个约定虽然辛苦，但对我们后来能真正生活在一起，是非常重要的。若梅因这次见面怀了孕，无论她堕胎或生孩子，我都不能在她身边，我于心何忍？若由她独自扛起这后果，她又怎能再有余力去再考台大（如果需要的话）、找出国门路，并得到父母亲朋的支持？"他们守住最后防线，是因为重视对方和每一个将来能长久在一起的机会，他们很庆幸做到了。

海浪的嬉戏[①]

6 月 18 日一大清早，吴敏伦和徐梅匆匆起床，吃过早餐，便直往海边走。头顿最出名的便是那延绵数十里、沙白风软的海滩，而徐梅又知道吴敏伦最喜欢看大海。到了海边，刚好赶得及看日出。晨光从水平线后慢慢绽放开来，伴有波光的闪烁，从暗至亮，从深红至橙红至浅红，投射在一对恋人的脸上，太美、太令人迷醉了。他们相倚远眺，盼望将来每天都能够一起看日出。

太阳升起后的海水最宜游泳。吴敏伦带有泳裤，但徐梅没带泳衣，吴敏伦只好独自去游，让她在岸上负责看管衣物和摄像机。不过，徐梅并不熟悉操作摄影机，没拍出什么来。吴敏伦在水中畅快地游了几圈之后爬上岸，见到徐梅纳闷地坐在那里一言不发，也不起身走动，与平时灵巧聪敏的她截然不同，吴敏伦关心地问她是不是哪里不舒服，她却怎么也不肯把原因说出来。后来吴敏伦才知道，她那时其实肚子不太舒服，可能是早上吃了些不卫生的食物，但她当时觉得这不过是一件小事，没必要张扬出来让大家扫兴，还会让吴敏伦担心，所以只是闷不作声。还好，过了不久，徐梅

① 《海浪的嬉戏》，法国德彪西的交响诗《海》第二乐章。

喝了些热水，不舒服的感觉才消失了。

中午时分，他们在海滩旁吃过小食，决定沿着海边跨过一个又一个海滩，因为吴敏伦在信中也说过，这是他在香港感到孤独而又有空闲时最喜欢的一项活动。在沙滩上走，柔软舒适，但每绕过另一海滩，都要攀爬或多或少的嶙峋怪石，不过，他们手牵着手，互相攀扶，也没有什么难度。吴敏伦发现，每个海滩都有它的特色，有大有小，有较天然的，也有较人工化的，有一个海滩是海鸥的栖身之地，有无数的海鸥飞来飞去，在他们的头上盘旋；在另一个海滩则浅搁着一艘已弃置了数十年的大货船，似乎在向他们诉说着曾经辉煌的历史……他们观赏着眼前一幕幕绚丽多彩的景象，心旷神怡。

也不知是第几个海滩的转接处，嶙峋石块特别多，他们走得累了，便坐在一块高高的礁石上歇息，欣赏眼前那翻腾不息、扑面而来的强劲波涛。他们沉醉在两人世界里，爱情的火花如同朵朵飞溅的浪花融汇于波澜壮阔的大海之中，而且一浪高过一浪。然而，当他们打算起来再往前走时，却发觉前后皆已无路可走，因为都被涨得很快的

潮水淹没了，而且来势凶猛的潮涨还在继续，很快便会淹至他们站立的礁石。他们进退两难，被困在山崖下，真是叫天不应、叫地不灵，而天色又已渐暗，吴敏伦心急如焚，但总不能坐以待毙，必须想办法摆脱险境。这时，吴敏伦抬头一看，发现可以朝崖顶攀登，爬大约300米的高度，便可回到公路。虽然他们当天都不是穿着爬山装束，且徐梅还穿着鞋跟1英寸高的鞋，但他们别无选择，唯有硬着头皮爬上去。

他们冒着随时会失足滚落山崖、坠入大海的生命危险，艰难地往上攀爬，当徐梅爬到一半时，脑海中闪过的第一个意念就是觉得吴敏伦有些不值得，本来是开心地、长途跋涉地来越南和爱人见面，却无奈地乐极生悲，不仅有可能赔上自己的性命，还要看着心爱的人死去，多么可怜，多么残忍！所以徐梅当时觉得应该做的就是好好配合他，要保持镇静，好好照顾自己，以免他为自己担心。在他们爬了大半个山崖时，徐梅一不小心，脚下一滑，下坠了二三米，随时会跌下山崖。虽然很危险，吴敏伦却冷静地教她不要往下望，尽量保持身体平衡，要她紧紧抓住凸出的岩石，踩住草头，千万不要放弃。当吴敏伦发觉山崖已太陡峭，不能再攀爬时，他们距离公路已只有数十米，只好用尽余力大声呼救。也许，天注定他们命不该绝，终于被公路上一群路过的军人听见，他们用绳及人链的方式把他俩拉了上去。上到地面后回望一眼山崖，才知道自己已经“重生”！当时的复杂心情实在难以形容。

经过一场惊心动魄的“生死历险”之后，他们紧紧地依偎在一起，徒步沿着来时的小径返回旅店。一抹斜阳的余晖洒落下来，吴敏伦和徐梅手拉着手走着，沐浴在金黄色的光芒之中，身后长长的阴影重叠在一起，默默地跟随着，像是在护送他们，或是送给他们一片安慰，也或许是一种无声的祝福。这一次出生入死的经历，让徐梅发现，吴敏伦是一个生命力很顽强的人，懂得求生技能，又能很快适应环境，值得信任，令人有安全感。她心中暗想，这样的男人真是值得嫁的。

扫码 更精彩

爱情进行曲[①]

见面第三天，1971 年 6 月 19 日清晨，他们原本还打算去看日出的，但是睡过了头，结果他们热烈地“亲密”了一番，比他们没见面之前所发的白日梦还要激情，在朦胧的光线中，徐梅流露出害羞的表情，小鸟依人地躺在吴敏伦的怀里。

洗漱完毕之后，徐梅一边挑选衣服一边问道：“大鬼，你说我今天穿什么衣服好呢？”吴敏伦回答：“记得我在信中说过，很想看你穿越南旗袍的样子，不知有没有可能？”徐梅笑着说道：“真巧，的确有带一套全白的越南旗袍来，但我觉得我骨骼太大，身材不太适合穿这类服装。况且，越南的华侨妇女，都以华人身份为荣，也是极少穿着越南旗袍出外的，所以我这次带来穿上，也是特别为你而穿的，仅此一次，也只在酒店内穿穿，下不为例哦。”

以徐梅的性格，无论她在何时何地穿什么，也总会有一套道理说自己穿得如何如何不好看的，吴敏伦也不会和她争论。总之，她穿起之后给他的感觉，简直是美得太目眩了。吴敏伦在中学时期的女性偶像是武侠小说里的小龙女，那喜欢穿一身白衣、万事不萦于心的深情女侠。但那毕竟只是个虚构人物，而且性格仍不免有些矛盾、令人难解，何况自从他认识徐梅后，早已

① 《爱情进行曲》，2012 年国内的流行歌曲。

将小龙女抛出九霄云外。但眼前这个一身白衣的徐梅，加上越南旗袍那特有的飘逸，令他不能不想起小龙女，他的结论是，徐梅比小龙女更小龙女，因为徐梅更真实、更有血有肉，性格也更完美，所以无论外表或内心，都比小龙女更胜一筹。他越看越爱，只想趋前把徐梅紧抱入怀，但他还是克制了，怕给那野性的呼唤弄至场面一发不可收拾。

这一天，他们的行程是"随意所之"，因为这个导游不大熟悉头顿这地方。吴敏伦说不打紧，反正头顿地方不大，有她在身旁便高兴了，建议只要朝昨天走的相反方向找风景好的地方钻便好。

就这样，他们走上头顿西南端的一条路，它沿海边蜿蜒十多里，直达一个突出内海的小丘，小丘上有个法式古灯塔。整条路近山一旁野花满布，树影婆娑，每走一会儿，便会有一些依山而建的别墅、庙宇、道观、圣堂之类，他们喜欢便进去歇歇，有时又下海边玩耍一下，然后继续前行。

也不知走了多远，他们见到前方有一个庙宇，其建筑本身没有什么特色，但后山的花木特别漂亮，他们便走上后山。走到高处，原来这是一个俯瞰海滩和灯塔的好地方，于是他们在一个林荫处坐下来慢慢欣赏，正当他们饶有兴致地观赏着眼前的美景时，忽然从后山传来了密集的枪声，久久不停。吴敏伦有点惊慌，问道："那是什么？我们要离开吗？"徐梅镇静地说："不必，因为从枪声发射的频率和形式来说，应该只是军队在练枪，最可能是刚好山后有个练靶场而已。”吴敏伦听了才放下心来。

从后山下来后，他们来到海边，湛蓝的天上飘浮着朵朵白云，大海的涛声在演奏着一曲又一曲欢快的旋律。在银色松软的沙滩上，吴敏伦与徐梅并肩而行。吴敏伦道："现在的越南战火连绵，毫无停止的迹象，而我又很快就要离去，再与你相隔千里，不知何日方能相见，我们还有将来吗？”

“我是在战争之中长大的，不会问这个问题。”徐梅面带微笑，没有一丝忧郁的神情。“由于可能没有明天，我只感到更应该珍惜现在，为目前的每一刻而努力。”

吴敏伦追问道：“但这样的努力有意义吗？我常觉得，战争只会使人颓废，他们为什么而努力，为这充满愚昧、丑恶和暴力的世界，还是那随时可能降临的死亡？”

“即使没有战争，死亡仍然是可能随时降临的，而在你的那个并无战争的地方，丑恶和暴力难道便没有了吗？”徐梅停顿了一下，眼睛微眯，凝视远方。“其实，战争更应提醒他们，在有机会的时候，尽量给这世界多一点理性、和平、美好和希望。”

原来徐梅凝视的，是一枚从海面的天空由远而近呼啸而来的火箭，吴敏伦慌忙地拉起徐梅的手，四处张望，想找个地方避一避，但徐梅并没有随他移动，反而拉回他，示意他不必跑。转眼间，火箭从他们的头顶划过，飞越沙滩后面的一大片丛林，方才下坠，轰隆一声，火光燃烧了半边天空。

“怎么？你不害怕？”吴敏伦惊魂未定，轻声问道。

“害怕？当然害怕。不过，害怕有什么用？我们都习惯了，就看它会不会在头顶掉下来。”徐梅仍然轻松地微笑，“当然，到知道它要在头顶上掉下来的时候，通常已经太迟了。”

可是，吴敏伦从来没有遇到过这样的事情，他伸手指向远方：“那个方向好像是居民居住的地方，会有人伤亡吗？”

徐梅说：“多半有，而且可能有我认识的人。”这时，徐梅的脸上没有了笑容，变得沉重起来。她望了望远处那燃烧的火焰和浓烈的硝烟，弯下身捧了一手沙粒，凝视着它们从指缝中滑落，像无数生命的陨落，无声无息。她喃喃地说：“他们会连尸首都没有，因为凡被这种火箭击中的，都会立刻化为灰烬，那种灰，比这些沙子还要小。”

“真可怕，不要再说它了。”吴敏伦心里有些发怵，想另找话题，“哦，我想起来了，来探望你已有多天了，还没看过你亲笔作画呢。你在朋辈中是个出名的小画家，能否即席挥毫，就画些什么给我看看？”

徐梅没有回答，但已恢复了微笑，略作沉思，不一会儿，她便在沙滩上画出了一只小鹿。

“果然不错。”吴敏伦赞叹道。“但告诉我，为什么要画一只小鹿呢？是容易画吗？”

“是啊！”徐梅这次笑得很开心，她淘气地说：“不过，也可以说不是。说容易画，是因为我已经画鹿画过很多次，画得很顺手。其实，画鹿要画得好，绝不容易，对造型的掌握稍有差池就会变成一只狗。你也喜欢鹿吗？它们温顺、和平、可亲……”

后来为了纪念这件事，他们在子女的名字中，也都用了一个“鹿”字。

之后，徐梅还画了些其他的画，写了个“梅”字，也画了当时流行的《老夫子》漫画中的大番薯。吴敏伦看得着迷，只想她画更多，不是因为那些字和画，而是他一直静静地站在一旁，注视着梅蹲在沙滩上作画时那认真的样子和优雅的姿态，他感到实在太美妙了，只希望时光停留在那一刻，大海的潮水也放慢脚步。然而，暮色苍茫，他们身后的影子在渐渐地拉长。吴敏伦心里掠过一丝阴影，抬头望着眼前美艳的夏天景色，隐隐感到，他和徐梅的前景像海面上空那片云霞般难以捉摸。他想，这次见面之后也不知何时才能相聚，如果他们真的失去联络，处理的方法就只有与以往一样，无论现实怎样荒谬，他们拥有过的日子将会成为永恒的印记，谁也不能拿走。所以，这次旅程对他来说是非常重要的，令他更加感到人生苦短，变幻无常，要珍惜现在，为爱人做些令她开心的事，义无反顾。

1971 年 6 月 20 日，见面第四天的上午。吴敏伦和徐梅乘车回西贡，在车上，他们除了回味在头顿两天的一点一滴外，也谈到徐梅有什么办法可以离开越南来香港。徐梅说最有希望和安全的办法仍然是走台湾升学这条路，本来，她在去年（1970 年）初已考取台大的入学资格，可以正式入台湾读书。不过，出境越南是另外一回事，要另找个越南可以接受的理由，才可配合。但这一年多来，徐梅试过很多旅行社，包括曾义那家，都找不出一个渠道来，有些旅行社更只是一味骗钱，其实本来便没有办法，而入学时限不能一拖再拖，今年 9 月台大便会取消她的入学资格，她如果还想入台大就要再考。然而，徐梅是乐观的，她喃喃地说，她还有两个多月去找出境渠道，她一定会努力的，即使赶不及 9 月前成功，需要再考，她也会再考，哪怕是最微小的机会，也务必争取。慢慢地，徐梅谈得累了，不知不觉倚着吴敏伦的肩膀进入梦乡，吴敏伦轻搂着她，香泽微闻，远望前面被军车队伍卷起的漫天尘土，百感交集。

回到西贡，他们先去同庆大道的同庆酒楼饮广东茶。饮茶对当地华人来说是很隆重的事，一般只有特别喜庆或因商业交际才去，但徐梅知道吴敏伦爱饮茶，当然要带

他去了。之后，他们便在附近找一间酒店入住。这酒店比“八达”现代化，房间较小，但更干净舒适，且很接近徐梅的住处，方便她随时来回取换衣物。在酒店安顿好后，徐梅要拿衣物回住处更换，便带吴敏伦一起去，也乐得让他见见她的“闺蜜”水云，可惜水云刚巧不在家，只见到她的姐姐。她们的住所是一幢楼的地面层，徐梅住阁楼，留在阁楼开关衣箱不方便，只好把箱子拿下来找东西。但房子里十分闷热，不一会儿徐梅的额头上冒出了汗珠，吴敏伦二话不说，取出随身带的折扇替她扇风，直至她整理完毕。对这件事，徐梅在日后信内有所提及，说当时很感动，因为以前从来没有人这样照顾过她。吴敏伦回信说这有什么值得大惊小怪的，热恋中的情侣都会这样做，待婚后他还这样做她再赞吧。果然，在他们结婚40多年后的夏天，他们一起在街上走时，如果阳光太猛，吴敏伦仍会替她打伞，如果在路边等车等得太热，吴敏伦仍会二话不说，取出随身带的折扇替她扇

风……徐梅也不会开口赞吴敏伦，但一个甜甜的眼神，或握着的手再紧握一下，一切就已尽在不言中。

离开水云的家，他们也试着去探访徐梅的另一好友郭瑞美，但她也刚好不在家。他们只好在附近小店吃过晚饭，才返回酒店。

1971 年 6 月 21 日，见面第五天，徐梅要带吴敏伦游览堤岸，这个她日常生活的西贡华人区，但他们去的第一站是殡仪馆，吴敏伦觉得很奇怪。原来，当地的华人对“归天”这件事都看得特别隆重，殡仪馆很多，环境都宽敞宁静，室内礼堂清凉整洁，室外是个硕大的庭院，植满树木，造景精致，还设有好心人捐建的石椅石桌，供人使用。这些馆子，日间都是向公众开放的，没有殡仪时极少人来，而即使是有殡仪，也不会太吵。徐梅说，只要你不信鬼神、没有心理作用，这其实是个最适宜静心自处的地方，所以，她平时读书，温习功课，思考问题，甚至写情书给吴敏伦，大都是在这个殡仪馆里进行的。他们边行边看，徐梅逐一指出她曾经照过相片寄给他的地方，吴敏伦才恍然大悟，“原来是这里”“原来是这张椅”……他哈哈大笑：“怪不得我与你通了才不过几封信，你便给我一个花名叫大鬼啊！”心中又不禁想：“小龙女喜欢住古墓，梅则喜欢坐殡仪馆，梅真是比小龙女更小龙女。”

紧接着，他们去参观华人医院和会所以及越南大学的医学院和实验室等，但其实这些都不是真正目的，总之在途中能走遍堤岸各街道，让吴敏伦看看徐梅常常经过的地方，吃吃她最爱吃的各种零食，有说有笑便是了。徐梅的脚力很好，走多远都不累，但有些跌跌撞撞，有几次如果不是吴敏伦扶着她，或许便要跌倒了。她说她平时不是这样的，不明白何以和吴敏伦一起时就会如此。吴敏伦心中明白，不敢说出来，只是会心微笑。哪知给徐梅看到，也醒觉了，瞪了吴敏伦一眼说：“不要臭美，你何尝不是每走不到半小时便要喝水，正常人怎会这样？”吴敏伦辩说：“那只是我在香港的习惯，其实不喝也可以，不然你看看在剩下的路程里，谁先嚷要喝水。”徐梅接受挑战，可是，走不到一刻钟，吴敏伦便投降了，承认她是不必喝水的天上小仙女。

游毕堤岸，他们回酒店换过衣服，准备晚上去看夜总会的表演。吴敏伦以前从徐梅的来信中已经了解了她不少的成长经历，尤其是她在西贡读越南大学时，为了赚钱学习油画，曾经在两家夜总会做过兼职会计和画师。这次他们要去观看的正是这两间堤岸当时最著名的美心和奥林比亚夜总会。他们首先来到美心，这家夜总会规模很大，有华丽的装饰、明亮的舞池、前卫的布景和精彩的歌舞表演，还有话剧、杂技、魔术、乐器演奏等，极具艺术气息，相比起香港当时最高级的夜总会，有过之而无不及。尤其是来自巴黎的歌舞团，其优异的素质和表演的艺术性是稀有的，给吴敏伦留下了深刻的印象。徐梅告诉吴敏伦，因为夜总会里有一架小钢琴，所

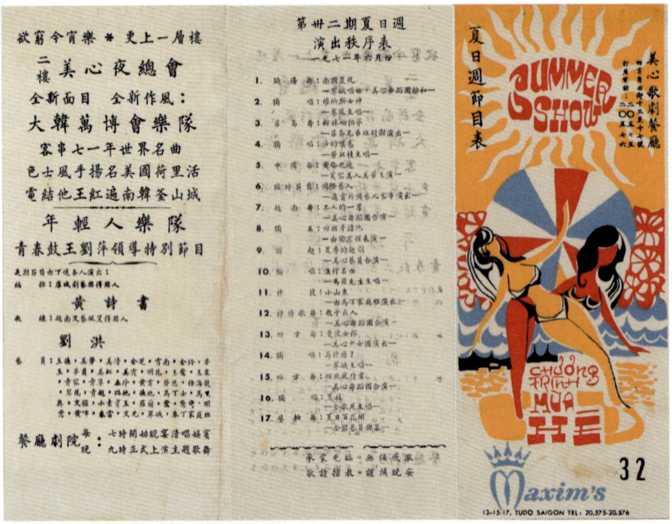

以当年她除了晚上在这里兼职做会计之外，还利用白天的时间在这里练习过两个多月的钢琴，后因离住所路途太远和时间的关系便没有继续弹下去。所以她与夜总会的员工，从老板到接待员到乐师到舞小姐都很熟悉。吴敏伦用心留意那些兼职会计在做什么，发现都是穿着朴素、大学生模样的男女，坐在收银员柜台后的办公桌上忙着写单、入单、计数、办出入银行手续等，虽然要做个不停，但听说是个肥差，可分享可观的花红和小费，但只有股东信任的亲朋才可以做。因徐梅的闺蜜小薇的父亲是夜总会的股东之一，很信任徐梅的为人和能力，所以才介绍她与小薇一起进来工作的。

歌舞散场后，他们还去不远的奥林比亚夜总会参观了一会儿，这家夜总会规模相对美心要小一些，表演的素质和格调也略逊色，但整体感觉也不错。在回酒店的路上，他们手牵着手，徐梅兴奋地问道："大鬼，你看今天的歌舞表演怎么样？开心吗？"

吴敏伦回答说："简直棒极了！太开心啦！真是不枉此行啊！"

"那你是怎么看待那些在夜总会里工作的人和那些舞小姐啊？"徐梅好奇地瞟了他一眼。

吴敏伦回答说："哦，你是说那些为生存而忙碌的人啊，我仔细观察过，他们都很敬业，我觉得他们的工作在本质上与其他任何职业没什么两样，只是工作的形式和内容不同罢了。现在社会上有不少人歧视在夜总会工作的人，这实在是太偏见了。"

"那你说说，做收银员、会计、领班和舞小姐有什么区别吗？"徐梅进一步追问。

吴敏伦不假思索地说："在我看来，做会计虽不同于舞小姐，但都是工作，只是形式不同而已。"

徐梅沉默了一会儿，说："我其实也认识不少舞小姐，觉得她们很多都很友善，也很自爱，并不是人们所想象的那样轻浮和浅薄无情。"

吴敏伦说："我想你能通过不同的环境接触不同的人是好的，一个人坏不坏应该视乎其本质，而不是他的职业。"

夜色正浓，情感正浓，一对热恋的情人渐渐消失在温柔静谧的夜色之中。

1971 年 6 月 22 日是吴敏伦和徐梅见面的第六天，重头节目是去游览当时西贡最著名的好去处——西贡动物园。那里有浓密的树木、小山丘、花钟、小桥流水、庙宇、喷泉、水族馆、童话式古堡与皇宫等，当然也还有动物。虽然很多地方都有些年久失修，但对他们来说，已是感觉看一整天也看不完。他们在每一个景点都有照相，用自己的相机（黑白），或聘园内职业摄影师拍即照即有的相片（彩色，还可以玩多重曝光）。对一些不完美或失修的景点，他们也兴致勃勃，用自己的幻想或诠释，弄出个趣味来。譬如那个童话古堡，让成人上去实在太矮了，徐梅从塔顶门内走出城头也要垂头弯腰，但徐梅很高兴，要多拍一两张，因为她说矮小的她，日常是很难有此机会的。至于喷泉，体积也很小，只略高过一个成年人，而且没有水，但他们分别站上池沿两边，照了一张对望而笑的相片，开心

极了，因为有一首著名的广东流行曲叫《一水隔天涯》，现在连“一水”也没有，他们还有阻隔吗？到了花钟，钟儿又大又圆，花朵排列得七彩缤纷，颇费心思，可惜钟没电走不动，不过，他们不介意，反正照相看不出来，而且，他们难得相见，真有想过时间最好从此停顿下来……

他们最后观看的景点才是动物，因为人人知道园内可观的动物其实不多，没有狮虎大象，只有猴子、猩猩、小鸟、松鼠等。其中最好看的要算是猴子了，因为很活泼，在人工岛上有器械给它们不断表演各种体操和杂技。徐梅饶有兴趣地观看良久，吴敏伦举着摄影机，正想捕捉徐梅的甜美笑容和优美姿态，留作日后纪念。但徐梅很调皮，不肯入镜，说她站定照相才好看，有动作便很难看，只要吴敏伦一拿起摄影机想拍，她会立即拔腿奔跑，一边跑还一边躲躲闪闪，吴敏伦在后尾随追赶叫她停下，却只会令她跑得更快。最后，吴敏伦只能捕捉到那电光火石间徐梅的身影，也是吴敏伦在整个旅程中唯一能摄录到的徐梅。不过，这十多秒是无价的，因为虽然之后数十年吴敏伦已能摄到徐梅无数录像，但凡看过那十多秒的亲朋好友，都同意这小段才最能体现徐梅那活泼娇憨的一面。

回到酒店，他们急急换上严肃的礼服，要去堤岸朱文接街 7 号善美影相馆拍“结婚相”，这是吴敏伦在来西贡之前便要徐梅安排的。吴敏伦说，虽然现实还未容许他们真的结婚，但不能错过这次难得的机会，要让他们至少做一次照片上的夫妻。徐梅很喜欢吴敏伦穿礼服的样子，说很有男人味，想过来抱一抱，但又怕弄皱彼此的衣衫，还是克制住了。

影相馆设备简陋，只能提供黑白照，但主人很有礼貌。当他们被称呼为“先生、太太”的时候，他们已心甜到即使照不出个什么效果来也无所谓了。吴敏伦回香港后才收到这张照片。他认为效果不是很好，两人都太拘谨，笑得也不自然，掩盖不了那埋在心底的担忧和迷惘，但他们都珍藏着这些照片，它代表了他们当时唯一能抓得住的“梦”。

1971 年 6 月 23 日，见面第七天。徐梅带吴敏伦游览西贡市中心，主要是自由道及

其周围景点。市区虽然比较繁华，有政府办公的地方，还有各种纪念碑、商店、电影院、歌剧院等，但不显得拥挤烦嚣，可能是因为街道比较宽阔，两旁种有树木，地方又整洁，令人舒畅。另外，区内大多是古朴的法式建筑，平均只三四层高，最高的也只有一栋九层的，没有视觉压力，平增不少文化、浪漫气息，怪不得有“东方巴黎”之誉。

他们先去丽池电影院看电影。在那个时代，一起看电影几乎是男女拍拖时必有的约会方式。他们既然已“结婚”，怎能连一出电影也未一同看过？所以他们也不管是什么电影便买票进场了。原来，那是法国出品的一部胡闹搞笑片，也不知它内容说什么。总之他们一面吃爆米花、喝汽水，一面和场内几乎坐满的观众嬉笑起哄了一个多小时，尽情去享受那热闹的环境与欢乐气氛。

从电影院里出来，他们去附近的露天小餐厅吃法国餐，品尝了徐梅最喜欢吃的马兰哥鸡，然后在区内每一个名胜点都留下了倩影。徐梅免不了仍是跌跌撞撞，一不小心，踢着路边的石头，弄破了脚趾，鲜血直冒，需要坐在路旁休息。吴敏伦四处张望，见对面不远处有一个药房，急忙飞奔过去买纱布、胶布和消毒药水回来替她包扎。这件事，徐梅在日后信内也有提及，说当时见吴敏伦走得气喘吁吁，满头大汗，很过意不去，心中感动，但又说不出来。吴敏伦回信说："这有什么值得大惊小怪的，热恋中的情侣都会这样做，待婚后多年我还这样做你才感动吧。"果然，结婚至今数十年，每当她有些什么突发头疼脑热，家中又刚巧没有可用的药时，无论多晚，吴敏伦还是会外出以最短的时间替她买回来，而她也每每掩盖不了感动。

离自由道外围不远，他们去探访了一所越南医院、著名的圣母大教堂和邮政总局。圣母大教堂建于19世纪越南被法国统治时期，其整体建筑效仿意大利佛罗伦萨圣母大教堂，正面的钟楼尖塔，则模仿巴黎圣母院，古意盎然，教堂外的雕饰更是精美，是欣赏欧洲哥特式建筑艺术的好去处。教堂外有两个圣母像，一个大的在前面花园广场，一个小的在后面小花园内，都各有美态。虽然他们

俩都不是信教之人，但很感谢宗教为他们带来这许多艺术珍品。

邮政总局就在教堂附近，建筑时间也差不多，但风格完全没有宗教意味，只注重实用和生活性，充满法兰西风情。它内部宽敞，空气流通，想不到单单进入一个邮政局也可以如此心旷神怡。徐梅带吴敏伦看她平日买邮票、信封、寄信给他的地方，又指出她若临时想到要多写一两页给吴敏伦，会在哪个角落和小桌上。吴敏伦欣喜地看着眼前的一景一物，感觉那么温馨、亲切，如诗如画。

回到酒店，要开始收拾行装了，因为明天一早吴敏伦便要乘飞机离去。徐梅拿出软尺和小针线，要替吴敏伦量身，亲自做一件衬衫下个月寄给他。她本来已有吴敏伦寄给她的衬衫领围、胸围和袖长，根据尺码做过衬衫寄给他，但她说这次能亲自度身，应该会做得更好。她量得认真，吴敏伦却是望她望得认真，以至短短的一个量身过程，他们已拥吻了不知多少次。

然后，徐梅拿出一些饰物、项链、手表之类，叫吴敏伦带回香港代她保存，待她将来去香港时用，另外给他一百多元美金，以备明天过关之用。

离别的感觉越来越浓，他们已想不到还有什么话想说或必须说，他们躺在床上，相倚相对，说着那些不知已说过多少遍的叮咛、祝愿和承诺，但他们都没有哭，因为觉得能有过这样刻骨铭心的爱情和共处，他们已没有资格哭。

他们再缠绵……在约定范围内容许的缠绵，直至疲累，沉沉睡去。

1971 年 6 月 24 日，是告别的时刻了。飞机起飞时间是上午 9 时，越南航空公司 VW783 号班机，经济舱第 3 排 C 号座位。吴敏伦和徐梅 7 时便起床，同样由曾义载送他们去机场，但这次因为曾义急着要回公司办事，不能带徐梅进机场，他们只能在机场外围下车。在去机场入口的路上，吴敏伦与徐梅隔着一排栏杆，到真要分离时，她扶着栏杆望着吴敏伦，吴敏伦拍拍她的手背，微笑点头，她也按一按吴敏伦的手背，轻轻点头，就这样，他们分开了。

上机前吴敏伦曾回头张望，但已看不到机场入口和那里的人影。飞机徐徐上升，吴敏伦怀着复杂的心情远望窗外，思忖他们的未来将会怎样。

2

第四乐章

在水一方

热情[①]

吴敏伦从越南回到香港，那种如梦如幻的感觉，久久不散。他要经常拿起他在越南与徐梅照的相片和带回来的纪念品来提醒自己那是真的。数日之后，从妈妈口中，他知道父母都已收到他从台湾寄回来的明信片（其实是他去越南前寄给在台的徐榆，嘱他在数日后寄回给他爸妈的一封欺骗信）。但他二姐知道他平安回港后，已偷偷告诉妈妈他其实是去了越南。妈妈没有怪他，反而要求看徐梅的相片，看后大赞徐梅漂亮可爱，但她叮嘱吴敏伦暂时不要告知爸爸真相，因为爸爸为人谨慎，顾虑多，又很不喜欢被骗，还是让她先给爸爸做些心理工作再说。

吴敏伦也尽快写信给徐梅报平安，在信中，他反思 7 天里的一切，找出他在二人相处中有哪些做得不足的地方，拿出来讨论，答应将来会做得更好。他说：

> 我的缺点，你虽然能忍受，但我如能改好，定会使你更快乐，如我那份高傲、轻浮的面具，娇生惯养的性情和很多事都放在心里的习惯，都是应该改过的。梅，相信我吗？我会

① 《热情》，德国贝多芬的 f 小调钢琴奏鸣曲。

尽量改进自己的，不然在一个如你这样的好妻子面前，我会觉得惭愧。

他也为他在那几天与徐梅亲热时有时做得太过分而道歉：

仍然觉得我们的亲密表现不及我们心中的爱，不但如此，在太热情的时候，反而使我看来这么粗暴，我真惨……当时我没有道歉，我傻到不晓得……

然后，他写了一些有关他快要开始工作的事和未来计划，也叫徐梅尽快让他知道，她在办理离越南去台湾读书或来香港看他的手续的最新进展情况，以便他能及时配合，安排他们将来的一切。

徐梅给吴敏伦的信也是充满对自我表现的反省，而她当然“反省”得更厉害，说自己什么都不好，吴敏伦也见怪不怪了，他还是喜欢看她写的热情话，那些好像还未

从那7天的缠绵里冷却下来的热情话：

亲爱的好丈夫：

在开始爱上你的时候，心中便已当你是我的好丈夫了，现在，和你相处了甜蜜而难忘的七天后，使我更觉得你是我最亲切、最体贴的好丈夫，我心里在这样地唤着你，在信上也忍不住要这样称呼你了。

……这七天和你相处在一起的日子真使我难以忘怀，我知道我永远都不会忘记和你在一起时畅快的感觉，尤其是和你亲密的时候，一切都那么自然，还有什么能比得上和最亲爱的人相爱在一起来得更自然、更畅快呢？虽只几天，但在我生命中不算短，我已经很满足、很快乐、很觉得充实了。以前，当开始爱你时，我根本没想到我们会有见面的一天，真的，就算我们一辈子见不了面，只要有了这真爱，我已是非常幸福了。有了你的爱，我真是死而无憾了。

……有一样使我既喜欢而又不忍的事，我喜欢在亲密时你因我而热情，因我而惨，但心中又确实不忍，也因此在每次和你亲密时，我不敢尽情，尽量压制着热情，不敢引你，不敢任性，更不敢主动地吻你和回吻你，虽然我知道你和我无论如何都会控制得住，但使得你惨上加惨，我是女子，再惨也没有你惨，你爱我，顾念我，一切都是为了我好，你虽不说，但我感觉得到，也深深地感动，我如何能不为你想想呢？很喜欢很喜欢你和我亲密，很喜欢你压在我的身上，很喜欢你吻我的身子，很喜欢看到你为我热情，很喜欢爱着你……喜欢你的一切，也喜欢你喜欢我的一切。下次见面时你要指示我如何预先准备才好，我要和你结合在一起，好大鬼，知道吗？

梅

02 – 07 – 1971

8月初，徐梅的二弟徐植因为办理离开越南的时间比徐梅早很多，终于能成功离开越南，他打算先去香港探望吴敏伦，然后再到台湾入学。吴敏伦陪“二舅仔”玩了大半天，问了他不少关于徐梅的事情。吴敏伦要他说说他姐有哪些缺点，徐植神秘地笑着说：“怎么说呢？一是顽皮，如偷吃人家的东西，二便是说谎。”吴敏伦觉得十分搞笑，差一点哈哈大笑。

晚上，吴敏伦请徐植去吃自助餐，徐植吃得很多，因为他是有备而来的，已整天没有吃东西了。饭后，他们去看一出有关柴可夫斯基爱情生活的电影。这部片子除了音乐外，还有很扣人心弦的剧情和很精彩的演技，但题材却并不为很多人所接受，因为它叙述的是柴可夫斯基不成功的性生活。徐植却十分欣赏，虽然他起先连柴可夫斯基是谁也不知道。

吴敏伦一有机会便继续问这个小舅子对姐姐的看法："哦，对了，你跟我说说，你觉得姐姐这个人到底怎么样？"

徐植想了一会儿，说："我二姐？唔，她对我们弟妹都很好，人很朴素，也很聪明。"

吴敏伦听了心里美滋滋的："是吗？那你们现在是不是还经常在一起啊？"

徐植说："自从她去西贡读书之后，我们便很少见面，要算起来，大概也有四五年没见面了，不过，最近在西贡见过她一次。"

吴敏伦有些兴奋，追问："那她有没有向你说起我的情况呢？"

徐植回答："当然，说过好几次呢！"

吴敏伦故意问他："你跟我说实话，你觉得姐姐漂亮吗？"

徐植有些支支吾吾："这个……怎么说呢？"

吴敏伦有些急了："说呀！到底漂亮吗？"

徐植含糊地回答："这个嘛，说不准。"

吴敏伦有些生气，本来想推翻徐梅所说"从来没有人说我美"这句话，现在却不能了。吴敏伦又不敢再问下去，只怕他不高兴，以为自己只爱他姐姐的美丽。

之后，吴敏伦与徐植还聊到另一部电影《爱情故事》，吴敏伦认为这些爱情故事已很难令他感动，因为都是千篇一律，摆脱不了几个框架，譬如是一对情侣如何为爱情而牺牲，或如何被命运捉弄等，但在真爱之中，为对方而牺牲是最自然不过的事，有什么大不了呢？至于命运，无论它如何残酷，也摧毁不了两颗相爱的心。吴敏伦说："有时有些爱情故事，还写得很差劲呢，本来是想写一对真心相爱的人，但写出来却表现得不像很相爱，以致什么悲剧、什么情节也不令人感动了。"徐植微微点头，似懂非懂，或许觉得吴敏伦与徐梅的爱情境界太高了。

徐植离开香港后，吴敏伦在给徐梅的信中写道：

我想他（徐植）也说得对，但你的顽皮我不怕，因为你一定及不上我，至于说谎，我也不怕，因为我会拆穿你的，就算看不穿，你也是为我好，但有时就是觉得麻烦难做，我想说谎这东西，无论目的如何，还是尽量避免的

好，况且说谎也根本不是解决任何问题的彻底办法，一不小心，反而会把事弄得复杂到无可挽救的地步，你认为是吗？（对不起，像在教训你）然后我又问舅仔，你是否很美丽，有很多男子追求你的。嘻嘻！他怎样答你猜得出吗？我不告诉你，他说了很多呢！我又问你会否唱歌，他说你平时不大唱，但有一次新买了录音机，你对着“咪”却唱了很多很多，什么歌也会唱，使人惊奇不已，哈哈！将来，不捉着你要你唱歌才怪呢！他还说了很多其他关于你的事（我要他说的），我写不得这许多了，总之是有趣极了，只可惜他十七日晚便匆匆地走了，我还来不及送什么给他呢，他说去到台湾再来信给我，那我又可以大问特问了。

你发觉徐植很多地方像你吗？我与他谈话，他的理想和幻想真多，对很多很多事也有兴趣，他在香港每天都去市立图书馆看书，什么书也翻来看，竟然问我要读完市立图书馆的书要多少时间，我瞠目不知所答，只怕他真的要立这个“大志”呢！他又问起我有关音乐的书籍，好像要学音乐似的，一时又花时间看武侠小说，又说住在越南好，有战争够“刺激”，真给他气坏。我又与他谈过爱情，他对爱情的看法也很纯正，但对于精神之爱，仍未能发挥尽致，我与他说了一遍，引我们为例，他想了一会，才领悟过来哩！

快到九月了，徐梅可以入台湾大学的限期快到了，但她无论怎样四处奔走找办法，离境依然无望。徐梅写信给吴敏伦，如果短期内要她来香港与他相聚实在没有办法，叫他还是不必苦苦等待好了，因为说不定她可能哪一天要与别人结婚。吴敏伦吓了一跳，但再看下去，才知道徐梅寻找出境途径已到“山重水复疑无路”之际。有人介绍她去一家很小很破旧的旅行社，她一开始并不抱多大的希望，但那旅行社自称幕后老板是当时南越总统阮文绍的堂弟，从没失手过，说越南妇女要出境不能以入台大为由，只有与外籍人士结婚才可获批准，所以徐梅只要与一个台湾男子结婚便必能出境。这个男子她可以自己找个可信赖的台湾朋友，若没有，旅行社可替他找个有台湾身份证的可靠男子，用他的名字和身份与徐梅办张台湾结婚证，拿这结婚证向越南当局申请出境便可。到徐梅出境之后，只要她立即烧掉那结婚证便仍然是个未婚女子，她在台的那个假丈夫是不会出现的，台湾方面也不会有她与该男子结婚的记录。徐梅这次写信来就是要征求吴敏伦的意见，要不要让这旅行社办。

吴敏伦左右思量，真不知如何是好，问题当然不是在办这手续的费用，这费用徐梅是付得起的，即使付不起吴敏伦也可千方百计在港替她筹够。问题是怎能相信那个台湾男子，无论是自己或旅行社代找的，万一这男子在台湾机场拿着那结婚证出现，威胁徐梅要履行婚约，怎么办？况且徐梅这样美丽可爱，那个男人一见之下会不会改变初衷？但这已是徐梅的最后机会，九月后便什么机会也没有了，他们再见面的机会也将遥遥无期。怎么办？时间不容许吴敏伦想得太久，他一咬牙，决定豁出去了，回信给徐梅说他也找不到更好的办法，唯有冒险一搏，但切记与她的大弟、二弟保持良好沟通，要他们来台湾机场接机，有什么事也随时和他联络，他虽然在香港，也仍有可能在需要时帮她一把。

就这样，徐梅便通过那家旅行社办手续了，她告诉吴敏伦在接下来的两星期内会很忙，各种手续的时间表也变化不定，很难预料，旅行社也要她“随传随到”，她不可能写信给他，叫他静候佳音便可，她会一切小心的。

两星期过去了，离九月还有数天，徐梅仍没有任何消息，吴敏伦越来越担心，工作精神与能力一天差过一天。一天清早，他做完通宵手术回到宿舍，刚想倒头大睡，便接到徐梅的二弟徐植打来的紧急长途电话，说接不到徐梅的机，原来是给那个“假丈夫”从另一个出口接走了，掳上了私家车。他与大弟一起拦截出租车跟踪，发现徐梅被押入一间叫桃花村的豪华酒店，大弟现正在酒店找寻，但又不敢报警，所以来电看吴敏伦有没有什么办法。吴敏伦大声叫大弟、二弟在酒店继续搜索，他会立刻赶来，一放下电话，便冲往机场乘坐最快的航班飞往台北。

还未过中午，吴敏伦已到达台北桃花村酒店，两弟弟已查出那“假丈夫”的房号，但还未决定下一步要怎样做。吴敏伦二话不说，径直冲上房间，也不知从哪里来的气力，把门一撞即破，只见一个有点酒气的男子把徐梅逼迫到圆桌一旁，拿着婚书，正粗鲁地威胁她，要和她谈条件，吴敏伦飞身扑上，用柔道技巧把他揪起连摔几次，男子自知不是敌手，夺门而逃，边走边摔酒店内的各种摆设，吴敏伦义愤填膺，与他搏斗，一直追出花园，冷不防被一个大花瓶击中，昏倒在草地上……

又一串响亮的电话铃声，把吴敏伦从昏迷中叫醒过来，原来他仍在香港的医生宿舍，刚只是做了一场噩梦。电话的另一边是徐梅从台湾传来的声音，她说两天前已顺利抵台，一切安好。

橘颂①

台湾对徐梅来说是越南以外她首次踏足的新世界，她兴奋、忙碌，也充满了好奇。她第一件要做的事就是找她的高中同学郭瑞美。郭家是影业世家，和台湾影界有生意来往，1970 年，当郭瑞美知道徐梅把考台大当作离开越南的桥梁时，也想用同样方法出国升学，她的父兄都支持她。结果郭瑞美以“越台影艺人才交流”为由成功申请出境，她迟徐梅一年考试，但比徐梅早 10 天到达台湾。

徐梅和郭瑞美同住在台大的第五女生宿舍（凡侨生都被安排入住第五宿舍），初入学大家都忙，只能约在饭堂吃饭时见面。徐梅孤独时最爱往大学图书馆借阅图书。

这一天，她好幸运借到一本原版的安东尼·伯吉斯的《发条橙》，一走出图书馆便坐在草坪上翻阅，有个男生走过来轻声地问道：“对不起，这位同学，请问是你刚借了那本《发条橙》吗？”徐梅抬起头来回答：“哦，是的，是图书管理员告诉你的？你也想读这本书吗？”男子脸上露出喜悦神情，但又有点不可思议：“是啊，我叫林诗成，是英文系编辑学的研究生，据说《发条橙》是一本充满哲理、引人深思，并惹人争议的作品，我急于好好读一读来写一篇书评，赶下一期学报的出版，不知……”徐梅爽快地说：“既然这样，没关系，这本书你先拿去看吧，其实我还在读李查·巴哈的《天地一沙鸥》，还没读完，我只不过怕下一次借不到而已。”林诗成说：“这怎么好意思呢？那好吧，我

① 《橘颂》，战国时期楚国屈原的诗。

先读，到时我们一起交流一下阅读的感受吧，我一定会完完整整地还给你的。”徐梅微笑着说：“不过，你不可能完完整整还给我的，因为这本书的特点就是没有最后一章，全赖那美国编辑作的怪，呵呵。”徐梅给了林诗成她的宿舍房号，林诗成连声道谢便离去了。

谁知这位看上去性格内向的研究生第二天中午就找到了徐梅的宿舍，解释所借的书要晚点才能还，约定下星期天还书并请客道谢。此后，林诗成就经常找借口到徐梅的宿舍，或找她借书，谈写作，谈文学，或邀请她一起听专题讲座，逐渐喜欢上了她。相识还不到一个月，当他们在校园的林荫道上散步时，林诗成就大胆地向徐梅表白自己的心思：“阿梅，我应该告诉你，我想我真的是喜欢上你了。”

徐梅感到有些突然：“不会吧，这怎么可能？你可比我小 4 岁啊！”林诗成摇头一笑：“我不信，你这么小怎可能年龄比我大？”徐梅说：“我看上去年轻，其实不小啦，要不我给身份证你看看。”林诗成说：“我不相信，你们越南的身份证都是假的，这说明不了什么，况且不管怎么说，年龄不是问题，爱情才是一切，我爱你才是真的。老实说，我那天在图书馆一见到你就对你产生了好感，你是我第一个真心喜欢上的女孩。”徐梅却冷静地告诉他：“可是，我不是对你说过我已有未婚夫了吗？”林诗成说：“是吗？你说过吗？你说的不是真的吧？”徐梅回答说：“是真的，他在香港，我们是去年在越南订的婚。”林诗成大感失望，沉默不语。徐梅委婉地说：“我真的不想伤害你。你要知道，你今年才 20 岁，还很年轻，将来一定会找到自己的意中人的。”

在没办法的情况下，徐梅唯有小心翼翼，在不给林诗成有任何幻想和希望的同时，尽可能让他能好好地生活下去。林诗成明白了，知道应放下。不过，他也知道，他将永远铭记他们这段短短的相遇相知，徐梅这个人将一直镌刻在他的生命之中。

好事多磨[1]

渐渐东风暖。杏梢梅萼红深浅。正好花前携素手，却云飞雨散。是即是、从来好事多磨难。就中我、与你才相见。便世间烦恼，受了千千万万。

回首空肠断。甚时与你同欢宴。但得人心长在了，管天须开眼。又只恐、日疏日远衷肠变。便忘了、当本深深愿。待寄封书去，更与叮咛一遍。

从越南回到香港之后，吴敏伦很快就把思绪和精力投入到实习医生的工作中。但他也要开始想想他在完成这一年的实习后要做什么。与徐梅在香港结婚是一定的，但什么时候呢？如果要待徐梅台大毕业要等四年，那真会害相思病了。如果叫她放弃学业来香港结婚，他又于心不忍，因为他知道徐梅好学。而每一个决定都会有一个完全不同的未来计划，譬如要不要出国，什么时候出去？若要留在香港，便要在香港找工作，什么工作？何时找？等等。

当然，事情还不只是这么简单，仍有很多东西需要他去用心考虑和征求徐梅的意见，因为记得她曾经说过将来喜欢在中国人较多的地方生活，其实他也是这样想的，但又有什么地方可以去呢？他曾想过，香港并非一个可以久留的地方。它的安定与繁荣全倚仗着一种政治

① 好事多磨，出自宋代晁补之词《安公子》。

上的微妙的局势，迟早他们都会离开的，徐梅也说过新加坡较好，他也承认，那里的民风及社会秩序确实都要比香港好，但论政治上的稳定性，又会比香港好多少呢？

第二个问题便是他父亲了，父亲除了坚持他结了婚才能出国工作之外（这个正是他求之不得的），还要与他们一起去外国落户，因为父亲舍不得他一去不回，这个吴敏伦觉得也没有什么问题的，只是他不知道他去了外国后，申请其他家人来要多少时间，如果太久，爸爸一定不愿意了，吴敏伦很希望这些事能早些决定，因为，他只有不够一年的时间去申请了。

1971 年 11 月 16 日，吴敏伦的二姐从德国回来，打算在香港住上半年。那天，他们全家去机场接机，对吴敏伦来说，送机是送得多了，接机却是第一次。他们到达机场的时候，人头涌动，花了半个多小时才找到

他的二姐，真够惨的。吴敏伦突然想到，如果明年要到机场来迎接徐梅，由于他们已很长时间没见过面，而她的形象又经常有所改变，他真的有些担心到时会认不出她来，应该想出一个万全的良策才好，到时是不是在身上挂个大牌写明“大鬼在此”呢？他又想，此刻在台湾的徐梅生活得还好吗？

徐梅入学后才知道台湾学位不被香港承认，而她读的动物系如在港不继续进修便根本没出路，所以她很快便考虑转系，但转系不容易，就算成绩好，成功率也不大，往往要多读一年，而徐梅读得不轻松，又相思得苦。在多方面考虑后，终于决定放弃读台大。对自小以来梦想读大学的她来说，是万万想不到的。为了怕爸爸失望，徐梅不敢这么快告诉他，要让他有充足的心理准备，唯有拖多半年才办退学。

既然还未办退学，宿舍仍可保留，但徐梅很渴望租一间房自己住，买架二手钢琴，便可日夜练习，主力进修钢琴了。为了这个，也为退学作弥补，她要找工作赚取生活费。于是，已抵台较久的大弟介绍徐梅认识了一位台湾商人刘先生，他在西门町汉口街经营刘氏贸易公司已久，刚巧他朋友要出租套房，便向房东推荐徐梅入住，并且聘她替他公司管理文件，每日只需上班半天。徐梅很感激，考虑了半日便答应了。

搬入套房后，徐梅买了一架九成新的钢琴，房东夫妇白天不在家，而徐梅下午才上班，早上便有时间尽情练琴。徐梅也买了画具和很多参考书，有空便自修外文、练画。每周有一晚学水彩画、两晚学钢琴、三晚学德文，周末返宿舍住一晚，假日去台大图书馆，如遇上有喜欢的讲座便去听，有好节目也不会错过，生活过得充实而写意！

徐梅于10月初已在中国青年服务社报学钢琴，但觉得老师不好便停了，后来家教中心介绍一位师范大学音乐系毕业的男同学上门教课，可是徐梅也不满意，又换了一位以前在大学音乐系教书的陈教授，这教授婚后便辞职了，白天上班，晚上在家教琴。老师温文尔雅，教学认真，眼睛会说话，让人对他很有信心，徐梅非常满意。然而，有一天她被骗了，师母向徐梅泣诉和求助，原来她把所有的储蓄连同邻居、亲友的钱交给会头，而这会头吞了所有的钱逃往日本，这个家一下子破产了，还欠下邻居和亲友20多万元，每月必须摊还一笔不少的钱。眼见一家人愁眉苦脸，徐梅二话不说把钢琴卖了，兼卖两件首饰，加上1万多元储蓄共3万元给他们解燃眉之急，然后搬来他们家住，每月食宿费和学费便在这笔钱内扣除。

徐梅于12月初搬进陈老师的家，只有她一人住在阁楼，自由自在。陈老师有两个儿子，大的16岁，读音乐系，主修小提琴；小的14岁，很顽皮，徐梅读书时他便在旁扮鬼脸揶揄她，使她不得不分散注意力。但他们白天都上学，只有晚上在家，捣蛋的话徐梅便关在房内，沉浸在自己的世界里。元月寒假，郭瑞美来陈老师家，和徐梅在阁楼同住了两个星期，刚好她没工作，她们白天逛街，晚饭后出外散步，这两周过得非常轻松愉快。

自12月起，徐梅发现公司老板刘先生心怀不轨，他的眼光总是追踪着徐梅，徐梅不在时又偷看她的信，还硬要她陪他去东南亚和日本出差，所以徐梅最终找借口辞职了。

1972年2月的一天，徐梅在家倒垃圾，无意中看见有撕了的越南朋友寄给她的信在里面，原来是有人偷看后撕掉抛到了垃圾桶内，徐梅很不高兴，为什么到处都碰到那些偷看别人信件的人！这个月她开始学驾车，师母知道了很生气，说她不应该贪玩，应该把学驾车的

钱帮助她，然后很粗暴地大力推撞门几次。她起初对徐梅很好，但慢慢越来越刻薄，假日徐梅外出，她总怀疑徐梅有钱去看电影或娱乐等，冬天叫她不用热水，中午那餐饭没菜，徐梅洗澡时她说肚痛要用洗手间……徐梅并不是没交食宿费，虽然当初她说不必付房租，但徐梅从3万元中扣除食宿费和学费外，每月还另给她钱，郭瑞美来住两星期徐梅也给她一个月的食宿费，但她始终不满意，有机会便给徐梅脸色，老师在时便扮和善，简直判若两人！老师知道徐梅受了委屈，每次见她，眼神里都有歉意和安抚，徐梅也回以不介怀的眼神，一切尽在不言中。

在陈老师的家不觉住了4个月，这个家的债务应该减轻了，可是气氛反而变差，只因师母每晚都大骂两个儿子，弄至家无宁日，陈老师比以前更沉默了，两个儿子也经常上阁楼避难，幸好徐梅隔晚都出外学习，回家已快10点钟。10点钟时后师母和小儿子一般都睡了，但夜猫子的大儿子陈善民总是上阁楼找徐梅聊天，徐梅不忍心将他拒之门外，他在这家已很不开心了，还是让他吐吐苦水吧。后来他什么心事都对徐梅倾诉，感情上越来越依赖徐梅，天天上阁楼找她，见不到便若有所失似的，有几次，他双手托腮全神贯注地望着徐梅，说不信她已24岁，认为最多比他大3至4岁，他说他将来不可能遇到一位性格如她这般好的女生，因为她太完美了……徐梅很担心他泥足深陷不能自拔而害了他，决定搬离这个家。

1971年11月3日，吴敏伦很开心，因为，他收到了徐梅的来信，说今天会给他越洋电话。他下班之后，便匆忙回家，准备好录音机，接听梅的电话。晚上6点，电话铃声终于响了，吴敏伦迫不及待地提起话筒，并按下录音键，一个熟悉而甜美的声音从遥远的深处传来，吴敏伦的脑海中立即浮现出徐梅那清纯可爱的形象，他的心跳在加快，嘴唇在微微颤抖……吴敏伦在电话中告诉徐梅，她寄来的画册已经收到，非常喜欢。并说下午已经给她寄去了一件黑色的毛料大衣，让她别忘了去台北

中山北路59号A座找林先生领取。他关心她最近的一些学习和生活情况，嘘寒问暖，还特意叮嘱她过马路时要注意看车。他告诉她，徐植在香港的照片已经冲印出来，表情很不自然，笑得傻傻的，会寄给她，但希望她也能多寄来几张在台湾生活的彩色照片来，因为他有一天在饭堂吃饭时与同事说到她，掏出她的相片给同事看，但同事不相信他的女朋友真有这么漂亮，以为他是在开玩笑，所以都想多见见她的相片，最好是真人。他诉说上个礼拜参加一个朋友聚会，个个都带着女朋友来参加，只有自己没有，"好惨啦"！

徐梅只能温柔地安慰吴敏伦，说她也想他。既然她已决定不读台大，在大学外边又已找到住宿和工作，过着自由的生活，现正找人看看怎样办手续去香港和他结婚，而刚好曾义的弟弟曾华在香港开旅行社，他数日内便会找吴敏伦弄清楚他的证件，然后去台湾见她替她办手续，看样子不会很难，所以吴敏伦应该高兴才是。吴敏伦当然雀跃，迫不及待地谈怎样安排结婚和什么时候最好，会不会就是今年圣诞新年假期？但毕竟还要先见曾义，大家决定先做好这个环节再谈。

最后，吴敏伦询问了徐梅工作公司的电话号码，希望以后能经常和她通话联系。34分25秒的通话结束之后，吴敏伦心情久久不能平静，他打开录音机，再一次播放与徐梅的谈话，徐梅的声音经录音之后却变得很微弱，需要很辛苦才听得到，但他还是反复地听着，非常开心。

想到与徐梅在港结婚在望，最快还可能是圣诞，吴敏伦知道对于未来数年在哪里做什么工作，要快些做出决定了，但他仍然拿不定主意。他曾问过大姐觉得他将来做什么工作合适，大姐不假思索地回答："你最好是去做个妇产科医生，因为我是个妇产科的护士，将来可以一同做搭档了。"吴敏伦置之一笑，觉得妇产科只医治女人，有些重女轻男。开业行医赚大钱也不合他胃口，他还是喜欢做研究工作，可以继续读书，在大学做研究，写论文，似乎自由和写意一些，不一定要去学做什么专家，但他知道，按照爸爸的眼光，他还是想他做专家赚大钱的，怎么办呢？

吴敏伦还未想定，12 月初，徐梅来信说来港结婚的事有阻滞，圣诞节是没可能了。原来曾华来台湾见她后，和她商谈过几次，他说以徐梅现有的证件和港台的出入境条例来说，她在短期内根本没可能去香港结婚。徐梅要他解释明白，他却语焉不详，顾左右而言他，尽是说香港男子不可靠，劝告她不要对他们抱有幻想，那是一个花花世界，有许多花花公子，一个女孩子只身一人闯香港，人生地不熟，没有亲朋好友，难免上当受骗。譬如一些越南女子"嫁"到香港后被转卖到妓院，又有一个越南女子与一个台湾男子通过相亲认识，见面时那个男子穿金戴银，出手大方，本以为是一个公司的大老板，但嫁到台湾后才发现，他原来是一个养猪的，难道这种婚姻的骗局还少吗？徐梅不理他这些话，但还是与他多见几次面看看签证的事有无转机，可每见一次面，曾华便更言不及义，只管谈风月，

约她见面的地方也越来越高档，越来越浪漫。徐梅知道他不怀好意，只好放弃他这条路，但一切来港的事又要从头开始了。

吴敏伦很失望，但怕影响徐梅的心情，告诉自己也告诉徐梅，香港的圣诞节比春节更热闹，以前农历年准许放鞭炮，还算高兴，自前年禁止后，圣诞节则更多彩多姿了。今年也正值他的旧校——华仁书院50周年校庆，节目多多，不要看以前的华仁书院是著名的“斯文”学校，只晓得办辩论会、戏剧比赛、诗歌朗诵等，现时却愈来愈活泼，那天回校看后辈同学与一间女校合演的滑稽剧，便把他笑坏了，叫徐梅不要担心。

扫码更精彩

吴敏伦问自己，送什么圣诞新年礼物给徐梅好呢？想起他们那次在长途电话上的喜悦，要不要再来一次？但当时安排一次长途电话要事前花很多工夫，且费用高昂不能尽情，不如录一卷录音带寄给她，来个意外惊喜。他于是录了一卷情话和自弹吉他，自唱一首英文情歌《我不会能再找到另一个你》寄给徐梅。徐梅收到后很高兴，回送一卷她的录音歌曲（李叔同的《送别》）。吴敏伦到农历新年再送一卷他的小提琴独奏——艾尔加的《爱的献礼》。这些录音带都成了他们日后美好的回忆，《爱的献礼》也成为他们有空时经常合奏的一曲。

1972 年 3 月，徐梅搬出钢琴老师家的阁楼和放弃了读台大。放弃大学的事，徐梅与父母已有共识，他们是支持的，只是希望她读完这一学年。可是，在收到父母来信之前，为了省钱，徐梅早已办了退学。离开了台大宿舍，徐梅转往台大对面汀州街的研究生宿舍，一厅三房，与本地的三位男生和两位女生同住，他们很友善，和她都颇合得来。换了环境，徐梅立刻觉得身心愉快。住在台大附近也方便很多，上班和学驾车都近，只是再没有继续练钢琴了！

徐梅上班的新地点是一间印刷公司，要替顾客设计和修改商标图案，这是徐梅的弱项，蛮辛苦，为了生计，不得不埋头苦干，但她不觉讨厌，反而有成就感。她和同事们也相处得很好，很快工作便步入正轨了，老板很器重她。由于住所近台大，周末和假日，或者不用上课的晚上，只要有空，徐梅便去台大溜达溜达，听讲座、看电影、参加节目和上图书馆自修等，平日晚饭则在台大吃自助餐，较以前营养多了，有时还以为自己仍在读书呢！

徐梅和同室的一位研究文学的本地生李小粲很谈得来，还到过她的家，在她家吃过几顿饭，小粲的爸爸是台湾学术界的著名人物，是胡适生前的好友。李小粲带徐梅参观台湾研究院，说了很多她家不愉快的事。原来她爸爸近年惹上了婚外情，和妈妈的关系弄得很坏，常常家无宁日。她很受打击，因为爸爸在她心中，自小便是偶像，是个完美的人。现在，她对人生、爱情、男人都失去了信心，而且每次回家，见到父母的处境，就更忧伤憔悴。徐梅很同情她，恨不得能以友谊去温暖她，把饱满的精神分给她，她告诉小粲无论受多大打击，都不能以个人的经验来论断全世界，而要找寻和欣赏世上的美好，包括自己的美好。譬如，小粲对她的真诚便是她自抵台以来第一次遇到的。她也告诉小粲她与吴敏伦的爱情故事，从而和她一起再检讨对人生、爱情和男人的看法。从此，她们经常在一起聊这方面的问题，徐梅见小粲的心情渐有起色，觉得对人尽情关怀才是一件快乐的事。

不过，就是不能对倾慕你的异性朋友尽情关怀！徐梅自搬离陈老师的家后，陈善民情绪极度低落，茶饭不思，抽烟饮酒，给她写过几封苦苦思念的信，徐梅很心痛，却无法表达关怀之情。

扫码 更精彩

徐姐姐：

……近来好吗？你走了之后我常常找看有没有人能来陪我聊谈，因我一个人太寂寞……为了要找灵感，时时也在怀念着你，我已瘦了四公斤。你走的第二天早上我就生病了，但我父母都不知道我病……我真想念你啊，你有没有在想念我呀？……

徐梅姐：

……近来好吧？有空要常常到我家来玩，你可知道我是多么想念你啊！……我都没有收到你的回信，你到底有没有寄信给我？……

陈善民还作了两首曲子寄给徐梅，一首小提琴曲《夜晚之恋》，一首钢琴曲Gaudeamous Igitur（《让我们欢庆》），题上“送给亲爱的徐梅留念”，他又来过信请她听音乐会，出席他的音乐表演，听文艺讲座等，可是徐梅都没有答应。不过，陈善民有一个很大的用处，便是他很用心看着有没有给徐梅的信件或包裹仍然寄到他家，有便尽快收起告诉徐梅，以免被母亲偷拆或撕毁。然而，徐梅也尽量找借口不直接和他见面取信件，她会叫他转寄给她或放在某个地方让她去取。她知道别离的伤痛是需要时间才可以痊愈的。

徐梅的另一个不能表示关怀的朋友是林诗成，自她搬到台大附近后，林诗成找徐梅的机会多了，差不多每隔一天午后便来宿舍找她，在厅中和她谈天说地或借口找些文学议题“讨教”，然后邀她一起外出吃晚饭，饭后又一起在台大的林荫大道漫步。徐梅见他举止谨慎，也再无示爱，知道他对自己已无非分之想，她不应拒人千里，但天天如此也不免烦闷，所以常借故很晚才回宿舍，嘱室友替她挡驾，室友们都很合作，但林诗成明知被躲避，也不介意，仍然一有空便上来碰运气，室友们都说他是痴情男，男室友更有些表示同情的，说：“有什么奇怪？如果不是知道阿梅在香港已有未婚夫和见到她还有这样的痴情男，我们也早已是她的痴情男啦！”女室友听到，齐声严厉警告：“你们再说一次，信不信我们把你们赶出宿舍？”

1972年5月，徐梅收到吴敏伦寄来的担保书和入境证，立刻申请离台证和“护照”，一切都很顺利，打算6月20日辞职，6月27日搭夜机赴港，用一星期的时间来养胖自己，以最佳状态去见吴敏伦，因为吴敏伦说他会安排与她从6月27日晚到30日在香港浅水湾酒店共度三天小蜜月。

爱情是多姿多彩的[1]

幸福之神的脚步离吴敏伦越来越近，虽然他从来也没有相信过神。近来吴敏伦的工作比较清闲，本来应该是最忙的两个月，但近来似乎突然较少人生病，所以反而不大忙了。有空的时候他便想念徐梅，看看她的来信和照片，并在心里构想如何安排他们的小蜜月，心情便变得舒畅起来。至于两个月之后的工作地点，他还未有确切消息，但这个月内一定可以知道了，精神科主任虽然已两次口头答应了让他入大学单位，但他仍不敢过于相信，因为他知道也有其他成绩比他好的人申请进大学的精神科。但他也要开始温习精神病学的书籍了，否则上班时一窍不通便惨了，尤其是小蜜月之后，他真怕自己会精神恍惚。他知道，刚开始工作，事事都需要学习和适应，真的不能大意，尤其是假如他真的能进入大学单位。

至于他们的婚礼庆典，吴敏伦曾经征求过父母的意见，大概简简单单便可以了，因为他们的亲戚不多，而徐梅在香港的亲戚更少。所以他想，婚礼应该不会花很多钱，但不知道徐梅的父母方面又会如何呢？他们大概会在越南那边摆摆酒的，也不知需要多少钱，而他们两家之间也许应该有一些礼节上的仪式，不知越南的风俗习惯如何。

---

① 《爱情是多姿多彩的》，日本电影《生死恋》主题曲。

当然，吴敏伦的家人对这些形式上的礼节不会太计较，如果能力许可的话，很希望能使徐梅的父母满意。吴敏伦看了一下桌上的台历，还有三个多星期他们便可见面了，他真希望这三星期快快溜走。但他还有很多事要为徐梅早些安排，譬如怎样调整工作时间好亲自去接机，如果他临时离不开医院找谁去接，怎样能辨识对方，又如果还是接不到，应嘱咐徐梅往哪间机场附近的酒店暂住等他。而他还要找他们婚前住宿的临时“爱巢”，直至正式结婚，这一切的一切，很零碎但很重要，也很令人兴奋。当吴敏伦每天忙完这些事躺下来时，都会感到世界突然间变得那么安详和平静，他在静静地等待美妙时刻的到来。而最令他感到安慰的便是收到徐梅的来信，告诉他已经做好一切来香港的准备，只差预订机票了，她计划乘坐27日的航班来港，而她也向往他们的见面和“亲密”：

亲爱的梓平：

正在想念你之际，收到你84号信，心里有说不出的欣喜和心甜。自相识至现在，每一次收到你的信，心中都是如此的快乐。真爱你，真想好好地抱你疼你。每一次想起你，我便感到全身都充满了爱……近来想你想得不得了，几年的相思之苦终于过去了，很快地我们便可见面，永不再分离，真是太好了！

这封信大概是我在台湾给你的最后一封信了，你收到这封信时大概已经是23日左右……很爱你，八日之后希望能尽情地爱你、抱你和吻你，还有小蜜月，我真是向往极了！也希望你吻我你所想要吻的，好丈夫，我一切的一切都给你，只要你需要，谢谢你什么也给我，我一定好好地温柔地爱你的一切一切！

梅

19－06－1972

所有在台湾的朋友都知道徐梅6月就要去香港了，离别前几天，徐梅到陈老师住处和他一家告别，毕竟同住了4个月。陈善民私自请求徐梅和他去郊游一天，作为离别前与她的最后纪念，不仅是向她说再见，也是向他青涩年华的告别。徐梅觉得反正已约了郭瑞美一齐去游阳明山，便约他一起去了。临别时陈善民泪流满面，但没有问徐梅将来的联络地址。他承诺他会振作起来，戒烟戒酒，继续坚持他的音乐之路。

至于林诗成，徐梅也和他最后一次漫步于林荫大道，说她快要去香港结婚了，但还未能确定班机，可能要临时上机，所以他不必送机了，而由于她仍未知在香港的通信地址，也要待去到香港后才可告诉他。

送机的是徐梅最要好的几位研究生朋友，包括小粲，徐梅仍是说要待去到香港后才可告诉他们新的通信地址，但最终她还是没有，因为她怕如果他们一时心软抵不住纠缠，会替她留下情丝在台湾。她知道这样做很绝情，很对不起他们和所有喜欢她的台湾朋友，但希望他们明白她对他们的心是善意和友好的。

第三部曲

生活交响曲

3

第一乐章

爱情圆舞曲

喜相逢[①]

1972年6月27日，吴敏伦结束了为期一年的实习医生生涯，回想起来，虽然有些艰辛磨难，但还是挺充实的。结业之后，他有三天假期，要到7月1日才去玛丽医院精神科上班，担任正式医生。那三天假期是非常珍贵的，因为以当时的惯例，实习医生全年没有假期，包括公历、农历新年的公众假期也没有。而对吴敏伦来说，那三天假期更是无价，他要用尽它的每一分每一秒与徐梅在一起，以慰藉他们自一年前在西贡相见七天之后已分离一年的相思之苦。

为了能够早点见到徐梅，吴敏伦征得本来当天放假的上司同意，晚上完全顶替他的工作，让他能早下班数小时，去接徐梅当晚七时到达的班机。岂知人算不如天算，将近黄昏时，香港某区发生了一场重大交通事故，全组医生都要临时出动救伤，到吴敏伦可以放下工作到达机场，已是晚上九时多。吴敏伦气急败坏来到接机处，一眼便见到了他朝思暮想的徐梅，却见到有位年轻英俊的香港男子在她身旁，徐梅微笑着赶紧上前介绍："这位是简先生，是我们下机时才认识的，他见我一个外地人下了飞机好像还未有人来接，主动要陪我等到你才走，哪知一等便是两小时，真不好意思……"简先生好像有点尴尬，连忙说："等到便好了，我也要赶着回家了，再见。"说完，还未与他们握过手，便挥手而别。

吴敏伦缓过神来，故意问徐梅："真是下机时才认识？还是在飞机上坐你旁边的，还是什么？"徐梅回答说："我也不知道。他不是邻座，但我也不相信他是下机后才见到我。其实，他是我在等行李时，从老远走过来和我搭讪的。我告诉他一些我们的故事，他便很有兴趣说陪我等你，等了一会，他便说你可能不会来吧，如果我没地方去，可去他家先住一晚，再做安排，因为他是个工程师，一个人住，地方很宽敞……我当然推辞，说你一定会来的，他便不坚持了，只陪着我，给我介绍一下香港，我也乐得听听，转眼便两小时，真难为他，他还没有留下名字和联系方法呢！"

"何难为之有？"吴敏伦道："能与天下第一美人相对倾谈两小时，够他一生受用了。唉，想不到你这个颠倒众生的美人，还没着陆香港，便引来了第二个香港倾慕者，

① 《喜相逢》，冯子存创作的笛子独奏曲。

真是我的光荣……”

徐梅的脸上堆满喜悦的笑容，吴敏伦接过她手中的行李箱，撑着雨伞，带她坐进了停靠一旁的小轿车，便立即驱车直奔浅水湾酒店。

夜色苍茫，柔风吹拂，在天穹的尽头，几颗晶莹透亮的星星眨着眼睛，神秘莫测。在浅水湾酒店104号房间里，充满了温馨和甜蜜，空气中弥漫着浪漫和喜悦，吴敏伦与徐梅身处渴望已久的梦幻空间之中，充分地享受爱情雨露的甘甜。那一夜，这一对“金童玉女”在爱情火焰的燃烧中，在澎湃激情的浪花上，终于献出了他们的第一次，成为他们一生中永恒的记忆……

倾城之恋[①]

浅水湾酒店是香港当年最有名、最豪华，也是环境最好的酒店，因为酒店依山而建，从正门下山只用两三分钟，便可到达全香港最美丽的浅水湾海滩。酒店效仿意大利建筑设计，以白色为主，深黄色为修饰，门前有景观花园和罗马式喷泉，正面的石阶两旁是球形铜柱灯，都是20世纪初最流行的风格。酒店的露台长廊，是它最特别的建筑，张爱玲的小说《倾城之恋》的主角白流苏及范柳原就在这酒店露台第一次邂逅，然后谱出恋曲。《倾城之恋》轰动文坛，令浅水湾酒店也闻名全国，来入住过的世界名人有著名剧作家萧伯纳、《老人与海》的作者海明威、国际影星马龙·白兰度以及爱因斯坦等。

虽然是这么难得一住的酒店，而且每晚170元港币，三晚就要花费571.20港币（包括小费），价格不菲，但吴敏伦与徐梅却没有细细地去品味和参观，就连在酒店内外和沙滩上拍些照片留念也给忘记了。一是因为久旱逢甘露，这三天内，他们花了很多时间在房间里温存，预支蜜月，尽情享受爱情的甜蜜和快乐；二是吴敏伦想要趁这几天尽快带徐梅熟悉一下香港的环境和他们结婚前要租住的房间，好让她在爱人上班之后能独自来往，照顾自己；三是吴敏伦的好友知道他的神秘“笔友情人”已经来港，都嚷着要见她，而他们都是在吴敏伦与徐梅交往过程中立过“汗马功劳”的，吴敏伦不好推辞，所以也必须带她出来与他们一见。

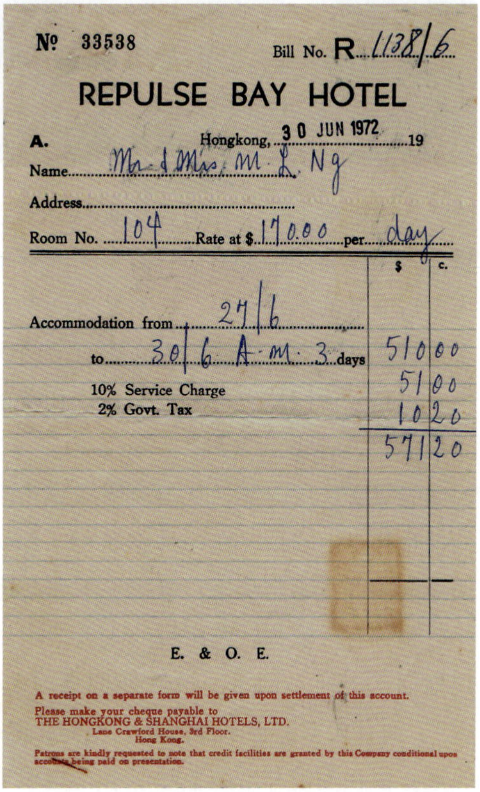

№ 33538 Bill No. R. 1138/6

REPULSE BAY HOTEL

A. Hongkong, 30 JUN 1972 19

Name Mr. & Mrs. M. L. Ng

Address

Room No. 104 Rate at $ 170.00 per day

	$	c.
Accommodation from 27/6		
to 30/6 A.M. 3 days	510	00
10% Service Charge	51	00
2% Govt. Tax	10	20
	571	20

E. & O. E.

A receipt on a separate form will be given upon settlement of this account.

Please make your cheque payable to
THE HONGKONG & SHANGHAI HOTELS, LTD.
Lane Crawford House, 3rd Floor.
Hong Kong.

Patrons are kindly requested to note that credit facilities are granted by this Company conditional upon accounts being paid on presentation.

于是第二天，吴敏伦首先带徐梅去见的朋友是当时在医学院两个最亲密的“战友”：

① 《倾城之恋》，张爱玲的短篇小说。

J与T。在医学院高年班学习和实习的这几年中，他们是医学生宿舍的同期室友，一起生活、读书、游玩、谈心、互相扶持，好不容易才挨到能做正式医生，所以感情特好，对于各自的恋爱生活，当然也了如指掌。他们对吴敏伦能钟情于一个越南笔友，也觉得匪夷所思。但他们是相信的，因为每天看着吴敏伦神魂颠倒，写信、寄信、发痴、做梦、看照片等动静，也不由他们不信。所以，他们可以说是在当时最相信吴敏伦的爱情和最认真帮他成就这段美好姻缘的两个朋友。一年前，吴敏伦刚毕业时能够趁还未做实习医生的空档去越南会见徐梅，便是幸得他们提醒早办手续并与自己一起奔走查询，否则便可能连那最后仅余的7天也赶不上了。还有，当时吴敏伦要暂离香港，又有许多东西要有人代为照顾。譬如，医院和大学来的书信，去医院替他办入职手续、领证，甚至照顾他那辆没有私人车房安置的小轿车等，都不是自己家人可以帮忙的，都要靠这两个“战友”。所以这次徐梅既然到港，怎能不先介绍给他们认识，并亲自道谢？

于是，他们约定每人都带自己相爱的“另一半”出来相会。下午时分，他们相聚于最能代表香港的名胜——太平山顶。不过。当他们驱车上山后，发觉因为是白天，山间笼罩着层层薄雾，从山顶俯瞰城市和海港都显得朦朦胧胧，一片迷茫。于是，他们便选择走上峰顶，在一片空旷的、绿茵茵的草地上盘腿而坐，在蓝天白云和清风鸟语之间闲谈往事与将来，享受一下那久违了的轻松和愉快。

也许有人认为，读医科的人大多比较严肃和木讷，虽然心情轻松，也不易开玩笑，但他们这次便不同了。虽然他们那时都未婚，但他们都称呼对方的“爱人”为“太太”，而且大家都很乐意接受。当时，其实几人对自己的前程在很多方面仍未有明确的答案，但在爱情和婚姻上却似乎再也没有犹疑，已互定终身了。在离开山顶之前，他们三对恋人一起拍了张合影，以资纪念。果然，直至40多年后，在他们身边的，仍然是当时的那个“另一半”。

在浅水湾酒店的第三天黄昏，吴敏伦带徐梅去见他那三个自小学或初中便认识的最好的“兄弟”，那时，他们虽已各奔前程，但因仍在香港，还是经常一起玩耍和互相帮忙。不过，每当吴敏伦向他们说起有一个在越南的女笔友，还未见面就已与她私订终身时，他们都表示绝对不信，认为以他的“自视清高”和“要求苛刻”，不可能发生这样的事情，无非是在编故事捉弄他们，或只是制造谣言去避免无谓的异性追求。当吴敏伦向他们出示出徐梅的相片时，他们看了之后更加不信，因为照片上的女孩太漂亮了，说一定是从一些南洋电影画报摄下来的明星相片。吴敏伦并没有生气，但为了证明他所说属实，便把一年前去越南会见徐梅时向其中一个老友何仲伟借的摄影机所拍摄的徐梅影像播放给他看，岂料他看了之后，仍不相信，认为那只是吴敏伦在越南街道上随便摄的一个美女，因为镜头内没有他自己。但是当时吴敏伦与徐梅在一起，没有第三者替他拿摄影机，他又怎能入镜呢？所以，这次徐梅既已来港，吴敏伦要尽快介绍给他们认识，况且徐梅一定要在三个月内和自己正式结婚，然后申请入籍香港，方可继续留港。吴敏伦想，要在这么短时间内完成这许多事情，而她在香港又举目无亲，一定要靠自己的好友帮忙和照顾才能事半功倍。

吴敏伦约他们三人黄昏时在铜锣湾一间著名的云吞面馆内见面，好让徐梅也能尽早尝尝这最地道的香港美食。三个人都来得很准时，显然不是为了尝云吞面，而是要一睹徐梅的芳容，因为他们一见到徐梅便目不转睛，而且样子都傻傻的。他们给徐梅的第一印象是一瘦、一肥、一矮，很像她儿时喜欢看的好莱坞著名谐星“三傻”。于是徐梅童心大发，决定要捉弄他们一番。他们边吃边聊，徐梅从云吞面的价钱谈到香港的钱币，然后说自己初来乍到，还未弄清楚香港钱币的分类和样貌，问他们可否每一款都拿个样本出来给她看看，“三傻”不虞有诈，争着掏出各种铜币纸币来，共一百多元，并作详细介绍，徐梅接过来仔细端详一番后，立即一并塞到吴敏伦的手中，狡黠地说：“快多谢各位老友请我们吃今晚这一餐！”“三傻”才如梦初醒，没想到徐梅也懂得玩这个他们与吴敏伦常玩的游戏，大嚷吴敏伦与徐梅早有预谋，施展美人计，吴敏伦则大呼冤枉，因为确无预谋，只不过他与徐梅还是笔友时，便早已向她提到过这帮“损友”常玩的这种游戏。

玩过“游戏”后，“三傻”知道徐梅的随和好玩，与她自然便熟络很多，不再只懂客气、腼腆和傻瞪眼了，当他们得知吴敏伦与徐梅昨天上山顶看不到一点山下风景的时候，便立刻提议大家再一起上山顶，观赏那世界闻名的香港夜景。

落日的余晖笼罩着整个山顶，天色逐渐暗淡下来。放眼眺望，整个维多利亚海港美丽如画，两岸的建筑物灯火辉煌，与海面荡漾的波光交相辉映，闪闪烁烁，像一组跳跃的音符，鸣奏着爱的小夜曲。他们沿着山边的一条小径漫步，虽然绕一圈需要一个多小时，但可以随着夜幕的降临，从不同角度和光影中看到不同的美丽景色，感受香港每一个角落的独特魅力。他们一面行进，一面闲谈、唱歌、说笑，话题大多还是离不开徐梅。当谈到婚礼，“三傻”都抢着要做吴敏伦的伴郎，“第一个”说他最有资格，因为他也懂得绘画，会和徐梅最谈得来（但数月后他来吴敏伦的家看到徐梅的画作后，大吃一惊，从此再也不敢说他懂得绘画了）；“第二个”说他最英俊、最有做伴郎的经验，而且借过摄影机给吴敏伦去越南，刚才又是被徐梅“骗钱”最多的一个，所以在心灵上早已是徐梅的“情郎”，伴郎应该非他莫属；“第三个”则二话不说，伸手便牵徐梅的手，要徐梅跟他不跟吴敏伦，徐梅连忙叫救命，吴敏伦出手英雄救美，把徐梅抢了回来，还抱抱亲亲地去安慰她，三傻立即团结起来，每人轮流说一个字：“太”“肉”“麻”，以示抗议。就这样“四王一后”，嘻嘻哈哈，你争我夺，“太”“肉”“麻”之声不绝于耳。在一阵又一阵的嬉闹和笑声中，要走一个多小时的山边小径，转眼便走完了。之后他们还在那古色古香的西餐厅吃了消夜，才尽兴而归。

除了带徐梅会见朋友和同学之外，吴敏伦还特地带徐梅去游览了香港的几个著名景点，虽然有些劳累，但玩得十分开心。一个阳光灿烂的午后，他们俩携手来到吴敏伦还是医科学生时常到的那片海滩。在这里，曾经留下了吴敏伦无数的梦想，那沉默的礁石，那无声的沙滩，那一浪紧接一浪的海潮，都似乎在向梅叙说着吴敏伦那一段段历史，倾吐着一个英俊潇洒的年轻人对一位妙龄少女的思念之情。潮湿的海风夹着一丝丝咸味拂过徐梅的面庞，她有一种特别的感觉，似乎闻到了香港海沙特有的气息，也闻到了吴敏伦那男子汉特有的气息。朵朵白云在蔚蓝的天空里漂浮，几只白色的海鸥在海面上飞翔，吴敏伦挽着“梦中情人”的手臂愉快地在沙滩上漫步。

夕阳西下，黄昏的翅膀扑腾下来，大地一片暮色苍茫。吴敏伦与徐梅回到浅水湾海滩，他们赤脚在海边嬉戏，潮起潮落，潮水一次次拂过他们的足面，又一次次消隐了他们身后的一串串足印。滚滚而来的潮水发出富有节奏的声响，时而急促喧嚣，时而缓慢低吟，时而又窃窃私语，在悄悄地诉说他们的爱情故事。他们在柔软的沙滩上坐了下来，相互依偎在一起，叙说着离别的相思之情，商谈着他们行将举行的婚礼，憧憬着未来的幸福生活。

花语[1]

在浅水湾酒店度过三晚以后，吴敏伦和徐梅迁往东区维多利亚公园后面，半山大坑道瑞士花园一间预先租好的房间居住。此地位于半山，属于“豪宅”区，治安与环境都很不错，又临近市区，但并不烦嚣，俯瞰维多利亚公园和虎豹别墅，都是香港的名胜，公共交通也方便，徐梅可以自由独自外出办事或多熟悉一下香港。而且，区内有免费车位泊车，吴敏伦上班也很方便。不过，房间是从一个住宅单位分租出来的，户主是一个中年单身女子，他们要与她共住，还得共享厨房，有些美中不足，但吴敏伦觉得反正只住 3 个月，他的收入又不多，也不打算在家中煮饭，短期凑合一下应该是可以的。

徐梅初来香港生活，需要一些时间去适应。由于香港到处都是高楼大厦，路窄车多，又斜又弯，对她来说很新奇，也有些压迫感。所以她每见到比较高的大厦，都会很认真地“一、二、三、四……”细数有多少层，看自己是否猜得中，像个小孩子。还有，每逢轿车驶过又窄又弯的道路，只要车速稍快一些，她就会显得紧张，生怕会撞车。所以，吴敏伦经常要提醒自己开慢一些。可幸是她不晕车，车程多远也不会，吴敏伦还是很快便可以用车带她认识更多地方。在饮食方面，香港的食物虽然美味，但对徐梅来说略嫌浓重和油腻，她还是要多吃些清淡的瓜菜之类，在酒楼餐厅里，她最喜欢喝的便是“芥菜咸蛋汤”，逐渐连吴敏伦也喜欢喝了。至于越南菜，徐梅倒是很想吃的，但当时在香港仍未流行，她只在后来找到她的一些从越南来港的旧朋友后，才有机会在他们家中品尝。

房东是个中年单身女子，但当他们搬进去后，才知道她有一个经常来探望她的中年男友，每星期来约一两晚。每次男友来之前，她都会刻意打扮，心情愉快，事后便若有所失，烦躁不安，情绪波动很大。当吴敏伦白天去上班，只有徐梅与她共处一屋时，她便常常把怨气发泄在徐梅的身上，譬如虽然房东自己房内还有一个私人洗手间，但每当她得知徐梅上客人洗手间时，即使还不到一分钟，她也会敲门催徐梅出来，然后每隔一分钟催一次；如果吴敏伦在医院有事要打电话给徐梅，房东接电话发觉不是

---

① 《花语》，美国笛芬堡的作品。

她的男友，便会生气地吆喝徐梅来接，还要在旁边提防她不要占着电话太久。过了一个多月，他们开始紧锣密鼓地筹备婚礼，政府婚姻注册处和移民局都会来些书信通知有关手续文件的办理情况，不少做各类婚礼服务的公司的“贺柬”也雪片似的飞来，推销他们的生意，弄至信箱时常爆满，房东每次替他们接收传递这些信，总是满脸不高兴，也从来没有说过一句恭喜他们的话，还显得有些厌烦。

当吴敏伦感觉到这种气氛有点不对劲后，与徐梅商谈有什么方法可以令气氛好一点，是否要和房东谈谈什么的，但徐梅淡淡地说算了吧。她在西贡和台北都曾遇到过难相处的房东，比现在这个厉害得多，都挨过了，这次只不过3个月左右，不值得太费神，何况房东的不愉快显然是由于她和男友的关系问题，或许男友是个有妇之夫，而她只是个被包养的小三才会如此，不是我们可以处理的。

吴敏伦不得不佩服徐梅温婉的气量，只好和她约定在房东面前尽量不表现得太开心、太亲密，也尽量收好那些“贺柬”，或准备好的结婚衣饰、礼品等，以免刺激她的神经。可以说，那是自从他们恋爱之后，首次领略到“秀恩爱”的智慧：“秀恩爱”不是随时随地可以做的，主要得看在谁的面前，不要弄得别人不开心，或甚至为一些本来关系已是一般的爱人或夫妇制造更多的麻烦。不过，领略只归领略，作为一对真

心相爱的恋人或夫妻，真情流露是难以掩饰的，太隐藏只会有害自己。而且吴敏伦认为，一份美好的爱情是人类生命意义的表达和荣耀，大部分人都应该懂得欣赏和珍惜，不值得因一小撮小心眼的人而抹杀。

吴敏伦接下来要做的一件重要的事，便是带徐梅去见自己的父母。本来，徐梅会来港和自己结婚的事，他已在两个月前就告诉了父母并得到他们同意，但这次见面当然仍相当重要，因为毕竟父母还从未见过她的“真容”。吴敏伦对徐梅的人见人爱有十足的信心，所以一点也不担忧，只是徐梅还是有些紧张，她总觉得自己太孩子气，担心在他那严肃和挑剔的父亲眼中显得不够成熟。于是她穿上一件从台湾带来的旗袍，希望使自己看来成熟一些。她站在吴敏伦的面前，貌若天仙，那柔美而独具韵味的曲线使他眼花缭乱，惊叹不已：“简直太美啦！”他稍稍缓过神来，笑着说：“你不是想以成熟来征服我父母，而是想用色相吧？”她似懂非懂，傻傻地说：“我当然也会很识相，他们说什么我也同意什么……”吴敏伦哈哈大笑。

吴敏伦没有摄下徐梅那次穿旗袍的相片，但25年后，徐梅与吴敏伦往影楼摄银婚纪念照，有一帧是穿旗袍的，很像当时所穿，而且更美，是吴敏伦最喜欢的一张相片。吴敏伦叫徐梅为它画了一幅油画，现在仍放在厅中，每天都看看。

到了下午，吴敏伦便带徐梅回家见父母。因这天不是假日，父亲仍要上班工作，要近黄昏时才能回家。他们到家时只有母亲和妹妹在家，母亲见到未来的儿媳是如此文静秀丽、得体大方，笑得眼睛眯成一条线，嘴都合不拢。因她们要忙于进厨房做晚饭，寒暄几句之后，便让吴敏伦留在客厅“招呼”徐梅，吴敏伦把她带到父亲的书斋，向她介绍了父亲的藏书和唱片，还播放了一些音乐给她听，她却显得有些心不在焉。吴敏伦问道：“梅，你怎么啦？看你魂不守舍的样子。”徐梅答道：“看你妈妈和小妹在厨房里忙得团团转，我却在这里闲着，很过意不去，我总觉得应该进厨房帮一把，但又怕因为一直都不大懂得烹饪，会出洋相。”吴敏伦知道了她的心思，安慰她说：“我想还是不进去的好，因为妈妈与妹妹配合已经习惯了，厨房地方也不大，而且时代已变了，我们都没有期望你懂得烹饪啊。”徐梅听后显得心安了一些，点了点头。他们听了一会儿音乐，便开始下象棋。但吴敏伦知道，就是从那天起，她下了决心要去自学烹饪，因为婚后还没几天，她已开始尝试自己去市场买菜回家中做饭，而且进步得很快，她的日常烹饪一直维持到他们的孩子中学毕业，他们可以请家佣了，才慢慢让给家佣去做。

父亲终于回来了，他见到徐梅后，只是简单地打量了她一下，问了个好，便与家人一起共进晚餐，并没有特别地“考验”徐梅什么，也没有盘问什么问题，反而很快便与他们商谈筹备婚礼的事，关于婚礼的日期、时辰、行礼和设宴的地方、穿什么服装、给多少礼金等，要商谈的事情多得很，一晚又怎能谈得完呢？吴敏伦看一眼挂在墙上的时钟，指针已快指向午夜12点了，于是吴敏伦站起来，与父亲约定他日再商量。这个过程看起来似乎很平淡，但吴敏伦与徐梅都很高兴，因为原来在父亲心中，徐梅早已“过关”了。

第二天早晨，吴敏伦打电话给妈妈试探她和父亲对徐梅的印象如何，妈妈说很赞赏，尤其是她的不施脂粉和不戴首饰，清丽脱俗，在香港的确很难得。

婚姻之门已经开启，通往“爱情蜜室”之路已经畅通无阻，一对真心相爱的恋人经历了漫长的等待和相思的煎熬，终于开始筹建“爱情蜜室”了，那么，等待他们的将会是什么呢？

爱之喜悦[①]

也许，对许多人来说，婚姻意味着一对相爱的恋人从此终身相许，白头偕老。而对另一些人来说，婚姻意味着爱情的完结，家庭生活的开始。因为有人说过，婚姻是爱情的坟墓，也有人说，因误会而结合，因了解而分手。也就是说，世上最凄绝的距离是两个人本来距离很远，互不相识，忽然有一天，他们相识、相爱，距离拉得很近；然后有一天，不再相爱了，本来很近的两个人，变得很远，甚至比以前更远……爱情就是这么一回事，你没有的时候，就会觉得它很美好；当你真正得到它的时候，就会觉得它不是自己想象中的那么完美，甚至和自己所希望的差距太远。但你不要怀疑，这也是爱情，虽然只是一种失败的爱情，一种残缺的爱情。

① 《爱之喜悦》，奥地利克莱斯勒的小提琴曲。

香港家庭計劃指導會給全港成年男女的一封公開信

● 甚麼是子宮環？

● 子宮帽與子宮環有甚麼分別？

● 還有其他的避孕方法嗎？

● 假如女方不願意採用任何避孕方法，那該怎辦？

● 避孕丸有副作用嗎？

● 有一勞永逸的節育方法嗎？

● 為甚麼男子絕育手術不會引致不良後果？

● 避孕注射的效力怎樣？

● 女子絕育有危險性嗎？

● 如何解決婚後不育的問題？

● 香港家庭計劃指導會對市民的服務，只限於節育、生育、和絕育嗎？

憑此印花可優先獲得以下免費服務（有效期六個月）

● 免費妊娠試驗

● 接受節育前之體格檢驗

● 免費避孕藥物

S1

然而，对于吴敏伦和徐梅来说，爱情是一首美妙舒展的圆舞曲，与生命同舞，永无休止，而婚姻则是爱情的变奏曲，或者说是爱情的主旋律。他们深深懂得，爱情是婚姻的基础，也是建构婚姻大厦的轴心，如果爱情消退或者变异，这个轴心就会受到损坏或者移位，这意味着婚姻的大厦会毁于一旦。因此，他们追求火热的爱情，完美的爱情，他们即将跨越婚姻的门槛，进入婚姻的殿堂，共筑爱巢。

在婚礼准备方面，吴敏伦想得十分周密，证明结婚绝对不只是两口子的事。他细致到怎样安排梅在婚前见他的父母、如何规划婚前小蜜月、什么时候和在哪里结婚、宴客、几时怀孕、几时出国留学、住在哪里及家中角色的分工等，也考虑得很仔细，可见他对婚姻十分重视。

当他们决定度“小蜜月”时，必须考虑的除了如何拥有美满和谐的性生活，还有如何避孕。当时（1971 年）避孕套还未流行，而且避孕套的质量和可靠性仍未达到令人安心的地步，唯有依赖女方的月经资料，以计算安全期，或了解她对吃避孕丸的想法，做避孕的准备。其实，在这次见面之前，吴敏伦询问过对方的安全期，也谈到过避孕丸。他在信中写道：“你怕赶不及时间吃药丸，是不必要的，因为每一轮药丸都只需要月经后的第五天开始吃，如果必要，还可以迟一两天，所以不必担心。”

虽然他们决定了很快便会结婚，已可以发生性行为，但仍考虑这方面的风险，认为这是个负责任的行动，更没有谁要欺负谁的意图。徐梅认为，如果在夫妻性生活中对避孕问题持以不闻、不问、不顾的态度，不采取任何安全防御措施，那才是对双方（尤其是对女方）不合理的。对待安全性行为，双方都有责任。

婚礼进行曲 ①

扫码 更精彩

有情人终成眷属。1972 年 9 月，吴敏伦与徐梅在香港正式注册结婚。9 月 19 日是一个他们一生中最难忘的日子，因为这天，吴敏伦与徐梅的结婚典礼在香港大会堂举行。一辆饰着鲜花彩带的奔驰轿车载着新郎新娘徐徐开来，在香港大会堂的大门前停下，新郎身着一套黑色的西服，将披着洁白婚纱的新娘扶下车来，在身着一套白色西装的伴郎何仲伟的陪同下，在宾客们的欢呼和簇拥下，新郎满面春风地挽着新娘步入婚姻注册处。婚礼在热情奔放的《婚礼进行曲》之中举行。注册过后，新郎新娘一起向父母跪拜，两位老人喜笑颜开，频频点头道喜。然后，新郎新娘相拥而抱，新郎在新娘的面颊上印上激情的一吻，之后“三傻”抢着也要吻，新娘露出了灿烂的笑容，在场宾客们欢呼雀跃，报以热烈掌声。

① 《婚礼进行曲》，德国门德尔松为歌剧《仲夏夜之梦》创作的第五幕前奏曲。

婚宴则于第二天晚上在美轮美奂的中国大酒楼举行，在人声鼎沸、充满欢声笑语的大堂里摆了10桌宴席，高朋满座，宾客如云，前来祝贺的亲朋好友络绎不绝，场面热闹非凡。新郎和新娘先向父母敬酒致谢，然后频频向宾客们敬酒，欢快畅饮，笑声不断。吴敏伦的大姐忙里忙外，接待宾客，满面笑容。远在德国的二姐和二姐夫也特地前来祝贺，祝他们白头偕老，永结同心。老友何仲伟则频频举起摄像机，将这一激动人心、令人难忘的热闹场面摄入镜头。徐梅大姐的一个朋友代表她前来祝贺，而且这个朋友的40多岁的丈夫是此次“百年好合”婚礼的证婚人。遗憾的是，由于当时越南国内的紧张局势，徐梅的父母和亲戚都没能来到香港参加他们的婚礼，但是，徐

梅的父母和家人在越南岘港也同时大办宴席，还特地做了徐梅喜欢吃的生炒排骨，以示庆贺。

一札飞鸿情缘牵，两心相印佳话传，三载相思鸳鸯苦，四座欢笑美梦圆。在亲朋好友的簇拥下，他们悉心配合完成每一个礼仪细节，但一直掩盖不了脸上喜滋滋的笑容。伴郎及其余“两傻”继续玩游戏和插科打诨，令气氛更加欢乐。婚宴完毕，“三傻”与十多个吴敏伦的小学同学簇拥着他们向“爱情蜜室”走去，非要大闹新房不可。

来到大门台阶前，他们异口同声要求新郎抱起新娘进屋，吴敏伦在一片欢笑声中乐呵呵地抱起新娘迈向他们的爱巢。古堡式的“爱情蜜室”大门打开了，一对新人进去了……欢声满屋，鲜花满屋，浪漫满屋，甜蜜满屋，幸福满屋。

优美的爱情旋律在延续，新的爱情故事正要开篇。不过，吴敏伦与徐梅都知道，在当时急速发展的香港，像“爱情蜜室”这样一座古旧而又占地方的大屋，虽然外表造型美观，但不可能会被保留多长时间，它是一个无法消失的标记，而这个充满温馨和甜蜜的“爱情蜜室”，将成为他们美好爱情的象征，永世长存。

3

第二乐章

爱情协奏曲

爱的城堡[1]

一个人的家就是他的城堡。

新婚宴尔的蜜月对吴敏伦与徐梅来说是生命中宝贵难忘的岁月。他们憧憬着美好的未来，营造着自己的“爱的城堡”。

本来，在着手筹备婚礼时，吴敏伦要给他与徐梅找到一个独立住所，离开那个租住的小房间，也不与父母同住，因为实在太拥挤。还好，当时吴敏伦刚开始在玛丽医院精神科当医生，香港大学的精神科也才刚刚成立，所以行政上大部分事务仍由政府医务处管理。因此吴敏伦仍属于政府的医生，各项待遇和福利都不错，只要不太挑剔，总有一些宽敞、租金低廉、特别为医生而设的宿舍以供居住，作为员工福利。吴敏伦申请之后，有多个宿舍可以挑选，但只有一个可以勉强考虑。其所以勉强，是因为它的地点在港岛东端，而他服务的玛丽医院则在港岛西端，汽车由东走到西，每程要超过半小时，很不划算。楼宇是一所八层高的综合诊所，宿舍在顶层，虽然有电梯上下，但总有住在诊所的感觉，不大舒服。再者，当时的港岛东端地广人稀，比较荒凉，对徐梅的生活也有所限制。

但是，时间不容再拖，他们唯有选它了，还做了搬进去的准备。意外的是，在他们举行婚礼的前一个月，医务处忽然来信，说另有一间宿舍

---

① 《爱的城堡》，卓文萱演唱的歌曲。

临时空出可供选择。他们过去一看，喜出望外，原来宿舍在中西区半山交界的一组三栋楼宇内，楼宇每栋三层，是20世纪初的英式古典建筑，古意盎然，主要用红砖砌成，楼底甚高，空气通爽，每单位厅中还有一个连接烟囱可以生火取暖的壁炉，建筑物从外面看就像一座童话里的古堡。他们可入住的是第一栋地面层，前后都有由石栏围着的空地，可以泊车、嬉戏或在树荫下乘凉。这样一个天赐的新婚宅院，蜜月居室，他们还怎会另作他选？

因此，他们就这样住进了坚道150号政府医生宿舍，这就是他们的“蜜室”。这套古色古香的英式“城堡”十分宽大，足有300多平方米。客厅十分宽敞，他们摆上球桌，随时可以打乒乓球来锻炼身体，靠里屋的墙壁上有一个欧式壁炉，具有浪漫的异国情调，一架钢琴摆在旁边，增添了艺术的气息。每当清晨，一缕灿烂的阳光从窗户跃进来，停留在钢琴黑白相间的琴键上，然后悄悄地开始移动。徐梅有时会坐在琴前，弹奏一首优美的曲调，表达她对生活的感悟和爱的情愫。

吴敏伦与徐梅新婚便能被分配到这个“城堡”，很是幸运，使他们度蜜月仿如在一个童话般的世界里，那么温馨、那么美妙、那么神秘。人们经常可以看到，那位“白雪公主”挽着“白马王子”的手从这座“城堡”的大门出双入对，满面春风。

吴敏伦像往常那样忙于工作，徐梅俨然成

了一名家庭主妇，承担起家里柴米油盐的烦琐事务。有一天，也不知是什么节日，傍晚时分，徐梅正在厨房准备晚餐，突然听到有人按门铃，她以为是老公下班回来了，急匆匆地从厨房出来，打开房门，才发现有人送来一篮鲜花，里面的纸条上写着“多谢你做我的老婆”。晚上，徐梅问老公：“买花篮花了多少钱?”

老公回答说：“才 50 元啦。”徐梅说：“我不喜欢被人哄，你以后就别这样浪费啦!”虽然后来徐梅没有再收到他的礼物，但每月他发工资时，他必定会将全部薪酬交给她管理。在吴敏伦的眼里，“永远老婆第一”。

有一次，吴敏伦小时候的一位认识多年的邻居阿姨来看望他们，她把吴敏伦拉到里屋，悄悄地问他：“听说你把每月薪金全都交给了太太?”吴敏伦不明所以，说：“是啊！这有什么值得大惊小怪的?”阿姨说：“看你说的，阿姨是为你好，你可得留心一些，免得以后哪一天她把钱都给卷走了，那可是竹篮打水一场空啊!”吴敏伦哈哈大笑：“你看，她是那种人吗？我相信梅是绝对不会的，因为这不单是情感问题，也是智慧问题，梅不会愚蠢和短视到舍一生幸福和我将来几十年还可以赚到的钱不要，而只要眼前的那一点点，杀鸡取卵。你放心好啦！”

圣诞节临近，玛丽医院精神科为了让患者们过上一个快乐的圣诞，特地邀请徐梅到患者的病房作画。徐梅用水粉颜料创作圣诞装饰画，不到几小时，就在一张张雪白的纸上挥毫洒墨，挥洒自如地画出了一大堆色彩缤纷的圣诞老人、圣诞花、天使和圣诞钟等，挂满了整个病房。病房内的患者和医护人员都看得瞠目结舌，真是太神奇了！

圣诞节前夕，“城堡”宽敞的大厅里也挂满了徐梅最近创作的十来幅描绘圣诞老人的水粉画作品，那天吴敏伦从外面回来，一走进大厅，高兴极了，这是徐梅送给他的圣诞礼物啊！他这才明白为什么最近一段日子，徐梅总是躲在书房里不出来，神神秘秘的，敲门叫她吃饭时，也是老半天才开门。

吴敏伦在徐梅以前的来信中，知晓她擅长绘画，之后也见过她的素描、速写、漫画、国画和水彩画，但至今还未见过她的油画，不知道她的油画水平如何。有一天，吴敏伦下班回家，发现客厅里挂着一幅极美的欧洲少女弹钢琴的古典油画，他以为是徐梅在某个画廊买来的，正嘀咕何来数十万买这样一幅真迹名画呢，徐梅微笑着告诉他，这其实出自她的手，是她近一个星期为了鼓励自己弹钢琴而画的。吴敏伦听了惊讶不已：“哇！真没想到我的太太还有如此高超的技艺！这简直太神奇了！太棒了！你真是个魔法小仙女！”

在这段时间，经常会有一些朋友和同事来“蜜室”拜访。每逢节日，夫妻俩便用徐梅的画作把家里装饰一番，邀请亲友来吃饭、玩音乐，甚至开舞会。大家在一起吹拉弹唱、欢歌笑语，好不热闹。

当朋友们离开后，他们会躺在客厅的沙发上放松心情，许多时候，吴敏伦会特意为徐梅献上一曲小提琴演奏，或朗诵几首英美爱情诗歌。他最喜欢朗诵这一首莎士比亚的诗作《我可把你和夏天相比拟》：

我可把你和夏天相比拟？
你比夏天更可爱更温和；
狂风会吹落五月的花苞，
夏天也嫌太匆匆而过；
有时太阳照得太热，
他金色的脸又常被遮暗；
美的事物总不免要凋落，
随偶然或自然变化而流转。
但你那永恒之夏不会褪色，
不会失去你漂亮的仪容；
死神不能夸说你在他阴影之下，
你将在这不朽的诗句中继续成长。
只要一天有人，或人有眼睛，
这诗给你生命，与你长存。

来到香港，结婚了，徐梅尽量避免把新居联络地址告诉以前的朋友，尤其是男性朋友，以免出现麻烦，但家人和以前一些闺蜜当然例外。其中一个闺蜜，便是李晴。李晴是徐梅在岘港的知己，两人几乎无话不谈。当徐梅与吴敏伦交上笔友并开始相爱时，徐梅便第一时间告诉了她，她为徐梅感到高兴，很多徐梅后来寄给吴敏伦的相片都是由她与徐梅跋山涉水才拍出来的，当徐梅与吴敏伦结了婚，把结婚照片寄给李晴时，她看了很开心，并把婚照在一些朋友中传阅。但她不敢给阿文观看，担心他会受到刺激，因为李晴知道，当年徐梅离开越南后，阿文曾一度表现出情绪极度的消沉和

徐梅临摹的油画名作

失落。不过，李晴把照片给另一位同班同学廖小璇看了，情况也不妙。廖小璇自命时尚新潮，觉得阿文不可能喜欢上那么“老土”的徐梅，因此对徐梅一直心怀嫉妒。当廖小璇从李晴的手中接过照片，仔细端详一番后，疑惑地说这照片应该是假的，她怎么也不肯相信徐梅会嫁给一位这么英俊出色的丈夫。多年后，廖小璇移居英国，至今仍未结婚。

另一个徐梅不想让他知道新地址的人是她妹妹在岘港读书时在校任教的阮老师，因为他说过“万一哪一天你被那香港仔抛弃了，不要伤心，我会接受你的”，岂料，结婚后不到两个月，有一天，就在城堡内，她接到一个本地电话，竟然就是阮老师打来的。原来，当得知徐梅已到达香港，即将结婚时，他竟然千方百计从越南成功偷渡到香港，准备“护花”，大有“衣带渐宽终不悔”之意。他要求见一见徐梅与吴敏伦，确定她一切安好。徐梅实在没办法，只好邀他来城堡与她和吴敏伦见面，也弥补一下他未能喝到的结婚酒。当阮老师一见到吴敏伦，发觉他竟然如此英俊潇洒，学富五车，又举止文雅，得体大方，充满君子气度，自知无望，终于死心了，也放心了，向徐梅喟叹：“唉！我没得比了！也相差很远！”惭愧不已、情场失意的阮老师决定从此在徐梅的生活中消失，直至十多年后的某一天……

虽然吴敏伦过着舒适无忧的生活，工作也上了轨道，但日子一长，他感到有些厌倦。他进入玛丽医院精神科，原意是不想在政府部门工作，他不愿意生命的色彩就在这种平庸安逸之中消退，他希望看到自己在事业上更上一层楼，给自己一些新目标，挑战自己的能力。他还是比较喜欢回到大学去做科研和教学工作，是时候决定是否要申请转入大学部门，否则便太迟了。于是他决定把这个想法告诉徐梅。

那天晚饭后，吴敏伦对徐梅说："有一件事我想和你商量一下，放在我的心里已经很久了！"

徐梅有些诧异："是吗？对我还有什么不能说的吗？尽管说出来吧！"

吴敏伦迟疑了一会，慢吞吞地说："那好吧！虽然现在的工作也算做得蛮好，一直做下去也可生活无忧，但其实我还是喜欢在大学工作的……"

话刚说到一半，徐梅便心领神会，说："原来是这样！既然你喜欢，那你就去做吧！"

吴敏伦说："可是，这意味要放弃目前优越的生活条件，失去'城堡'。你会舍得吗？"

徐梅回答道："你知道，我不是那种贪图安逸享乐的人，什么苦我都能吃，只要你

喜欢就好，只要你认为你的选择是对的，我都理解你，支持你！”

吴敏伦感到一股暖流涌上心头，他将太太拥入怀中，喃喃地说：“你真是我的好太太！”

于是，吴敏伦向玛丽医院提出申请，要求调回大学部工作。10个月之后，吴敏伦终于放弃了政府给予的优厚条件，进入香港大学医学院玛丽医院大学部精神科工作。这对他来说是一个冒险的决定。因为，一般香港的医学生都希望在政府开办的医院工作或自己开办诊所，这样最实际。而在大学教学和研究，晋升十分困难，一般需要四五年之后才能考核专家资格，还需取得博士学位，才能有机会获得一定的地位和认可，但吴敏伦偏偏选择了这条艰难之路。递上申请后，吴敏伦如愿以偿受聘为讲师，但大学对初级讲师并不提供住房，而需要自己在外租房安家。于是，1973年3月，他们依依不舍地离开了曾经给他们带来过甜蜜和欢乐的“蜜室”，转租住薄扶林道，建筑他们的新爱巢。

不久之后，那座“城堡”便成为香港大学法律系的办公室，再过了几年，法律系迁进本校，“城堡”便被拆卸了，成了如今的市民公园。

转入大学工作后，吴敏伦夫妇一直都很怀念“蜜室”和其周围的环境，18 年后他们搬离大学宿舍，入住自己购买的房子，而楼房的对面便是原来“蜜室”所在的那个公园，每天都可以看到他们在那里散步或与孩子嬉戏。再 18 年后，房子旧了，要迁新居，他们也是迁往公园的近侧，始终没有离开他们的“蜜室”。

虽然如此，他们还是有点遗憾，因为新婚初期，由于太兴奋和太忙，他们一直都没有为这“蜜室”的外貌拍一个全景照，只有一些室内照片，到想起要拍外观时，那“蜜室”则已被拆掉了。但是，就在 2015 年初，一件神奇的事发生了。香港为要加强西区发展，在这区加建了几个地铁站，包括香港大学站，这个站在通往香港大学的行人地道中，设了一个有关香港大学历史的永久相片展览。吴敏伦夫妇在这站开放的第一天便去参观，赫然发现竟然有“蜜室”外貌的照片，惊喜之余，他们拍下此照，把自己当年的新婚照合成上去，作为纪念，感谢上天再一次为他们永久保留这甜蜜的回忆。

吴敏伦夫妇搬出政府宿舍后，在大学附近租了一个房子，只有 20 多平方米，他们摆上一张可折叠的大沙发，晚上可以展开当床用，而且还得与他人共享一个电话、厨房和洗手间，可见条件之艰苦。从一个 300 多平方米的生活空间一下子进入一个 20 多平方米的环境，一开始的确感到有些不适应。然而，慢慢地也就习惯了，虽然生活空间狭小，有些拥挤，但在两人世界里，吴敏伦和太太感觉还是过得乐滋滋的。

徐梅后来回忆道："那段日子我过得很开心！很开心！"他们与房东和其他租客生活得十分和谐，感情很融洽。房东太太对他们十分热情，甚至还经常亲自下厨为他们准备早餐。那时，房东有一个 6 岁的儿子，叫小月，很喜欢这位和蔼可亲、漂亮友善的"梅阿姨"，经常缠着"梅阿姨"玩耍。房东太太喜欢打麻将，常常三缺一，于是教徐梅怎样打麻将，徐梅很快就学会了，有空便陪他们玩，但不知为什么，她这个连和牌也要先计算一番的新手，竟然总是赢多输少，老人家觉得她是福星，还要认她作干女儿呢！

一年多后，医学院学生宿舍的现任舍监要离职了，医学院要征聘现职老师接替，获聘者除有额外薪金津贴外，还在宿舍内享有免费住宿福利。如果吴敏伦能申请到这职位，可提早三四年便有大学宿舍住，而且还不必像其他老师一样要交租金。学院内申请这"肥缺"的教师也不少，但吴敏伦积极参与学生活动和关心学生的表现，深受学生们的欢迎，医学院还是选中了他。于是，吴敏伦夫妇依依不舍地与同住了一年多的"蜗居"房东和住友告别，搬到医学院学生宿舍那 130 多平方米的舍监房。于是，几经周折，吴敏伦回巢了，不但回到了培育他的香港大学，也与徐梅回到了当他还是医科学生时住过一年的、曾在那里写过无数情信给徐梅的那栋宿舍楼，并开始计划奏响生儿育女的生命乐章。

医生的爱情[①]

20 世纪 70 年代中期，香港进入空前的繁荣。随着物质生活的极大丰富和香港市民生活水平的迅速提高，人们对电影有了新的要求。他们不再满足于二十世纪五六十年代电影单纯的教化作用，而是把看电影作为一种娱乐形式——通过消费给观众提供娱乐休闲的功能。因此，这个时期，吴敏伦和太太一有时间，便携手步入电影院看电影。

住入了大学，吴敏伦喜欢和学生打成一片，参与他们的课余活动，譬如 1973 年的圣诞节，吴敏伦夫妇便参加了大学学生医学会的舞会，那时徐梅虽然跳得不是很熟练，但和学生们玩得很开心。1974 年 9 月 21 日，在医学会举行的音乐节上，吴敏伦拉小提琴、徐梅以钢琴伴奏，一起合奏了一曲《杜鹃花》，他们“琴瑟和谐”，配合默契，赢得学生们热烈的掌声。吴敏伦也在医科学生每月出版的报纸《启思》内设专栏，发表他对生活、学习与医学工作的思考和感想，与学生交流，甚受学生欢迎。

① 《医生的爱情》，法国夏耶的舞台音乐。

在平常日子里，吴敏伦忙于上班教学，早出晚归。徐梅便在家潜心于她的艺术创作和学习，除继续绘画外，为了学到更多欧洲的艺术知识以充实自己，徐梅特地请了一位家庭教师来家教授德语、法语，便于直接了解欧洲的艺术文化。至于钢琴，为了更严格地提高演奏水平，她去找专业的老师学琴，当时那位老师见她的基础非常不错，建议她去报考钢琴八级，这对她是一个很大的挑战，也给她带来很大压力。于是她每天回到家里都在不停地练习，希望能顺利过关。那天考完试回家，正碰上吴敏伦下班后有几位同事来家拜访，其中一位自幼学琴已有演奏级（九级）的女同事问她的考试情况，她说遇上了一个严格的考官，而考视奏时竟然有六个降号的降 E 小调，使她手忙脚乱。过了几天，那位女同事偷偷告诉吴敏伦，猜徐梅一定考不上，认定徐梅是预感自己不会及格而找借口铺垫后路。吴敏伦不相信，因为他知道“手忙脚乱”一向是徐梅惯用的自谦之词，果然，结果出来，徐梅还是以优异的成绩通过了。

忙碌但又写意的时光流泻如水，转眼吴敏伦和徐梅结婚已一年多了，却还没有孩子，这可急坏了吴敏伦的父母，由于吴敏伦是家里的“三代单传”，两老急着抱孙子，于是经常催促吴敏伦夫妇快生一个小宝宝，而且建议他们去医院检查一下，是不是在某些方面出了问题。其实，在吴敏伦看来，从医学的角度，夫妻结婚之后一两年之内没有孩子是很正常的，假如两年备孕却还没有怀上孩子的话，才应该去医院进行检查。不过，在养和医院当护士的吴敏伦大姐也好几次问徐梅有没有怀孕，使徐梅不知如何回答。在家人的催促下，他们不得不去医院进行检查，但是没有发现任何问题。

再过了一段日子，徐梅发现身体有些特殊感觉，于是去医院检查，结果发现是怀上孩子了。这一喜讯让吴敏伦夫妇及家人无比欣喜和振奋。吴敏伦就要当爸爸啦，他心里乐滋滋的，对老婆精心呵护，关爱有加。孩子在腹中慢慢长大，徐梅定期去玛丽医院进行检查，以确保胎儿健康成长。每次去检查，妇产科的女医师李教授总是对徐梅说："很正常，没什么问题，宝宝好着哩！"可是到了五六个月时，徐梅突觉肚子里的孩子有些不对劲，没有蠕动的信号，就前去医院复诊，李教授吓了一跳，检查之下，果然发觉胎儿已没有了心跳，不过李教授通过 X 光透视，显示胎儿的头骨还没塌下，不能证明胎儿已经死亡，提议多看一个月再决定。

徐梅伤心不已，吴敏伦安慰她说："别伤心！我们以后还会有的！"

徐梅痛苦地说："可是，说没了就没了，他毕竟是一条小生命啊！"

吴敏伦掩饰住内心的悲伤："没关系，孩子是烦人的事，其实我不太喜欢孩子，对生孩子没有硬性要求，无非都是父母的压力，不必伤心，即使这次怀孕不成，我们继续努力，将来还是会有孩子的。你也别太伤心坏了身子！好好休息吧！"

吴敏伦的大姐在养和医院妇产科当护士，当她知晓这个情况后，认为胎儿九成已经停止了生命，建议立即进行手术，但徐梅不肯接受，对胎儿的存活尚存一线希望，只等待奇迹出现。

不过，在接下来的一个月中，徐梅并没有其他特殊反应，只觉得肚子越来越小，时间过得很艰辛，有点情绪低落。吴敏伦尽可能陪伴着她，有时一起去公园散散步，有时为了刺激一下，他们一起去找紧张恐怖的电影观看，其中一部便是《驱魔人》。吴敏伦还打趣地说："唏！如果有什么魔鬼捉弄我们这个胎儿，就让我们看了这出电影驱魔驱走它。"令徐梅哭笑不得。

最终，胎儿还是被宣布死亡，要人工催"生"拿出来，这对吴敏伦夫妇来说是个沉重打击。吴敏伦深深感到世事的无常，生命的脆弱。当然，徐梅的公婆心情也很差，难免对她有所怨言，又怀疑她的身体有问题。有一天，父亲又提起那些陈年往事，对儿子说："当年你要是听从我们的劝告，娶了那个医生的女儿就好了，他们那里有专门的妇儿保健所照顾孕妇，不可能出现这种胎儿不保的情况！"吴敏伦听了心中不悦，打断父亲的话说："老爸，你就少说几句吧，别老是提那些无意义的事。我和李教授都认为梅的身体是健康正常的，死胎这些事在医学上偶尔也会无缘无故便发生。现在我们过得挺好，只要我们保持乐观，我对梅再怀孕很有信心。"

徐梅坐在一旁沉默不语，心里很不是滋味，但决定尽快保养好身体，再接再厉。

生活仍在继续，工作照常进行。港大医学院宿舍非常接近玛丽医院，吴敏伦只需步行便能上班，不用挤巴士，也不需开车。他们住在四楼，虽然徐梅出外买菜和购物都要爬楼梯，她只看作是运动。过了 3 个月之后，徐梅再度怀孕，这次，吴敏伦的父母特别关心儿媳的身体。考虑到学校的宿舍是在四楼，需要爬楼梯，而他们家里的楼房安装了电梯，他们坚持这次要有人给徐梅特别护理，吴敏伦大姐的住处离他们家不远，可以随时回来照顾她。因此，为了安身保胎，在徐梅怀孕初期的头 3 个月，父母将她接回家里，精心照料，给予无微不至的关爱。这段时间，婆媳相处得很融洽，徐梅从内心体会到那份无与伦比的亲情和浓蜜的家庭温馨。

1975 年 7 月 25 日，上午 9 点多，徐梅开始阵痛，知道小宝宝快要出生了，她立即给大姐打电话，可女佣说大姐不在，有事出去了。她又给吴敏伦打电话，可他正在精神科进行一项治疗，之后还有一个紧急会议要开，只能抽身十几分钟出来。他立刻驾车将徐梅送往接生医院，让她下车后便折回了自己的医院开会。徐梅尽力撑着身体一步一步地走进医院，当护士们见到一个孕妇只身进入医院大门，大为惊慌，立即将她扶上病床，推进产房。上午 11 时许，吴敏伦开完会后匆匆忙忙地赶来，一位护士小姐面带笑容地对吴敏伦说："吴医师，恭喜您！您太太生了，是一个胖儿子。"吴敏伦露出惊喜的神情，内心充满喜悦，脸上堆满笑容。

他们的爱情结晶，一个可爱的小宝宝终于降临人世，他们给宝宝取名为"鹿朋"，是为了纪念他们初次见面时在越南沙滩上的那次谈话，是取自《孟子》："舜之居深山之中，与木石居，与鹿豕游，其所以异于深山之野人者几希；及其闻一善言，见一善行，若决江河，沛然莫之能御也。"据说，"鹿"象征和平，舜帝即位之前，喜与它结为朋友，所以他们的第一个儿子以此为名，是希望他有一个美好和幸福的未来，也有王者之风。

新生命的到来给吴敏伦夫妇带来了极大的欣喜和生活乐趣，他们可以在每个周末放下一切工作和身边琐事，与儿子一起享受天伦之乐。吴敏伦每天下班回到家里，第一件事就是抱起胖嘟嘟的儿子在客厅里乐呵呵地绕上几圈，徐梅见他那眉开眼笑的样子，便说："敏伦，你不是说过你不喜欢孩子吗？怎么现在乐成这样啦？"

吴敏伦哈哈一笑："是吗？谁说我不喜欢孩子？我说过吗？其实，有孩子当然好，没有孩子也有好处，你就不会那么辛苦了。"小宝宝在母爱的哺育和父爱的滋养中快乐成长。尽管如此，照顾孩子仍是一件十分辛苦的事。那段时间，因为孩子总是在晚上

哭闹，不肯睡觉，而到了白天才安静地睡得香甜。徐梅只好在晚上时刻守护在儿子身边，几乎连续 40 个晚上没能好好地合眼，人也日渐消瘦和憔悴。吴敏伦看在眼里疼在心里，希望能尽量分担一些太太的辛劳。因此，他坚持在每个星期六的晚上由他来照料孩子，好让太太能够美美地睡上一觉。

1975 年秋，正当吴敏伦夫妇处于悉心照料孩子的忙碌和愉悦中时，徐梅在西贡求学时的好朋友水云突然成功来到了香港，希望找一份工作，吴敏伦夫妇热情接待了她。几天之后，水云在一间进出口公司做文员，但公司不提供住宿，只好寄住在徐梅家里。虽然水云有一个表姐在香港，但她的母亲对徐梅非常信任，担心水云住在别处会被人带坏，只有和徐梅在一起才放心。水云这一来，一直住到 1976 年中才离开。徐梅觉得与她住在一起的日子还是十分开心的。因为水云聪明伶俐，和徐梅情同姐妹，经常下班回来主动替徐梅做家务、带孩子，以减轻徐梅的劳累和生活压力。她声音又甜美，在西贡还是街知巷闻的“歌后”呢！因此她抵港才几天便有人来找她拍电台广告。

一个家庭一旦增添了一个小宝宝，不仅会给父母带来无法形容的天伦之乐，同时也给父母带来了一份责任。吴敏伦虽然有些辛劳，但他并没有因此而忘记他的事业追求。吴敏伦之所以选择精神医学的工作，一方面是他觉得基础医学或普通医学主要是涉及人身体的问题，而精神医学所涉及的范围比较广泛，尤其是可以拓展到人类文化

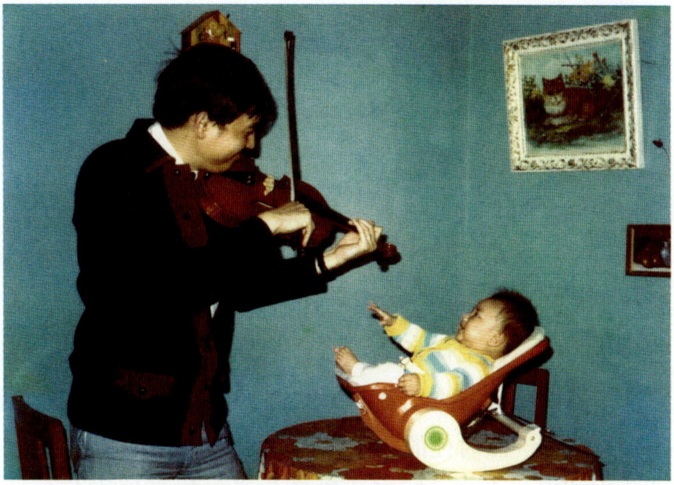

学和社会学等领域中去。这是一个可以提供无穷探索机会的科学领域，对于勇于探索、不断进取的吴敏伦来说，无疑具有极大诱惑力。另一方面，从当时香港的状况来看，精神科的医生非常稀少，根本不能够为精神科的患者提供完整治疗，尤其在心理治疗上。所以，他毅然选择了精神病学，慢慢集中于心理治疗的研究。

对于这份工作，他常说："人的精神心理是奇妙的东西，它比电脑复杂，且变化多端，有时更叫人难以捉摸，这正是其吸引力之所在。"在工作过程中，除了运用医学和心理学上的理论和技巧外，还要对患者做到体贴和细心。"我们工作的对象是人，并非一颗毒疮或细菌，割除或消灭了便行。要了解他们的病况不是透过 X 光，而是通过互相信任和谈话。关心患者是我们首先要做到的，即使他是杀人犯，我们也要去接受他，站在他的立场为他着想，使他感到舒服，消除抗拒感而吐出心声，这样便可运用适当的方法加以辅导和协助。"吴敏伦认为，从事精神治疗工作需要刻苦，乐于接受新事物，懂得控制情绪。在不断的工作实践中，他慢慢地积累经验，学会了如何原谅人和接受人，而且对世事的看法也有所改变，对于不同年龄、生活背景和心理状况的人，其背后的心酸和无奈，他都能深切体会，幸好他生性乐观，不会让那些事情影响他的私人生活。

在精神治疗的实践过程中，吴敏伦逐渐发现许多患者的心理问题与性有直接关系，例如有些人的情绪和性格会突然变得烦躁和偏激，他们自己也找不出原因，但这可能是由性生活或生理变化导致的，两者的关系极为微妙。于是，他开始关注性的问题，探索性治疗的理论研究。当然，吴敏伦也深深认识到，与其他学科相比，性学是一门与社会不断搏斗的专科，社会对性学研究存在着很大的偏见。这意味着，他将承担很大的风险，他已经清楚地看到，在他的面前，是一条布满荆棘、充满坎坷的道路。

由于中国人向来比较含蓄、保守，一谈到"性"的问题，更是面红耳赤，舌头打结，要把它公开讨论，谈何容易。即使是吴敏伦本人，从事这方面的研究工作，也需要克服不少困难，承受来自各方面的压力。他说："从事这方面的研究，别人少不了投以奇异的眼光，即使是朋友间也会当作笑柄，单是克服这些外来问题就已经很吃力。凡研究性的学者，在研究工作进行前，必有教授在旁，协助解决这些心理障碍。例如，他会提问为何要选这项研究工作，个人的目的是什么等，我也经过了这个阶段。"他记得有一次，在一所学校主持性教育讲座，台下不时发出窃笑声，为了避免同学们产生尴尬，他假装听不到，让整个讲座的氛围变得庄重而轻松。

在大学单位工作了三年之后，吴敏伦获得了留学英国深造的机会。这是他要成为一个专家和将来在大学晋升所必需的条件。但是，面前很多困难和阻力是他必须先努力去克服的。当时他的儿子只有一岁多，而徐梅又怀着 6 个月的第二胎，必须留在香港待产，到"坐月子"后才能带儿子来英国与他会合，这对吴敏伦与徐梅的精神体能都是极大的考验。

1976 年 9 月的一天，吴敏伦为了自己的理想和事业，依依不舍地告别了妻儿，展开理想的翅膀飞向蓝天，踏上了求学英伦之路。他静坐在机舱里，陷入了深深的沉思。这次赴英国伦敦大学精神医学研究院学习心理治疗和性治疗，对他来说，是一次十分难得的机会，也是对自己学业的一次严峻挑战。这将是他的事业和命运的一个转折点。

飘[①]

雾都伦敦，对吴敏伦来说是一座欲望之城，充满着诱惑。这种诱惑并不来自欧式的古典建筑、新奇的生活环境和人际交往方式，而是那种充满理性而又异于东方的生活情趣和人文精神。一个新的生活环境给予了他一种新的生活勇气和力量。

吴敏伦去伦敦留学，目标在学习精神分析、性治疗和团体治疗，还选修了艺术治疗、音乐治疗和催眠术等短期课程，但他的主要精力还是放在性治疗的学习上。他希望能够全面而系统地掌握性治疗的理论和方法，将来回到香港时能学有所用。因为对于当时的香港人来说，性治疗还是一个破天荒的新生事物。当时在香港大学为初级医生而设的外国留学资金比政府少，政府是资助全额的，而大学则是比一半还少。来到英国后，许多事情吴敏伦必须从头学起，还要自己支付一切必需的杂费。譬如，在学习心理治疗和性治疗之前，吴敏伦便要先进行英文再培训，因为，在香港学的那种字

① 《飘》，美国玛格丽特·米切尔的长篇小说。

正腔圆的、高贵的“皇室英语”是不够用的，还须听懂当地下层阶级民众的市井俗语和口音。于是，吴敏伦的第一件事便是去当地的贫民区自费找英文补习班上课。在那里，一班数十人，学生来自五湖四海，有求上进的底层劳工、新移民的家庭主妇……你要学的不是老师教的英语，而是那些五湖四海人物说的“英语”！

然而攻读心理治疗，还要学很多本学科以外的知识，伦敦大学的实习单位不可能提供全面训练，一些必修的课程，如工作坊及自我心理分析等更要自行物色导师及另付费用，都很昂贵。最昂贵的便是自我分析这课程了，由于要由私人心理分析师督导，而且课程频密，每星期数次，每小时费用极高，长年累月的负担令吴敏伦真是有些喘不过气来。

至于吴敏伦所在的医院，每周会安排一次集体讨论课，由各学科的导师主持，同学们各自畅谈自己的学习心得体会以及学习中所遇到的难题和问题，然后由导师进行具体解答和引导。同学们可以发表不同观点和意见，甚至可以与导师进行辩论。这种学习和交流的方式使吴敏伦受益匪浅。吴敏伦切身体会到，在英国留学期间的生活与在香港学习的生活大不一样。在香港，工作和其他日常琐事至少会分散你一半的注意力，因此不能经常集中精力学习和研究。在英国留学却不同，虽然他也是医院里的医生，但医院分派给他的任务或患者都只是出于实习的必要。他的责任是从中学习心理治疗或性治疗，并定时向导师报告或讨论学习心得，然后再由导师指导下一步应该怎么做。其他涉及同一患者的“琐事”，如检验、处方施药等，也另有医生进行处理，医院根本不会将实习医生列入工作编制之中。

当然，对于理论课程的学习和掌握只是留学目的之一部分，更重要的是如何把学到的知识具体运用到临床实践中去。在临床上，吴敏伦深深体会到，在书本上和课堂上学到的知识在实际运用时所发挥的作用各不相同，有些知识能派上用场，有的则产生不了效果，这需

要针对具体的患者或病例的实际情况而确定。比如说，有人批评弗洛伊德的“力比多”(libido) 理论为泛性论，因为人除了性本能之外还有其他一些本能，如生的本能、死的本能、自我实现的本能等，也很重要，弗洛伊德是看偏了。但吴敏伦发觉，在针对某一类具体患者进行精神分析和治疗时，却每每能取得意想不到的效果。

此外，性治疗和精神分析在临床实践中基本上是一对一，最多也只不过是一对二来进行，相对来说比较单纯，而团体治疗便复杂多了。一般来说，团体治疗是一个治疗师面对五六个或十多个患者进行治疗，由于每个患者的状况不同，他们的文化背景不同，所以他们能够接受的理论也不同。因此，治疗师对不同患者的反应必须有所差别。而治疗师对患者 A 的反应必然会引起患者 B 的反应，患者 B 所作出的反应也会引起患者 A 或患者 C 的反应，还会影响到其他人的反应，这就是所谓的“团体力学”。此外，患者自己的大脑里面还受许多“内心的力学”左右和支配他们在大脑里自己与自己的互动。可见，团体治疗是一个非常复杂的过程，而且在当时国外还是一个刚起步的新生事物。因此，吴敏伦在这方面的学习和临床实践也下了不少功夫，他后来在香港大学医学博士的毕业论文便是关于病房内团体心理治疗的研究，部分论文还登上了心理分析和精神病学国际期刊。

在英国留学的那些日子，对吴敏伦来说，是一个他非常享受的、千载难逢的、高度集中精力学习的机会。你只要一走进医院，无论遇到的是患者、同学、护士、病房助理或停车场的看守，谈的都是心理治疗或性治疗的话题，而且是无时无刻的，因为他们大都是同道中人，不少还是“练功”练到痴迷的。至于那些大师级的师傅们更不用说了，无论他们是与你同桌吃饭，还是在休息室或在走廊闲聊，甚至在洗手间遇上，他们的谈话内容都围绕着治疗知识和理论，因为那已变

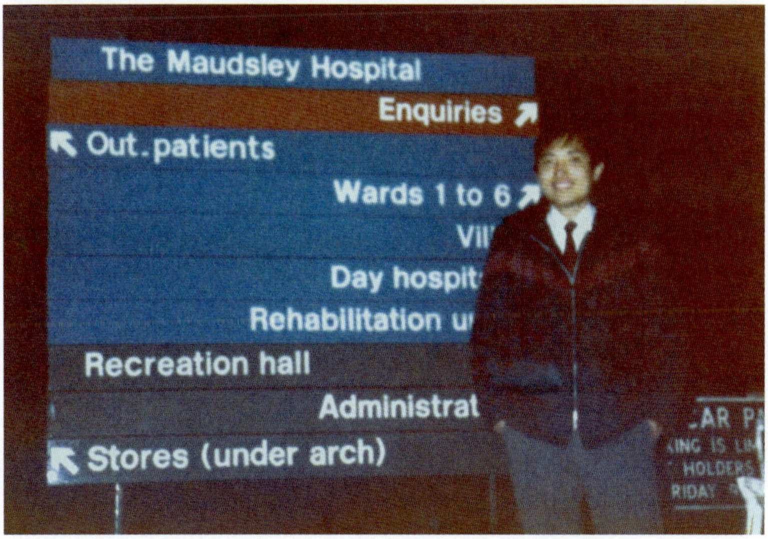

成他们生活的一部分。如果你不是对这一门学科极有兴趣，你当然会闷到不能多留一天；但倘若你是一个真心想拜师学艺的入门弟子，你就会感到如鱼得水，不想离开了。即使在下班后，除非特意将思绪转向，否则满脑子仍然会想着那些东西，甚至在梦中也会经常出现。那种全方位的渗透，令吴敏伦的每一个细胞都活跃起来，驱使他朝着一个一直向往的方向进发，那种奇异但极其舒坦实在的感觉，竟然使他有些不知所措，他会兴奋地对自己说："对了，就是这个境界，那就是我的生命！"吴敏伦终于找到了这种如饥似渴之后痛快淋漓的满足感。在知识的海洋里，他欢快地畅游，汲取养分，游刃有余。

在伦敦最初的三个月里，吴敏伦是孤独的，但他的工作和学习都很忙，经常要到深夜方能回宿舍。回程一片漆黑，万籁俱寂，在昏黄的路灯下，他会望着远处夜色中黑色的钟楼和塔影，思念心爱的妻子和儿女，他相信，他们相见的日子不远了……

远在香港的徐梅也无时无刻不思念着自己的丈夫，但她把这种思念藏在心底，只通过绘画来排遣内心的苦闷。可喜的是，她腹中的小生命在一天天地长大，给她带来无限的欣慰。来宿舍做代舍监的是吴敏伦从前的医科同学康医生，是一个独身的妇科医生，和吴敏伦很合得来，所以吴敏伦便推荐他来做了。但做代舍监也要住在宿舍，而宿舍又没有多一间职员住宿房，那即是说，他要与徐梅共住一个宿舍，虽然各有各的房间，但大门、客厅和厨厕都是共享的。管理层和很多同事都觉得如果吴敏伦也同住还说得过去，但现在吴敏伦已离港 3 个多月，徐梅与康医生要孤男寡女日夜相处，是否有些别扭？而且同事们都听过康医生说希望以后能娶到一位性格像徐梅一样的女子。但吴敏伦仍然力荐，认为管理层注重的应是代舍监的接手和与他合拍的能力，令他信任，不应想一些绝不可能，以及他完全不介意的

事，最后管理层还是批准了。

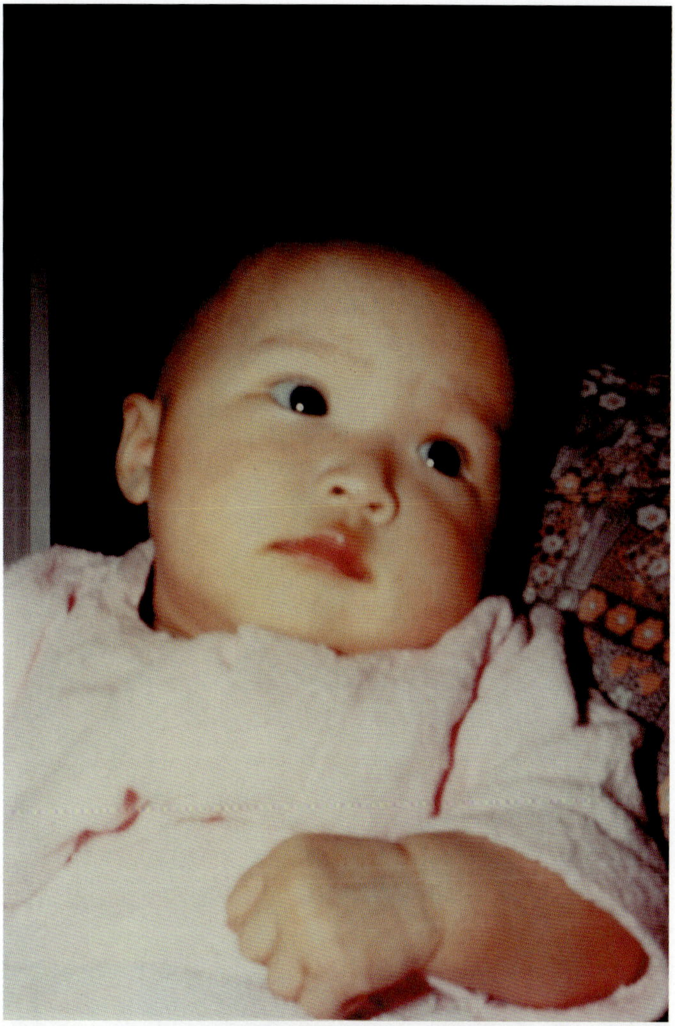

康医生性格内向，生活比较严谨和自律，温文尔雅，也很懂得如何去关心和帮助别人。当吴敏伦去了英国留学之后，作为代理舍监的康医生在生活上给予了徐梅和孩子许多关照和帮助，一些较脏较累的活儿都会主动替她去做，如换煤气管、修理电器等，只是他那些好管闲事的同事常常借故上“康梅之家”作突击检查，看有无异象，令他们气结。徐梅在写往伦敦的信件中，也当趣事般写给吴敏伦，让他一笑。

1976 年 12 月，徐梅顺利生下了第二个孩子，是个女孩，取名吴鹿婷。按照计划，徐梅要在产后一个月内便与儿子赴英与吴敏伦一起生活，否则大学不会给她津贴。至于留港的女儿，徐梅只能每月花 1 000 港币将她寄养在医院，由吴敏伦的大姐照顾。1977 年 1 月，当一切安排妥当之后，徐梅还没坐完月子，便带着一岁半的儿子踏上了飞往英国的旅途。

伦敦交响曲①

这次从香港到伦敦，对徐梅是一次苦不堪言的旅行。在途中，她用一根绳子系在儿子的手腕上牵着，因孩子才一岁半，生怕他不小心丢失。当时徐梅乘坐的航班，途中要停靠四个航站，而中途又恰巧遇上大雾，在印度转机时，只得在酒店住了一晚，十分劳累。几经周折，经历了30多个小时，得同机的好心乘客帮她暂管小孩，她方能断断续续睡一会儿，才终于到达伦敦希思罗机场。当吴敏伦在机场见到徐梅时，她简直精疲力竭，差一点便要晕过去。吴敏伦很感激徐梅这么辛苦赶来英国陪他，觉得更不能辜负妻子儿女，要为他们及事业用心尽力。

在徐梅到来之前，吴敏伦一直住在伦敦大学的留学生宿舍，但宿舍不能携眷。他事先租好了伦敦南郊的一所房子，每月租金1 500港币。这是一座古堡式的建筑，他们住在第一层，房子很宽敞，家具陈设也很古朴典雅，还安装有管道煤气。房东在客厅里放置了一台陈旧的电视机，可以收看当时伦敦各频道节目。而且，这里离学校比较近，吴敏伦每

① 《伦敦交响曲》，奥地利海顿《所罗门交响曲》中的第七首。

天上课只需乘坐大概45分钟的巴士便可到达，也算方便。

徐梅在英国的那些日子，除了悉心照料孩子之外，全力承担烦琐的家务劳动，生活上安排得井然有序。她每天会去不远的市场买菜，而且为了节省开支，挑选一些如西红柿、土豆之类的便宜蔬菜，然后亲自下厨。空闲的时候，她就给老公和孩子编织毛线衣，让他们能抵抗伦敦的寒冬。由于有徐梅在生活上的悉心照料，吴敏伦的身体比以往更强健，精力更充沛了，应付繁重的学习和艰深的考试也更为自如。

太太和小孩的到来，无疑增大了日常开支，为了节省，他们只能买一台旧的洗衣机。在伦敦那阴冷的日子里，在"古堡"潮湿的空气中，吴敏伦与妻儿在家也尽量不开暖气，宁愿以加穿衣服、厚外套等把全身裹紧来度过寒冬，以至行动起来很不方便。每个星期天，他们都去唐人街茶楼饮茶，尝尝中国菜，但总是先吃一点食物，填饱半个肚子才去，以减少茶楼昂贵的消费。他们希望用节省下来的钱去观看更多画展，欣赏更多音乐会，多多了解英国的文化，同时也可以畅游伦敦之外的其他景点。

节省金钱，还有一个大目的，就是让徐梅也可以借这次难得的机会去

进一步提升她的钢琴水平。为此，吴敏伦特地通过同事介绍她跟随一位国际著名钢琴大师阿尔弗雷德·布伦德尔的入室弟子学习，每周去上两次课，学8个多月。老师对她的要求特别严格，强调弹奏的指法和力度，尤其是要求她在钢琴弹奏过程中必须保持放松和自然的姿势，不能像某些年轻演奏家那样装腔作势、摇头晃脑、身体大幅度地摆动，以此来吸引观众的目光，哗众取宠等。经过大师指点及更多地与各国学生切磋和合奏之后，徐梅的演奏水平果然得到了很大的提高，一些她从前以为她不可能弹或公开演奏的曲子，她也得偿所愿了。当然，为了让徐梅在家也能练琴，他们必须买一部琴回来，但只够钱买一台老旧的钢琴。不过还好，这琴在那八个月内仍可正常运作，当他们离开英国要卖出时，虽然那琴快要散架，收买者一抬起来便有部分零件坠地，他们仍然乐滋滋地把它搬走，深信它老而弥坚也！

在那个年代，去一次英国已是一件十分不容易的事，所以当时无论怎样节衣缩食，吴敏伦也要借机会去寻找那些以往只能在书本上认识到的人和地方，其中一个令他印象深刻的活动，是参加精神分析大师西格蒙德·弗洛伊德的女儿安娜·弗洛伊德主讲的讲座。她也是心理分析大师，那时她仍然每年为英国皇家精神医学院讲一次课。安娜·弗洛伊德很注重本我，强调要给予自我以应有的重视。她的自我心理学和人格发展理论给予吴敏伦以一定的影响。尤为重要的是，通过听取一些著名心理学家和精神分析学家的学术讲座，他才发现，弗洛伊德创立的精神分析学与后弗洛伊德主义的理论并非人们通常所说的相互矛盾、相互对立、相互排斥，甚至说后者是反前者的。也就是说，阿德勒也好，荣格、拉康也罢，他们的理论都只是对弗洛伊德理论的延伸、补充、继承和发展，但并非是另植一棵树与弗洛伊德对抗而反对其理论，只不过是弗洛伊德这棵大树上长出的不同形态的枝叶或盛开的不同颜色的花朵而已。从某种意义上来说，后弗洛伊德主义理论只是弗洛伊德这位祖师爷的徒子徒孙。与任何学科的开山祖师一样，弗洛伊德当时所创立的潜意识和本能冲动理论尚未完善，的确还存在许多漏洞，他本人也一直在探索之中，甚至有些观点和看法也摇摆不定，一直在发生变化，是最自然不过的事。可是，一些后继者或追随者因为要独树一帜，自成体系，自立门户，当然要挑出其漏洞和毛病，进行抨击，移花接木，甚至大刀阔斧地进行改造，而这正好补充和完善了弗洛伊德的理论。事实上，后弗洛伊德主义与弗洛伊德的精神分析学从本质上来说是一脉相承的。

吴敏伦以前在香港听到一些对弗洛伊德理论了解不深或“半桶水”似懂非懂的人读了后弗洛伊德主义理论便大发议论，说弗洛伊德的许多观点是错误的。但他在英国

听了精神分析学不同流派的专家学者的讲座之后，才发现他们都很谦逊，都把弗洛伊德奉为自己门派理论的开山鼻祖，他们不但让他开了眼界，也令他由衷地敬佩。吴敏伦离开伦敦去欧游时，为了对精神分析学的理论发展脉络有更深体会，特地去探访过弗洛伊德在维也纳的故居，还有弗洛伊德在巴黎留学时，初次发现“歇斯底里”症，从而启发他发展潜意识理论的医院。吴敏伦连欧洲精神患者首次从监狱枷锁释放出来的集中营都千辛万苦地前往参观了。

至于对艺术的学习与欣赏，吴敏伦与徐梅在伦敦当然也不会放过任何机会。因为他们都是古典乐迷和西洋画痴，终于有机会不单从黑胶唱片和画册中欣赏那些心仪了十多二十年的名家名作。所以，他们几乎每个星期除了会去唐人街饮茶，逛海德公园之外，也会合作无间地疯狂去参观画展或听音乐会。为什么说“合作”呢？因为他们当时还带着一个不到两岁的儿子，不能单独留他在家，又没钱雇用保姆，于是很多展览或音乐会都只能两人轮流前往，一个负责在家照顾孩子，另一个便外出欣赏，隔天再交换职能。有的时候，为了省钱，展览、音乐会只展出或演出一天，又或在外地举行，而他们都不想失之交臂的话，他们便一定要作出特别安排，采取一人听一半的“分享法”，譬如由卡拉扬指挥的柏林管弦乐队由于只演出一场，他们的办法就是只买一张门票，上半场由吴敏伦进去听《命运交响乐》，太太在大堂带孩子；到中场休息，他会把门票交给她，由她听下半场的《田园交响乐》，而吴敏伦则看管孩子直到演出结束。虽然不免有些遗憾，但事后他们听了对方的描述、心得和感觉，便仿佛亲临其境，看到对方十分陶醉的神态，自己也会飘然起来。他们就这样，用音乐会你听上半场我听下半场，绘画展你看 A、B 展厅，我看 C、D 展厅的方式，尽可能看遍也听遍了在欧洲不同角落的画展、艺廊和音乐会，连小型的、冷僻的艺廊也不放过。因为他们觉得，它们各有特色，各有千秋，而且各有集中、深入或更难得一见之处，因此都不容错过。

有一个星期天，吴敏伦和徐梅去伦敦新牛津街往北的大罗素广场参观大英博物馆，观赏了一些早期欧洲的版画和素描作品，还有来自古希腊雅典帕特农神庙的命运三女神大理石雕刻、帕特农神庙雕像群，古埃及艺术品，如法老阿孟霍普特三世头像，那美西斯二世胸像等，领略了古埃及、古希腊非凡的艺术魅力。他们还参观了一些中国艺术文物珍品，如东晋著名的画家顾恺之的《女史箴图》，十分引人注目，还有精美的商周青铜器和 19 世纪初由斯坦因带往英国的大批敦煌文物，领略到了中华传统文化的博大精深和无穷魅力，令吴敏伦夫妇对中外古今的女性地位的不同与变迁产生了无限感慨。

走出博物馆，步行不远，却见一间商店，正招牌书着性商店，大开中门。性商店当时在香港是没有的，机会难逢。他们轮流进去参观，大开眼界。这对吴敏伦尤为重要，因为他正在学习性治疗，性器具的类别和每一种的款式和使用方法都要了如指掌，经常留意性器具的市场动态是必需的。

回到“城堡”，天色已完全黑下来。大家都累了，坐在沙发上，打开桌上的电视机，却看到正在播放一个性教育节目，一开始是一对赤身裸体的男女在床上做爱，然后是一个孕妇的肚子渐渐地变大，接下来是实拍一位孕妇在医院分娩的过程。徐梅第一次看到这样的节目，简直目瞪口呆、唏嘘不已。吴敏伦走过来，拍拍她的肩膀说：“哈哈！这没有什么可大惊小怪的。在英国，赤裸裸地表现性爱的电视节目很多，而且收视率很高。这是他们普及性教育的一种方式，也是性文明开放的一种表现。不如这样，下星期天晚上我在家照料鹿仔，我介绍你去看一出叫《毛发》的音乐剧，这剧我

在你来伦敦之前已看了，保证你更大开眼界。”其实，《毛发》是一部由美国演员填词和编剧，加拿大作曲家作曲的摇滚音乐剧。该剧为20 世纪 60 年代后期嬉皮士反文化和性革命的产物，部分歌曲更成为反越战运动的代表歌曲。该剧以含有裸体及亵渎内容的形式上演，在伦敦共举行了 1 997 场公演，以至成为百老汇史上最成功的音乐剧。

徐梅观看《毛发》之后，感慨尤深，不是由于那些男女演员全都一丝不挂的场面，而是剧中弥漫的动荡多变的气息，反映了美国在越战时代的政治局势的复杂，以及民众情绪的躁动不安，尤其是青年一代对人生目标普遍的失落和对纯真爱情理想的幻灭，让她明白，在很多情形下，裸露所传递的信息，可以远多于性与色情；而性与色情所传递的信息，也可以远多于下流或淫亵，这使徐梅更了解了吴敏伦将来要走的性学之路。

又是晴朗的一天，吴敏伦夫妇来到伦敦泰晤士河北岸，参观威斯敏斯特大教堂，虽然他们都不信仰任何宗教，但仍然被这座具有深厚的历史文化渊源的古老建筑及其艺术风格深深吸引。那宏伟壮观的穹窿，那傲然挺立的钟楼，令人肃然起敬。整个建筑古典庄严，高大古朴，弓形的石雕精美细致，挺拔的立柱直指苍穹。教堂最上端林立着由彩色玻璃嵌饰的尖顶，巍峨地冲向天际，如雕似刻，精巧绝伦。抬头仰望会有一种天堂般高远莫测的玄妙和神秘感。教堂高处四周的窗户都用五颜六色的彩绘玻璃装饰，它们使以灰色为主调的教堂在庄严中增加了几分典雅和华丽的情调。教堂的柱廊恢宏凝重，拱门镂刻优美，屏饰装潢精致，玻璃色彩绚丽，双塔嵯峨高耸，整座建筑既金碧辉煌，又静谧肃穆，其精美豪华、富丽堂皇为英国教堂之冠，不愧是英国哥特式建筑中的杰作。英国历代国王和女王都在这里加冕，死后也多长眠在此。当今英女王伊丽莎白二世就是于1953 年6月在这座大教堂里举行加冕典礼的。吴敏伦夫妇在教堂内的“诗人之角”停留了许久，这里埋葬了14世纪的诗人乔叟和文艺复兴时期的诗人斯宾塞，因此而得名。后来，英国著名的文学家、艺术家，如狄更斯、哈代等，都在这里建有墓室或墓碑。还有莎士比亚、狄更斯等许多文学伟人的纪念碑。吴敏伦和徐梅都从小就读过他们的不少作品，所以对这些文学巨匠都深怀敬意。

在教堂的北廊里，还伫立着许多音乐家和科学家的纪念碑。其中最著名的是牛顿，他是人类历史上第一个获得国葬的自然科学家。他的墓地位于威斯敏斯特教堂正面大厅的中央，墓地上方耸立着一尊牛顿的雕像，旁边还有一个巨大的地球造型的塑像，以纪念他在科学上的功绩。此外，进化学的奠基人、生物学家达尔文，天王星的发现者、天文学家赫谢尔等许多科学家都葬于此地。所以英国人把威斯敏斯特教堂称为“荣誉的宝塔尖”，认为死后能在这里占据一席之地，是至高无上的光荣。吴敏伦与徐梅慢慢地行走于这些曾经为人类文明进程作出过杰出贡献的伟人身边，感受他们非凡的科学成就和人格魅力，对这些千古风流人物发出无限感慨，

也激发了一缕缕思古幽情。然后，吴敏伦静静地伫立在达尔文的墓碑前，默默地向这位曾给予他深刻影响的科学家致以深深的敬意。他们走出教堂的大门，发现在教堂旁边矗立着一块墓碑，上面刻着一段非常著名的话：

> 当我年轻的时候，我梦想改变这个世界；当我成熟以后，我发现我不能够改变这个世界，我将目光缩短了些，决定只改变我的国家；当我进入暮年以后，我发现我不能够改变我们的国家，我的最后愿望仅仅是改变一下我的家庭，但是，这也不可能。当我现在躺在床上，行将就木时，我突然意识到：如果一开始我仅仅去改变我自己，然后，我可能改变我的家庭；在家人的帮助和鼓励下，我可能为国家做一些事情；然后，谁知道呢？我甚至可能改变这个世界。

除了在伦敦游览画廊、博物馆和听音乐会之外，吴敏伦夫妇还利用周末或一些长假期去伦敦以外的地方。每次都是一大清早吴敏伦便带着妻儿狼狈地出发了，但参观回来，总觉得有些前所未有的收获，迷信者会说是吸取了灵气，他则认为书本的描述总不及实地旅游来得真实和细致，而且令他有更多亲身体验和更大的思考空间。他们主要去了四个地方：苏格兰、希腊、埃文河畔斯特拉特福和剑桥。

苏格兰是欧洲最古老的王国，其历史始于一万多年前。公元 9 至 11 世纪前后，一个相对独立完整的苏格兰王国逐渐成形。公元 17 和 18 世纪，苏格兰王国最终与英格兰王国合并而成为大不列颠联合王国。光辉而动荡的历史令苏格兰成为民谣的宝库，在世上流传的歌曲、圣咏，有许多都源自苏格兰民谣。但可以理解的是，其民谣多少都带有一些坚毅和伤感。

一家三口要在四

五天内游遍苏格兰的重要名胜只有靠租一辆房车来作自驾游。虽然由始至终都是吴敏伦一个人驾驶，但只要安排得当，加上每天晚上有足够的休息，他有信心可以安全完成任务。他们游览爱丁堡的古老城堡，欣赏穿着传统苏格兰男格呢裙的苏格兰风笛手和他们演奏的传统音乐，参观苏格兰国家画廊，去高地观赏雄伟壮丽的自然风光，还游览了苏格兰最美丽的小岛——苍穹岛。回程时，他们去恬静的尼斯湖寻找湖怪，这是他们最难忘的。

关于尼斯湖水怪（尼西）的记载最早可追溯到公元 565 年，此后，十多个世纪里，有关水怪出现的消息多达一万多宗，不过当时民众大都认为只是古代的传说或无稽之谈。但越是到近现代，反而越煞有其事，让尼斯湖充满了魅力，让苏格兰显得更加传奇。到了 20 世纪 30 年代，尼斯湖水怪已经成为苏格兰的图标及民族身份的象征。有人说，如果尼西真的被擒或尸体在伦敦展出，可能再一次引发苏格兰与英格兰的战争。

吴敏伦夫妇在湖上泛舟，横过尼斯湖面，除了周围美丽的风景外，可以看到水中的煤炭颗粒让水面颜色显得很深，湖面上的涟漪，变幻不定的光线，周遭树木的倒影，加上粉状细雨，一度为人们再现尼西的传说，开启人的想象力。

吴敏伦假装严肃地说："老婆，如果真有海怪，现在就浮出水面，你怕不怕？"

徐梅说："不怕，我连你这个大鬼大怪也不怕，怎会怕尼西这样一个小鬼小怪，你看，它的名字也幼稚过人啦！"

吴敏伦："或许是的，但不会因为我是大鬼，而是你太可爱，颠倒众生，包括大小鬼怪。所以，我想尼西一见到你，一定心软，立刻由小鬼怪变成个小可爱，求你让它背你去游湖。"

徐梅心神向往地说："哗，是吗？机会那么难逢，我一定随它而去，你怕不怕？"

吴敏伦答道："当然不怕，因为你爱大鬼，不爱小鬼，你一定会回来的，我等你。苏格兰诗人罗伯特·彭斯写的一首名诗是这样唱的……"吴敏伦随即清唱起来：

呵，我的爱人像朵红红的玫瑰，六月里迎风初开；
呵，我的爱人像支曲子，奏得甜蜜又和谐。
我的好姑娘，美丽的人儿，请看我多么深挚的爱情！
亲爱的，我将永远爱你，纵使海水枯竭。
纵使海水枯竭，太阳将岩石熔化，
亲爱的，我永远爱你，只要我一息犹存。
珍重吧，我唯一的爱人，

珍重吧，让我们暂时别离，
但我定会回来，哪怕千万里。

雨停了，太阳快下山了，吴敏伦的歌声飘荡在湖面上，夕阳的光辉洒上徐梅微红的脸，令她更呈娇艳……尼西的影子出现了，那是天上云层投下的水影，它还在微笑呢！

从苏格兰回来后不久，复活节有数天假期，吴敏伦夫妇便去希腊旅游，探寻古希腊文明的痕迹，感受古希腊艺术的魅力。他们参观了雅典卫城、帕特农神庙、奥林匹亚宙斯神庙等。卫城里各座建筑雄伟壮观，远远望去，犹如一座威严的古城，十分庄严气派。这里集合了阿西娜神庙、伊瑞克先神庙等，散发着浓厚的宗教气息和古典韵味。帕特农神庙顶屋盖无存，里面空空如也，女神像流落异邦，地面到处坑坑洼洼，墙根躺着坍塌的墙石残柱。乱石嶙峋间唯有那几根大理石柱依然擎天而立，依稀可见当年的辉煌，却也尽是往日烟尘了。也许，用“独留残垣笑西风”来形容这座古城再合适不过。然而，它就像福楼拜说的那样，是“历史与艺术最

璀璨的源泉”。

最吸引吴敏伦的还是阿波罗·伊壁鸠鲁神庙，因为阿波罗是希腊罗马神话中的太阳神，代表光明，意即光明磊落，从不说谎，也被称为真理之神，同时也是音乐家、诗人，射手的保护神，他又把医术传给人类，是个医药之神。一个神竟然同时掌管这么多美好的方面，可说是希腊神话中最多才多艺的神。他的雕塑和画像，都俊美健硕，充满男性魅力，吴敏伦流连在神庙废墟之间，幻想着这个庙当年的壮丽光辉，以及阿波罗如何受人艳羡崇拜。

徐梅见吴敏伦坐在石上良久，发思古之幽情，悠然神往，上前坐在他身旁，牵他的手说：“是呀，他真是个完美的男人，他主管的方面全是有关你在做的和最有兴趣的事，真是很神奇呢，怪不得你这么仰慕他。”

吴敏伦微笑点头：“是的，他是这么一个完美的男人，你也会很崇拜他、仰慕他吧?”

徐梅轻轻摇头：“不，完美的男人不完美。阿波罗枉他集这么多人类的理想于一身，还是被爱神捉弄，爱他的人他不爱，他爱的人达芙妮却永远追不到手，当他要吻她的时候，她变成了一棵月桂树，阿波罗只能将她的树叶编成桂冠，戴在头上成为他的‘战利品’，让她能永远分享他的一切胜利……太凄艳了，我不要。”

吴敏伦有些感动，紧握徐梅的手说：“是的，无论一个人多完美，也不要得罪爱神。或许我永远学不到阿波罗的优点，但他这个缺点，我是一定不会学的。”

两人双拥而笑，在地上玩着小石的那个还未满两岁的儿子见父母相拥，也走上来伸手凑热闹，徐梅拿起相机站起来替两个“太阳神”拍一张照留念。

之后他们还去游览了米克诺斯岛和圣托里尼岛，领略独特的自然环境和异乎寻常的建筑景观，观赏世界上最美丽的日落奇景，享受爱琴海的碧波情深。

来到英国，文学朝圣者必要去的一个地方，当然是莎士比亚的故乡——埃文河畔斯特拉特福，这是大文豪莎士比亚的出生地，是一个小镇，尽量保留了莎士比亚时代的风貌，给人很宁静、古朴和文艺的感觉。因这镇离伦敦不远，吴敏伦夫妇用一天假期去游览。他们循例造访莎士比亚出生的房子和儿时生活的地方，然后漫游整个小镇，只见到处都有莎翁的影子，煞是有趣。譬如在一个街角，便看到一个在莎剧中常有的弄臣的雕像，雕像两旁刻上莎翁的经典名句：“愚人自以为聪明，智者知道自己愚昧无知”及“高贵的傻瓜！有用的傻瓜”。徐梅坚持要吴敏伦在雕像前照一张相，因为她记得在他们开始笔友通信时，吴敏伦很早便告诉她自己在同学间有一个诨号叫“黐线仔”（傻瓜），但他毫不介意，反而常常自认，徐梅当时便不禁对他另眼相看，因为她深信莎翁所说，只有知道自己愚昧无知的，才是高贵有用的傻瓜。

镇内有很多小书店、纪念品店，都用莎剧的名字或人物作招牌招徕顾客，此固不待言，但连面包店、小客栈、餐厅、酒吧等都如是，也算令人小开眼界。而且这些地方的墙上、橱窗里、栏杆旁……大多都会贴有一些莎翁名句，引你驻足细读，流连忘返。在莎翁故乡读这些名句，重温其所属剧内的细节，可以使人对莎翁的精神有更进一步的领悟和欣赏……

逛了一整天，吴敏伦夫妇抱着还未到两岁的儿子，步行去火车站准备回程。在路旁一堵古墙上，又有一列文字使吴敏伦停下脚步，他轻声朗诵：“默然忍受命运的暴虐毒箭，或是挺身反抗人世无涯的苦难，通过斗争把它们扫清。这两种行为，哪一种更高贵？……重重的顾虑使我们全变成了懦夫，决心赤热的光彩，被审慎的思维盖上了一层灰色，伟大的事业在这一种考虑之下，也会逆流而退，失去了行动的意义。”

徐梅摇头轻叹：“唉！可怜的哈姆雷特。”

吴敏伦有些尴尬：“但是……你记得我在越南第一次见你时，在海滩上也说过类似的话吗？”

徐梅：“当然记得，但你很快便恢复乐观积极，不像那软弱的哈姆雷特。”

吴敏伦：“那只是因为你也不是那软弱的奥菲利娅，你从来也不是。不过，无论如何，我觉得哈姆雷特和奥菲利娅都是正面的、可敬可爱的，你说是吗?”

徐梅：“可以是，也可以不是。莎士比亚作品的特点，就是从来都不渗入道德批判，他说过，他的作品就是给自然照一面镜子，给德行看一看自己的面目，给荒唐看一看自己的姿态，给时代和社会看一看自己的形象和印记。而就是这个特点，他的作品带动了英国以至整个西方文化界的活跃……”

说着说着，已到火车站，他们满载收获，返回伦敦。

又是晴朗的一天。这一天，是吴敏伦与妻儿前往剑桥的一日游。今天要比他们以前的旅行更隆重和更准时起程，因为有一个朋友会在剑桥火车站迎接他们。这位朋友是吴敏伦在高中时的一个音乐玩伴，是他父亲同事的女儿，比吴敏伦小两岁，叫小程。小程很有音乐天分，她父亲执意希望能培养她成为出色的钢琴家，有机会便安排她与其他音乐人出场表演来获取经验。在吴敏伦上高中时，他的小提琴老师要他参加一个校际音乐比赛，需要自找一个钢琴伴奏，经过父亲的介绍，便与小程认识了。比赛之后，他们有空会玩玩合奏，小程在其他学科遇上什么难题，也会请教这位哥哥。到吴敏伦进入大学，第一次医学系舞会需要个舞伴而找不到时，也是邀小程一起去的。但是不久之后，小程要全家移民英国，因为她考取了剑桥大学的音乐系，而且走得很急，吴家完全没有机会送行或说再见。更奇怪的是，程家移民后音讯全无，吴父试过用不同的方式去联络，无果，也只好放弃。

能再与小程联络上，也不过约半年前的事。当时，是小程写了一封简短的信给吴父，说她的父亲刚刚去世，而她在剑桥的音乐博士研究也将完成，已可自由与香港的亲友通信，所以来信问候。吴父把信息传递给吴敏伦，于是就有了这次剑桥一日游的安排。

十年不见，来接火车的小程已不是当年那胖嘟嘟的小顽皮，而长成了一个亭亭玉立的淑女。寒暄过后，她带吴敏伦和徐梅漫步游览剑桥一些必游的景点，当然也包括在剑河上撑篙。她以东道主身份，不顾矜持，亲自撑篙，直至吴敏伦借口也想学，才与她轮流分工。途中他们互道别后状况，原来小程父亲对这个独生女儿管得很严，自她考取剑桥后，更要她心无旁骛，全情投入音乐学习，他们举家移民剑桥，也在于能贴身看管她，与香港的亲朋断绝来往，不必花费精力作无谓应酬，以免受到不应有的影响。他们竟不知道小程虽然表面顺从，心情却大受影响，钢琴表现不进反退，本科勉强毕业后，父亲知道她成为钢琴家无望，便转而要她去读音乐理论研究，要她至少拿个音乐博士回来才罢休。现在，父亲去世了，她下个月参加博士毕业典礼后，便要离开令她花费了十年青春的剑桥，但也知道再拾不回当年在钢琴上的技巧和热情……

说着说着，迎面漂来了一只船，载着一群年轻的华人游客，合唱着一首歌："我是天空里的一片云，偶尔投影在你的波心，你不必讶异也无须欢欣，在转瞬间消灭了踪影……"小船擦身而过，吴敏伦笑道："哈哈，中国人来到剑桥，总忘不了徐志摩……你记得吗？我们在香港时也有合奏过这首歌呢！"小程微笑点头不语。吴敏伦继续说："你记得也好，最好你忘掉，在这交会时互放的光亮……唉！我们当时只懂弹奏，其实不明内里含义，经过这许多年，应该有不同的感受了罢？"小程仍默然无语，望着河上波光，若有所思。一时间，河上静寂起来，坐在船

上另一端的徐梅连忙找话题："他们唱的是李惟宁 30 年代作曲的《偶然》，香港最近却流行一首新的由陈秋霞作的版本，我听得很多，小程，你听过吗？"小程从沉思中醒过来："哦，听过，我在本地的华人电台上听过，但印象不深，而且这首新歌仍未有歌谱琴谱出版，所以我也未唱过或弹过……"很快，气氛又活泼起来。

泛舟畅游之后，小程带吴敏伦夫妇游览他们希望参观的音乐系，尤其是在西街的音乐厅。音乐厅太新，小程也没来过，正在大堂感到有些彷徨时，幸好遇到一个老同学，说正与其他几个同学在音乐厅内排练，欢迎小程带她的朋友进内参观。厅门一开，厅内的音响效果果然非同凡响，台上两个同学正在弹奏小程与吴敏伦在香港也经常合奏的贝多芬的《春天奏鸣曲》，吴敏伦忍不住惊喜喟叹："啊，好美丽的春天！"徐梅望了一下小程，也笑着说："好美丽的回忆？"小程回望着徐梅，也望了望吴敏伦，嫣然一笑："一切也是这样美丽。"

一曲既毕，排练的朋友们说要趁机偷懒出外吃些东西，叮嘱小程等人代看守乐器与场地半小时。这个机会当然是求之不得，排练的朋友一走，小程与吴敏伦便飞身上台，一个坐上琴凳，一个拿起小提琴，凭记忆合奏克莱斯勒的《爱的忧伤》，就是当年他们在香港为参加比赛而合奏的歌。演奏完毕，他们相视大笑。小程问道："你怎么仍是那样，颤音怎么这样弹？"吴敏伦说："说什么你也不听，这曲要带一点哀愁的，你怎么总要跳舞？（转头向徐梅）老婆，你说是吗？"徐梅抱着也在专心聆听的儿子，不知怎样回答，只好笑着含糊地说："或许吧！但现在我至少完全明白你们为什么那次比赛连三甲也不入了。"

小程与吴敏伦的笑声更响，但这次小程不肯放过徐梅了，要她也表演一曲，徐梅极力推辞，争持不下之际，小程说："那么，不要说表演了，就说帮帮我，好吗？我很想尽快学到陈秋霞新作的那首《偶然》，既然你已熟悉这首歌，就弹个旋律让我记下来学弹学唱，如何？"果然，一说到要帮人，徐梅便不推辞了，在钢琴上单手把旋律弹出来，弹了几遍，小程已可配上歌词清唱起来，歌声竟然也很甜美，正想着如果有钢琴伴唱便更好，徐梅的琴声已逐渐从背后升起，配合得恰到好处，就像已有伴唱琴谱在她面前那样。歌声甫歇，厅内掌声响起来，原来小程的那群“偷懒”朋友已回来。小程激动地拥抱徐梅并吻她面颊，说：“早已听闻你有多方面的才华，却不知道你连即兴伴奏的能力也这么好，我实在自叹不如，怪不得吴大哥这么爱你，真的，只有你才能配得起他！”

在火车站的离别是平静的。吴敏伦与小程握手，感谢她给他们一家这么愉快的一天。小程答道：“不，是你们给了我愉快的一天，这可能是我一生中最愉快的一天。我祝福你们，祝你们天天这样愉快。”

在回程火车上，吴敏伦和徐梅的脑海中仍萦绕着小程的歌声：“你我相逢在黑夜的海上，你有你的，我有我的，方向，你记得也好，最好你忘掉，在这交会时互放的光亮……”心中不断重复着对小程的祝福。

这次见面之后，小程再次与吴家失去联络，无迹可寻。约 30 年后，吴敏伦从朋友处辗转得知，小程拿了博士后不久，便入了修道院做修女，直至 21 世纪初去世，终身独处。

是时候告别伦敦了。在留学的这些日子里，吴敏伦不仅完成了他要学的课程，考取了英国皇家精神科医学院院士和其他有关的专业文凭，也开拓了他的视野，增长了其他知识，而且锻炼了自己独立生活，以及社交的能力。更难得的是，他亲身体验了具有悠久历史、体现欧美文化精髓的英伦传统文化，因而感触良多。虽然在以后的漫长岁月里，他有更多的机会去学习，去欣赏更多的画展和更多的音乐会，而且在经济和时间安排上都会较为宽裕，但那种感觉与留学相比是完全不同的。留学收获的震撼在于其由“从来没有”到“突然有”的那种体验，就如在连年极度饥荒之后遇上一顿前所未有的丰筵，而且，最重要的是，仍然年轻，有那份精力和胆量去狼吞虎咽，不醉不归。

爱在巴黎[①]

吴敏伦虽然结束了英伦的留学生涯，但早已与徐梅商量好，在回香港之前，先往欧洲大陆游一圈，顺便去体验一下欧洲的文化和艺术。当时，吴敏伦的二姐和姐夫在德国的汉堡开餐馆，于是他们先去汉堡，将两岁多的儿子留给二姐照顾，一切准备妥当之后，便开始了他们的欧洲之旅。

在整整 21 天的时间里，吴敏伦与徐梅几乎游遍了整个欧洲，他们去了汉堡、柏林、哥本哈根、卢森堡、比利时、荷兰、巴黎、巴塞罗那、马德里、马赛、摩纳哥、戛纳、尼斯、昂蒂布、佛罗伦萨、威尼斯、罗马、日内瓦、苏黎世、萨尔茨堡、维也纳、法兰克福 22 个国家或城市。为了避免过多的经济开支，他们购买了三个星期的欧洲通行火车通票，除了在比较大的城市的酒店停留一两晚，其他的夜晚几乎都在火车上睡眠度过的。

在巴黎，他们第一个选择当然是去参观举世闻名的罗浮宫。罗浮宫所收藏的艺术珍品分为许多的门类品种，从古代埃及、希腊、埃特鲁里亚、罗马的艺术品，到东方各国的艺术品；从中世纪到现代的雕塑作品；还有数量惊人的王室珍玩以及绘画精品等。迄今为止，罗浮宫已成为世界著名的艺术殿堂。那天，他们起了个大早，匆匆地吃了早点，便来到了罗浮宫。他们参观了最著名的镇宫三宝《米洛斯的阿芙洛蒂忒》（俗称“断臂的维纳斯”）《萨莫色雷斯的胜利女神》和《蒙娜丽莎》，还有古希腊、罗马的雕塑艺术作品。其中最吸引他们目光的是断臂的维纳斯，这尊大理石雕塑是世界家喻户晓的爱与美的女神雕像，高 204 厘米。相传是古希腊亚历山德罗斯于公元前 150—前 50 年雕刻的。女神的形象表现出古典希腊女性的典型特征：椭圆的脸，笔直的鼻梁，丰满的前额，稍翘的嘴角，圆润的下巴。神情端庄、娴静、凝重，体形修长，左腿微曲，显露了曲线的起伏。她丰满而圣洁，柔媚而单纯，优雅而高贵，充溢着青春与生命的意趣，这是灵与肉的完美统一，是爱与美的和谐圆融，是神与人的自然合一，构成了人体美的宇宙，是人类追求女性美的理想化标志。吴敏伦看得入神，喃喃地说：“我的美神，终于见到你了！”徐梅故意逗他说：“你说什么啊？我不是一直在你

---

① 《爱在巴黎》，法国理查德·克莱德曼演奏的钢琴曲。

身边吗？你不是在信中说过我就是你的维纳斯吗？”吴敏伦微笑着回答：“是啊！因为在我心中，你们就是同一个人，但你是活生生的维纳斯，这个是维纳斯的雕像，两个都不容错过啊！”

他们来到绘画馆，参观了14—19世纪各种画派的作品，其中包括意大利文艺复兴美术三杰之中的达·芬奇的《岩间圣母》、拉斐尔的《美丽的园丁》以及德拉克洛瓦的《肖邦像》、安格尔的《土耳其浴室》等。喜欢古典音乐的吴敏伦对西方古典油画同样十分痴迷，那完美的构图、和谐统一的色彩以及精巧无比的细节刻画都使他感受到一种崇高和静穆之美。

在所有绘画作品中，最为杰出、最受人瞩目的自然是达·芬奇在1503年完成的不朽杰作《蒙娜丽莎》。它被放置在罗浮宫二楼中间的一个大厅中，外面用玻璃罩着，显然受到特别的保护。玻璃罩周围射出的柔和灯光，足以使观众看清画面的各个细节。它代表达·芬奇的最高艺术成就，成功地塑造了资本主义上升时期一位城市资产阶级妇女的形象。画中人物坐姿优雅，笑容微妙，背景山水幽深茫茫，淋漓尽致地发挥了画家那奇特的烟雾状“空气透视”般的笔法。画家力图使人物丰富的内心感情和美丽的外形得到巧妙的结合，对于画像面容中眼角、唇边等表露感情的关键部位，特别着重掌握精确与含蓄的辩证关系，达到神韵之境，从而使蒙娜丽

莎的微笑具有一种神秘莫测的千古奇韵，那如梦似的妩媚微笑，被不少美术史家称为“神秘的微笑”。当他们走到《蒙娜丽莎》面前时，从不同的角度观看，发现她那温和的目光总是微笑地注视着他们，生动异常，仿佛她就在你身边。

徐梅发出惊叹：“哇！好美啊！”

吴敏伦说：“你也是！”

“是吗？”徐梅瞟了他一眼，心里乐滋滋的。

吴敏伦小声地问徐梅：“你看她那神秘的微笑是不是有点像你？因为你的微笑也从来不露齿啊！”

徐梅反问道：“我真的有那么美吗？你希望我是世界上所有男人的‘梦中情人’吗？”

吴敏伦回答：“一个美人，在大多数人的梦中出现，是无可避免的，也不由我希望不希望，所以，你知道吗？当我的朋友无论男女向我说你出现在他们梦中，我都不介意的，反而引以为荣呢。”

徐梅有点害羞，一时说不出话来，吴敏伦继续说：“其实，单从女性美来说，我想无论在什么时代，蒙娜丽莎都不能算是个大美人，不信可以把她和你的相片拿给一些不知蒙娜丽莎是谁的男人看，问他们喜欢选谁做女朋友或妻子，我打赌大部分男人都会选你。蒙娜丽莎之所以成为人们的偶像，不在她的外表美，而是因为她反映了文艺复兴时期一种普遍的关于美的理念，折射出人性的光辉……”

他们还观赏了印象派画家爱德华·马奈的作品《奥林匹亚》和《草地上的午餐》。这两幅作品是马奈将女性裸体从神话题材中解放出来而置于现实生活中的惊世之作。吴敏伦说：“马奈真是一位了不起的大师，他不仅把裸体与性从神话带回到普通的日常生活中，而且在表现风格上与古典主义背道而驰，强调观察的真实性，现实与主观感觉的不可偏废，这正是我们做精神医学所必须学习的。”徐梅同意，因为她一直对印象派绘画很感兴趣，特别喜欢马奈的作品，当她在越南西贡学习油画风景写生时就曾临摹过他的作品，并深受其影响。因此，她在后来的油画创作中也十分强调光线的变化和色彩的表现。

当他们走到浪漫主义画家德拉克洛瓦的作品《自由引导人民》前，停住了脚步。这幅画是法国七月革命的直接反映，头带弗里吉亚帽的“自由女神”突破了以往单纯象征自由的寓意，她更象征了生命。半裸的胸部是孕育着革命的象征。艺术家们以不同的方式见证了那个时代，同时也见证了自己的生命轨迹。徐梅颇为感叹地说：“这幅

画我在画册中见到时便留下了十分深刻的印象，法国大革命可以说是法国历史上的一个转折点，虽然画中的‘自由女神’有些夸张，袒露着胸部，但恰恰表现了人性的张扬和自由。”吴敏伦说：“我虽然对政治不感兴趣，但我欣赏这幅画并不在于它反映了一个历史事件或政治斗争，而是表达了一种人性和自由精神，因为我崇尚自由!”

从罗浮宫里出来，他们随即登上了一艘游艇，顺着塞纳河清澈的流水前往巴黎圣母院。他们坐在游艇里，一边喝着果汁，一边欣赏两岸秀丽的风光，那郁郁葱葱的岸边树影，那鳞次栉比的建筑，美丽如画。座座建筑色彩分明，罗浮宫、奥赛博物馆、巴黎圣母院、埃菲尔铁塔等名胜尽收眼底，各具特色的桥梁也一座座迎面扑来，让人目不暇接。

矗立于塞纳河畔的巴黎圣母院大教堂是一座哥特式风格的基督教教堂，也是古老巴黎的象征，其地位、历史价值无与伦比，是世界历史上最为辉煌的建筑之一。大教堂的建造全部采用石材，其特点是高耸挺拔，辉煌壮丽，整个建筑庄严和谐。雨果在《巴黎圣母院》里比喻它为“石头的交响乐”。他们观赏了祭坛、回廊、门窗等处的雕刻和绘画艺术，以及堂内所藏的13—17世纪的大量艺术珍品。他们从北侧的钟楼登上387级的阶梯，爬到了楼顶，放眼望去，巴黎如诗画般的美景，那些欧洲古典及现代感的建筑物，还有塞纳河上的风光，一艘艘观光船载着游客穿梭行驶于塞纳河的美景之间，令人心旷神怡。此时此刻，这位曾被大姐戏称为“钟楼驼侠”的吴敏伦想起了法国文豪雨果的《巴黎圣母院》中的吉卜赛少女爱丝梅拉达和驼背敲钟人卡西莫多那可歌可泣、美丽凄婉的爱情故事。徐梅站在他的身旁，望着吴敏伦若有所思的神情，轻

声地问道："敏伦，你在想什么，是不是想到了你这个'钟楼驼侠'今天终于身临其境，进入角色啦?"吴敏伦哈哈大笑："还是我的梅了解我，能看透我的心思。是啊，我仿佛回到了从前，我就是那个奇丑无比的卡西莫多，而你就是那个美丽善良的爱丝梅拉达！哈哈！"他的笑声在徐梅听起来仿佛比钟楼的钟声还洪亮，在空中久久回荡。

之后，他们漫步在香榭丽舍大道上，从协和广场步行至凯旋门，两旁名牌商店密集。慢慢地，夜幕低垂，巴黎的夜景十分迷人，灯火通明、火树银花、雍容华贵。

在巴黎的第二天一大早，他们去了巴黎西南郊外的凡尔赛宫。那庄严宏伟的宫殿和城堡显示出一种古典的理性之美，而内部巴洛克式的陈设和装潢极其豪华富丽，更富于艺术魅力。大殿小厅处处金碧辉煌，气派豪华：内壁装饰以雕刻、巨幅油画及挂毯为主，配有 17、18 世纪造型超绝、工艺精湛的家具。宫内比比陈放着来自世界各地的珍贵艺术品，是世界艺术殿堂上的瑰宝。吴敏伦与徐梅在宫内四处浏览，令他们特

别注意的是在“加冕厅”内所挂的《拿破仑一世加冕图》，因为之前他们在罗浮宫也看过同样标题的一幅画，也是这个拿破仑时代的大画家戴维画的。粗看之下，两幅画完全一样，但细看便能发觉不同，主要在左边那排穿着白纱礼服的人群中，拿破仑的妹妹宝琳公主衣服的颜色，由罗浮宫画作中的白色换成了粉红色。在法国，粉红色象征玫瑰，同时也象征爱情。据说戴维在第二次画这画时，通过色彩的转换，来表达他对宝琳公主的暗恋。这个暗恋当然没有开花结果，徐梅找到了这个不同，非常高兴，但也不无感叹：“真是大画家，用这个方法来把暗恋变作永恒，好浪漫呀！”

紧接着，他们又去了巴黎东南部、塞纳河左岸的枫丹白露宫。这是法国的一座富丽堂皇的宫殿，从建筑艺术上看，可以说它是法国古典建筑的杰作之一，各个时期的建筑风格都在这里留下了痕迹。他们参观了文艺复兴大厅，皇帝寝宫及拿破仑博物馆，领略法兰西民族文化的魅力。

夕阳西下，晚霞染红了天际。他们来到位于18区皮加勒红灯区的红磨坊，观看充满诱惑力的“康康舞”表演，光芒四射的舞台上，随着节奏强烈的舞曲，舞女们频繁地掀起裙子，展示自己的大腿、内裤、内衣，洋溢着色情的诱惑。那些羽毛狂热的激

情、媚俗的彩唇，还有蓝黑色的睫毛，使吴敏伦想起了后印象派画家图卢兹·劳特累克绘画中的舞女形象。从舞厅出来，他们走在克里希大道上，望着远处屋顶上仿造的红风车，深为巴黎的艺术多面化所感动。

第三天，他们去参观马尔蒙丹美术馆。这是一所私人博物馆，陈列的面积不算太大，但室内唯美主义的装潢及家具陈设极其精致，其收藏的作品也都属于特别唯美浪漫的风格，而且还收藏了大量的印象派画家莫奈的作品。徐梅终于在这里见到了她心仪的莫奈名作《日出·印象》。她久久伫立在画前，那些扑朔迷离的色彩和弥漫颤动的光影，将她带入了大自然那美妙而和谐的境界中，眼前一片静谧的景色。

虽然奔波了一整天，但他们一点也不倦，趁着茫茫暮色，匆匆赶往巴黎歌剧院。这座歌剧院的前身为“皇家歌剧院”，建于1671年，距今已有300多年的历史。这是举世公认的法国第二帝国时期最成功的建筑杰作，建筑正面雄伟庄严、豪华壮丽，透过歌剧院广场及歌剧院大街，可以直视国王宫殿及罗浮宫博物馆。剧院里有着全世界最大的舞台，有2 200个座位。演出大厅的悬挂式分枝吊灯重约8吨。其富丽堂皇的休息大厅堪与凡尔赛宫大镜廊相媲美，里面装潢豪华，四壁和廊柱布满巴洛克式的雕塑、挂灯、绘画，有人说这儿豪华得像是一个装满了金银玉石的珠宝盒。

人们观看的剧目是普契尼的歌剧《艺术家的生涯》（又名《波希米亚人》）。这个

剧里面的名曲甚多，他们在香港从录音录像中早已听得滚瓜烂熟，但现场看这歌剧还是第一次，所感受出来的美感和震撼力，当然大大不同，何况身处在故事发生的地方——巴黎。享受完这歌剧后，他们踱步回酒店，徐梅在途中意犹未尽，轻唱着女主角唱的咏叹调：《我的名字叫咪咪》。吴敏伦笑着说："是吗？你叫咪咪吗？你叫 May May 才对呀！"徐梅略微沉思，正色道："唔，是的，我是 May May，不是咪咪。我才不喜欢和剧中那些吊儿郎当的艺术家混在一起，还要爱到误会重重。"吴敏伦道："但你在西贡读高中时，不也是和三位住在一起的单身艺术家很熟，常常探访他们吗？"徐梅说："是，但艺术家也不一定是吊儿郎当的，我当时认识的那三位便生活得很检点，做人个性乐观，彬彬有礼。我和他们交往可以学到很多东西和分享很多共同兴趣，不涉其他，所以在相处时很自在，无所不谈。看过歌剧，也令我有些怀念那段时光呢!”吴敏伦调侃一笑：“独身男子与你在一起会不涉其他？是人家把感觉藏在心底而已。对的，你那三位艺术家真的很检点，可敬可敬。”徐梅装作听不懂，望着天空继续唱《我的名字叫咪咪》，但已把咪咪改为 May May。

翌日，天方告白，他们便离开巴黎前往位于法国东南部——地中海沿岸的尼斯，这里是欧洲乃至全世界最具魅力的海滨度假胜地之一，到处弥漫着普罗旺斯薰衣草田散发出的浪漫芬芳的气息。海边豪华别墅、比比皆是的精品名店和艺术气息的交织，使尼斯形成富丽堂皇与典雅优美相融的独特之美。但是，他们无暇顾及欣赏景色，而是直接去参观了马蒂斯博物馆和夏加尔博物馆。马蒂斯博物馆位于西米埃园的橄榄树林内，馆内展出了著名野兽派画家马蒂斯不同时期的作品，包括 236 幅画作、218 幅版画及由他设计插图的全套书册，以及著名的《蓝色裸体 4 号》及石榴静物画等画作，使他们充分领略了这位画坛大师的艺术精粹。夏加尔博物馆为法国三大国立博物馆之一，完整地收藏了俄裔犹太超现实主义画家马克·夏加尔各个时期的作品，其中最重要的代表作是 17 幅巨幅圣经启示画。博物馆还收藏了大量的雕塑、镶嵌画、彩绘玻璃窗和挂毯，205 幅练习草图、水粉画，105 幅雕版画以及 215 件石版画等。他的作品风格兼有洗练和童真，将真实与梦幻融合在色彩的结构中，包括巨大的花束、悲哀的小丑、私奔的情人、奇异的动物、圣经的先知和屋顶小提琴演奏者等形象。他用丰富的色彩和流畅的画笔表现了如梦如幻的主题。夏加尔对贝娜的爱情始终是他绘画作品中不断表现的灵感。他就像一个爱的魔术师，作品中的花朵、小木屋、小牛、烛台和塞

纳河，犹如星座般与相拥的恋人回旋于画中。徐梅特别喜欢他的油画《生日》，画家将自己与妻子贝娜的恩爱以一种美妙的超现实方式展现出来：贝娜拿着鲜花，步履轻盈地走进画室，他便立即跃起，飞到半空中，再扭转头来，闭上眼，送上甜蜜一吻，贝娜表情似乎还有些吃惊。徐梅反复观赏，久久不舍离去。

然后，吴敏伦和徐梅赶去另一个著名的海滨旅游城市昂蒂布，在这里，古朴的海港、城墙、城堡、堡垒、民宅、街道尽收眼底，这里曾经吸引无数艺术家，如毕加索、莫奈等画坛巨擘来此旅居创作。他们这次来的目的主要是参观毕加索博物馆。

毕加索曾于1946年9月至11月间在昂蒂布居住，并以格里马尔迪宫作为自己的画室。基于此点，毕加索捐赠出在蔚蓝海岸时期的所有画作，作为回报。其中包括：23幅油画，44幅素描。他使用少见的工艺和材料，表明战后时期资源的匮乏，但这也显示出毕加索敢于取用新材料进行创作的卓越才华。“生活的乐趣”是这个时期他的创作所要渲染的主题，他画静物、半人马、半人半兽的森林神、人身羊足的农牧神，画作充满自然主义的色彩。吴敏伦十分欣赏这些作品，认为毕加索是当代一个了不起的天才。他作品的风格在不断地变化，不同时期的绘画造型和色调变化以及后来的立体主义画风的演变深刻地揭示了他内心狂热的激情和不断升级的欲望。他那些随心所欲的涂鸦，以及违反自然视觉习惯的变形画面，使人们误以为是精神错乱的表现，甚至有人将他纳入精神患者之列。但在吴敏伦看来，这只是一个天才的内心世界的表达，是他在某种程度上的一种本能宣泄。

爱在旅途[1]

吴敏伦夫妇进入意大利的第一站是佛罗伦萨，对这一双艺术爱好者来说，这真是一个永远也征服不了的城市。

《大卫》雕像是文艺复兴时代米开朗琪罗的杰作，于1501—1504年雕成。雕像为用白色大理石雕成的站立的男性裸体，高5.17米，重约6吨。用以表现圣经中的犹太英雄大卫王。原作始创于1339年，目前置放于世界第一所美术学院——意大利佛罗伦萨美术学院内，复制品置于佛罗伦萨的市政厅旧宫入口的旧宫广场上。吴敏伦和徐梅看完复制品再看真品，还好学院不难找，只是在旧城区比较隐秘的角落。真品《大卫》雕像原来有三个人那么高，不仅外形健美，雕工之精细巧妙，连血管、手脚筋络、肌肉的线条变化、发丝的雕琢，都可媲美真人。这的确是件非常细腻的作品，馆外较小较粗糙的复制品真不可与之同日而语。徐梅看得赞不绝口，说如要她画得这样细致，她也不能，何况要在坚硬的大理石上雕，而又有该石头大小形状与裂痕等限制。

另一件他们必定要看的艺术品，是在乌菲兹美术馆的《维纳斯的诞生》，它是意大利文艺复兴时期的画家桑德罗·波提切利最著名的作品

① 《爱在旅途》，泰国 Pitchaya 执导的电视剧。

之一，这件作品根据波利齐安诺的长诗《吉奥斯特纳》而作，描述罗马神话的女神维纳斯从海中诞生的情景：她赤裸着身子踩在一个贝壳之上，右边春之女神正在为她披上华服，而左边风之神送来暖风阵阵，吹起她的发丝。徐梅很喜欢这幅画，数年前便临摹了一幅给吴敏伦挂在办公室内作装饰，徐梅看着真迹，不禁叹息："唉，我画得真是太不像样了，要你挂我那幅劣作在办公室，每天看着，真难为你，回到香港你一定要把它取下来给我撕毁！"

吴敏伦大惊："毁了它？没可能！你临摹的那幅虽然在画工和很多方面都不及它，但你做的改进和增添的美感？其实我更喜欢，怎能毁了？"

徐梅反驳道："不知你在说什么，我的临摹何来做了什么改进和增添美感？你且说出来听听。"

吴敏伦说："第一，主角维纳斯的全裸与性感，在当时画坛上前所未有、惊世骇俗。她的形象仿效希腊古典雕像，在风格上却是完全创新的，具秀美清纯兼含蓄之美，她的表情收敛、羞怯和幽怨，像是对未来感到惆怅，反映了波提切利在这画中，虽然要传达自己的理想，但仍存着对现实，包括对身体与性唤起所带来的惶恐与不安。而

徐梅临摹波提切利的油画作品《维纳斯的诞生》

你画的维纳斯，肩膀、盆骨、大腿都比原作的宽，使体态看来不那么弱，整个人站得更稳。此外，她的秀发也比原来的少和轻飘，含情脉脉、眼波流盼，胸部较坚挺、肌肉纹理也较浅，使她看来更自信，更享受自己身体的美和性感，更符合现代理想女性的形象。第二，囿于历史背景，波提切利的艺术还未能达到完全自然写实的地步，他绘画的物体在重感和体感上经常有所不足，也较缺乏深层透视空间。照画评家言，这画中的维纳斯身体，在解剖学上是不可能成立的，她的躯干细长但颈部臃肿，她的体态违反物理力学：虽然她以一个经典的对立平衡姿势来站立，但她的重心偏移得太过了，以至左腿在负上几乎整个人的体重后还要作起行的姿势，那是不可能的。在古代传统中，贝壳隐喻女人的阴户，但维纳斯站在贝壳的位置亦太贴前沿，肯定会导致它翻倒。而你画的爱神的站姿表面与之看来一样，但细看便有很多不同，譬如，那代表'阴户'的贝壳便比原作更大，更开扬绽放，以至它的前沿因为离维纳斯的脚较远，便再没有翻倒的危险。你的改动其实反映了你对性的想法，你把波提切利的理想或幻想拉到现实，在你眼中，性解放已不是如他那个时代那样可望而不可即，它已经是一件很自然很合理的事。你已不是以一个中世纪男人的视角来看女人与性，而是以一个现代女性的正面角度来处理，与我的想法完全一样，所以你那幅临摹，不挂在我的办公室还挂在哪里？比原画更适合呢！”

徐梅无语了，她想不到吴敏伦能这么用心去欣赏和领略她的画作，深感：“有夫若此，夫复何求？”他们并肩坐在画前继续凝望《维纳斯的诞生》，吴敏伦轻搂着徐梅说：“我真幸福，面前有个美丽的中世纪的爱神，身旁还有个活生生的今世爱神，要与我共度一生，至于我更爱哪一个，当然无须再问！”徐梅微笑，温柔地把头轻轻靠在吴敏伦的肩膀上。

如果说，巴黎的艺术精华集中于罗浮宫的经典绘画和雕塑的话，那么，罗马的艺术精髓主要体现在那些气势恢宏、繁复华丽的建筑艺术上。罗马被喻为全球最大的“露天历史博物馆”。吴敏伦和徐梅饶有兴趣地参观世界八大名胜之一的古罗马露天竞技场，这座椭圆形的建筑物是古罗马帝国的象征。他们还游览了帝国大道两旁的元老院、神殿、贞女祠和万神庙等一些有名的庙宇。然后，他们去了帝国大道东边的图拉真广场，这是古罗马城的商业中心。市场旁矗立着一根 40 米高的凯旋柱，柱上螺旋形的浮雕，描绘了图拉真皇帝远征多瑙河流域的故事。

罗马喷泉众多，千姿百态，最著名的是特雷维喷泉，建于公元 1762 年。喷泉中央的海神像中，两座海马雕塑代表平静与汹涌的海洋，四座神女像代表春夏秋冬四季。

徐梅惊叹罗马的雕刻艺术具有古希腊的魅力。离开喷泉之前，他们在这举世闻名的许愿池前，许下了共同的愿望。

最使他们难忘的是梵蒂冈博物馆。这是世界上最小的国家博物馆。同时也是最伟大的博物馆。博物馆的面积虽然不大，但是里面的收藏品竟然可以媲美伦敦大英博物馆和罗浮宫。里面以收藏艺术品为主，大部分是文艺复兴时期留下的艺术精髓，如米开朗琪罗创作的《创世记》和《最后的审判》都收藏于此。吴敏伦和徐梅在惊叹超凡艺术之余，也不能不被那些展品所代表的教廷财富所震撼。基督教在欧洲的全盛时期，竟然权力可以如此之大，下至平民百姓，上至帝王将相，都要向之膜拜，捐其所有，以换取“神”的荫庇。

离开罗马，他们顺道去了威尼斯，这座美丽的水上城市，虽然有些破旧，但诗意盎然。他们站在雷雅托桥上，运河的美景尽收眼底。蜿蜒的水巷，流动的清波，好像一个漂浮在碧波上的浪漫的梦，在柔和阳光的掩映之下，时而清晰，时而闪烁。徐梅兴奋地紧握了一下吴敏伦的手，轻呼：“啊！提香！”吴敏伦回握徐梅的手：“是的，我明白了，只有像提香那样自小生活在这等美景下的画家，才能创造出他那么细致明亮、情感饱满但又富于变化的画风，从达·芬奇、拉斐尔和米开朗琪罗引导的文艺复兴中突破出来，启迪继后欧洲画坛的成长。多了不起的画家！多了不起的城市！”

从雷雅托桥走过蜿蜒曲折、左穿右插的小巷，很快便到了威尼斯最有名的圣马可广场，那“欧洲最美的客厅”。广场四周都是文艺复兴时期的精美建筑，令人仿佛穿越时空回到那古老典雅的时代。两人逛遍了广场内的每一角落。临近黄昏，在旧行政官邸大楼前，只见一队 12 人的弦乐队，加上一具古键琴，正在露天演奏着韦瓦第的《四季》，二人喜出望外，席坐石阶慢慢欣赏。好一个只 12 加 1 的小乐队，每件乐器音色之艳丽分明，声量之强弱变化，演奏者都能控制其表现得淋漓尽致，其感染力不但不逊任何大乐队，反而使人觉得只有这样的小乐队才能把乐曲中的细腻纹理刻画出来。

随着音乐飘扬，吴敏伦与徐梅进入那春临大地的风光，沉醉于众鸟的欢唱、溪流

的低语与和风的吹拂……之后，夏天来到了，虽然阳光有些炽热，松树仿佛就要起火，但有更多雀鸟，如杜鹃、斑鸠和金翅雀的高歌，场面更热闹……然而，威尼斯的夏天，也是个风雨季节，一场大雨和水涨便能使全市变成泽国，包括

这个广场。大风卷起了，有风雨欲来之势，雷电交加的狂风暴雨及冰雹，会阻挠游子回家的路……广场钟楼的钟声把他们从音乐中带回现实，并且紧张起来，不是因为真有暴雨和水涨，而是黄昏已过，他们是时候赶回火车站继续行程。他们不由分说，拿起行李便向车站狂奔，幸而路程不远，在最后一分钟赶上了。上车喘定之后，他们相视而笑，耳边仍回响着《四季》的乐章。徐梅说："真可惜，我们听不全那么美丽的《四季》。"吴敏伦轻搂着徐梅的肩膀，轻吻她的前额，说道："不要紧，在我们前面还有很多美丽的《四季》，等着我们去经历和欣赏呢。"

火车于第二天凌晨4时到达奥地利的萨尔茨堡火车站，吴敏伦和徐梅下车时还很疲惫，因为在颠簸的火车内睡得不安宁，但在这个时候临时找个旅社睡上一觉又会很花时间，且不划算，所以他们决定和衣躺卧在站前两张长椅上再睡一觉。还好，萨尔茨堡夏天的清晨，空气清爽，温度适中，车站的环境特别宁静，也没有人来干涉打扰，他们睡得甜极了。睡到7时，他们才被清脆的钢琴声叫醒，原来是不远处一个街边艺人在把弄着一个牵线木偶，使它在一具小钢琴上奏着莫扎特的《土耳其进行曲》，活灵活现，有趣极了。他们走过去一看，原来小木偶的样子就是莫扎特呢！一曲既毕，徐梅严肃立正，向木偶行个军礼，用刚学会的唯一德语说："莫扎特你好!""莫扎特"也严肃地回以军礼，说了一堆他们听不懂的德语，然后还伸手与徐梅握手。徐梅高兴得跳起来，欢呼："哇！我一抵达便与莫扎特握手了……"

他们到萨尔茨堡的目的当然是朝圣，因为那是莫扎特的出生地和故乡。莫扎特出生在盖特莱德街9号的一座米黄色的6层楼房里，从1917年起，这座楼房就被作为莫扎特纪念馆，对外开放。莫扎特一家就住在第四层，这是一套3间相连的地板房，临街的一间是起居室，中间是卧室，后面是书房。卧室是莫扎特出生的地方。在四层的

房间里陈列着莫扎特幼年时使用过的小提琴、羽管键琴和“现代”钢琴，以及莫扎特的亲笔信件，还挂着一幅莫扎特画像。在二、三层楼里则陈列着莫扎特的乐谱手稿，书信以及亲自设计的舞台剧蓝图等。馆内如今还珍藏着莫扎特的一缕金色头发。吴敏伦一面看着这些楼房和展品，一面轻声喟叹：“莫扎特真是太有天赋了，他一生精彩作品之多，是其他大音乐家三生也追不上的，若不是亲眼看到他的出生地和手稿，我真不能相信世上真有这样的‘一个’人，就如我若非娶了徐梅做老婆，便不可能相信世上真可以有这么完美的‘一个’女人一样。”徐梅笑着说：“你总是叫我心花怒放！”

离开莫扎特纪念馆，他们到市中心游览，然后上萨尔茨城堡观赏全城的风景，再去海布伦宫看电影《真善美》拍摄的地方，晚上还赶得及去米拉贝尔宫的大理石厅聆听奥地利国宝级钢琴大师、莫扎特音乐权威保罗·巴杜拉—史寇达的钢琴独奏。音乐会结束后，他们便到火车站连夜赶火车去维也纳。

夜已深了，车站没有什么人，还要等一小时火车才到站，吴敏伦和徐梅在车站内闲逛，见角落有一具旧钢琴，是车站特别提供给旅客随意弹奏的。徐梅兴之所至，坐到琴前弹奏了一曲莫扎特，是他的第 21 钢琴协奏曲的第 2 乐章慢板。这曲曾被爱情电

影《今生今世》用作主题音乐，但那是一出爱情悲剧，很多人也不免弹得悲伤。但徐梅没有，她保持了原曲的宁静梦幻，和莫扎特那乐观无忧的精神，再加上她对吴敏伦的那份爱。

没有一个古典音乐爱好者不会希望一生至少能亲身到维也纳一次，因为那里有无数大音乐家的足迹、住所和博物馆。吴敏伦与徐梅在维也纳停留了三天三夜，参观过莫扎特写作歌剧《费加罗的婚礼》时的住所，贝多芬写《第四交响曲》和开始与他的耳疾搏斗时的房子，小约翰·施特劳斯写《蓝色多瑙河》的小屋（博物馆），海顿在世时最后入住的居所：在那里，海顿创作了伟大的神剧《创造》和《四季》。他们也参观了歌曲之王舒伯特出生时的房子，这房子的四周风景如画，但房子里只有一个房间和一个厨房，吴敏伦与徐梅有幸使用了舒伯特用过的洗手间。

此外，他们也去参观了美泉宫，领略那巴洛克建筑之美，缅怀昔日奥国皇室夏宫的辉煌；也探访美景宫，观赏这个奥地利艺术的最大收藏地，看比较冷门但其实也美得惊人的名家作品，如莫奈的《在吉维尼的花园》、凡·高的《欧韦的平原》和马克斯·贝克曼的《躺着的女人、书和鸢尾花》等。不过，美景宫博物馆最引以为傲的是它收集了可以说是世界范围内最多和最完整的古斯塔夫·克

里姆特的画。克里姆特生于维也纳，是奥地利最知名的象征主义画家，他创办了维也纳分离派，是维也纳文化圈代表人物。他最著名的作品是象征新艺术风格、充满金色花纹装饰的《吻》（又名《恋人》）。这幅画可以说是作者对“阿波罗与达芙妮”这个凄艳的古罗马神话故事的再诠释。那不确定的紧张不安和不顾一切的吻，在金光灿烂的衣着与钻石花纹装饰之下，把神拉回俗世繁华。但繁华如梦，它的似真还假、似实还虚为这个神话增添了更大的震撼。如果把这画连同馆内克里姆特的其他作品来看，会明白他要说的内容远超乎他画的表象，他要说的主题是关乎“性”“爱”“生”与“死”的轮回。带着这个主题离开美景宫，吴敏伦和徐梅顺道探访了在哲学和心理学上研究性、爱、生、死的大师弗洛伊德的故居。吴敏伦在英国学心理治疗，便是师从弗洛伊德学派的弟子，现在能亲临“师祖”当时写书、接诊、研究的地方，看到他的书信、衣帽、手杖和给患者躺卧倾诉的长椅，吴敏伦深深感到这个开山大师的严谨、艰苦和伟大，对他更增添了一份浓浓的敬意。

晚上是吴敏伦与徐梅听音乐的时间。第一晚，他们前往维也纳市政厅前方的大型公园听瓦格纳作品的露天音乐会，在那宏伟的哥特式建筑面前，在那满布繁星的苍穹之下，听那无懈可击的维也纳爱乐管弦乐团演奏激情澎湃的《罗恩格林》前奏曲、《漂泊的荷兰人》序曲、《女武神的飞行》、《唐怀瑟》序曲等，那荡气回肠的跳跃音符在他们心中久久不散。

第二晚，他们去国立歌剧院大厅看雷哈尔的歌剧《风流寡妇》。雷哈尔是“奥匈帝国”人，《风流寡妇》是他的成名作，首演便是在这个歌剧院，雷哈尔在歌剧中加入新风格，添上华尔兹舞曲、巴黎的康康舞曲以及讽刺等元素，艺术性与娱乐性并重，确是前无古人。不过，让吴敏伦与徐梅印象深刻的，除了大厅的富丽堂皇与歌剧的高水平外，是本地观众们的放松与随和的气氛。在香港，去这样一所豪华的剧院听一场古典音乐会，人人都会打扮得花枝招展，珠光宝气，行为举止像个绅士、淑女，才觉衬托得起这个场合。但这里的观众不是，他们穿着打扮与平常一样，就像去邻居家吃个饭或去公园踱个步或去附近看场电影。显然，无论听什么“高档”“伟大”音乐，对他们来说，都只是日常生活的一部分，不值得大惊小怪。怎样的社会才算文化素养高？这便可见一斑。

第三晚，他们去城市公园参加公开的华尔兹舞会。园内提供现场乐队演奏华尔兹舞曲，人们可在园中空地自由跳华尔兹。吴敏伦和徐梅先往园中的施特劳斯纪念碑与施特劳斯的铜像合影，因为那是维也纳最有名以及被拍摄得最多的纪念物之一。然后他们便与群众一起，随着《蓝色多瑙河》《维也纳森林的故事》《南国玫瑰》《皇帝》等圆舞曲的乐声翩翩起舞，融入维也纳人对华尔兹的陶醉与热情之中。不过，由于他们忙于事业与家庭，近年来，舞步都生疏了，令他们想起新婚时在他们第一个“蜜室”内练舞去参加派对和舞会的日子。吴敏伦告诉徐梅，等他们的生活稳定下来，孩子成年了，他们一定要找出时间，再好好地练，好好地跳。

在离开维也纳之前，他们沿多瑙河步行到城南的维也纳森林再欣赏一遍沿途的风景。河边有淡淡薄雾使多瑙河蒙上一层轻纱，古老皇宫、议会、府第的圆顶和教堂的尖顶在阳光掩映下闪闪发光，令人想起诗人卡尔·贝克的一首诗：“你多愁善感，你年轻美丽、温顺好心肠，犹如矿中的金子闪闪发光……真情就在那儿苏醒，在多瑙河旁，美丽的蓝色的多瑙河旁。”森林内有笔直参天的山毛榉，也有红叶闪烁的灌木林，无比妩媚，带给人们整个身心的净化，也令吴敏伦与徐梅想起经典的施特劳斯传记电影《翠堤春晓》里的一首离别曲《当我们年轻的那一天》，吴敏伦与徐梅合唱这首歌，向美丽的河流与森林道别：

当我们年轻的那一天，正是明媚五月早晨。
你告诉我你爱我，当我们年轻的那一天。
春之歌甜蜜唱起，这歌声是多么美妙。
你告诉我你爱我，当我们年轻的那一天。
你告诉我你爱我，我们心心相印。
我们欢笑，我们哭泣，当别离的时刻到临。
当你再听到这春之歌，谨记那五月早晨。
谨记你曾爱我，当我们年轻的那一天。

在开往柏林的列车上，夜晚的气温突然变冷，吴敏伦与徐梅因为赶时间上车，临时少带了衣服和食物，但又舍不得光顾昂贵的车上餐厅，挤在狭小昏暗的车厢里，两人饥寒交迫，疲惫地扭曲着身子，昏昏欲睡。窗外广阔荒凉的原野，在茫茫的夜色中，令列车像一条黝黑色的蛇，蜿蜒爬行。外面狂风呼啸，车厢内冷飕飕的，吴敏伦脱下自己的大衣，小心翼翼地盖在徐梅的身上，轻轻地问道："冷吗？"徐梅喃喃地说："还好，就是感觉有点饿。""真对不起！刚才只顾赶车，连食品也忘记买了。"吴敏伦用愧疚的目光望着躺在怀里的徐梅，右手轻轻地抚摸着她的头发。徐梅说："对了，我记得箱子里好像还有几块饼干，我们分着吃吧！"吴敏伦惊喜地说："是吗？那太好啦！"他站起身子，从行李架上取下旅行箱，快速地打开，左寻右翻，终于找出了那一小包饼干："但不多了！"徐梅安慰他说："没关系，我们凑合着吃吧，好在再过几个小时快到了。你快坐下来歇歇好了！"

没想到这次他们的"艺术之旅"，也是一次艰难之旅，但他们甘之若饴。

到达柏林的第一天，他们便前往柏林的德国歌剧院。该歌剧院创建于1911—1912年，里面有许多精美的雕像和绘画，供休息用的阿波罗厅以典雅和谐著称。灯光光线从顶部射入，像温煦的阳光。演出大厅的墙壁和栏杆上布满了金色和白色的彩饰。这是一座典型的希腊复兴式建筑物，其外形以及内部的装饰都体现了德国的民族建筑形式和艺术风格。在这艺术的殿堂里，吴敏伦与徐梅观赏了德沃夏克创作的歌剧《水仙女》，从剧中第一幕水仙女所唱的咏叹调《月亮颂》开始，他们就被带进一幕幕令人唏嘘的爱情悲剧之中。剧终，徐梅感叹："为什么仙凡之爱就没有好结果？"吴敏伦答道："这或许是人心根本就不肯摆脱阶级观念或不肯相信有神圣这回事吧！"徐梅说："或许现在真的没有神圣的东西了，但还好仍有神圣的音乐。正如肖斯塔科维奇说，音乐是人类最后的希望之园和最终的避难所。"吴敏伦答道："不，你让我再相信有神圣这回事，因为你就是我的女神，你就是我的希望之园和避难所。"

翌日，他们去参观了柏林，也去东柏林走了一圈。围墙始建于1961年，是以铁丝网和砖石为材料的边防围墙，后经加固为由瞭望塔、混凝土墙、开放地带以及反车辆壕沟组成的边际设施。它是德国分裂的象征，也是冷战的标志性建筑。面对这一道墙，吴敏伦不禁思忖，想起了约翰·肯尼迪说过的一句话："自由是不可分割的，只要一人被奴役，所有的人都不自由。"吴敏伦是一个崇尚自由的人。

德国是一个性观念比较开放的国家，政府允许妓院的存在，并在许多城市开设有"红灯区"。吴敏伦与徐梅特意前往"红灯区"探访。他们看到整个区域没有一栋住宅楼，只是大大小小的妓院，许多打扮妖艳的妓女在一个开阔的广场上游来荡去，招徕顾客。在室内，也有如一个地下停车场般大的空间，只有明亮的灯光和简单的装饰，性工作者们或坐或站，自由招揽生意。这与他在荷兰所看到的站立在橱窗内的方式完全不同。吴敏伦想，这也许从侧面反映出不同国家性文化的差异。

快乐的时光匆匆飞逝，21 个美好的晨昏从指缝间悄悄滑过，吴敏伦和徐梅游遍了欧洲二十多个城市，看尽他们能够看的，然后结束了这次难忘的艺术之旅。虽然由于时间过于紧凑，加上当时经济条件的限制，他们还有许多想去参观和游览的地方未能成行，有些许遗憾，但他们已经感到十分欢欣了，况且还收获良多。他们带着无比喜悦和感激的心情，在二姐和二姐夫的热情送别下，带着心爱的儿子，依依不舍地挥别汉堡，踏上了归途。

香港启德机场，晴空万里，蔚蓝的天空上没有一丝云彩。飞机徐徐降落，疲惫的吴敏伦牵着太太和儿子走出了机舱。吴敏伦的父母带着那个他从未见过面的小女儿在机场出口急切地等待着。当吴敏伦夫妇牵着儿子风尘仆仆地迎面向他们走去时，小孙子兴高采烈地跑向爷爷，令人意外的是，在未经教导之下，儿子突然懂得开口大叫“爷爷”，逗得大家都乐了。吴敏伦放下手中的行李箱，兴奋地从母亲的手中接过不到 1 岁的女儿，乐呵呵地亲吻着小宝宝，高兴地说：“快叫爸爸，叫爸——爸，我是你爸爸啊！我的乖女儿!”一时之间，吴敏伦百感交集，眼睛湿润了。他觉得自己欠了大家很多，尤其是亏欠了爸妈、妻子、儿女和每一个曾为他的留学而付出过的人，而他应该如何去答谢他们呢？紧接着在自己的生活中应该要做些什么？不过，他再没有迟疑和犹豫，因为他已明确了下一步事业的奋斗目标、未来的生活方向和自己人生的意义。

3

第三乐章

爱与性的二重奏

堂吉诃德[①]

在日常生活中，人们经常可以听到一句骂人的话：“神经病！”而在香港听到的就是“黐线”（神经病）。其实在这里人们把“神经病”指为“精神病”，也就是精神错乱、“不正常”之意。因为性本来就是非常自然和正常之事，所以大多数的情况下，人们没有想到精神病与性有什么联系，然而，吴敏伦却从一个精神病学医生变成了一名性学专家。在读大学医科时，吴敏伦没有料想到将来会以精神医学作为自己的专业和研究方向，但经过一段时间的实习而得到的经验却使他下定了决心。吴敏伦说：“当时我在医院里看到很多患者都有精神问题，但医院里缺乏精神病学医生，结果这些患者身体上的病虽然治好了，但精神上的问题仍未解决，他们始终不能快快乐乐地生活。”当时香港的精神障碍患者常遭人忽视，精神医学乏人问津，以致精神科医生人数很少，根本不够为精神障碍患者提供足够的治疗，吴敏伦解释说：“首先，精神病的成因庞杂，与社会各种问题有着千丝万缕的关系，所以精神病学医生得具备更广泛的学识，才可准确地抓住病因，为患者解开心结。其次，赚钱又较其他专科医生难，试想我们每次诊治患者起码花上一小时，一个患者可能要诊治十次以上。这些宝贵时间在其他科的医生手中，已经替患者动了许多个逾万元的手术了！还有，那时行内、外人也瞧不起精神科，以为这是没出息的一科，是医学的末节。这样，精神科又怎可能吸引人去研

① 《堂吉诃德》，西班牙塞万提斯的长篇小说。

究呢?”

在研究精神病学的过程中，吴敏伦发现，在当时的香港还没有人从事心理治疗工作，于是他集中精力专攻心理治疗这一学科。逐渐地，吴敏伦意识到不少精神病的发生都源于潜意识中的性本能冲突，与性有很大的关系，他认为，性是万物的根源。“世界上有什么能令人精神有障碍？从心理成因来说，不是生活失败，便是失恋，活着便是性问题。小朋友为什么变坏？就是家庭教育不好，但父母为什么教得不好？就因为，父母不和、离婚，全都是性问题。”于是，他又潜心钻研性学，务求更有效地帮助患者康复。吴敏伦回忆道：“那时是20世纪70年代初，精神病学界出现了一个突破，就是人类性行为治疗心理学的诞生。这为性心理治疗建立了更强的基础。可是当时亚洲还没有人做这方面的工作，于是我便将这种思想带回亚洲。”

吴敏伦说：“当时，马斯特斯和约翰逊的性治疗正如日东升，我不能不去学习性学，这才发觉人类性观念与性生活千疮百孔，必须要有多些人去做事。我的性学导师（Mike Crowe）鼓励我，叮嘱我多阅读一些性学前辈的历史，从他们的成功和失败中汲取教训。”吴敏伦认为，一个人只需本着一颗济世之心、坚守知识真理、不求名利、不伤害他人，总不会错到哪里去。他那时给自己的定位很简单：做一个在研究、临床与教育上平衡兼顾的性学者。

从英国学成归来，吴敏伦继续在香港大学医学院执教，但他发现香港的性教育彻底崩溃了：“学生都坦言自己的性知识十分匮乏，只在中学生物课上接触过性器官和月经的知识，而这怎么可以应付性问题呢!”吴敏伦理直气壮地说，性是人类最原始的本能，保守的文化却让大家在谈论性时难以启齿，但要知道性乃乐事，高谈阔论又何妨？显然，在香港从事性学专业的确存在一定的困难

和阻力。吴敏伦说："比起其他学科，性学是特别困难的。首先，性学是一个与社会不断搏斗的专科。社会对于性学有着很大的偏见，我也经常被人批评为无聊、好色，以性学作为专科，就要能承受这些。另一个有趣的现象是社会上人人都觉得自己在这方面懂得比你多，但其实他们在这方面的知识还不如他们对于心脏病的认识。"尽管如此，吴敏伦还是一如既往地研究香港人的性观念和性现状，进行了一系列有关性问题的调查研究，于是乎，他的名字渐渐为人所熟知。然而，他之所以令人印象深刻，应该是因为那语不惊人死不休的性言论。他曾说："性应该是入得厨房出得厅堂的事，讲的时候不准笑，你讲烹饪会笑吗？炒菜要放酱油炒三分钟，你不会笑嘛……就好像说炒鸡蛋你什么时候应放酱油一样，你不会哈哈哈笑嘛……大家交换一下意见，但是，很多人一讲就哈哈笑……"吴敏伦自己还是笑了，他笑人家的笑。他要做性的"堂吉诃德"，抱着一个理想，去努力发展，就算失败或被取笑也没关系，至少人生没有白走一趟。

这个时期，在吴敏伦的积极努力和带领下，香港大学医学会举行了一个公开的性与健康展览，目的在于探讨本地性教育和性健康服务不足的原因，他发现竟然有94%的人士认为原因是社会不重视，包括家长反对（34%）及师资不足（34%）。这使吴敏伦深感意外。当然，社会的资源有限，在发展期，分配难免有轻重缓急之分，但关乎族类繁衍与精神健康的性，与温饱或人身安全同等重要，因资源不足而做得不够也情有可原，但若因社会不重视或家长反对便大有问题。吴敏伦发觉他必须先了解那些反对和不重视"性"的原因，并努力清除这些阻碍，得到社会的支持，才能有真正的服务对象。吴敏伦认为，香港人对性观念的认知不够清晰，不少人连安全套也戴错。此外，由于社会上对"性"存有争议，政府在宣传性教育方面的资源及投入仍然不足，而香港在性学研究方面的学者又贫乏，所以，吴敏伦决心以性教育为己任，向港人宣传性教育，向社会灌输正确的性知识。

对于性教育推广和传播的途径和方法，吴敏伦有着自己的思路和计划。一方面，在他与其他同事的努力争取和相关部门的支持下，香港大学医学院率先开设了性教育课程，对医学生公开传授性知识和性文化，这是香港最早也是当时唯一的大学性教育课程，深受学生们的欢迎，也有不少教授前来听课，令他们大开眼界。另一方面，他着手开始对一些中小学的老师进行性教育课程培训，让他们有能力在中小学实施性教育。他认为，性教育必须首先从青少年及家长入手。他说："年轻人处于青春期，对性产生幻想是绝对正常的，家长应该大方正面处理，切勿以无理态度责骂他们，又或以荒诞的理由逃避了事，这样只会使他们更加好奇及产生错误的性观念！"吴敏伦认为，生活离不开性，即使纯洁如童话故事，说的还是性，譬如童话故事说王子与公主快快乐乐地在一起了，没有性又怎么快乐？因此他斩钉截铁地表示，家庭性教育应该从孩子零岁时做起。假如孩子十多岁时闯了祸，家长才急忙替孩子恶补正确的性知识，可行吗？"对不起，太迟了！"

吴敏伦认为，引导孩子获得适量的性知识，不单是孩子本身、社会或学校的责任，同时也是家长的责任。他说："孩子缺少家庭性教育，便不知道是否学得准确，因为社会的道德观念很复杂……孩子要知道自己的家庭及文化背景才能进行正确的选择。如果没有倾诉对象，孩子不会明白，难免走小路、做错事。因此，跟孩子说性无须尴尬，因为性是知识的一种，是人生重要的范畴。我们要诚实一些……性已经渗透到每一个角落了，影响人的一言一行。好像我穿的这身西装，一般来说是男人穿的，因而与性别有关，谈恋爱，爱情小说，卡通片里的父母、家庭……都与性有关。没有性，怎么会有家庭？爱情与性紧密相连，是人

们强行将它们分割罢了。”既然性无处不在，吴敏伦认为一些家长还以“孩子接触越少性资讯越好”，然后为孩子抽掉报纸的成人版，不过是“自欺欺人！掩耳盗铃！”他说：“你抽取报纸成人版，他仍可在另一个地方看到……难道街上看不到色情片广告、色情场所、流莺吗？你收起成人版以为孩子不知道，反而不去教，不去解释。孩子知道你收起，知道你不能接受，不能应付，便不会问你有关性的疑问。”就这样，吴敏伦成为华人社会中积极研习和推广性治疗的学者。与其他学术先驱一样，他在初始阶段也遇到了不少阻力，饱受非议。一般人都对吴敏伦的言论惊奇不已，认为他是异于常人的怪人。然而，他笑着说：“最常碰到的就是旁人的冷言冷语和指手画脚，什么‘出位’啦、什么‘教坏小孩’啦，不少罪名都落到我身上。”面对社会主流的压制，他深感孤独，他说：“因为我清楚地明白，我所做的研究确实是为人们带来好处的。试问学术史上哪位做新学问的学者没有受过别人的冷嘲热讽？你看达尔文、哥白尼不正是好例子吗？你要么就随波逐流，不做思想的突破者，要么就大无畏地冲破障碍。而且，‘性’根本上是人类与生俱来的本能，是再正常不过的事情，人们这样反对性学的研究，恰恰表明人们的无知，因为无知，才会出现恐惧和偏见，这样又怎能正确地理解那些相关的精神病呢？所以他们反对的声音，正是鼓励我继续研究和推广性学的动力。”当然，“我不会希望社会只跟着某一个人的观点，哪怕是我的观点走。一个良好的社会应该有不同的观点、不同的态度，大家求同存异，和谐地生活在一起，如此世界才会更加美好。我对性的基本看法其实与绝大多数现代人所追求的理想生活并无分别，即要求多元化的、自由的、在乎人的权利和福利的政策。我只是在大家对生活的基本诉求上提出有关性方面的道路应该怎么走罢了”。

吴敏伦认为，性绝对是生活的一部分，没有必要也不应该被塑造成“神神秘秘、污秽和羞耻”的事。吴敏伦强调，性健康是人生健康的一部分，性可以使人感到放松和愉悦，消除工作带来的紧张及压力，并可增进男女间的情感交流。至于性传播疾病只是有关性健康的问题之一，可惜的是人们普遍认为没有性病就是性健康，而医疗服务也只针对性病治疗。吴敏伦认为，性功能障碍、与性有关的情绪障碍、强迫性的性行为、性身份问题、性暴力、性传染病、生育问题和其他健康问题都与性健康有关。

在吴敏伦看来，香港人性知识的落后是惊人的，曾经有一位医学系的一年级学生竟然不知道婴儿是出自母亲的哪个部位。还有一位结婚四五年，拥有大学文化程度的男士因太太多年没有怀孕而怀疑自己不育，经查询后发现他不知道性交要把阴茎插进阴道，他坦言从未学习过有关知识。

从 20 世纪 80 年代开始，吴敏伦以性教育为己任，投身香港的性教育事业，从此背负起“性”——这个沉重的“十字架”，走在这条“人烟稀少”、充满坎坷荆棘的性学之路上。吴敏伦一边努力工作，一边刻苦钻研科学。他觉得事业的航程还很长，学问的阶梯永无止境。于是，他从 1982 年开始报名攻读博士学位，经过多年的刻苦努力，终于在 1992 年获得香港大学医学博士学位。由于他推行性教育所产生的巨大影响，香港媒体及坊间百姓习惯于称他为“性博士”。

性本善[①]

20世纪80年代初，吴敏伦首次出现在香港电视台的性教育节目中，之后，帮助该台在1986年推出首辑性教育电视剧——家喻户晓的《性本善》，传授性知识。他说："别人怕被'偷师'，但我就相当乐意将我所知的性知识传授出去，打开香港这个社会的性封闭。"可以说，这是吴敏伦在香港公开传播性教育、迈向性福之路的第一步。

吴敏伦的办公室位于玛丽医院港大医科部新教授楼。在那不大的空间里堆满了书籍，除了关于医学、精神病学和心理学的书籍外，大都是关于性学的书籍。在这里，吴敏伦开始了他的性学理论研究，时常工作到深夜才回家，他的不少性学研究著作就是在这里诞生的。

凭着崇高的理念和坚强的意志，吴敏伦不遗余力地推广性教育。1981年，吴敏伦

① "性本善"，香港电视台的性教育栏目。

担任香港家庭计划指导会教育传播委员会委员，这使他以更大的热情和精力投入性教育的工作中去。

为了提高自己的性学研究水平，更好地开展性治疗和性教育工作，1982 年，吴敏伦先去加拿大多伦多学习变性人心理诊断和治疗，接着又去美国纽约跟随性治疗大师凯伦·卡普兰学习性治疗一个多月，以拓展性学视域和丰富新知识。他对香港的性教育前景充满信心。

1985 年 4 月，吴敏伦与多个医学、教育、社会学、哲学、心理学专家联手创立了香港性教育促进会，并担任会长，致力于推广性教育。随着工作的开展，该学会与香港家庭计划指导会合作设计了一个性教育课程，对象是教师、社工和护士等，准备于当年 9 月份开课，目的是培养这方面的生力军，以便日后全面推广性教育。这是一种积极的行动，但其中也存在不少问题，由于部分学校的保守，往往对教师们的学习和性教育工作有所限制。另外，这一性教育课程遭到了一些保守人士的猛烈攻击。

一个教育系讲师更在报章中发言抨击："家庭计划指导会的性教育只教性方法、助长滥交……"而且，该课程也得不到政府和教育部门的支持。可见，在当时的情况下，香港的性教育开展，困难重重，路途漫长。

吴敏伦认为，“性”在人生中占有一个十分重要的位置，只有懂“性”才会幸福。他说：“很多人不明白，以为性开放便是性放纵和滥交。其实性开放有几个基本条件：第一就是知识开放，什么性知识都要让人知道，这样才能消除现实生活中对性存在和性现象的误解和偏见，促进家庭和社会和谐稳定地发展。第二就是观念开放，即接受不同的性观念和性行为。最后才是行为开放，但也不等于性放纵。”吴敏伦认为，目前社会上一般人对性教育仍存在不少误解，其实真正的性教育并不是教人婴儿是从哪里来、性交是什么和如何进行等；真正的性教育包括怎样追求异性、如何应付失恋、情侣和夫妻间情感怎样维系、怎样应付婚外恋、什么叫性病、什么叫同性恋、性欲控制等，总之，涉及面甚广。

做过这些社会层面上的性启蒙后，到20世纪90年代后期，吴敏伦才得以和香港大学专业进修学院合作，与课程部主任吴慕贤博士具体负责推行一年制的性教育与性治疗课程，训练更多更全面的性教育教师和性健康服务人员。

吴敏伦与台湾树德科技大学合办性教育课程

性海探秘 [①]

虽然教学繁忙，但吴敏伦并没有放弃他的性学理论研究和临床工作。1985 年，在开始推广性教育的同时，在吴敏伦的倡导和努力下，玛丽医院成立了香港有史以来第一个性诊所。这是一项关于香港性教育的启蒙举措。由此，香港的性教育迈出了关键性的第一步。

性诊所是性教育的一个重要实践部分，而性治疗是性诊所内的一项主要工作。这个性诊所设在玛丽医院内部，并未对外挂牌公开，主要针对患有性功能障碍的患者进行心理咨询和心理、行为治疗，以解决夫妻之间性生活的困难，提升性生活的质量，使他们拥有和谐美满的性生活，而并非性病之类的治疗。因此，前来就诊的都是有性功能障碍的人，主要是男性的不举、早泄、不能射精，女性的阴道痉挛、性交疼痛、性冷淡等问题。来求诊的以已婚的中年人为最多，即处于性活跃期的人。当然也有老年人，而未

① 《性海探秘》，阮芳赋的著作。

结婚的年轻人也有，不过不是太多。而求诊的人中男性占多数，因为他们比较关心自己的性问题。求诊的女性大多因为有不育的问题才会找人帮助。当时香港人的性观念十分保守，对涉性话题都难以启齿，更不用说能大大方方地出入性诊所，担心别人误以为自己得了性病而说三道四。显然，性心理治疗对当时的香港人来说是一个新生事物，他们对性治疗的概念十分模糊，甚至存在误解。因此，一般情况下，前来就诊的患者大都通过医护人员的推荐，很少有自己慕名而来的。而且，经常也有一些其他科的医生将患者介绍给吴敏伦。他初次接推介来的患者时，以为患者身患疑难杂症，原来对方只是性无知的夫妇，"连听诊器都不需要用，只是大家交谈，简单问几句，就知道患者只是不懂正确的性交方法，提醒他一下，所谓的患者便不药而治啊。这样的个案，我连患者说声多谢都不好意思接受"。香港当时的性教育状况就是这样，让吴敏伦深感无奈。正因为性治疗是一个新生事物，而当时香港的性教育非常落后，所以出现了许多无需通过药物治愈的性问题。自从诊所开业以来，前来就诊的患者像潮水般涌来，有的挂号排队甚至排到了几个星期之后。作为"性诊所"的唯一掌门人，吴敏伦这一下可忙开了，有时甚至忙得焦头烂额。后来由于工作上的需要，他带了几个"徒弟"，着意在临床实践中培养他们，才逐渐使紧张的工作得到缓解，而且形成了一个小小的团队。

一天下午，吴敏伦在治疗室里接待了一位30多岁的H女士，经过对她进行仔细的询问和耐心的开导，吴敏伦了解到，H女士出生于一个普通市民家庭，中学没毕业就辍学打工。她现在的丈夫是她青梅竹马的伙伴，他们一直很相爱。不料她丈夫青少年时因涉世未深，交友不慎，被朋友落井下石，牵扯进一桩贩毒案件里，导致锒铛入狱，在狱中受尽了狱友的欺凌。痴情的 H 女士苦苦地等了他十几年，直到前年他出狱后，才与他结婚，在元朗租了一套小房子，住到了一起。谁知自他们结婚以来，虽然二人感情甚笃，但性生活一直不和谐，她丈夫的脾气也因此变得暴躁起来。她为此而感到苦不堪言，郁郁寡欢。后经朋友引荐便来到这里就诊。吴敏伦听后，一下子就找到了问题的症结。他告诉 H 女士，问题主要出在她的丈夫身上，希望她的丈夫能和她一起来接受治疗，根据她所描述的情况，一两次治疗可能见效不大，需要一个比较长的疗程。而长疗程所需的费用会比较高。H 女士听了有些犹豫，因为她知道很难说服丈夫来就诊，况且丈夫因有不良记录一直失业在家，而自己在一小区当钟点工，微薄的收入也很难支付得起昂贵的治疗费。吴敏伦见她左右为难，略微考虑了一下对她说："要么这样吧，你先回去按照我说的方法试一试，如果觉得可行的话，再决定来不来治疗也不迟。"于是，吴敏伦向 H 女士简单地介绍了一些针对她丈夫解决性问题的实际操作方法，H 女士感激地离开了。此后，H 女士再也没有在诊所出现，吴敏伦慢慢也把这件事淡忘了。四五年后的某天，吴敏伦突然收到一封莫名其妙的请帖。打开一看，才知道是 H 女士寄来的一封迟来的请帖，是她儿子出生满月的酒宴请帖，但上面的日期是两年前的。对此，吴敏伦心里完全明白，H 女士不敢在当时寄请帖给他，只怕吴敏伦真的来参加酒宴，她的亲友便知道她看过吴医生，即使不议论纷纷也会心中暗笑，她与丈夫便很难下台，她现在才寄来请帖无非还是想表达两个字："感恩。"吴敏伦感到一阵难以言喻的温暖和欣慰，他只能默默地在心里为 H 女士夫妇祝福，为他们的儿子健康成长而祝福。

对患者进行性心理治疗，不仅需要非常专业的性学、心理学和精神病学的理论背景知识和丰富的临床实践经验及高超的治疗技巧，还需具备严格的职业道德水准。吴敏伦在对患者进行性心理治疗的过程中，难免会遇到一些棘手的问题和令人尴尬的情况。如一些患者不好好配合治疗，对自己的性事羞于启齿，或干脆拒绝回答自己的性经历和性问题。也许有一些女性患者由于长期忍受性压抑或曾经历过性暴力，会对吴敏伦产生移情作用，把自己的爱慕和崇拜投射到他的身上，因此在治疗时会有意无意地对他进行性暗示或性诱惑。一旦遇到这种情况，更确切地说，吴敏伦一旦发现患者有"风吹草动"或有这方面的"苗头"，便会立即采取措施进行控制和疏导，以防事态的恶性发展。比如说，一个平时打扮普通的女患者突然有一天打扮得很漂亮，身上洒了香水，穿着超短裙进入治疗室，言谈举止表现得过于柔媚和做作，吴敏伦便会立即敏感地意识到患者是在有意地发出诱惑信号，但又不能用很直接和粗暴的方式拒绝她，只能和她慢慢“沟通”：“你为什么今天身上洒了香水？为什么要穿超短裙？是为了漂亮还是为了其他什么？是不是现在感到很寂寞、要引起别人的注意？”当然她可能会用许多奇怪的理由来回答，比如说穿超短裙是因为天气太热，吴敏伦便会继续问她：“天气是很热，但是你有没有想过，人家看你的时候会有一些不同的看法，尤其是男人看你的时候会有一些反应。那么我也是男的，你有没有考虑过我看你的时候也会有所反应呢？”这样她就会立即明白，对方已对她刻意打扮的意图有所察觉，并已产生了防御心理。然后吴敏伦会进一步与她交谈，这样就很容易控制她的思绪和情感，帮她控制自己的情绪，给她的情感降温，打消她诱惑的企图，也是给她一个“台阶”下，这样才能冷静地继续治疗下去。如果说，从一开始就对她所表现出来的种种性暗示或性诱惑不予理睬，不及时表明自己的立场，那可能会使她有机可乘，得寸进尺，等到事态发展到一定的程度时便难以控制了，那时候你要拒绝她，便只会引起她激烈的情感反应，甚至会导致患者自杀或诬告你，使治疗功亏一篑。所以说，一个治疗师对自身“敏感度”的训练非常重要。但是，一些性心理有问题的精神障碍患者或直接由性问题引发的精神障碍患者可能会出现一些难以预料的情况，有的女患者见到吴敏伦便说：“老公，你怎么现在才来看我啊？我太爱你了！不要离开我啊！”还有的女患者甚至出院后多次打电话来约吴敏伦外出上酒店开房，并威胁他如果不来就要自杀。面对这些治疗过程中遇到的困难和一些“突发事件”，吴敏伦都能严格恪守医德标准，处之泰然，冷静而理性地解决问题，赢得了医院领导和同事们的赞赏和好评。

在性教育的道路上，通过吴敏伦与同仁们一段时期的共同努力，虽然取得了一定的成效，但离吴敏伦的目标还很遥远。吴敏伦深深意识到，仅仅从学校性教育和性治疗的途径去推广和普及性教育还远远不够，必须向社会开放空间，让普通百姓参与进来，以获得更多的性知识和性教育，这样也必然会减少社会上许多性问题，尤其是性心理问题，也相对会减少性治疗就诊者。

1988 年，香港的亚洲电视台在夜深时段推出了一个以介绍声色犬马夜生活为主的成人节目，当中还加插一些对影视明星、边缘人的访问以及灵幻和性专题等，内容创新大胆，广受观众欢迎，成为该台的一个长寿节目。吴敏伦一开始便被邀请作为常驻嘉宾，吴敏伦欣然答允，每期节目都介绍一些有关性的常识、不同角度的看法和文化观念等，家喻户晓。逐渐地，其他电台和电视台也越来越多地找他访问、拍纪录片或做性教育节目，帮助吴敏伦将性知识扩大和普及化。

除了做这些电台或电视台的性教育节目外，吴敏伦也以举办性教育公开论坛、性文化节以及开设报刊性教育专栏等一系列有效手段来加快性教育步伐，几年下来，成绩斐然。香港家庭计划指导会每五年一次的性教育调查显示，市民的性观念在这数十年内有了很大的改观，至少在对待性少数和性多元方面持有更宽容的态度，虽然青少年一代的性观念也越来越开放，但这并不等同于他们性放纵，而是对性少数和性多元有了更多的认同，对男女平等的观念和现象也更加关注。

扫码 更精彩

禁果与人生[①]

吴敏伦不仅投身于性教育实践活动，而且从性学理论上进行探讨。从 1989 年开始，吴敏伦在香港《文汇报》的一个名为“爱的逻辑”专栏撰写了一系列关于爱与性的文章，对人类性爱这一人生主题进行了自己独特的思考和探索。1991 年，这些精彩的文章由香港三联书店以书名“禁果与人生”结集出版。吴敏伦在该书的前言中写道：“这些文章对我有特殊意义，因为它们不但提出了一些我认为人在性爱事情上再不能误解和糊涂下去的问题，而且它们的内容，很多本来就是我与梅自相识以来的日常话题。从这些话题之中，我们领略了人生，也促进了大家在性爱上的思想解放，是我们这十数年内美满相处的一大收获和享受。”而且，他还特别强调：“谨将此书献给梅，以纪念我们的爱。”

《禁果与人生》全书内容分四部分，包括性爱观念、性与社会、性教育及爱的方法，将一般年轻人对性的疑惑以问答的形式用深入浅出的方法表达出来，例如是否有

① 《禁果与人生》，吴敏伦的著作。

爱才可以有性？什么是缘分？诺言有何代价？书中还提出了一些新的性爱观念，在当时的香港来说，被人们认为“很新、很开放”。比如说，假如发现儿子有同性恋倾向，他会先花一些时间来试图“纠正”他，使他回到“异性恋”的轨道上，但如果没法子纠正，那么他会“接受”和“支持”。比如他认为，带着避孕套去恋爱约会，等于在飞机上设有救生设备，有益无害。比如他对“纯情”的看法，并不全指那种“天真未凿”的人，更重要、更可靠可贵的纯情是“返璞归真”者，因为他们经过了“洗礼”，在欲望和诱惑中打过滚，他们最终的“纯情”已达到另一种境界。以前谈及性心理的书，多以道德层面去讨论，比如强调可以有爱无性等，吴敏伦觉得从这单一的角度去灌输性观念，对青少年不是一件好事，而这本书提供了许多新的角度和观看事物的方式。

1990 年，香港玛丽医院正在筹备建院 60 周年的院庆，通过香港各大媒体的报道和传播，港大精神科颇有名气，特别是“性先锋”吴敏伦教授的名气更大，他觉得性学的研究不能单靠他在香港孤军作战，应该联合全亚洲的力量，各国家和地区互相交流和帮助，方能有更大的发展。经过不懈的努力，终获得香港大学亚洲研究院院长陈坤耀教授的合作，在 1990 年 5 月，举办了首次亚洲性学研讨会。与会者除了中国的专家外，还有新加坡、日本、印度、韩国、菲律宾等国的代表，会议内容丰富，促进了各地专家的了解和合作。参加者都认为此次会议很有意义，应经常开展这样的活动。吴

敏伦遂倡议建立亚洲性学联会组筹会，他本人担任主席，由上海性社会学研究中心主任刘达临教授、印度的高塔里教授任副主席。几经努力，1992 年该会在中国香港正式成立，这是亚洲有史以来第一个国际性学团体。吴敏伦任第一届会长。从此，吴敏伦的性学研究和性教育推广有了一个更为广阔的平台和坚强的后盾。

当时，刘达临教授正率领国内一批专家学者在内地开展全国两万例“性文明”调查，并撰写相关调查报告。这是一个巨大的工程，也是性学领域内一项开拓性的举措。为了使此项研究达到国际性学研究水平，刘达临特邀吴敏伦为该报告的主编，并请他亲自审稿。1990 年 12 月初，刘达临带着初稿来到深圳蛇口，想听取吴敏伦对这份研究报告初稿的意见。当时吴敏伦和太太从香港过来，并请刘教授在一家环境很不错的酒楼吃晚餐。不久之后，吴敏伦便退回了大部分调查报告稿件，上面的批注密密麻麻，如“此段分析不科学”“观点有偏激”等。吴太太告诉刘教授：“我和他结婚十几年来，从来没有看到他对待一件事像对待这个调查报告那样重视、认真和专注。”吴敏伦则用十分犀利的口吻说：“这样的调查报告是拿不到国际上去的，如果这么发表，会受到许多攻击和批评……”“如果就这么发表，请不要把我的名字写上去，否则人家会说，吴敏伦看过了，还是这个样子，吴敏伦怎么这么不负责任?”对于如此实在而又尖锐的批评，刘教授当时听了自然心里不是滋味。因为他已出版过十几本书，还没有人否定过他。现在竟然有人以把自己的名字印在他的书上为耻！当吴敏伦去卫生间的时候，在一旁含笑而默默坐着的吴太太悄悄地对他说：“刘先生，你不要介意，他这个人

就是这个样子，太实在，有什么说什么，但他是好心。”她告诉刘教授，有时敏伦和朋友在外一起吃饭，要付账时，敏伦要付，朋友说：“我付，我付。”这本来是客气话，可敏伦却说：“好，那么你就付吧！”弄得对方很尴尬。吴太太不好意思，只好悄悄地再把钱还给人家。然后她埋怨丈夫：“人家是客气呀，你怎么当真了？”可是吴敏伦却说：“大家实实在在，他要付就让他去付好了。”刘教授听了不禁发笑，可心情还是很沉重，因为吴敏伦的实在迫使他要正视自己工作上的不足。

1991年8月底，吴敏伦去上海出差，会见了刘达临，刘教授小心翼翼地把修改的第四稿交给他。过了几天，在上海的奥林匹克中心，吴敏伦把这个稿件还给了刘教授：“现在真和过去大不相同了，这个稿子拿得出去。你们很辛苦，费了很大力气。”刘教授感到他的眼睛有些发亮。于是笑着说：“要感谢你的批评帮助，如果没有你，我们至今还会对那第一稿‘自我感觉良好’呢！”

过了一会儿，吴敏伦问道：“如果这本书出版了，我在这本书上占什么位置呢？”

“你看呢？”刘教授反问。

“我干了点实际工作，但不是主要的，我就当副编辑吧！”

“副编辑？我们内地没有这个说法。”刘教授说，“我们只有主编、副主编、编辑的区分。你对这本调查报告的完成起了很大作用，你的贡献不比我小，我既然是主编，就聘你当特约主编吧！不过还要和出版这本书的三联书店说一下。”吴敏伦点了点头。

此项研究成果最终以“中国当代性文化——中国两万例‘性文明’调查报告”为书名由上海三联书店于1992年8月出版，其中凝聚了吴敏伦不少的心血。刘达临在该书的后记中写道，当时他和吴敏伦曾多次、反复地交流看法。吴敏伦说，有许多批评和意见即使他不事先提出来，到这个调查报告出版后，国际上许多学者也会提出来，而且会尖锐得多，那时，就无法补救了。他又说，在海外有些调查费了九牛二虎之力，发表后还是会受到各种批评，这个调查报告发表后也不可避免，但是要尽我们最大的努力把它做好。吴敏伦在本书的序言中指出：“性调查是一种特别困难的社会调查，我们不能以其他社会调查的眼光来看它。一些有社会

吴敏伦的部分性教育著作

调查经验的人都知道，即使在性不保守的社会中，一份调查问卷内只要加上有关性的问题，其回收率便可下降超过一半，有效的答案亦大大减少，这个问题几乎是无法解决的。希望从性调查中得到可靠的信息，唯有从经常重复的调查中寻找答案。以这个'性文明'调查作为第一个在中国的这类大规模调查来说，即使它完全提不出可信资料，但若它能激励中国将来更多更好更精细的性调查出现，它的任务可算完成，而刘达临的努力仍是我们应该感谢和赞许的。”

虽然这是一个不完美的调查，但事实证明，它在世界性学界还是很有价值以及受到重视的，因为在它面世后不过两年，德国社会科学性研究会会长赫伯尔教授（也是这项调查的顾问之一）便成功获得美国著名出版商 Continuum 的推荐，出版它的英文译本。赫伯尔与吴敏伦合力翻译使之成功面世后，这本书现已成为世界各大图书馆必藏图书，也是研究中国近代社会性观念、性态度和性行为发展的必备参考书。

吴敏伦全身心地投入性学理论研究，著书立说，硕果累累。1991 年，由吴敏伦与吴颖英合著的《性医学新释》由香港天地图书有限公司出版，这可以说是一本大众化的性学经典，对人们如何对待性的问题，认识性与爱的关系，树立正确的性爱观和婚姻观大有裨益。

1993 年 3 月 14 日，吴敏伦在中国台湾举行的一次研讨会上以“亚洲性学及性教育之实况与展望”为题发表专题演讲。他在演讲中指出：“每每谈及性，中国人总爱说我们对性是比较保守的，但如果以中国文化与西方文化作比较，究竟谁的观念更保守，其实很难说。”虽然“性学”一词始于西方，但在对于性学的研究上，中国的《素女经》是最正统的医书，其内容描写女性性反应、性行为方式、体位以及与健康的关系等问题，这本书距今已一千多年。另外，印度也有一本《爱经》讲授关于性爱的技巧，这些书在古代都是送给结婚新人作为性教育书籍的。但是，由于中西方性文化的差异，一些西方人一直对性有罪恶忌讳的心理，直到 20 世纪才解放，不少西方学者如罗素甚至在关于中

西文化比较的著作中极力赞扬中国人在性方面的自然观及无罪疚感。所以吴敏伦认为，在亚洲，阻碍性研究的不是性保守，而是性误解或性迷信所造成的性恐惧。例如一个深信手淫会导致神经病的人不会用性治疗专家介绍的手淫训练去治疗性问题；一个深信拜神可治性病的人也不会去尝试新药。中国人一直认为性是一种采阴补阳或采阳滋阴的事情，吴敏伦认为，性是否具有滋补作用仍需研究，但良好的性生活确实对男女双方的心理及生理都有好处。他说："性观念的开放若没有性知识的支持，只会造成一个性紊乱及性放纵的社会。"他建议国内应该加强系统的性学方面的性教育，因为真正的性教育应该走出避孕、医疗的框架，进入学校，渗透社会各个阶层，才能使大众能正视性问题。

然而，香港社会对性问题的认识向来比较保守，尤其是全面探讨性问题的中文著作，并不多见。1990 年，由吴敏伦编著的《性论》由香港商务印书馆出版，此书由过去数年间学者们所发表的有关文章汇集而成，内容可以说包括了性学所涉及的各种问题，并将性作为一种重要的文化及社会现象，采用多种角度，探讨它在哲学、宗教、伦理、政治、医疗及现代社会等领域中的地位及影响。虽然关于性与文化、性与社会的论题在西方社会已有不少学者和性学家提出了不少精辟的见解。但由于香港在这方面的知识传播比较弱，一般人还停留在"性交"与"快感"，"婚前性行为"与"性道德"等黑白分明、极具偏见的概念层面。因此，像这样一部富有启发意义的文集，正好迎合了香港社会的需求，对普通民众的性教育具有一定的积极作用。

面对性学和性教育的发展，吴敏伦踌躇满志，充满信心。他在心里勾画着人类性福的宏伟蓝图，让我们看到了希望，向我们展示了一个美好而幸福的前景。

意外情人[①]

有些时候，因为举办者的特别邀请，或徐梅自己对开会的地方感兴趣，她也会与吴敏伦一起参加会议，但性学界的性自由风气间或也会给她带来一些麻烦。譬如有一次，开会的地方在国内某偏远城镇，徐梅对这地方的风景很有兴趣，想去那边趁吴敏伦开会时自己画些美丽的风景，便一同去了。但由于航班误点，他们下飞机时已是午夜，不能去主办单位安排的酒店，只好在机场附近临时找一间酒店过一夜。吴敏伦和徐梅拿出证件往柜台登记，酒店人员拿着证件反复审视，疑惑地问："我们只剩一间住房……你们是夫妇？有没有文件说明你们来这里是做什么的？"

吴敏伦很奇怪，也只好回答："当然是夫妇。我们是来开性学会议的。"随即拿出主办单位的邀请函。

职员看过邀请函，脸上露出个古怪笑容："哦！性学会议，这个我知道，但这函只邀请你，没有邀请太太呀！而且她比你年轻这么多，怎会是你太太？我们可不容许性学家来这里做些不三不四的事。"

吴敏伦生气了："什么不三不四？她真是我太太呀，她和我年龄差不多，不过样子显得年轻而已。主办单位没有请她便不能来吗？"

职员把徐梅一再打量，仍不相信："样子生得年轻，也不会差这么远吧？你们有带结婚证书吗？"

吴敏伦气极了："谁会随身带结婚证书

① 《意外情人》，捷克电影。

的……呵，我这里有我们的结婚照，怎么样?”

职员看看婚照，摇头：“未结婚也可以拍婚照的，何况这已是多年前的了，新郎和你现在的样子也差得很远呀！对不起，没有结婚证书，恕不能招待。”

吴敏伦气极，高声道：“不能招待？半夜三更，天气这么冷，附近又没有其他酒店，你叫我们怎么办？到外面街头露宿给冻死？你们不至于这么不近人情吧？这样如何，我给你签一纸保证书，保证她是我太太，如果有执法人员巡查到抓我，证明我是说谎的话，我负全责，全不关酒店的事，怎样?”

职员听后，考虑一下，觉得也有道理，真的拿纸笔给吴敏伦夫妇写好“保证书”并签名，才给入住，他们才得以幸免露宿街头。

不过，令人生气的事还陆续而来。第二天，主办单位有欢迎酒会，吴敏伦带徐梅出席，东道主一干人等热情迎接，吴敏伦介绍徐梅给大家认识，说是太太，但他们听后却没有称呼她为吴太太，只称她徐梅或梅姑娘。吴敏伦和徐梅觉得有些奇怪，但想到这可能是当地的风土人情，表示对人亲切的意思，便不放在心上。三天会议过后，还有三天团体旅游节目，坐旅游巴士参观附近的名胜、博物馆、性习俗等。临近开车时，发现导游原来也是前三天帮助招待他们的一个工作人员，他开腔介绍行程，然后嘱咐大家：“大家辛苦了三天，可以放松一下了，尤其是那些双双对对的，不必勉强称自己的情人为丈夫或太太，我们明白的，也不会干涉或告密，安心享受这个富于学术又浪漫的旅程吧!”

吴敏伦听得七窍冒烟，徐梅则微笑倚在他身旁，温柔地说：“这有什么好气的？无端有个意外情人在身边，不好吗？好好享受呀!”

欲海惊魂[1]

迈向性福之路是十分艰难的，吴敏伦不仅要承受各种外来的压力和阻力，有时还会遭遇到一些意想不到的人身攻击、威胁或风险。简单的如被报章取笑，在公开论坛上被听众喝打，收到内有刀片或叫他出外小心的匿名信等，他已习以为常。对于这样的情况，有些朋友问他怎样应付，吴敏伦会笑说："没办法！当发觉自己言论太惹火时，我们夫妇唯有戴头盔上街了。"然后，还真的拿出一张他们夫妇一起在外戴头盔的相片给人看，令朋友哈哈大笑。

更大的风险是，因为越落后的地方，越需要性教育上的帮助和鼓励，很多性学会议都要到一些治安不靖的地方进行，外地的参加者便经常要承受人身风险，如被偷东西、骗钱、打劫等，吴敏伦也不能幸免。最可怕的一次，要算是1994年11月，他去印度某地参加第三届亚洲性学联会，会议结束后，准备乘机返回香港，而他所订的航班是次日凌晨3时起飞的，从城市的酒店到机场有一两个小时路程，而且需要翻山越岭。为安全起见，吴敏伦没有自己叫车，而是坐上了通过酒店预订的出租车，心想这下应该不会有

① 《欲海惊魂》，英国希区柯克导演的电影。

什么问题了。

出租车从酒店出发，大约过了半小时，到一个交叉路口时便骤然停下来了。吴敏伦问司机怎么回事，司机说忘记给车加油，跑不动了，于是司机打电话叫来了他朋友的一辆车。吴敏伦心存疑虑地提着旅行箱被转上了另一辆出租车。这时已是深夜，没有月亮和星光，四周一片漆黑，汽车在蜿蜒起伏的盘山公路上颠簸爬行，吴敏伦心里不禁紧张起来，担心会有什么意外发生。果然，汽车开到一个山隘口突然停了下来，在汽车的前方不远处晃动着三个高大的身影，吴敏伦问司机发生了什么情况，司机没有回答，立即下车走向那三个黑影。这时吴敏伦已意识到一场危险的劫案即将发生，他想，凭自己高大的身材和强劲的体魄，如果只是对付这个矮胖司机应该不成问题，何况自己在大学期间还练过柔道和剑术。可是要对付那三个彪形大汉则可能会有一场激烈的殊死搏斗，而在这人迹罕至的深山老林里会发生什么事只有天知道。想到这里，他不禁感到毛骨悚然，不敢再想下去。吴敏伦的眼睛死死地盯着那几个人影，看到他们在比画着什么，还嘀咕了几句，然后那三个人影立即消失了。司机回到车上，一言不发，继续开车前行。吴敏伦刚刚那颗悬着的心终于落了地，他也不想多问，安静地坐在后座上，装作闭目养神的样子。不多久，汽车终于把他送到了机场。回到香港后，吴敏伦回想那紧张而凶险的一幕，还有些害怕。他猜，可能当时那几个人看到他提着一个陈旧的旅行箱，穿着一双普通的皮鞋和一身廉价西服，猜想他不是一个有钱的“大款”，于是商议之后放弃了他们的“计划”，吴敏伦才化险为夷，逃过一劫，吴敏伦不禁庆幸自己平时为人朴素。

赎罪俱乐部①

吴敏伦经常去世界各地参加一些性教育会议或进行性学学术交流活动，他发现，许多国家和地区在谈到性教育这个话题时，大都持相对保守的态度。有一次，吴敏伦在西班牙的瓦伦西亚参加世界性学会议，那天早晨到达会场时，正好遇见德国性学家艾荣，老友重逢，便一起来到酒店餐厅的一角，坐下来共享早餐，叙说近况。

“我真不知我们政府是怎么搞的，样样都说要慢慢来。”艾荣仍是他一贯的急性子和大脾气，“如果他们诚诚实实地说觉得性学研究及性教育不重要，不值得花钱花力，我还可以吞下去，最令我作呕的却是他们总要找些只可以用来骗三岁小孩的虚伪借口，说什么要顾及德国人事事含蓄的优良文化及保守的性传统，不能太激进，一下子做得太开放太露骨。哼！教育本来就是要帮人建立新思想和新习惯，去解决或适应新问题，每阶段的学习都是一种蜕变，当然需要有人付出一点努力和承受一点痛苦，哪有就着人的惰性去做教育之理？再说，你认为我们德国人的性文化是含蓄和保守的吗？”

“当然不是。”吴敏伦笑道，“在我和很多香港人的眼中，德国不但不性保守，而且已是世界上少有的较为性开放的国家，比起英美更甚，这可以从你们的性法律、文学作品及现时游欧人士的印象得知。譬如，你们早已同性恋非刑事化，可以容许娼妓和很大胆的成人表演，怎能还说是性保守、性含蓄？这种‘我们较为性含蓄’的观念，除了是个不肯认真做性教育的借口的陈词滥调之外，也是一种常见的社会心理。”

“唉！我知道。”艾荣感叹，“这方面的社会心理就如个人心理，一切坏的或自己不愿接受的东西都是从外界传入的，与自己无关，所以从前的梅毒，德国人说是法国病。

---

① 《赎罪俱乐部》，智利帕布罗·拉瑞恩导演的电影。

法国人说是意大利病，意大利人说是德国病。到艾滋病初出时，欧洲人说是从非洲传来的，异性恋者说是由同性恋者传来的，美国人说是海地人传来的……”

“这还不止，”吴敏伦接过话题说，“去年我在日本，问过一个当地的教师，说日本的色情文化如此多彩多姿，谈性风气一定很开放，做性教育可以容易一些，岂知他连忙否认，说那些色情文化只是一小撮人群受西方影响的结果，不能代表日本，而日本人普遍是性保守和含蓄的，很难谈性，真是信不信由你……”说到这里，侍者送上西班牙肉包和咖啡，艾荣不让侍者离开，拉着他叽里咕噜地用西班牙语交谈，但谈不到几句，他忽然气往上冲，向侍者咆哮，侍者一脸惶恐，鞠躬道歉离去。

“什么事？他没有法兰克福肠，你也不必这样发脾气吧！”吴敏伦好奇地问。

“哼！谁要他的法兰克福肠？”艾荣仍然咆哮。“我想认识一下本地性文化，问城中哪里有性商店之类可以看看，他竟然说没有，还向我说了一番他们西班牙人如何在性文化上保守含蓄，不习惯公开展示性等废话！”

“哈哈！你问他何不问我？”吴敏伦笑道。“告诉你，我昨天到达后已做过全城勘察了，在火车站斗牛场另外一面的一条横街上，就有看不完的性商店，物品比德国的毫不逊色，不容错过啊。”

用完早餐，回到会场，大门已开，展览厅有些摊位也有人介绍物品，其中有一个法国录像带制作公司，播放介绍它最新摄制的性交技巧示范片段，吴敏伦与艾荣看了一会儿，法国介绍员走过来推销并询问意见。

“不错，不错。”吴敏伦说，“拍得很有美感，又不必太暴露便能清楚示范各种主要技巧，适合不同的市场，对吗？”

“对，对。”法国人回答。

艾荣一面猛敲自己的头，一面大叫：“啊！我的天呀，不要再来了吧！不要再来了吧！”

由于香港大部分人的性观念相对保守，吴敏伦的性学研究举步维艰。20世纪末，吴敏伦的一个徒弟喜欢做有关脑部功能磁振造影的研究，也跟一位这方面的专家学习这技术。有一天，这位徒弟说这专家知道吴敏伦是性学家，也是她的师父之后，向吴敏伦提议或许三人可以合作开展有关性与脑部功能磁振造影的研究，问他有没有什么选题可做。吴敏伦提出有一个很重要，但还未有人做过的课题，便是研究人脑在不同性兴奋和爱心状态下的脑部磁振活动。专家听到后，非常有兴趣，便着手讨论细节，但当知道实验过程中志愿者需要一直观看色情图片或电影时，便面有难色，说医院主管或不会同意，帮助检验的医护或技术人员或会反对，新闻界若知道会成为丑闻等，后来事情就此不了了之了。

到21世纪初，世界上做吴敏伦提议的这类研究越来越多，成就了一些著名学者，突破性的发现也不少，改进了业内很多性爱理论。

在推广性教育的路上，虽然屡遭挫折，但吴敏伦并不气馁，他满怀希望地说：“我不奢望在我有生之年能看到社会风气完全转变，因为这些改变社会思想的工作不能急于求成，这要靠几代人的努力。我总觉得自己是一颗螺丝钉，我只要在社会中尽量发挥我的功能就行了。当我老化后，就待下一颗螺丝钉接替我的工作，继续促成这个转变吧！”他略微停顿了一下，补充说：“我只希望在几代人以后，人们回顾我的工作时，都说我的工作很平常，没什么大不了，因为这代表着有色眼镜终于被摔破了，大家都能正确地看待‘性’和与性相关的问题了！”

在吴敏伦的脚下，性学之路在延伸，漫长而坎坷。但他仍在坚定地走着，在通往性福的路上。

甜蜜的家庭[1]

在芸芸众生中，有的人为了追求一场轰轰烈烈的爱情而荒废了事业，放弃了儿时的梦想；而有的人为了追求自己所热衷的事业而放弃了爱情，甚至毁灭了家庭。对很多人来说，爱情、婚姻与事业之间充满矛盾，但吴敏伦与徐梅却超越了这种理想和现实的界限，显得游刃有余，他们在驾驶婚姻之船方面一直稳步向前，没有偏离原来理想的航道。

有了儿女之后，在繁忙的工作之余，吴敏伦仍会时常弹奏音乐、听音乐会。那时，初级的台式电脑刚面世，吴敏伦也专心钻研了数年，学习计算机语言、写计算机程序等，准备把计算机技术应用到他的研究之上。也与儿子一起玩计算机游戏，培养他对计算机的兴趣。他的儿子后来进入香港大学数学系，再深造成为计算机工程师，基础便是在这时形成的。女儿的爱好则偏向艺术方面，3 岁刚上幼儿园时便嚷着要学芭蕾舞，后来考取了英国皇家八级芭蕾舞和八级钢琴，进入演艺学院修读艺术，毕业后便入无线电视台当舞蹈演员。

---

① 《甜蜜的家庭》，英国比绍的名曲。

至于徐梅，虽然家务繁多，她却忙中偷闲织毛衣，还能腾些时间在家里作画，主要是原创作品，也临摹一些世界名画。她的绘画技巧娴熟，笔法老练。一幅画，哪怕只是一个细节都要反复进行修改，直到完全满意为止。一天吴敏伦下班回到家里，发现门口垃圾桶内有一幅被剪碎的油画，仔细一瞧，好像就是徐梅近几天不分昼夜、辛辛苦苦完成的画作，感到扔掉实在太可惜了。但他没有立即问太太为什么把画给撕了，因为相信她必有自己的理由。晚饭时吴敏伦对太太说："这几天你那么辛苦地埋头作画，身体能吃得消吗？要适当注意休息啊！"徐梅回答说："不是我不想休息，只是我一旦进入作画的状态，就有些忘乎所以了，无法停下来。"过了一会儿，徐梅说："想必你也看到了，我把那幅肖像画扔掉了。"吴敏伦平静地问道："那为什么要撕毁呢？不是挺好的吗？"

吴敏伦夫妇结婚12周年纪念油画（徐梅作）

徐梅回答："我越看越觉得哪里不对劲，但又找不出具体的毛病在哪里。修改了好几次，越改越不对劲，一气之下便撕了，我想，与其这样翻来覆去地修改，还不如找到感觉后重新画一幅，效果可能会更好！"

"我想，你做得对，艺无止境，相信你会画得更好！但也得注意身体啊！"吴敏伦鼓励但又疼惜太太。徐梅笑着说："我会注意的！尽管放心好了！大鬼！"

在徐梅的油画作品中，画有一系列不同形态的小猫，非常写实，刻画精细，栩栩如生，憨态可掬，十分可爱。许多朋友问她是如何画猫毛的，他们都奇怪怎么能画出这么细腻而又不失光泽的一丝丝猫毛，徐梅告诉他们："要全神贯注在猫毛上，要专注至心中无手，手中无笔，甚至要投入至忘我境界，否则手会颤抖，一丝毛也画不了，画了也很难看，见不得人。"朋友听后都摸不着头脑，觉得她说了等于没说。

有一次，玛丽医院精神科的护士长麦建华女士来吴家里做客，见到挂在墙上的一幅油画，画中徐梅披着婚纱与吴敏伦相拥而视，眉目传情，爱意缠绵。麦护士长不禁惊叹："哇，这张照片照得简直太好啦！"当她知道这并非照片，而是出自吴太之手的油画时，更惊叹不已，觉得徐梅简直就是画仙。于是，她提出希望吴太太给她画一幅

她小时候的肖像，但所提供的照片非常之小，且因年代太久有些模糊，所以也不抱太大希望。没想到一个星期之后，徐梅就画好了。那天晚上，徐梅带着这幅油画和老公一起来到麦护士长家，把画挂在客厅的墙上，麦护士长和她的妈妈都非常喜欢，连连称赞！但当徐梅回到家中，总觉得那幅画挂上墙后，阴影角度与该客厅的光源不和谐，看上去比较别扭。于是第二天，她提着油画箱跑到麦护士长的家中，架着梯子爬上去，对阴影进行修改，麦护士长的妈妈连声说："阿梅，不用修改了，已经很好了，不用改了，千万别改坏了！快下来！"徐梅似乎没听见，只是聚精会神地修改画作，而在一旁的麦护士长只能对这位如此认真执着的艺术家由衷赞叹。

在创作油画的同时，有一段时间，徐梅也努力学习国画和裱画，她每周都要去一个路途遥远的老画家的家里学习，回到家里就刻苦练习，客厅里挂满了梅、兰、竹、菊等国画写意作品，但由于家里没有请佣人，每当外出学习的时候，就得请婆婆来家照顾孩子。婆婆也很理解儿媳的心思，每次都会过来悉心照料孩子，其乐融融，没有半句怨言。

当时孩子还小，吴敏伦夫妇不能每个假期都外出游玩，便喜欢招呼朋友到家中娱乐。有一次，吴敏伦约了几位医生同事在家里打麻将，徐梅外出买菜为他们准备晚餐，回家途中恰巧看到其中一位医生的太太也刚到家门。当她知道徐梅正要买菜回家，还要赶着下厨时，感到愤愤不平："你丈夫怎能这样？他娱乐你就买菜做饭，这多不公

平！如果我丈夫打麻将，我一定不会下厨。他娱乐，我也外出逛街，这才算公平呀！”徐梅对她说：“其实没有人逼我这样做，敏伦提议叫外卖的，只是我自己想做饭，好让他们吃得好些。他们玩得开心，我也开心，大家都赚了，还计较公不公平做什么？敏伦上班时也不见得我全是在工作呀！”那位太太听了只是摇摇头：“你真傻！没得救了！”

由于徐梅长得小巧玲珑，不大显眼，衣着又朴实无华，所以当她去商场购物时，售货员多数不大理睬，有时还遭对方白眼。有一次，她去一个开业不久的小时装店，看见一件款式不错的套装，便让店员取下来给她看看，但店员爱理不理，说：“这套装不适合你。”徐梅说：“为什么？尺码看来很适合呀！”岂知店员却回答说：“不是尺码不适合，是价钱不适合。”徐梅没有生气，静静地走出了小店。令人啼笑皆非的是，徐梅常被人误认为是菲佣，有好几次，快递员上门送货，她去开门，送货员却当她隐形，直接向一旁个子高大的菲佣说：“太太，请签收！”有一次，她替吴敏伦去取名片，店员吩咐她：“你回去对老板说……”她乖乖地点点头。有时她陪老公出差，只要老公忘了介绍，对方便以为她是小妹或跟班，这样的事很多，见怪不怪。当然，徐梅对这些事并不在乎，吴敏伦更是乐呵呵的。

在培育孩子成长的漫长岁月中，吴敏伦和徐梅虽然都很忙碌，但都没有忘记他们爱的情趣，其中一项便是拍照。除了一般风景照和平时的生活照之外，他们最爱进影楼或请专业摄影师特意安排拍摄艺术照，因为他们觉得两人生活在一起的每一分每一秒都是难得的、值得纪念的，而拍摄艺术照既能记录又易于保存。他们没有规定多久或什么时候必须要照一次，很多时候都是临时起意的，譬如陪朋友去照结婚相趁热闹自己也照上几张，在香港或外地旅游时见到有特色而摄影技术又不错的照相馆就合影留念，也有专业摄影师朋友自荐为他们拍摄等。当然，有时他们也会找些理由和借口，

比如情人节、新年、他们写第一封信给对方的日子、在信中定情之日、首次见面日、徐梅首次来港日……要拍照便一定能想出一个借口，至于结婚纪念就更容易了，每一年都可纪念，每次可以纪念一整年。

就这样，他们结婚数十年来，积攒了很多艺术照，内容丰富，不同年代的婚照固然有，也有穿不同民族婚服的，其他题材有浪漫的、穿便服的、穿运动服的、扮古代才子佳人的、跳舞的等。回看这些相片，有时用计算机技术去加点工，把它们弄得更美，对他们来说，也是一种艺术享受和生活情趣。

吴敏伦夫妇结婚12周年纪念照（1984年）

完美丈夫[①]

1982年，吴敏伦一家四口奔赴台湾，与徐梅的父母相会，这是吴敏伦第一次拜见岳父母，当时的情景自然十分令人欢愉。当吴敏伦见到岳父岳母大人时，第一句话便说："多谢岳父母生一个这么聪明美丽的女儿嫁给我做太太!"徐老夫妇听了喜笑颜开，开心得不得了，从此封吴敏伦为"最佳女婿"。

吴敏伦十分疼爱自己的老婆，任何事情都不想给她增添负担或麻烦，而是自己去面对和解决问题。那时他们住在大学宿舍，一天早晨，徐梅照常7点钟起来替要上学的儿女打点一切，刚一踏出房门便被客厅的情形吓呆了，客厅好像被大水浸泡过，地上到处都铺着湿透的大毛巾，地板上还有水桶和拖把等。她很惊讶，究竟发生了什么事？原来昨夜洗手间的马桶水箱坏了，水不停地涌出来，吴敏伦半夜起床发现时，水已涌出客厅且涨至二三寸高，只不过他见太太睡得正香，不

① 《完美丈夫》，周家文、陈家林导演的电视剧。

忍心唤醒她，便自己尽力把水抹干。后来徐梅见到他累得弯着腰出门上班，心里十分难受，埋怨自己怎么可以这般熟睡！

20多年后，在他们的半山新居，发生了同样的事情。吴敏伦仍然希望自己不动声色地处理好，但这次水冒出得太多太深，他要用杯子舀水，免不了发出声响，惊醒了太太和儿子起来帮忙，但那时他已经舀了20 多分钟，事后又是累得弯着腰出门，徐梅看在眼里，疼在心里，希望以后能为老公多多分担。

吴敏伦爱太太爱得深沉含蓄，生活中的许多细节都包含着他对自己另一半的真挚爱意。一个夏天的黄昏，吴敏伦与一位老友在街上偶遇。老友招呼道："哇，数月不见，为何你身子弱了这么多，大热天时还穿着一件薄披风?"

吴敏伦回答："啊，我现正应老婆之约和她去看电影，却记起她早上出门时没有带外套，所以自己先披上一件以备她在电影院内需要。"

老友说："原来如此，的确体贴，但你也可带在手中，不用自己穿上呀。"吴敏伦说："带在手中显得太刻意为她做事，她会不好意思的。我先穿上，然后见到她时说想不到天气这么热，把衣服脱下来，她便不会不好意思了。"

老友听了连连赞叹："是这样！佩服！佩服！"

吴敏伦天生具有一种浪漫的气质，喜欢在平凡的生活中制造各种浪漫。平时一旦有空，他会约太太一同外出吃饭，然后去看电影或逛商场等，一般情况下两人配合得十分默契，但也有阴差阳错的时候。比如有一次，吴敏伦下班之前打电话约太太下午6点在汇丰银行门口见面，可是，当他们都按时到达约定地点时，左等右等，还是不见对方的身影。原来这座建筑有两个大门口，一个在楼上一个在楼下，而他们一个在上面等一个在下面等，当时又还没有手机，无法联系到对方，结果他们苦苦地等待对方一个多小时。最后，吴敏伦带着失望的心情从楼上的大门口走下来，才发现太太伫立在街边，仿佛站成了一棵树。可是，当他们相见时，并没有埋怨对方，也没有露出不满的神情，更没有发生争吵，而是相互露出惊喜的眼神，满面笑容，心里美滋滋的。

依照吴敏伦的性格，他往往将许多复杂的问题简单化。在许多类似的情况下，他总会简单地说出一句安慰太太的话："这无所谓吧！"短短的一句"无所谓"，

表示在他看来，太太所做的任何事情都是有理由的，只要她喜欢去做，就应该让她开心地去做，即使是做错了或出现了意想不到的情况，他也不会介意。也许，一般人认为，这是一种不负责任的轻浮搪塞之辞，其实这是吴敏伦的一种深沉的爱，如果真发生问题，他仍会应付，只不过不以责怪来刺伤对方的心，这也是对对方的一种信任，一种自由精神的体现。

1987 年 8 月，吴敏伦一家去美国旅游。首先，他们去加州洛杉矶探望已移民该地的徐梅的父母和姐弟妹，吃当地的越南餐和九弟的“美式中国餐馆”内的咕咾肉，然后去东岸纽约游玩。在纽约第一天，来到纽约繁华的街上，儿女要吃地道的汉堡包，进去之后好不容易找到一个四人座位，因他们桌面上的食物太多，徐梅只好把手提包放在桌子下面。谁知刚吃到一半，突然发现那个装有他们的旅游护照、两千多美元、机票、贵重照相机的手提包已经不翼而飞了。他们四处寻找，儿女也帮着看守前后出口，以防有人将手提包带出餐厅，但最后还是没有找到，只好报警。当时他们身上只剩了十几美元，这对他们来说是一个不小的打击。即使在这种情况下，他们也没有相互埋怨，更没有争吵，而是一起努力采取补救措施。他们去了最近的警局报案，之后往领事馆补办临时旅行证件，再往航空公司报失补领余程飞机票，再去找一个住在纽约的朋友借现金，到晚上还要赶在商店关门之前去另买一部小相机。就这样东奔西跑，折腾了一天，错过了很多节目。本来徐梅为没有好好看管手提包感到愧疚，但见事件发生后家人自始至终都在努力想办法补救，没有谁责怪谁，包括儿女，也就忘掉不愉快，一家人就像没事一样享受余下行程。可见，在他们看来，他们是一个家庭，一个整体，任何家庭人员的过错或失误都是整个家庭的事，而不能单单去责备哪个人。对他们来说，相爱的人是不需要相互责备和道歉的。

20 世纪 90 年代初，吴敏伦驾车与太太游香港南区，回程时徐梅提议走香港仔隧道，吴敏伦嫌没有风

景观赏，还是绕山脚回去。途中前面有一辆载满活鸭子的货车，由于笼子门松脱，一只活鸭突然掉落他的车前。吴敏伦紧急刹车，被后面的车撞上，放在车前的一件小饰物飞脱打中了徐梅的右眼，鲜血立即从眼角渗透出来，痛得她失声晕倒过去。吴敏伦随即送她赶往医院，生怕她的右眼会失明，幸好经检验和急救后，只是眼边和眼角膜被轻微擦伤，虽然又肿又痛，但戴眼罩换药数星期，便无大碍。事后吴敏伦感到很抱歉，后悔没有听从她的提议走隧道。她回答说："意外是无法预料的，怎能怪你？谁知道如果我们走隧道，不会遇到更大的意外？你不觉得我受伤之后，画的画比以前更好了吗？"

吴敏伦认为，婚姻是一种约定，当初是怎么说的，今后就应该怎么做。虽然徐梅婚前曾经有过不少人追求，但后来选择了吴敏伦，双方都认为对方正是自己梦寐以求的理想对象。有一天，吴敏伦对徐梅说："你实在是一个好女人，所以才有那么多男人看中你。如果你一个人能分成许多个，让更多的男人都得到幸福，那就更好了！"

"是吗？谁有这么大的本事啊？那你拿刀来把我分成几块试试！"徐梅鼓着腮回答。

扫码 更精彩

不了情[①]

1984 年，吴敏伦携徐梅一同应邀去台湾讲学，一天的劳累之后，他们回到台北圆山大饭店，走进房间，吴敏伦要做的第一件事，便是冲进卫生间，洗去一身的疲惫。徐梅斜躺在沙发上休息，并打开电视观赏节目。不一会儿，电话铃声突然响起，她起身走过去，提起话筒，一个陌生而熟悉的声音传来："喂，是阿梅吗?"徐梅急忙搜索她遥远而模糊的记忆，终于浮现出对方的影子，那是她在读台湾大学时曾经疯狂追求过她的林诗成。那时她为了斩断情丝，去香港后特意不留给他新的联络地址，谁知在她成了吴太太之后，他仍痴情不改，对她念念不忘，找来了。

其实，自徐梅走后，林诗成感到很失落，每隔一段时间，都不由自主去女生第五宿舍和汀州街打探徐梅的消息，又常去图书馆缅怀初相识时的情景，对第一次请徐梅吃饭的餐馆情有独钟，经常去光顾，无数个晚上他都徘徊于校园林荫大道下，回忆和她相处的快乐时光。

1973 年，担任助教的林诗成开了一门关于中国文学的通识课程，入读台大电机系的徐植刚巧选修了他的课，在上课时，林诗成赫然发现一位长相与徐梅十分相似的学生，下课后便迫不及待地问这位学生是否有位姐姐叫徐梅。无巧不成书，不过几天，由于台湾师范大学离台湾大学不远，林诗成某天去师大附近的一间饭店吃饭，又见到对面餐桌有一位女生，样貌与徐梅非常相像，他又忍不住上前问个究竟。原来这位女生正是徐梅的五妹徐杨，她在岘港高中毕业后，只用一年便成功申请来台湾，就读于台湾师范大学英

① 《不了情》，陶秦导演的电影《不了情》主题曲。

文系。几天内便一连认识了徐梅的两个弟妹，林诗成分外高兴，感觉上和徐梅走近了。这年春节，他邀请了徐梅的弟妹们到他在台北的家中欢度新春。起初，徐植还不敢把徐梅已经在香港结婚的消息告诉他，后来才提起。尽管如此，林诗成多年来仍对她的弟妹很关心，而且一直给予他们许多生活上的支持和帮助。1976年，越南南北统一，林诗成好不紧张，他很关心徐梅滞留在越南的家人，时不时便向徐植打探他家人的消息，总希望自己多少能帮上忙。

后来林诗成结婚了，去了美国工作，一家人定居于旧金山。在那里，他不仅主动地照顾徐梅在美国的弟妹，还从他们口中获知徐梅的地址，每年写一两封信向她问候致意，尽管徐梅从不回信。多少年之后，这次林诗成来台湾洽谈一笔生意，在报上见到吴敏伦偕夫人来台湾讲学考察的消息，便打电话想约徐梅单独出来见面。徐梅听后，委婉地说："你住在台北哪个酒店，还是我和先生一起来看望你吧！"对方停顿了一下，说："多年不见，我想先和你聊聊，然后再见你的先生，你看这样行吗？"徐梅犹豫了一会，说："那好吧，不过我先生明天上午有个讲座，我要为他准备材料，抽不出时间来，可能要到下午三点之后才有空，你说个地方，我们明天下午见！"徐梅放下话筒，心里感到一阵莫名的紧张，但很快便平静了下来。吴敏伦从卫生间出来，徐梅没等他开口，便将刚才在电话讲的事情告诉了他。吴

敏伦听后哈哈一笑："你们多年不见，是应该先谈谈。谈几个小时，我再来见你们。"后来吴敏伦对朋友说："我觉得追求她的那个男人很惨，喜欢她，却又不能和她在一起，让他们单独见见面，让他望梅止渴一下也好。"

第二天下午，阳光灿烂，在台北市一条小街的商场里，有一家不显眼的茶馆名为"相思李舍"。这是一家被当地人称为台湾最好、最贵的品尝咖啡、奶茶及红绿茶的茶舍。吴敏伦送太太来到茶馆门口后，便自己到附近的书店去看书，徐梅则一身素雅装扮独自走进茶馆。几个小时后，吴敏伦再来到茶舍门前，徘徊了一会才步入，只见在茶馆一角，徐梅与林诗成一边喝着这里的招牌奶茶，用手比画着，谈兴正浓。吴敏伦微笑着走过去，徐梅起身向林诗成作了介绍，吴敏伦向他问候，然后在一张欧洲古典式的丝绒沙发上坐下来，也要来一杯茶，慢慢品尝。他向四周扫了一眼，发现整个空间散发着18世纪的法国贵族气息，周边的摆设虽然略显凌乱，其实都是主人独具慧眼的异域收藏，有中国的书法、南洋舶来的藤椅、泰国的佛龛、印度的上等熏香，还有堆积成山的书籍画册。在怀旧钢琴曲的伴奏下，他们三人品茶交谈，不亦乐乎。分手时仍意犹未尽，依依不舍。后来，吴敏伦笑着对徐梅说："这位先生仪表、学识、人品都好，如果将来我不在了，而他也丧偶了，那么你应该和他结婚！"这并不是一句开玩笑的话，而是真诚的肺腑之言，充分显示了吴敏伦与徐梅夫妻之间相

互尊重的高尚情操，是一种崇高的精神境界。他们曾经约定，如果对方认为和另一个异性结合会得到更大的幸福，那么双方就应该毫不犹豫地友好分手。当然，自从他们结婚直到现在都没有发生过这种事情。

有一次，一位记者在采访吴敏伦的时候向他提出了一个十分尖锐的问题：“吴博士，你既然能接受你太太与情人来往，万一，我是说万一，他们因意外或其他什么原因发生了关系，她怀上了这情夫的孩子，你会如何？”

吴敏伦坦然回答：“那不是什么大事，我不会怪谁，到时梅作什么决定，我都支持她，与她一起解决问题。堕胎、离不离婚、带着身孕跟情夫远走高飞、与情夫闹翻或藕断丝连，带他回我们家生孩子要我供养也可以，因为她的选择一定最适合她。”

记者听了大为惊讶，继续问道：“你这样说会否只是风凉话，因为确定这种事情不会发生在你身上？”

吴敏伦回答说：“你问我一条假设性问题，我的答案也只能是假设性的，不能证明。如果你不信，即是你心中早有既定答案，那你又何必问？况且，我现在是对着传媒公开答的。我挑战世上全部丈夫，有多少人敢和我一样公开说说这‘风凉话’？”

记者有些迷糊，问道：“那么，你究竟是傻还是伟大？”

吴敏伦表情平静地说：“两者都不是，我只是爱自己，因为只有梅快乐，我才快

乐。我也不怕会宠坏梅，因为我深知梅是宠不坏的。”

记者将信将疑，回头再去问吴太太同样的问题，吴太太的答案竟然和老公的一样，记者唏嘘不已。

林诗成自这次与徐梅见面之后，对她更是念念不忘，他忍不住写了封短信给徐梅：

> 梅，好想念你喔！从前在校的一景一物，一言一行依稀在眼前，回忆是苦也是乐，但那一段快乐时光永不会忘怀的。人生过得真快，一转眼就是十年！十年不见，而能再重逢是多么令人兴奋！你来的前几天以及回去后几天，我都高兴得难以入眠。十年不见，你似乎没有变多少，依然美丽、爽朗，加上家庭美满，真为你高兴。下次来台湾时，仍盼望能有机会与你单独相处，共叙离情……盼望下次见面之时间赶快到来，我好想你喔。祝好！
>
> LOVE 成

之后数十年，林诗成对徐梅一直不能忘怀，经常去信问候，从不间断。他和徐梅在台湾的弟妹经常保持联络，常打电话向弟妹们打探徐梅的近况，每次去加州出差都去探访她在当地的弟妹，只要知道她和她的家人过得好便开心了。这一切一切都使徐梅非常感动，无以为报！

一不小心爱上你[1]

1990年，香港性教育促进会组织召开的一次性教育研讨会，邀请了马来西亚一所大学姓魏的人类学教授，他是一位华人性学家，在吉隆坡乃至全国有关性人类学的研究领域中颇有名气，影响极大。1979年，吴敏伦趁赴新加坡开会之便，和徐梅去马来西亚和泰国旅游，曾绕道吉隆坡专程拜访他，并得到他的热情招待，之后一直保持联络。此次他应邀来香港与同行们一起探讨性教育话题，心里自然有说不出的高兴。会议之后，魏教授受吴敏伦夫妇的热情邀请，在其家中小住几日。其间，吴敏伦与徐梅陪同他参观了刚开幕不久的香港会展中心、黄大仙庙、太平山顶和维多利亚港湾等名胜风光。谁

① 《一不小心爱上你》，麦大杰导演的电视剧。

知，这一游览不要紧，竟然触动了魏教授那颗早已沉睡的“春心”。这位性学家在短短几天中，不仅饱览了香港的风光美景，而且对徐梅的清秀美貌和娴熟温和的气质产生了一种内心的冲动和暧昧的情愫，这种感觉连他自己都难以说清，但他的确能感觉到，那种久违了的年轻时的激情又重新回到了他的身上。所以在这几天的游览中，他寻找一切机会与徐梅进行交流，吟诗论画，谈论各种生活感悟，吴敏伦却总是面带微笑，在一旁静静地听着。由于身为华人的魏教授对中国的传统文化有着浓厚的兴趣，吴敏伦与徐梅决定带他去逛那已有150年历史的渔村：鲤鱼门。鲤鱼门除了有众多的海鲜食店外，更有著名的天后宫，据说建于清朝乾隆十八年（1753）。这座天后宫是香港最浪漫的天后宫之一，不但面对海景，海边满布奇形怪状的岩石，又面对维多利亚海港和隔岸的杏花村，很美丽，不失为著名的“拍拖”圣地之一。在前往的路上，魏教授对徐梅关怀备至，只

要地面略有不平，便伸手为她搀腰扶臂，徐梅不好意思拒绝，吴敏伦走在后面，只当视而不见。

魏教授留港的最后一天，吴敏伦正好要上医院值班，只好由徐梅陪同魏教授游玩。魏教授喜欢品茗，对茶道很有研究。于是，徐梅便带他去坐落在香港公园内的茶具文化馆。该馆是香港艺术馆的分馆，展览各种中国茶具文物，两层的展馆共分为六个展区，介绍中国人的饮茶历史，展出由唐代至近代的各式茶具，其中以宜兴茶具最富代表性。魏教授兴趣盎然地欣赏着那些独具匠心的陶瓷茶具，也与徐梅在一个喝茶的角落里闲坐品茶，畅谈关于茶的历史和趣事，乐而忘返。到快要闭馆的时候，他们踏出展览馆，魏教授意犹未尽，赞叹地吐出了一个“茶”字，徐梅心领神会，微笑接上：“香叶，嫩芽。”魏教授瞠目结舌，慌忙接续：“慕诗客，爱僧家。”徐梅流畅地续下去：“碾雕白玉，罗织红纱。”魏教授回神过来：“铫煎黄蕊色，碗转曲尘花。”徐梅低吟：“夜后邀陪明月，晨前独对朝霞。”魏教授唏嘘地咏出末句：“洗尽古今人不倦，将知醉后岂堪夸。”那是元稹的咏茶宝塔诗，等闲人不太熟识。魏教授对饱读诗词的徐梅惊叹不已，流露出难以置信的表情看着徐梅良久。之后，他们沿着公园漫步，听鸟语、观花木，潺湲的流水，恬静的池面，杨柳低垂，美色如画。望着眼前的美人美景，想到明天自己就要离去，魏教授伤感之情油然而生，感慨万端，低声吟诵起唐代诗僧灵一的诗句：“野泉烟火白云间，坐饮香茶爱此山。”他停顿了一下，以期待的眼神望着徐梅，徐梅如花解语，从容不迫接下诗句：“岩下维舟不忍去，清溪流水暮潺潺。”魏教授无法不对眼前这位美貌才女刮目相看，更加激起了他内心的骚动，这种突如其来的激情使他心潮起伏，难以平静。回到吉隆坡之后，魏教授按捺不住内心的激情，写信向徐梅倾诉他的内心世界和情感变化。当然，一开始写的是他

如何羡慕他们这对恩爱夫妇纯真的爱情、美满幸福的婚姻和家庭，分享他们的幸福和快乐。他认为，如果每个男人都有徐梅这样的妻子，那人间就是极乐世界了。接着，他开始对徐梅大加赞美，说她是世界上少有的好女人，是天使，她的内在美使人“心动”，使人依恋。然后，他谈到了自己与家庭和太太是如何地缺乏理解和沟通。后来，他还多次写信给徐梅，认为在异性朋友中，没有人可以像徐梅那样引起他这么强烈的倾慕与思念之情。但他又觉得，这种情感不同于情人之间的那种关系，因为完全没有别样的企求与目的。他感到这是一种升华了的情感，毫不自私，毫无非分之想，所以才更为美好。只是，与世界上最好的女人谈心，总有说不完的话。徐梅以友好的态度回复他，但魏教授对徐梅思念之深，情之甚笃。因此他有时候连看着徐梅的照片都会喃喃自语：“到底会有多少男人拜倒在你的石榴裙下呢?”

的确，徐梅的身边一直不乏追求者，虽然他们向她表达爱慕的方式和程度不一样。如果说，魏教授对情感的表达方式比较含蓄和温和的话，那么，来自台湾的那位遗传学宋医生的情感表达则更直接和更强烈。宋医生在台北开了一家遗传学研究院，长期从事性遗传学工作，后来他去美国读了博士学位，因此在台湾性学界小有名气。1992年，在一次在香港举行的性学交流会议上，他应邀来港介绍他的遗传学研究，于是认识了吴敏伦夫妇。当他第一次见到徐梅时便疯狂地爱上了她，虽然他自己清醒地知道，作为一个有妇之夫爱上一个有夫之妇是对中国传统文化和道德的一种偏离。但是，徐梅的巨大魅力使他无法抑制自己的情感。在他的眼中，徐梅是他这辈子所见到的最好的，也是最完美的女人，他完全被她的美好人格所征服。离港之前，他终于鼓足勇气直截了当地对徐梅说喜欢她，徐梅只能说很感激他对自己的好感。

回到台湾后，回想起在香港与徐梅在见面会交谈的情形，他心潮起伏，情不自禁地提笔给徐梅写信，在信中表达他的爱慕之情，并且大为感叹，为什么不让他年轻而未婚时认识徐梅，如此他便可不顾一切地追求她。但残酷的现实使他不得不陷入深深的苦恼之中，他无法了却他的夙愿，只能把徐梅视为红颜知己，铭刻于心。

宋医生与妻子一向感情很好，他对与徐梅的交往毫不隐瞒，他告诉太太，徐梅是一个十分善良和正直的女人，是一个值得交往的朋友。所以，几年之后，吴敏伦偕太太去台湾参加一个性学研讨会时，宋医生夫妇在家中设宴热情款待了他们。宋太太通过与徐梅的接触发现，徐梅话虽不多但善解人意，朴素却斯文大方，温柔善良，为别人着想多于为自己，她从未遇到过一位这么大气的人，心底里对徐梅顿生好感，深信正派的她绝不会做出负面的事，于是，慧眼的宋太太更放心让丈夫和她交往。此后，他们两个家庭经常保持联络，友好关系多年不变。

丝绸之路[1]

中国传统的性文化源远流长，而敦煌的性文化更是争芳斗艳，独树一帜，成为我国古代性文化的一朵奇葩。在敦煌石窟中，有些壁画和雕塑反映出古人的性观念，也有许多欢喜佛的壁画，明王、明妃作交合状，胯下还有小鬼以盘接他们流下来的爱液。这表明古人并不认为男女交合是猥亵之事，而是神圣之举。在第209号窟中的清代灵官神像脚旁，有一猴子右手执桃，左手握阴茎，面有欣慰欢快之态，说明猴子在玩弄生殖器。在严肃端庄的神像下有此行为，可见古代对“食、色”这种动物的本能需求，不以为忤。在敦煌发现的不少资料都反映出当时的婚龄、以媒妁婚为主的婚姻途径和一些婚俗。如《下女夫词》表明，在隆重的结婚仪式上新娘要询问新郎一些问题，直到获得满意的回答后，才正式地表示愿意嫁给他。这些问题包括对男方家庭背景、文化背景以及志趣是否相同等的询问。晚唐12窟的《婚

① 《丝绸之路》，国产纪录片。

礼图》中的“男拜女不拜”也表明了当时女子有较高的社会地位。更为重要的是，敦煌石窟中发现的唐人白行简所著《天地阴阳交欢大乐赋》，表明了唐人对夫妻之间的性爱十分重视，认为性爱是夫妻感情的重要基础，夫妻性爱的快乐是人生的一种根本的快乐，在新婚之夜夫妻双方应亲密配合地进行性交。此外，书中还具体生动地描绘了夫妻性交的全过程。看来在唐代，夫妻过性生活被视为自然、正常的事情，虽有一定的私密性，但并不避侍女，夫妻交欢后还要侍女伺候，进行清洗与更衣，讲求性卫生。这些都表明，唐人对性爱十分重视。在敦煌的一些文字资料和壁画还反映出当时女子有裸体的风俗，裸装或半裸装是当时女子的一种时髦装束，看少女跳裸体舞也十分盛行。对此，在敦煌曲子词中也有确凿的记载，这一切都说明了当时的性文化是比较开放的。这些弥足珍贵的敦煌壁画和雕塑以及性学文献无疑为我们研究中国性文化的发展脉络、挖掘古代性文化的宝藏提供了十分难得的“原型”和极富价值的参照。

为了开拓性学领域、深入探索古代性文化之渊源，1993 年 8 月 11—16 日，吴敏伦以亚洲性学联会主席的名义，联同台湾的冯榕教授与文荣光教授、上海的刘达临教授和甘肃省性学会会长史成礼教授组织了古丝绸之路性科学文化考察之旅，为期六天，终点站是敦煌莫高窟，途经的城市包括武威、张掖、酒泉、玉门关等。考察之后，参加者还会在张掖开一个“中国丝绸之路性文化座谈会”，探讨考察所得和讨论后续工作。考察团成行共 26 人，包括专家们的亲人或同事。当时，吴敏伦正担任香港电视台

"性本善"节目的顾问，希望探索推广性教育的新形式，拓展性学研究的空间，而中国内地也刚开始成立性教育会，也需要各种性学团体的密切交流与合作。于是，吴敏伦也邀请了他的同事李嘉焯医生、香港性教育会的会长黎定基教授和香港电视台"性本善"节目的导演卢爱玉女士等一同前行，还携带了太太及儿女一起加入了这次性文化之旅。

启程前，吴敏伦、刘达临、文荣光几位学者教授作了重点发言，介绍考察行程与目的，强调研究中国古代性文化的重要性，如在现实意义上关系到少生优生，后代子孙的健康成长，夫妻生活的幸福美满以及社会的发展与稳定。

吴敏伦认为，此次丝绸之路性文化考察，就是要寻找中国古代的性观念、性习俗是什么样子的，与现代人有什么不同，它的演变过程又是怎样的，为这些问题寻找出一个答案来，并为现代中国人提出一些符合历史文化的性教育和性健康好建议。为什么考察活动要从丝绸之路开始呢？吴敏伦说："因为丝绸之路是古代中国的交通要道，它详细记录了中国文化的演变，记录了中国是怎样受外来文化影响的。所以，它应该是研究中国古代文化包括性文化在内的一个很好的起点。"

史成礼教授是这次考察活动的东道主，他首先向大家介绍了这次会议的发起过程、考察日程安排和性科学在整个敦煌学中的地位，指出这次活动是中国性学史上和世界敦煌学研究史上的一个创举。

考察团一行沿着"丝绸之路"游览了不少独具特色的名胜风光，考察了莫高窟等

地的性文化珍宝和遗迹，领略了中国古代性文化的魅力。他们还去西安临潼参观了被联合国教科文组织誉为“世界八大奇迹”之一的秦始皇兵马俑，亲身感受了中国古代文明的灿烂辉煌。对此，卢爱玉导演颇有感受，她说此行真是令她大开眼界。莫高窟里面的壁画，令她对祖先的性文化有了进一步的了解；搜集到的有关资料，说不定有助于拍摄新一辑的《性本善》。

虽然旅途充满了艰辛，时常要好几个小时在长途大巴上度过，颠簸劳累，但也不乏乐趣。譬如有一位参加者是来自台湾《中国时报》的记者张女士，她是个性情中人，十分活跃，在车上不停地说笑话，有些还带有性色彩，常常引得大家发笑，以之排遣长途旅行的疲乏和寂寞。

吴敏伦夫妇每到一处，都特别留意观察当地的风土民情，感受传统的民俗风采，还尽量参与当地的民俗活动，照相纪念。比如说，在嘉峪关的城楼下，徐梅身披古代士兵的盔甲，跨上一匹高头大马，手中挥舞着宝剑，“驻守”于城门之前，大有“一夫当关，万夫莫开”的豪气，尽显“巾帼不让须眉”的气概。当他们到达敦煌，游览了鸣沙山和月牙泉后，去敦煌民俗博物馆参观。兴之所至，吴敏伦夫妇在大家的簇拥下，扮演新婚夫妻，穿着当地人的结婚服饰，按照中国传统习俗，在民俗博物馆再次举行“结婚仪式”。他们乘坐花轿、亲吻、谢客……吴敏伦高兴地说：“这是过去拿钱也买不到的热闹场面，是我结婚21年的珍贵纪念！”

第二天上午，他们参观了莫高窟。在敦煌研究院的特意安排下，大家参观了第465窟的密宗壁画。这个曾经失窃过的洞窟中的资料十分珍贵，一般不对外开放。但为了支持学术研究，院方破例让考察团的朋友们参观，对此，全体与会朋友深表谢意！他们饶有兴趣地从第209窟的猴子手淫塑像看到第428窟的裸体飞天藻井；由第257窟的沙弥守戒自杀看到第465窟的欢喜佛与性修炼；再由第85窟的莲生贵子（感应受孕）的神话看到第285窟伏羲和女娲孕育人类的传说……他们目不暇接，收获甚丰。

在离开敦煌之前，亚洲性学联会的委员们要开个两三小时的工作会议，非委员可以利用这段时间自由活动或收拾行李准备回程。徐梅一早已收拾好行李，儿女们则要趁这时间再往市集作“最后冲刺”，大买纪念品给在港的朋友。徐梅没有兴趣参加，独自拿起画具往酒店附近的沙漠去，坐在树下写生。面对浩瀚的沙漠，野云万里，烈日蒸腾起不停上下流动的气流，徐梅看到的是一幅快速闪烁和变化的画面，这对她是极大的挑战，但挑战越大，她越要尝试，她一笔一笔地画，画了大概一个小时，已基本完成，但仍觉得有些缺陷，咬着笔头想来想去要怎样修改，后面却传来了一个男子的声音：“已经很好了，是神来之笔呀！不需要改了吧！”原来是旧相识，那位来自台湾的遗传学宋医生。宋医生也带太太一起来参团，吴敏伦夫妇都知道的，但因为吴敏伦

是主办人之一，沿途与太太出现时不是在工作便是在公开交际场合，所以他们虽有客套寒暄过，却一直未有机会仔细叙旧，更别说宋医生与徐梅可单独见面了。今天，宋医生趁太太也要独往市集作“最后冲刺”，到处找徐梅，终于给他找到了。

徐梅见到宋医生，也很高兴，连忙道：“见到你真好，快给我看看，那个远在地平线的湖和它外围的树木、山丘和城郭，究竟有多大多高。为什么我每隔一会儿再看，它们的大小形状、色彩光亮都不同，但都这么美丽，我每画一次，不得不再改一次，但又觉得上一次其实也不错，弄到我不知如何是好，我从来也没有这样奇怪的感觉。”

宋医生一看，笑笑摇头，感叹地说：“当然难画，因为那是一个幻觉……”

徐梅有些惊讶，宋医生继续道来：“酒店给我们的地图我看过，这方向只有一望无际的沙漠，没有湖，更没有绿洲城郭，所以我们现在看到的只是海市蜃楼，你一定还未见过。我以前见过两次，一次在台南海边，黎明雨后的昙花一现，给我便是这样的感觉，真是‘忽闻海上有仙山，山在虚无缥缈间’，连惊讶也来不及，怎样画？我想你只是下笔快，这次的海市蜃楼又留得久一些，你才画得它出来，很难得了，而且已生机盎然，还改什么？”

徐梅听后大喜：“哗！这么难得一见的奇境，怎画得够？要改要改，把它每个细节的美都描下来。告诉我，这角落的小山丘是真还是假的？湖面上的影子算是帆影还是云影？它时白时蓝，哪一个颜色才更美？要清楚些还是朦胧些好？……”徐梅一面问一面手忙脚乱地修改她的画作，宋医生只能支吾以对，因为他也不知怎样回答，而且他已不是在看风景，而是看着他的心上人像个天真兴奋的小孩般在忙着做她喜欢的事，他已心旷神怡，看得痴醉了……

也不知过了多少时间，从酒店处传来几声旅游大巴的汽笛声，告诉人们回程快要开始了。徐梅依依不舍，收拾好画具，拿起刚完成的画，抽出剪刀来正要把它剪碎，宋医生大惊，急按着她的手，问道：“做什么？你画的画是要剪的吗？”徐梅用奇怪的眼神望着宋医生：“为什么不剪？这么差的画，

不剪掉会破坏我对这美丽的海市蜃楼的回忆呀!”宋医生忍住笑回答:“不不不!虽然差,对我来说已足够回忆的了,不会破坏我印象的,你不如送给我,我答应永不再展示它给你看,如何?”徐梅一脸不可思议的表情,卷起画递给宋:“那好吧,你想要便送给你,你不要再让我看到它便是。”

在一起步行回酒店时,徐梅问宋医生:“你说之前看过两次海市蜃楼,一次在台南海边,但另外一次在什么地方和什么时间呢?”宋医生轻咳一声,正色并深情地说:“那是几年前在香港见到你的时候。你就是我的海市蜃楼,这么如真似幻,这么近又这么远,这么变化多端却总是这么美,虽然明知可望而不可即,也乐于把你永留在记忆之中。”

徐梅听后有些不好意思,正不知要怎样回答,只见吴敏伦和儿女与宋太太已奔来会合,他们一起登上旅游大巴,车上的收音机正播放着林子祥唱的《海市蜃楼》：

留住你　留住你
难放手　难放手
陪伴我　陪伴我
求永久　求永久
梦乍醒　怎接受
无奈它　必须走
情缘像　海市蜃楼

对吴敏伦夫妇来说，这次游丝绸之路，不仅是一次性文化之旅，也是一次爱情之旅。

回到香港后，吴敏伦对这次性文化之旅所获得的经验和资料进行了归纳和整理，并撰写了一篇论文《论莫高窟猴子手淫像的意义》，试图阐明性是所有动物的本能以及性快感的重要性。一次，香港大学校长来玛丽医院精神科视察工作，检阅大家最近的研究成果和工作成效，吴敏伦便提交了这篇论文，并张贴在成果展示的橱窗里，校长看了后，脸上露出愕然的神情，似懂非懂，只是摇了摇头。

这段时期，吴敏伦一方面忙于对性文化的考察和研究，另一方面致力于对性文化和性教育的教学和推广。所以，他频繁地奔波于世界各地，出席各种大型的国际性学会议，发表他的研究成果，并把性教育的传播深入内地，在内地也开设了性教育课程。1995 年 10 月 2—7 日，由世界卫生组织和中华人民共和国卫生部联合主办的“艾滋病与性病的社会与行为工作坊”在新疆乌鲁木齐举行，吴敏伦应邀担任临时顾问，并开设性教育专题讲座，对来自全国各地的 50 多名性教育工作者进行课程培训，取得了良好成效。

音乐人生①

1993年底，由于吴敏伦不再担任大学宿舍的舍监，需要搬离大学宿舍自己买房居住，他让太太一手包办选楼和整个买卖过程。他乐得清闲，但他的母亲大为紧张，说一定要用他的名字购房。但他觉得不必把事情复杂化，母亲更是紧张，坚持己见，还说出许多不成道理但可以伤害夫妻感情的理由，吴敏伦听后就更要说不，正相持不下，徐梅平淡地对他说："我们以'生死契'买下这房子也好，谁走了，留下的那个便可拥有它。"徐梅的这招不着痕迹，解决了僵局。

12月，学校放假了，对吴敏伦来说，紧

① "音乐人生"，中央电视台的电视专题节目。

张而忙碌的工作终于可以松弛一下了。但这个假期也没能消停，因为他们刚好在西摩道8号5楼B座买了一套自己的房子，为了装修和添置家具整天忙忙碌碌，不过心里也很开心，因为终于又有了一个属于自己的家——一个新的“爱情蜜室”。这个“蜜室”就在他们新婚时的“蜜室”（现已拆卸改为坚道公园）后面的香港花园内，象征着他们甜蜜爱情的延续。

在新“蜜室”中，吴敏伦夫妇仍然努力营造艺术化的生活空间，他们经常用钢琴和小提琴合奏，其乐融融。吴敏伦不仅自己热衷于音乐，还利用数年的业余时间学习考取了乐理八级。音乐学院颁发给他音乐治疗的证书，他把音乐治疗应用于心理治疗之中，颇有成效，很受患者的欢迎。1997年，他带领玛丽医院精神科几个爱好音乐的医务人员创建了一个“丽神室乐团”，由他担任音乐总监，他们在工作

之余进行演奏训练，打算在圣诞节、中秋节、情人节等节假日为医务人员和患者演奏古典或通俗的乐曲，奉献爱心。

1998 年 2 月 14 日情人节，下午 4 时，丽神室乐团首演一场别开生面的音乐会，在香港玛丽医院 K2 休息室举行，演出的节目是《梁祝四重奏之楼台会化蝶》，由何占豪、陈钢作曲，吴敏伦编曲，并由吴敏伦、尹嘉欣（小提琴）、陈玉麟（大提琴）、廖慧明（钢琴）共同登台倾情演出，观众报以热烈的掌声，演出获得了巨大的成功。

此后，吴敏伦与他的团员或合奏或独奏，或临时加入其他成员，不但在玛丽医院，更在香港很多其他社会服务团体的节日活动上作音乐演奏，很受欢迎。现在吴敏伦虽已退休多年，他仍是很多这类活动中的表演嘉宾，有唱歌、弹电子琴、钢琴、拉小提琴，还有吹口琴、弹吉他呢！有时更“粉墨登场”，扮圣诞老人、小丑、风流天子等，真是娱人娱己，不亦乐乎。

在各种“粉墨登场”中，吴敏伦扮得最多的是圣诞老人，因为在玛丽医院精神科的儿童病房里，医护人员每年圣诞都会为仍要住院的儿童办个圣诞派对，让病童在院内也能与家人同乐。而吴敏伦最能放开自己扮圣诞老人与儿童玩耍，又懂多种乐器，所以在精神科内这角色非他莫属，以至在他退休后，部门还每年邀请他至少来扮一次圣诞老人。2014年，医院有一个14岁男童因心脏病要紧急进行心脏移植手术，但半年也未能等到合适的心脏，圣诞也要住院，身心俱疲，几近绝望。吴敏伦这个“圣诞老人”决定走出精神科去探这病童，除了送他礼物和奏些音乐外，也是借这探访引起媒体注意，向外宣传有人需要紧急换心，希望能得到社会的帮助。果然，这则消息经报刊登载和上传到互联网后，不到两个星期，男童便找到适合的心脏了。怪不得医院的同事们都说：“吴教授真是个心地善良又有趣的人，我们都爱他！”

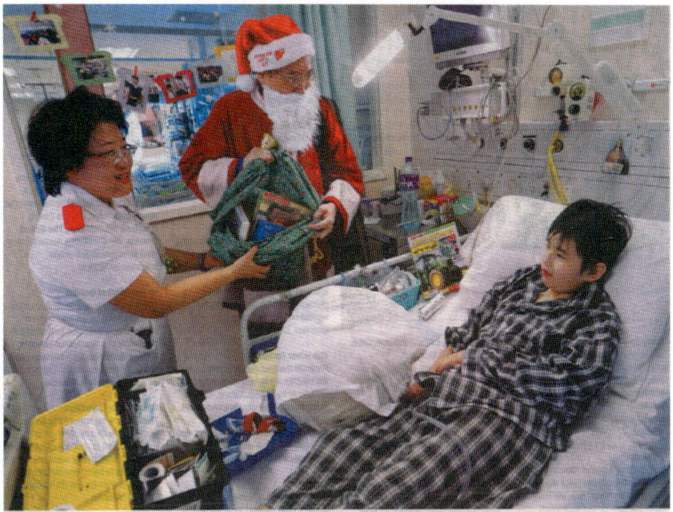

Teenage heart patient Takesumi Ho gets a bedside visit from Santa Claus at the Queen Mary Hospital. Photo: Jonathan Wong
A department head wrote ...... we both love Prof Ng, he is such a kind hearted and interesting man.

NEW HEART ALL THIS BOY WANTS FOR CHRISTMAS

无尽的爱[①]

1994 年的一个周末，吴敏伦去台北参加国际性学会议，徐梅与儿子鹿朋也趁机同行。会后黄昏，吴敏伦与他们约定在重庆南路见面和游览，途经一间琴行，里面摆设的乐器琳琅满目，吴敏伦见到多款当时新出的电子小提琴，考虑买一把回港，便进去拿来试奏，想试低音，于是独奏了一段全用 G 弦演奏的帕格尼尼《摩西主题变奏曲》。只见一个十来岁的少女在旁专注聆听，一曲既毕，她高兴地鼓掌，说："很好听呀！是你拉得好还是琴好?"吴敏伦笑道："我也不知道，想必你也懂得拉吧，要不要试试?"于是，少女拿起琴，也拉了一曲 G 弦上的咏叹调，竟然演奏得不错，徐梅与鹿朋见少女很有音乐天分，与她攀谈起来。原来她也是香港人，自小便爱拉小提琴，这周末正好也是与父母来台北游玩，父母还在旁边看书，她一听到琴声便跳了进来，她说她也很想有一把电子小提琴，除了好玩之外，也因家里狭小，若有了电子琴，练琴便不会影响家人了。但她还未储够钱，或要等一两年后才可买到……说着说着，少女的父母来找她了，一见之下，便觉那父亲的面容似曾相识，吴敏伦与徐梅正犹疑，那位父亲已激动地冲上来，声音震颤着说："阿梅……是你!"徐梅定一定神，想起

① 《无尽的爱》，美国电影《无尽的爱》主题曲。

了：“是您，阮老师……您好吗?”伸手和他握手。

原来阮老师自1972年来香港见过徐梅与吴敏伦后，心安了，也“放下”了，决定从此在徐梅的生活中消失，不过，他仍然留在香港。经过几年艰苦打拼，他终于有了自己的事业，在一家杂志社当上了总编辑，并靠自己多年的积蓄买了一套小房子，不久便娶了一位太太，生养了一对儿女。不过，谁也不会想到，20多年后，阮老师与太太带着女儿，却于此时此地再遇上了吴敏伦和徐梅。旧友重逢，不免感慨万千。他们从此继续保持联络，阮老师的女儿和鹿朋更是很快便成为无所不谈的好友，后来她还进了香港大学，与鹿朋成为校友，一起读书游玩。不过，为免惹来不必要的烦恼，徐梅仍然特意与阮老师保持距离，常常推辞他们两家人一起见面的机会，尤其是阮老师向她提出单独见面的邀请。吴敏伦看在眼里，有时会对徐梅说一声：“唉，单独见见面有什么问题？给人望梅止渴，偶尔诉诉衷情，一解心中郁结，也是功德无量嘛！”徐梅却一定扁嘴回道：“你未被烦过当然无所谓，你这么有爱心你去和他见面吧！”直至十多年之后的某一天……

泸沽湖之恋①

1996年10月，吴敏伦偕太太去四川西昌参加中国性学会的学术会议，主要研究中国少数民族的性和婚俗，看有没有可以和主流社会互相借鉴之处。会后，参加者可经主办单位安排往泸沽湖游览神秘的“女儿国”，感受摩梭人古老而独特的民俗风情。那时，泸沽湖还不是一个旅游热门景点，从西昌去泸沽湖，只能乘吉普车走七八个小时迂回颠簸的山路，到了泸沽湖镇，还要换乘旅店的车走十多分钟更窄和更陡斜的路才到湖边的旅店，晚上参加篝火晚会，和摩梭人一起跳舞对歌。摩梭人的篝火晚会本来是男女互选对象的场合，对上眼的阿哥阿妹会在拉手跳舞时互抠三下对方的手心以表情达意。情投意合的，男子当晚便可爬窗进入女子独立于母屋外的“花楼”，成其好事，然后在天未亮的时候离开，是否可再来成为“阿注”或“阿肖”（即情人），要看他们双方此后的感情和意愿，但各自仍会住回自己的家，即使有

① 《泸沽湖之恋》，王方允执导的电影。

了孩子亦无须男方"负责"。养育孩子的功夫全由女家包办，有感情的父亲，有空可以来看看母亲和孩子，帮忙做家务或送些礼物便是，双方都没有要求对方什么性爱忠贞，更没有"婚姻"。

第二天早上吴敏伦夫妇一同去湖边看日出，之后光顾艇家坐船游湖，只见忙着划船和收钱的都是妇女，男的只在岸上帮助接客、打点上落、照顾孩子或闲坐、闲谈、吸烟等。替吴敏伦和徐梅划船的女子比较年轻，是个20出头的姑娘，吴敏伦有些好奇，问她："刚才那个在岸上抱着个约两岁的小孩、帮你打点客人上落的男子是你的'阿注'吗？那孩子是你和他的吗？"

"不是，他是我的哥哥，孩子是我的，但孩子的爸我不见他已有一年多，不知他去了哪里，我很挂念他呢！"姑娘答道，声音有点幽怨。"我还是羡慕你们外面一夫一妻制下的夫妻，住在一起，不离不弃。看，你们夫妇应该已结婚很久了吧，还这么恩爱，我很羡慕呢！"

"是的，我们已结婚廿多年，但我们的恩爱不是由婚制规定形成的。"吴敏伦说，"在我们婚制内的夫妇，最后离婚的也不少，不离婚的其实亦有人有第三、第四者……和配偶不但不恩爱，貌合神离，甚至只是为了遵守制度勉强维持而已，那种痛苦比你们的情人不见了、失踪了还更大呢！”

“唔！那么根本问题还是人的感情问题，不是制度问题。”原来这姑娘还颇聪明，她神情古怪地盯着吴敏伦问：“那么你赞成‘女儿国’吗？你看，我们‘女儿国’的女子也可以自由有第三、第四者的，而且钱财全由女方管，酌量支付帮她工作的男子，不得异议。”

“当然赞成！”吴敏伦不假思索，拥着徐梅说：“我与她一结婚，便是‘女儿国’，她管我全部的钱，她有多少‘情夫’我都欢迎，而我们仍然形影不离，是不是比‘女儿国’更‘女儿国’？不过，在我们的世界，能够做到我们这样的人只有凤毛麟角，你不要拿我们作代表。”

姑娘听后有些激动，但很高兴，说：“那真好，虽然凤毛麟角，毕竟是有可能的，那我对他的专一思念也是正常的，有希望的……”

泸沽湖的湖光山色如诗如画、如梦如幻，旖旎静谧，姑娘不说话了，轻松地一面划船，一面望着前方歌唱，但内容不大清楚，好像是表示对一个男子的挂念。

仙女奇缘[1]

吴敏伦永远将老婆摆在第一位，如果老婆要他放弃在港大医学院的教学工作，他会立即递上辞职信，因为他认为“生命中没有什么比夫妻感情重要”。他医院的同事说：“要讨吴敏伦开心，只要赞美他老婆即可。”

吴敏伦是一个不太注重财富的人。平时，他把全部薪水交给徐梅掌管。他曾说：“人生最享受的是感情，如果没有感情，就算你得到所有东西，都不会快乐，我把它放在第一位，所以不会看重金钱。”有朋友问他怕不怕老婆携款私逃，人财两空？他满不在乎地说：“如果放弃金钱，可搞好感情，Why not？感情好，人都会快乐些，就算老婆掌管所有的钱也不要紧，因为在香港，即使一个人不名一文也不会被饿死的。”徐梅记得，吴敏伦第一次将领到的薪水交给她时，很谦卑地对她说：“要你管财，算不算欺侮你呢？”徐梅回答他说：“你喜欢我管我就管，你怕我管我就不管。”

徐梅平时不仅喜欢油画创作，也喜欢拍摄艺术照。1998 年的一天，她的朋友周太太来找她，说在深圳罗湖的一个婚纱影楼拍了一组艺术照，效果不错，而且价格不贵，100 港币可拍一组，叫她也去试一试。吴太太心想，既然她能拍出比“原作”更好的效果来，说不定我拍出的比她更精彩，为什么不去试一试？于是，在一个周六的下午，徐梅和

① 《仙女奇缘》，美国大卫·利斯特执导的电影。

周太太来到了深圳罗湖的佳丽影楼。

前来接待她们的摄影师皮先生是一位瘦高个子的青年男子，留着一头长发，鼻子扁平，颧骨突出，眼睛小小的，笑起来眯成一条缝。皮先生带她们来到他的摄影室，墙壁上挂满了各种婚纱照和艺术照，观赏了一会儿之后，皮先生请她们进入了会客室。她们在一张长沙发上坐下来，皮先生一边忙着给她们沏茶，一边向徐梅大献殷勤，说她的形象是如何如何的美艳惊人，貌若天仙，化妆之后一定会像一个出水芙蓉的少女，清纯可爱。徐梅听了并不在意，只是莞尔一笑。

在摄影师皮先生的精心“策划”下，徐梅化妆拍了一组艺术照片，冲洗出来之后感觉还不错，虽然并没有像皮先生所说的那样“貌若天仙”，但还是觉得具有一定的艺术品位，其中一张便是后来在画展中很多人喜欢的油画《穿长衫的梅》的蓝本。之后，徐梅又和周太太一起去深圳佳丽影楼拍过几次照片，因想将照片补晒和放大，要独自往深圳冲洗取货，她逐渐和皮先生熟悉了，但他仍然不知道徐梅的“教授夫人”身份。过了一两个月，吴敏伦的同事见相片照得这么好又便宜，纷纷经他介绍也去那间影楼

照相，人去得多了，难免泄露了徐梅的身份，于是，徐梅开始接到皮先生一些借口邀她去深圳见面的电话，譬如要弄清楚吴敏伦的同事对照片的需求，而因他们太忙又不一定说得清楚之类，徐梅觉得可以帮忙也应该帮帮，所以又去了几次，但到了第四次，皮先生对徐梅表现出过度的热情，还邀请她去茶楼喝茶。在喝茶聊天的过程中，皮先生一开始说了一些与照片相关的事情，然后话题一转，对徐梅说："你已经看到我拍照片的艺术水平是很高的。其实，我有自己的艺术理想和追求，不想老是为人家打工，发挥不了自己的才华，所以现在正打算开一个属于自己的影楼，但又苦于资金不够，想向你借 20 万港币，行吗？"徐梅立即觉得，仅几面之交的人突兀提出借钱，其中必有蹊跷，于是委婉地说："我可没那么多钱，你看我穿着就知道，连名牌都买不起啊！"皮先生说："没钱？我不信！一个教授太太会没钱？"徐梅说："你知道香港的消费很高，我要是有钱的话，还这么辛苦跑来深圳照相吗？在香港拍一组艺术照要比深圳贵好几倍呢！"皮先生说："这样吧！不说 20 万，10 万该有吧？"徐梅说："真的别为难我了，我要是有的话，会不借给你？"皮先生有些着急了："要不，5 万也行！"徐梅说："很抱

歉，真的没有。我还有些急事要赶回去了，告辞!”徐梅匆匆地离开了茶楼，赶回香港，从此再也没有去过那家影楼。

意想不到的是，几天之后，吴敏伦正在办公室忙着手头的工作，突然接到一个奇怪的电话，一个低沉的声音仿佛从地狱里传来：“你是吴教授吗？我告诉你一个秘密，你知道你的太太最近来深圳干了些什么吗？我手头上有与她亲密的照片，如果你不希望这些照片在媒体上曝光的话，请按时将 20 万港币打到我指定的账户上，否则后果自负，嘿嘿。”吴敏伦听后一头雾水，但立即反应过来，知道来者不善，但仍慢条斯理地说：“是吗？既然你手上有照片，尽管放上媒体给大家看，我不介意的，谢谢。”吴敏伦说完，随即挂断了电话，他觉得此事十分可笑。晚上回到家里，吴敏伦向太太谈起了这个怪电话，徐梅告诉他，前段时间她和周太太去深圳的佳丽影楼拍照，摄影师皮先生的确向她提出过借钱的事，当时她断然拒绝了，但也没当回事，没想到他居然这样卑鄙地进行敲诈。徐梅轻松地说：“他拍有我与他亲密的照片？怎么可能呢？叫他发呀!”吴敏伦也笑道：“我当时根本不相信他说的话，一听就知道是恶意敲诈，我才不

会理他呢。其实，我根本不担心你出轨，也不相信你会出轨。何况，如果真有一个男人喜欢你，能给予你真正的幸福，你和他在一起很开心，我当然也会开心的。”他停顿了一下说：“真正爱一个人就应该给她自由和幸福。我们的爱情到此地步，根本便是百毒不侵，这种境界，又岂是一些只晓得要小伎俩的市井流氓所能理解的呢?”

同在 1998 年，在香港性教育会举办的一次性文化论坛上，吴敏伦特地邀请了巴黎艺术研究所的华人教授唐百禾所长来香港作嘉宾，展示他的性艺术作品，徐梅当然也来参观学习。活动结束后，会务组邀请唐所长参加一个小型酒会。吴敏伦与徐梅和他坐在同一圆桌上。席间，温文尔雅的唐所长谈笑风生，徐梅和他交流了一点意见和感受，他顿时便被这位端庄、秀丽、优雅而又富有艺术气质的吴太太吸引住了，接下来的时间里，他的视线几乎没有离开过让他心跳的徐梅。回到巴黎后，他几次给徐梅写信，信中洋溢的赞美之辞隐隐透露出其含蓄的爱慕之情，还说他最近把抽了几十年的烟戒掉了，因为当烟瘾上来的时候，只要一想到她便决心戒掉。徐梅也友好地回了信，对他的暗示置若罔闻。半年以后，唐所长回邀吴敏伦偕太太去巴黎参加他研究院办的一个性学研讨会，吴敏伦夫妇不好推辞，只好去了。唐所长终于见到了这位让他朝思暮想的徐梅，非常兴奋，还热情地安排他们入住酒店。就在会议结束的前一天晚上，吴敏伦夫妇正在酒店房间里休息，电话铃响了，吴敏伦拿起话筒接听，得知是一个男人打来的，说是找徐梅，

吴敏伦心里有些纳闷："是谁呢？怎么有事不找我而找我老婆？"徐梅接过电话一听，原来是唐所长打来的，说明天徐梅要走了，过一会儿要来酒店看望她。吴敏伦觉得既然不是找他有事，那就不如自己去酒店花园散散步，便开门离去。大约半小时后，唐所长来到徐梅的房间外，徐梅请他进来，开着门招呼他。寒暄几句之后，这位比徐梅大 9 岁的唐所长突然拿出一束花送给她，然后握住她的手，满脸通红地说："阿梅，我真的好喜欢你！对你一见钟情！"徐梅对他突如其来的举动没有多大的反应，反而平静地说："谢谢你！多谢你的赞美和倾慕，但我实在没有办法接受你！"唐所长激动地说："这我知道，但我无法控制住自己的情感，只能在心里默默地爱恋你，如果不说出来，我会很难受！"果然，很快，他的情绪便恢复了平静，再坐一会儿便离去了。

由于吴敏伦经常应邀去世界各地出席一些性学交流会议，有时难免偕太太一同前往。因此，徐梅与某些教授、医生、博士等逐渐熟悉了，时间一长，其中一些对她倾慕的人便会有所行动，譬如借故支开吴敏伦，自己单独与她在一起，或招待她喝茶、送她回酒店房间、晚上突然亲自把"给吴教授的紧急文件"送到只有她的房间，然后借口入房逗留一会儿等。有了这些机会，他们会突然大诉心曲，说的无非都是那些赞美、思念、爱得不能自拔的话，有些人会突然抓起她的手，说如何愿意为她牺牲一切，不能没有她等，只要一时心情波动或不知如何是好便易惹祸上身。但徐梅应付的方法每次都差不多，先是淡定斯文地微笑，多谢他的赞美和倾慕，然后说因为与老公相处

已经非常幸福满足，实在再无空间容纳多一个爱人，只能做好朋友，并衷心地感谢他，不作任何负面反应，如挣脱他的手或赶他走之类，反而会让他继续倾诉至心情平复了才走。她的这个方法，屡试不爽，从来没有出现不愉快的情况，也能与他们保持良好关系。遇到这种事情，徐梅每次事后都会告诉自己的老公。当然，吴敏伦也要懂得怎样配合方能真的应付得过来。其实，吴敏伦通常只会发出一声感叹：“为何世上好的梅花这么难求啊！”

其实，异性之间的正常交往是十分自然之事，但往往会令人产生误会，甚至导致一些不应该发生的遗憾和悲剧，尤其是对已婚男女来说更是如此。吴敏伦曾对他身边的朋友说过，有不少男人爱看徐梅，如痴如醉，最好徐梅一个人能变成许多人，能使爱徐梅的男人都得到幸福。这是何等宽阔的胸襟，何等伟大的爱！在吴敏伦看来，爱与被爱是同样幸福的。一件艺术品，欣赏的人越多恰恰越能证明其美学价值。他问道，如果你家中有一件绝世艺术品有朋友很想欣赏，你是否应请他们共赏，或开展览公诸同好？真正的艺术爱好者不是志在拥有或把玩它，更不会破坏它，他们只要有一个好好欣赏的机会，便毕生无憾了。绝世艺术品，即如清风明月，是属于全人类的，当上天已对你特别眷顾，让它能在你身边时，你又怎可以这么自私，连他人“望梅止渴”的机会也夺走？

在现实生活中，吴敏伦与徐梅都各自拥有自己的“情人”，也都是双方的朋友，这

些“情人”之中有些甚至可以在好友中间不同程度地承认自己的“情人”身份，轻的会自认是粉丝、倾慕者，重的便直接说是情妇/情夫。自吴敏伦夫妇结婚那天至今，在与好友的聚会中，经常出现类似下面的对话：

吴敏伦（在聚餐开始前）：刚才阿三 AA 来电，临时有事不能出席，叫我在此向各位道歉，开席不必等她。

朋友甲：AA 不是只是你的阿五吗？怎么忽然变成阿三了？

徐梅：她上星期替我找到我要买的运动鞋，是我升她级的。

朋友乙：哇！那我本来是阿四岂非便变成了阿五？喂！大婆，你还有什么衣服鞋袜想买而找不到的？快告诉我……

或许，有人会觉得这些只是好友之间的戏谑之言，不足为训，但如果知道他们背后与吴敏伦和徐梅的心路历程，便会明白这都不是一时戏谑，而是经过高度情感升华才说得出来的话。又或许有人会问，男女之间能公开表达感情至此，即使能不理局外人的胡思乱想，难道自己便真能控制互相之间的性幻想，不怕终及于乱？对此，吴敏伦与徐梅的答复是：“男女之间的性幻想是与生俱来的，无可避免，能控制多少只能靠自律，不是外力，也与感情深浅无关。大部分人的性幻想都是寄托在娱乐或色情偶像身上，何来感情？反而对真有感情或欣赏的人，他们才会自制一些。”

也许，有些人对吴敏伦夫妇近乎完美的爱情不太相信、不太理解，或出于羡慕和嫉妒，认为有人赞美他的太太，甚至向她表达爱意完全是有意在阿谀奉承他。曾有一位朋友对他说："你真的以为那些已婚或未婚的男子是真喜欢你的老婆吗？喜欢一个有夫之妇？明明知道得不到还去喜欢？他们只是在奉承你，而不是真的爱你的老婆，别太傻啦！"吴敏伦笑着回答："是吗？请你冷静想想，如果有人对你说你的老婆很好，他很爱你老婆，他是在奉承你吗？世上有这样去奉承他人的人？……"朋友无言以对。

贵妃醉酒①

2004 年 1 月 10 日，中国性学会第五届学术年会在广西北海召开，吴敏伦偕夫人参加了这次会议。大会盛况空前，性学家们欢聚一堂，各抒己见，共同探讨中国性学研究和性教育的历史和现状，描绘未来的宏伟蓝图。参会的中国内地著名性学家有刘达临教授、胡佩诚教授、薛福林教授、朱嘉铭教授、陶林教授等，来自台湾的著名性学家有阮芳赋教授、朱元祥教授、林燕卿教授、晏涵文教授等，随吴敏伦夫妇从香港来参会的还有香港大学专业进修学院课程主任吴慕贤博士、玛丽医院精神科的秘书蔡小姐，她们 2 人在会议期间经常与吴敏伦夫妇一起外出散步，感受北海的自然景观和风土人情。

吴慕贤博士一直以来都是吴敏伦的仰慕者，在她的眼里，吴教授是一个学识渊博、充满智慧的性学大师，同时又是一个好丈

① 《贵妃醉酒》，梅兰芳改编、主演的京剧。

夫、好父亲，一个十分和蔼可亲的人，也是一个十分平常的人，完全没有一般人所想象的著名人物、大学教授的架子和气派。至今她还记得，在北海的某天傍晚，她随吴敏伦夫妇一起去逛街散步，在一条比较狭窄的街道里，行人熙熙攘攘，两旁店铺里的商品琳琅满目，路边摆满了各种小吃的流动摊位和水果档铺，叫卖的吆喝声此起彼伏，好不热闹。他们边走边瞧，走到一个地摊前，看到一块帆布上摆满了各种廉价的日常生活用品和手工制品，吴敏伦饶有兴趣地蹲下去，仔细挑拣各种小玩意儿，最后花两块钱买了一把折叠纸扇，拿在手中摇来晃去，乐呵呵的。

又有一天，他们4人在一个公园边的小街道上溜达，见到一间简陋的照相铺，可以用很低廉的收费替人拍很多款古装造型照片，出来的效果也不错，吴慕贤与蔡秘书都知道吴敏伦夫妇喜欢拍双人照，便怂恿他们去拍，她们则负责观赏和帮忙化妆，以

此当作一天的节目。吴敏伦夫妇当然答应。先是拍室内的，主题分别为红袖添香、画眉之乐、待月西厢、贵妃醉酒等，在室内玩够了，摄影师带着摄影器材去公园给吴敏伦夫妇拍外景，又是另一番风味：在亭台楼阁前，茵茵绿草上，小桥流水旁，他们演出花前月下、比翼双飞、执子之手、莲开并蒂……

会议结束之后，他们一起从广西边界进入越南北部的河内、海防，并游览了风光秀丽迷人、闻名遐迩的下龙湾。徐梅是在海防出生的，但很快便与父母向南迁徙，所以对海防一点印象也没有，这次她终于能见到她的家乡了，才知道这样一个古朴而极富文化气息的城市。夕阳西下，晚霞满天，他们行走在人声鼎沸的街市上，一天的舟车劳顿使他们感到有些疲乏，而且饥饿，但他们不去吃海鲜大餐，而是想品尝一下越南北方的风味小吃。于是他们四人找到一个十分简陋的小吃店，坐在街边小石凳上，围着一张小石桌，叫了几份灌肠和面食，津津有味地吃了起来。谈笑风生间，大家与徐梅重温她在越南的儿时情境、美食和生活点滴。

下龙湾离海防不远，乘船游览海湾也很方便。在广阔的海面上，山岛林立，星罗棋布，姿态万千，有的一山独立，一柱擎天；有的两山相靠，一水中分；有的峰峦重叠，峥嵘奇特，堪称奇观。小游艇在海面慢慢行驶，吴敏伦夫妇坐在船舷，观赏眼前的绚丽景色，像一幅幅流动的水墨山水画。钟乳石洞是下龙湾的特色风景之一，其中最著名的是“天宫洞”，相传是仙女们（包括嫦娥）最喜聚集玩耍戏水的地方，猪八戒便曾常常趁醉来偷窥，屡犯天条，才被贬下凡间助唐僧西天取经的。对这样的景色与传说，吴敏伦赞叹不已：“原来我的梅的出生地是个这么美、这么有灵气的地方，是的，只有这样的地方才有资格被我的小梅仙选为出生地，不是岘港，更不是‘西贡’。”随行众人听后都不敢作声，但或许心中都在想：“这个情痴又语无伦次了，切不要和他计较！”

爱的风景线[①]

2005 年冬天，吴敏伦和太太与几个香港的好友一起去游览黄山，这是一次他们很向往的旅行。他们来到黄山的第一天，天空下起了小小的雪花，雪后初霁的黄山出现绝美的云海奇观，群山峡谷之间云海翻腾，恍若人间仙境。这样冰天雪地的环境，对于长期生活在亚热带地区的香港人来说，无疑是一种很新鲜，也很独特而美好的生活体验。

第二天一早，天空飘起了鹅毛大雪，洁白的雪花挂满了枝头，宛若一个个银装素裹的仙女站在山头眺望着远方。往日枯燥的山峰也化身为盛开的雪莲、飞舞的玉龙。看到这一精美

① 《爱的风景线》，安华作词，孟庆云作曲，祖海演唱的歌曲。

绝伦的景色，徐梅兴高采烈地与朋友一起寻找美景，摆好姿态，拍摄照片。吴敏伦则一面兴致勃勃地替他们拍摄，一面看着娇艳活泼的徐梅，不禁吟诵起宋代诗人卢梅坡的诗句：“梅雪争春未肯降，骚人阁笔费评章。梅须逊雪三分白，雪却输梅一段香。”

雪花在凛冽的寒风中翩翩起舞，犹如无数跳跃的音符在演奏着一首欢快的银色交响曲。吴敏伦一行踏着松软而深厚的雪地，往山上攀登。当爬到半山腰时，大家都已感到浑身发软，不停喘气，忽见前面有一片空旷之地，便决定停下来小憩片刻。不过，徐梅和韩昌夫妇等 4 人为了欣赏更多美景，离群继续前行。徐梅穿粉红色羽绒服，配以玫瑰色的帽子和围巾，在一片白茫茫的雪景中显得分外摄人心魂，韩先生连忙举起相机，“咔嚓、咔嚓”，拍下了他眼前的美人美景。

韩昌是某国药厂在香港分行的主管，自小喜欢绘画，可惜父亲不让他读艺术，结果他选读了药剂学，但总以没修读艺术为憾。由于工作关系，他经常出入医院，十多年前在医院初见到徐梅的画时便惊为奇作，一直很想认识这位画家。三年前终于在性文化节上认识了徐梅，交往之下，更感到了徐梅的卓绝的人格魅力。他经常鼓励和支持徐梅创作更多更好的油画，甚至三番五次约她去他家中吃饭或出来吃消夜，一起欣

赏艺术画册和谈论艺术话题。徐梅至今还记得，当她第一次到他的住所时，他的神情异常兴奋，连向她递过茶杯，手指都在微微地颤抖。徐梅认真地翻阅手中的画册，韩昌对她说："你的油画实在太精彩了，我非常喜欢！我想你的艺术才华不应被埋没，应该充分发挥出来。如果你意愿的话，我在九龙有一套闲置的别墅，可给你作为画室，你可以在那里创作出一大批优秀的油画作品，然后开个人画展或进行拍卖，这样也可以为社会创造财富。"徐梅放下手中的画册，回答说："我不希望成为绘画的奴隶，也不希望把艺术变为商业运作。我画画是因为我喜欢艺术，陶冶性情，仅此而已，不是为了出名，更不是为了赚钱。谢谢你的一片心意！"

韩昌对艺术非常有兴趣和投入，当他参观徐梅的画展，看到徐梅那幅身穿旗袍的自画像时，竟然一动不动地站在那里看了三四十分钟。或许，他真正欣赏和喜欢的不是艺术作品本身，而是具有艺术气质和天赋的徐梅。虽然徐梅早已对他表现出来的过度热情有所察觉，而且故意与他保持一定的距离，但这次黄山之旅，既然他偕太太同行，心里也觉得可以放下一些戒备，令大家在一起时可以更开心。他们在雪地里不停行走，沉迷在观赏和拍摄之中，忘乎所以。也不知过了多久，徐梅突然发现，他们在山林里迷路了，回头望去，只见白茫茫的一片，他们来时的脚印也早已被大雪覆盖，

无法找到下山的路，而手机信号也被大雪切断了，无法与吴敏伦他们取得联系。这下子可急坏了其他三人，而徐梅却保持镇静，仔细辨认着方向。在半山腰休息的吴敏伦见徐梅他们很久没有回来，也有点心急，但也感到无奈，只能在原地等候。站在一旁的吴慕贤博士安慰他说：“别着急，阿梅他们应该不会有事的，再耐心等等吧。”后来，徐梅凭着敏锐的观察力和清晰的记忆，终于辨识出那些她曾留影的地点和树木，找到下山的路，与吴敏伦他们重聚。

第三大清早，大雪已停，吴敏伦夫妇和朋友们一起爬上山头，观赏日出。一轮朝阳从遥远而起伏的白色山峦后喷薄而出，霞光万丈，把一个银装素裹的世界一瞬间变成一个金光耀眼的空间，云霞与雪山交相辉映，仿如仙境，数不胜数的冰柱挂在枝头，在冬日温暖和煦的阳光的照耀之下，宛如一串串晶莹剔透的水晶。大家欢呼雀跃，纷纷举起相机，按下快门，摄下美色。不过，当别人忙着给徐梅拍照留影时，吴敏伦总是笑眯眯地站在一旁静静观赏，望着徐梅那粉红色的身影和满面春风的笑容，在迷幻炫目的光线之中，他好像看到了一朵在冰雪中绽放的梅花，是那么美丽动人、光彩夺目，他似乎还闻到了一丝丝梅花飘来的暗香，陶然欲醉，不禁想起了王安石的诗句：“墙角数枝梅，凌寒独自开。遥知不是雪，为有暗香来。”还有陆游的诗句：“闻

道梅花坼晓风，雪堆遍满四山中。何方可化身千亿，一树梅花一放翁。”吴敏伦陶醉在徐梅与雪景构成的诗情画意之中，他似乎不是在观赏雪景，而是在欣赏“梅景”，因为在他的眼里，太太永远是他最值得欣赏的一件艺术品。

从黄山回来后不久，一个星期五的中午，由于吴敏伦几天前已前往美国参加一个国际性学会议，徐梅便一个人在家作画。谁知韩昌突然趁午饭的空当，不请自来，打了两个盒饭来到她家一起吃午餐。当他看到墙上悬挂着的徐梅的自画像时，情不自禁地看了良久，大加赞美。饭后他介绍徐梅看一张他刚买回来的有关黄山风景的影碟，要与徐梅一起观赏。韩昌一面看一面喋喋不休地谈论着在黄山的感受，并不停地用发亮的眼光盯着徐梅，且借故坐近她。徐梅小心翼翼，正襟危坐，动也不动，直至下午上班的时间快到，韩昌才匆匆离去。

不过，翌年夏天，韩昌便又想约徐梅去游九寨沟，徐梅坚持要和吴敏伦与其他一些朋友同去，最后他们还是组了一个六人团去了。

在珍珠滩无数珍珠的跳动中，在澎湃的诺日朗瀑布下，在那犹如遗落人间的斑斓宝石般的五彩池边，在被大自然妙笔涂抹得大胆、强烈而又富于变幻色彩的五花海上……他们沉醉在童话般的美景世界里，每到一处，韩昌都会激动地举起相机拍下徐

梅的倩影。

经过这两次与徐梅游玩之后，韩昌很明白他最能接近徐梅的方法便是邀她去美丽的风景区游览。因为徐梅喜欢画画，自然也很喜欢观赏风景，只要他选择的地方好，又懂安排行程，那她是很难拒绝这诱惑的。于是，从九寨沟回港后不够两个月，韩昌又邀徐梅去再游黄山。他用其如簧之舌，说黄山的景色，秋冬完全不同，人人都说黄山最美的季节是秋天，看过黄山的冬天，再看秋天，更能领略此山的摄人心魄，不能不试试。徐梅心动，又决定与吴敏伦和他一同前往。

黄山的秋天果然非同凡响，不再是白茫茫一片，而是秋高气爽，白云碧空，远峰近松，丹枫似火，草深果黄，像个图绣的世界，又常有大片云海，漂浮其间，不停飞动，升降不定，起伏翻腾，时而如波涛汹涌的大海，时而散如飞蝶，时而聚如幔卷；时而如绸缎飘拂，时而如惊马脱缰，风驰电掣，纵横吞吐，可谓宏伟雄奇，变幻莫测。它的奇妙之处，在似

海非海，山峰与云雾相幻化，意象万千，想象更是无尽，给人羽化登仙之感，不愧为黄山第一奇观。吴敏伦等3人有幸在不同景点，或宏村、光明顶、莲花峰，或天都峰、玉屏峰，或狮子峰、东海门、排云亭，都能看到云海的不同景象和色彩。一切如梦幻仙景，又这么真实，虽然照相机可以摄取，但最美最好的，也只能存在有心人的记忆里。吴敏伦夫妇对韩昌这次的旅游提议和安排非常感激，但也知道无以为报。或许，徐梅日后可以送他一幅黄山云海的画作吧！

这次旅游之后，据韩昌的同事说，他办公室的抽屉里装满了徐梅的照片。

2006年秋天，韩昌被总部通知要调离香港，升职去往北京做亚洲分部主管。分别前，他邀吴敏伦夫妇和几个好友一起去游览湖南张家界——那个后来好莱坞科幻电影《阿凡达》取景的奇幻地方。当时，韩昌虽然已很明白徐梅对他的态度，也只能接受和面对现实，但他对徐梅仍是依依不

舍。在整个旅程中，一有机会便接近她，替她照单人照，冷落太太，有时太太特意留在他身旁或甚至主动牵他的手，他也会甩手或支开她，叫她往别处玩，令徐梅很尴尬，照相也不够自然了。即使他主动“请缨”为吴敏伦和徐梅照双人照，吴敏伦和徐梅也显得很不自然。

在回程时，韩太太有机会与吴敏伦夫妇单独交谈，韩太太说：“真对不起，韩昌令你们这次旅行不大愉快吧?”吴敏伦赶忙说：“不要这样说，是我们令你们不愉快才真，我们都已尽力说可以自己来的，但他真是太热情要替我们照相，让你被冷落了，真对不起!”韩太太苦笑：“我明白是怎么回事，其实我很早便知道了，一件太美好的东西，越不可能得到，就越难放下，人们都宁愿它永远停留在一个幻想世界内。希望他这次调职离开，能帮他回到现实世界吧!”

2009年，好莱坞科幻电影《阿凡达》全球公演，一举刷新了全球影史票房纪录，说明了世上有多少人的确宁愿永远停留在一个幻想世界内。

2010年8月4—7日，亚洲性学联会第十一届国际性学会议在印度尼西亚巴厘岛召开，吴敏伦偕夫人应邀参加了这次会议，同行的还有一个从澳门来的丁医生。丁医生小吴敏伦十多岁，单身，与吴敏伦是在进行港澳两地临床和性教育合作时认识的，至

今已是十多年的工作伙伴和朋友了，平时谁去对方的城市办事或度假，有机会都会相互探访一下，不一定谈工作，也可能只是叙叙旧，聊聊天。丁医生这次随吴敏伦来巴厘岛开会，除了想增进知识外，也想开开眼界。

在大会上，吴敏伦向各位专家学者发表了他关于在变性人对其生殖器官变化的心理反应上的最新发现的演说，获与会者极大的关注和极热烈的讨论。会议的最后一天晚上，亚洲性学联会要开工作会议，吴敏伦不能带太太前往，考虑到随他同来参会的丁医生也正没事可做，于是对徐梅说：“小丁

今晚也空闲，一个人留在酒店挺无聊的，不如这样，如果你愿意的话，就去陪他吃饭聊聊吧。”徐梅点头答应。

丁医生与吴敏伦相识时已认识徐梅，在合作活动或聚会上也经常与她碰面，与吴敏伦成为好友后当然见得更多，但从来没与徐梅认真深入交谈和单独相处过。临近黄昏，他们3人在海滩拍照后，吴敏伦赶回去开会，丁医生与徐梅继续拍照。不觉天色已晚，他们便离开海滩去吃晚饭，终于找到一间布置优雅的日本餐馆，他们相对而坐，要了一盘刺身伴生菜沙拉和鳗鱼饭，外加两杯饮料，边吃边聊。餐馆里陈设高雅，客人不多，回荡着竹筒打击乐的乐音，在柔和灯光的掩映下，别有一番情调。他们聊了许多话题。丁医生先是谈到了近几年在澳门开展性教育的艰难，因为当地的性观念比香港还保守，民众很难接受一些先进的性观念和性现象，使得他们的工作举步维艰。接着，丁医生提出了一些有关恋爱和婚姻的问题，谈到了自己仍是孑然一身，皆因找不到合适的对象时，感叹怎么这么多人都有这么多缺点。徐梅静静地听着，不时点点头，表示理解，还说了一些安慰和鼓励的话。他们观点相同，谈得投契，气氛融洽。晚饭后，两人一齐逛商场，徐梅买了一件上衣，丁医生也买了两件印度尼西亚的T恤衫和短裤，最后趁着月色沿着海滩一同步行回酒店。那是个愉快而浪漫的晚上！

会议结束后，吴敏伦因回香港的飞机要隔一天才有航班，须多留巴厘岛一天，遂安排了一小队当地的私人摄影师兼导游带他们夫妇往附近最美丽的景点拍照与游玩。当得知丁医生也要隔一天才可回澳门时，便邀他一同前往，因为丁医生也是个摄影发烧友，可以为他们拍得更多。他们到海神庙、圣泉庙、乌布王宫等名胜风光点取景，也来到位于巴厘岛最南端的乌鲁瓦图断崖，据说那里流传着一段凄美的爱情悲剧，说当地有对门户不登对的青年男女相恋，女方的父亲是村主任，反对他们的爱情，以致他们在绝望之下双双投崖殉情。不过，吴敏伦觉得这类故事一点也不感人，只是一种愚昧的爱情观和爱得不够深和不够自信的表现。他认为，两情相悦只要恒久不变，外来阻力只能阻挡一时，不能阻挡一世，其实不必以死抗争，只有觉得自己快要守不住爱情的人，才会寻死去企图凝住他们的"爱"，找个自欺欺人的心理安慰。

在金巴兰海滩，他们一起观看海上落日，听歌手们演唱当地

的民族歌谣，欣赏精彩的极具巴厘岛本土特色的传统舞蹈表演，享用烛光晚餐、海鲜烧烤，别有一番情趣。他们还穿上当地的民族服装，拍摄了一组别具一格的照片，留下美好、难忘的回忆。

在整个旅途中，丁医生都表现得很兴奋，的确替吴敏伦和徐梅拍摄了一些连那专业、器材高级的摄影团队也摄不到的美丽瞬间，而且他的心情十分愉快，可说是吴敏伦在认识他数年以来从未见过的。在回来的路上，吴敏伦与丁医生有一个机会单独交谈，丁医生感谢吴敏伦让他能有这么愉快的一个旅程。吴敏伦回答："不必感谢，你高兴我便高兴，有什么比得上能让我在澳门最重要的性教育同僚心情愉快更重要的事呢？"吴敏伦停了一停，神秘地一笑："虽然我知道是什么使你愉快！"

"你想得对。不是巴厘岛的美景，也不是酒店的豪华与美食，而是你的梅！"丁医生说得坦率轻松，毫无芥蒂："当然，我认识她已十多年，也一直听说还有很多不同年纪和背景的男士被她迷倒，追求她，成为她的'情夫'，但她毕竟是我的师母，我不敢也没有机会接近她和深入了解她，所以只能对那些传闻持保留态度。这几天我有机会和她单独相处，才真正认识了阿梅，亲身感受到她的魅力，详细的感受和体会我不说

了，因为你一定知道得比我更多，我只能说，就单从我这几天的感受，她真是太厉害了，完全没有世俗女子的缺点，但又有介于世俗与非世俗女子之间的，仿如菩萨一样的优点，我只能说一句‘真天人也’，人人都不能抵抗，何况男士？所以我一定要承认，且会永远公开地、骄傲地承认，我已是她的‘情夫’。你不必担心，我是你的徒弟，不会像她已有的或过去的‘情夫’那么窝囊地令她烦厌，我会是她最君子的‘情夫’。”

果然，从此以后，丁医生在好友之间轻松玩耍之时，在有意无意间都公开称自己是徐梅的“情人”或“情夫”。凡遇上特别日子，如中秋节、情人节、徐梅的生日，吴敏伦和徐梅的结婚纪念日等，他都会通过吴敏伦送些贴心的小礼物给徐梅（也会给吴敏

伦），但从来没有那些暧昧的信息或行为。于是，他们三个人在一起时，无论在工作中或工作之余的活动中都合作或玩得很愉快，毫无芥蒂。丁医生与徐梅单独在一起时又各能恪守朋友之礼，互相尊重，不胡乱吐倾感情，的确是徐梅最君子的“情夫”。

性福家族[1]

人们经常在香港的电视和报刊上看到吴敏伦的身影和相关报道，总是与性教育有关，在他看来，做个好父母也是性教育的一部分。好父母对子女是至关重要的，这在很大程度上将影响他们的一生。

吴敏伦和徐梅对自己的儿女呵护有加，在生活上会给予他们无微不至的关怀和照顾，而以自由宽容的心态对待孩子的生活方式和人生追求。当有人问到吴敏伦他的“教子心经”时，他就劈头一句：“尽量让他们去做啦，自然就会学好。”他有一套教育理念，只要有好的“身教”，父母和子女之间就全靠一个“信”字。

在儿子吴鹿朋的眼中，吴敏伦的确是一个好爸爸。吴鹿朋在谈及童年往事时说：“童年对我来说是温暖的、开心的、值得回忆的、难以忘怀的，同时也过得飞快。我小时候的难忘片段是，父亲在拉小提琴，母亲在弹钢琴，有时母亲又会与妹妹一起合奏动听的乐章。现在回想起来

① 《性福家族》，法国帕斯科阿诺、尚马巴克尔导演的电影。

也很温馨。”他说：“从小，爸爸就给我们很多自由，较其他朋友的父亲所给的自由度来得高。”虽然父亲很自由民主，但又能做到不忽略他的需要。当他有疑难时，父亲会跟他详细分析事情的利弊，最终又会容许他根据自己的意愿作出决定。吴敏伦在子女年幼的时候已赋予他们很大的自主权，起居饮食都尽量让他们自己处理，他与徐梅只扮演辅助的角色。他说年轻人有自己的特别需要，家长未必全然了解，所以子女提出来的合理要求，父母应尽量满足。

事实上，吴敏伦教育子女不但讲究自由，而且崇尚“百无禁忌”。他说：“我教育孩子完全不设知识禁区，不单是学校知识的灌输，还包括生活中的每一个层面。当孩子样样都知道的时候，他们才能得到全面的发展，才能从各种知识之中分辨对错，培养出正面的人格和兴趣来。”吴敏伦认为，当父母设下许多禁忌时，只会使孩子的发展受到限制，令他们不敢问、不开心，见识事物的机会也随之减少。的确，他不曾给子女任何限制，譬如从女儿幼小时选学芭蕾舞开始，直到如今选择以舞蹈演员作为职业，吴敏伦都没有干预。吴敏伦说：“在孩子成长的过程中，要尽量给予他们自由去作决定。当他们晓得自己能作决定，为自己的行为负责时，他们才会有自信心，才知对错，才可以积累人生经验。”

1993-11-4 東周刊 54期 親子情

吳敏倫 性學做家教

撰文：許翠文
攝影：譚 權

吳敏倫，四十七歲，香港大學精神治療學高級講師、亞洲性學聯會會長、香港性教育促進會創辦人及首屆會長。著作有《性與德育》(合著)、《性醫學新譯》(合著)、《性論》(主編)。家庭狀況：一子一女

某大百貨商店公然售賣一套有關「性愛指南」的錄影帶，顧客趨之也來不及，他就在報章廣告上攫下一段話錄去推薦：

「此錄影帶能提供一個正確的性教育及觀念……」

某大商場要開設一所性商店，居民反對也來不及，他就在新聞背後說一點支持話：

「正如有人需要用義肢，當部分人在性方面有缺陷，往往亦要求助性商店，更有其醫學及藥物作用……」

要與他辯駁，贏不來，他是個有多個專業銜頭的性學專家，而且精駁人往往細他所說——「拿不出證據來！」

駁不贏，惟有將話題轉向他的家，以半識半諷的口脗說：「性學專家嘅家教，又點只『家教』咁簡單！」

衝破界限親授性觀念

沒錯，他可以毫不畏忌的與家人亮相傳媒，坦然表示可與未成年的子女一同觀看成人錄影帶、雜誌；也以木偶公仔為教材，向子女詳細講解性愛過程。

有人標製點，說他「特立獨行」，率直點，就送他一個「怪」字、「狂」字。

「要批評我，先要生活得開心過我，但睇嚇仔女係咪好過我吖？家庭係咪開心過我吖？」

從事自己的專業已有廿多年，吳敏倫依然故我，還是率直，爽朗。

吳敏倫的家，是港大醫學院宿舍，也是瑪麗醫院的一部分。

入夜，醫院的氣氛愈是冷漠、冷清，存在一個家？很格格不入，也從聽說所得，醫生看過無數的生離死別，對所謂「感情」、「感性」的投資也比較實際，相信與醫院環境很相襯。

再加上這位醫生一向的「特立獨行」，對這個家——可能是——「愛在仕家庭」？

不敢寄以厚望，但很好奇。

結果是一個驚喜。

不冷，也不怪，室內布置得簡潔，

吳敏倫一家四口。

思想開放，尚等於行為開放。

吴敏伦在小的时候，一家人住在湾仔的旧楼，并不富有。所以，“父母希望我多读书，他们教子女的方法是传统的打、骂，我当然不喜欢，所以我不会打我的下一代”。但当子女犯错时，吴敏伦认为适当的惩罚是需要的：“譬如以取消他们一些礼物作为惩罚。有时候，父母对子女责备的眼光已经是一种惩罚。让孩子明白父母针对的是他犯错的行为，并非他本人。千万不要使他们误会：因自己犯错而不再获得父母的疼爱。”总而言之，不要让任何事情破坏了两代人的感情。

对于家庭的沟通之道，吴敏伦

说："应教小朋友知足，不随波逐流，不跟他人比较。父母应该从他们小时候起便以身作则，例如，看到他人有一颗钻石时，不要老想着自己也要有才满足。"他认为，"虽然'与人比较'有激发上进心的作用，但要做好一件事，不一定要进取才能做到，有时反而松弛才做得更好，关键是你对这件事有无兴趣和有无能力。在现代生活中，太多的人在追求超越自己，当自己做不到时，便迫使子女去做。比如说，一些父母从未读过牛津大学，却强迫子女去读牛津大学，把他们逼得发疯"。那么，到底如何有效地培养好孩子呢？吴敏伦说："我会教导子女了解本身的能力，然后量力而为。"他并不认为若子女在学业上成就不高对他来说是种遗憾，相反，他还说："为何要读书？读书有什么益处？为何只有读书才有益？有人会说，因为读书能让人通晓道理，让人快乐。但是，耕田者也很快乐啊！快乐不一定需要很高的哲学修养，风气反而更重要，多鼓励，少讲物质化，不要小看读书成绩不好的人，不要只赞赏有钱人及学业良好的人，社会偏见很易局限人生目标，因为人是有羊群心理的，只有拥有卓越智慧的人才能逃脱羊群心理，所以社会各方面的领导人不要只鼓励一个方向。"

香港公開大學
THE OPEN UNIVERSITY
OF HONG KONG
OUHK
ALUMNI
LINK

在吴敏伦夫妇的儿子吴鹿朋看来，“父亲是个对自己很清楚的人，很了解自己追求什么；看事情很通透，没有关系的事，都被他看出相关道理来”。对于言论大胆的父亲，他很有信心地说：“他讲得出的都一定有强烈的理据支持，不会乱说话，对我而言，一旦觉得他乱说话，会先怀疑是不是自己见识少。”

吴鹿朋在大学期间过得很快乐，这是父亲的功劳。他觉得现在的自己最像父亲的地方就是性格乐观，不像小时候那么紧张，经常面红耳赤。1997 年，吴鹿朋毕业于香港大学数学系，然后在一家银行的电脑部任职。工作之余，也在港大修读制造电脑的课程兼读硕士课程。吴鹿朋在 2004—2006 年还获得奖学金考取会计师执照，2014 年又获得法律硕士学位，现任职于香港金融管理局。他自小还经常做义工，曾多次获义工奖。吴敏伦女儿则从小就很喜欢跳舞，学习芭蕾舞至八级后便学现代舞，然后进了演艺学院，最后入无线电视台做舞蹈演员，曾在香港很多大型活动上表演，包括不少当红歌星的演唱会。多年前她修读香港公开大学社会学专业，2003 年拿到了社会学学士学位，再后来苦学瑜伽，考取了美国高级瑜伽导师文凭，现在有了孩子，仍在照顾孩子之余做着她自己喜欢的事。

曾经有记者访问过吴敏伦，在他家里看到许多有关性的资料和录像带，而且都不

回避孩子。因此问他："如果被孩子看到了，会有不好的影响吗?"他回答说："他们从小就接触这些东西，自然得很，不以为怪，对此也没什么特别的兴趣。"一旁的徐梅补充回答："孩子小的时候问过我：'电视里的一男一女在床上干什么呢?'我说：'他们在亲热呢!'孩子又问：'既然是亲热，那为什么还又哼又叫呀?'我解释说：'那是因为快乐而发出的声音。'孩子明白了，于是也不再问什么了。"

也曾经有记者问吴鹿朋是否介意父亲在公众面前的独特形象，他坚定地回答："从来没有！在我的心目中，他一直是一位好爸爸!"

当然，吴敏伦自认是好父亲，对子女的教育方式和其开放的态度，没有几个家长可以做得到。但他相信他的儿女将来应该可以，因为他的外孙和外孙女现在都成长得很不错，善解人意、富有亲和力、有自信而又不任性紧张。尤其是外孙女，只三四岁便很感性，喜欢观察与沉思，还有一个"大扁头"，就像个 Q 版的徐梅，有趣极了。

疯狂教授[①]

吴敏伦以引人入“性”为己任，对宣传性教育一直不遗余力，除了在各大学、社区开展各种形式的性教育讲座，在《星岛日报》《明报》推出一系列性教育专栏之外，还早在1980年便在香港电台与麦润寿合作过一个《中国性文化》的节目，频频在收音机里发声，在电视屏幕上出镜。因此，“性博士”的形象在香港几乎家喻户晓，深入人心。在一些公开场合，吴敏伦说自己喜欢做“性工作”，是一个从业多年的“性工作者”。当然，他在这里所说的“性工作者”是指从事性研究、性教育及性健康的工作者。作为一位性心理治疗专家，吴敏伦视“性”为人类健康不可或缺的一部分。他指出，性并非单纯地指性欲，还包括男女的情感和家庭关系。不少心理学理论都指出性与个人有重要关系，根据弗洛伊德所说，任何精神问题都与性有关。这样说可能太极端，但退一步来看，性对于精神问题的影响力依然很大。具体来说，性问题不只是简单地指性交，广义上还包括恋爱、婚姻、追求关系、男女角色等范畴。他说：“这些看似不必学的事，实际上不少人都用上大半生与之角力，若处理不

① 《疯狂教授》，美国杰瑞·刘易斯导演的科幻电影。

当会带来很大的精神困扰。”

对大多数人来说，性始终是个禁忌，但吴敏伦最反对成年人禁这禁那，用“高压”处理下一代对性知识的兴趣、对异性的兴趣、与异性交往等。1994 年，吴敏伦的《性爱谬论大审裁》由香港天地图书有限公司出版，其中辑录了许多他关于性的观念，然后从医学的角度并调用研究资料逐个进行分析，很多都是真知灼见，十分具有启发性。

1994 年，由于吴敏伦在亚洲推广性学的成效卓著，他获得了亚洲性学会颁发的“亚洲性学家奖”，成为亚洲首名华人得奖者。这给他带来极大的鼓舞，他表示在以后的工作中，将专注于性学理论研究，将之推向一个更高的层次，将中国人的性观念、性机能发展及性治疗方法运用于国际的性学研究中。吴敏伦在获奖高兴之余感叹，此奖项不仅是对自己的鼓励，同时能够引起国际性学界对亚洲性学研究的关注。因为，过去世界性学会多是“西人”的天下，亚洲能够参与其中的人为数不多，而由他创立的香港性教育促进会也是世界首个华人性学会。

当时，在香港推行性教育十分艰难，吴敏伦说：“性学始终具有争议性，一些正统的机构不想与我们有真正的、直接的接触，担心受到牵连，影响它们争取公众及政府

的资助，我们也只好自力更生，甚至自掏腰包搞活动，这是一项十分孤单的工作。”就算是政府某些机构参与，也很少提供资金、人力和物力，仅是“精神”层面的支持。虽然社会的支持不足，市民对性又多存误解，但吴敏伦并没有灰心丧气：“我喜欢向困难挑战，只要对社会有益的便应该去做。作为性学家，早已预料到会被人指指点点，但比一些因做性学家而被人谋杀、排斥，甚至太太不满而离婚的，我已算是幸运的了，至少得到了香港大学领导和家人的支持。”然而，由于他所发表的关于性的言论给人以大胆、出位、露骨的感觉，许多人都难以接受。吴敏伦不无感慨地说：“有些人抛不开世俗的枷锁，总是喜欢阻挠。”

吴敏伦深信：“香港常常以走在时代前端自居，但如果能不断带动其他地方的性教育的讨论普及的程度的加深，总有一日，香港会了解到自身性教育的不足，自然会增加资源加强宣传性教育。”他又批评：“香港的性教育只注重学生与青少年，忽视了成人及老人，到年轻人出事时，大人只懂责备他们，不会怪自己从无足够能力教导他们或以身作则。”

吴敏伦说：“我曾多次宣传性学，但外界反应冷淡，直到我说有性展览，反应突然十分热烈。正经的无人理睬，反而有些许争议性的便人人关心，市民致电查询时，也只关心展览有什么好看的，有没有赠品。事实上展览的教育性远大于趣味性。”

从 1994 年开始，出于回应学生的要求，吴敏伦在香港大学医学院开设了一门别开生面的“性学”课程，为期只有 6 天，是大学四年级学生的必修课。为此，吴敏伦还每年都从外国邀请一个举世闻名的性学家来担任主讲，如 John Money 教授、Milton Diamond 教授等。原定每堂课完结前都有 15 分钟播放录像带，可惜每次讲课都超时，所以那些“×级教材”只好安排在同一天播放，共播 1 小时，之后有半小时的讨论。播放之前，吴敏伦告诉学生：“大家要有心理准备，不想看的，随时可以离场。”在播放过程中，台下很多同学都一片哗然，惊愕不已。吴敏伦大声地对学生说：“都二十二三岁了，如果仍看不了这些影像，不如不要学医科。”下课后，同学们聚在一起，议论纷纷。一位鼻梁上架着金丝眼镜的同学说：“以前师兄师姐已经传开了，说四年级班上有 Sex Film Show（性电影播放），大家都很好奇。看完一两天后都好奇怪，那些影像会突然在脑海中出现。”另一位同学说，当时教室里关掉灯，黑漆漆的，看不见其他同学的表情，但男女同学的反应都很大，到受不了的情节时，有人大叫“咦……哎……”有人大骂，有人掩眼，也有人笑。事后讨论，各种意见和感想都有：“不知为何忍不住发笑”“虽然以前也看过三级片，不过像这样的就没有看过……”“播放录像带只是课程的一小部分，还有很多理论，6 天以来学了好多，教我们怎样面对这些性行为”。但也有学生指责吴敏伦的教学录像带内容，是不合法的“超三级”，一声不响便将情况投诉到政府的淫秽及不雅物品审裁处。幸好医学院院长马可玑教授是性学班的创办人，对他十分信任，给予他许多支持，而且，吴敏伦的性教育经验丰富，早已料到性保守者会有此反应，在课程前已和审裁处沟通过，得到他们的批准才播放那些录像。

当然，有人对吴敏伦以大胆、开放的态度推广性教育投以欣赏、认同的目光，也有人嗤之以鼻，给他冠上“性博士”“变态佬”“色情狂”等“雅号”，甚至有人称他为“咸湿（下流）教授”。对此，吴敏伦早已有心理准备，他很坦然地说：“我不介意，反正我已预期有这样的反应，没理由给人骂几句便打退堂鼓，这不是我的作风。”吴敏伦认为推行性教育需要时间，只是社会大众仍不习惯。他并不计较别人用什么样的眼光来看他，他坚定地说：“既然站得出来推行性教育，就没必要躲躲闪闪，最好拳

拳到肉，否则无法解决最根本的问题。他们那些保守的道德才是不道德，我只是提倡更高的道德而已。”

吴敏伦在香港电台主持关于性的热线节目时，就有人发出警告，说只怕是“变态佬在玩电话”。吴敏伦哈哈大笑：“说吧，我不介意。电台热线是公共沟通的一个重要渠道，可刺激人开放地把东西摆出来讨论，是教育可行的一步。”他相信不论内容正面负面，只要百花齐放，慢慢自有真理出现，他强调这是深入的，以医学、科学精神去做的工作，并非人云亦云的随便讲，而更是一项艺术，教育者本身固然需要接受长期的训练，同时也需承受一般人无法承受的压力，不是闹着玩的。

吴敏伦在努力推广性教育的同时，还辅导了前来应诊的无数个人，为社会各阶层的人士解答各种性疑难和性问题。不仅如此，他还著书立说，取得了丰硕的成果。1996 年，他的又一性学

著作《知己知彼》问世，开宗明义，了解自己也了解别人——都由性开始。该书大多以个案或书信的形式讲解问题，既谈到一般性读本中提及的性心理或生理知识，也说到了一些鲜为人知却又受关注的问题，如异常性行为：裸奔、乱伦、虐妻、偷窥等。书中还谈到了一些最贴身的话题：性花式及安全性行为，并辅以漫画及真人图片进行讲解。

1997 年，吴敏伦的《性学纪实》在香港出版，他以清晰透彻而浅白直接的文字，演绎他从事性学工作以来所面对的个案。在 60 多个被一般人认为荒诞扭曲的性故事中，涉及各类人群，使读者大大拓宽有关性的知识面，纠正了平常人对性感到污秽不堪或所谓禁忌的看法。同年，吴敏伦的《性禁忌》由香港聚贤馆文化有限公司出版，标志着他的性学理论研究上升到了一个新的阶段。这些成果不仅大大提高和丰富了香港人的性知识，同时为促进和推动香港性教育的发展，产生了积极而深远的影响。

在吴敏伦的性治疗工作室内，书柜里除了林林总总的书籍外，还摆满了性器具，如辅助不同性交姿势的性椅，也有省腰力用的春床，还有古时的性教育工具“压箱底”。初次进入的患者，还以为自己走错了房间，退回门口，看清楚门上的门牌，才敢放心地走进去。

吴敏伦平时衣着朴实，姿态自在，只是说话好像有一点点“出位”。但他坦率地说：“出位做什么？又没有益处。为了出名？……整天被人骂；我做一个普通的精神科医生也许可以赚到更多的钱，但一个社会要进步，就要有人踏出第一步——不论哪个方面，但那些人一听到性就觉得特别哗众取宠。事实上，我在医学院怎么教学，本来与外人无关，但偏偏有人把我说的话夸大、扭曲或断章取义，他们才是出位，真的骚扰到我和我的教学。”

曾经有人问他作为“另类人”有何感觉，他爽快地回答：“有时的确觉得有些孤独，但干一行要爱一行，况且我一直都不是孤军作战，身边总有一些‘啦啦队’为我

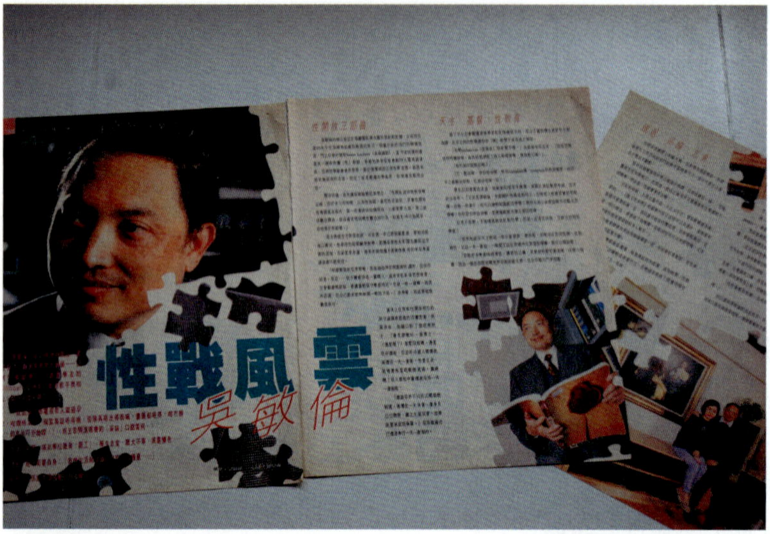

打气。”吴敏伦所说的“啦啦队”无非就是他的一些高徒和持同一理念的人，但他并不讳言，“啦啦队”的支持力度有限，最难的工作还要他自己去做。

当有人问道：“你是香港性文化 icon（偶像）吗?”吴敏伦爽快回答：“香港只有我一个性文化 icon，我不会谦虚。在香港开拓性学的，我绝对是第一人。”的确，自 20 世纪 70 年代至今，香港的“性博士”只有他一个，这是因为要当一个“性博士”就必须具备“虽千万人吾往矣”的勇气。吴敏伦认为，一般的学术研究由于太专业，公众听不懂，于是没有人敢反驳，但性学就不一样了，人人都以为自己是专家：“你随便问一个男人，谁会说自己需要性教育?”

有一次，吴敏伦夫妇和麦护士长一起去湾仔的一个茶楼饮茶，吴敏伦走在前面，徐梅和护士长紧随其后。由于前几天吴敏伦不小心把脚扭伤了，尚未痊愈，所以走起路来有点吃力。当他们走进餐厅时，徐梅和麦护士长听到坐在旁边饮茶的两个男子在悄悄地议论，其中一个手臂上刺着文身的男子说：“你快看，刚才进来的那个人就是经

常在电视上说‘性解放’的吴博士。”另一个说：“哇！真的是他，你快看，那走路的样子，是不是去‘叫鸡’（粤语：找妓女）染上了性病啊？”文身男子说：“我看八成是这样，他那么开放，不染上病才怪哩！”徐梅她们装作没听见，若无其事地走过，后来她们把这事告诉吴敏伦时，他听了哈哈大笑。不过，经过不懈的努力，香港的许多百姓越来越认同和接受他的性学观点和性教育理念，吴敏伦的“粉丝”急剧增多。如今，无论他出现在哪里，不管是商场还是茶楼，甚至在地铁上，时常有一些素不相识的人满面笑容地迎上来，热情地向他打招呼和握手，有些茶楼只要见到他和太太在那里饮茶，便会免费递上一些糖水或水果，以表示对这位“贵宾”的欢迎和敬重。

沧海横流，方显英雄本色；惊涛拍浪，才见中流砥柱。吴敏伦致力于性学研究和性教育的推广，克服了重重阻力和困难，与保守势力和反性分子唇枪舌剑，给他们以迎头痛击。他不仅是一位“出位”的“性斗士”，也是一位孤独和寂寞的“性斗士”。吴敏伦记得，他的性学启蒙导师（Mike Crowe）曾经告诉过他，他选择的将会是一条孤独的路。如今，四十多年走下来了，他扪心自问：“我孤独吗？在思想、精神上可能是有一点，但无论做什么学问，若是认真和持久，又有谁不会达到这个地步？或许，我们还应该庆幸有此地步，因为它可能就是你略有所得的标志。”

性论[①]

中国人向来谈“性”色变，认为这只是“被窝里”的事，只能做而不能言说，由于深受儒家思想和传统道德的影响，即使夫妻之间行房事，也只能说是行“周公之礼”或“敦伦”。清代袁枚在《答杨笠湖书》中说：“李刚主自负不欺之学，日记云：昨夜与老妻‘敦伦’一次。至今传为笑谈。”至于具体描述性爱（性交）过程，无论是在古代性学典籍还是在古典性文学作品中，大都以“巫山”“巫阳”“高唐”和“阳台”这些含蓄、隐晦而诗意化的词汇来喻示，“云雨”直到今天仍然是性交的代名词。可以说，在中国传统文化中，对“性”几乎缺乏客观而科学的描述和探索。难怪法国哲学家米歇尔·福柯认为，中国等东方国家只有“性爱艺术”而没有西方所谓的“性科学”。

记得 2013 年 11 月，我去北京大学医学部参加一个《中国性学百科全书》（新版）编辑工作会议，前来参会的都是各性学门类（如性医学、性社会学、性文化学等）的专家学者。会议午餐时，我与几位研究性文化的专家教授在餐桌上继续讨论上午没有作结的性文化问题，由于各持所见，讨论比较激烈，这惊动了邻桌的两位白发苍苍的研究男科的教授，他们神情诡异地窃窃私语：“瞧那帮人，竟然在大庭广众之下对性话

① 《性论》，吴敏伦的著作。

题高谈阔论，真不知廉耻！"我感到有些惊讶，又有些悲哀，连这些研究性医学的所谓"教授"都不能容忍公开讨论性话题，更何况普通的老百姓呢！

也许，在许多人眼里，香港是一个较为开放的社会，其实不然，尤其是在性观念和性教育方面，香港甚至比内地更为保守和落后。正因为如此，多年来，吴敏伦不遗余力地推广性教育，虽然他知道，他的一些性观念和性教育理论，一般百姓很难一下子接受，而需要一个循序渐进的过程。但是，他遵循科学、坚持真理，正如爱尔兰剧作家萧伯纳所说："许多伟大的真理开始的时候都被认为是亵渎的行为。"吴敏伦深信波兰科学家哥白尼的名言："人的天职在于勇于探索真理。"

我们已经知道，作为"性斗士"的吴敏伦的性言论和立场往往被公众或传媒误解、扭曲，为了给他一个机会冷静"申冤"，我对他进行了一次特别访问，引导他在他认为最为冤枉的性议题上向公众解释。让我们一起来听听吴敏伦发自内心的客观、科学而真实的声音：

问：吴教授，您好！听说在1994年，香港政府提出引入性骚扰法案，把

性骚扰列作违法，向公众咨询，您发文反对，为什么？您赞成、鼓励性骚扰？

答：当然不是。我赞成人人和谐相处，反对任何形式的对他人骚扰，包括噪音骚扰、光线骚扰、广告骚扰、性骚扰等，但有些骚扰容易立法，如噪音骚扰，定多少分贝在什么时候维持多久便可，另外一些骚扰如性骚扰便很难定义，根据外国经验，容易被别有用心的人利用，以遂其不可告人的目的，弄致天下大乱，得不偿失，所以立此法必须谨慎并先要有足够的后援方案。

问：您赞不赞成政府维持立法管制色情刊物？

答：赞成。用传统习惯，或大部分人仍然“害怕”有害，甚至用“令人反感”为由便合理，不违反科学了。其实现在很多国家或地区（包括香港）立这法例，都是强调“令人反感”（offensive 或 obscene）这理由的，不是说有害无害。

问：无害……所以有报道说您在孩子六七岁时便与他们一起看色情片了，是吗？

答：是的，但报道并不全面，只是以偏概全来吸引眼球。还记得那时，记者来到我家，见客厅中有各种性学书籍和录像带，包括所谓色情的都随便放，便问我为什么会这样，不怕小儿女拿来看吗。我回答，我做性研究的，一天到晚随时随地要参考这些东西，将之全锁上会很麻烦，锁两间房还不够。所以我只能任之，并告诉儿女那是成人刊物，但如果看了有什么疑难，可以随时问我。然后，儿女们有没有暗中拿这些成人物品来看我不知道，他们也很少主动和我谈这些物品的事，只不过有时我在客厅工作，正在看这些物品而他们路过又有时间，也会凑过来看看，问这问那，我便和他们解释，顺便做性教育，每次教多久没有规定，要看他们的时间和兴趣，其实通常不过十多分钟，他们便已自己另找事做了。这便是所说的“与孩子一起看色情片”，我的儿女现在都四十岁上下了，你也清楚他们现时的状况，你自己下结论吧！

问：好，您有您的特殊原因和能力把色情物品正面利用去做儿童性教育，但您鼓励人人学您吗？

答：当然不。只不过是记者问我，我把我个人做法如实告之而已，不在这环境下又没有这能力的父母当然不能学，就如杂技表演世家的父母可以教他们有才能的幼小孩子练空翻动作，一般人就断不能有样学样。但话得说回来，由于现代信息科技发达，网上的色情信息防不胜防，已避不过孩子的眼睛，他们所处的性环境比我儿女当年在我家中的严峻得多，父母已不能再掩耳盗铃，以为靠自己不看和不准孩子看便解决了问题，还是应尽快自我充实一些性教育技巧，方能保障孩子的性健康。

问：2012 年 1 月 27 日晚，在香港凤凰卫视的《锵锵三人行》节目中，您说近亲结婚不会降低人类遗传基因的整体素质，是真的吗？

答：是真的，这个我在 1997 年写的《性禁忌》一书内已说得颇详细，至今遗传学再经二十多年的加速发展，这结论更无悬念，但一般人偏不肯相信，搬出全部有关研究报告出来也没用，因为一般人根本就看不懂。

在性科学的道路上，吴敏伦仍然迈着坚定不移的步伐奋力前行。他以探索性科学和推行性教育为己任，对他来说，正如爱因斯坦所说的那样：“我要做的只是以我微薄的力量为真理和正义服务，即使不为人喜欢也在所不惜。”

扫码
更精彩

歌舞升平[1]

岁月如歌，人生如戏，生命如舞。

是的，我们每一个人都在扮演着自己独特的角色，在漫长而又短暂的生命之旅中演绎着自己的酸甜苦辣、喜怒哀乐、美与善、丑与恶、希望与幻灭、辉煌与失落的故事。是的，人生就像一场舞蹈，有主角和伴舞；有独舞，也有双人舞或群舞；有观众的掌声、赞美和欢笑，也有演员的亮相与谢幕。吴敏伦和太太就在这人生的舞台上，一路欢歌笑语，比翼双飞，追逐着人生的艺术之梦。他们又凭着自己对艺术的热爱和追求的巨大热情，开始了舞蹈的学习和训练。

① 《歌舞升平》，余允抗导演的电影。

1994 年，步入中年的徐梅仍然保持着青春的活力，少女时代所萌发的对音乐和舞蹈的兴趣突然膨胀起来，变成一种强烈的艺术冲动。于是，她开始利用空闲时间去学习跳舞和唱歌。当时香港正流行卡拉 OK，于是她去参加了一个歌唱班，学费很昂贵，350 港币一节课，每节课学习 45 分钟。第一次上课，那个老师先叫学员们“啦啦啦啦……”地哼着，练了 15 分钟之后，老师叫大家停下来，叫徐梅先唱一首歌来听，当时王菲在香港频频开演唱会，她演唱的歌曲在香港也十分流行，于是，徐梅唱了一首王菲的歌曲。老师听完后大为吃惊：“哎呀，很好啊，王菲的歌你都能唱了！”但她觉得自己唱得并不好，也不专业，否则就不会花钱来学了。回到家里，她把学唱歌的事对老公说了，吴敏伦故作惊讶地说：“那你唱给我听听！”于是，徐梅正儿八经地唱了一遍。吴敏伦听了哈哈大笑：“好难听啊！哈哈！”这可把徐梅逗乐了。由于歌唱班所教的并非是专业的声乐知识和正规

的发声技巧，而是一般的业余演唱法，唱得出来便是好，徐梅觉得不能学到自己所真正需要的东西，所以她去了几次之后便没有再去。

那段时间，吴敏伦与太太参加了一个香港社区青年会组织的舞蹈培训班。每星期学习一晚，每晚每人20港币。每次学习一个半小时，从晚上7：30到9：00。班上有十几个学员，主要是学习慢三、慢四、探戈、伦巴等交谊舞。在舞池里，随着《多瑙河之波》悠扬的旋律，吴敏伦拥着太太翩翩起舞，心旌荡漾，陶醉于轻歌曼舞之中，沉醉在爱情的漩涡里。那时，他们从家里出发到舞蹈训练室的路途不远，但要爬300多级楼梯，回家的时候还得爬，所以每次跳舞回来，都觉得十分劳累，躺在沙发上，仿佛全身都瘫痪了。然而，这段莺歌燕舞的日子持续了整整7年。他们觉得，跳舞一方面是为了享受艺术，另一方面也是为了加强运动，为了身体健康。当徐梅静下来的时候就自己作画，或者弹奏钢琴，就这样，她生活在静与动的交替，色彩斑斓与舞蹈旋律的转换之中，获得充满生命活力的乐趣。

记得有一次，上完舞蹈课之后，徐梅和几个朋友去茶楼喝茶，她们谈起自己的家庭，自己的丈夫和情人。其中一个朋友说她们的舞蹈教练是个帅哥，她发现自己已经喜欢上他了。然后，她们要求轮流讲讲自己丈夫的缺点，其他人都把自己的老公说得一无是处，甚至破口大骂，发泄怨气。轮到徐梅时，她绞尽脑汁也想不出什么来，完全哑口无言，坐在她身边的朋友用手指大力揼她的太阳穴，半开玩笑地说："是不是病啦？你真没用，老公不在也不敢说老公的不是，简直是女人的耻辱！"徐梅只是微微一笑，沉默不语。

怪人[①]

吴敏伦在医院工作，兢兢业业，很少与人有工作以外的接触，平时也很少言笑，表情严肃，所以在许多医生和护士的眼里，吴敏伦是一个大怪人。有一天深夜，护士长麦建华值夜班，她去查看病房时，突然看到一个人影在走廊尽头的拐角处一晃而出，然后墙上有一个黑影慢慢地移动过来，而且，那个黑影一直低着头，两手不停地在挥舞着，还隐约传来古怪的哼哼声。护士长惊慌不已，为了壮胆，她立即叫来何婉玲秘书，指着那个不停摇晃的影子说："你看那是谁啊？是人还是鬼啊？是不是精神障碍患者从病房跑出来了啊？"何婉玲秘书说："不会吧？哪来什么鬼啊？"她嘴上虽然这么说，但心里还是有些害怕，不敢向前移动半步。护士长提高嗓门喊道："喂，是谁在那里啊？说话呀！快出来啊！"对方没有回应。于是，她和何秘书胆战心惊地慢慢移步过去，发现原来是那个怪人——吴敏伦。

一场虚惊！护士长说："吴医生，原来是你啊！这么晚了，你在这里干什么啊？真把人给吓死啦！"

吴敏伦似乎从梦中醒过来，抬起头说："原来是你们啊，哦，我没干什么啊，只是在办公室待久了，出来活动活动。"

何秘书问道："那你刚才手舞足蹈地在干什么啊？"

吴敏伦回答："哦，那是在无声练习唱《爱情的故事》。"

护士长和何秘书听了目

① 《怪人》，美国克里斯蒂安·奈比导演的科幻电影。

瞪口呆，哇！这个怪人原来是在虚拟唱歌，简直太搞笑了。麦护士长后来回忆道：“不懂他的人吓死了，懂他的人笑死了。”

后来，护士长和何秘书与吴敏伦慢慢地接触多了，发现他并不是人们表面所看到的那样“怪怪的”而不可理解，只是比一般人更具有鲜明的个性，活得更真实罢了。渐渐地，他们不仅是工作中的好搭档，还成了生活中的好朋友。

虽然吴敏伦在许多同事的眼中是一个怪人，但这并不影响他为人和善、直率，学识渊博、令人肃然起敬的医生形象。然而，一个突发事件使吴敏伦经受了一场信任危机。一个住院的女患者向医院投诉说她见到有一位精神科医生趁邻床女子吃了安眠药熟睡后非礼了她，并且直接告到了院长办公室。在医院发生这样的事情可不是一件小事，这消息像一壶煮沸的开水一样一下子在整个医院传开了。由于吴敏伦是医院精神科的首席性治疗专家，加上他的性观念比较开放，人们很自然地将那只“咸猪手”（粤语：性骚扰的手）与他联系起来，把色魔的矛头直接指向他，一些人用怀疑的眼光来看他，一些护士在走廊上遇到他也会躲躲闪闪，有意回避他，有的人躲在他的背后指指点点，小声地嘀咕着，还有人甚至好奇地跑到精神科来向麦护士长和何秘书探听“机密”，问那个色魔是否真是吴医生啊，麦护士长坦率地说：“你们别瞎说，没有的事，我了解吴医生的为人，他虽然是一个性学专家，但这种事他绝对干不出来！”何秘书在一旁说：“这根本不可能，应该另有其人，吴医生的职业道德是最令我钦佩的。”

面对一些同事的怀疑、白眼、指责和冷嘲热讽，吴敏伦不屑一顾，视而不见，他并没有作出任何回应，一如既往地认真工作，因为，他并不感到委屈，也无须为自己争辩，没有必要自寻烦恼，他相信清者自清，自有公论。果然，医院通过一段时间的调查和取证，很快就找到了那个“咸猪手”，原来是精神科一个刚刚任职不久的年轻医生，院方对他作了严厉的处罚。经过这场“性骚扰”风波，吴敏伦的声誉不但没有受到丝毫损害，反而增强了同事们对他的信赖和尊敬。当事后有人向他提及此事，问他当时有没有感到委屈时，他只是淡然一笑：“没有！早知不过是一场误会，必有澄清的一日。”

那时，精神科每个星期四都会举行一次茶话会，同事们聚在一起喝茶聊天，谈谈工作上的问题，以沟通情感。而所消费的点心、水果和饮料实行 AA 制，一次每人缴纳两元港币，由麦护士长负责管理财务。可是，每一次找吴敏伦收钱时，他都会说：“对不起，没钱啦！迟些给吧！”麦护士长起初怎么也不相信，他一个月数千薪酬那么高，怎会没钱呢？难道连两块钱都付不起吗？真是一个怪人！但她转念一想，又怀疑他是不是在故意骗她、捉弄她？后来才知道，他的衣袋确实常常没几个钱，因为他所有的钱财都交由徐梅管理，由她每天“发放”少量零用钱，万一他有什么额外开销而他没准备的，他便出不起了。徐梅也曾提议不如每天另外给他一些“后备钱”压袋，但吴敏伦却不肯，理由是怕钱带太多，一不小心丢了会心疼！

为了减轻太太做饭的劳累，吴敏伦平时中午很少回家吃饭，而是开车带着精神科的几位同事去茶楼饮茶。虽然医院设有饭堂，但他们还是喜欢外出兜风和有多点不同的选择。一天中午，吴敏伦驱车带麦护士长、何秘书、郑医生和蔡护士一起外出饮茶，经过海底隧道的时候，吴敏伦开玩笑地说：“等一下收费站就到了，要收 10 块钱，既然实行 AA 制，你们每人给我两块钱哦。”麦护士长学着他以前的口气说：“没钱啦！真的没钱啦！”然后其他三位也异口同声地说：“没钱啦！”吴敏伦淡淡地说：“才两块钱都不愿意出，没想到你们都这么抠门啊！”大家哈哈大笑。

来到茶楼，他们找个比较僻静的角落坐下来，一边饮茶，一边闲聊。其间，郑医生开玩笑地对吴敏伦说：“老吴，你薪酬那么高，那么有钱，怎么经常说没有钱啊？怎么连今天的过路费还要我们大家拼凑啊？”

吴敏伦笑着说：“我是有钱啊，但都在我老婆手里啊。”

郑医生有些惊讶：“哇！真惨啊！那你是不是对钱财不屑一顾啊？”

吴敏伦说：“也不是。不过，你要知道，一毛钱是钱，五分钱也是钱啊！我只不过怕丢失，才不敢在口袋内放太多钱。”

郑医生故意逗他说：“既然你这么说，那么，如果你见到五分钱掉到地上，你捡不捡啊？”

吴敏伦不假思索地回答：“捡！”于是，郑医生真的把五分钱硬币丢到地上，吴敏伦居然也真的弯下身子把钱捡了起来，问道：“还有没有啊？”郑医生不敢再丢了，大家哄然大笑。

郑医生喝了口茶，慢条斯理地说：“喂，老吴，你刚才说你把钱全都交给你老婆，从不过问？这可是真的？”

“是啊，这没什么啊！”吴敏伦满不在乎地说。

郑医生压低嗓门说：“我可告诉你，你这样做是很危险的啊，现在的女人都靠不住，万一，我是说万一哪一天你太太把你所有的钱都卷跑了，或者她在外面包养小白脸，把你的财产消耗掉，到时你哭都来不及啊，现在社会上这样的例子还少吗？到时可别怪我没提醒你，可别后悔啊！”

旁人一起附和："是啊！是啊！"

吴敏伦哈哈大笑："小郑，我知道你是为我好，你说得也没错，这样的事情确实很多，但你太不了解我们了！我相信我的太太，这种事情绝对不可能发生在她身上。要是像你说的那样的话，她早就应该把钱给卷走了，何必等到现在呢？"的确，吴敏伦在财务上对太太充满信心，这是一般人无法理解的。

女为悦己者容[①]

爱美之心人皆有之。可是，美应该是一种自然天生之美而不是刻意雕琢之美。

徐梅是一个十分平凡的女人，平时衣着非常朴素，休闲自得，从不刻意打扮，涂脂抹粉。因此，她身边的一些朋友出于对她的关心，经常对她谈及穿衣之道。有一次，徐梅与几位太太去茶楼喝茶，闲聊中，朱太太对她说："吴太，我看你平时穿得这么随便，是不是舍不得花钱买时装啊？我又怎么从来没有见你戴过首饰啊？是不是你老公把钱看得很紧啊？"一旁的牛太太紧接着说："是啊！是啊！我真的搞不懂你，是不是不会打扮啊？你应该知道你老公可是大学教授，是香港的著名人物啊，你就不应该打扮得'阔气'一些？经常和老公

① 《女为悦己者容》，出自《战国策·赵策一》。

出入一些大型社交场合，要配合身份穿好些，还要化妆打扮啊！你看人家那些名人的太太都是珠光宝气、穿金戴银的。”洪太太附和着说：“是啊！是啊！虽然不一定要浓妆艳抹，但化一点淡妆是可以的！你看看，香港女人哪个不是这样啊?”

徐梅只是淡然一笑：“我从小就这样，不太习惯在别人面前显摆，也不在乎别人会怎么看、怎么说，我只在乎顺其自然，不矫揉造作，做好我自己就行！其实很多人穿衣服、化妆打扮都是为了给别人看，给别人留下一个好的印象，也就是说，是为了取悦别人。而我是为了老公开心，我几乎所有的衣服都是他说好看我才买的。敏伦最喜欢我的朴素和脂粉不施，虽然他听任我的意见，但对我来说，如果他不觉得漂亮，就算全世界的人都觉得漂亮也没有意思。幸好我们的喜好一样，他喜欢休闲装，我乐得轻松，才不管别人怎么看我呢！”朱太太听了大声惊呼：“哇！原来是这样！你真是太傻啦！还没见过像你这样傻的人，真是没救了！”

也许有人认为，徐梅在某些方面过于依赖、迎合和迁就于丈夫，但吴敏伦认为，这是对爱情表达形式的一种误解。其实，一个好的或幸福的家庭需要经营和合作，共同承担责任，共同分享喜悦，没有主仆之分。婚姻也是这样，需要经营，需要合作，没有谁支配谁，爱一个人就应该给他/她自由，而不是限制，否则那不是爱，而是自私。合作不是忍耐，不是退让，更不是迁就，就像跳舞一样，我进他/她退，他/她进我退，配合默契，天衣无缝。这样才能表现出舞蹈优美的节奏和舞姿，才能给人以美的享受。所以说，爱情和婚姻美好与否取决于夫妻双方

合作的好坏，合作程度的高低，如果合作成功，婚姻就会美满幸福，否则只会导致婚姻的破裂和毁灭。显然，吴敏伦与徐梅的爱情和婚姻是合作成功之典范。他们在人生和婚姻的舞台上，像一对采摘爱情之花蜜的蝴蝶，翩翩起舞，比翼双飞，演绎艺术，享受人生的幸福。

在工作和生活中，吴敏伦也难免会遇到一些心仪自己的女性，有单位的

同事，有自己的学生，也有社交圈子里的朋友。有的以送画为名暗示爱意，有的在他下班的时候等候在楼下，邀他散步或逛街，表示亲热。但这些人始终无法渗入他严密的情感世界，每当遇到这样的“追求者”或“爱慕对象”，他都会坦然地告诉太太。当然，这不但不会引起徐梅的醋意，反而觉得自己的丈夫依然魅力四射，她为此而感到骄傲，因为在她看来，爱与被爱都是一种幸福。

都是爱情惹的祸[①]

在吴敏伦的仰慕者和追求者中，最痴情的要算他的博士研究生杨思敏了。她聪颖好学，性格内向而文静，曾有过两次恋爱失败的经历，但自从考上了吴敏伦的心理学博士生，深深被这位英俊潇洒而博学多才的导师所吸引，由崇拜而生爱恋之情，但又羞于直接表白。于是，只好寻找各种机会和途径向导师暗示或传递爱的信息，如赠送包括爱情歌曲的 CD 或其他温馨的小礼物，或直接打电话到家里找他谈“工作”，或借故要求他开车送她回家，并故意把一些女性用品（如化妆盒、女手提包等）留在车上的座位夹缝中，希望引起他太太的注意而引发家庭风波。谁知徐梅见到后并不在意，若无其事地吩咐老公物归原主，看来这几招并不奏效。当时吴敏伦正忙于大力推广性文化和性教育的工作，到处讲学和参加性学交流会议。杨非常支持吴敏伦的性学工作，并为此付出了许多努力，协助导师做了不少社会调查和研究工作。有一次，她随导师去日本参加一个国际性学会议，一些吴敏伦的老朋友见到他带着一个年轻漂亮的女生，都以为是他的情人，并取笑他说：“你们看看，有戏看了，一向正人君子的吴教授最后还是‘中枪’了吧！”

由于会议时间安排得十分紧凑，吴敏伦与他的学生虽然每天见面，但都无暇一起

① 《都是爱情惹的祸》，泰国电视剧。

坐下来细谈工作。在会议结束的前一天晚上，已是深夜，忙碌一天的吴敏伦正准备上床休息，突然接到这位女学生的电话，说会议的总结报告已经写好，请他去她酒店的房间一趟，还有几个问题要向他请教。吴敏伦告诉她，时间太晚了，明天还要早起赶航班回港，还是回香港再说吧。在工作中，虽然她总是有意无意地流露出对导师的爱慕之情，而吴敏伦也十分清楚这位女弟子对自己的情意，但他情感的篱笆还是毅然将其隔离开来，始终与她保持一定的情感距离。作为师长，他只有在学业上给予她更多的指导和关心，希望她学有所成，将来有一个美好的前程。

几年之后，这位美女博士毕业，带着对导师深深的眷恋和彻底失落的情绪离开了香港这座充满诱惑和欲望的城市，去新加坡一所科研机构工作，但仍然对这位学识渊博、才华横溢的导师念念不忘，经常打电话来嘘寒问暖，诉说自己心中的烦恼。一年以后，吴敏伦应邀去新加坡的一所大学讲学，杨思敏知道后打电话到他下榻的酒店，想请他出来一起吃晚餐，吴敏伦没有拒绝，如期赴约。在一个充满情调的小餐馆里，吴敏伦见到了这位勤奋好学的弟子，虽然只有35岁，但看上去比实际年龄要苍老多了。他询问了她一年多以来的一些工作和生活情况，得知她十分勤勉，而且取得了一些学术上的成果，最近还获得了讲师资格。作为她的导师，吴敏伦深感欣慰，并鼓励她再接再厉，在事业上争取更大的成就。不过，她的情感生活仍笼罩在一片忧郁和灰暗的色调之中，精神上也变得越来越苦闷，人也显得越来越憔悴。吴敏伦极力开导她，希望她能摆脱生活中的阴影和烦恼，拥有一个光明而美好的未来。

吴敏伦至今还记得，刚结婚两三年时，在香港大学担任讲师兼大学宿舍的舍监，一边教学一边在精神科做临床门诊工作，还要管理学生的一些生活起居，深受同学们的欢迎。可是，令他没想到的是，医

学院大二的一位漂亮的女生顾冰冰不知什么时候悄悄地喜欢上了他，经常找借口来见他。有一次她来到吴敏伦的医务办公室，说她最近总是失眠，十分忧郁，记忆力衰退，身体很不舒服，茶饭不思，所以请吴老师给她看看，是不是哪里出了什么问题。说着说着，话题便扯开了，主要是打听一些他的爱好和平时的生活习惯。吴敏伦心里清楚她身体根本没什么病，劝她回去好好休息便是。

可是吴敏伦越是有意回避，她越是穷追不舍，甚至经常来宿舍找他。一天晚上，冰冰来吴家敲门，见开门的是一位年轻漂亮的女子，于是有些不悦地问道："请问吴老师在吗？"年轻女子回答："不在，刚才有事出去了。"冰冰有些不信："不会吧？这么巧？""哦，我知道了，你就是同学们经常看到的和吴老师走在一起的那个冰冰吧？"冰冰这才仔细打量起眼前这个女子："你是哪个系哪个班的？"年轻女子微微一笑："我想你们都搞错啦，我不是什么女生，我是他的太太！"冰冰把眼睛睁得圆圆的，嘴唇变成了"O"形："哇！你就是吴老师的太太？怎么从来没有听他说过你这么年轻呢？"徐梅不答，说："请问你找他有事吗？等他回来我转告他！"冰冰有些慌乱："没什么！不说啦！下次找他吧！"说完转身离去。不过，冰冰并没有就此罢休，还是经常来敲门找他，身为舍监的吴敏伦因有责任处理学生生活问题，只能见她，有时徐梅不在也不得不开门让她进来，开着门和她谈话，给她以辅导。久而久之，不知为何，冰冰竟然和徐梅成了无话不谈的朋友。由于她也很喜欢音乐，钢琴很棒，达到九级的水平，她的钢琴老师是香港一位著名的钢琴家，所以与徐梅有不少交流的话题，后来她还引荐徐梅跟随她的老师学琴。大学毕业后，冰冰在香港一家医院当精神科医生，吴敏伦夫妇还一起去看望过她。等到吴敏伦从英国回来时，已是两个孩子的父亲，她还来找过吴敏伦几次，并送给孩子们一些小礼物。但后来便很少有她的消息了，据说她已移民北美。

自己的老公被别的女性所爱慕和追求，做太太怎能不怕？是一哭二闹三上吊，还是与"第三者"争风吃醋、大打出手？徐梅在和吴敏伦合著的《我们是这样相爱到老的》一书中这样写道：

"追求"他的同事、护士、患者、学生我都见过，只不过一般女子不如男的主动直接，只作暗示，如送很个性化的礼物给他，在他医院门口等他，借故约他单独在外见面等。但我都只看在眼里，一笑置之，也不会和吴敏伦拿出来说，因为我和吴敏伦都根本不当回事，他亦自有他一套最佳的应付方法，我干扰了反而不好。有些倾慕者见暗示不奏效，便会使出一些第三者常用的技巧，如散播与吴敏伦有特殊关系的谣言、打女性神秘电话让我接，在我与吴敏伦一起时特意出现等，希望我有怀疑、与吴敏伦不和时便可乘虚而入。我的应付方法是不但完全没有不良反应，反而积极主动和她们交朋友，有休闲活动也约她们参加，她们有些见计不得逞，还要应酬我们，自然知难而退，至于那些仍不想退的，我便顺水推舟与她们做好朋友，最后还丰富了大家的生活。

那么，吴敏伦对这些"不期而至"的"追求者"到底有一套什么样的"最佳的应付方法"呢？吴敏伦说："我的第一道防线，是尽快让公众知道我如何爱妻，而且不停地表现出来。不过，这招防不到那些自信甚高、不能自控或不相信猫会不吃鱼的人。女子接近对象的方法较含蓄，所以我的敏感度要更高，方可尽量消灭对方的幻想于萌芽期，还要宁枉勿纵。譬如那些无缘无故闯进我办公室问些不重要的事或说自己有什么不舒服的、入了房又不愿意走的、太多在不同场合下'巧遇'的、太殷勤的……都要开始提防，但不必形之于色，只要若无其事地应付过去，几次之后她们发现毫无进展，多会知难而退。"不过，徐梅回忆说："剩下那些仍未肯退兵的敏伦的追求者则会开始闹事迫使我们作出反应，譬如瞎说敏伦在公事上冤枉她要他公开道歉、散播谣言说敏伦追求她、打情意绵绵的电话或寄暧昧信件到我家让我接到，希望引起家变等。

如果敏伦单独找她讲理，她便可一诉衷情或将事情闹得更大，诸如此类。但我们的应付方法是一概不作出反应，因为我们彼此间有坚定的信任，既然那些都只是瞎说或谣言，时间自会证明一切，当对方觉得过于丢脸时，便无法不死心。这些所谓‘家庭陷阱’在我们眼中都是‘小儿科’，我们只会不约而同地一笑置之。”

但是，如果追求者是患者，其疯狂程度可不是普通招数能够应付的，何况吴敏伦要照顾的多数是有严重性爱心理问题的人。她们有一入诊室便自动脱衣的；有威胁你如果不立即上她家（或到酒店房间）找她，她便自杀的；在街上紧紧跟随不放的，等等。不过，因为吴敏伦对这些都身经百战，能够冷静面对，巧妙应付，所以还算游刃有余。

不仅在吴敏伦生活的周围追求者神出鬼没，使他防不胜防，而且，即使他置身海外，也会有热情似火的不速之客骤然而至，使他难以招架。有一次，吴敏伦去巴西参加一个世界性学会议，年轻漂亮的会议秘书蕾丝对吴敏伦十分敬仰，经常找机会与他交谈，请教一些性学问题。会议结束的最后一天晚上，在酒店举行了一场舞会。长发飘飘的蕾丝一直跟随在他身边，并且热情地邀请他跳舞，吴敏伦欣然应允。随着充满激情和节奏的旋律的进行，蕾丝搂着吴敏伦的腰身翩翩起舞，训练有素的吴敏伦舞姿潇洒，风度翩翩，蕾丝不时向他暗送秋波，面带微笑，高耸的胸部有意无意地揩擦着他的身体，吴敏伦已经意识到蕾丝向他发出的情感信号，但他保持着内心的平静，只当若无其事。舞会结束后，蕾丝邀请他去一家茶馆喝奶茶，他们坐下来一边品尝着浓茶，一边谈论会议期间发生的一些趣事，吴敏伦的脸上也一直保持着微笑。夜已深沉，吴敏伦送蕾丝回家，一直送到蕾丝住所的楼下，蕾丝问他是否上去坐坐，再喝一杯，他说：“太晚了，再见！”然后一个人消失在夜色之中。

新千禧年代的性[①]

20 世纪 90 年代初，吴敏伦以香港性教育促进会的名义向世界性学会申请在香港举办一届世界性学会议，经过多年的努力，在得到香港卫生福利司、中国性学会及多个中国和亚洲地区性学会的支持下，最终在 1995 年击退美国、法国、阿根廷和以色列等竞争的国家，成功获得了 1999 年第十四届世界性学会议的主办权。这可以说是华人的荣誉，因为在这之前，只有印度（1985 年，新德里）及日本（1995 年，横滨）申请成功，中国虽然起步较晚，但毕竟是一个好的开始。而且，这将是中国性学及世界性学史上的盛事，使其他国家能够认识到中国性学家的研究成果。

筹办该活动的香港性教育促进会会长吴敏伦表示，性生活良好，可以缓解压力，提升生活质量，对社会产生良好的影响。不过他认为，亚洲人民在性方面最大的问题就是性无知，缺乏性知识，害怕和不敢面对性问题，认为性是危害社会的。因此，在香港召开这次会议的意义十分重大，他希望借此会议能够提高人们对性问题的觉醒及了解程度，同时也希望借此提高中国的性教育和性科学研究素质，促进社会在性政策方面的设计和执行。吴敏伦说，我们不怕到时会有保守分子群起围攻，最重要的是能引起市民的讨论，使香港大众勇于谈性。性既然是生命所必需的，那就可以被认为是道德的。真正的性研究、性教育，其目的在于使人类认识自己、发展自己。

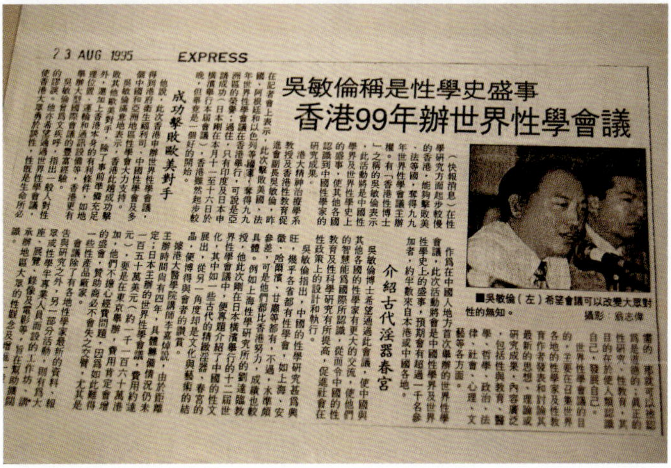
23 AUG 1995　EXPRESS

吳敏倫稱是性學史盛事

香港99年辦世界性學會議

（快報消息）在性學研究方面起步較慢的香港，能夠擊敗美、法等國，奪得九九年世界性學會議主辦權。有「香港性博士」之稱的吳敏倫表示，此活動將是中國性學界及世界性學史上的盛事，使其他各國認識到中國性學家的研究成果。

港大精神治療學系教授及香港性教育促進會副長吳敏倫，昨在記者會上表示，此次擊敗美國、法國、阿根廷和以色列等國家，奪得九九年世界性學會議在香港舉行，可說是亞洲區的榮譽；過往，只有印度及日本申請成功（日本剛在本月十一至十六日於橫濱舉行本屆會議），香港雖然起步較晚，但畢竟是一個好的開始。

成功擊敗歐美對手

他說，此次香港申辦世界性學會議，得到港府衛生福利司、中國性學會及多個中國和亞洲地區性學會大力支持。吳敏倫滿意地表示，香港此趟成功擊敗其他歐美對手，除了事前的準備充足外，還加上香港本身的有利條件，如地理位置、運輸和通訊設備等，香港更有舉辦大型國際會議的豐富經驗。

吳敏倫曾爲文疾呼，指出一般人對性的誤認，他亦希望通過世界性學會議，使香港大眾勇於談性，性既是生命所必需的，那就可以被認爲是道德的；真正的性研究、性教育，其目的在於使人類認識自己，發展自己。

世界性學會議的目的，主要在召集世界各地的性學家及性教育作者發表和討論其最新的思想、理論或研究成果，內容廣泛，包括性與教育、醫學、哲學、政治、法律、社會、心理、文藝等各方面。

作爲在中國人地方首次舉辦的世界性學會議，此次活動將會是中國性學界及世界性學史上的盛事，預期會有超過一千名參加者，約半數來自本港或中國各地。

介紹古代淫器春宮

吳敏倫博士希望通過此會議，使中國與其他各國的性學家有更大的交流，使他們的智慧能爲國際所認識，從而令中國的性教育及性科學研究有所提高，促進社會在性政策上的設計和執行。

吳敏倫指出，中國的性學研究甚爲興旺，幾乎各省都有性學會，如上海、安徽、哈爾濱、甘肅等都有，不過，水準頗參差，可是他們都比香港努力，成績也較具體。例如上海性學研究所的劉達臨教授，他此次剛在日本橫濱舉行的十二屆世界性學會議中，便專題介紹了中國的性文化，其中如一些古代的精緻淫器、春宮的展出，從另一角度卻是文化與藝術的結晶，便博得與會者的讚賞。

據港大醫學院講師李嘉焯說，由於距離主辦時間尚有四年，具體籌備情況仍未定；日本主辦的世界性學會議，費用約達一百五十萬美元（約一千一百六十萬港元），要是在東京舉辦，費用肯定會增加，他們不擔心經費問題，因爲如此難得的盛會，贊助商必不會失之交臂，尤其是一些性產品廠家。

會議除了有各地性學家最新的資料報告與研究之外，另一部分活動，則有爲大眾或性學半專業人員而設的工作坊、講座、展覽、錄像及電影等，旨在幫助擴闊承辦地區大眾的性觀念及[illegible]識。

■吳敏倫（左）希望會議可以改變大眾對性的無知。　攝影：翁志偉

时任世界性学会会长韩南达认为，亚洲人的生活过于繁忙，以致缺乏良好的性关系及家庭沟通。他指出，

① 《新千禧年代的性》，吴敏伦主编的第 14 届世界性学会议论文集。

当前世界性学正面临两大难题，首先是艾滋病，尽管不断地宣传关于防治艾滋病的知识，但传播艾滋病的性行为仍在各地蔓延；其次是性教育缺乏，家长及老师不敢与小孩讨论性问题，实际上性学不单指性关系，也包括两性如何沟通及性平等："由于性教育不普及，20 世纪 70 年代日本只有一成的儿童遭到性侵犯，但刚于日本举行的世界性学会议上则发现该比例现时已跃升至两成，某些国家的比例更高达三成，情况令人担忧。"吴敏伦认为这是世界性学会首次在中国人的地方上举行，预计参加者中约半数来自中国香港及内地。希望通过性学家和性教育工作者在会上发表的最新研究成果，加上为大众而设的讲座、图片展览、录像及电影等，可以增加普通民众的性知识。

经过艰苦的努力，1999 年 8 月 23 日，第十四届世界性学会议首次在华人地区中国香港举行，并且由行政长官夫人董赵洪娉主持开幕仪式，另外也请了卫生署、教育署、香港医学会、香港大学精神治疗学系、香港艾滋病基金会等担任主办机构顾问。在启幕仪式中，吴敏伦以大会主席身份致辞，认为这次会议选在香港举行意义重大，象征着新世纪的性学研究迈向中西合璧的层面。来自世界各地的约 50 名性学家、医生和学者来港讨论及进行学术交流，也包括华人性学家出席。会议的内容包括性治疗学、性病学、性教育推广及性文学研讨。但会议上所提交的论文大都是欧美学者的，小部分是日本及中国香港的。

在为期 5 天的会议期间，还举行了各种形式的活动，其中包括在展览厅中举行的“古今性爱物品大展”。展览以“性”为主题，其中最引人注目的莫过于由国内著名性学家刘达临提供的一百多件中国由汉至清的性文物藏品，包括摆件，出土的女人服饰，妓女用品，如春钱，用以回报嫖客多多光顾的优惠券；还有古时出嫁女子的父母压放在箱底的，用水墨描绘的性爱动作，教不准出闺门的女儿看图识洞房的春宫画。其中最古老的展品是具千年之历史，用翡翠雕琢而成的阳具；也有佛教密宗流传、模拟男女性交造型的“欢喜佛”。古代中国人也致力追求性方面的乐趣，明朝有人专门设计的“春椅”“美人姻”方便男女行鱼水之欢，这些性用具古董也都在场展出。还有一些“艺术性”的物品，如油画、邮票、中国古代春宫图等，令香港人大开眼界。

吴敏伦在接受记者采访时指出：“性教育越落后的地方，就越应该办性学会议，好让全世界都知道性学到底是怎么一回事！”那么，到底什么是“性学”呢？吴敏伦说：“性学就是以科学系统研究一切有关性的知识，任何学科涉及性的部分都被纳入性学，例如医学中研究性病、性药物；社会学中研究婚姻、恋爱；历史学中研究性文化历史等。而民间一般人把性学看为男女床第间的技巧之学，无疑是把性学看得又窄又小又扁。所以，举办这次活动的目的是希望香港市民对性增加了解，同时加深对中国古代传统性观念的认识，不要被误会为卖弄‘性’的活动。”关于这次性爱物品展览，由于部分展品例如春宫图描绘两性的性交情形，显示男性及女性的性器官敏感部位，已经被色情刊物审裁处评定为不雅物品，故此，展览会只准年满 18 岁的人士入场观看。

这次性学盛会在香港获得巨大成功，市民反响十分强烈，对于香港性教育的推广和发展产生了一定的作用，可以说，世界性学会议在香港的召开，是吴敏伦和同仁们奋起力争和努力操办的结果，这在人类性学史上谱写了辉煌的一页。然而，吴敏伦却为此承受了巨大的压力，争取了十年才可在香

港举行，既要顾及香港的国际形象，又要协助内地的学者，还要教育香港市民，筹措资金……组织这会议，成本要 300 万元，有盈利归性教育促进会，赔本则要吴敏伦个人承担。会议前两年金融风暴突然袭来，不少赞助商临阵退缩，最终赔本了。但吴敏伦自我安慰，说做这类学术活动，没谁可担保必赚，赔了就当作捐献给社会，因为他深知，性学对社会的重要性，犹如食物之于人类，后者是肉体的，前者则直击心灵，这项工作必须义无反顾地做下去。吴敏伦有个信念："世界上没有什么事情是不可以做的，世界上也没有什么事情是一定要做的。"这是他的一种人生态度，也是一种化解压力的方法，像他经常所说的那样："无为而无不为嘛!"

值得一提的是，在此次盛大的性学会议上，发布了一项"性权利宣言"，这在世界性学史上有十分重大的意义。宣言中强调指出，人人都有性爱自由，也有表达性感受的权利，以及选择避孕的权利等。世界性学会将宣言交予联合国及世界卫生组织，香港性教育促进会也将宣言交予香港教育署及立法会议员。吴敏伦认为，在性权利方面，香港与世界其他地方一样存在着许多不公之处，例如在反对性倾向歧视方面，至今仍未到达立法程序。在会议之后，吴敏伦以主编身份，把这宣言连同会议内数十篇重要或论文集结成书，由意大利著名出版商 Editrice Compositori 出版发行，书名为 *Sexuality in the Millennium*（《新千禧年代的性》）。这本书出版之后已成为性科学领域研究性权与婚制必读的参考书。2012 年末至 2013 年初，香港大学医学院图书馆举办了一个很特别的图书展览，把香港大学医学院创院百多年来，教师们出版过的最重要的 10 本书籍介绍并展览出来，其中有关乎医学史的、心脏病的、传染病的等，而吴敏伦的《新千禧年代的性》便是其一，这还不止，其他入选的教师都只是每人一本，吴敏伦却还有另外一本，便是他在 1997 年写的《性禁忌》。

扫码 更精彩

大奖 ①

对许多人来说，获奖是一种荣誉和成功的体现，但更多的是一种对自己所付出的辛劳和价值的肯定和回报。可是，对于吴敏伦来说，获奖是极其平常的事，因为，他从香港大学得到的有关教学工作的荣誉和奖状非常之多，多届的毕业学生都曾赠予他“教导有方”之类的锦旗。香港大学于1997年举办第一届最佳教师评比选举时他就已榜上有名，至于长期服务奖、优异服务奖等更是没说的。不过，在名牌大学内的教授最重要的还是要拿国际荣誉和奖项。进入21世纪，2000年，吴敏伦去安提瓜和危地马拉，担任泛美卫生组织与世界卫生组织合办的咨询专家及报告起草小组成员及泛美卫生组织专家咨询组成员，参与起草《促进性健康行动建议》。2000—2001年，他出席

① 《大奖》，加拿大马克·罗布森导演的电影。

巴黎第15届世界性学大会，担任科学委员会委员。2002年1月28—31日，他出席由世界卫生组织在瑞士日内瓦主办的《性与生殖健康的挑战：性健康技术》磋商会，并任临时顾问。2002年10月7—8日，他出席由世界卫生组织在日内瓦主办的性与生殖健康战略委员会研究会议，并任临时顾问。2002—2003年，吴敏伦担任世界性学会的科学委员会委员。

吴敏伦接受香港大学颁发的长期服务奖

2003年3月10日，由世界性学会主办的第16届世界性学会议在古巴举行。在这次大会上，由于对性学和性健康方面所作出的杰出贡献，吴敏伦获得了由世界性学会颁发的“性学金牌”奖，这是世界性学会现时颁发予性学家最高的国际荣誉，需要通过世界性学会公开提名，再由世界性学会一个独立委员会评估，每两年一度选出多名杰出的性学学者。这次一共有两位金牌得主，另一位得奖者是美国金赛性学研究院的总监约翰·班加罗夫博士。

扫码更精彩

性福人生[①]

在通往性福人生之路上，吴敏伦身体力行，充满信心。为了推广和普及香港的性教育，他希望通过信息化的手段来具体实施。2004年，吴敏伦经过精心策划，与香港大学专业进修学院联合推出公开的专业性教育和性治疗课程，侧重于网络渠道的学习，以方便那些在职的学员。既然是网上学习，那么最需要的是能提供系统的参考资料的数据库，德国性学家黑伯乐建造了一个很权威的性学网站，吴敏伦当然要把它作为学生的主要参考工具。为方便学生使用，吴敏伦取得黑伯乐的同意，让他的教学网不但可以与黑伯乐的网站连接，还可自由转载它的内容。吴敏伦将此项安排通知负责做这连接/转载的进修学院计算机部，得到的回复却是："因来件版权（内容）问题，本学院网页恕不能转载你传来的网站内容或与它的网站连接……香港大学专业进修学院计算机部。"吴敏伦对此大惑不解，于是，他向工作人员说明，他已与黑伯乐厘清了版权（内容），也出示了黑伯乐的同意书，但计算机部仍诸多搪塞，说担心版权的这个或那个问题，即使他指出与黑伯乐早已合作十多年，如果有任何版权问题他愿负全责等，

计算机部工作人员仍无动于衷，总之就是不办理。事件拖拉至三个一年制的课程完成，直至吴敏伦退休，黑伯乐这个网站仍是挂不上去，至于真正的原因是什么，不言而喻。

2004年11月22日，中新社香港分社以"港人性知识贫乏受关

① 《性福人生》，美国科尔顿·劳伦斯执导的电影。

注”为题，报道了一对大学毕业生，结婚数年妻子久未有孕，咨询医生，方知结婚 5 年的他们一直以为如拥抱、同床共眠等寻常亲热行为就能“生 BB”（生孩子），以致两人一直为膝下无儿女而苦恼万分，以为自身有病而求医。这个个案发生在被人认为最能引领各种时代潮流的香港，令人咋舌。与此同时，香港最新公布的一项调查也指出，香港高校学生的性知识十分贫乏，在受访的 1 700 多名学生中，只有一半学生知道女性于经期时也有机会受孕，逾三成人不知道正确使用安全套可以避免性病传染，而他们也极少与父母亲或师长讨论青春期的生理变化，情况令人担忧。

香港的性教育政策落后，港人的性知识贫乏，一直为不少社会学家所关注，上述个案显示了貌似时尚而开放的港人性知识的贫乏程度。被称为“性博士”的香港大学医学院精神医学系教授吴敏伦对此深感忧虑。他说，香港社会整体对“性”的态度过于保守，普遍认为只要无性病就是性健康，而且偏向于“禁欲的性教育”，这反映港人往往只着重身体上的问题而忽略心理上的问题。上述个案中的夫妇两人向他解释，从小到大都没有人教过他们性知识，家长及老师多是回避他们提出的有关问题，令他们的性知识极为贫乏，甚至闹出笑话。

多年来一直提倡加强性教育的吴敏伦认为，性健康应包括幸福的性生活，要达到性健康，首先是性教育得宜，但香港近年却倒行逆施，性教育政策严重落后于亚洲地区的日本、中国内地及台湾地区。吴敏伦教授指出，一般人对性健康的关注只着重于有没有性病或性功能障碍，如艾滋病、淋病、性欲低等，但实际上，性角色混淆、娈童、变性、易服、性虐待等都是性健康问题，而人们对此往往选择忽略。

另一方面，他分析说，社会大众大多不能以平常心态面对患有性病或有性心理问题的人，将问题娱乐化、夸张化及妖魔化。当大家发现有人患上性病或有性心理问题时，便以歧视的眼光看待，这种种现象正是性教育不足及医疗政策方向错误所导致的。

因此，吴敏伦建议香港建立一套医疗制度及提供治疗生理及心理性病的服务，并将性教育融入正规的大众教育之中，因为不同年纪的人都会遇到性问题。吴敏伦说，各机构内的男女平等、产假、性骚扰及洗手间设计等问题都需要引起注意，可惜香港一向对性教育抱怀疑态度，港人大多认为太多性教育只会带来负面影响，令未婚怀孕及堕胎等问题日益严重，所以性教育一直未被重视。

事实上，世界性学会已宣布在《人权宣言》中加入性权，提倡性的自由与平等是所有人都平等享有的权利，以促进性健康。此外，泛美卫生组织与世界卫生组织已决定将性权纳入性健康的范畴，提升成员国及地区对性健康的重视。吴敏伦强调，性是一种令人放松的行为，也是基本需要，拥有美满性生活的人会较健康。他举例指出，很多研究都发现已婚并能维持性生活的人较为长寿，社会各界应该共同努力消除各种对性的成见和误解。为此，香港大学会继续加强有关性教育及培训工作，包括与内地及台湾的大学合作筹办性教育课程。而香港大学的远程性教育课程更会通过互联网授课惠及大众，邀请外地专家教授，给年轻人传授正确的道德观念以及健康的性知识。

吴敏伦对香港性教育的严重落后和缺失深感忧虑。以往不

少调查都显示，香港人的性观念既不开放，对性爱也不热衷。例如2005年11月，安全套生产商杜蕾斯进行的一项调查就发现，在受访的全球41个地区、30万个被访者中，香港人一年平均的性行为次数由2003年的103次，下跌至2004年的78次，较中国内地及台湾地区还要少，在全球排名倒数第五。

2006年，香港一项调查显示，近半数香港男女不满现时性生活，八成港女更不满男伴勃起时的硬度及时长。调查亦显示港人性行为次数在受访的27个国家及地区中排名最低。这次调查由美国辉瑞药厂委托调查公司在全球共27个国家及地区进行，受访人数近1.3万，香港则有男女各125名共250人接受调查。调查主要了解成年男女对性生活的期望及满意程度，结果显示，只有约26%的香港男女非常满意性生活，较全球平均水平42%低约两成，反映出港人对性生活满意度不高。

此项调查主要针对男女是否对勃起时的硬度及时长感到满意进行，58%的港男认为自己不能保持长时间的勃起状态，更有超过八成香港女性认为，伴侣未能在性行为中保持良好的勃起状态，较全球情况只有48%的女性不满性伴，高出近一倍。对性生活的满意度同时影响性生活的次数，调查同时发现，港人平均四星期只有3.55次性行为，较全球平均次数6.48低将近一半。

吴敏伦认为，香港不少男士经常忽略勃起时硬度及时长的重要性，忽略伴侣的满意程度，只重视勃起时的大小。此外，传统中国男性也较内敛及爱面子，即使察觉自己勃起情况不如理想，也不愿承认及求医，女性也不敢出声。吴敏伦认为这是一个恶性循环。他说："性生活次数愈少，愈不满意；因为不满意，次数又再减少。"他指出，健康成年人每周理想的性行为次数约为两次，理想的性交必定要男女双方均感满意。他认为港人紧张及繁忙的生活节奏是影响性生活质量的主要原因，因此呼吁男士如有勃起的困难，要尽早求医，因为只有拥有健康的性生活才能拥有性福人生。

扫码 更精彩

性高潮节[①]

2006年2月26至3月4日，由香港性教育会（原性教育促进会）及家庭计划指导会等机构联合举办的“香港首届性文化节”在中环举行，其间主办单位除了开设性教育讲座，也进行了一些性与生殖健康用品展销，让市民了解最新的性用品、性知识和性资讯。其中还特别为青少年设立了专门的科普展区，以此教育市民认识到性的各方面知识及其他各类观念，将香港的性文化和性教育推向一个新的高潮。不过，吴敏伦坦言，虽然香港是国际大都市，但大部分港人，性观念反而比内地更加保守，政府有必要加强这方面的教育。吴敏伦在接受记者采访时指出，工作是影响香港人性生活的主要因素。他说：“许多香港人认为性是一种禁忌及罪恶，不敢公开讨论性问题和接受‘性是人的天性’的观念。”

① “性高潮节”，巴西埃斯珀安蒂那市的官方年度节日。

在吴敏伦看来，传统的道德观念已不能应付现今复杂的社会，加上香港一直以来推行的性教育一向给人隔靴搔痒的感觉，尤其是鼓吹性教育便等于“安全套”的观念，更是过于简单化。虽然香港政府一直提倡性教育，但事实上并没有全力推广，目前学校里的性课程也没有独立出来成为一个普通科目，以致港人性知识薄弱。在这种情况下，吴敏伦说：“很多青少年的性知识都来自网络、色情书刊，造成社会上的刊物越来越色情化。但性开放的真正意思是指社会上不同成员求同存异，互相体谅，开明地看待性文化，这些刊物的资讯只是夸大性，而不是真正的性教育。”

为此，吴敏伦全身心地投入性教育的研究之中，呕心沥血，不知疲惫。人们经常可以看到这一幕，在书架上堆满了古今中外各种性学书籍，墙上挂着徐梅临摹波提切利的《爱神的诞生》的办公室里，吴敏伦正对着电脑埋头苦干，抒写他关于性学的真知灼见。他曾经对友人说：“我这辈子就是这样的，有人去搞的事，我从不沾手，别人不去做的事，我却喜欢插手。”吴敏伦这样解释自己走上性学研究之路的原因。

在吴敏伦和香港性教育会的同仁的共同努力下，香港大力推广和普及性教育，有关性的论坛、讲座、展览频繁开展，性教育的呼声此起彼伏，“性潮”滚滚，一浪高过一浪。2007 年 5 月 27 日，第二届香港性文化节隆重开幕，此次性文化节以“性与爱的天空，平等尊重包容”为主题，并进行了一系列性教育活动。比如，在中环遮打道行人区举行了性学论坛，在上环文娱中心举行了性文化展览。参观的人络绎不绝，香港市民深受教益。吴敏伦对性教育的宣传和推广不仅立足于港岛本土，还经常应邀去大陆和台湾讲学，或参与一些性文化交流活动，如广州和深圳的性文化节等，以推广他的性教育理念。

2007 年 8 月 10 日，“第四届中国国际成人保健及生殖健康展览会”在上海国际展

览中心开幕，展会首次邀请了来自美国、中国内地和香港的世界知名性学专家，并在展会现场开设了性学讲堂，与市民交流生活中遇到的性健康问题，进一步拉近了性用品和人们实际生活的关系。本次邀请参加性学讲堂的性学家有来自美国的华人性学家阮芳赋教授、来自中国香港的吴敏伦教授，还有内地的刘达临教授等。他们与市民交流的话题包括“如何让老年人的性生活更有质量”“性权利与日常生活的关系”“性文物如何推动性文明”“现代人的性养生”“中年男人的性健康误区”等。在性学讲堂上，“好性分子”吴敏伦再度对着上海的民众“谈情说性”，认为青少年的性知识贫乏，应该树立正确的性观念。

那么，对于一般人来说，最关心的性观念是什么？吴敏伦说：“我们每隔 5 年都会在香港做青少年性观念调查，发觉在各种性知识中，他们最感迷惘的是性、爱与爱情的分别。他们无法了解当被某人吸引时，究竟是由于性吸引还是爱。当两人过从甚密时，不知道在他们之间存在的是友情还是爱情，他们希望性教育能包括这些题目，给他们以指点。”但是，性、爱和爱情，真的这么难分，要性教育去教？吴敏伦不以为然。他说：“性吸引是肉体上的，生理反应也有很清楚、深刻和几乎一定的模式，连低等动物的反应也差不多。爱是和对象产生的一种正面互利的感情关系，与性无关，因为在爱父母、爱朋友之时，一个人不会有那种生理上的性兴奋。而爱情则是指一种爱和性欲都有的混合体，即是一般人在恋爱时所有的感情关系，与单独的爱或单独的性欲是不同的。所以，一对男女朋友之间有的是友情还是爱情，只要当事人自问除了关心对方之外，还对之有无性幻想或性兴奋，他或她只需对自己诚实，那么爱和性是错认不了的。”

那么，年轻人为什么对这三种关系觉得那么难分辨呢？原因其实不在知识上，而是现今的性观念逼人对自己的性感觉不诚实；而且，为了替各种性禁忌找理由，还故意将性、爱和爱情混淆。譬如，保守的道德观要人无论如何要有爱才可以有性，甚至对一个初相识的人有性幻想也是对他（她）的不敬或不道德，因而，任何人在与人建立关系的初期，便只能说服自己对对方只有纯粹的关心或“纯情的爱”，而否认一切性的企图，亦即在有意无意间，把爱与爱情混淆。面对一个如此大的误导系统，年轻人又怎会不大感迷惑？

吴敏伦不无感慨地说：“近年来，公开谈论性话题的人多了，SM、恋物癖……敏感性话题已不再是天大的禁忌，但香港人在‘性’的思维方式、沟通方法和基本态度上，却改进得很少，甚至有倒退现象，道德和法律也都跟不上。”

扫码 更精彩

武林大会[1]

扫码 更精彩

2008年春天，对吴敏伦来说，又是他性学事业上的一个崭新的开始。1月20至22日，“世界华人性学家协会成立大会暨性学高峰论坛”在中国深圳召开。来自中国大陆和港台、美国、日本、马来西亚的华人性学家及研究华人性学的西方汉学家200多人，云集于深圳著名风景区“青青世界”，参加了大会开幕式和随后三天的“性学高峰论坛”。会议的中心议题为“性学、性教育、性医学在两岸三地及世界各地华人社区发展的现况和未来”。在20日早8时30分，成立大会开幕式由本会发起人阮芳赋教授、会长吴敏伦教授和李文晶博士共同主持。会长吴敏伦致开幕词，认为世界华人性学家协会的成立，是21世纪华人性学发展的一个里程碑。这个史无前例的、包含中国大陆、台湾、香港以及海外的老中青三代华人性学家的学术团体，将在互相尊重、百家争鸣、和谐发展的背景下，与其他华人性学团体共同造就以华人为主的人类性学“第三次高峰”。在大会的致辞中，吴敏伦满怀激情与希望地表达了他的心声：“维护和推动性权，

① “武林大会”，中央电视台的体育竞技节目。

是每一个有远见的社会所必须要做的长期工作。”他指出，在人权内有关性方面的权便是性权，性权包括性自由权、性自主权、性隐私权、性公平权、性欢愉权、性表达权、性结合权、生育决定权、性资讯权、性教育权、性健康权等。吴敏伦认为，提倡性权是促进性健康之必需。

紧接着，著名性学家阮芳赋教授以“缔造和迎接人类性学的第三个高峰”为题发表了主题演讲，他认为：“历史上，以说德语的性学家为首，掀起了第一次世界性学高峰；以说英语的性学家为首，掀起了第二次世界性学高峰；由于一些客观的因素，在21世纪，将以说汉语的性学家为首，掀起第三次世界性学高峰。”阮芳赋指出，现在世界华人性学家协会的成立，“把华人性学家联络起来，组织起来，就性学研究的方向和方法，进行更密切更有效的交流，通过学术交流和学术讨论推进学术发展和应用，使性学的研究更科学，更有独创性，更有意义，更有革命性的巨大影响力和带动力”。

在性学高峰论坛中，吴敏伦以“性权概念的提出和发展”为题进行了主题演讲。还有刘达临、潘绥铭、李银河、马晓年、何春蕤、林燕卿、陶林、彭晓辉、邓明昱等40位专家就性健康与权益、性咨询与性治疗、性教育、性文化、性艺术、性产品等主题展开主题演讲并且和与会者展开了热烈的讨论。在会上，青年性学家黄灿先生以“我性学研究的心路历程”为题发表了演讲。通过反思自己走过的性学之路，审视中国当代性学研究之现状，批评了内地性学界存在的各种问题和怪异现象，并从性学研究的环境、对性学研究态度和研究方法三方面进行了探讨，引起了与会者的热烈讨论。

回顾所走过的性学研究历程，虽然艰难曲折，举步维艰，但吴敏伦仍不屈不挠，披荆斩棘，硕果累累。1985 年，吴敏伦组织和创立了香港性教育促进会，并担任会长，同年，他在香港率先建立第一个性治疗诊所。1990 年 1 月 8 日至 13 日，吴敏伦出席由世界卫生组织在菲律宾马尼拉主办的“社会行为研究性学习与艾滋病有关的区域研讨会”，并任临时顾问。1990 年 2 月 13 日至 17 日，出席在中国珠海由世界卫生组织主办的“艾滋病毒传播的行为问题全国研讨会”，并担任顾问。1990 年 5 月，作为主办人组织和主持了由香港精神医学会与香港大学亚洲研究中心合办的“性学在亚洲”第一次亚洲区域会议。1990 年 7 月担任德国社会科学性研究会的科学顾问至今。1990 年 5 月至 9 月，担任亚洲性学会组委会主席。1992 年 9 月至 1994 年 12 月，担任亚洲性学会会长。1993 年 10 月 9 日至 23 日，出席在中国上海由世界卫生组织主办的加强妇幼保健和计划生育专业人员及其在中国的机构的研讨会，并担任顾问。1995 年 10 月 2 日至 7 日，出席由世界卫生组织和中华人民共和国卫生部在中国乌鲁木齐共同举办的“艾滋病与性病的社会与行为工作坊”，并任

临时顾问。1996至1999年，担任世界性学会性学会议会长，并任香港第14届世界性学大会主席。1992年至2015年，担任亚洲性学会（后更名为亚洲—大洋洲性学会）董事及委员会成员。1997年，担任世界性学会《性权宣言》起草委员会委员。2004年，担任蒙特利尔第17届世界性学会的科学委员会委员。2006年他开始创办香港性文化节，而且一直坚持下来，对香港性教育的传播和普及发挥了极大的推动作用。吴敏伦一路走来，不知付出了多少辛勤和汗水，但也给他带来了无穷的乐趣和极大的满足，虽然他的观点或言论屡遭诋毁、谩骂和攻击，但也获得了巨大的褒奖和殊荣，被誉为“亚洲第一性学家”。时至今日，年过七旬的吴敏伦仍然身体力行，四处讲学，极力推广性教育，传播先进而科学的性观念和性文化，对传统观念的抨击依然大胆泼辣，不改本色。

3

第四乐章

爱的赋格曲

天外飞仙①

艺术与人生密不可分。人们追求艺术，艺术影响甚至决定人生。比如说贝多芬，自失聪后他多次想终结自己的生命，却没有真正如愿，为什么？是因为他留恋音乐。想为音乐而死，却又为音乐而活，这是艺术给人的重生机会。从某种意义上说，人生便是艺术，是艺术成就了人生。徐志摩1922年在清华大学的一次演讲中说：“人生的贫乏必然导致艺术的贫乏。充实美好的人生会自发地绽出实在的美，并终将影响我们对永恒的理解。”事实上，艺术是一种隐秘的探求，也是一种内在的需要。艺术能陶冶人的性情，也能使人的精神得到升华。现代社会人们的生活忙碌而又重复，什么是我们真正追求的？或许艺术只是一个抽象的代表。认清自己，不变本心才是我们真正的追求，才是真正的人生艺术。吴敏伦和徐梅将艺术融入生活，他们孜孜不倦地追求艺术，并非希望自己能够成为一个成功的艺术家，而是把艺术当作生活的一部分，从而充分地享受艺术人生。

① 《天外飞仙》，李国立导演的古装电视连续剧。

徐梅自画像（油画）

经过长期的努力和刻苦训练，徐梅的油画创作虽然已经达到较高的水准，也创作了不少出色的作品，但她从来不愿意开办画展，也不愿意卖画。吴敏伦与一些亲朋好友都觉得有些可惜，于是在2002年，以吴敏伦和徐梅结婚30周年（珍珠婚）纪念为契机，合力替徐梅举办了一个纪念画展，展出了她历年送给亲友们的120多幅油画和她的近作，并在其中选出20幅进行拍卖，收入捐作性教育项目之用。20幅作品瞬间以高价全部拍卖出，所得捐款至2016年仍未用完。

画展中最引人注目亦最令人赞叹的是徐梅的自画像《穿旗袍的女人》，许多观众站在画前，凝神屏息，目不转睛，久久不愿离开，仿佛看到了仙女下凡。但徐梅更年轻时的另一幅自画像，也非常吸引人，徐梅在作品说明中提示："1971年，我离开越南到台湾大学读书，这张黑白照是我拍来作学生证之用的，是我最后一张学生照片，一年后我便退学到香港跟敏伦结婚。我为此照片添上色彩，以纪念我的学生时代。"原来徐梅在学生时那种青涩清纯的味道，就是日后变成"仙女"的"基因"。

吴敏伦和徐梅在一些其他的画作旁也写上了些说明，记录了徐梅的生活点滴和感悟，增加观众对她的了解和观赏画作的趣味。譬如，徐梅游过数次张家界与黄山，每次去的季节和景色都不一样，她回家后都凭印象将其画了下来作为纪念，同时也表达一下自己的感受。在谈到《黄山日出》那幅作品时，她说："我一直向往用油画描绘中国山水。数月前游过黄山之后，我作第一次尝试，但效果很不理想，因为光线表现全错了，所幸得学过国画的邓教授指点，才得以把光线弄到不至于太差。我尤其喜

欢中间山脚冷暖色调的大胆混合，它带给这幅画一个神秘朦胧的效果。”

在描述张家界的风景时，徐梅说：“这幅画以前挂在精神医学系的等候室的墙上，那里又暗又窄又长，实在很难装饰布置，需要一幅富于空间感、视野开阔而又呈长方形的画作。但一幅这样的画会破坏房间的视觉平衡，在房间的另一边挂上相似的画来平衡又会加重整个房间的视觉负担。最后，我们决定把沙发全搬到这幅画的对面，在它上面挂上小巧而又光线充足的《四季》，解决了这个问题。”

吴敏伦有时也会埋怨徐梅把太多画作送给朋友，因为有些画是她连续花几个通宵的时间完成的，他有些舍不得。在这次画展中，徐梅也趁机会为自己作一些解释。她指着一幅已送给友人的油画《桃花源》说：“很多人奇怪我何以这么慷慨，很好的画也送给朋友，我却不是这样想。我从来不觉得我的画好，即使略好，自己收藏也收不了那么多，既然朋友喜欢，送给他们令他们高兴，又可替我挂起与人分享，并让我偶尔与那些画再见面，何乐而不为？卖给陌生人，我便可能就此与该画永别，不知它以后的命运了。”

这就是徐梅，这便是她至今唯一但令人难忘的画展，就像天外飞仙、惊鸿一瞥。一个参观者的留言说得好：“这些是天仙的作品。”当然，在吴敏伦的眼中，太太就是仙女下凡，徐梅本身就是一件完美的艺术品。

爱情的功课[①]

法国文豪巴尔扎克说过："爱情不只是一种感情，它同样是一种艺术。"爱情从来没有统一的旋律，婚姻不是幸福的唯一模式。吴敏伦与太太彼此相爱、从一而终，"我一夫一妻，只因我老婆太完美，比我理想中的对象还要理想，我从来没有想到过自己的老婆会这样好，好到要多一个也觉得多余！"疼爱老婆的吴敏伦，不忘表现"性博士"的风格，"我们两个太好了，太相配了，一些人可以朝我们的方向学习或参考，但千万不要以我们为榜样……"

在爱情的电脑里，有的人是放在桌面上的，随时都能找到；有的人则放在隐形文件夹里，时间长了也就淡忘了。既然已经隐藏起来了，就不要再恢复了，恢复，就是痛点。然而，对于吴敏伦与徐梅来说，爱情永远是桌面鲜艳耀眼的图标，随时都能点击出灿烂的火花。甜蜜的爱情使他们品尝到幸福的滋味，甜言蜜语不断从他们的"爱

① 《爱情的功课》，组合 ai mini 的单曲。

情蜜室”中流溢出来，带着一丝丝浓烈的情愫，散发出一阵阵清香和令人陶醉的芬芳。在吴敏伦的眼里，太太是一件百看不厌、无与伦比的艺术品，她的每一个眼神都是那么令他春心荡漾，她的每一个笑容都可以让他回味一生。他们的爱情就像一壶陈年老酒，时间越长，越是浓郁和醇香，越是令人陶醉。近 10 年以来，自吴敏伦退休之后，夫妻相处的时间更多了，在他们的“爱情蜜室”里，在每天睡觉前的夜晚或是在醒来后的黎明，吴敏伦夫妇都会花上十多分钟的时间来做他们的“爱情功课”，那就是完全放松地躺在柔软温暖的床上，或热情拥抱，或激情深吻，相互缠绵，互诉衷肠，在一种柔情蜜意的氛围中，体验美妙的情感交流，达到心灵共通、精神共鸣、超然欲仙的境界。这种浪漫的爱情表达方式和情感体验是如此美妙、如此强烈，甚至在他们新婚蜜月期间也未曾尝试过，如今却延续了近 10 年。

而且，吴敏伦越来越发现，只要太太陪伴在他的身边，他的心情便感到无比的舒畅，什么烦心的事儿都会被抛到九霄云外。如果太太需要外出办事，而他又无法放下手头上的工作陪她一起去，那么两人会约定一个时间，比如一个小时便可回来。但如果超过了约定的时间而太太仍没有回来，他就会静静地等，因为他相信她一定会回来。如果他正在拉小提琴，他一个人演奏与他和太太一起合奏的感觉完全不同。当他一个人演奏时，获得的仅仅是音乐的美感和艺术的享受，可是当他和太太共同演

奏时，却是一种心心相印的爱情体验，一种精神上的升华和超越。这奇妙的感受连他自己也无法说清。

吴敏伦与太太一直生活在一夫一妻的圈子里，而且将这一婚姻制度发挥到淋漓尽致，达到了超乎寻常的境界。吴敏伦一生只爱一个人，他说："我老婆已经使我好满足啊！好像一凹一凸刚刚好，我已经找不到第二个更好的，就算我在世上有第二个老婆，我都没有空间去多爱了！"徐梅说："女人有像他这样的丈夫是最幸福的。"吴敏伦说："这也要有资格让我爱上才成。"徐梅听了笑他"牙擦"，脸上却满是笑容。"牙擦"这个明显带有贬义的香港俚语有着自大、自以为是的意思，但吴敏伦却时常笑着对香港媒体说自己就是有那么一点"牙擦"。

2012年秋季，吴敏伦应邀担任香港新城电台财经台的一个长寿节目——《一个人好生活》的主讲嘉宾，每星期有四晚在深夜播出，他占其中一晚，每晚一小时，以性为主题，至今（2016年）仍然继续。虽然是性专题节目，难免也要"谈情说爱"，吴敏伦每谈到这方面时当然仍不忘"牙擦"，每一分钟都要大赞老婆，使得两位女主持人刘婉芬和黎莉又羡慕又

妒忌又不敢相信。2013 年情人节，她们心里不忿，要抓徐梅上电台和她们“切磋”，结果一比之下，不但发觉一切都是真的，还为徐梅的性格、风度所吸引和折服，此后她们与徐梅便成了好朋友，还主动在吴敏伦主持和操办的一些性教育活动中义务帮忙。

逐渐地，该节目的听众和粉丝越来越多，反响也越来越强烈，他们认为该节目的娱乐性与知识性并重，使他们受益匪浅，并要求把它挂到免费视频网站上，以便收听与重温。于是，徐梅在 2013 年情人节之后便一直忙于这项视频上传的工作，使这个节目流传更广，从而使更多的人从中获益。

生死恋[①]

人的一生是十分短暂的。快乐与痛苦、生与死是人们十分关注的人生问题。死亡并不可怕，可怕的反而是活得不快乐。吴敏伦与徐梅经常相互对对方说：“愿你比我早死。”为什么呢？吴敏伦说：“因为我爱她，愿她比我早死，她也希望我比她早死，不想对方为失去自己痛苦，这才是爱情的最高境界。”那么，既然如此，每天发觉对方竟然还活着，岂不是很失望？吴敏伦哈哈大笑：“当然不会失望，因为早死也可以是百年后嘛！不过，最好是同年同月同日同时死。”吴敏伦至今还清晰地记得，40 多年之前，徐梅在一封给自己的情书中说过：“说到死，我也希望你先我而死，至少你不会尝到失去我的痛苦……”有一次，他们的好友叶长秀女士说：“有一点我一直很好奇，他们那么相爱，爱得那么刻骨铭心，我不止一次地问他们，如果你们当中的一个人先走了，那么该怎么办呢？记得他们两人都很坚定地告诉我，没问题的，衰老和死亡都是一种很自然的现象，而且他们相信，留下来的那个一定会坚强地活下去，因为我们活着的

① 《生死恋》，日本中村登执导的电影。

时候已经非常相爱，非常幸福，已经没有什么遗憾的了！我听了非常感动，非常震撼！他们的胸怀是如此之豁达，对待生命和死亡的问题是如此之坦然，使我不得不对他们肃然起敬。”

中国人受传统文化的影响，在谈到死亡的问题时，往往是避而不谈，特别是亲人的死亡，更视为禁忌。如果有妻子希望丈夫早死，相信会使人误以为她是贪图丈夫的财产，才希望丈夫早死，而完全没有想到真正相爱的夫妻，是任何一方都不希望对方自己一个人单独地活着。什么是爱情？这就是爱情！

爱情麻辣烫[①]

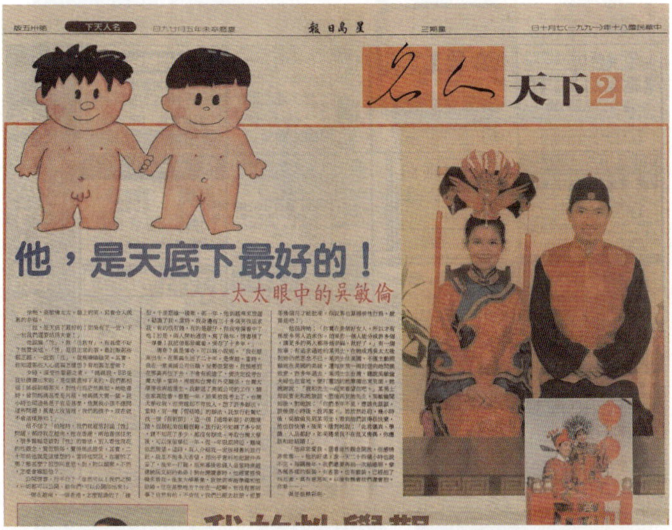
名人天下2
他，是天底下最好的！
——太太眼中的吴敏伦

曾经有朋友问徐梅，嫁给一个研究性学的丈夫，是不是感到很有压力啊？徐梅回答说：“他谈论‘性’，做性教育，有什么不好？我很赞成。当时我们恋爱时就经常讨论性的问题。也许在别人看来，他现在的性观念有些惊世骇俗，让人无法接受，但其实在四十多年前他就是这样想的了。当时他问我，你吓怕了吧？怕什么？我很同意他的观点。对，物以类聚嘛，不然，怎么会嫁给他呢？说到底，性是很正常的事。我最讨厌那些假正经，一说到性，就掩嘴暗暗地笑的人。其实，你知道那些人心底里怎样想，背地里怎么做。”在徐梅的眼中，她深爱的丈夫又是怎样的人呢？当记者向她问到这个问题时，徐梅爽快地回答：“他当我是宝贝，说我永远是最漂亮最好的女人。他尊重我，所有的钱交由我管，大事如买楼，小事如买袜，也由我全权负责，只要我喜欢，他没有异议，因为‘老婆开心我开心’。”她对吴敏伦赞不绝口！她还说：“结婚以来，我们从来没有争吵过，连大声一点也没有，可以说，我们天天都过情人节。”她用温柔的目光注视着丈夫：“老公对我这样好，我感到我是世界上最幸福的人。”她抿嘴一笑，深情地说：“我老公是最佳情人，是超过一百分的好老公。”

朋友很相信她说的每一句话，但又觉得似乎有些夸张，于是问道：“是真的吗？”

徐梅自信地说：“当然。他是天底下最好的！如果有下一世，我们还要结为夫妻！”

朋友激动地说：“哇！真让我太感动啦！我想，你们的恋爱一定很浪漫吧？”

---

① 《爱情麻辣烫》，张杨执导的电影。

徐梅笑着回答："的确很浪漫，我们是笔友，能走到一起全都靠缘分。其实，我们真正恋爱不到3个月，1972年就结婚了。"

朋友有些感慨："真没想到，会有如此动人的爱情故事！那么，婚后的日子幸福吗？"

徐梅满怀喜悦地说："一直非常幸福！多少年来，我们都像恋爱时那样过着开心的日子。如结婚25周年他带我去赤柱看海，去浅水湾漫步，去长洲看月亮，去照相馆拍周年照……庆祝了一整年。每次回家，他总爱搂着我说好开心见到老婆。我们在一起好开心，每个周六、周日都是我们的恋爱日。"有些时候，吴敏伦会在太太面前演奏小提琴，或是在她耳畔大唱中西情歌如《每天爱你多一些》、*Unchained Melody* 之类，听得她如痴如醉。徐梅笑着说："有一次我笑他，辛苦到最后，什么都奉献给老婆，真傻呢！他立即说：'一点都不傻，一点都不傻。'"

40後 每天爱你多一些

親愛的梅：

敏倫

吴敏伦十分疼爱太太，在生活中的每一件细微的事情上，都会尽可能为太太着想，尤其一起去世界各地出差或旅游，都会尽量满足她的喜好和愿望，而且，无时无刻不表现出对太太深深的爱意。有一次，吴敏伦和徐梅在云南旅游，到一偏僻小镇时已是傍晚，饥肠辘辘，难得见一食店，便立刻进店，但店中食物只有几种，都是辣的。徐梅大快朵颐，而吴敏伦因怕辣，就只有喝茶的份儿。

徐梅吃饱后关心地问："我饱了，你怎么办？"

吴敏伦答道："没事，我已不饿了。"

徐梅有些不解："你一点食物也没有进肚，怎会不饿？"

吴敏伦笑着说："一直看着你吃得津津有味的样子，又开心又可爱，还怎会饿？你没听过秀色可餐吗？"

"啊！……慢着……"徐梅在服务员还未收走碗盘之前，急忙喝下剩下的一口麻辣汤。

常言道：上有天堂，下有苏杭。吴敏伦夫妇喜欢游览大自然的风光，享受天工造

化的湖光山色。继1991年之后，1998年夏天，他们再次去杭州旅游，牵手漫步在西湖之畔，观赏眼前迷人的景色。徐梅忽然想到了什么，她说：“杭州真是个好地方，我四年多前在这里买的梅花丝巾，至今还未见过更漂亮的，而且还越看越漂亮。”吴敏伦发表他的不同看法：“我认为西贡才是个更好的地方。我40多年前在那里娶回来的梅花老婆，至今还未见过更好的，而且还越看越好。”徐梅没好气，脸上却露出幸福的笑容。

旅行结束回到家中，放下行李，徐梅深感疲惫。她伸伸懒腰叹道：“真累，不知为什么，无论去哪儿旅行，总觉得回到家中才是最舒服、最开心的。”

吴敏伦说：“这有什么奇怪？数十年来，我在外面无论与谁在一起，不论男女老幼，无论在哪里或做什么，也总觉得回到家中见到你、和你一起才是最舒服，最开心的！”徐梅开心地去睡了。

在吴敏伦的朋友中，古董发烧友老黎是出名的孤寒种（粤语：吝啬之人），这天却兴高采烈地打电话要请吴敏伦出来吃饭。吴敏伦问道："老黎，今天有什么特别喜庆的事？如此破费，我受宠若惊啊！"

老黎说："你有所不知，我和你25年前游丝绸之路，你怂恿我在街边杂货摊以30元买回来的古旧小葫芦，我日前拿它上电视的《寻宝》节目让专家鉴定，原来是真正的元朝古董，时值30万元啊，我当然要请你吃饭多谢你了！哎，你眼光独到，可惜不收藏宝物，否则你也发了！"

吴敏伦反问道："谁说我不收藏宝物？我四十多年前也收了个'葫芦'，我想它现时已是个无价之宝了，不信你可介绍我带它上《寻宝》节目由专家鉴定一下。"

老黎说："哇！咁犀利（粤语：这么厉害），为什么我从来没有见过？"

吴敏伦回答："你当然见过，那不就是我那葫芦身型的老婆吗！"

毫无疑问，吴敏伦与徐梅的爱情和婚姻是十分美满而幸福的。在吴敏伦看来，他们这段美满的婚姻是努力与运气的结果。所谓努力，意思是当时毕竟相隔两地，假如其中一方不坚定便成不了事。说到运气，吴敏伦不认为全是，因为也要有眼光和决断力，他说："她完全符合我的条件，我才选她，所以我对她没有任何要求。她一直做自己就可以了。两个好性格的人走在一起，互相配合又保存自我，是一门高深的艺术。我们是万中无一的一对，其他人学不来的。"

徐梅经常开心地说："我好爱他，他快乐，我会比我自己快乐更快乐。"

吴敏伦则许下承诺："她开心，要我走，我一定走！但我好满足，像吃自助餐，吃饱了，面前放的美食再多，我也吃不下了。"

吴敏伦继续说："上街都会牵着她的手，每天吻一次？每天都会吻几十次的。"

曾经有位记者问吴敏伦最欣赏的人物是谁，他不假思索地回答："老婆，我老婆真的是很好！太多的优点，由性格到才华都是很难找到的，当然我有个人情感，也许也有其他人的性格和才华比得上她，但是我把个人感觉加进去，便变成了她'无与伦比'。"

梅花颂[①]

吴敏伦对太太的爱发自内心，而且经常在朋友面前有意无意地赞美太太。有一次，在朋友们的聚会上，一位与他交往甚密的朋友庞先生私下里对他说：“身为男人，认识了你太太这么多年，不能不承认，每次见到她，总觉心神恍惚，像触电一样，不能自已，你有什么解释吗?”

吴敏伦回答说：“没有，因为我虽然是她老公，但数十年来每天见她，都有同样感觉，你知道吗？她好像有一份自然的电磁力……”

的确，在吴敏伦的眼中，太太是一个无与伦比的大美人，美若天仙。可是，吴太太自己则认为，“我从小到大都不觉得自己的外表（包括身形）能与‘美’扯上关系。四十多年来，敏伦一直赞我漂亮，可是我仍坚持自己不美。敏伦说我美，我的理解是他喜欢我的内在，兼且情人眼里出西施而已”。

那么，吴敏伦到底是怎样来看待“美人”的呢？他说：“以外在美来说，虽然我不能排除是情人眼里出西施，但自古有云，相由心生。心理状态是反映在身体上的，包括面容、仪态、甚至肌肤与身材，因为都关乎荷尔蒙及神经系统的运作。而一个人最

① 《梅花颂》，张志耕谱曲，周兴填词，王喆原唱的民族歌曲。

大的美的障碍，是自己觉得自己美，一旦有此自觉，即使不骄傲，也会太关心别人怎样看自己，神态便不自然，甚至有紧张之状，影响眼神、笑容、仪态等，使本来美的也变为不美了。”吴敏伦在《我们是这样相爱到老的》一书中写道：

赞美梅的人有很多，不只我一个，不过，反对者仍可以说那只是客套话，仍不能证明我不是情人眼里出西施。但我还另有证据，便是有很多公认或自命的“美人”都妒忌梅到不仅动口，还动手动脚来恶弄她，这便是最好的反面证明，至少梅比这些“美人”更美。譬如有一个“美人”，与我们认识得未算深，我们与她和她的先生一起看梅的近照，她一面看一面赞：“这笑容真好……真漂亮……这发型就更好了……”然后出其不意扯梅的头发，梅猝不及防，“哎哟”一声，一脸愕然，我有点不悦，赠这个美人一句：“哈哈！原来你现在头上的是假发吗?”她满面通红不敢作声。其实，这种“看你是否装假”的反应，我在我们的女性朋友身上领教得太多了，有借意为梅整理衣襟而摸胸、摸臂、摸脸庞（看有没有整容或塑胶脸）的，有假装高兴而拍她大腿（试肌肉弹性）的，花样百出。对这些试探，我从来不介意，反而觉得这是梅够美的最佳证明。

在一次记者采访吴敏伦夫妇时，吴敏伦随手翻开一页页相册，里面尽是徐梅不同生活时期的照片，他乐呵呵地说："我的老婆越来越漂亮了。"当记者问到他如何才能使婚姻幸福时，他直言道："爱不是占有，必须放下自私，令对方觉得婚姻生活'有赚'，生活才更美满。"

虽然已婚多年，但徐梅一直不乏追求者，有些还是吴敏伦的同行，或已婚的教授。有人曾问吴敏伦怎样看待这件事情，他就说："我太太这么好，男人喜欢她是很正常的，可惜世上只有一个徐梅，如果可以变多几个出来便好！"徐梅说："我丈夫对一些找不到好配偶的男人很同情，我们相遇相爱确实比他们幸运，虽然有人倾慕我，但多年来，我从没动心，因为没有人比敏伦更好，更适合我！"

在一次对吴敏伦和徐梅的亲朋好友的访谈中，叶长秀女士告诉我："吴太太的确有一些男人爱慕和追求过她，吴教授也不乏一些仰慕和追求者，如他的学生和同事，尽管如此，他们都很坦然和豁达，关于自己与爱慕者发生的情况，从来不躲躲闪闪，相互隐瞒，都会毫不保留地告诉对方。如果有人问他，别人喜欢你的老婆，你愿意吗？他会淡定地回答，这有什么大不了！很平常啊！我觉得吴教授并没有把爱情看成仅仅是肉体的占有，而是一种美好的情感的表达和交流。所以，无论是有异性朋友向他们表现出好感或爱慕之情，还是暗恋他们，他们都不会拒绝而伤害对方，而是

把对方作为自己的知己来对待。他们这种对情感的尊重和开放的态度是十分难得的，这在我香港的朋友圈中是很少见的。他们在处理这些问题上非常理性，虽然在情理上是开放的，但他们不会让爱慕他们的对方超越友谊的限度而失去那份友情，也不会让双方产生更进一步的亲密关系，关键在于他们能够很好地把握和控制这个‘度’。因为他们知道，爱是每一个人的权利，爱是幸福的，被爱同样是幸福的。”

关于这个问题，吴敏伦在他和徐梅合著的《我们是这样相爱到老的》一书中袒露了自己的心声，他写道：

梅自幼便有很多倾慕者，恋爱结婚之后也一样，来自不同年龄层，各行各业和世界各地，包括我的好友、同事或国际上的合作伙伴等。他们有向她写情书的、邀单独约会的、说可以随时为她而死的，甚至有不止一个沉重地向我说：“我爱上了你老婆，怎么办?”他们的情，属纯灵、纯欲或灵欲兼备的也有，有些已维持了数十年，可肯定已是一生不变甚至超越时空。对于梅这些情人，我们一直都持一个开放、欣然接受的态度。我觉得，伴侣这么可爱，没有人倾慕或要求接触才怪，而异性倾慕，即使还有一些其他幻想亦在

所难免，不必深责。我会很尊重、高兴地与她的倾慕者做好朋友甚至知己，因为毕竟大家都是有眼光的，能一起惜花赏花，何乐而不为?所以，我曾对不止一个为爱上梅而烦恼的人说：“感谢你对梅的钟爱和欣赏，她这么可爱，你没有这感觉才怪，我亦希望多些人从她那里领略多一点人间的美好，你可自由找她，无论单独或与我一

起，我都不介意。”我鼓励梅多认识朋友包括异性，我曾不止一次亲自送梅去赴“情人”的单独约会，也在临时没空与梅去看戏或听音乐时请个有空的“情人”作代伴。

吴敏伦深爱自己的老婆，有一次，他对朋友说：“我老婆品性很好，令人觉得很舒服，没有人追她才怪呢！你觉得我老婆不漂亮吗？我觉得她不知有多漂亮！”

徐梅在旁会心一笑，说：“他是情人眼里出西施！”

吴敏伦接着说：“其实，没有一个人对她比我对她更好，更没有一个人像我一样适合她！还有我和她的历史，是别人永远无法替代的。”他经常在朋友面前赞美他的太太，并说他们已经达到了一个更高层次的爱的境界，一般人是很难明白的。他曾经写道：“当与对方成为水乳交融的一对，和谐得如左右手那样……根本就不想去换一个或多加配搭，就像一个出色的钢琴家不会想过换另一只手，也不会希望有第三只、第四只或更多的手。”他们根本不需要担心第三者，因为他们之间已圆满得容不下第三者，这一对绝配夫妻，实在是世间罕有！

吴敏伦不仅对徐梅情有独钟，而且特别喜好梅花。因为，在他眼里，梅花就是徐梅的美好象征。所以在他们的家里，到处可以见到含有梅花图案的装饰品。甚至情到深处，吴敏伦会突然思如泉涌，诗兴大发，挥毫疾书，谱写出一首首歌颂梅花的诗赋。

梅花颂

梅花，经得冷，亮丽若雪更剔透，
梅花，心不冷，重重磨炼亦奋斗。
风横雪烈益见娴淑雅，淡素香气逸游。
梅花，得天厚，同行还伴二挚友。
梅花，经得冷，亮丽若雪更剔透，
盈盈枝，翩翩舞，柔情传热万里有。
心如满月不染尘和垢，漫野间显清秀。
情人他，倾心爱，浓情无尽共永昼，
梅花，倾心爱，浓情无尽共永昼。

2012 年是吴敏伦与徐梅结婚 40 周年（红宝石婚），他们夫妻俩一起走过 40 年实属

难得，甘苦与共，正如一联所言："并肩四十年，雨雨风风，同耕同种，育李培桃同洒汗；携手万千日，甜甜蜜蜜，共唱共欢，挥毫濡墨共吟诗。"此联正是他们40年甜蜜的爱情生活和艺术人生的真实写照。下面这首诗《寄梅妻：自比情痴有感》是结婚40周年纪念日当晚吴敏伦午夜梦回，凝视40年前的婚照而抒写内心之激情的结晶。

美在心中心在容，
梅香犹胜贵妃红。
销魂转眼三千夜，
总觉情牵梦正胧。

为了让读者更多地了解吴敏伦夫妇在"爱情蜜室"内的生活，体验他们爱情的"温度"和"甜度"，在这里特意精选了若干他们夫妇的爱情感悟和"甜言蜜语"，与大家一起分享：

◆我与很多好朋友最志同道合之处就是都最爱我的老婆。

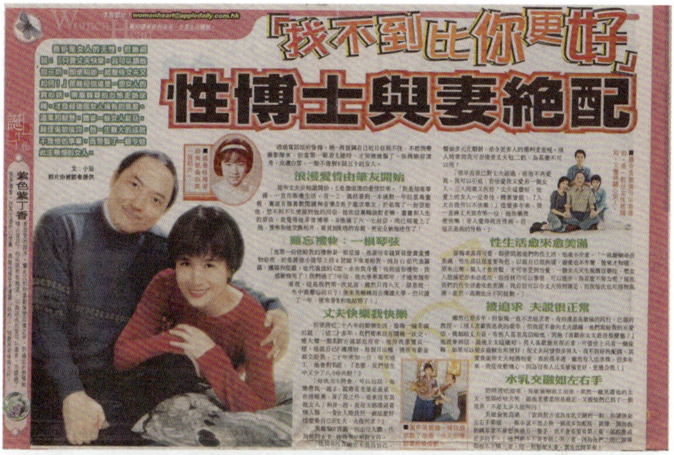

womenheart@appledaily.com.hk

「我不到比你更好」

性博士與妻絕配

文：小茵

紫色紫丁香

浪漫愛情由筆友開始

難忘禮物：一根琴弦

丈夫快樂我快樂

性生活愈來愈美滿

被追求 夫說很正常

水乳交融如左右手

◆世界上任何爱情小说都不能感动我，因为它们所写的都不及我们的爱情，就连大文豪也写不出我与梅那甜蜜爱情之万一。

◆我老婆是个遥控文学家，她不必自己动笔，只以爱的磁力，便可遥控我写出经典的爱情文学作品。

◆有人问我为什么结婚数十年，连一点外骛之心也没有，我说因为我只爱老婆一个，已一直爱到手忙脚乱，不知如何是好，哪还有余力去理其他女人？

◆我只对配不起我的人狂妄，对配得起我而又是我最爱的人，譬如我老婆，则非常谦虚。

◆在人类悠长的历史中，我能与我老婆在同一时空出现，已是非常幸运，何况还娶了她！

◆我没兴趣写有关我事业的自传，因为我觉得一点也不值得自豪，更辛苦建立功业的人多了去，但我对我的爱情则深以为荣，尤其是婚后至今40多年仍“每天爱你多一些”，这才是真的世间少有。

◆要娶个极品老婆，就如要收藏一幅天价名画，若本身没有足够的能力和胸襟，不要妄想……

◆我老婆的吸引力太厉害了，没有人可以防止男人爱她，我也不能。

◆谈爱而要讲到责任的时候，已是把爱情降格。

◆张爱玲说没有一个女子是因为她的灵魂美丽而被爱的。她说得很对，但是要除了徐梅。

◆我虽然不信教，但我老婆是我的观音和上帝。

◆我年轻的时候愤世嫉俗，有时会向人发脾气，但一见老婆便溶化了。

◆很多朋友都说我老婆是他们所见过的老婆中最好的。错！我老婆是他们所见过的女人中最好的。

◆梅：老公，原来这里的风景这么美，真令人心旷神怡！

吴：有什么奇怪？世界任何角落，只要有你在，都是美丽和令人心旷神怡的！

◆梅：我昨天穿新衣照的相片靓（漂亮）吗？

吴：靓到绝（绝对漂亮）。

梅：那么你说我的衣领扣还是不扣？

吴：怎么？有衣领扣的吗？

梅：你连我那新衣是什么款式也不知道，为什么说靓到绝？

吴：只要是我老婆，穿什么都靓到绝。

梅：哈哈。

◆孙女学养小乌龟，才养了不久，却要趁长假期举家远游一星期，把小乌龟连笼带龟交给我们暂养。

吴：老婆，今天假期，有什么好节目？

梅：见笼里那小乌龟，形单影只，怪可怜的，今天我们一起去市场买多一只小乌龟来陪它，让孙女回来也有个惊喜，如何？

吴：当然很好，有机会与老婆逛街，不要说买乌龟，做乌龟也愿意了！

◆友：你喜欢吃越南餐吗？

吴：喜欢，因为我老婆就是我的越南餐。

友：你需要甜酱吗？

吴：不需要，老婆就是我的甜酱。

◆友：敏伦虽然是出名的"狂人"，但在老婆面前就一点也狂不起！

吴：你说的不对！我狂恋老婆已近半个世纪了，而且愈来愈狂啊！

◆吴：现在人人喜欢玩日期谐音游戏，2013 年 1 月 4 日便诵读着在那天结婚，其实我四十年前便玩，而且比他们强多了！

◆友：你的结婚日期是 1972 年 9 月 19 日，谐音是什么？

吴：悠久至爱久又久。

◆友：你就好啦，有个好老婆！我老婆很凶啊，正是生人勿近！

吴：哪里，哪里！我老婆也是生人勿近，谁接近她多一些，都会被她溶化了。

◆友：你老婆真好！

◆友：我老婆对我好好，每星期有一天不需要我陪她，这天就是我的 happy day，你有吗？

吴：我老婆容许我每天都陪她，让我天天都是我的 happy day。

◆友：你老婆有这么多倾慕者常常找她聊天，你心中有不舒服吗？

吴：哈哈！两岸猿声啼不住，轻舟已过万重山！

◆友：你这么疼爱老公，究竟他有什么好？

梅：他每方面都好，温柔、体贴、斯文、靓仔……

友：好啊！你可以讲得具体一点吗？

梅：唔……噫……（抓头……突有所得）有了，他每个细胞都好！

友：哈哈哈……

◆友：你老公不可能十全十美。告诉我他有什么缺点。

梅：（不假思索）有（粤语：没有）！

吴：当然，我老婆几十年来性情样貌都像小女孩那么可爱，我越来越迷恋她呢，还不是恋童癖？

◆旧同事：老吴，你退休后很少讲性理论，应该没有常常给人骂了吧？

吴：哼！恰恰相反，变本加厉，天天给人骂啊！

旧同事：何解？

吴：退休后天天与老婆拍拖逛街，手拉手，天天给人“骂”（妒忌）呢。

旧同事：哈哈哈……

◆友：我总搞不清楚，你老婆看来像个小女人，但你又说听老婆的，那

么，你老婆究竟是个大女人还是小女人？

吴：她是小女人，只管生活上鸡毛蒜皮的小事，如我的收入、几时买卖什么楼、子女上哪间学校……

朋友：那么你管什么大事？

吴：我是个大男人，所以负责思考和研究人生的意义、性与爱的关系……等等大到不能再大的事。

◆2013 年除夕，梅与朋友夫妇一同跨年倒数。

友：（抢先对自己老婆说）这次大除夕是由 2013 过渡至 2014，普通话谐音是爱你一生、爱你一世，老婆，这就是我要对你说的话。

吴：（不慌不忙，对梅说）老婆，我的普通话谐音更准，我是爱你亿生、爱你亿世！

友：新年快乐！新年快乐！

◆吴梅与友在餐厅用餐后，梅抢着要埋单（结账）。

梅：不要和我争，我有这餐厅的赠券，今天不用便过期，不让我埋单便浪费了。

友：每次在不同地方争埋单你都有快过期赠券要用，怎会这么巧？不要骗我了！

吴：不是骗你，我老婆是赠券迷，数十年前，我向她呈上一张赠券，上写“老婆一个，永久通用”，她便嫁给我了！

友：哗！这么好啊？还有没有第二张？送给我好吗？

◆新春将至，吴与老婆逛街买年货。

梅：真伤脑筋，年年买年货，虽然包装不同，名目不同，但都是差不多那些东西，味道千篇一律，不知买什么好，难道真有吃之不厌的食品吗？

吴：当然有，你便是我的糖莲子、糖冬瓜、糖莲藕、开心果、笑口枣、糯米糍……不但年年吃不厌，而且越吃越好吃！

梅：（嗔笑）胡说，你才是真正的年货，你是浸过油的一口酥。

家庭风暴[1]

人们常常问道，婚姻的意义和目的是什么？难道仅仅是两个人生活在一起并且共同支付账单吗？当然不是。吴敏伦认为，婚姻的意义和目的在于两个人可以相互督促、相互鼓励，从而让两个人都能够最大限度地实现人生的价值。达到这个目标的关键在于夫妻之间的和谐相处和亲密关系。那些夫妻关系和谐的人在工作中通常都会有更高的能力和效率，而且，他们还会更多地参与社会活动。同时，他们往往还是更好的父母、朋友、兄弟姐妹、同事和市民。反之，夫妻关系不和谐的人通常都不太容易专注于生活中的其他方面，因此他们的工作能力和效率也不会太强、太高。夫妻关系不和谐必然导致诸多需求得不到满足，这样，他们自然就会在工作中，在同父母、朋友、兄弟姐妹、子女以及同事的交往中寻求满足。但是，从这些交往中寻求他们所需要的那种亲密是不恰当的，所以，这种做法又会带来更多的矛盾和挫折。

在吴敏伦看来，所谓和谐相处就是要做到家庭成员相互之间的通力合作。一个家庭就是一个整体，一个“团队”，就像一家公司一样需要经营，只有员工与老板合作，员工之间相互合作，才能实现双赢。一个人不能只想着自己赚钱，公司也需要产生经济效益，需要发展。如果一个员工只考虑个人利益，工作上得过且过，不积极为公司创造效益，甚至给公司造成某种损失，那么他自己也得不到有效的回报，损失的还是

① 《家庭风暴》，美国弗雷德·格伯执导的喜剧片。

他自己。公司亏本等于自己亏本，公司赚了自己才有得赚，水涨船高，所以只有自己多多付出，才会有所收获。一个家庭何尝不是这样。现在很多人对家庭和婚姻的看法，过于以自我为中心，很少为对方着想，那么合作从何谈起？合作首先在于沟通，而沟通不仅仅是语言的交流，更在于情感的交流和互动。

夫妻和谐相处是家庭幸福的根基，而家庭暴力往往是瓦解家庭的导火线，是家庭幸福的克星。在吴敏伦的教学和工作中，经常会触及家暴事件，而且他发现，近年来越来越多的人把向伴侣发脾气说成是理所当然的，还搬出千奇百怪的歪理来论辩。可怕的是，正如以前在家庭内部发生的肢体暴力一样，这些袒护的歪理已日渐深入民心，大有积非成是之势。

在世界卫生组织对“恋爱暴力”的定义中，包括了蓄意的言语及心理攻击和伤害。所以辱骂恋人“笨蛋”“蠢猪”“死了更好”等都是暴力，遑论其他冷暴力，如不理不睬，玩失踪等。

在吴敏伦看来，发脾气不只是丑陋、没教养、不道德的行为，而是犯法的。其严重程度重的不逊于肢体暴力，中等的就如当街大小便，轻的也至少如随街丢垃圾。而日常因发脾气以致被控被罚的人很少，这只是因为大多数人都懒于花时间去举证控诉，

而不表示发脾气是天公地道的。在日常家庭生活中，很多夫妻都难免因一些小事的纠葛而大发脾气，尤其是恋爱中的女子也时常耍耍“小脾气”，有人甚至觉得发脾气还蛮有道理的。针对一些常见的支持发脾气的歪理，吴敏伦都一一予以反驳：

(1)“人和动物一样，天生便有脾气，不准发是有违人性。”

人和动物都具有暴力冲动本能，所以也不应禁止它？

(2)“我不是有心的，但有时真的忍不住嘛。”

有心无心都是错，做了便要认错并承诺不再犯，而不是责怪别人不容忍你。况且，忍不住大多是假，因为你不会在上司或比你强势的人面前发脾气，你只是欺负爱你的人。

(3)“有人肯对你发脾气，你该感到幸福才对。”

那我以后也天天向你发脾气，让大家一起“幸福”下去。

(4)“能容忍我发脾气，才是爱我的表现。”

那我以后也天天向你发脾气让你表现多些你对我的爱。衡量爱情表现的方法很多，但发脾气不是，反而是你爱对方不够的表现。

(5)“恋爱应是令人轻松享受的事，天天要我像面对上司那样对你，不能发脾气，有何乐趣？”

恋爱也不能以发脾气为乐，合法的、不像面对上司那样的恋爱享受还有很多。

(6)“脾气臭又如何？我还不是有人爱？”

暂时可能如此，但很快你就会后悔莫及。

(7)“永远不发脾气，有害健康。”

只是请你不要在恋人面前或公共场合乱抛垃圾。发脾气，你可以自己关起门发个够。避免或消退脾气的方法也有很多，可以学习。

(8)“女人天生情绪不稳，男人有责任包容、安慰她。”

男人天生也有肢体暴力倾向，女人也要接受、包容、安慰他？

(9)“我发脾气时，只要你哄哄我，便怒气全消，把事情忘掉，我们继续甜蜜相爱，问题只在你计较。”

我打你几拳，只要你不介意、哄哄我，我们便可把事忘掉，继续相爱，你又何必计较？

(10)“我的发脾气都是你造成的，你气我、不关心我、不明白我……”

任何不和，即使分手，冷静处理都会有效，发脾气只会火上加油，使自己理亏，更为不利。

有些家庭、爱情、婚姻理论说家人、恋人或夫妻之间偶尔吵架是好事，可以增加沟通和生活情趣，小吵之后和好如初，更能增进感情。有人甚至认为，吵架是一种激烈的沟通方式，既能发泄不满的情绪，又能调剂平淡的生活。民间有句俗语："夫妻吵架不记仇，晚上还得睡一头。"究竟这些说法对不对？世界上仍没有人在吵架能否增进感情这问题上做过可信的调查和研究，因而也不可能有确定的结论。不过，吴敏伦认为，如果夫妻或恋人之间吵架的好处只是为了沟通和增添生活情趣，那么，我们便要问有没有更好的方法去获得这些益处。爱人之间只要相处以诚，能无所不谈，事事有商有量，不见得一定要吵架才能沟通，而找生活情趣和增进感情，也有很多途径，没必要吵架，因为吵架无论如何都是一件危险的事。即使是小吵，双方在情绪激动之下，很难防止在言语上伤及对方。每伤害一次，就算事后毫不计较，和好如初，也已是一次不愉快的经历和一个疤痕，如果可以避免，为什么不去避免？积累下来的小疤痕，不是人人说忘记便可忘记的，难保有一天就是这些小疤痕把潜意识里的不满激发出来，弄得一发不可收拾。

所以，吴敏伦说："吵架有益这个说法，无非是自我安慰之词。很多恋人夫妻之间既然无法避免有时争吵一下，就不如尽量将这些事向好处想和利用它的益处，忘记它的坏处，重新开始。但最理想的，应该还是毫不吵架，而又能找其他方法去代替吵架的功用。如果有人将'吵架有益'这句话当作金科玉律，时不时有意地制造一些吵架机会来增加沟通和情趣，那就是愚不可及了。"

不过，或许很多人都这样说：每个人总会有心情不好或激动的时候，所以都难免偶尔发发脾气，吵架也无可厚非。但吴敏伦认为，这个想法其实也是错的。要求一个成年人完全不发脾气，就像要求他不随地吐痰（即使在自己家中）一样，是个基本要求，不是特高要求。虽然每个人都会有喉头积痰的时候，或许很多人自己的亲朋好友也随地吐痰，但这也是不能接受的。

在吴敏伦看来，发脾气是家庭暴力的一种形式，只不过平常这种暴力比肢体暴力较难被人举证控告而已。家庭暴力是指发生在亲密伴侣之间，如父母子女、兄弟姊妹、夫妻、同居恋人等之间的暴力行为。按性质可分为三类：身体虐待、精神虐待及性虐待。身体虐待是指任何施加于配偶身上而蓄意造成伤害的行为，例如掌掴、推撞、拳打脚踢、用武器袭击等。性虐待是指在违反个人意愿的情况下，强迫对方进行任何方式的性行为，令对方身心受损。精神虐待则是指用语言或非身体接触的方法向对方做出使其在精神或心理上备受困扰的行为，结果令对方产生恐惧、自我形象受损，甚至对施虐者增加依赖等。通常，施虐者并非一时失控，而是有意识地不断重复向对方施予虐待，如恐吓、喝骂、侮辱、禁锢以及严控经济、社交等自由等，而这便是吵架或发脾气时所做的事。

2006 年，香港针对中小学校做过一个“儿童与家庭暴力”调查。调查发现，近七成小学及初中生对于家庭暴力（包括精神暴力）采取零容忍的态度，认为绝对不能接受。更有三成人认为施虐者应受到法律的制裁，建议有关部门应加强教育及推广“家庭暴力零容忍”的信息。所以，毋庸置疑，对发脾气的零容忍是正确的，绝非要求过高。

吴敏伦认为，夫妻之间与其用吵架来增进感情，不如多试试用赞美来代替。在夫妻关系中，男女性格有很多不同，其中一种便是女人较需要人赞美，但男人偏偏不大喜欢夸奖人。在恋爱期间，由于追求的热情，男人或许还会比较愿意用口头赞美来取悦对方，但婚后便不容易了。或许，很多男人可能并非对伴侣不赞赏、不关心，只是他们以为将之放在心中或最多以实际行动，譬如给足家用便已是赞赏的表现，而她应该也会感到满足，何必要将那么无聊、肉麻的话说出口？但很多女人不是这样想的，她们因为思想细密，会认为放在心中或即使是付诸行动的事情都可以有很多不同的理解与诠释，不把感觉清楚地说出来便很难认准，也不能算数。所以她们所需要的则是很多男人都认为是幼稚、肉麻或应该已经听得很闷的话，譬如“你真美”“你很可爱”“我爱你”“你做得真好”等。较有新鲜感、较有创意的话固然更好，若没有，现成的老套话也一样受用。另外，赞美也不必太局限于时间地点，譬如只在她做了什么好事的时候，因为它的效果可以超时空，你白天无缘无故地说了句赞美她的话，她可能会高兴到晚上，在床上也会对你更好。

其实，我们冷静地想想，男人若真有头脑的话，尤其是如果心中确有感激欣赏对方之处，又何必吝惜那一点点赞美之词呢？一个自命精打细算的人，何以愚蠢到这样有利的事也不会做？吴敏伦说：“对于那些聪明的人，还应该将赞赏言语当台词般念到滚瓜烂熟，随时出口成章，一天对她说十次八次，即使习惯至你说上句她已晓得接下句，我仍可担保，赞美的话对每个伴侣来说都是百听不厌的。”吴敏伦认为，赞美除了可令伴侣对你更好和反应更佳之外，还可带来另一个意外收获，那便是可令她更青春健美。一个人心情好，有自信，精神和身体都自然较健康，也会较肯花心思去照料自己，包括日常衣着、饮食与仪容，而这些都是一个人要保持青春健美之必需。所以，如果说女人是一朵花，赞美便是灌溉的养料之一。很多丈夫婚后几年便开始埋怨妻子老了，残了，为自己的冷淡变心找借口，但有没有想过，对这朵花，你可能连最起码的口头灌溉也没有做到呢？

浪漫曲[1]

饮食男女，非比寻常。法国大文豪巴尔扎克说过：“爱情不只是一种感情，它同样是一种艺术。”也许在一般人看来，爱侣做爱只是一种本能的反应，但其实也与外在的环境和气氛有着莫大的关系。一场浪漫而缠绵的性爱游戏，由水乳交融的一顿饭开始。红酒、玫瑰、烛光、香水、音乐、舞蹈似乎都可以说是诱发性欲的“前戏”。其实，在我们每一个人的成长过程中，随着生理的发育和性器官的成熟，人体内分泌系统自然会增加性激素分泌，而这些分泌正是“性欲之源”。

那么，性欲需要刻意地去经营吗？在吴敏伦看来，性欲与生俱来，但凡正常成年男女都自然拥有，无须太刻意去营造环境，除非性功能出现障碍，才有此特别需要。不过，吴敏伦认为夫妻之间的情趣非常重要，在某些环

① 《浪漫曲》，德国贝多芬的小提琴曲。

境下性欲的确会有所增加。研究表明，男女两性面对面交往时，有70%的信息是通过非语言渠道传递的，这一点在性生活方面特别明显。吴敏伦说："触觉、嗅觉、视觉、听觉、味觉都可以引起性欲及性兴奋，若细心安排一顿晚餐，或送几朵玫瑰，确实有调情之效。"

心理分析学家很早就将女人煮饭的过程视作性的象征性语言，如烹饪可比喻为女性机能的周期性改变，用锅煮饭象征子宫性腺的生殖能力等。吴敏伦认为，男女性事要在一个温馨和浪漫的气氛中，才能让双方放松，有利于引起情欲和性欲。室内清净和谐最重要，如果有其他人在场，声浪嘈杂、灯光明亮、食物无味或有异味，就很难引起性欲的发挥。所以，他推崇烛光晚餐。但男女双方也要讲究，别让须根冒头、暗疮满脸、汗味醉人，以免打击情趣。

一位日本哲学家说过："音乐的影响力较其他艺术的效果更显著，其他艺术所表现的是影子，但音乐可表达出物体本身。"可见音乐对大脑思维的影响力。浪漫的情歌，优美的旋律，都是大音乐家的杰作。他们的情欲观或多或少流露在作品中。难怪日本一位知名乐评家说，听这些音乐而没有生理反应的男人，一定是性无能。

大脑会对外界任何感官刺激产生反应，只有综合多方面的因素，才能引发性兴奋。吴敏伦建议："可花点心思，尝试共同晚餐以外的其他活动。一些二人世界活动如看表演和旅游也是一个好选择。"他与徐梅便经常安排这类活动。吴敏伦认为，在当代社会，无论是东方还是西方，持久的浪漫性爱正在失去其支持者，这种现象可从各地迅速上升的离婚

率、晚婚与不婚率，越来越多的短暂婚姻或性关系以及持续下降的生育率反映出来。导致这一系列问题的一个重要原因，就是缺乏认真、正式和实际的浪漫性爱教育。目前，在许多国家，学校性教育已经够糟糕了，而浪漫性爱教育无疑更糟，因为它更难去教去想，被认为只会分散了学生对更重要的职业培训的注意力。况且爱情问题没有实时危险性，不如性问题般可能会导致性病、人工流产和性犯罪。因此，大多数人所能学到的浪漫性爱教育都是非正式的，从大众媒体、童话、传说或小说传播的神话虚构中得来。但几乎所有童话爱情故事都以婚礼或类似形式作大团圆结局，给人的假象就是夫妇只要结了婚，不需更多努力便可从此“快乐地生活在一起”。爱情传说和小说也惯于美化一切爱情行为，包括嫉妒、仇恨、占有欲等，漠视此等行为在现实生活中，对恋爱关系其实有莫大的破坏力。另一类严重不妥的日常浪漫性爱教育，来自流行哲学、心理学和精神学，其中不乏混淆或误导的信息。例如，兰德提出浪漫性爱只是另一种形式的自私：“这是一种自我中心行为，目的只在于从恋爱中赚取最大的私人幸福。”精神分析学家埃里克·弗洛姆在他那本非常受欢迎的著作《爱的艺术》中，试图把性从浪漫性爱中净化，指出性元素只是浪漫性爱在迈向爱情理想的成长过程中的一个过渡角色，最后目的还是无性的利他主义或对神的爱。还有许多其他爱情理念，把爱提升到难以逾越的抽象和复杂的高度，指它是不合逻辑、不可预测和难以管理的。譬如，詹妮弗·史密斯在她的《一见钟情的统计概率》中便说，“爱是世界上一种最奇怪的、最不合逻辑的事情”，言下之意，也有许多人认为，与其去管浪漫性爱，不如委之于机会或命运算了，它就像一场赌博，或只是一种奢侈。

性爱无疑可以作为亲密关系的一部分，但它却并不完全等于亲密。两个人之间并不会因为发生了性爱而变得亲密无间，因为性爱并非是亲密关系的绝对必要条件。所以吴敏伦认为：“长期成功的浪漫性爱是很难实现的，其中总会有一些机会或命运的空间，但有哪一种成功不是如此？譬如，一份长期成功的职业也是一样的，但我们并不因此便创建一些复杂的理论，说追求一份长期成功的职业是精神病、幻觉，是生活中琐碎的过渡期等，这只能使我们借口不为它而努力。但一份长期良好的浪漫性爱，可能在我们的生活幸福中，比一份长久的职业更为重要，因为它关乎整个物类，而不单是自我的存活。”吴敏伦指出：“如果我们承认浪漫性爱是使生活成功的另一份职业，我们便应该采用相同的方法，去努力实现它：用同样的智慧，辛勤及投入地去做，包括学会日常的情绪和生活管理技能。”那么，到底如何创造浪漫的性爱？在此，吴博士为我们提出了一些值得借鉴的重要原则：

(1) 从你的生命开始便作准备：训练你尽早有一个好性格，因为你会需要它，这不仅是为你未来的职业，也是为能成就及保持一份良好的浪漫性爱关系。

(2) 尽早知道你要的是什么：找出你理想的浪漫性爱关系方式和伴侣的标准，要尽可能明确和具体。不必遵循一套既定、传统或大部分人认同的模式，因为每个人的需要和条件不同。有时，你需要改变一下你的标准，以适应外来变化，但要尽量避免这样做，好让你的伴侣或未来伴侣容易调整过来。

(3) 寻求和主动接近你理想的伴侣：如同找一份良好工作一样，要出去找，而不是等它掉落在你的头上。你需要有敏锐的观察力，一定的灵敏度、技能、方法和智慧，知道什么时候坚持或放弃——和平地、优雅地、有自尊地。

(4) 从失败中学习：无论多么充分准备或训练，很少有人能在第一次尝试便成功。迅速治愈你的伤口，也不要把全部责任归咎于他人。检讨自己在哪方面可以做得更好，以便下次能有更大的机会成功。

(5) 持续自我教育和评价：这已是现时要维持长期职业的必须，所以，在维持长期浪漫性爱关系上，它也至关重要。在个人生活和关系上的每一阶段，身心和环境都会变化。要维持爱情满意度，经常需要作理智和精心策划的调整。

吴敏伦相信，世人清除浪漫性爱迷雾，并开始实践这类型的浪漫性爱教育，可能还需相当长的时间，但在中国，大众媒体已经越来越有这样的趋势。在许多主要城市，电视台都已经有相亲节目，让各位先生（或女士）在镜头面前，介绍自己和说出自己的择偶标准，与现场12个或更多的女士（或先生）匹配，配成了的便可开始约会，看是否能够成婚。中国，以其多元文化与务实、理念开明的悠久历史积淀，在性、爱和婚姻问题上，似乎能带头使人类从那些自制的性爱迷宫中走出来。

食色，性也[①]

在现实生活中，人的欲望是无穷的。一般来说，人的欲求有三个源泉，即心灵、理智和肉体。具体来说，心灵之欲产生友谊，理智之欲产生尊重，肉体之欲产生欲念，三欲结合产生爱情。可以说，浪漫性爱是提升爱情温度和强度的一支催化剂，而爱情本身的力量也是巨大的，它可以把你带上天堂，也可把你送下地狱，可让人返老还童，也可让人瞬间变老，可使人狂喜，也可使人大悲，可让人升华，也可使人堕落。正如车尔尼雪夫斯基所说："爱情就是神经受到经常的、强烈的、健康的激励，这种激励必然会使神经系统发达……发挥智慧和道德的力量……谁没有感受过爱情如何激发人的一切力量，谁就不知道真正的爱情。"

吴敏伦认为，爱情与性和食物一样，是人类生存繁衍的必需。他指出：

> 爱情里面包含性，但在性之外，还有一种能与性对象维持和谐合作生活一段时间的能力，这能力在动物界称之为联结力，到人类身上，加入了意识以及自主的成分，便是恋爱。这联结的时间在动物界内可长可短，视乎物种及环境的不同而定，基本目的在于确保那些由性交而来的幼儿，能得到父母

① "食色，性也"，出自《孟子·告子上》。

合力哺养至成长独立，而由于哺乳类动物从幼儿到独立的时间通常较长，人类尤甚，这些父母和谐合作的时间便也要长，再经过灵性及文化加工，有时便会被确立为必须一生一世或兼附其他各式各样的苛刻条件。爱情在人类繁衍过程中既然有这样重要的无可替代的角色，我们便不能说“没有爱情”也是一个可行的选择，就如我们不能说“完全不吃不喝”是个可行的选择一样。人们最合理的选择都应该是尽量学习如何去爱/吃得更好、更健康、更快乐，而那些没得吃的、经常食不下咽的、厌食的等都是生理、心理或生活态度上有问题，需要找办法解决。

在吴敏伦的爱情理论中，人的性本能和性爱是最基本的起点和原动力，也就是说，没有性就没有性爱，也就没有爱情。“性”与“爱”可以视为一个“谱系”的两个极端（从起点到终点），由性到爱呈逐渐上升的趋势，最初级的阶段是“性”处于主导地位，可以说是纯粹的“性”，表现为“色情”（在这里，并非人们通常所理解的“色情”，而是指性欲、色欲、色心）。从“色情”到爱情是一个渐变的过程，而爱渗透于性可以称之为“爱欲”，只有当性欲与爱欲达到相互渗透和吻合的程度时才能表现为爱情，也就是说，爱情是性（欲）与爱（欲）的统一，两者缺一不可。若爱情只有性，那便只是性欲，若爱情只有爱（无性），那便只是一般的爱，就是具有普遍人性的爱心或曰大爱，包括对父母、子女、朋友和整个人类的爱，虽然这种爱也可以很伟大。

吴敏伦认为，性与爱可以分离也可以融合，可以重叠，可以交叉，但爱情必然包含了性的因素。简单地说，爱 + 性 = 爱情。因此，没有“性”的“爱”只是一般意义上普通的“爱”，而不是真正的“爱情”。任何时代、任何民族、不同社会制度、不同文化背景和不同地域的人们所表现出来的“爱情”都是这样。这个关于“爱情”的定义可以说是跨越时空和文化背景的，历史和文化已经证明了这个定义的科学性和正确性。吴敏伦的这个定义来源于生活实践，来源于自己真实的爱情体验。另一方面，他认为，爱情没有绝对好坏之分，却有性爱成分比例（指数）的不同，是好是坏，由当事人所需而定。也就是说，在性爱谱系中，若性成分是 X，爱成分是 Y，性爱成分比例（指数）便是 X/Y，而 X 和 Y 的取值范围都是由 0 到 10。怎样的指数才是好或不好的爱情，无绝对标准，要视乎当事人的需要。但若这对人想调节他们的指数，便需要向较高或较低的方向学习，而这些都需要双方之间加以培养和经营。吴敏伦的这种对性爱的分析和演绎，非常系统和科学地对人类性爱、爱情、爱心及其相互关系作了形而上的理论思辨和高度的科学概括，我们可以将之称为“性爱指数论”（Sex – Love Index Theory）。那么，既然性是爱情的起点和基本元素，而营造一种浪漫性爱的气氛和拥有亲密关系，对于激活爱情的动力，提升爱情的温度、浓度和质量，维持婚姻的持久和稳定，享受人生的快乐和幸福也就尤为重要。同时这也是我们所不能忽视和必须努力追求的生活目标。

黄金岁月[①]

扫码 更精彩

生命，对每个人来说都只有一次，而工作和事业只是人生长河中的某一方面。对大多数人来说，退休意味着职业生涯的终结，同时也代表着在夕阳的光照下开始人生的另一种生活。2007年6月30日对吴敏伦来说是一个难忘的日子，因为在这一天，他将放下教鞭，离开他曾经诲人不倦的香港大学的讲台，结束他34年的教师生涯。对于这种人生的转折，也许，有些人会感到一种深深的失落，觉得无法适应，因而引发一连串的情绪问题。然而，对吴敏伦来说，退休却是他人生的又一个新的开始。

虽然职业生涯画上了一个句号，但在吴敏伦的性学事业中这只是一个逗号，他的性学事业没有句号，也不可能有句号。他回顾自己的性学研究历程，对自己进行彻底的反思："我在事业上有收获，只不过收获不在香港而已。如果你说我失败，我觉得这失败不足挂齿。"信心十足的"性博士"也谈失败，而这失败亦是无奈。

吴敏伦在历史中找到安慰：金赛在1948年出了第一部性学著作之后，再没人出钱给他做研究，至1953年几经辛苦，才出了第二部著作《女性的性行为》，1956年就病逝了。吴敏伦说："金赛好想继续做下去，都做不到，他被人气死。"而一般人比较陌生的中国第一位性学家张竞生，原是北京大学哲学系教授，1926年出版了《性史》一

① 《黄金岁月》，香港电视剧集。

书，被各界人士抨击，他只好辞职去开书店。“后来他又出版了好几本书，内容都是性暴露的，随后被封杀，甚至书店被迫关门，流亡南洋。”中华人民共和国成立后，张竞生回国，大众仍不接受，“文革”时被软禁，郁郁而终，“文革”结束了十年后他才被社会接受。现在他的家乡广东省饶平县立了一个张竞生像。历史上还有一些性学家遭到焚书、流亡的待遇，甚至被暗杀。吴敏伦安慰自己：“我现在这样算是不错了，香港这样的社会环境，我不要做烈士，要硬来的话我就会遭遇不测。”

退休之前，香港大学便开始紧张地为吴敏伦寻找“接班人”，但无论如何，香港大学也难以找到一位性学专家来“接棒”。吴敏伦的性学研究工作在香港可以说是前无古人，也可能会后无来者，至少在他教授的学生中没有一位步其后尘。吴敏伦说：“你说，做性专家那么容易吗？你做心脏科医生，讲什么都是权威，可以做得高高在上，没有人敢驳斥你；做性专家就刚好相反，我讲任何东西，本来完全基于专业知识，却被人歪曲嘲弄，所以好多人都不做了！”在他的眼中，在香港合格的性治疗专家只有寥寥数人，有些是他的徒弟。他说：“许多徒弟起初都以为这是一门好玩的专科，但跟了我两三年后，他们渐渐体会到这一科的难处，也就灰心了，转向其他专科。现在我有

一两个徒弟，但他们都不能继承我的衣钵……中国内地在这方面有很多人才，我在那里也有一些非正式的好徒弟，算是不幸中的万幸，不过他们是不可能服务香港的啊。因此，可能从明年开始，学校就不会再开设‘人类性学’这一门课了。”虽然如此，他仍不免大吐苦水：“整天被人骂，不是人人都顶得住的，我有几个徒弟的性学见解独到，但最终都是抵受不住压力，宣布放弃。至于我被人骂，就无所谓了。路遥知马力，骂着骂着就知道谁是对的了。”虽然这份工作有些费力不讨好，但吴敏伦毅然承受，“做专家就是这样，我不会感到累，况且我觉得有所成就，例如现在越来越多的人讲性，社会对性的态度也有所开放了”。讲性讲了几十年，吴敏伦追求的最高理想是，每个人将性视为日常活动，不过他坦言这个理想或者永远达不到。他相信在有生之年也不会听到别人说：“早上好！你今天的性生活好吗？”

在谈到他行医30多年中印象最深刻的病人时，吴敏伦念念不忘20世纪70年代第一个要求变性的病人："他说他想变性，要死要活的！当时香港还没有变性手术做，我真的不知如何应付他，只好跟他说'不好变（性）啰''或者你不是真的想变（性）呢?'"他回忆道："我感到好无助！"因为当时自己明确知道变性人无法变性……此后，吴敏伦义务集合所有必需的专家在香港组建了第一家变性医疗队伍。这队伍数十年来检验过一百多位要求变性的病人，替其中50多位成功地做了变性手术，效果满意并取得了新的性别身份。但这个队伍在吴敏伦退休后因后继无人便解散了，他感到惋惜及为未来的同类求诊者又求助无门而担忧。

退休之后，吴敏伦转到香港大学家庭研究院担任副总监，工作没有以前那样繁忙了，平时只教一些医生与硕士、博士研究生，偶尔应邀到内地与台湾讲学，传播性健康理念，进行性教育。这样，他能够用更多的时间和精力去做他自己感兴趣的事情，能够与他的太太一起喜滋滋地分享他的养生之道，其乐无穷。他对朋友说："我很喜欢玩音乐，唱歌、弹琴、拉小提琴，在未退休之前只能忙中偷闲地小玩，现在可更自由分配时间投入到自己的爱好之中了！"吴敏伦对生活一直保持着一种乐观的态度，喜欢哈哈大笑，仅是一件小事也笑得十分开怀。夫妻生活也依旧甜蜜，他会追着她唱情歌。而且，所有房间墙上悬挂的油画都出自吴太太的手笔，他会对前来观赏的客人满怀自豪地说："厉害吧?"

生活的艺术[①]

吴敏伦虽然年过七十，但身体仍然十分硬朗，平时红光满面，步履稳健。不少朋友都在猜测他的健康秘诀。其实，对吴敏伦来说，最大的秘诀在于随心所欲，在饮食方面从不挑食，也不忌口。吴敏伦认为，身体健康以心理为主，饮食为副，平日一切从简，他对饮食的要求不高，早晨吃面包，中午和太太去茶楼饮茶，晚上佣人在家里做晚餐，饭菜都比较清淡，他不偏食，也不暴饮暴食。当然，作为医生，他知道哪些东西对健康有影响，譬如他不抽烟，也不喝酒，少吃辛辣，煎炸食物也不会吃得太多，对所谓“垃圾”食物，喜欢时就吃一点，总之不拣饮择食。也许一些营养专家不会赞成，但他认为人的身体自然有选择食物的倾向，当身体有什么需要，就自然会多吃一些，好像你现在一定要吃素，胃口当然不好，率性而为就是最佳的饮食方法。这种率性饮食之道比较符合吴敏伦随意而为的生活态度，也吃得愉快，心理健康就一同被提升了。他说：“拣饮择食很伤脑筋，一帮人外出吃饭，你叫一碟，我叫一碟，都是享受一起进餐的过程，当人家叫你点菜，你说这不吃，那不吃，其实很破坏气氛。每人每天大概要吃三至五餐，假如每次都好像考试一样，要想想点什么菜，搞得自己精神紧张，个人又怎么会健康?”其实，吴敏伦还是比较喜欢吃中餐，他笑着说：“以前在外国读书没什么好吃的，都是三明治、麦皮，现在饮茶时最喜欢吃萝卜糕，蒸的煎的都爱吃。”

对现代都市人来说，最大的困扰之一就是饱受失眠之苦，然而，吴敏伦似乎拥有随时能入睡的“超强能力”，想睡就睡，随遇而安，令他周围的人羡慕不已。他说：“一般人要睡 8 小时，其实只需要 4 小时就够了，其余 4 小时只是中间的转接期，将深层休息时间连接着，所以睡眠多少是能够训练的。以往我趁工余空当就去睡觉，因此随时都能入睡，完全无失眠问题，现在退休后更是想睡就睡，想休息就休息。休息不一定是指睡觉，好像听音乐、什么都不想也可以说是一种休息，只要个人静下心来，就可以做到了。”当然，许多人会感到有工作压力，从而引发各种心理问题。吴敏伦认为，“工作肯定是有压力的，好多人都说难以应付，其实关键在于你怎么看待，你不当

① 《生活的艺术》，林语堂的代表作。

它是压力就没有问题了。假如现在你做不到某件事，被人解雇，这就要看看是否自己出了问题，要是工作内容凭你的能力能够做到，但公司的要求不合理，那就顺其自然，又或检视个人有没有其他问题影响工作”。虽然退休后仍有公职，并且继续教学和研究学术，但他知道爱护自己的身体，注意保留一定的休息时间，而且，经常与太太去逛街和喝茶，每天的工作时间不会太多，一旦超过就拒绝，觉得辛苦就停下来。

人们常说，要想拥有健康的身体和强壮的体魄，必须经常到户外进行锻炼。然而，吴敏伦宁愿躲在家里玩电子体感运动游戏都不愿到户外做运动。他说：“我的运动大都靠玩电子游戏机，以前玩 Wii，现在就打 Xbox，通常玩体育游戏，尤其是打乒乓球或网球，我已经打到 top rank，大多时候用左手都可打赢电脑的 champion，每天玩半小时到 1 小时，已经可以出一身汗，玩到喘气。打机运动的好处就是在家随时都可以做，不用外出争租场，不怕约不到朋友，也不用看天气，特好玩的！哈哈哈！”吴敏伦不爱外出运动，也不太喜欢外出旅游，他已对经常去外地开会感到有些厌倦，他觉得旅游很辛苦，总是要转时差，虽然也可以入睡，但经常上下飞机，吃得也太多，这样对健康很不利。如此看来，吴敏伦是一个很懂得生活艺术的人。

当玫瑰遇上真爱[1]

一般来说，结婚是人生过程中一个十分重要的环节，是值得隆重纪念的。澳门的天主教会玫瑰堂婚姻互助小组每年都会举行一次结婚纪念盛典，每次都有100对夫妇参加。2007年，吴敏伦刚退休不久，玫瑰堂邀请他们夫妇在结婚35周年（珊瑚婚）之际参加这次集体婚庆并担任领队。在肃穆的玫瑰堂内，吴敏伦与徐梅虔诚地与数十对恩爱夫妇，共同起誓，此生不渝……是的，爱是一种选择，而不是一种情绪，情绪来去无踪，甚至稍纵即逝。选择可以意味着长相厮守，而有时候又意味着各奔东西。也许，对有些人来说，“爱”只是一个动词，而所谓的感情或感觉则是一个名词，它只是爱的成果。而现代人普遍将性爱视为亲密，将爱视为一种情感，这只是一种误导。事实上，你所爱的人和你所爱的事物对你的生活有着极为重要的影响。佩德罗·雅鲁伯曾经说过：“你所爱恋的东西、你魂牵梦萦的人影响着你生活中的一切。他们（它们）决定着你在每个夜晚的所作所为、每个早晨的所思所想、每个周末的活动安排，决定着你会去阅读什么样的书刊、结交什么样的朋友，决定着什么人可以让你伤心欲绝、什么事可以让你欣喜若狂。一旦陷入‘爱河’，你所爱的东西就会决定你所有的一切。”

---

① 《当玫瑰遇上真爱》，姚谦作词，陈浩贤作曲的流行歌曲。

然而，对吴敏伦夫妇来说，爱，温暖着这个甜蜜的家。在港岛半山这个两百平方米的“爱情蜜室”里，一切装修设计的成果都是徐梅的杰作，四周挂满的多幅油画，也全都是徐梅“辛勤劳作”的结晶，俨然一个小画廊，温馨典雅，散发着艺术的气息。徐梅说：“我喜欢把室内布置成一个现代化的家，要有摩登和时代感，这样人也容易充满活力。”徐梅平时要打理四房两厅的家，还要充当丈夫的私人秘书、太太、情人等多重身份，她就是凭着“善解人意”这四个字，明白各人的需要。但吴敏伦说：“她什么都可以不做，就用所有时间来陪伴我，那就够了！”对吴敏伦来说，人生最大的意义在于爱，因为爱是人性最本质的特征。

钱的故事[①]

人们常说，一个成功男人的背后一定会有一个伟大的女性的支撑，这也许有些道理。吴敏伦在学术上所作出的成就使他名声大振，但他认为这一切与他的太太徐梅默默无闻的支持不无关系。吴敏伦曾自豪地说：“要不是有‘一流老婆’徐梅的支持，我早已支撑不下去啦!”他之所以能够取得事业上的成功，“因为心情好，干劲自然大，所以我有任何成就，全因太太做好家庭管理，提供安静的家庭环境，让我不用分心，专注工作。别人常说我做事很辛苦，实际上一点也不是。”吴敏伦坦言：“我一生中最大的成就，不是我的事业，而是娶了一个令我此生无憾的女人。”

的确，自他们结婚以来，吴敏伦在经济上从不过问，一切经济收入都交给徐梅这位家庭的“财政大臣”管理。而这位画家太太非常尽责，治家有方，把这个家打理得井然有序，衣食无忧，成为支撑吴敏伦性学事业的坚强后盾。正因为这样，吴敏伦才可以毫无顾虑地把全部精力投入他的性学事业中去。2002 年，在吴敏伦和徐梅的珍珠婚纪念画展上，徐梅的油画作品获得了不少行家和观众的赞赏。其中一些作品拍卖价高达十万元，全捐作慈善之用，以支持丈夫的性教育和性学研究事业。此外，徐梅还会挑选一些自己的作品捐赠给某些社会服务团体，以作支持。可以说，徐梅是一位能够“生金蛋”的艺术家。

在投资理财方面，徐梅很有一套，而且十分理性。她从不靠运气，相反，她做足功课，努力去熟悉及掌握金融行情，伺机而动，也总能有不错的回报。可以说，徐梅在投资上无往而不利，即使香港发生过几次金融风暴，她都能安然避过。难怪丈夫经常自豪地笑着说：“我老婆在投资上所赚到的钱，远超过我一生工作得来的收入，怎能不开心呢?”

不过，由太太掌管财政大权，吴敏伦也闹过不少笑话。有一次，吴敏伦偕太太去荷兰参加一个国际性学会议，当时外国人入境荷兰携带的外币是有一定限量的，当吴敏伦夫妇在海关过关时，安检人员看过吴敏伦的护照后问道：“吴先生，请问您带来多少外币?”吴敏伦不假思索地回答：“不知道啊。”安检人员不解地问：“难道你身上带

① 《钱的故事》，汪锡鹏、段淑平的作品。

了多少钱，你自己会不知道？”吴敏伦仍然淡定地说：“是不知道啊。”安检人员睁大眼睛，疑惑地说：“这怎么可能？您在包里找找，是不是给弄丢了？”吴敏伦在安检员面前查过没有之后才反应过来，指指身边的徐梅，平静地说：“哦，丢倒是没有丢，我的钱都在我太太的身上啊！”安检人员一直摇头。

在一次朋友的聚会上，吴敏伦与一位新认识的朋友聊天，朋友问道：“吴教授，尊夫人做哪一行呀？”他不假思索地回答：“她做收银员。”朋友十分惊诧，没想到大名鼎鼎的教授太太竟然会去做收银员，于是好奇地问道：“是吗？那她……她……在哪里做啊？”吴敏伦若无其事地说：“在家里。我数十年来的薪金，都是由她全收的。”朋友听了恍然大悟，然后哈哈大笑。

当然，也有人认为，只要夫妻两人真心相爱，家庭美满幸福，至于由谁来负责理财并不十分重要。吴敏伦有一个朋友新婚不久，见到他那么信任太太，婚姻生活那么幸福，也想效仿，便给太太一张附属信用金卡，谁知不到几天已被她购物至严重透支，吓得立刻收回，大吵一场，最后婚姻维持不到一年便离婚了。

一个阳光灿烂的午后，吴敏伦陪太太去一家比较熟悉的时装店选购衣服，吴太太挑了一件外套在身上比量，售货员说：“这件你穿起来很好看，就这件如何？”吴太太问站在一旁的吴敏伦：“老公，你说好不好看？但颜色又有多种，很难决定呢！”

吴敏伦说：“好看，而且颜色也各有各的好，看天色和场合而已，那就每个颜色都来一件吧！”

售货员说：“吴先生，您是大忙人，但每次见您陪太太来买时装，左挑右挑，经常要耗一个多小时，您都高高兴兴的，真是从未见过这么好的丈夫。”

吴敏伦说：“老婆漂亮便等于我漂

亮，有什么奇怪?”

售货员听了不禁报以羡慕的眼光。

吴太太挑选时装完毕，售货员开单时问道：“吴生，感谢你们的光顾，您是刷卡还是付现金?”

吴敏伦回答：“我什么都没有，我的一切都是她的，由她管，你问她吧。”

售货员听了从心底里敬佩吴敏伦夫妻俩，同时感到更疑惑。

过了一些日子，因要参加一个大型宴会，穿着必须隆重一些，徐梅带老公又一次来到这家时装店拣选晚装。

女店员见是老顾客来了，十分热情地对徐梅说：“你身材好，皮肤又靓，出大场合不妨穿些露臂、露肩或露背的，虽然贵一些，但很漂亮的呀!”

徐梅却说：“不好，越密实（严实）越好。”

女店员问：“为什么?你怕丑（害羞）吗?”

徐梅回答：“不是。总之越密实越好。”

女店员瞟了一旁的吴敏伦一眼，微笑着说：“为什么?难道你老公怕别人看你，觉得吃亏?”

吴敏伦急忙说：“当然不是，只不过别人露多露少无所谓，我老婆只要露一点，我看到就一定会神魂颠倒，手足无措。”

女店员听了如身处雾中，一片茫然。

旧地重游[①]

退休后第四年，2011 年 9 月，吴敏伦偕太太前往英国苏格兰的格拉斯哥出席一个世界性健康会议，顺便作短程欧游以庆祝结婚 39 周年。儿子替他们安排整个行程并预付了一切开支，包括飞机上的豪华舱位，作为送给他们的结婚纪念礼物。在会议期间，徐梅由于食物过敏而引起胃部不适，在吴敏伦的悉心照料下，没几天便完全康复了。会议结束，他们飞往法国巴黎，到达巴黎的第一天，他们参加了旅行团，在一个餐馆里就餐时，徐梅又因对当地的奶酪过敏引起肠胃不适，但她不想令全团扫兴，更不希望引起吴敏伦的担心，便隐瞒着，装着若无其事，只说要去一趟洗手间，来到洗手间门口时，却突然感到一阵恶心，天昏地暗，昏厥过去。经过餐馆工作人员和旁人的急救，几分钟后才苏醒过来，她急忙冲进洗手间，上吐下泻。十多分钟后，她回到吴敏伦的身边坐下，保持镇静，似乎刚才什么事情都没有发生。吴敏伦后来才知道，对徐梅又心疼又佩服得不得了。

第二天，他们就前往诺曼底地区，参观印象派画家莫奈曾以之为习画题材的鲁昂圣母大教堂，又前往吉维尼小镇，参观了莫奈的故居和花园。花园内有那著名的“睡

① 《旧地重游》，英国伊夫林·沃的长篇小说。

莲池”，池水是从临近的阿普特河引进的。池塘上建了一座小桥，谓之“日本桥”，桥身也是绿色的，与垂入水中的杨柳浑然一体。池中的睡莲，红的、白的、紫的，静静地躺在绿色的大“床”上，展示着它们的美丽。眼前景象使吴敏伦联想起徐梅常常临摹的莫奈油画《睡莲》，那丰富和微妙的光与影的交错和跳跃的色彩就像一曲和谐的乐曲，没有边界和音域，只有色彩的流动和多声部组成的和声，而这是徐梅每次临摹时都大叹无能为力的。

参观完莫奈的故居，他们便马不停蹄地赶往圣日耳曼昂莱小镇佩恩路 38 号——印象派音乐家德彪西的故居。这是一座 17 世纪时的房子，朝向街道的是一个很窄的门。

1862 年 8 月 22 日德彪西就在这里出生。当时他的父亲在这里开了一家彩釉陶器店，如今楼上是为音乐家德彪西建的博物馆。他们喜欢德彪西的音乐，在他的作品中已看不到古典主义音乐的严谨结构、深刻的思想性和逻辑性，也看不到浪漫主义音乐的丰富情感，取而代之的是奇异的幻想因素、朦胧的感觉和变幻莫测的色彩。他的和声细腻、繁复，乐器搭配新奇而富有色彩，旋律略带冷漠飘忽的感觉。德彪西运用他所偏爱的全音音阶，构筑起他与众不同的“梦幻世界”。在吴敏伦看来，德彪西的音乐犹如一幅幅印象派的油画作品，跳跃的音符如同断裂的笔触和反差强烈的色彩。他们沉浸在这位音乐家的音乐世界中，追忆他的生涯足迹，就像是他们也走过的足迹。此外他们还去参观雕塑家罗丹博物馆并游览了法国东部的几个小城市，体验当地的独特民俗和风土人情。

之后他们又重返英国伦敦，白天去参观博物馆和画廊，晚上便去歌剧院观看歌剧或欣赏音乐会，重温 1978 年他们首次踏足伦敦的拼搏日子，不单在事业上，也是在艺术修养上的拼搏，虽然有些艰苦，但却那么珍贵与甜蜜。他们还利用一个晚上的时间去海德公园，参加了英国广播电台（BBC）每年一度在海德公园举办的音乐嘉年华，感受那地道的英国气氛，和英国人一

BBC
Proms
ROYAL ALBERT HALL

起狂欢、欣赏和唱“爱国”歌曲。当一群本地青少年和他们玩得兴起，得知今年刚好是他们夫妇结婚39周年，但还那么恩爱，都认为不可想象，自发为他们歌舞庆祝，舞毕，更举杯向他们祝贺。

吴敏伦连声说：“谢谢，谢谢！但数十年来我已滴酒不沾，我以果汁代替如何？”

一位名叫汤姆的小伙子说：“滴酒不沾？为什么？你自小有酒精过敏或什么病？”

吴敏伦回答：“不是。我年少时在社交场合也饮些酒的，各类都可，但20多岁后便全戒了。”一位叫亨利的少年问道：“为什么？你20多岁时发生了什么事？还是受了什么心理打击？”

吴敏伦笑着说：“都不是，而是因为我遇到了我的太太。她的一颦一笑、一举一动，以至和她在一起的每一天每一分每一秒都令我如痴如醉，我怎能还喝任何一丁点儿酒？会昏过去的呀！”

所有青少年一起哗然：Oh，My God！We faint too！然后大家一起平躺在地上作昏迷状，有些还加以“抽筋”的表演。

在回港的飞机上，吴敏伦夫妇见头等机舱布置得很漂亮，于是邀请一位空姐帮他们拍些双人照，空姐见他们甜蜜得像初恋情侣，问他们为何如此开心，吴敏伦回答是为了纪念结婚39周年。过了几小时，飞机还有45分钟便要降落，这时空姐空少拿出一个“39周年结婚纪念”的小蛋糕给吴敏伦夫妇庆祝，使他们惊喜不已，问是否儿子的事先安排，乘务员说不是，而是他们刚才在百忙中合力制作的一份礼物。吴敏伦和徐梅很开心，说这真是一份令人感动和难忘的礼物。在这次浪漫之旅和艺术之旅的熏陶中，吴敏伦夫妇的爱情像一坛陈年的老酒，越发浓郁，越发芬芳。

故乡情[①]

虽然岘港是徐梅度过童年和与吴敏伦开始写信交友的地方，俨然是她的故乡，但她自1971年离开越南之后，便再没有踏足这城市，吴敏伦更没有，主因是从香港去岘港很不方便，两地交通直至21世纪初才逐渐发展起来。2013年8月，经儿子提议和安排，他们才特意与儿子去岘港旅游，寻找徐梅的故居，缅怀从前的时光，也让吴敏伦与儿子感受一下当年她生活的地方，领略当地的景色。

但是，毕竟已阔别故乡数十年，而且经过了翻天覆地的变化，很多地方都已面目全非。他们首先游览的是徐梅在安拜街与父母和十兄弟姐妹一起生活过的故居，徐梅按照街道门牌号码去寻找，却怎样也找不到，问过几个附近的老街坊，才知道这所本来很宽大的由几个单位连着围成的庭院早已被改造成十来间小房屋，分别设置在了一条小巷的两旁，连外观与门牌号码都改了。徐梅按照指示进入小路才依稀认得一些还没有拆掉的本来是她故居的旧门墙。在一间小房子翻新了的外墙和窗户前，徐梅很高

① 《故乡情》，降央卓玛演唱的纯藏语歌曲。

兴地指着窗内对吴敏伦说："这就是我当年住的房间，我常在里面给你写情书呀！我在这窗前拍过照片给你的，记得吗？"吴敏伦当然记得，立刻叫儿子替他们在窗前拍了一张合照，他不无感慨地说："唉，当年我看你在岘港的照片，多么期望能在你身边呀，想不到要在40多年后才能梦想成真呢！"

然后，他们走到小巷的尽头，遇到几个老人在屋前乘凉闲谈，双方互望几眼，一个老人抢先开口："……我认得了，你是'梅仔'，当年我们中药店徐老板的二小姐！我是伙计光叔、他就是明哥呀……"故人重逢，百感交集，大家互道别后情况，有说不完的话题，差不多两小时后才相互道别。

离开故居，走出不远，便是白藤河畔，这也是徐梅小时候经常散步、沉思和读书的地方，但现在已经都很“现代化”了，只见晚上到处都是七彩灯饰，已失去当年的自然淳朴，几乎无法寻回当年的影子。幸好，他们在接下来的几天里，沿着河边往城外走，仍可找回徐梅最爱取景照相寄给吴敏伦的地方：那风和日丽、一望无际的沙滩，那山脚下大大小小嶙峋的石头，那山腰上各式各样的供奉着各种神祇的庙宇，当然也少不了徐梅最喜光顾的地道小吃摊和食店，有些小吃还只有在岘港的地摊或推车上才买得到呢！吴敏伦兴致勃勃地每找到一处和徐梅做笔友时收到的相片的原景，就与徐梅用同一角度拍一张合照，以庆祝他们再不是形单影只的两个个体。当他们路过一间摩托车出租店时，徐梅看到有一辆很像她以前惯用的旧款摩托车，一时兴起，租了一小时载着吴敏伦在附近兜风，想不到仍驾驶得很熟练，吴敏伦叫儿子给他们拍一张骑摩托车的照片，名之为“原来同途有你”。

转眼五天游玩与怀旧的时光过去了，但这段时光还是很愉快和值得纪念的。虽然有时眼见岁月流逝，沧海桑田，徐梅仍不免有点唏嘘，但吴敏伦每次都会轻搂着徐梅说：“就是因为有沧海桑田，海会枯、石会烂，才更显得我们的爱情长存嘛！”

幸福之歌[①]

幸福是什么？幸福就是世上无数的男男女女终其一生所追求的那个“东西”，然而，它难以捉摸、无法言说，它并非是某种真实而客观的事物，而是希望，是渴求，是梦想。正如德国哲学家康德所说：“幸福是如此不确定的一个概念，以至于尽管每一个人都希望获得幸福，然而他永远都不能明确地、一贯地说出他真正希望和想要的东西是什么。”对“幸福”的理解，每一个人都有自己的看法，包括寻求幸福的方式，以及对于幸福的期待，在不同的时代、不同的文化中都是截然不同的。而且，追求幸福的过程也有其阴暗的一面，充斥着挣扎与失落，幻灭与绝望。19 世纪的批评家托马斯·卡莱尔曾说幸福是“我们的影子”。18 世纪英国伟大的诗人波普说过：“啊，幸福，我们生存的终点与目标！我们为了你而活下去，也因你而敢于踏上死亡征途……”

如果从人们日常话语角度来考虑幸福的特征，那么，正如古希腊哲学家亚里士多

① 《幸福之歌》，香港 2015 年流行的摇滚乐曲。

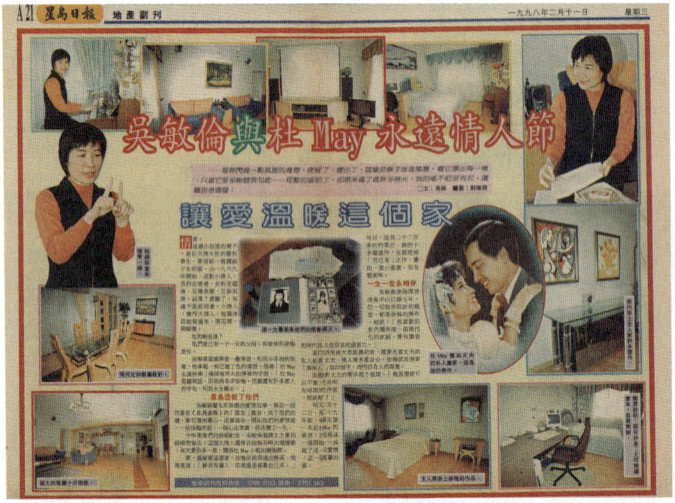
A21 星島日報 地產副刊 一九九八年二月十一日 星期三

吳敏倫與杜May永遠情人節

讓愛溫暖這個家

一生一位永相依

德在《尼各马可伦理学》中指出：“我们或许可以把幸福定义为：结合德行的顺境；富足的人生；安然享有最愉快的生活；拥有财富和健康，并能加以保护和利用。几乎所有人都认同幸福至少包含以上当中的一项。”希腊人普遍怀有这样一个信念：幸福必须经过完整的一生才能加以判断，因为即便一些人年轻时左右逢源，也可能到老年却陷入悲惨的境地。因此，应该说，幸福是人类的终极欲望，也是人生的最终目的。然而，幸福总是漂浮在地平线的彼端，在视线的上方，若隐若现，充满着诱惑。

吴敏伦一直自认是个幸福的人，这种幸福的感觉和满足并非来自他的事业，也并非来自拥有一个美满的家庭，而是来自不断地追求和创造这种艺术的人生，努力营造“爱情蜜室”的过程。他记得加缪在《西西弗斯神话》中说过：“迈向顶点的努力本身即足以令人心满意足，我们必须想象西西弗斯是幸福的。”

回顾自己的工作，令吴敏伦感到十分欣慰的是，他的所言所行得到了家人的理解和支持。吴敏伦曾不无感慨地说，自己一生最值得骄傲的事，就是娶了一个好老婆，“她支持我的工作，贤良淑德，有才华又漂亮”。吴敏伦于1998年1月23日给岳丈岳母大人的信中写道：“梅温柔贤淑，聪明能干。在这辑银婚纪念照片中，更可见她美艳不可方物，简直沉鱼落雁，闭月羞花，小婿自问有妻如此，毕生无憾。”

事实上，一个人的幸福或幸运掌握在自己的手中，都是个人选择的结果。具体到爱情和婚姻问题上尤为如此。吴敏伦要是当年不坚持自己的严格标准，选择了阿雯或阿兰，就不会有后来的徐梅；又如果他没有当机立断地选择与徐梅结婚，也可能不会有他们现在的美满幸福。对于徐梅来说也是如此，如果她当年没有选择学习艺术和古典音乐，就不会遇上吴敏伦这个“知己”；如果不是她拒绝各种诱惑和众多追求者，选择去台湾求学，最终放弃学位赴香港与吴敏伦结合，就不会有他们的美丽爱情。人生的每一步都是选择，不过，选择固然重要，但更重要的是理性，而且当机立断，抓住机遇，而不是犹犹豫豫，错过时机。

在许多人的眼里，吴敏伦与徐梅的爱情与婚姻无疑非常美满幸福，但不是常人可及的——什么专家、教授、博士、天才作家、画家、高级艺术修养和极好的性格集在一起，这样的配对，往哪里找？面对许多朋友这样的赞美之辞，他们虽然心里暖洋洋的，却不以为意。事实上，他们像平常人一样过着平常的生活，脚踏实地地追求自己所向往的艺术人生，没有任何宗教信仰，不相信上帝，也不相信佛祖，只相信自己，走实实在在的人生之路，并且努力去创造和体验人生的快乐和幸福。

什么是快乐？一般字典对快乐下的定义多半是：觉得满足与幸福。德国哲学家康德则认为：“快乐是我们的需求得到了满足。”从心理学的角度解释，快乐是平静的、

惬意的，是刚刚好，是添一分嫌多、去一分嫌少的感觉。从哲学的角度来看，可以引用张爱玲的一句话：短短的快乐哄着人忍受长长的一生。当然，不同的人有不同的回答，有的人说快乐是一种满足，有的人说快乐是一种刺激，还有的人说快乐是财富、成功、鲜花和荣誉……其实真正的快乐是一种心境，与幸福密不可分，所需条件每个人的答案都不一样，有人要爱，有人要钱，有人要汽车、别墅，有人要健康，也有人认为，幸福是一种体会，一种感觉，一种知足的心境。此外，人生的幸福和烦恼也不是绝对的，就看你如何感受，就像在沙漠里发现的半瓶水，如果你说："太好了，还有半瓶水。"你感受到的是幸福。如果你说："真糟糕，只剩下半瓶了。"你感受到的便是烦恼。

还有人认为，幸福在于拥有自己拥有的东西，而不是在于拥有别人爱的东西，只有漠视他人所拥有的，才能按照自己的意愿，自由自在地生活。常言道：知足常乐！不过，有人把幸福比作上帝掷到人间的一块最费思量的诱饵，没有得到的时候，她让你魂牵梦萦，一旦得到，又让你感到味道索然。所以，幸福是一种感觉而不是拥有。美国哥伦比亚大学霍华德·金森博士说："所有依靠物质支撑的幸福感，都不能持久，都会随着物质的离去而离去。只有心灵的淡定宁静，继而产生的身心愉悦，才是幸福的真正源泉。"不过，吴敏伦认为幸福和快乐也不尽可单凭个人主观说了算，"譬如，一个人是否健康，是否快乐或快乐到什么程度，医学上都有客观标准，有很多心理测验可以量度，也有相关的血检或生理反应数据可作指标，临床上有很多人对医生说自己很健康，经检验后才发现患有隐疾，而很多说自己很快乐的精神障碍患者都被关进精神病院，因为他们危及社会。世界上已有很多医学研究发现，爱情生活幸福的人，其健康和快乐指数比没有爱情或爱情生活不幸福的人更高，寿命也更长"。在现代物欲横流的社会，吴敏伦认为精神的交融比肉体的结合更为重要，正如亨利克·显克微支所说："纯粹精神上的爱情是虚幻的，而如果爱情失去了精神基础，那就是庸俗的。"

我们已经看到吴敏伦夫妇十分美满幸福的爱情和婚姻生活，这种幸福并非来自他们所拥有的丰富物质或学识，而真的是因为爱情，物质或学识只不过是衬托，让它看起来更美。

在现实生活中，吴敏伦随身带着太太的照片，徐梅总是显得十分年轻可爱，像是他的女儿。朋友问他为何太太保养得那么好，他骄傲地回答说："因为有爱情的滋润！"

2016年春节期间，徐梅数十年没见的儿时好友阿丽来港过年，徐梅与吴敏伦一起去接机。

当见到徐梅时，阿丽激动地上前热情拥抱，并用手抚摸徐梅的面颊和一头秀发，感叹地说："哇！阿梅，阔别数十年，你竟然样貌身材都和以前一样，真不敢相信！"

徐梅显得有些尴尬："没有呀，变了，老了很多了！"

阿丽连忙说："哪里有变？还是真材实料啊！太厉害了，来来来，一定要告诉我，做些什么保养？"

徐梅不知如何是好："没……没有呀，没有做什么特别的，真的没有。"

阿丽表示不信："不可能。至少也有吃些补药补汤之类吧？喂！不要保密！多年老友，分享一下好吗？"

吴敏伦见阿丽咄咄逼人，立即出手英雄救美："有有有，我告诉你，她有吃补汤，但不是人人都有得吃的，那便是数十年我给她吃的迷汤，你有吗？"阿丽听后只得仰天长叹。

吴敏伦夫妇的相处就像放风筝一样，任对方喜欢做什么便做什么，他们对其他至亲的人都持同样态度。但是他们周围的朋友却没有一人这样想，吴敏伦只能说："无所谓的，偶尔跟他们相处，谈谈名牌，玩玩麻将。只要别人不来骚扰我的生活便行了。"

龙争虎斗[①]

在许多人看来，夫妻吵架是很正常的事，不吵架才不正常，尤其是退休之后，相处时间多了，争执便多，于是吵得更多。但这种情况却不会出现在吴敏伦夫妇的身上，因为，他们认为，夫妻相处之道在于相互合作。

当然，许多人对他们在退休后也不吵架表示质疑，认为他们是在说谎。有一次吴敏伦应邀在深圳一个公开场合主讲一个爱情教育的讲座，并以自己的爱情经历和婚姻生活为例，没想到一个中年妇女突然站起来，指着吴教授破口大骂：“别在这儿胡说八道，说谎话，我和老公天天吵架，不是照样过日子吗？40 多年从不吵架？鬼才相信呢！”不过，真正了解他们夫妇的人对他们所说的确信无疑。在一次对他们的亲朋好友的访谈中，方世豪博士曾经说：“我在认识吴教授之前，首先接触到的是他的性学著作。我买他的书，读他的书，从中深受教益。后来通过参加性教育活动和性文化节认识了他们夫妇俩，初次听到有人说起他们的婚姻生活和那些离奇浪漫的爱情故事时，

① 《龙争虎斗》，美国罗伯特·克洛斯导演的功夫电影。

我的感觉也是认为很夸张，他们从来没有相互发过脾气、吵过架，爱得那么深，我觉得很夸张！后来因为与他们经常接触和沟通，慢慢地加深了对他们的了解。发现他们所说的毫不夸张，绝对真实可信。一般的夫妻难免经常有因一些小小的摩擦而发生争吵，在我认识的其他夫妻中，我从来没有发现不吵架的。但是我发现，他们夫妇俩与一般人不同，他们不是一般的人。他们的性格和人格的修为都非常高，我发现这一点很重要。吴敏伦夫妇能做到相互为对方着想，做到让对方开心，实在难能可贵。除了性格和人格的修养之外，就是他们都具有很高的艺术素养，无论是在绘画、音乐还是在文学方面，他们的素养都很棒。在婚姻生活中，艺术修养也很重要，因为艺术可以陶冶人的性情，

丰富人的涵养，提升一个人的人格。他们这种修养（还未说吴敏伦的医学和性学修养与徐梅的理财修养），是一般夫妻学不来的，太难了！所以说他们是世界‘爱情冠军’。的确，他们为我们树立了一个爱情和婚姻的光辉典范，值得我们好好地学习，虽然我们学不来，我们无法学他们全部，但只要学到其中的一小部分就足以令我们享用一生。我们不用做‘世界冠军’啦！”

2011年7月，吴敏伦和太太去迪拜参加一个国际性学会议，回港时在迪拜国际机场的出境商场逛，见离航班起飞还有一些时间，徐梅说刚才路过一个小商店，发现里面有一件非常漂亮的工艺品，想去买回来。于是，为省时间和减少保管行李的麻烦，由吴敏伦留下照看行李，徐梅则独自消失在拥挤的人群中。谁知徐梅一去便是半个多小时，吴敏伦左顾右盼，还是不见她的身影，眼看航班起飞的时间越来越近，信息牌已打出排队登机字样。吴敏伦心急如焚，如果错过这次航班，他们必须在机场滞留一晚，也许还会遇到其他意想不到的麻烦。情急之下，吴敏伦只好拖着行李箱四处寻找，可是这商场比想象中大得多，加上旅客如潮涌动，通道又错综复杂，吴敏伦心想，她会不会是迷路了呢？眼看离飞机起飞只有十来分钟了，他只好迅速地折回原地，却突然发现徐梅已在原地等他。这时他那颗悬着的心才落了下来，什么也没说，立即和徐梅飞奔往登机口，有数百米的距离，还好赶得上，当他们气喘吁吁地进入机舱后，不到几分钟飞机便起飞了。他们终于平静下来，相视而笑，没有怨言，没有怒气，更没有相互责怪和争吵。因为他们知道，在日常生活中，尤其是在夫妻一起旅游时，这种小小的失误时有发生，有时甚至会导致财物或其他损失，但造成这种结果并不是其中某个人的过失，既然事情发生了，应该双方一起来承担责任，合力解决问题，相互埋怨和争吵根本无用，只会给双方带来情感上的伤害，破坏爱情的质量，甚至动摇婚姻大厦的根基。

共同的世界[1]

一样的土地，一样的蓝天，哺育着人间不老的情感
一样的渴望，一样的心愿，温暖着岁月不醒的梦幻
共同的心声，共同的呼唤，重复着世代不变的诺言
共同的真诚，共同的尊严，支撑着古国不沉的地平线
……

吴敏伦夫妇琴瑟和谐、美满幸福的“秘诀”之一便是他们拥有一个“共同的世界”。当吴敏伦忙于工作或外出开会时，徐梅会自寻乐趣，在家画画、玩电脑，在她的绘画创作中，他们夫妇两人的形象自然是她笔下的首选素材。而且，在构图和具体描绘时，徐梅总是安排丈夫在突出的位置。她有时通过电脑合成软件，将自己和丈夫的照片与别的图片合在一起，使自己穿梭于古今、游历于世界，更会把照片制作成 MV，放在 YouTube 或优酷上观赏，不亦乐乎。休闲时，他们会接外孙和外孙女回家小住，与小宝贝们共享天伦之乐。

吴敏伦认为，夫妇间最重要的是要有一些共同的兴趣，如他们两人都喜欢音乐，喜欢唱卡拉 OK，“只要有一样共同喜欢的事便可，其他的，只要不是犯法，对方想做的便由他去做！没必要什么事情都要对方陪伴，各人都可以有自由的空间。两个人纵使没有共同兴趣，也一定有一些相处的时间。一个家，一定有很多的事情需要

① 《共同的世界》，贺明生作曲，甲丁作词的流行歌曲。

讨论，如电费、子女的生活、性生活……不可能完全不相聚。你可以培养跟她同一样的兴趣，如不，也可在旁陪伴。她三天三夜在绘画，我就自己看书、操作电脑，或者在她身边唱歌，给她一点艺术的灵感”。

2010年春节期间，与吴敏伦和徐梅认识了十多年并一起做性教育工作的叶长秀与她的先生方世豪到吴家拜年。闲谈到吴敏伦与徐梅的笔友历史时，吴敏伦拿出他珍藏的情书给大家欣赏，方世豪夫妇一看，深深地被信中那真挚而坦诚的沟通所感动，兴之所至，还带着羡慕及欣赏的心情，高声朗读信中那深情款款的独白，仿佛回到了吴敏伦和徐梅的年轻时代，感受那种奔放的激情、任性、坦荡以及求不得的苦恼、触不到的困惑……他们才能认识到吴敏伦那浪漫、信誓旦旦的另一面。他们觉得这故事虽然有点超现实，然而异地情缘所面对的情欲挣扎却十分真实，绝对可以作为情爱及性教育的题材。于是，他们向吴敏伦提议，与其只得少数人的欣赏，倒不如公诸同好，出版成书，使更多人能分享这段旷世奇缘，也可以成为一本很好的爱情教育读本。吴敏伦却不大接受这提议，因为把全部情书刊出来，篇幅太大，如果不加以说明诠释，读者便会不知来龙去脉，还是理解不了，如果加上说明诠释，工作量又太大，虽然叶长秀他们毛遂自荐为他整理情书，肩负编辑工作，吴敏伦仍是推辞了，叶长秀和方世豪只好失望离去，但临别前带走了情书的副本，说要回家慢慢细读。

过了几天，吴敏伦夫妇收到一封电邮信，原来是叶长秀和方世豪发来的，其中写道：“细读你们的爱情故事，最值得我们学习的，是你们不断的沟通、理解，互相调整彼此的期望，从面对现实，接受不足，以至接受对方的一切一切……激情背后，却反映高贵的心灵，毫无保留的坦率……真爱永久流传，真希望你们能与更多人分享这爱的故事，这是后世的爱情福音，也是很好的性教育。而我与阿豪很乐意负责推广和编辑。”正是这一封发自元宵节的来信，终于感动了吴敏伦夫妇，于是，一项写作和编辑情书的书的工作开始了，一部旷世奇书——《至性情书》问世了。

至性情书①

扫码更精彩

2011 年 7 月，吴敏伦与太太的浪漫情书集《至性情书》由香港天地图书有限公司出版发行，全书完整地收录了吴敏伦与太太徐梅从相识到结合长到 3 年之久的 97 封“麻辣”情书，其中经历了从“初恋”“热恋”到“苦恋”，那密密麻麻却工整秀丽的字迹，那充满激情而至为赤诚的语句，流露出他们火热的青春和本真的欲望，浸透着他们爱恋历程中的酸甜苦辣，成为他们那段旷世奇缘和浪漫爱情的有力见证。

---

① 《至性情书》，吴敏伦的著作。

《至性情书》的出版，立即成为香港媒体和民众关注和热议的焦点。人们争相传阅，试图在阅读中体验他们那段浪漫爱情的温馨，感受他们这种传奇爱情的伟大力量。数十年前那位为了追求徐梅而从越南“偷渡”来港“护花”的阮老师获悉，便立即跑去书店买了一本，并向吴敏伦发来贺信以示祝贺。多年以来，阮老师虽然早已改弦易辙，不再从事教书育人的工作，但仍然没有放弃对文学的偏好，平时也经常在报刊和网络上发表一些散文和随笔。当然，这次读了《至性情书》后，他又开始奋笔疾书了。

7 月 24 日，在香港会展中心的书展场内，天地图书安排了一个《至性情书》公开座谈会，吴敏伦结合自己离奇曲折而又甜蜜幸福的爱情故事，以“佳偶天成？——爱情和婚姻的经营之道”为题进行了精彩的演讲，之后，还播放了一段由他和太太的甜蜜照片制作而成的精彩视频，背景音乐是他俩合唱的《因为爱情》，那充满柔情蜜意的歌声，让在座的朋友和嘉宾深受感动，真正尝到了一份绝世爱情的美味，纷纷致以热

烈的掌声。

2012年2月，香港铜锣湾世贸中心举办了一场别出心裁的展览并组织了相关活动来庆祝情人节。商场中庭布置有一棵巨型的“心曲树”，让情侣把心中的甜言蜜语写入纸中，挂到树上，情人节过后收集起来，选出最佳的三份蜜语进行颁奖。此外，现场有展览区，选出世界十大情书展出，分西方经典、中国经典及现代经典三大系列，为期约一个月。吴敏伦夫妇的《至性情书》被选为现代经典之一，摆放在最显眼的位置。他们还被邀请上台在“心曲树”下接受媒体的访问，畅谈对情书的看法。但是，最令他们感到惊喜的并非入选“十大”，因为怎样才算大，没有客观的标准。参看其他入选作品，有郁达夫给王映霞的情书、余光中的情诗《思年华——赠妻》、徐志摩的《爱眉小札》、宋美龄在西安事变时给被幽禁的蒋介石的信、小岛友子在“海角七号”没有寄出的情书、黛安娜王妃给穆罕默德·阿尔法耶德的情书、伊丽莎白·泰勒给她的情人的情书、英国浪漫派大诗人约翰·济慈与芳妮·布郎的情书、史提夫·乔布斯病逝前

写给夫人劳伦·鲍威尔的情书。听说莎士比亚十四行情诗也被考虑过，但最后却不入选。从整个情书入选的标准来看，有定位在文学价值、历史价值的，也有依据名人效应的，反而对爱情的价值不大重视。然而，《至性情书》却是最纯粹、最地道、最真挚、最热情、最火辣、最珍贵、最精彩、最感人的情书，真情凸显，毫不矫揉造作，自始至终散发着爱情的芬芳，洋溢着柔情蜜意的气息。个别入选的情书由于混杂有一些与爱情无关的其他因素和杂质，在《至性情书》面前便自然显得苍白无力了。

所以说，吴敏伦夫妇对能够入选“十大”没有什么很强烈的感觉，而真正让他们感到惊喜的是整个展示场地的设计和布置所构成的艺术氛围。当他们第一次进入这个如诗如画的场景时，都不约而同地欢呼“太美丽、太浪漫了”，仿佛进入了一个期盼已久但又依稀记得应该就是这样的梦境。整个场地呈圆形，以嫣红色为主调，以银白色

修饰，象征着爱情的热烈和纯洁，场景以一朵盛开的“爱情花”为主体造型，配上银白色的巨型羽毛笔以及成双成对的飞舞蝴蝶，环绕着中央一棵巨型的“心曲树”，给人以浓烈的喜庆、欢乐和温馨之感。“爱情花”是一种艺术想象和创作的产物，非人世间所有，但非常简约而美丽，它那五片红红的半椭圆形花瓣，在吴敏伦的眼中就像一朵争妍斗艳的梅花，那不是特别为自己的太太而设计的吗？最美妙的还有那圆形的表演台，又是由五片大花瓣围绕而成，他们站在上面，就如踏着梅花在空中扇动翅膀，与蝶共舞。他们陶醉于这种梦幻般的“仙境”之中，欣喜若狂。因为即使特意找专业人士设计一个乐园美景给他们庆祝情人节或他们的爱情，也未必能有这么精彩的作品。他们视之为上天赐给他们的另一个礼物，此后还不时来过几次，摄影、流连、欣赏……一起度过了不少甜蜜时光。

盛事接踵而至，《至性情书》在香港引起的热浪尚未停息，紧接着，这本由吴敏伦夫妇的旷世情缘所催生的情书集的简体版终于在内地问世了，令这一段非常具有传奇

色彩的罗曼史为更多人所知晓。2011 年 10 月 1 日，深圳第五届性文化节在深圳会展中心 6 号馆开幕。徐梅的几十幅精美的油画悬挂在展厅的墙上，参观的人络绎不绝，赞叹不已。随后，在展厅的现场，举行了《至性情书》的新闻发布会及签名售书仪式。吴敏伦向慕名而来的读者们简要地介绍了他们的爱情故事以及历时 3 年的情书产生历程，并针对当前社会的婚恋状况及存在的问题提出了自己独到的观点和看法。人们怀着无比仰慕的心情和敬意聆听了吴敏伦夫妇在那个难忘的年代的传奇爱情故事。然后，热情踊跃的读者将吴敏伦夫妇围得水泄不通，争先恐后地请求他们在“情书”上签下这两个令人动容的名字。

显然，《至性情书》的出版，无论在香港还是在内地读者的心中所引起的波动是十分强烈的，各种传媒对此作了专题采访和追踪报道，不少吴敏伦夫妇的亲朋好友和大量“粉丝”的信函纷沓而至，飞入他们的邮箱。除了对他们那段旷世奇缘的赞美和惊叹之外，更多的是对他们人生境遇、艺术追求和完美人格的羡慕、敬仰和崇拜。对于现代年轻人来说，发生于 20 世纪 60 年代末、70 年代初他们的那段爱情故事简直不可思议，似乎像神话一样。而对于曾经历那个年代的过来人来说，除了惊叹和羡慕之外，

更多的是大发感叹：为什么幸运之神没有降临在自己的身上啊？由于在书中所展现的都是吴敏伦写的情书，而没有徐梅的情书实录，这样无疑给读者留下了许多悬念和猜想，也许一些读者会问，那位一直躲在幕后的“梅”究竟是怎样的一个美人？这个神秘女子究竟具有一种什么样的魅力和魔力，能使一位英俊潇洒、才华横溢的“型男”如此神魂颠倒、陷入爱河？于是，不少“粉丝”的目光便聚焦于这位“梦中情人”——徐梅身上。随着吴敏伦与徐梅的不断“曝光”以及他们频繁地出现在各种公开场合中，人们开始对这位“乱世佳人”投以关注的目光。有的“粉丝”向她来信寻求爱情的“秘方”，有的人为她秀外慧中的气质以及温和娴熟、不卑不亢的人格魅力所倾倒，甚至有的男士通过电邮向她发起猛烈“攻势”，倾吐自己对她的爱慕之情。

尤其令人惊讶的是，一位长者居然也对徐梅产生了近乎狂热的爱恋。这位来自台湾的商人，长期在香港打理他的生意，虽然现在已有妻室儿女，但在年轻的时候曾经有过一次失败而痛苦的恋爱经历，正是这种惨痛的打击使他不相信世界上有真爱，而心中那种无法泯灭的对爱情的渴望和纠结一直折磨着他的心灵。然而，《至性情书》的问世和徐梅的出现，似乎打乱了他井然有序的商务生活，唤醒了他沉睡的心灵，那早已荒芜的爱的原野开始苏醒。他是在《至性情书》出版的座谈会上认识吴敏伦与徐梅的，之后再阅读《至性情书》，他的情感受到了很大的触动，并勾起了他过去许多情爱的回忆。于是，他鬼使神差地开始给徐梅写信，而且一发不可收拾，似乎情感的潮水充满了他整个的心灵。因此，他不放过在任何与徐梅见面的机会。在一次读者聚餐会上，在一派谈笑风生的气氛中，他看到坐在对面的徐梅从挎包里拿出一件披巾搭在肩背上，于是急忙走过去，握着徐梅的手，轻轻抚摸，关心地问她是不是空调太凉了，感觉很冷，要不要叫服务生把空调调小一些。这时，同桌的读者朋友皆愕然，坐在徐梅身边的吴敏伦却只当视而不见，仍然与其他朋友聊天。也许，对这位台湾“粉丝”

对徐梅的“狂热”情感表达，吴敏伦只理解他是在长期情感抑制下而偶然找到了一个发泄渠道和临时的倾诉对象而已，这种自身欲望的冲突和矛盾的痛苦或许将伴随他一生。

《至性情书》的出版本来是向读者演绎一个可歌可泣的传奇爱情故事，释放一种正能量，使人们重新认识爱情，评估爱情的价值和力量，树立正确的爱情观、人生观和价值观。然而，让吴敏伦夫妇始料未及的是他们的这种爱情的力量居然可以动摇或改变一个人的性别认同。在一次性学研讨会上，吴敏伦介绍了他刚出版的《至性情书》，引起了与会者的热烈反响，大家为他们的浪漫而传奇的爱情故事深深感动，其中一位叫阿东的男士与他的爱人（一个已接受了从男变女手术的变性人）小谢上前让吴敏伦和徐梅给《至性情书》签名，并短暂地交流了几句，就这样，小谢便认识了这位《至性情书》中的神秘女主角——徐梅。不久之后，小谢仔细阅读了《至性情书》，被吴敏伦和徐梅的爱情故事深深吸引，觉得他们的爱情太完美了，简直是个爱情神话！而对故事中的女主角徐梅她也充满了好奇，在她的眼里，徐梅简直像神，却又是那么的平凡而真实。于是，她开始给她心中的“女神”写信，一方面诉说她阅读《至性情书》的一些心得体会，另一方面倾吐自己在爱情上的迷茫和苦闷。她对徐梅是那么狂热地崇拜，又是那么敬仰和爱慕，通信多了，小谢觉得徐梅是她所见过的人中，最能信任的一个，达到了可以和她无所不谈、畅所欲言的地步。她谈到她的过去、她的童年、她的家庭和父母、她的成长过程、她的现在的情感状况，甚至她的性别认同，因为她最近爱上了一个男朋友阿东，欲罢不能，但阿东却好像对她越来越不满。

要拍拖，先要學藝術
——吳敏倫夫婦的愛情秘笈

小谢本来出生在台湾新竹县一个小康家庭，是家中的独子，父亲是一个小公司职员，母亲经营一家大型茶叶加工厂，做进出口生意，利润颇丰。从他记事的时候起，不知是什么原因，他虽然知道自己是个男子，身体上的器官与性征发育与一般的健康男人无异，但心底里总觉得自己应该是个女子，他喜欢很多女子喜欢的东西，如玩洋娃娃、穿裙子、打扮等。他越长大这种感觉便越强烈，觉得很不正常，但又不敢告诉任何人，包括父母。到他十六七岁时，他自己找书本寻求答案才明白自己是个跨性别者，只要循着适当途径找到医疗队伍替他变性，便可以过上正常的生活。幸好他的父母在知道真相后，虽然伤心，但也支持他变性。几经辛苦，他终于变性成功了，他还通过自己的努力考上大学，毕业后应聘来到香港一家公司工作。最近，她在工作中遇到了现在的男朋友阿东，且很快成了一对恋人。本来，他们也相处得不错，然而当阿东知道小谢常写“情书”给徐梅，把徐梅看成是她最信任而且可以无所不谈的倾诉对象，而不是他时，便十分不开心，以为小谢不是真的喜欢自己，并逐渐移情别恋，因此和她产生了情感上的摩擦和误解，吵架越来越多。小谢说她已是女子，与徐梅怎样谈得来也只能说是闺蜜，互相通信又怎能说是写“情书”或爱上了？但阿东却不这样想，他说：“你原本就是个男子，改了个身体是女子又怎知你的内心是男还是女？况且，谁能担保你为了爱你的女神，不会有一天又决定要变回男的了？”气得小谢哭个不

停，和他吵架。她自问对阿东的感情是坚定的，和他在一起也感到非常快乐和幸福，只不过阿东对她的理解和信心都不够，她也很困扰，便问徐梅如何是好。

徐梅对这位40多岁的小谢向她袒露内心隐秘情感一事并不感到惊讶，只是表示更多的理解，她耐心而温和地与她倾谈，希望能消除她在情感上的疑惑，故而几乎成了她的一位“心理咨询师”。徐梅以自己的恋爱经历为例来表达对人和事的看法和态度，她在给小谢的电邮中写道：

你既然看过我和吴的情书便应该明白，爱情是要尽量坦诚的，否则你和爱人的“沟通”便不是沟通，而不过是随便用来应酬自己和对方的片言只语而已，只会制造误解和冲突，即使是情书亦只会是些矫情的“沙滩上的情书”，过不了一天的潮起潮落便会消失得无影无踪，除了能给情人们一些短暂的陶醉外，又有什么用处呢？所以，你应该想想，为什么你不能向阿东也投以如你给我的那份信任，也以他作为你无所不谈的倾诉对象？原因可能在你，譬如你对他仍有什么顾忌或不信任。原因也可能在他，当你向他坦白一点时他便利用它来嘲笑你、侮辱你。所以，尝试向他更坦白吧！譬如先把一些我们互通的书信给他看，看他的反应，若反应不好或有疑问，便邀他平静讨论，才能把误会化解，增进相知相爱……记着，我们告诉爱人的每一句话，都不应是写在沙滩上的情书，而是刻在磐石上的真诚。

《至性情书》在吴敏伦夫妇的亲朋好友中迅速传阅开来，并引起了各种不同的反响。徐梅的弟弟徐松读了《至性情书》后写信给徐梅说："我记得在1982年，我第一次见到这位自称'怪人'的姐夫的时候，他不但对家人，而且在公共场所都会说自己的老婆是最漂亮的，我当时就觉得我的这位姐夫是个情痴或是个最大的爱情骗子。30多年过去了，他还是这么说……姐夫可说是你最忠实的听众和'粉丝'。我现在可以肯定他的确是你的情痴。记得有一次我问敏伦姐夫你们如何做到都不吵架，他教我，如果要为某件事情吵架，之前先想一下那件事有没有比我们的感情重要……这样去想，问题就很容易解决了。姐夫的这句话，it is a lot easier said than done，我现在还学呢。"

徐梅的妹妹徐权来信说："想知道你们如何开始爱慕对方，因为你们一开始通信就那么真诚，不虚假，不造作，所以彼此有好感，加上有共同的兴趣，谈得来，为对方着想，聪明，善良……就不知不觉地爱上彼此了。四十年后还这么相爱，真让人感动！"

吴敏伦的小学校友罗桂嫦对他们夫妇俩说道："最

初看你们的《至性情书》时，以为只是一本‘天长地久’的爱情小说，但仔细阅读才知道你们这本书是在分享你们二人从初恋到结婚的过程，同时亦分享你们二人对人生的一些感悟。在看完你们的书后，我认识到现时社会上的种种家庭纠纷，夫妻的相处问题，离婚率的上升等，都是夫妻二人在认识和沟通上出了问题。你们的书可以帮助大众增进对自己和另一半的了解和认识，的确可以促进家庭的和谐。”

吴敏伦的另一位小学校友蔡月华来信说：“……教授的情书中说‘对徐梅，对景物都不觉陌生，好像有印象是前生?’（不知我是否记错，意思是如此吧！），我倒认为你俩应该是前生‘好事多为’，所以月老千辛万苦把你们配在一起——天赐良缘。教授今世为良医，亦算是做了好事，若你想来世与徐梅为伴，想月老也会成全。”

徐梅在岘港的学妹潘碧姬在信中写道：“此情不渝，生死相依，是吴博士与梅姐共同对爱情的承诺。情人般的关怀由花季持续到古稀，相爱至老，真的要为这真心、真情、真意干杯！”

徐梅的高中同学陈慧琴来信说：“这几天都在重复细读你和敏伦的书信往来，那不只是情书，更是智能的交流。敏伦真是世间奇男子，他不但浪漫、纯情，而且痴情。他可以为爱情而牺牲，却不可牺牲爱情。他对爱情这份崇高的理想让人十分敬佩。敏伦这么疯狂地深爱着你，因为你真的是这世上的唯一。敏伦喻你为观音（仙女），一点都没有错。从未见过这么有地位、名望的拔尖男士会在别人面前不断地称赞太太，表扬太太，而且那么真诚，真是叫人感动。一个女人的美包含了内涵、性格、修养、学识、教养、IQ、EQ等，并非只凭外表的色相。敏伦向全世界宣称你比这世上任何女人都美，毫无虚言。在此同时，他也肯定了他自己：他拥有了这世上的Top One。”

一位吴敏伦夫妇的“粉丝”P仔读了《至性情书》之后，在日记中写道：

吴教授和徐梅的爱情，简直是旷世奇缘！从通信相遇、相知、相爱，到终于相见、相处、相守，一直携手，相伴到老，没有一次争吵，没有一次抱怨，持续热恋几十年，每分每秒情人节……彼此相爱不上锁，连成一体也自我，这爱情境界不是虚构的童话，而是真实的！是活生生呈现在眼前的故事！他们不仅让我明白了爱情，更重要的是让我相信爱情！让我更有信心相信："人间有情！"

徐梅在岘港的学弟朱日康读了《至性情书》之后来信说：

爱情故事竟然如此完美！如果不是少年时代我在岘港曾经见过书中的女主角，也曾经听闻这真实的爱情故事，真是难以相信这千真万确的旷世奇缘……爱情真善美并非不可或达，起码书中的这双璧人就是典型的楷模，《至性情书》描述的至情至性，真真实实的真情真爱，绝非虚构的空中楼阁。

吴敏伦的小学校友林健雄来信说：

3年前获赠大作《至性情书》，至今始细读完毕，惊叹不已，老兄如此年轻即有旷达胸怀、超凡见地、广博学问、健畅文笔，佩服佩服。记得小时，吴兄介绍自己名字时总说："我叫吴敏伦，敏是神经过敏的敏，伦是不伦不类的伦。"当时一笑置之，今日方明其意。若非神经过敏，岂能与

贝公（多芬）超越时空，心灵相通，闻歌痛哭？又岂能与苏子神游赤壁，共赏水月？触觉敏锐，学养功深，诚不易也！

阿英是徐梅的同乡，但徐梅在岘港时并不认识他，因他出生于20世纪60年代，1971年徐梅离开岘港时他只是个小男孩。岘港只有一所华人学校，凡是华人都会就读于该校，所以徐梅也算是阿英的学姐。数十年后二人通过网络在Facebook（脸书）上间接认识了，后来徐梅赠送了一本《至性情书》给他，阿英如获至宝，爱不释手。在一次纽约之行中，阿英将此书随身携带，一有空便拿出来阅读，反复品味，对书中的两位主人公崇拜极了。无论是在曼哈顿严冬寒风凛冽的街头，还是在年初三雪花纷飞的唐人街，还是在现代艺术博物馆，乃至在奔驰的地铁上，都留下了《至性情书》的书影。阿英把《至性情书》带到纽约的每个角落。他写道："一本情书，一台相机，一寸心思，唯我独行，雪中作乐。""春风得意，柔情似水，情人依偎，缠绵缱绻。至情至性，篇篇隽永。"如今，阿英又带着《至性情书》走天涯！他说："至情至性的情书与我人生融为一体，终身不悔！"

在《至性情书》的"粉丝"中，最感兴趣或议论最多的话题就是吴敏伦不顾一切去越南与心上人徐梅相会的"八日情"。吴敏伦的一位小学校友蔡义鸿在读了《至性情书》后给他写信说：

今年五月初曾与太太往西贡（胡志明市）一游，通常每去远方旅游，我都会带一些相关书籍同行，今次首度往越南，自然想起敏伦的情书，心想这些20世纪70年代初期寄往西贡的情信，若能在彼岸阅读，将会别具意义。

我们去的地方，竟然和敏伦1971年到越南的行程类似，我们主要去往了头顿市和西贡，故此当我读第五章时，真的有如身临其境，我和太太踏过的海滩，可能正是在重复你们当年的足迹呢！

数据显示，当年敏伦刊出征友广告时，只有22岁左右，而梅回应征友启事已是一年之后，且写信人是一位来自南越岘港的少女，敏伦当时的惊喜之情，可想而知。不过，读毕全书，我开始相信"千里姻缘一线牵"这回事了，否则，单凭双方两三封书信来往，敏伦便可认定"非卿不娶"，这绝对不能用科学的方法解释的。

……我最感意外的是敏伦现在已是性学大师，但二十出头的他，单独面对通信两年但素未谋面的爱人一个星期，竟然可以"坐怀不乱"，原来年轻的他，真的是"外表open，内里斯文"呢！最感动的是徐梅在回答酒店服务员询问要"双床"还是"双人床"房间时，果断地说"一张"，并在接受编者访问中坦然说出"甚至不介意献身给他"！

对此，吴敏伦回信说："你对我的'坐怀不乱'很赞赏，谢谢，真的很不容易，但想到前景难料，我们将来还未必能再见面（不消说结婚），不能留下'手尾'（粤语：麻烦事）拖累一个自己最爱的人，卒之，侥幸八天挨下来了，但再过几天真的不能担保。"

吴敏伦在给蔡义鸿的另一封电邮中写道：

回家后我与梅再谈及你对我们首次见面，同房七夜而不及于乱的看法。你很强调我要有百分之一百的信心自制才可以做到，因你们的教义是教人不应把自己放在引诱之下的，最好还是分房。所以，昨晚我要说清楚，我其实有百分之一百信心你才比较释怀。

但我觉得你这看法和"释怀"仍是有问题的。教义教人不应把自己放在引诱之下，但引诱无处不在，亦有程度及个别爱恶不同之分。男女同房是引诱，但多久才算？七夜、七小时、七十分钟、七分钟、七秒？一般人或会说七秒、七分钟不算，七夜、七小时就算，但这已是忽视了个人自制能力的不同，如果你能容许一般人的自制力在七秒或七分钟内有作用，你也应该容许一些自信自制力较佳者的七夜或七小时，而不是只能容许有信心"永久"自制的人。又或许，更保守者会索性说连七秒也不容许，但 0.7 秒呢？0.07，0.007，0.0007 秒……又如何？若这也通通不容许，不问关系、感情、修为、环境等等变量，也要人人“绝对远离”连一秒都不到的各种诱惑，那还有谁做得到？那岂非是自欺欺人，更教全世界人也自欺欺人？所以，你现在明白我何以不肯信教（条）了吧？

有人在给吴敏伦的信中提出假设，“在某一个晚上，月圆之夜，两人独处一室，女方霎时冲动，投怀送抱，未知敏伦如何应变？是否临危将早前的‘约法三章’拿出来再作一次声明，还是投其所好、玉成好事呢？若是我，我可一定会不知所措，故此我不会将自己放在同一处境上，因为我认为这不是一个单靠自己可以办妥的事，不敢保证自己的定力，更不敢保证爱侣是否和我有同样的共识呢！”对此，吴敏伦回答说：

是吗？你真的认为“这不是一个单靠自己可以办妥的事”？那么，柳下惠的坐怀不乱，又是谁帮他的？你不要以为我们那越南七晚，就如梁祝那样把一盆水放在床中间，什么也不做。实情是我们每晚都比你“假设”的只有过之而无不及，但完全没有谁主动向谁投怀送抱，我们所做的一切，都是心有灵犀、同心共识的，只是到了某一程度，便各自懂得控制而已。太神奇吗？哈哈，这便是爱的力量！

……拒绝更进一步，何需拿什么约法三章出来？单方面停止便够了，对方便自然会意，并且感激，更浪漫呢！你与爱侣未到过这样的境界，当然不知所措，亦当然不会也不应将自己放在同一处境上。

显然，一般凡夫俗子很难达到吴敏伦夫妇当年的那种崇高爱情的境界，这需要一种健全的理性和高尚的品格，以及对爱情的绝对忠诚，因为，爱情的力量是无穷的！

扫码 更精彩

红尘自有痴情者[①]

在中国传统文化中，梅兰竹菊四君子分别代表着高洁、清逸、气节和淡泊四种品格。明代黄凤池辑有《梅竹兰菊四谱》，从此，梅、兰、竹、菊便被称为“四君子”，世人常用“四君子”来寓意圣人高尚的品德。因此，中国人对于花中四君子梅兰竹菊的称赞由来已久，自是达成共识。其幽芳逸致，风骨清高，不做媚世之态；涤人之秽肠而澄滢其神骨，致人胸襟风度品格趣味于高尚之品性，深博世人爱意，成为一种人格品性的文化象征。这虽然是自身的本性使然，但亦与历代文人墨客、隐逸君子的赏识推崇不无关系。

“花中四君子”不仅成为中国人借物喻志的象征，也是咏物诗文和艺人字画中常见的素材。其中，梅花最令诗人倾倒的气质，是一种寂寞中的自足，一种“凌寒独自开”的孤傲。它不屑与凡桃俗李在春光中争艳，而是在天寒地冻、万木不禁寒风时，独自傲然挺立，在大雪中开出满树繁花，幽幽冷香，随风袭人。从梅花的这一品性中，中国诗人们看到了自己的理想人格模式，就是那样一种“冲寂自妍，不求识赏”的孤清，让诗人常以清逸来写梅花的神韵，如宋代“梅妻鹤子”的林和靖那著名的诗句：“疏影横斜水清浅，

① “红尘自有痴情者”，电视剧集《梅花三弄》主题曲中的一句歌词。

暗香浮动月黄昏”。“清逸”不仅是古代隐士的品格，而且是士大夫的传统文化性格。梅花所表现的正是诗人共有的一种品质，因而诗人倍加珍爱。梅花以清癯见长，象征隐逸淡泊，坚贞自守。那高标独秀的气质，倜傥超拔的形象，使诗人带着无限企慕的心情，以一往情深的想象，盼望与梅花在一起身心相契地欢晤：“雪满山中高士卧，月明林下美人来。”梅花的冷香色，蕴含着道德精神与人格操守的价值，因而深为诗人所珍视。

梅花也是中国传统绘画常见的表现题材。元代最大的画梅大师应该首推王冕，他自号梅花屋主，他的水墨梅画一改宋人稀疏冷倚之习，而为繁花密蕊，给人以热烈蓬勃向上之感。王冕的存世名作，是他的一幅《墨梅图》。他用简单的水墨和清淡野逸的笔致，生动地传达出了梅花的清肌傲骨，寄托了文人雅士孤高傲岸的情怀。但是，画好梅花，并不是每个人都能做到的，画梅人还必须有画梅人的品格，有人称之为“梅气骨”，一种高尚的情操和洁身自好的品格，正所谓：“画梅须有梅气骨，人与梅花一样清。”

文学名家鲁迅也是一个“梅花痴”，怀揣着深厚的“梅花情结”，他不仅请人刻过一枚“只有梅花是知己”的石印，以抒发自己高洁的情怀，还曾精辟地用梅花作过一个比喻：“中国真同梅树一样，看它衰老腐朽到不成一个样子，一忽儿挺生一两

条新梢，又回复到繁花密缀、绿叶葱茏的景象了。”鲁迅读书时有抄写的习惯。1897年，他抄写了清会稽人童钰（别号“二树山人”）所撰写的咏梅诗集《二树山人写梅歌》。可见鲁迅爱梅之浓。其实，鲁迅在《从百草园到三味书屋》中就写到过梅花，文中是这么写的：“三味书屋后面也有一个园，虽然小，但在那里也可以爬上花坛去折蜡梅花，在地上或桂花树上寻蝉蜕。”如今，这棵鲁迅在三味书屋读书时见到的梅花树依然屹立在三味书屋后院的东北角，树龄已经超过一百年。

如果说，历史上的文人墨客、贤达逸士喜爱梅花只是一种借物喻志的移情作用的话，那么，现代人对梅花的喜爱则拓展了其内涵和外延，丰富了想象的空间，倾注了更多的情感。然而，如今的性学大师吴敏伦对梅花如此痴迷则是爱屋及乌，对梅花之爱另有一番情趣，应该说，他比所有喜爱梅花的人更真实、更直接、更痴迷、更持久，因为他的爱妻以“梅”为名，他是从这一情感的视域将梅花人格化和诗意化了。由于吴敏伦心里深爱徐梅，因此对梅花情有独钟。他喜爱梅花之程度较古人有过之而无不及，因而有朋友取笑他中了“梅毒”，而他也乐于接受，聊以自娱。而且，这种“梅毒”在

他的晚年时候日益加深。如果你来到他的客厅，便会发现仿佛进入了一个梅花盛开的世界：桌上摆着梅花吐艳的盆景，墙上、门上和天花板上都装饰着梅花图案，就连吊灯上也贴有朵朵梅花，更令人惊讶的是，在一个水晶鼓形坐凳里还盛开着朵朵梅花，随着灯光的照射，五颜六色的梅花变幻不定，十分浪漫迷人。吴敏伦对梅花如此之痴迷，以至于在选择食物方面也特别喜欢吃带有“梅”字的东西，如梅子排骨、梅菜扣肉、梅汁、梅醋、梅汽水等，新年有梅花春联、梅花红包袋，衣服有梅花围巾、梅花T恤，各种各样的梅花装饰品。有时他们一起逛街，无论是在街上、商场，还是在公园里，只要见到有梅花图案的景物，他们都会合影留念。即使和朋友们一起去唱卡拉OK，吴敏伦也要唱带有梅花的歌曲。

2014 年初春，吴敏伦和徐梅与两三位同事前往韩国釜山参加一个学术会议，适值樱花盛开，他们会后到处赏樱，走到一个樱花满目，美景醉人之处，各人诗兴大发，朋友们念过一些咏樱的古诗词后，邀吴敏伦也来念一首，吴敏伦说他一首也不懂，但可以即兴作一首，随即摇头摆脑，吟咏起来，诗云：“战地烽烟梦未哀，冰融水动见花台。红梅顷送三分艳，处处出墙粉杏来。”

这是什么咏樱诗？明明是咏梅贬杏之句，众人大喝倒彩，但吴敏伦仍然自鸣得意，继续摇头摆脑，拖着徐梅兴致勃勃地“赏”樱去了。

回到香港，吴敏伦的咏梅诗兴未尽，仍到处搜罗更好的咏梅诗句，最终他搜到一

琼姿只合在瑶台，
唯报情痴独意栽。
雪满山中高士卧，
月明林下美人来。
寒依疏影萧萧竹，
春掩残香漠漠苔。
自去何郎无好咏，
东风愁寂几回开。

众友读后，虽仍不认同吴敏伦的自傲轻狂，但也不得不承认他确实把诗改得更贴合自己和心目中的徐梅。

有一次，吴敏伦和朋友外出办事，时值中午，因赶时间，他与朋友进入一家快餐店吃快餐。坐定之后，朋友递上菜谱："餐牌在此，你吃点什么？"

吴敏伦看了一眼后不假思索地说："梅菜扣肉饭。"

朋友有些惊讶："哇，你不怕肥腻吗？"

吴敏伦一本正经地说："没办法啦，想念老婆，我是无'梅'不欢的，而整个餐牌只有这款有个梅字。如果有梅子排骨饭，我会先要它的，但没有呀！"

朋友疑惑地问道：“但如果今日刚好没有梅菜，连梅菜扣肉饭也没有呢？”

吴敏伦说：“哦！那我就叫烧鹅濑粉，因为它一定配酸梅酱。”朋友听后大感不可思议，仰天长叹。可见吴敏伦对梅花之痴迷，简直是无可救药，也让人感到吴敏伦对徐梅的爱情是如此之深切，如此之不能自拔，可以说，吴敏伦的每一个细胞里都刻满了他太太的名字。

在一次朋友聚会中，一位老友对吴敏伦说：“老吴，我们一班老友以前常常一起去旅行，但退休后反而没有组织。明年农历新年假期，我们组团找个地方去旅行如何？”

吴敏伦回答：“对不起，虽然我还是喜欢游山玩水，但明年农历新年，我已与老婆约定好去韶关赏梅，此所谓‘相从不厌闲风月，只有梅花与钓矶’是也！”

老友调侃地说：“自比梅花痴陆放翁，你爱梅之痴，能达到陆放翁的境界吗？”

吴敏伦一本正经地说：“陆放翁爱梅花，无论爱得多痴，人仍是人，花仍是花，所以，他的痴，无非只是一种简单的物恋。我的痴则是由人到花，再由花到人，然后人花不分，仙凡不辨，游于物外……你说，谁的境界更高？”

老友越听越糊涂：“我被你说得头晕眼花，不如请你吃豆腐花！”

有一次，吴敏伦到内地讲学，完事后主办方在一豪华酒楼宴请他。主人因不懂粤语，所以用普通话问道：“要点菜了，这里什么菜都有，吴博士，你最爱的菜是什么？”

吴敏伦用蹩脚的普通话不假思索地说：“萝卜烧味！”

主人似懂非懂，翻遍了菜谱，没发现有“萝卜烧味”，疑惑地问道：“怎么？有这样的菜吗？我们内地可能没有你们的香港菜。”

坐在一旁一直陪同吴敏伦的香港朋友连忙向主人解释说：“别开玩笑啦！他是说‘老婆徐梅’！”

主人听了哈哈大笑：“我就说呢，会有这样的菜？现在做什么都讲究与时俱进，看来我以后真的得好好学学粤语啊！”

一个炎热的星期天下午，一位老友来吴敏伦家里看望他，见他正在客厅忙于张贴梅花图案，老友不以为然地说：“老吴啊，你剪贴这么多梅花，做什么呀？”

吴敏伦郑重其事地说：“大厅吊灯有十多只蝴蝶作装饰，我要每只蝴蝶都有一朵梅花，此蝶恋花也。”

老友不屑一顾地说：“真是无聊！”

吴敏伦自得其乐地说：“你可有所不知，我和老婆结婚40多年了，还在做这样无聊的事，这才可算是情圣哩！”

老友摇了摇头：“真是梅痴，没得救！”

老友坐了下来，感到有些闷热，发现桌上放着一台风扇，便问道：“咦！买了一台新的心型风扇，为什么选粉红色呀？”

吴敏伦回答：“粉红是最常见的梅花颜色，代表徐梅爱我的心。”

老友笑着说：“哇！好肉麻呀！不过现在这么热，你为什么还不启动它？舍不得？”

吴敏伦回答说：“非也。一看到、想到徐梅爱我的心，心情便清爽凉快，已不觉得要开风扇了。”

老友不禁大呼：“哇！我何止已不觉得热？我简直已冻得发抖呀！”

在吴敏伦的眼里，太太是古今中外的历史上都难以找到的好女人，简直就像一件完美的艺术品。有一天，吴敏伦带一位久别重逢的老朋友来他的新居参观。刚入客厅，这位朋友就被挂满墙壁的徐梅的画作深深吸引住了。

“哇！这幅静物画不错，是吴太太画的？”朋友指着墙上的一幅油画赞叹道。

“是，的确不错。”吴敏伦回答。

“哇！这幅风景画也不错，也是吴太太的杰作？”朋友指着另一幅画说。

吴敏伦有些扬扬得意地说：“是的，当然也是老婆画的。”

朋友的情绪激动起来：“哇！哇！还有这么多更精彩的，都是吴太太的杰作？有没有不是吴太太的？”

吴敏伦回答说：“有，有一件是上帝的杰作，在厨房里面。”

朋友有些惊讶：“什么？上帝的杰作？这么厉害？但为什么放入厨房呢？”说完急匆匆地冲进厨房。

吴敏伦跟着进来，指着正在泡茶的老婆说：“上帝的杰作就在此，失敬！失敬！”朋友顿时觉得晕头转向。

有一次，吴敏伦和太太去看香港艺术节的节目演出，中场休息，巧遇一位也喜欢艺术的朋友，便聊了起来。朋友说：“艺术节这个构想真好，节目越来越多样化和高水准，你每届都看吗？”

吴敏伦不假思索地回答：“是的，我每天都看。”

朋友不相信：“不可能，它每届都只举行一个月左右，你怎能每天都看？”

吴敏伦乐呵呵地说：“我与老婆的婚姻便是最美妙的艺术，今年是我们结婚的第 42 个年头，你不见艺术节也是第 42 届吗？”朋友迷惑不解：“咦？”

吴敏伦和徐梅的结婚纪念年数在他们的生活中又的确和外界的某些活动的纪念年数时有巧合，令他们的爱情纪念更增情趣。2014 年，一位香港大富豪夫妇庆祝结婚 60 周年（钻禧）纪念，筵开百席，邀吴敏伦夫妇出席。当吴敏伦和徐梅到达时，只见迎宾大堂里迎面立着一块扇形大灯牌，上面写着“6085”四个数字，这是特地为主人与来宾合影留念而设的，拍过照后，吴敏伦问主人这牌上的数字代表什么，“60”容易明白，但“85”呢？主人说，是他 85 岁的意思，因他今年正好 85 岁。吴敏伦想了一想，他自己当时是 67 岁，是他与徐梅结婚 42 年的纪念，计算起来，到 85 岁时他与徐梅刚好也便是结婚 60 周年（钻禧）纪念。主人听后，觉得是个可喜的巧合，预祝吴敏伦夫妇的钻禧纪念，要他们在大灯牌前多拍些照片和在酒席上多喝几杯。

去茶楼喝茶已经是吴敏伦夫妻多年养成的习惯，尤其是吴敏伦退休之后，他更有休闲时间陪太太一起去喝茶。有一天，吴敏伦与太太又携手散步去喝下午茶。途中吴太太问道：“老公，以前每次去那间茶楼，你都是带我走大路的，为何近来几次你都抄这条小路?”

吴敏伦说：“你不觉得这条小路有什么特别之处吗?”

吴太太说：“不觉得，这条路又窄行人又少，又没有什么好风景，我连它叫什么路都不知道。”

吴敏伦说：“是呀，但最近我注意了一下路牌，才发现它叫爱梅路，那边的一栋旧楼叫梅仙楼，所以一有机会便一定要走啰!”吴太太心领神会，莞尔一笑。

他们刚喝完茶走出茶楼，正好与老友蔡先生相遇。蔡先生上前问道："刚喝完下午茶?"

吴敏伦回答说："对的，自退休后差不多天天如此。"

蔡先生又问："但你天天喝，不怕油腻，对健康不好吗?"

吴敏伦爽快地回答："不怕，因为我天天都与老婆一起喝，只要有她做点心，我吃其他什么都青春常驻、延年益寿。"蔡先生一脸疑惑。

又有一天下午，自命高级食家的老蔡请吴敏伦夫妇到一家餐馆品尝该店的名菜"梅粉焗猪排"，谁知上菜之后，老蔡先尝了一下，大呼味道走样。他说："想不到这店的水平下降了这么多，尤其是那些梅粉，竟然是二三流货色，难道这世界上已没有一流的梅粉了吗？唉！我还要去哪里找?"

吴敏伦听后慢条斯理地说："找一流的梅粉的确很难，简直是可遇不可求，但你不要自怨自艾，其实你不是早已遇到一流的梅粉了吗？而且是连这店也不可能有的呢!"

老蔡有些摸不着头脑，眨眨眼说："此话怎讲?"

吴敏伦说："我是我老婆阿梅的超级粉丝，简称'梅粉'。人人都知我这'梅粉'是世上独一无二的，你能遇上这样超级的'梅粉'，应已毕生无憾，不必再找了。”

老蔡听了愕然无语，点了点头。

香港的天气变幻不定，风雨说来就来，说停就停，所以吴敏伦一般外出时包里都会带着一把雨伞。一个夏天的午后，吴敏伦夫妇进入一个商场的时装店内取早前订下的衣裳。

老板娘见到他们进来，便说：“来得正好，衣服都预备好了。哎呀，外面还有没有下雨，给你们来时添麻烦?”

徐梅说：“没有，我们从巴士站过来，边走边谈，五分钟便到了，一直都没有下雨。”

一位女顾客在旁听到后说：“怎么没有？我也是刚进来的，外面一直在下雨呀！我虽然有打伞，但风也不小，你看，弄到我的头发现在又湿又乱呢……”

徐梅感到愕然：“是吗？但……好像真的没有，你看，我身上衣服没有湿，头发也没有乱呀！”

大家静了一会，想解答这谜题。

吴敏伦微笑着说：“哈哈！不必想了，是我的功劳。一下巴士，我便给她打伞，用身体替她挡风雨，又与她谈个不停，转移她的注意力，她当然是什么风雨也感觉不到了。丈夫是用来做什么的？就是替老婆挡风雨的嘛……”

三位女士听后都竖起了大拇指！

某一个周末，吴敏伦夫妇约了许久不见的老何在餐室见面。老何姗姗来迟，却令人耳目一新，因为他悉心打扮，脖子上戴着钨金项链，手腕缠着个名牌手表再加个运动手环，众人哗然。

吴敏伦说："老来俏啊？穿金戴银的，我以为有个女人走过来！"

老何说："你很老土。现在有品位的男人都戴首饰，这是时代、健康与个性的表现。不像你们这样数十年如一日，什么首饰也不戴，难道不觉得单调没趣，辜负人生吗？"

吴敏伦说："谁说我没有戴首饰？我的首饰戴了几十年，去到哪里都带在身边，人人艳羡啊！"

老何用目光扫遍老吴全身，惊讶地说："没有呀！你连手表都没戴一只，何来首饰？"

吴敏伦说："你看！这个就是啰！（指着徐梅）这就是令我自豪的随身首饰，是名牌之名牌，品味之品味，天下无双的无价之宝！"

老何听后差一点晕倒了。

扫码 更精彩

西湖情韵[①]

2012 年 1 月 22 日，农历除夕，细雨蒙蒙，天气有些寒冷，但深圳的大街小巷行人熙熙攘攘，热闹非凡，到处洋溢着节日的喜庆气氛。吴敏伦夫妇从香港来到深圳过年，受到了陶林夫妇的热情接待。他们在西丽的一家名叫“尚客优”宾馆下榻，准备第二天前往惠州陶林的别墅度假，大家聚在一起度过 2012 年的新春佳节。

1 月 23 日，大年初一，天气晴朗，温暖的阳光洒满了大地，汽车在高速公路上飞驰。望着车窗外辽阔的原野和一片片郁郁葱葱的树林飞逝而过，吴敏伦背靠着车椅，似乎陷入了回忆之中……

① 《西湖情韵》，项勇导演的文化专题纪录片。

他仿佛回到了香港的维多利亚港湾之夜，他独自一人在沙滩上拉小提琴；又仿佛回到了越南的西贡，他与徐梅手牵手地漫步在沙滩上，又似乎听到大海的涛声和那隐约从远方传来的阵阵大炮声。汽车突然进入一条黑暗的隧道，吴敏伦似乎回到了他的新婚之夜，他与徐梅进入“洞房”的喜庆场面又浮现在他的眼前……

新春之夜，人们沉浸在传统佳节的欢乐和喜庆之中。在惠州陶林的别墅里，吴敏伦夫妇、陶林夫妇、阮芳赋教授以及中国内地性学家黄灿先生等欢聚一堂，陶林夫妇亲自下厨包饺子款待客人，大家在欢快温馨的气氛中开怀畅饮，欢歌笑语，相互祝福，欢度新年。

第二天，天空阴沉，细雨蒙蒙，寒风凛冽。吴敏伦夫妇和陶林教授一行驱车来到惠阳的西湖游玩，虽然这小小的景观无法与杭州的西湖媲美，但也景色诱人，湖水清澈，波光粼粼，湖面烟波浩渺，紫气腾升。岸边垂柳依依，随风摇摆；岸上彩灯高挂，彩旗飘飘，游览的人络绎不绝，到处充满了热烈的节日气氛。吴敏伦夫妇兴致勃勃地行走在人流中，观赏周围的美景，陶林和黄灿相伴而行。在“西湖鹊桥”上，吴敏伦与徐梅停了下来，凭栏而立，眺望远方，黄灿举起了手中的相机，将他们幸福的笑容和西湖的美景一起定格了下来。然后，他们在西湖之畔的一个小茶馆坐了下来，品茗论道，围绕吴徐二人的爱情故事，进行了一次别开生面的关于“爱情与婚姻”的大讨论。

窗外小雨淅淅沥沥，烟雨朦胧；室内茶香缭绕，人声鼎沸，群情激昂，讨论热烈。阮芳赋教授首先发表了自己精辟的看法，对吴敏伦夫妇的爱情生活给予了高度的赞誉和评价。他认为：“吴教授和太太的传奇故事和爱情生活反映了一种积极的人生态度，人们可以从他们身上学到许多东西。比如说，夫妻之间需要互相谅解，互相妥协，什么事情都得为对方着想，这样才能和谐相处。他们两个人的生活是别人无法复制的，但人们可以在他们身上汲取许多有益和有价值的经验，体悟出许多人生的哲理。一方面，他们的爱情是古往今来所罕见的，另一方面，吴敏伦伉俪也为人们如何改善婚姻的质量，提高幸福的品质，树立了一个活生生的典范。”

黄灿接过话题："也许，有人会说，'他们的婚姻太完美了！我们是学不到的'。当然，每一个人的生活状况都不同，对爱情和婚姻的理解也不一样。但人们还是可以在很多方面达成共识的。"

阮教授表示赞同，他补充道："确实，他们的结合是十分偶然的因素导致的，而且特殊性太强，这是一般人不需要、也无法效仿的。但是，几十年对婚姻的经营，其中一定有许多一般性的规律，好的夫妻、好的家庭还是会有许多共同点的，只不过他们比一般的婚姻和家庭体现得更为完美而已。"

作为婚姻与家庭的研究专家，陶林教授发表了他十分理性而深刻的见解："其实，我认识吴教授和他太太已经有许多年，对他们的夫妻感情也比较了解。我认为，他们的恩爱和幸福不是说人家学不来，而是人家没有像他们那样去做。比如说，对爱情的表达形式，一个充满柔情的眼神，一个会心的微笑，都会引起对方的情感波动，这就是情感的交流，说明对方心中有你。当他们去游览一些景点时，吴教授的镜头里总是只有他太太一个人，虽然背景不断在变。我说他去哪里都是白去了，风景没照，都是照的他太太。"坐在一旁的吴敏伦听了哈哈大笑。陶教授接着说："就像一个画家一辈子就画一个人，虽然背景在变，但处于中心位置的主角只有一个，万变不离其宗。我想说的是，其实这些对每一个人来说是能够做到的。在婚姻里面，一个人服从另一个人是很容易的，而互相欣赏却很难。只有互相欣赏，两个人才能够感到快乐。这就是吴教授他们俩的特点。我觉得是他们两人性格的特点决定了他们的婚姻，吴教授的性格率真、坦荡，吴太的心地非常善良，他们的这种真诚和善良才构成了婚姻的美。其实，这也是一个做人的问题，你做人做得好，你的婚姻才会美满。另外，相互信任也十分重要，如果以对方的快乐为标准、目的的话，你就很容易快乐。这就是婚姻经营之道。"

黄灿表示赞同："对对，这其实与做人的道理，与如何处理人际关系的道理是一样的。"

陶教授继续说："所以我认为，在婚姻观念里，更多的是做人的原则，而不是婚姻的原则，就这么简单。现在有一些婚姻，还没整明白是咋回事就离了。"

阮教授略微提高嗓门，有些激动地说："美满的婚姻家庭会给人生带来有益的影响，生理上的、心理上的、生活上的、工作上的、事业上的、包括在孩子身上的各种积极作用。"

吴敏伦接过话题，表示："这是美满带来更多美满！"

陶教授补充道："就像滚雪球一样，越滚越大嘛！"

吴敏伦深有感触地说："我以前感到已经很美满了，没想到，美满会带来更美满啊！哈哈！"

陶教授表示有不同的看法，他声音洪亮地说："我觉得，在现代社会中，随着竞争的日趋激烈，工作的改变，很多人都会觉得生活很不容易，会感到孤独，缺少快乐，其实，家庭应当是一个容易使人得到快乐的地方。许多人喜欢在外面找乐，而忘记了家庭本身的幸福和快乐。我觉得现在的婚姻观应该提高一个档次。"

黄灿抢过话题，放下刚举起的茶杯说："所以说，随着时代的发展，过去许多的爱情观已不合时宜，传统的婚姻家庭观念正在逐渐瓦解，现代婚姻需要一种更合乎人性的模式，而不仅仅是一种安全感的保障和传宗接代的方式，人们更趋向于一种更高层次的精神上的追求和享受。人虽然有各种欲望，如权力和金钱的欲望，但人的本能欲望和人性的一面却不会改变。"

阮教授满面笑容地说："可以这么说，吴教授他们都是以如何让对方获得最大的幸福和愉快为自己的欲望的。"

陶教授从更深的层次来"解剖"婚姻："曾经有人说

吴敏伦夫妇与阮芳赋教授（前排中）、陶林教授（后排右）及本书作者黄灿合影

过，常近女色之人不知男女之乐，尝遍山珍海味之人不知饮食之乐。这似乎有些道理，因为，如果一个人连续工作几天没有休息，能够找到一个地方，哪怕仅仅是一张凉席好好地睡上一觉，那也是一种幸福，这就叫快乐。我认为，婚姻与开发矿产有些类似，女人好像是一座宝矿，你可以不断地开发好多年，在不同的年代有不同的内容，比如说，十八九岁与你结婚是一个样，二三十岁时生了小孩是另一个样，三四十岁成熟一点再换另一个样，一直到老年又是另一个样，其实这里面有很多是可以开发的。如果说他开采的是一座金矿，上去铲一锹就走人，那只是为了满足他的虚荣心而已。所以说，我觉得夫妻有很多地方是值得相互开发的。”

黄灿不无感触地说：“我认为，每一个人在不同的生活状态中，在不同的年龄段，不同的工作环境中，他们的爱情观和婚姻观都有可能改变。但必须强调的是，情侣或夫妻双方的性格是决定爱情与婚姻走向的主要因素。”也许，爱情没有定论，婚姻不可复制，但只有懂得经营婚姻艺术的人才能真正体验到家庭和婚姻的幸福，寻找到爱情和婚姻的真谛。

西湖细雨飘香茗，煮茶论性兴正浓，白娘倩影今安在，疑是许郎泪挥魂。大家七嘴八舌，赞颂吴敏伦夫妇的爱情故事，一时兴致勃发，纷纷吟诗作赋。吴敏伦情绪激昂，即兴赋诗一首，短短一首七绝，写时写地，写景写物，写事写情，还嵌上在座各

人名字，技惊四座：

东坡诗赋西湖雨，
万里春梅报喜声；
小聚茶林谈至性，
许余绚灿玉金情。

天色已晚，夜幕降临，华灯初上，雨已停息，一切都处于安详和静谧之中。在陶林夫妇、阮芳赋教授及黄灿先生的陪同下，吴敏伦与徐梅走进了惠阳区一家豪华的KTV。在热情洋溢的气氛中，吴敏伦拿起麦克风，神采飞扬地用英文唱了一首美国的乡村民谣《斯卡博罗集市》，唱得非常投入，悠扬的旋律把大家带到了那个遥远的浪漫集市，充满了乡愁的情绪。然后他又兴致勃勃地唱了两首英文歌曲《卡萨布兰卡》和

《爱情故事》，歌唱得如痴如醉，飘然度外，那伤感而幽怨的歌声仿佛把在座的人们带到了另一个世界中去，让人感受到了爱情的力量。在一阵热烈的掌声中，吴敏伦夫妇合唱了一曲《因为爱情》，随着优美动人的旋律，夫妻二人仿佛又回到了他们从前热恋的时光。

旋律飞扬，歌声不断。一位朋友唱起了叶倩文的《潇洒走一回》："我拿青春赌明天，你用真情换此生……何不潇洒走一回?"强烈的节奏从音响里爆发出来，震撼着人们颤抖的心弦。是的，人生是极其短暂的，何不潇洒走一回？但是对吴敏伦夫妇来说，他们虽然潇洒地携手走过了40多年爱的历程，青春不再，韶华难留，但他们从来没有忘记过自己对爱的承诺，对婚姻和家庭的责任。

然而，对吴敏伦夫妇来说，人生本身就是一道美丽的风景线，虽然在郁郁葱葱的树林里有阴影，在平静的湖面之下有暗流、漩涡和暗礁，在明净的天空里偶尔会有几片乌云飘过，但他们的生活就像一幅撒满余晖的绚丽画卷，温馨而甜蜜，热烈而绚烂。因此，他们虽然逐渐步入人生的暮年，但生活仍然充满阳光和生机，充满乐趣和柔情蜜意，因为他们具有潇洒豁达的胸怀、乐观的人生态度，他们拥有爱，拥有爱情，他们的内心世界永远是开朗、充实、自由、快乐的！

我[1]

扫码更精彩

时光在静静地流逝，像幽谷中蜿蜒曲折的小溪，无声无息地流淌，似乎在述说着那段充满梦幻的离奇爱情故事。两片绿色的树叶飘落在清澈的水面上，随着涓涓细流，欢快地向前漂移，最终汇入浩瀚无边的大海……

是的，我们每一个人都在不停地探寻人生的理想与价值，都在不断地追寻人生的幸福。那么，到底什么是幸福？当然，每一个人对幸福都有不同的理解，但可以肯定的是，幸福是一种非常强烈的情感体验。正如丹麦哲学家尼尔斯·托马森在《不幸和幸福》一书中所说："幸福是一种有着生命喜悦的自然状态。"

然而，过于抽象的理论对吴敏伦与徐梅来说似乎显得太苍白，对他们来说，幸福是一种非常实在的生活体验，也是一种非常真实的精神享受。徐梅曾以最诚挚的情感写下了对吴敏伦的爱恋及对自我存在的深层剖析。

2013 年 2 月 14 日情人节，吴敏伦夫妇接受新城电台采访，主持人黎莉让吴敏伦谈谈为什么婚后 40 多年仍爱徐梅爱得这样神魂颠倒，究竟她有什么好处。接受采访毕，徐梅独自准备乘巴士回家时就收到了电台主持人黎莉的电邮，请徐梅写写她自己，两星期后再在节目上和吴教授讨论。徐梅收到后想了想，反正在巴士上有空，便用手机随意写了一首描写自己的诗歌，到下车前便电邮给了黎莉，但没有抄送给吴敏伦。她写道：

我

我，自出世以来，不知脾气是什么，
发脾气要自己先生气，很蠢，
发脾气要恶形恶样，很丑，
发脾气要大声，很难，
这么难的事，我不干。

① 《我》，冰心的散文。

我，没有大聪明，只擅长小聪明，
和人相处，对方舒适我才舒适，
对方开心我才开心，
似乎在施予，
其实最后收获是我，
这便是我的小聪明。

我，怕做主角，
怕庆祝生日，有生以来只和家人们度过两次。
结婚，新娘是主角，人人都会品评，我外表装不怕，其实怕得很。
报章、电台、电视访问，怕到发抖！
上台演讲？我会晕倒！
我，很怕亮相，
去舞会，最好没人留意我，
去听讲座，最好坐在最远的角落，
参加旅行团，最好没有认识的人，
出入大厦，最好不被管理员发现。

我，怕站在前面，
我喜欢写作，可足不出户，
我喜欢画画，可躲在家里，
我学唱歌，怕上台唱，
我学跳舞，怕站出来跳，
我学琴，怕在人前弹，
躲在人后，舒服无比。

我，很怕勉强人，

不喜欢我不重要，只要你开心，
如分手，情愿是你撇我，不要伤害你。
对人好，别人不懂珍惜，算了，
不明白我，冤枉我，算了，
我仍愿意把爱默默输送。

我，怕角力，很累，
情愿对方赢，
赢了，对方开心，我也开心，
输，有时是美事，
赢了，很累。

我，胆小如鼠，怕损人利己，
我，不损人而利己，胆大包天。
我，有时很吝啬，不随便乱花费，
但，有需要时，我会不惜工本，为理想而一掷千金。

我，对朋友不要求，很放松，
对自己为人，很挑剔，
对所做的事更是一丝不苟。
对我来说，最快乐的事是去配合别人，
我是为了配合别人才感到生存的意义。
他爱我，我加倍爱他。
他失败，我不会离弃。
他快乐，我比拥有一切都快乐。

——2013 年 2 月 23 日

两星期后，吴敏伦如约到电台录制节目，上节目前，黎莉拿出徐梅的那篇自述朗诵一遍，吴敏伦才第一次听到这首诗，非常震撼！感觉比第一次见她的画时更强烈，真是“此曲只应天上有”，又岂是“小琼瑶”足能相称？或许，他可能只是“情人眼里出西施”，但黎莉在快将《我》朗诵完时，竟然感动得眼含热泪，而她已不是第一次看此诗了。精通诗词的小学同学林健雄看过此诗后写道：“梅一向给人的印象是不善言辞，但诗中所言却是一针见血，拳拳到肉，将其特性，描绘得淋漓尽致，真是大巧若拙，大辩若讷。佩服。梅，水也，是老子所言的水，水善利万物而不争，天下之至柔，遇到阻碍，会委曲逢迎，故能穿山越岭而入海。梅之为人，不争、不夸、不表现自己，深得老子之道，对朋友亦处处为人着想，朋友是受益匪浅的。”

与吴敏伦夫妇相交多年的阮芳赋教授也赞叹不绝，他复电说：

> 文体很新颖，独创，有深刻的内容和表现力；梅的自述，更是非凡，那么平实，那么自然，那么真切地反映出“上善若水”的梅的平凡而高贵的本性和人格，以最容易懂的普普通通的语言，把你举世无双的人生与哲理，表达得那么真实，平易近人，因而最能感动人和影响人……你们的存在，你们的至爱，使这个世界变得真实，变得有分量，使得人类不愧为万物之灵，实在是值得好好地写下来。……我想你们的生命、生活的美好历史，会是人类历史长河中最宝贵的一些篇章。

吴敏伦在回复阮教授的信中写道：

的确，这如诗的短文，不必长篇大论或引经据典，便能使我更理解真正美好的爱情究竟需要的是什么、何以在世上无论古今中外都这么难得、我应该怎样珍惜和如何努力把它呈现出来，给世人一个不再绝望的理想与模范，而你那深刻透彻的赏析则是一份很好的鼓励。

后来，徐梅的一位读文学系的高中同学陈慧琴看了此诗也大为赞赏，她写道："我从没看过一个人可以这么坦诚地剖析自己，像一个外科医生那么精准地切割出每一个正确的部位。梅的佳作，平铺直叙，真情流露，毫不做作，不但俏皮而且认真……看似轻描淡写的十行书，却又生动得所有画面都浮现在眼前，我们看到的不只是一首自述诗，而且是一部放映着实际生活的录像带，温馨的、感人的、扣人心弦的，连喘气都不敢太用力……"

节目录制完之后，吴敏伦在给黎莉的信中写道：

当然，对梅所写的她，诗内的一点一滴，我早已了如指掌，此亦是她永远令我着迷的原因，她没有必要给我看这首诗，所以她那天写了也没有给我看，只给你们那些还要多些认识她的人看。但现在我读了，仍不能不以它为

瑰宝。因为我的文采不够，当他人问我，梅有什么优点/好处令我死心塌地的时候（你们也问过），我永远也拿不出这样简洁明了但又如此紧贴事实的话来回答。现在好了，我以后把这首诗念出来便是。

于是，吴敏伦还特地找了一位教英国文学的教授将之翻译成英文，准备寄给比利时的出版商，向他们介绍自己的老婆。

对爱情的体验，对自我的剖析，徐梅是那么坦直，她是一个活得十分实在的人，不需要那些花言巧语，或任何外物来装扮点缀，她的生活和情感因自然而质朴，因质朴而简单，因简单而精彩，因精彩而充实，因充实而具有活力。徐梅在给一位朋友的电邮中写道："爱情很微妙，不知何时会来，要来便来了；感受也很奇怪，有些人你没感觉，有某一个却会特别窝心；美丽和俊俏是各花入各眼（粤语：意指每个人有自己的喜好）的事，有些人不俊俏美丽，但你会特别顺眼……一切都很难解释。"

吴敏伦与徐梅的浪漫爱情犹如一曲奔放的旋律，虽然时常会遇到一些外来杂音的干扰，但并没有影响到乐曲和声的舒展和飞扬，因为他们的爱情是一曲没有休止符的乐章。作为"爱情长跑"冠军，吴敏伦和徐梅仍然在这条绚丽斑斓的道路上奋力前行，勇往直前，永无止境。

今夜星光灿烂[①]

人有悲欢离合，月有阴晴圆缺。2012 年 4 月的一个没有月亮的夜晚，徐梅在家中忽然接到一个电话，是阮老师的太太打来的，声音急促：“梅姐，我现在在伊丽莎白医院，老阮今早突然在家中晕倒，虽然经医生急救已醒过来，但情况仍然危殆，我们都很担心，他说希望能见上你们一面。”徐梅听了大吃一惊，自十多年前他们在台湾书城重遇后，虽然她一直小心地和他保持距离，不应邀与他单独约会，但他们的儿女既已成了好朋友，两个家庭还是互相关心的，有时也会一起喝茶或游玩。三个月前，虽然已知他患了肝癌，但听说还是初期，且治疗反应不错，故不大忧心。现在突然闻此噩耗，当然震惊，徐梅放下电话后，有点不知所措，问吴敏伦怎么办，吴敏伦立即对她说：“还犹豫什么？车就在楼下，我们马上出发，赶去医院看望他。”

他们很快便到达医院，只见极度虚弱的阮老师正躺在病床上输液，喉头还开了个洞来帮助呼吸，但已说不出话来，他的太太和儿女正在旁边忙于护理。阮老师见徐梅进来，想在脸上挤个笑容却不成功，只带来面部肌肉的几下抽搐……他突然激动起来，身体绷紧，剧烈震颤起来，导致整张床也抖动不已，阮太太和儿女试图用力按下他，岂知他更挣扎，情况更糟。徐梅快步上前用双手轻按阮老师的手背，也不说话，只温柔地凝视着他，他却立刻安定下来。太太和儿女见徐梅能令他安静，不约而同地退出了病房，让吴

① 《今夜星光灿烂》，意大利普契尼的歌剧《托斯卡》中的一首咏叹调。

敏伦夫妇与阮老师能有一段他们的时间。在这段时间内，他们都没有说话，只有徐梅与阮老师的握手和对望，但从阮老师的眼神中，可以读出千言万语，而从徐梅凝望的神情，也可以看出她对阮老师深深的感激、理解和安慰。就这样，阮老师慢慢地平静了，感到满足了，目光转向窗外的点点繁星，疲惫的脸上竟显出一丝笑容……

离开医院，已是深夜，吴敏伦与徐梅走在回家的路上，虽然没有月光，但星光却无比灿烂，映照着他们朦胧而恍惚的影像。他们静默良久，吴敏伦对徐梅说："你知道吗？阮的情况其实很严重，他昏倒后能醒过来已是奇迹，显然只因有心事未了……

他们回到家中，徐梅还未坐定下来，便接到阮太太的来电，哭着说丈夫已经去世，但她很感谢徐梅能赶来看他，因为阮老师当天从昏迷中醒过来，好像已自知不久于人世，趁着仍有力气说话，除了匆匆吩咐身后事外，便是说非常想见徐梅最后一面。幸亏吴敏伦和徐梅毫不迟疑，才完成了他这个心愿。阮太太感激地说："很明显，他见过你们之后，表现出的那份平静和满足，不但是当天没有过，而且是我与他一起数十年来也未见过的。梅姐，我真不知要怎样感激你，因为我知道，你给他的，其实不单是他临走前的这段安慰，而且是他一生中那份静默的、旁人不可替代的精神支撑。梅姐，让我和老阮都对你说一声爱你，你是我们的天使，不，你是人间天使……"

徐梅支吾以对，不知如何回答，放下电话后，茫然坐下，钻进吴敏伦的怀里，喃喃自语："唉，真是人生无常！我多希望这只是一个梦！但阮太太究竟说什么呀？哪来什么天使？谁是天使呀？"

吴敏伦轻拥着徐梅，吻着她的前额，感慨地轻唱普契尼歌剧中的《今夜星光灿烂》："如今这爱的美梦，已永远消逝。时光飞逝，如今我将带着绝望死去，然而，我从未如此眷恋自己的生命，如此眷恋生命……"不过，他还未唱几句，徐梅已疲倦地睡着了。

和全世界一起谈恋爱[1]

人类与动物的区别之一就是人具有爱的本性，当然，人具有各种各样的爱，而恋爱是爱的主要形式之一。可以说，恋爱是爱情的催发剂，爱情则是恋爱的结晶。因此，恋爱的成功与失败意味着爱情的喜剧和悲剧。应该说，爱伴随着人的一生，而恋爱虽然意味着婚姻的开始，并一直伴随到婚姻结束，但恋爱与婚姻并无必然的因果关系，因为恋爱的基本前提是性吸引，而性吸引并不必然导致婚姻。尽管如此，许多人还是在义无反顾地追求天长地久的爱情，不顾一切地维护名存实亡的婚姻。但是，在发达国家和中国的一些发达地区，“丁克家庭”的现象越来越普遍。如果不养育孩子，天长地久的爱情还值得推崇吗？吴敏伦的答案是肯定的：“不养育孩子是一种个人主义的体现，但这不应该是所有人的选择。国家和社会的发展需要家庭养育孩子。没有孩子，社会也就无法延续。一些西欧国家和包括新加坡在内的一些亚洲国家出于促进经济的考虑鼓励年轻人生育，但是经济刺激的作用是有限的，更重要的是要让年轻人懂得去爱。”那么，如何让年轻人懂得去爱呢？吴敏伦认为，和性教育严重不足一样，中国的“爱情教育”也普遍缺失。

① 《和全世界一起谈恋爱》，比利时 Leo Bormans 主编的《世界爱情汇编》里的一篇文章。

虽然每一段爱情都是不一样的，没有规则可以遵循，但是却有一些基本的“爱情原则”，这需要从小开始学习。大众传媒和影视文学作品中的浪漫爱情有时过于理想化，往往以主人公幸福快乐地生活在一起作为结局。其实，在现实生活中，没有绝对无条件的爱情，要开始一段恋情，首先需要充分了解自己，恋爱双方需要体贴彼此的需要，并且在恋爱过程中要时刻对可能发生的变化保持敏感。吴敏伦说：“很多中国人已意识到性教育的必要，但没有意识到爱情也是一门学问，许多家长本身就没有接受过‘爱情教育’，于是也就不知道怎样教育孩子。还有些家长甚至因为出于耽误孩子课业方面的顾虑，反对在学校教育中加入‘爱情教育’。而媒体平台上也存在许多关于爱情的错误信息。要普及‘爱情教育’，需要家庭、学校、社会和媒体的通力配合。”正因为如此，吴敏伦觉得非常有必要与全世界一起“谈恋爱”。

吴敏伦不仅是一位“爱情长跑”冠军，更是一位伟大的“爱的建筑师”，他不仅付出全部的热情和忠诚去构建他和太太的“爱情蜜室”，而且对爱情理论有着深入的研究和许多真知灼见。可以说，他入选《世界爱情汇编》(*The World Book of Love*) 的论文《爱的建筑师》是他多年研究爱情理论的结晶。徐梅在越南的朋友陈扬冈读了这篇论文后来信说：“被好奇心驱使，我回头再看一遍吴敏伦的这篇论文，写得非常好，思维逻辑、文字修辞、语法结构，都十分严谨。一般文章旨在传达思想，不太注重表达的形式，认为只要有内容，就是好文章。能够兼顾内容与形式，两全其美的理论家是很难得的。以前我看过英国哲学家 Bertrant Russel 的论文，反复再看都令人拍案。我特别偏爱这种文章。”

2013 年 9 月 22 日，刚度过 41 周年结婚纪念日不久的吴敏伦夫妇便从香港飞往比利时布鲁塞尔。此次他们的比利时、荷兰之行，起因是应邀出席《世界爱情汇编》的新书推介会。此书将推出 9 种语言版本，由 50 个国家的 100 位顶尖学者撰写的有关爱情的文本编纂而成，每人每篇规定 1 000 字。这些学者有的来自心理学和社会学领域，有的则是精神学和神经学研究方面的权威。其中吴敏伦的作品《爱的建筑师》很受赞赏，由原本的 1 000 字被邀

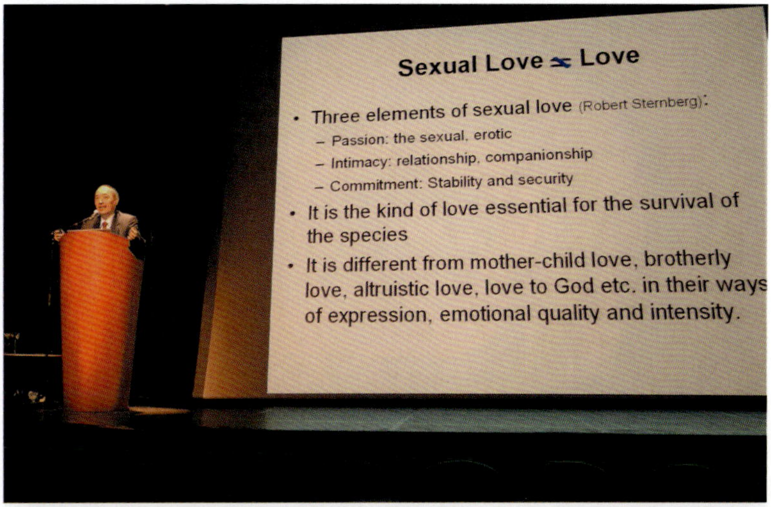

添加至5 000字。这次是德、法文版的发布会，吴敏伦为受邀请作主题演讲和出席该新书发布会的两位学者之一。

2013年9月25日，在比利时布鲁塞尔布沙文化中心，《世界爱情汇编》新书推介会暨世界爱情会议正在举行。来自中国、荷兰、比利时、德国等地的学者聚集一堂，共同探讨和揭示幸福爱情的秘密。这是一场关于人类爱情的话语盛事，吴敏伦是会议开幕的首位主题演讲嘉宾，他介绍了他融合了中西爱情观念后构建出来的一套新的爱情理论，并就此设计了一些更有效的爱情教育和辅导的方法或政策。在会议进行期间，主办单位宣称，《世界爱情汇编》在布鲁塞尔出版后，比利时首相埃利奥·迪吕波先睹为快，他非常欣赏此书，当即决定将它作为礼物送给他的部长和国务院的秘书们，他说："在世界上有更多的爱只能是一件好事。"不久前，他在他的家乡蒙斯举办了"爱的电影节"，受到了观众的热烈欢迎。迪吕波赞成人与人之间形成更热情、更亲密的关系。因此他认为，把《世界爱情汇编》送给他的12名部长和6名国务秘书是很合适的，因为在这本书中，他们能够汲取到现代科学最精粹的爱情知

识——这个将人们联系在一起的最强大的力量。这书谈的不仅是浪漫爱情，也涉及相关的主题，如团结、睦邻、友好、善心、尊重、信任等。

吴敏伦偕夫人徐梅现身会场，这对“模范夫妻”受到了来宾的热烈欢迎，各路记者围住他们进行采访。当然采访的内容主要是关于他们的“爱情长跑”秘诀。为什么天长地久的爱情值得追求，为什么他们的婚姻生活至今已41年，却如刚谈恋爱的小情侣般如胶似漆。吴敏伦在回答记者时道出了其中的“秘诀”：夫妻恩爱靠合作，在有一些共同兴趣的同时，保证两人的自由。两个人即使没有共同兴趣，也一定要有一些相处的时间。在面对难免出现的矛盾时，双方要平心静气地沟通，而非粗话连篇地攻击对方，如果能找到最佳解决方案当然更好，如不能达成共识则要保留意见。

2013年9月26日，《世界爱情汇编》的新书推介会暨爱情工作坊在荷兰阿姆斯特丹佛兰德艺术中心举行。参加者有来自欧洲各地的心理学家及精神病医师、社会学者

等数百人。吴敏伦除了作一个主题讲座外，也参加数个小组讨论，提出他在爱情辅导工作中所持有的观念和使用的技巧。他强调，爱情和性都要从小学起，人要先了解自己，才能找到适合自己的伴侣，碰到合适的伴侣则要大胆主动追求。爱情有可能会失败，但可以教人从失败中吸取经验。他认为爱情是一个不断学习和反思的过程，恋爱的过程也是继续学习的过程。在现代都市生活中，年轻男女都在为生存劳碌奔波，几乎没有时间和耐心去认真地谈一场长久的恋爱。对此，吴敏伦指出，长久稳固的爱情仍然是现代人追求的一种爱情理想，而这种爱情关系是与养育孩子密不可分的。会后，吴敏伦在回答“荷兰在线”的记者采访时说：“激情、情感纽带和责任感是爱情不可或缺的三个要素。性爱需要激情，养育孩子的过程需要双方的合作，而这种合作关系需要持续数年，因此双方都应该有责任感。”

吴敏伦夫妇在比利时和荷兰的行程十分紧密，除了进行演讲和参加爱情研讨会外，还要接受当地媒体的访问，荷兰国家电台也特地安排了对他们进行华语专访。面对香港的性教育和爱情教育问题，吴敏伦深感忧虑。他在回答记者提问时说：“香港人口老龄化严重，越来越多的香港人不结婚、不生儿育女，因为大家对自己的对象没有信心。很多人觉得单身的生活更好，因为现在遇到的对象，就只能让他/她产生想单身的感觉。香港没有正确的爱情教育!”在吴敏伦看来，香港的性教育已经失败，但好歹学校也会要求生物课老师教授生理基础知识，即使老师是硬着头皮也好。而香港的爱情教育则完全是零，坊间的廉价爱情小说以至经典爱情文学，观念各走极端，不是宣扬殉情这种不负责任的做法，就是主张爱情是上天注定的缘分；不是宣扬那是自私自利的游戏，就是盲目吹捧这是完全无私的奉献。因此，他认为，爱情教育是性教育的一部分。香港要从小学开始教授“爱情教育”，因为这已经是迫在眉睫的问题。吴敏伦看了一眼坐在身边的徐梅，笑呵呵地说：“爱情是两个人的事，一个人不能成功，朋友说我们是‘爱情长跑冠军’，古今中外，这冠军我俩拿定了，其实要取得这冠军难度很大，因为是双打，我们两人要实力相当才能拿到冠军，真可谓是棋逢对手……”

在布鲁塞尔的工作虽然繁忙，但所住的小城堡，环境甚佳。与一般的休闲城堡一样，汽车从公路旁转进一个大闸，要走过数分钟的两旁植满树木的林荫大道，再通过一条跨过“护城河”的桥方能到达。城堡是欧洲十七八世纪的建筑风格，就如新巴洛克式贵族在乡间的私人宫殿或宅邸。现在，它是该地出版商联会拥有的物业，是个给会员用来开工作会议，举行学术活动或文化展览的场所，城堡内的房间则用来招待从外地前来参加文化活动的贵宾。吴敏伦夫妇住在城堡第三层，房间不豪华但非常宽敞、典雅和舒适，从露台可望到“护城河”及周围的园林景色。吴敏伦夫妇在城堡中住了三天，每天都起得特别早以便有时间享受城堡内外的一切。在清晨薄雾中，他们会携手漫步在“护城河”边，与水中那些优雅而友善的天鹅对话、嬉戏，又或穿梭园林，观赏色彩缤纷的花草树木，又或走进牧场，看骏马在山坡上奔驰或乳牛在远方吃草……兴尽之后，才回城堡吃早餐。一天工作之后，到了晚上，他们会在房间

露台看完日落才吃晚饭，饭后则在城堡内不同的公共区域闲坐，譬如那摆满画册和图书的古色古香的阅读室，四周挂有大小名画的休息室，备有钢琴和其他乐器的音乐室等。在要离开城堡的那天上午，音乐室刚被一群音乐爱好者租下以供玩音乐消遣，吴敏伦夫妇在等车接他们离开前也进去参观，当大家知道他们也玩音乐时，自然也要他们来一首，徐梅于是即兴弹奏了一首吴敏伦最喜欢的肖邦的G小调叙事曲，众人都听得悠然神往。一曲既毕，来接送的车子已到，吴敏伦夫妇只能依依不舍地向大家告别。

《世界爱情汇编》的主编里奥亲自驾车送吴敏伦夫妇往荷兰先住一晚，开个小会议，第二天才在当地机场登机。他说他在这几天与吴敏伦夫妇的相处中，很受他们之间的经常但不经意的深情举止所感动，最令他印象深刻的是前天他驾车接送他们时，在一个公路小店停下来小歇，正想去自助售货机买个甜筒冰淇淋，问徐梅吃不吃，徐梅抢着付钱，拿了两个甜筒出来，一个给他，一个给自己，他正想问她为什么不给吴敏伦也买一个时，徐梅已自己咬了一口甜筒，然后递给吴敏伦咬一口，就这样一人一口把甜筒吃完了。里奥看在眼里，大叹不可思议，因为他只看过年轻恋人才会这样做，结婚40多年的夫妇还这样做对他来说简直是奇迹，而恰恰就是这些不经意的小动作，才能告诉人们爱情可以怎样地深刻、真挚和永远年轻。

在途中，里奥给了吴敏伦夫妇一个意外惊喜，车子在一个大古堡旁停下来。这古堡与他们刚住过的小城堡不同，是个不折不扣的护城堡，建筑宏伟，覆盖面积比前者大数十倍，堡内还有一个道路蜿蜒曲折的小城。他们三人徒步穿过小城，欣赏

完城内的小房屋、庭院、喷泉等，才到古堡正门，原来当天正在举办花展，标题便是“花之爱”，一入古堡，只见花团锦簇，各种花卉，以不同姿态、摆设，竞相盛放、争妍斗艳。城堡内有大小不同的贵族厅房，楼台、会客室、饮宴间、舞会堂、圣堂等，都分别以不同主题、不同的花朵组合，制造不同效果和气氛，令人目不暇接，像进入了一个永远看不完的神仙境界。里奥知道吴、梅都不是信徒，但还是坚持带他们进圣堂，原来圣堂的摆设主题是“爱的喜悦”，用圣堂每一进的不同花卉陈设来展示爱情每一个阶段的独特之美，从邂逅、相知、初恋，到热恋、婚姻、家庭和相守。吴敏伦夫妇携手在每个“阶段”内流连、欣赏、回忆，如痴如醉，里奥也拿起相机不亦乐乎地给吴敏伦夫妇俩拍个不停，直至离开的时候。吴敏伦夫妇很感激里奥安排了这样一个充满惊喜而意义又非常贴切的“告别盛宴”。吴敏伦问：“真是太贴心和贴切的安排了，不是你或你们出版社为这次爱情会议特设的展览吧？”平时不苟言笑的里奥不禁哈哈大笑：“我或我们出版社特设的展览？你不是开玩笑吧？这么大的古堡，这么大型的展览，参展人员近千，管理人员少说也要几千，我们一家出版社怎能办得起？你看到招牌上有任何出版社的名字吗？还有，今天是展览的最后一天，我们迟来一天也看不到呢！真的完全是个巧合，一个可爱的百年难得一遇的巧合。若一定要个解释，只能说是你们的爱感动了上天给我们送来这份礼物！”

YS

追寻音乐大师的足迹[①]

吴敏伦夫妇在来欧之前，已安排了会议结束后顺道去东欧一游，享受二人世界，一起去追寻几个他们敬仰的音乐大师的足迹：李斯特（匈牙利），德沃夏克（捷克）、斯美塔那（捷克）与肖邦（波兰）。

他们乘飞机从荷兰起飞，在匈牙利布达佩斯的李斯特国际机场降落。他们在这个城市停留三天，先乘电车游览市区一周，然后到城堡所在的山脚下车，沿山边小路走上渔人堡。一路上，他们看到把欧洲各地建筑物放在一起的别具特色的匈牙利楼房：法国、德国、英国、奥地利、意大利甚至土耳其的建筑都有，非常和谐地相邻而立，它们将巴洛克、文艺复兴、哥特和法国新艺术派的风格恰如其分地融入现实社会，有趣极了！

渔人堡建于1905年，最早这里是个鱼市场，后来渔民们为了保护自己的利益而修建了此堡，作为防御之用。渔人堡四周环境优美，景色十分秀丽，站在这里可以鸟瞰布达佩斯全城美丽的风光。如今，渔人堡是布达佩斯市民晚饭后悠闲散步的重要场所，尤其是情侣，最喜欢到这里谈情说爱。有人曾做过一项调查，结果显示城中年轻人在这里进行初吻的比例最高，吴敏伦夫妇也在这里进行了他们的初吻——当天的初吻。从山上下来，第二个景点是横跨在多瑙河上的塞切尼链桥，它将布达市和佩斯市连在一起，是这座城市最古老、最著名、最

① 《追寻音乐大师的足迹》，台湾奇美发展文化事业有限公司制作的DVD。

美丽的桥梁。在桥的两边，有很多艺术家在表演，音乐家、画家、手工艺品创作者等都有，他们观赏了数小时，直至日落，看这桥如何和国会大厦与周边的建筑物融合组成引人入胜的夜景。

第二天，他们去英雄广场并参观了旁边的匈牙利国家美术馆。美术馆本身是一个皇宫，其收藏的藏品来自匈牙利各美术领域，包括19世纪至20世纪活跃在西欧等地的匈牙利美术家的作品。吴敏伦夫妇很高兴能看到很多他们从未看过的名画真迹，如莫奈的《三艘船》、格列柯的《悔过的抹大拉的玛利亚》和匈牙利印象派画家费朗奇的《女画家》。

晚上，他们专程去观赏多瑙河民间艺术团的匈牙利民族舞表演，这晚的表演主题为“匈牙利狂想”，从中可以看到从匈牙利偏远村庄收集来的珍贵的有着百年传统的舞蹈和服装，扩大了人们对匈牙利音乐、舞蹈和服装的认识。他们必须有这方面的领略和视野，才能真正深入地欣赏李斯特的音乐。

在布达佩斯，有不下十间的李斯特博物馆，有私人的、政府的、商业的，也有浑水摸鱼的，吴敏伦夫妇选择了（也只有时间去）其中两间前往。上午，他们去李斯特纪念博物馆，那是李斯特晚年（1881—1886）在布达佩斯的住所。博物馆有三层，室内陈设一直维持着李斯特当年生活的样子，有他生前使用的工具、家具、钢琴、书籍和其他物品，最为珍贵的是他一生不同创作时期的亲笔手稿和乐谱，整理和铺陈得很有条理，令人更容易了解这个伟大作曲家和钢琴家的创作心路历程和不同时期的风格转变。

下午，吴敏伦夫妇从李斯特居所徒步前往不远处的李斯特费伦茨音乐学院。路程不远是因为那音乐院本来就是李斯特在1875年创立的，也是他晚年工作的地方，沿着他当年每天可能走过的街道，幻想着他在那条长凳上小坐，在那街角的小店内喝咖啡

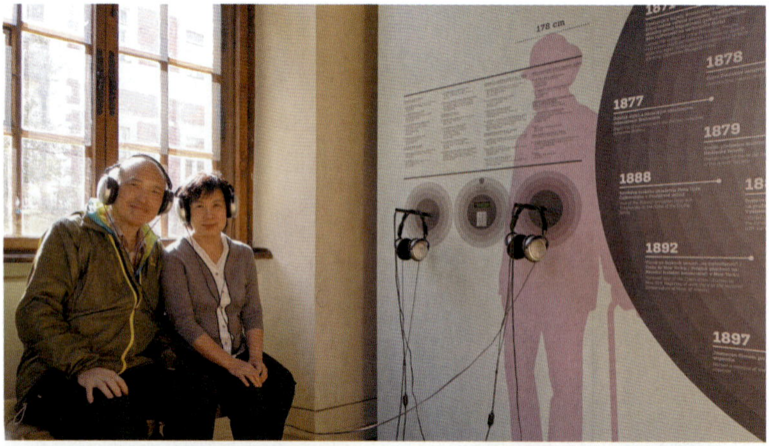

……他们觉得和李斯特好像亲切了很多。

李斯特费伦茨音乐学院是匈牙利最有名的音乐学院，曾在该校任教的教授有胡鲍伊、波普尔、多纳伊、巴托克、韦纳、柯达伊等，从这学院训练出来的著名演奏家和指挥家更是不计其数。李斯特的办公室在学院一楼，现已成为他的博物馆，藏品包括他原来的乐器、家具、书籍和音乐库以及个人物品。游遍了整个学院，已近黄昏，学院内有几个小音乐厅，差不多每天都有免费音乐会举行，是院内的教授轮流派他们的学生出来表演，让他们积累表演经验和接受一下普通听众和其他教授和同学的批评。吴敏伦夫妇选了一个室乐演奏的，有不同作曲家不同乐器的作品，都演奏得很有水平，不像是出于学生之手，他们最喜欢的，当然是那个钢琴独奏，奏的是李斯特的 B 小调钢琴奏鸣曲。在呼吸数天匈牙利的空气，探访过李斯特故居，走过他曾经走过的街道之后，在他的音乐学院听学生弹他的奏鸣曲，怎能不觉得荡气回肠？

由于那学生演奏得太好了，一曲既毕，吴敏伦不禁站起来拍掌叫 Encore（再奏），

却不知这样的音乐会循例是没有再奏或加奏的，学生只能望望坐在前面的教授看她是否批准，教授微微点头，于是学生便又坐下演奏了一曲李斯特的《奉献》。这本来是舒曼作来送给他太太的情歌，李斯特把它改写成一首钢琴独奏曲，加上丰富的节奏、变化、装饰音，使乐曲更见深情激昂。学生一边弹一边含笑看着吴敏伦夫妇，就像是要给这一对他少见的异国情侣一份真诚的祝福。

从布达佩斯乘火车到布拉格约 8 个小时，在火车到站前 1 小时，两边的风景已越来越美，金黄色的余晖从窗外照射进来，把一排排树影映入吴敏伦夫妇正在假寐的眼帘，也反射至车厢的每一角落，加上有节奏的车轮声响，仿佛把人嵌入一串串动画内，提醒你将会到一个如何浪漫诱人的城市。

在布拉格，吴敏伦夫妇住在城中心，近瓦茨拉夫广场，广场上集中了旅馆、写字楼、零售商店、货币兑换摊位、各国食店和快餐店等，旅客生活很方便。广场周围是华丽的古典式大楼，其中包括新文艺复兴式的国家博物馆，但广场上也有许多脱衣舞夜总会，在晚上这一区也是妓女拉客的重要地点。原来，捷克还没有立法许可或禁止卖淫。法无禁止即可为，警察无权取缔，在布拉格的几个妓女站街热点，警察根本不可能驱赶妓女或将之拘捕罚款。在一个动人又充满艺术气氛的地区内，两类内容与风格完全不同的“艺术”可以这样和谐愉快地混合在一起，实在令人耳目一新。

虽然住近国家博物馆，吴敏伦夫妇却没有进去，因为布拉格的艺术都集中在旧城

区的街头。他们携手漫步旧城区，内有著名的旧城广场，又称布拉格广场或胡斯广场。广场竖立着宗教改革先驱，被罗马教廷烧死的胡斯的纪念碑，周围则聚集着各种风格的建筑：哥特式的泰恩教堂、巴洛克风格的圣·尼古拉教堂以及老市政厅。在老市政厅的外墙上，还有著名的布拉格天文钟。吴敏伦夫妇在这些美得摄人心魂的艺术品间来回穿梭，流连忘返。

但吴敏伦夫妇的重点是去探访捷克两位最有名的作曲家德沃夏克和斯美塔那的博物馆。德沃夏克博物馆位于 Ke Karlovu 街，出了地铁站走进这条宁静的、树荫笼罩的街数分钟，即可找到这栋建筑物。那原来是一栋巴洛克风格的贵族宫殿，叫米支那宫，后来才改为博物馆。馆内有德沃夏克使用过的钢琴、中提琴、乐谱、音乐会海报等。二楼还有一个小型音乐沙龙，陈设钢琴与一些纪念物，但最难得的是有个没有耳机以供访客自选收听德沃夏克音乐的角落，可以听到很多德沃夏克比较冷僻的作品的录音，吴敏伦夫妇一坐下来便听个不亦乐乎，只恨自己没有早些起床来听。

传说在 1874 年的秋天，后来被誉为捷克"新音乐之父"的斯美塔那，慢慢地走上了布拉格的查理士桥，想跳入伏尔塔瓦河结束自己的生命，因为他已完全失聪。但在他正想从桥上跳下时，突然"听"见伏尔塔瓦河的激流撞击桥的声音……像在对他哀号，对他控诉，他猛然想起，他爱这条河，也舍不得他的国家。于是，他回去再努力作曲，终于完成了著名的交响诗组曲《我的祖国》，其中最感人的一个乐章，便是《伏尔塔瓦河》，表现了此河是如何从山上零星的小溪，汇聚细流，通过崇山峻岭、瀑布曲流、幽林峡谷、重重险阻，才成为一条泽被万民的大河，再以澎湃无穷之力，汇入大海，完成它的使命，与天地融为一体的。

斯美塔那博物馆是由伏尔塔瓦河畔的一个水力电厂厂房改建而成的，馆前广场上有他的坐姿铜像，博物馆内尽是他的雕塑和肖像、他在各个时期举行音乐会的画像和海报，也有国家为纪念他所发行的邮票。博物馆的二楼，关于斯美塔那生平以及作品的介绍和收藏相当丰富，除了他用过的钢琴以外，也有一些他用过的家具和物品，还有他的手稿。这一层中最特别的是一个地台，放置着许多谱架，上面有斯美塔那不同作品的乐谱，参观者可自由上台看谱假装指挥或吟唱。徐梅在台上台下到处翻谱，查看作者在各曲某些乐段的效果是怎样修改出来的，像个突然被放在心爱的漫画堆里的小学生，手忙脚乱，令人发笑。

在布拉格想欣赏现场音乐或舞蹈，不必进音乐厅，因为白天你只要在城中随便走一段数十分钟的路，在街头或小公园或桥上便可以欣赏到免费表演，水平都不错。但

在晚上，吴敏伦夫妇还是会找一些付费的音乐厅，进去看看他们表演的水平如何，也感受一下不同的气氛。他们印象最深刻的是在西班牙犹太教堂那晚的表演。这个教堂是布拉格六个犹太教堂古迹中最年轻的一座，建于1868年，带有摩尔—西班牙风格的异国情调，以色彩斑斓的玻璃配上以闪亮黄金镶边的东方（伊斯兰）图案，庄严而华丽，不愧是布拉格犹太区最美丽的犹太教堂。在这里听古典音乐真是别有一番风味，乐队规模不大，最多只有10个人，弦乐、木管乐或铜管乐，需要时另加独唱或独奏乐器便是了，岂知一发声，竟然与那不大不小的教堂配合得极妙，声音强时不刺耳，弱时每一乐器仍然可听得清楚，而且各种平衡或表现都恰到好处，像不费吹灰之力，不必听歌曲，只听音响已非常悦耳。乐队演奏了10首不同时代的古典土乐曲，但当然不会漏掉德沃夏克和斯美塔那，而最后一首竟然就是斯美塔那的《伏尔塔瓦河》。但吴敏伦夫妇事前都觉得很奇怪，一个不过区区十人的乐队，怎能有胆量奏此乐曲？此曲表现零星小溪通过幽林峡谷的上半段就罢了，但到了末段的百川汇海，以无穷澎湃之力实现与天地融合为一，普通百多人的大乐队稍有差池也会当场出丑，一个小小的十人乐队便要捋虎须，太狂妄了吧？至少吴敏伦夫妇就从来未听过不是大乐队演奏此曲的录音。岂知那十人乐队一奏出来，慢板纤细柔美，末段气势雄浑，不但一点也不输给大乐队，反而比大乐队少几分粗暴，多一点哲理，在惊叹沉醉之余，他们不能不佩服得五体投地。

去华沙只有一个目的，那就是去看肖邦。到达华沙的第二天，吴敏伦夫妇一大清早便起床，乘地铁到最靠近肖邦博物馆的车站，出站后还要步行十多分钟才到。沿途路旁有很多小公园和小树林，晨光从树梢间透射出来，投下长长身影和摇曳的树影，太美了，好像肖邦已在弹奏着他的华尔兹舞曲。

著名的肖邦音乐学院就在博物馆外，只见外墙都画上了肖邦一些名曲的五线谱，成为一堵一堵的“音乐墙”，行人只需在谱旁按个按键，便可听到该首名曲。在空旷地方看着大乐谱听演奏，别有一番风味。进入博物馆的外花园，可以见到不少有关音乐

和肖邦的石雕，一边观赏一边聆听肖邦的音乐，未进博物馆，已俨然进入了肖邦的世界。博物馆前身是古贵族宫殿，外观和室内装修本身已很美，很有历史价值，现在是欧洲最现代的传记博物馆，大部分展览都用触摸屏的模式或仿真背景与观众互动来表达内容，使人有身临其境的感觉。在一天之内，吴敏伦夫妇随着肖邦重温他苦难但精彩的一生，听他在不同心情、遭遇或环境之下写作或弹奏的音乐，看他的亲笔信和笔记本，坐在他的房间听他弹奏他当年最喜欢的琴，也让他带进当年的音乐厅听他的演奏会……当然，还要亲自去领略他当时身处的动荡的波兰，他在欧洲奋斗时的流浪生活，直至他久病离世。

从博物馆出来，吴敏伦夫妇的心情是沉重的，不能明白为什么很多伟大的艺术都必须从苦难中磨炼出来，但这种艺术，又必然最能抚慰人的心灵。

第三天，吴敏伦夫妇去游波兰最美丽的公园：瓦津基公园。这公园之所以重要，是因为肖邦生前曾多次在这里的华丽宫殿——梅希莱维茨基宫为王公贵族演出，公园因而又被称为“肖邦公园”，里面还有座巨型的肖邦雕像，而且即使非夏季，宫殿内每晚也会有两个半小时的室内钢琴独奏会。

公园很大，随便哪一角落都洋溢着诗情画意，吴敏伦夫妇从入口开始，幻想着肖邦来演奏时是走的哪条路，看到哪些风景，会怎样影响到他的演奏和创作思想，一边走一边看，一边谈，越谈越异想天开，自作“典故”，逗大家开心。譬如，经过小溪流水，吴敏伦会说：“这就是他《激流》练习曲灵感的来源，一定要停下听听了。”看见蝴蝶在花丛中飞舞，徐梅又会说：“哇！他的《蝴蝶》练习曲呀！快照个相！”就这样，两人不断即兴地胡扯胡凑，他们在长长路上已和“肖邦”玩个不亦乐乎。然后，他们来到位于中央的水上宫殿，这里还不是肖邦来演奏的地方，因为那不过是贵族们游憩的夏宫和浴场，最多也不过是情人幽会的地方，但这宫殿三面环湖，风景秀丽，目前是国宾馆与博物馆。周围的绿地，是华沙市民最钟爱的地方，小动物非常多，还都不怎么怕人，吴敏伦和徐梅在草地上休息片刻，便只见附近有只小狗在疯狂地转圈，追逐着自己的尾巴，他们不禁齐声惊呼大笑：“哇！这不就是肖邦的《小狗圆舞曲》吗？今天我们真的很幸运呢！”

到了梅希莱维茨基宫已是午后，他们先参观宫内的博物馆与画廊，里面陈设着当时贵族住所内的家具、乐器和手工艺术品，包括大小雕刻、瓷器、金器等，油画则是当时波兰的名画家作品，内容多是当时华沙市面或近郊的风景，更容易令人对肖邦年代的波兰有更深刻的印象。

稍后，音乐会于下午在皇宫的一个小音乐厅内举行，和当时肖邦演奏的场景差不多。曲目全是肖邦钢琴曲独奏，由本地不同的钢琴家轮流出场，每人演奏一两首，最后出场的那个演奏家的最后一个曲目竟然是吴敏伦最喜欢弹的《幻想即兴曲》，他心中又不禁惊呼：“肖邦大哥今天真的对我不薄呢！”

演奏会完毕，太阳还未下山，根据光线来看，那是观赏肖邦雕像的最佳时刻。

雕像就在皇宫右前方绕个弯的地方，由深绿色的装饰铜铸成，仅其宽大的由浅褐色花岗石砌成的底座都有 5 米多高，肖邦神情落寞，回头凝望，原来他的雕像面朝法国，一心想回波兰的他要回头看着波兰呢。徐梅在雕像下不同角度都拍照留了影，也在雕像前的玫瑰园和大水池旁拍了很多，但每次查看相片时，她觉得无论她走到哪里，肖邦仍是望着她。怎会是这样呢？但吴敏伦反复再照再看，渐渐也觉得好像是这样，可惜太阳已下山，不能再照再看了，吴敏伦无奈说：“没办法，不得不承认，好像肖邦今天不是舍不得波兰，而是舍不得你了。”徐梅高兴得跳起来，遥遥向肖邦像抛个飞吻，叫道：“肖大哥，谢谢你，我也很舍不得你呢，但太阳下山了，我明天便要和敏伦回香港了，我们在音乐中再见吧！”

仙女下凡[①]

退休后的吴敏伦与徐梅经常会带外孙儿（神神）和外孙女（瑶瑶）一起玩耍，享受天伦之乐。在一起多了，孙子孙女都知道外公和外婆如何恩爱，外公又如何把外婆看作是小仙女。他们第一次知晓是与外公外婆去游乐场玩，有一个摊位游戏，头奖是一个大毛公仔，比一般人还大。

吴敏伦惊喜地说："哇！这么大的公仔，好玩呀！我替你们赢两个回来，一人一个好不好？"

瑶瑶面带难色地说："太大啦，我们的房间也放不下，不如你只赢一个放在你家，我们来探望你时便可玩啰！"

吴敏伦神秘地说："但我家也早有一个了，不需要第二个呀！"

神神感到奇怪："哪有？我们刚从你家出来，哪有见到什么大公仔？"

吴敏伦悄声地说："是个小仙女大公仔，非常可爱，还会动会走，就是这个啰！"（搂着徐梅作亲吻状）

瑶瑶、神神一齐欢呼雀跃："是呀！是呀！真是最好玩的小仙女呀！你已经赢了！不必去玩游戏啦！"

从此，外婆在瑶瑶和神神的心中便是个小仙女。有一个星期天下午，吴敏伦和太

① 《仙女下凡》，何梦华导演的电影。

太又带他们去公园里游玩，尽兴之后，在一个小亭子里坐下来休息。

瑶瑶跑到吴敏伦的怀里，甜甜地说：“公公，昨天我在学校学做蛋糕，得了第一名！”

吴敏伦惊喜地说：“哇！真了不得！你叫我做蛋糕我一定不懂了。”

神神不肯落后于姐姐，急急跑过来拉着吴敏伦的手说：“公公，昨天我在制造机械人比赛中得了全班冠军，你懂得制造机械人吗？”

吴敏伦高兴地说：“制造机械人，我更不懂了。公公真没用，什么都不懂。”

瑶瑶大摇大嚷：“不是不是，公公懂得制作一样更厉害的东西，是人人都不懂的！”

吴敏伦惊讶地说：“怎么？人人都不懂？是什么东西？”

神神抢着说：“我知，公公喜欢婆婆，令她开心、漂亮、善良，永远像个仙女一样！”

吴敏伦大笑：“是的是的，我会把老婆变成仙女，确实最厉害！哈哈哈！哈哈哈！”

孙子、孙女欢呼雀跃，拍手称快：“好嘢（粤语：了不起）！”

最近一次情人节，孙子、孙女还自发买了三面锦旗，颁给公公婆婆。锦旗上面分别写着“最佳老公奖”“最佳老婆奖”和“最佳情人奖”，乐得吴敏伦夫妇心花怒放，开怀大笑。

我们是这样相爱到老的[①]

2014 年 7 月，吴敏伦夫妇合著的《我们是这样相爱到老的》由香港天地图书有限公司出版，在香港读书界引起了不小的轰动。书中用“练功”和说故事的方式，向读者介绍了吴敏伦夫妇的爱情观念和方法，除了“爱情基本功”“爱情心法”和“爱情招式”之外，还夹杂 23 条“爱妻金句”和“爱妻对白”，真情流露，诙谐风趣，生动感人。

在 7 月 18 日举办的新书发布会上，吴敏伦与徐梅特地请来了新城电台的两位 DJ 做主持，他们以“吴敏伦是爱情无能！所以一生只得一个女人！”为议题，与现场的观众进行互动，反响十分热烈。吴敏伦在现场说：“出这本书的目的，最主要的是想告诉别人：美好的爱情是存在的。可惜现在很多人对爱情已经开始感到绝望，失去信心了。我就是想告诉这些人——爱情是真的！很多小说或影片中描绘的爱情故事都是假的。我希望我这个真实版的、教好人的爱情，让人们对爱情有正面、积极、乐观的思想和态度……”

《我们是这样相爱到老的》出版后，亲友读者的读后感纷至沓来，吴敏伦夫妇的邮箱都雀跃了。徐梅的九妹徐桐来信说：“梅姐和姐夫的爱，世上罕见！很爱听姐夫在电台上讲的，也很爱阅读这本书！从中学习，体会……自己也成长了一些！我每次看‘爱妻金句’及‘爱情小插曲’也会哈哈大笑……”

① 《我们是这样相爱到老的》，吴敏伦、徐梅合著的作品。

吴敏伦的小学校友罗桂嫦读完此书之后大发感慨："看完了你俩的新书《我们是这样相爱到老的》，我十分赞同你们的见解和理论。庆幸我身上没有你所说的'爱情病毒'，因我自小便觉得那童话般的爱情故事和坊间的爱情小说是不合情理的。我觉得你们的这本书能启发当下的年轻人好好地认真思考自己对爱情的态度和处理的方法，怎样才能达到'爱你一生一世'而不会后悔。这本书简单易懂又富时代感，风趣而又有娱乐性。我会推介这书给我的朋友去品味和学习。"

徐梅的初中同学蔡端杰来信说："好书！好书！全书以轻松、诙谐的语调写成，文字浅显易懂，阅至第五章的'爱妻金句'及'爱情小插曲'令人哈哈大笑，一乐也！"

徐梅的世侄女蔡凤飞读后也发表了自己的感想："我刚刚把它读完，而我的感想是：如果有多些像你们这样的情人，这世界一定会更美好。……其实我想我们全家都是中了'梅毒'的，只是程度比吴叔叔轻得多。不过我们全家对'梅'的食物也非常喜欢，家中常煮的有梅子蒸排骨，又十分喜爱日本的零食，因为很多都是用梅来制造的……我每看到吴叔叔在书中形容自己是怎样爱梅时，都会幻想到你们在那公园内被梅花包围着赏梅的情景。"

吴敏伦认为，在现代社会，人们对爱情的信心整体正在下降，这包括对婚姻和性的满意度的下降，这必然会导致个人的身体、心理的不良成长和发展，由此而影响到人口的老龄化、经济增长与社会稳定等一系列问题。而造成这种现象的根源在于缺乏严肃、正式和实际的爱情教育。吴敏伦指出：

除了一些神话、童话故事之外，从来都没有人说过爱情是容易成功的，它的失败率可能比事业失败率还要高出很多。本来，这样高的失败率应该令人对爱情的追求更小心努力，失败后又更能自我反省检讨才对。可惜，偏偏社会上在爱情方面的正式教育都很缺乏，以致失败者大多只懂诿过对方或社会，再不然便是上天和命运，永远不会是自己。有些人甚至不肯承认失败，反指一个人没有爱情、婚姻、家庭，才更自由、快乐、自主、成功……更麻烦的是，当世界上这类爱情失败者越来越多的时候，其中总会出现一些较有思想和文字能力的，开始写文章或书本来传播这些歪理，教人如何以他们为榜样，做个“健康、快乐”的“无须爱情者”，还自命为爱情、婚姻专家。

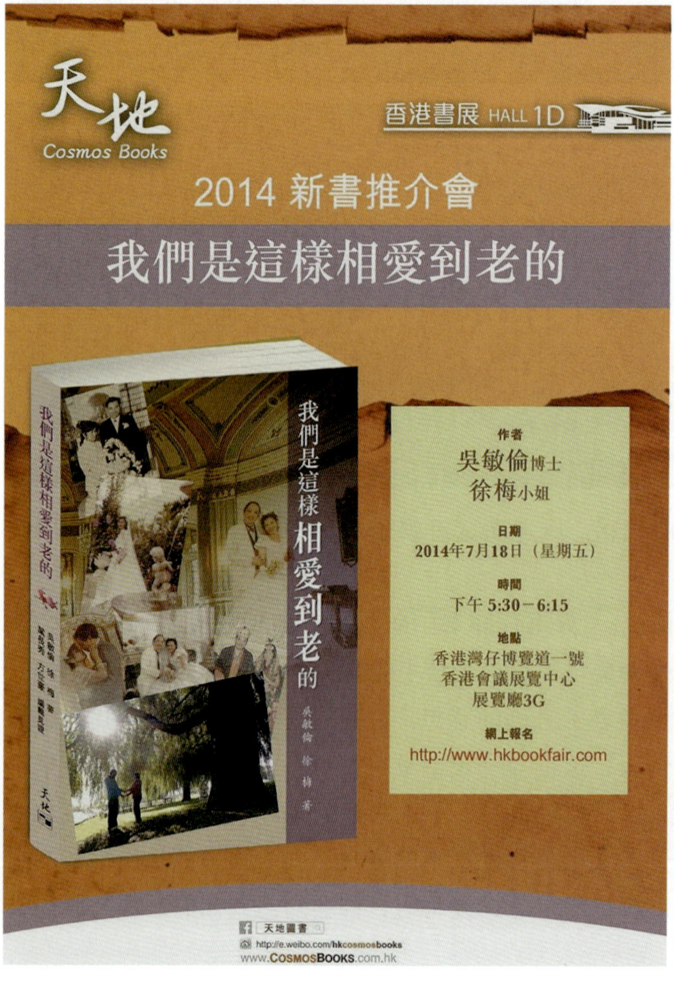

爱情不仅是婚姻的前奏，而且始终伴随着婚姻。当然，在许多人看来，爱情

离不开对婚姻的责任，然而，徐梅对此却有不同的理解，她在给一位朋友的电邮中写道："我想，你一定看过《爱情故事》这部电影吧！片中有一名句：'在真正的爱情内，不需向对方说对不起。'为什么不需？就是因为在真正爱情内，没有谁欠谁的，故也不需谁要向谁负什么责。听过很多婚后十年或以上的夫妻都说：'我们之所以仍在一起，早已不是爱情，只是因为孩子、责任、承诺……'多悲凉的事！也听过很多吵架至分手边缘的情侣或夫妻，一方（通常是女方）指着对方大骂：'你不负责任……我要你为你的行为付出代价……'这惨情令人不忍卒睹。"

人们在祝福一对新婚夫妇时常常会说："祝福你们白头偕老！"显然，《我们是这样相爱到老的》不仅是吴敏伦夫妇相爱几十年来的结晶，也为广大读者提供了一个不可多得的爱情教育的范本，一个成功爱情的典范，使人们能够重新审视爱情，体验爱情，认识到爱情真正的含义和价值。

忽然一夜清香发[1]

扫码 更精彩

由于吴敏伦强烈的“梅花情结”，所以赏梅成了他生活中的一大爱好，一有机会，便“寻花问梅”。2015年早春，吴敏伦与太太前往广州从化一个以梅花著名的小村赏梅，因路途遥远，到达梅花公园时已是黄昏，一个当地村民遗憾地说今年的梅花开得早，已于两星期前掉光了，恐怕他们白来一趟了。无奈之下，他们只能找旅店投宿，谁知又已客满，一个士多店的老板告诉他们，附近的一个小山村也有一间旅店，应该还有空房，但没有巴士到达那里。老板看他们着急的样子，便指着门前的一辆平时用于进货的小货车说：“这样吧，我带你们去，100块，怎么样?”他们只好应许。于是，老板留下人看店，开车带他们上路。天色渐渐暗下来，道路坎坷不平，一路颠簸，他们坐在后面的拖车里摇晃不停。汽车在一片荒原中行驶，而且越走天色越黑，吴敏伦的心里有些紧张起来，悄悄问徐梅：“你说这会不会是‘黑车’?”徐梅也感到有些疑惑：“不会这么巧吧？放心，我看他的样子挺憨厚的，应该是真心想帮我们的!”可是，话音未

① “忽然一夜清香发”，出自元代王冕的七绝《白梅》。

落，汽车一下子停下来了。吴敏伦问道："师傅，怎么啦?"老板回答："我好像迷路了，我记得以前好像没有前面那座桥的。"吴敏伦焦急地问："那怎么办?"老板说："再往前走走看看，是不是我记错啦?"于是汽车继续在黑暗中前行。吴敏伦拉着徐梅的手轻声说："你说我们会不会真的遇上麻烦了?"徐梅安慰他说："别着急，应该不会的，你看我们的打扮像有钱人吗?"吴敏伦微微一笑。不一会儿，汽车在一个三岔路口停了下来。吴敏伦问道："师傅，又怎么啦?"老板回答："我先看看，到底是哪条路?"几经周折，他们终于到达了目的地。由于一路劳顿，夜已很深，他们只好拖着疲惫不堪的身子住进了山村的旅店。山村的夜晚格外寂静，一轮明月高悬夜空，如水的银辉洒落在山林原野之上，恍若梦境。吴敏伦伫立窗边，太太安然地依偎在他的胸前，聆听他搏动的心跳。望着这眼前的迷人夜色，他不禁吟诵起南宋诗人杜耒的诗句："寒夜客来茶当酒，竹炉汤沸火初红。寻常一样窗前月，才有梅花便不同。"

第二天清晨，还未日出，他们走出户外，只见漫山白梅，随风摇曳，他们高兴极了，到处拍照留影，路上遇到一个早起农作的村翁，问他为何又有梅花。老翁说："我今早看到，也很奇怪，因为从来没遇到过这样的事。相传我们村的梅花是为一个梅花仙女而开的，她本来每年都以不同形态只出现一次，但今年她可能突然高兴，不知以什么形态，又临时再来了一次。"

吴敏伦点头表示明白，向太太使了个神秘眼色，与他的"梅花仙女"继续游玩。望着眼前洁白无瑕的梅花，吴敏伦陶然欲醉，诗兴大发，吟诵起元代诗人王冕的《白梅》："冰雪林中着此身，不同桃李混芳尘。忽然一夜清香发，散作乾坤万里春。"

由于吴敏伦心中的太太美若天仙，由于他心中有"梅"，所以他常常觉得太太是梅花仙子下凡，报答他前生惜梅救梅之举，而徐梅的一些异性朋友也喻她为观音再世，因为她凡事处变不惊，态度从容，情绪不极端，对人心肠好，很有照顾和不忍伤害人的心理。在吴敏伦的眼中，她不施脂粉便已美丽动人，反而在一定要化妆时（譬如结婚或上影楼、上电视），美丽便打折扣，真的是"却嫌脂粉污颜色"。徐梅的容颜体态还有另一个特点，便是看来总比她真实年龄小很多。所以，虽然吴敏伦在年少时也迷过金庸小说中的小龙女，但自从有了徐梅之后，便觉得小龙女也比不上徐梅，即使她

已是个大作家笔下的理想人物。不过，徐梅也有其凡人的一面，她喜欢交友、吃小吃、看八卦刊物、买美丽的衣裳、淘金赚钱……而也就是因为这另一面，使她显得更入世、更随和、更令人难以抗拒。

缱绻仙凡间[1]

扫码 更精彩

2015年春天，最新一版的《神雕侠侣》电视剧集正在内地热播。一天，吴敏伦与一帮朋友大谈历来影视界制作的《神雕侠侣》中哪一个女演员扮演小龙女最美丽神似。

吴敏伦说：“不必讨论，我认为每一个女主角都不够美丽神似。”

老庞说：“不必费口舌，你一定说只有你老婆扮演才最神似！都不怕肉麻！”

吴敏伦说：“你错了，我的意思是我老婆的内外各方面，包括对爱人用情之深远，小龙女都望尘莫及，钻石又怎用扮玻璃？”

朋友们听了一片哗然，目瞪口呆。

元宵节的那天晚上，吴敏伦与太太携手逛街观赏花灯，兴致勃勃，流连忘返。观赏之余，他们也在漂亮的花灯下拍摄了一些合照。回到家里，徐梅急急忙忙把照片从相机里传入电脑，一睹为快，发现拍摄的效果很不错，心里自然十分高兴，以至于到

① 《缱绻仙凡间》，香港古装电视连续剧。

了次日傍晚，又打开电脑，反复观赏，仍很兴奋……

吴敏伦走过来说："哇！好漂亮啊！"

徐梅指了指电脑屏幕上的照片说："你看，相片真的很漂亮，令我至今仍念念不忘，心痒痒的，又拿出来看，真像吃了兴奋剂！"

吴敏伦轻描淡写地说："这有什么奇怪？你看自己的相片也这样兴奋，我这老公见的是你真人，还几乎天天见，见了几十年，可知我的兴奋度多高。喂！有没有解药？"

徐梅立即说："有，有……"她飞快地在老公的面颊上印上一吻。

爱情在他们心中荡漾，成为他们快乐的源泉，成为他们生活中一道亮丽的风景线，一曲充满柔情蜜意而又激情澎湃的乐章。因此，对徐梅来说，能嫁给像吴敏伦这样优秀的丈夫是她一生的幸运，也是上苍的造化。她说："我不知几生修为，竟然千里之外遇到一位喜欢我已有的性格，不重视我没有打扮、学历等的情人，敏伦简直是上天为我而选定的！我说我丑，他说美；我说我个子小，他说娇小玲珑；我说我胖，他说珠圆玉润；我说朋友说我无性格，他说无性格也是一种性格……结婚40多年，未曾从他口中听过任何不好的字眼。敏伦喜欢梅花，连点菜也喜欢点有'梅'的菜式，朋友都说他中了‘梅毒’，封他为情圣。有夫如此，夫复何求?”

其实，吴敏伦认为，最可恋爱的对象不是凡俗不堪的人，也不会是真正不食人间烟火的神仙，而是一个不凡不俗、亦人亦仙的混合体，因为非此亦不能爱得情欲共融、性灵兼备。

鸾凤和鸣[1]

扫码更精彩

自从吴敏伦出版了两本自传并去欧洲主持《世界爱情汇编》新书发布会后，很多地方的大学或学术团体邀请吴敏伦去讲爱情要比讲性教育或性治疗更多，因为一般人都觉得，如果演讲者本身的爱情生活一塌糊涂的话，讲爱情便只是纸上谈兵，根本没有资格去讲，而很多对吴敏伦的这类邀请，还会不止一次地请徐梅一同出席，好让大家能亲眼看见这一对神话般的夫妇，向他们取得印证和学习。譬如，2013年，深圳大学便曾经请吴敏伦夫妇到学校给师生们开办爱请讲座，虽然座无虚席，但因为很多学生事后才知道，错过了机会，纷纷要求再来一次，于是深圳大学在第二年再次邀请吴敏伦夫妇，并安排在一个更大的讲堂内举行，岂料仍然是不够座位，连地上、台

① 《鸾凤和鸣》，周璇、黄河主演的电影。

阶上都坐满了人，最后还要关上讲堂入口，不再让人进入。这一次，连校长也来听了，事后，他说这些本来只是经常举办的给学生扩大视野的课余讲座，但从来没见过这类讲座也有如此热闹拥挤的场景。

2015 年 9 月 19 日下午，在深圳书城广场举行了吴敏伦夫妇结婚 43 周年纪念庆典。根据西方习俗，结婚 43 周年是为“法兰绒婚”。法兰绒（Flannel）是欧洲一种用粗梳毛纱织成的柔顺绒面布料，触感软、保暖佳、透气强，不褪色、不过敏、不缩水、不起毛球，很能象征美好的爱情。一开始，主持人陶林教授对吴敏伦夫妇的基本情况以及他们的爱情故事向大家作了简要的介绍，接下来由吴敏伦作“和全世界一起谈爱情”的专题演讲，他热情地向观众们讲述了自己与徐梅的爱情故事，并对爱情进行了反思，还详细分析了

怎样才可得到美满的爱情，引发了广大市民的热烈反响，掌声不断。紧接着，吴敏伦演唱了《小梅花》和《倾国倾城》两首歌曲，表达了他对爱妻徐梅炽热的爱情，现场响起一片欢呼和喝彩声。

之后，吴敏伦夫妇接受了记者们的采访和现场观众的踊跃提问，并一一作了精彩而生动的解答。最后，吴敏伦夫妇表演了钢琴小提琴合奏《月亮代表我的心》和电影《人鬼情未了》主题曲《奔放的旋律》，现场观众如痴如醉，有的感动得落下了眼泪。演奏完毕，又响起一阵阵热烈的掌声和欢呼声，把整个庆典现场的气氛推向高潮。这场由深圳婚姻家庭研究会主办的庆典，可以说是一次规模宏大、场面热烈、具有重大教育意义的活动，也是吴敏伦和徐梅在爱情长跑线上的又一新的里程碑，为人们树立了一面伟大的爱情旗帜。我们欣喜地看到，这一对“爱情长跑冠军”与深圳市民共同欢庆，与全世界一起谈恋爱，这是何等壮观而欢乐的场景！它必将带给深圳乃至整个中国内地一次爱情的“头脑风暴”，也将会掀起一次爱情大讨论的热烈高潮！

这次从香港来深圳参加吴敏伦夫妇婚庆大典的还有气势宏伟、多达数十人的亲友团，他们在现场欢呼雀跃，热情高涨，尽情分享激动人心的场面所带来的喜悦。庆典结束后，其中一位朋友在返回香港的途中与吴敏伦谈起自己的感受。他说："整个活动中最令我印象深刻的是当你们演奏完毕，雷鸣般的掌声还未停下来，吴太太只微微点头，便傻气地拉拉衣角独自下台，好像掌声与她无关似的，真好笑。"

吴敏伦回答说："这便是她，静静地做完自己喜欢做的事，便高兴了，不管人家赞不赞赏，她喜欢做一个不被人注意的在我背后的女人。"

朋友颇为惊叹："哇！真是心灵的最高境界，就如徐志摩的诗'轻轻的我走了，正如我轻轻的来；我挥一挥衣袖，不带走一片云彩'。"

吴敏伦纠正他说："不，梅的境界更高。虽然徐志摩的诗说他轻轻地来和走了，但他的一挥衣袖，动作仍稍大而有力，隐含心中的一点不满和不安，不是真的'轻轻'。梅的拉一拉衣角，更平和安逸，高下立见。"

朋友连连点头："得你点明，果然高下立见……"他与吴敏伦一起摇头摆脑，口中念念有词："轻轻的我走了，正如我轻轻的来；我拉一拉衣角，不带走一片云彩。"

回到香港后，一天徐梅在街上偶遇这位朋友。朋友高兴地对她说：“吴太太，见到你真是荣幸，前天与老吴闲谈，才知道你心灵境界比徐志摩更高，令我佩服不已。”

徐梅一脸茫然：“什么比谁更高？我老公一说到我，常常都语无伦次的，不必认真。他这次跟你说什么来着？”

朋友笑嘻嘻地说：“他说你那次在深圳作公开爱情讲座与他合奏之后，好像听不到观众的掌声，拉一拉衣角便只顾着下台，大有‘拉一拉衣角，不带走一片云彩’之风度，比徐志摩的‘挥一挥衣袖，不带走一片云彩’的境界更高啊！唉！我要得到老吴的指点，方才领略，真是惭愧……”

徐梅表情更茫然：“不带走一片云彩？云彩有什么好带，财产才值得带走嘛！你不知道我一早便已带着老公的全部财产吗？”

朋友听后愕然，不得其解，仍在搔头抓发，徐梅已拉一拉衣角，飘然远去。

扫码 更精彩

爱是永恒[①]

扫码 更精彩

吴敏伦热爱生活，追求自由，喜欢自由自在地漫游世界，同时对人生抱有一种自由的乐观态度，他追求真理，致力于性学研究，探求生命的奥秘和真谛。而他的夫人徐梅同样热爱生活，追求完美，能够以一颗真诚的心对待身边的每一位朋友，以平常心对待身边的一切事物。他们的爱情像朵朵绚丽的鲜花铺满他们生命的道路，像一曲优美欢乐的旋律伴随着他们生命的历程。其实，他们的情爱空间本身就是一个巨大的“爱情蜜室”，在那里，充满了浪漫和温馨，弥漫着喜悦与甜蜜。他们将自己的生命和全部的爱融入

① 《爱是永恒》，林振强作词，Dick Lee 作曲的流行歌曲。

其中，共同分享快乐和幸福，无怨无悔。

是的，爱情是神圣的，也是伟大的，但它并不是一个人生命的全部。也许，他们的爱情并不如人们所想象的那样疯狂和超凡脱俗。或者，他们的结合并不只是遵循婚姻制度的一种“经典”模式，他们厮守在一起也不是为了所谓的婚姻，而是为了爱情，为了自我的完善和人格的升华。因此，真正了解他们的人都知道，他们生活在一起，相濡以沫，并不是为了坚守婚姻的“堡垒”，也不是为了那一纸“婚诺”，而是为了真诚的爱情。他们为了爱情，克服了重重阻力，飞越了千山万水；他们为了爱情，付出了全部青春和热情。他们长相厮守，是因为他们相互觉得找到了另一半，在他们的心里，对方比自己更重要。

每当清晨的太阳升起的时候，人们可以听到从那扇窗户里流溢出来的优美的旋律——李斯特改编的舒曼作品《奉献》，或肖邦的《幻想即兴曲》，或《G 小调叙事曲》……空气中弥漫着七彩斑斓的音符，而在那一片绿色的草地上洒落的阳光似乎永远都是清新、明媚、灿烂的。对于吴敏伦夫妇来说，清晨的朝霞和傍晚的夕阳同样美丽，灿烂辉煌。

徐梅在钢琴键盘上挥洒出一个个爱的音符，吴敏伦在一旁拉响了他爱的小提琴，共同演奏着他们的艺术人生。室内弥漫着梅花特有的芳香，飘出窗外，透过那扇明亮的窗户，展现在人们眼前的是一片绿茵茵的草地和郁郁葱葱的树林，那么祥和与静谧，在那隐秘的树林深处，似乎有一个精灵在编制着一张巨大而无形的情网，而那闪着银光的网线原来就是吴敏伦那一根根一直珍藏在徐梅心底的神秘琴弦……

也许人们会问，吴敏伦夫妇为什么会走到一起？为什么会携手走过风风雨雨又甜甜蜜蜜的漫长的40多年的爱的历程？为什么会相濡以沫、忠贞不渝？为什么这会被人们视为美丽的神话和传说？答案也许只有一个，那就是：因为爱情！

爱，是一个千古之谜，它可以给人带来幸福，也会使人走向痛苦的深渊，它可以激发人的斗志，甚至促使人们到达成功和希望的彼岸，但也可能使人走火入魔，毁灭人的一生。但是，我们追求爱情，我们爱着，或曾经爱过，或仍然爱着，或继续爱下去，我们别无选择！

生活仍在继续，音乐仍在飘扬，匆忙的脚步仍然在朝着美好希望的远方前行，而在这布满荆棘和陷阱而又充满爱的光泽和诱惑的旅途中，人们仍在猜想，那深沉的爱的旋律也许就是那根颤动的G弦中发出的……

在阳光的照耀下，他们缓步前行，而我们沿着他们的道路，踏着他们身后留下的影子，一步一步地走下去……

舒伯特的《小夜曲》从遥远的地方传来，穿越时空，直达心灵，悠扬的旋律仍在继续……

他们的爱情故事仍在继续……

他们的艺术人生之路仍在延伸……

3 92 92 92

附录

性学家吴敏伦其人其事

性学家吴敏伦其人其事

陶 林

好友黄灿说他的大作《蜜室：性学大师吴敏伦伉俪的爱情与艺术人生》即将出版，他一方面感谢我对他撰写吴敏伦夫妇的爱情传记的鼓励，另一方面又希望我能写点什么作为该书的导读或延伸阅读。因为该书是在内地出版，这项任务也许非我莫属，我自然甘当此任，荣幸之至。

由于吴敏伦教授从事性学事业在华人圈中较早，比内地大约早10年，所以他对促进中国内地性学事业的发展作出了卓越的贡献。刘达临教授在进行世界著名的大规模的性学研究——“中国两万例‘性文明’调查”时，吴敏伦教授和德国性学家E. J. 黑伯乐教授都是该项学术研究的顾问，在研究设计和数据统计分析方面吴教授都竭尽全力地给予了指导和支持。

中国（广州）性文化节是中国性学史上值得大书特书的一个重要项目，性文化节是性文化改革开放的标志，也是国人从性愚昧走向性文明的标志性举措。无论是青少年性教育、外来务工青年的性与生殖健康教育，还是中老年人的性健康提升，性文化节作为平台或载体都起到了重要的推动和示范作用。吴敏伦教授为国内的性文化节出谋划策，而且在创办初期几乎每届性文化节都会邀请他出席并作学术专题演讲。吴教授在香港也创办了性文化节，而且持续至今，我也曾多次应邀参加。香港性文化节颇具特色，文化氛围更加浓厚，各种剧目或节目的演出和学术交流成为重点，每届有不同的主题，不像内地某些性文化节被一些人“批评”为“性文化节有性没文化”。我们深圳也连续举办过五届性文化节，每届吴敏伦夫妇都如期应邀前来，在学术研究和性教育方面给予指导。吴敏伦教授为中国乃至世界的性学，包括性学研究、性教育事业以及性学组织建设和发展都作出了卓越的贡献。下面我从学人、真人、爱人、情人等不同的角度来介绍我眼中的吴敏伦和他的妻子徐梅女士。

学人吴敏伦

我与吴敏伦教授相识是在24年前。常言道：物以类聚，人以群分。我与吴敏伦教授都是精神科医生，又都研究性学，尤其侧重性治疗和性教育，又有深港比邻的得天独厚的条件，便自然而然地走到一起，因为他年长，我们就形成了亦师亦友的特殊关系。我们初识应该是在1993年香港中文大学举办的“中国人心理治疗大会”上。当时我在深圳市康宁医院精神卫生研究所工作，我们与香港中文大学有着频繁的学术交流。吴敏伦教授有一篇关于缩阴症的文章 *Socio-contextual and Cultural-structural Models for the Shen-Kuei and Koro Beliefs* 引起了我的关注。这次会议让我知道香港大学有一位对性学研究颇有造诣之人。1994年11月20至23日，我又参加了在香港举办的第二届中国人心理治疗大会。我提交的一篇名为“羞耻感与心理治疗”（*Sense of Shame and Psychotherapy*）的论文被大会录用，作为大会的正式发言稿，这篇论文在会议期间还被发表在香港《镜报》（英文版）上。大会论文集上，吴敏伦教授的研究心理治疗的论文 *A Research Agenda for Chaos in Psychotherapy* 在前，而我的论文紧随其后，这也有师友之渊源了。参加这两次中国人心理治疗大会以来自港台的学者居多，美国夏威夷大学的跨文化精神病学家曾文星教授、香港中文大学精神病学系主任陈嘉鼐教授、台湾的文荣光先生等都到会，可谓盛况空前。在这次会议上我主动结交了吴敏伦教授，因为我在深圳做精神科医学和性医学工作，这为我们今后的深入交往奠定了基础。不久之后我们又于1996年10月在西昌“第二届中国国际性学暨首届泸沽湖文化国际研讨会”上见面。会议由西昌东方民族性学研究所、中国性学会性人文科专委会共同主办。中国性学会的很多元老都参加了这次具有特殊意义的行游会议。主要参观和考察的是泸沽湖摩梭人走婚文化和西昌中国航天城，一个传统的婚姻制度和完全现代化的军工科技结合在一起，可谓相得益彰。吴敏伦教授作为著名学者应邀参加了这次会议。这次算是三度相见了，当我说出邀请吴敏伦到深圳讲学的意向时，他欣然接受。

回到深圳之后，我就着手邀请吴敏伦教授来深圳市康宁医院讲学。当时我院学术氛围浓厚，而且百花齐放，康宁医院老院长、精神卫生研究所所长沈其杰教授是国内知名的精神病学家，特别重视精神医学的学术研究，而时任康宁医院院长的程志让教授则对性医学更加重视和支持。我们已经在深圳市卫生局正式批准的情况下成立了全国第一家正式的性医学科（包括精神科、泌尿外科、妇产科、中医科、理疗科、护理和检验科以及手术室在内的门诊和病房）。我作为性医学科主任主持了这次活动，当时国内的心理治疗还比较落后，性学就相距更远，香港大学的吴敏伦教授既是著名的精神病学家，又是著名的性学家，自然更受欢迎。吴敏伦教授也是第一位来康宁医院专讲性学主题的专家。那时吴教授的普通话还不是太好，大家聚精会神地听，兴致很高。我记得在演讲结束时我幽默地说："如果吴教授用英语讲，估计有三分之一的人能全听懂，如果用广东话讲应该有一半的人能全听懂，用广东普通话讲估计没有人敢说全听懂。这当然是幽默，因为广东人学说普通话，让广东人和内地其他省份的人都有一些听不懂。在广东称为'普通话不普通'。"大家都笑了。后来由于吴教授经常到国内各地讲学，他的普通话越说越好，大多数人都能够听懂了。

之所以要谈学人吴敏伦，不是随意地选择这段文字描述，而是必须要这样做，是因为只有了解作为学人的吴敏伦，才能够真正懂得作为真人和爱人的吴敏伦，才与黄灿的这本《蜜室：性学大师吴敏伦伉俪的爱情与艺术人生》相关联。为了让更多的人能够真正认识学人吴敏伦，我喜欢简明扼要地介绍一下他的学术成就。

1. 吴敏伦是亚洲性学和开展性治疗的第一人

吴敏伦在 1976 至 1977 年前往英国伦敦大学精神科医学院全职学习心理治疗与性治疗，回港后在香港玛丽医院成立华人社会的第一个性治疗诊所，专门评估性别认同障碍人士及替变性人进行变性辅导与手术。从开展性治疗时间上看，内地与香港相差将近 20 年。

2. 吴敏伦致力于推动香港以及亚洲性教育

吴敏伦于 1985 年创立香港性教育促进会（后改名为香港性教育会），这是华人社会中第一个性教育学会，致力于通过公开课程与媒体来促进香港的性教育工作，向政府提出对性问题的意见及在有关机构，如最高法院、教育署、卫生署、医务处、立法会等做性学顾问。在改革开放初期，香港是中国与世界性学专业进行学术交流的桥梁或必经之路。无论是教学、培训还是科研项目，吴敏伦和性教育促进会都给予支持和提供方便，包括国家级、海外基金、世界卫生组织等级项目。国内的性教育起步并不算晚，但中国性学会是在经过 8 年的漫长筹备之后才于 1994 年正式成立的。

3．吴敏伦创立亚洲性学会并任首届会长

1990 年，为了促进中国香港、内地、台湾的性学家与亚洲其他地区的同行交流，吴敏伦在香港大学举办了一个为期五天的亚洲性学会议，邀请亚洲各地的代表参加，还有一些对亚洲性学有特别兴趣的欧美代表。会后，各与会者认为这样的会议很有意义，应组成一个永久的团体，把这项活动继续下去，委托吴敏伦以重任。吴敏伦不负所托，经两年的努力，亚洲性学会在 1992 年于香港成功注册为学术团体，吴敏伦任首届会长。此后，亚洲性学会议每两年便在亚洲不同地区举行。2002 年，亚洲性学会为容纳澳洲和新西兰及邻近地区性学家的加入，改名为亚洲大洋洲性学会。

4．承办世界性学大会并参与起草和颁布《世界性权利宣言》

吴敏伦教授创立的香港性教育促进会是第一个加入世界性学会（后改名为世界性健康学会）并成为会员的华人性学团体（1989 年）。入会后不久吴敏伦就参与草拟具有划时代意义的《世界性权利宣言》。初稿首先在西班牙发表（1997 年），公开征求意见，正式定稿后在由香港举行的第 14 届世界性学会议上正式向全世界公布并正式出版。1999 年在香港会展中心举办的世界性学大会就是吴敏伦教授组织承办的，他担任大会主席，我国已故的人大常委会副委员长吴阶平教授也出任大会的名誉主席，并且做了以“中国性学史”为主题的大会专题讲座。这是首次在中国的土地上召开世界性学大会，具有里程碑的意义。吴敏伦教授在推动世界性权利运动中可谓不遗余力，他不断通过各种会议以及与世界卫生组织等相关组织接触，力争将性权利精神注入性教育和性健康的实际工作之中。至今他仍是世界性健康学会的性权监察委员会委员，也担任每届世界性学大会的学术评审。国人对性权利的不断深入了解，在国家保护性权利和民众享有性权利方面，吴敏伦教授可谓居功至伟。这也是他投身性学事业最为突出的贡献。

5．深受学生喜爱的教师获得世界性学会金奖

人有时挺难的，很多学者会陷入墙里开花墙外香的困境，人出了名本单位却不买账，性学家尤其如此。可是吴敏伦却在香港大学打下牢固的教学和科研根基，他的工作得到香港大学的赞赏。我想这还要归功于他扎实的精神病学工作基础，以及医疗、教学和科研的地位。例如，他与华西医科大学郭兰婷医生共同主译和审校的《成人精神病学》（上下两册）就是英国皇家精神学院会议系列书之一，深受精神病学同行的喜爱。正是由于他具有坚实的精神病学基础，才能有更高水准的性学和性心理学成果。1997 年，香港大学举行首届最佳教师奖评选活动，吴敏伦便是获奖教师之一，因为他

的教学是出了名的生动活泼，深入浅出，引人思考，学生听课后的评价都特别好。

由于吴敏伦教授对世界性学的临床、学术研究与推动工作方面的贡献，2003 年，吴敏伦获得由世界性学会颁发的“性学金牌”。该奖项是世界性学领域的顶级荣誉，自世界性学会成立近半个世纪以来，华人性学家获此殊荣的只有吴阶平和吴敏伦两位教授。世界性学会是世界上最权威的性学专业机构，获得该项大奖让我们更加敬佩吴敏伦的学识和贡献。

6. 创建世界华人性学家协会影响深远

2007 年，深圳市要举办首届性文化节，我作为深圳市性学会会长承担了具体的筹备工作，便邀请吴敏伦教授、台湾树德科技大学性学研究所的阮芳赋教授和华中师范大学的彭晓辉教授等来参加筹备会。开会之余，阮芳赋教授提出组建世界华人性学家协会的构想，得到大家的一致赞同。阮芳赋教授提议由吴敏伦担任首届会长，他自己担任监事长，笔者任副会长兼秘书长，彭晓辉教授任副秘书长，之后再逐渐完善组织人选。由吴敏伦教授负责世界华人性学家协会在香港的登记注册工作。2008 年 1 月，世界华人性学家协会成立大会暨首届学术会议在深圳市青青世界召开，世界华人性学家济济一堂，阮芳赋、晏涵文、文荣光、何春蕤、林燕卿、马晓年、潘绥铭、李银河、陶林、邓明昱、彭晓辉、钟涛、张玫玫、刘雅格、方刚、黄灿、杨明磊、王耀堂、李文晶等参会，中国性学会的元老刘达临、徐天民、王效道、薛福林、曹兴舞等都亲临大会。此后在台湾、广州、成都、香港、杭州、深圳等地还多次召开大型学术会议，在性学界产生了深远影响。吴敏伦教授于 2012 年在杭州会议上卸下会长的重担并转交给我。回顾近十年世界华人性学家协会的发展历程，吴敏伦任会长期间无疑是世界华人性学家协会最为辉煌的时期。

7. 著书立说光耀百年

2012 年，香港大学庆祝建校 100 周年，医学院图书馆展出该院评选出的 100 年来由该院教师出版的 10 本最重要的著作，其他上榜教授都只入选一本，唯独吴敏伦有两本入选：《新千禧年代的性》及《性禁忌》。《新千禧年代的性》则意义更为重大，该书不但是完整发表性权宣言的第一本著作，还包含了很多珍贵的性学文献，甚至包括吴敏伦对婚姻制度的新看法以及他与吴阶平合写的中国性学史。这些都成为非常难得的历史文献。香港大学是香港历史最悠久的大学，因治学严谨而闻名，能够在这样的大学立足已经不易，更何况在百年十佳图书中一人独占两本，实在是让人叹为观止。客观公正的港大百年佳作评选，上榜就是中举，独占鳌头就是状元了。

真人吴敏伦

“千教万教教人求真，千学万学学做真人。”这是当代教育家陶行知先生的金玉良言，他希望青少年要学和要做真人。什么人是真人呢？表里如一，实话实说，襟怀坦荡和性格率真的人。如果更进一步讲，就是人格独立者，古有陶渊明，近有马寅初。如果再进一步阐释那就是著名学者陈寅恪所说的“独立之精神，自由之思想”。陈寅恪认为独立精神和自由思想是要以死抗争的。这是学者精神。在我所认识的人中，吴敏伦就是这样的一个人，这当然也与香港的特殊社会环境有关，但关键还在于人。他不谙世故，他就讲他认定的道理和原则，对朋友也寸步不让。我喜欢他这种性格，简单明了，从不会拐弯抹角。我经常提倡学者之间应该是“学术是对手，酒桌是朋友”。在学术上讲一团和气哪还有学术风气呢？互相吹捧哪有学术进步呢？学者之间不必一团和气，要经常争辩，甚至永远不和，但这不影响做朋友，因为有人反对才能够更加看清自己，在批评之中才能进步。吴敏伦在学术严谨方面可谓苛刻，不会顾人情而随机应变，但日子久了，习惯了，就会认识到他的可贵之处。

我记得第一次去香港大学见他，事先约好了去他学校见面。当时已经是中午下班了，他带我到一个学生餐厅，要了两杯饮料，就坐下来谈我们的事情，几分钟就谈好了。其实就是我邀请他前往深圳讲课之事，我们就此分手。他连一句寒暄或挽留吃饭的话也没有，当时我还认为他是否过于敷衍了。后来我逐渐明白香港人对约定时间的重视与尊重他人和自己的礼节，以及对谈话有效性的追求等。大家工作都很忙，时间都宝贵，不能没事闲聊或应酬。后来他也请我到香港大学给大四学生讲了一堂性教育课，学术秘书让我拿出香港的通行证复印，我问这是为什么？她说证明你在讲课期间确实来了香港，以便发讲课费。我也第一次了解到香港大学财务管理的严谨和规范。

也许说到这里读者会问这些就能说明“真人”吗？当然不是，关键是敢讲真话，坦诚相见，不畏攻击和谩骂，坚定维护学术风气和科学的态度。一个人研究什么都好，就是研究“性”“不太好”，这个“不太好”，不是不好，而是有风险。社会对“性”没有真正理解，还是谈“性”色变。而且容易被歪曲和误解。“性”更容易与色情混为一谈，谈“性”者容易与好色之徒混为一谈。中国性学会的元老们经常说：“从事性学工作要如临深渊，如履薄冰。”言外之意要格外谨慎。吴敏伦教授的学术研究是格外谨慎的，但说话却是胸怀坦荡，言无不尽，“口无遮拦”的。这个“口无遮拦”不是随便乱说，而是不会遮遮掩掩，或口是心非。真人就是在这一点上最为重要。正因为这样，他也成为媒体追求的热点和新闻人物。我想误解自然也不少，最突出的是他的许多“奇谈怪论”。无论是谁听了这样的“奇谈怪论”都会反对、反感，甚至认为他是大逆不道，反对的人一定不少。其实我也未必完全苟同，甚至对有些观点也持反对意见，但我却希望能够谈一谈我对他谈这些问题的看法。例如他为什么要谈，他有什么利益或好处。他是知名大学的精神病学教授，收入颇丰，名利地位都有了，为什么还要去说这些可能受到误解、侮辱、嘲讽，甚至是谩骂的话题呢？满口的仁义道德，一肚子的男盗女娼者多见，道貌岸然而口是心非者多见，多少人都懂得民意难违，他这是何苦？正是因为如此，正是因为无利可图，我们才应该运用逆向思维，他为了谁？不为自己，那是为了谁呢？为了民众、为了受害者、为了未来社会？我们必须思考，这样才可能得出不同的结论，而非人云亦云，随波逐流。

媒体往往是一柄双刃剑，学者通过他们曝光、出镜和出名，但也会因此而受到误解或遭遇攻击。因为媒体希望生产“猛料”，有轰动效应，往往扩大新闻效应而将严肃的性问题娱乐化，为了博人眼球而成为“标题党”。而一些报纸、杂志、影视或网络媒体，很难发表完整的学术文章，这样就难免断章取义，误解了作者的本意，还有就是作者过于简短的言辞未必能够清晰表达自己想要阐述的问题，以致听众或观众误解了。更有听众或观众囿于特定的生活层面或知识水平，与学者不在一个频道上，甚至完全不能相互理解。所以保守者与激进者经常是互相对立的，难以调和的。然而社会在发展，人类在前进，与时俱进才是硬道理。

我先讲一个关于误解的小故事。十年前我参加广州性文化节，午饭后休息一个小时，我与两位女性计划生育宣传干部到会场楼下的小店洗脚。洗脚工两女一男，自然男孩给我洗脚。这个男孩不到 20 岁，看到我戴有性文化节嘉宾的胸牌便笑了起来，说：“性文化节！”一脸的怪异和讥笑。我身旁的女士说：“他是性学家，你有什么事可以问他。”他立即摆手说：“没有，没有。”表情是害羞的样子。过一会儿，我说：“我说一件事，如果你长大结婚了，生了一个女孩子，当她长到 17 岁，要外出打工，如同你现在一样。用工单位办一个免费的培训班，给外出打工的女孩作性教育培训，主要内容是如何交男女朋友，如何避免上当受骗，如何避免意外怀孕，有了困难如何求助？你愿意让你的女儿来学习吗？”他说：“还有这样的好事？”我说：“当然有，我们就是做这样的事。”这个故事说明一个道理，反感某事或某个观点的人未必是真心反对，经常是由于误解或作出了违心的回答。

为了解答吴敏伦教授经常提到的一些敏感性问题，我事先要申明几点：①他是香港人，香港的社会制度和法律都与内地不同，也就是说深圳和香港的语境是完全不同的；②专家说的话是他自己的观点或研究的结论，只是理论探讨，而不是必须要去实施的决定；③专家的言论最多只能供政府在形成决定时作参考用，而非决策，政府有最终的决策权；④个人听了专家的意见之后，怎么办？如何生活？这要自己作出决定，专家并不负责。有一次我们开研讨会，也提到离婚的问题，有学员问我怎么看待离婚问题，我认为："生活方式是自己选定而不是他人强加的，法律是道德的底线，不是上限。个人的道德和社会的伦理才更加重要。关键是自己怎么看，更不能为赶时髦便放弃自己满意的婚姻生活。"

爱人吴敏伦

对吴敏伦在性学上的贡献，我们可以说有些连篇累牍了，现在言归正传说说他们夫妇的爱情故事。以往夫妻之间都互称"爱人"，给别人介绍的时候也常说"这是我的爱人"，这样的称呼现在越来越少了。我还是倡导用"爱人"。中国人都比较内敛，我们崇尚谦虚，吴敏伦教授在其他方面都可以做到，就是在爱情方面当仁不让，有时似乎还"王婆卖瓜自卖自夸"，我这不是贬低他而是描述他炫耀自己的爱情时那幅悠然自得的样子，颇有些孩子气。吴敏伦自认为他对性学研究的贡献似乎还比不上他本人的爱情历程，其实他的爱情之路也就是性学之路的实践过程。他毫不讳言，说自己是"爱情冠军"。其实我个人也认为性学研究或临床治疗只要下功夫和负责任，很多人都可以做到，但爱情浪漫与和谐一定是凤毛麟角。如果一位性学家敢炫耀自己的爱情，我是由衷敬佩的，这不仅是难能可贵，而且是信心百倍，极度自信才可以。影视名流中太多人是不久前还秀恩爱，不久后就分手。粉丝都有种被愚弄的感觉，这也难责怪他们，对于外遇，配偶总是最后才知道。我也认为如果不拿出点篇幅介绍他们的爱情成就也有些对不起他们夫妇的爱情贡献。

爱情和性是分不开的，吴教授的性学特点是他谈性或做性治疗工作时，一定不会忘却爱情那一部分，也就是不会将爱情和性割裂开来，而且都有他独特的理论和方法。我从30年前就从事性与婚姻治疗，非常认同吴教授的学术观点。性与爱情（婚姻）犹如硬币的正反两面，缺一不可。在《性禁忌》和《新千禧年代的性》中有关婚姻制度的文章便是例子。此外，他谈爱情，很敢于用自己的爱情婚姻生活来作示范，而这在性学或爱情学界中是绝无仅有的。

吴敏伦教授从事性治疗和婚姻治疗 40 年，而自己的婚姻家庭安稳如山，浪漫如诗，不能不说是传奇。在 2011 年和 2014 年，吴教授写了两本他的爱情传记，一边秀恩爱，一边讲性爱。其实都是爱情教育。第一本是《至性情书》，讲述他与妻子徐梅婚前分隔两地和在战火背景下的苦恋与笔墨之情，出版时在香港会展中心举行了新书发布会。我应邀参加，他们夫妇的亲朋好友都前来助阵，分享他们的爱情故事。第二本是《我们是这样相爱到老的》，该书主要描写吴敏伦与徐梅婚后 40 多年来与日俱增的浓情蜜意，告诉人们他们如何可以做到这样浪漫，这样美好。新书出版之后我们在深圳银湖宾馆举办了“中国幸福家庭大讲堂”暨吴敏伦新书发布会，听过讲座之后听众排起长队分享他们的爱情故事，吴敏伦签名签到手软，可是他内心却充满了快乐。

我们在不断拓展吴敏伦教授的爱情示范工作的同时，吴敏伦和徐梅女士的爱情也在与时俱进。他们的两本爱情书籍的影响越来越大，真的从香港走向了世界。《至性情书》出版还不到一年，在 2012 年情人节，香港世界贸易中心邀请学者评审选出古今中外十大经典浪漫情书来做展览，吴敏伦和徐梅的《至性情书》成为入选图书。同时入

选的还有徐志摩的《爱眉小札》、"苹果教主"乔布斯与爱妻的情书、"海角七号"小岛友子的情书等。吴敏伦夫妇作为当代人获此殊荣难能可贵。获得香港十佳的吴敏伦夫妇还在热度未减之时，就马不停蹄地走向世界的爱情舞台了。吴敏伦的情书、情史和情爱理论，很快便得到世界的认同。2012 年末，比利时出版社 LENNOO 筹备出版《世界爱情汇编》，邀请 50 个国家的 100 位学者，每人写作 1 000 字，发表对爱情的最新理论和发现，吴敏伦是唯一受邀并入选的中国学者，他投稿 1 000 字后，编辑还嫌不够，特别要求增加到 5 000 字。2013 年 9 月，《世界爱情汇编》新书发布会在布鲁塞尔举行，吴敏伦夫妇与一位德国学者同时被邀请到会，代表《世界爱情汇编》的全体作者做主持，并在第一届世界爱情大会中作主题演讲。之后还到附近的几个国家巡回作爱情专题演讲，开爱情工作坊，接见新闻传媒等。现在邀请吴敏伦教授讲爱情理论的单位比请他讲性学理论的单位更多。看来真正美好的爱情是稀缺资源，而外媒还给了他一个新名号"爱情世界冠军"。我也认为他们是实至名归的，就让我们给这个我们引以为荣的华人性学大师、爱情大师奉上这个实至名归的特殊贡献奖吧！

情人徐梅

谈到吴敏伦教授的爱情自然要介绍他的夫人徐梅女士。我认为情人至少是有情有义之人。我对徐梅的第一印象并非来自与其见面而是他人介绍。上海一位做婚姻家庭研究的徐教授告诉我，吴敏伦的太太是非常好的人，为人善良、大方，言语中充满羡慕和敬意。而另一位中国性学界的元老谈到吴敏伦教授的夫人时不无遗憾地说："吴敏伦教授的太太是位家庭妇女。"（当时内地说"家庭妇女"就是指没有文化和没有工作的女性）似乎对吴敏伦教授找个家庭妇女而感到不可理解，这也给我留下了一个深刻的印象。我第一次正式见到吴敏伦夫人徐梅女士是因为去香港邀请吴教授到康宁医院做讲座，我们还在大门前合影留念。她温文尔雅、和蔼可亲，令人难以忘怀。1998 年在韩国首尔召开亚洲性学大会，国内刘达临、朱积川、李顺伟等著名学者都到会。世界性学会主席艾利·克莱曼也受邀到会，让会议氛围更加隆重。吴敏伦夫妇也前来参会。他的论文是《我如何处理心因性阳痿的病人》，而我的论文是《氯丙咪嗪治疗早泄》，我们的论文都是大会发言稿。在大会学术交流快要开始时，我看到吴敏伦的夫人徐梅女士背起一个画板，像个中学生一样外出离开会场，这是我第一次对画家徐梅产生的印象。作为会议礼物的纪念杯就是美国辉瑞制药厂赞助的大玻璃杯。在那届亚洲性学会上，我再次和徐梅女士合影留念。这是她少有的穿西服正装出现在公众场合。

第十四届世界性学大会于1999年8月23—27日在香港会展中心举行，吴敏伦教授担任大会主席，全国人大常委会副委员长、中国医学科学院院长、著名的泌尿外科权威吴阶平教授也欣然前往作专题学术报告，并担任大会执行副主席。我报到时又见到了徐梅女士，起初还误以为是普通的会务工作人员，她积极协助丈夫做好大会的服务工作，尽心竭力，也让我感到惊讶！真是夫唱妇随。其实这次性学大会在几年前已经确定了时间和地点，可是开会前夕发生了席卷全球的金融风暴，香港受其冲击尤甚。很多原来承诺资助此次大会的商家也都打了退堂鼓，或者削减了资助力度，甚至根本无力参与了。这让如期举办此次盛会遭遇了寒冬。此时吴太太成了支持丈夫性学事业的中流砥柱，她承诺如经费不足宁肯自己补贴也要成就这样具有历史意义的性学盛会。好在大多数学者都如约赴会，而且会议代表众多，收支基本持平，没有造成太大的赤字。这也在朋友圈中传为佳话，再一次证明了“成功的男人背后都有一位促其成功的女人，反之亦然”。

我于2000年参加在日本神户举行的亚洲性学会时又遇到吴敏伦教授，他与妻子同行。会议当天，他开他的会，他的妻子背上画板又外出采风了。看到这一幕，我在思考职业妇女和家庭妇女之间的差异，一个是有工作，一个是没工作，这个差别是存在的，但是也许都有文化，也许都没文化，但哪个更好呢？当时我并不知道正确的答案，我只知道你必须养得起太太，因为她没有工作，但她可能很有文化或修养，包括艺术。在我熟悉了吴敏伦夫妇多年之后我才有了更加正确的答案，不能用“家庭妇女”，该用“职业太太”来形容徐梅女士。我在深圳工作，很多女性并不上班，参加各种各样的学习班，她们也很有钱，介绍自己时都自信地说“我是全职太太”。我就郑重其事地告诉她们，我希望你做“职业太太”，而不是“全职太太”，所谓“全职太太”就是根本不上班，自己在家，也许是为了相夫教子。但我宁愿用“职业太太”就是受了徐梅女士的启发，认为全职是英文 full time 与 part time 的区分结果，也就是全天或部分时间。我认为妻子可以做成“职业水准”的妻子，也可以是“业余水准”的妻子，关键不在是否为全职，而应该在于是否敬业和专业，也就是将妻子的身份做成一种职业，以敬业的精神去从事妻子的岗位工作。从这一点看，我认为吴太太做到了，而且树立了标杆。香港的工资较高，内地工资没有改革的时候，香港教授每个月的工资都在10万港币以上。香港人早就懂得理财，买股票、买楼房等。吴敏伦是不会理财的，将全部收入交给妻子。而妻子能够让这些“死工资”增值。我其实有点书呆子，对赚钱没有太大兴趣，但也受到她的教育，有些反思。有一次到吴敏伦家，那是香港中环地区的一座楼宇，大约150平方米，听到吴教授说起之前在房屋升值到最高点位的时候，吴太太决定将房子以2 000多万港币卖了，然后在同一楼宇内的不同楼层租用一套相同面积的房屋，等到该楼盘的价格跌入低谷时，他们又买回一套一模一样的单元房屋，只是楼层不同而已。里外一倒手，她就赚了近千万。这样的例子我当然只听过一两次，因为我与吴教授主要是谈学术，但这样的事情吴教授却也时常娓娓道来，因为他也为妻子感到自豪和荣耀。他经常说：我的钱交给她管，她挣的钱比我多。但不是有钱交给妻子就都能够赚钱，他的一位朋友也学他将钱都交给妻子管，自己独享清闲，结果事与愿违，将全部家当都赔了进去，还不能按时退休，房子还要还贷款，生活更加清苦。说到这里，他多少有些沾沾自喜，但我却暗自庆幸，不懂理财也好，至少不会赔钱，有退休工资还是可以过安稳生活的。

前边提到，吴太太经常趁吴教授开会之机外出写生或采风，自然是画家了。多数人以为那是如同老年大学一样画画玩玩，而徐梅女士并非那样的等闲之辈。她平时喜欢画油画，早年接受过专业的学习和训练，但她绘画的目的本身就是陶冶性情，没有任何名利思想。她经常为朋友和亲戚画肖像画或风景画，只要他们喜欢便随意送给他们留作纪念。她平静地画着，时间慢慢地流逝。常言道：是金子总会发光的。这一天终于来到了。吴敏伦所在的香港大学精神病学系从美国聘任一位精神病学家邓先生任精神病学系教授。当这位邓教授看到一些教员的办公室墙壁上挂的油画时感到很惊讶，这么精美的油画怎么会如此随意地挂在墙上呢？这些具有较高艺术水准的油画出自谁的手？一经询问才知道是吴教授的太太随意而作。这让他感慨万分，定要一睹芳容。到了吴教授家，见了徐梅女士，更让其肃然起敬。他回到办公室与吴教授商量，应该让她的艺术作品与观众见面，不能埋没了她的艺术成就。这可让吴敏伦犯

了难。因为徐梅女士历来低调，不喜张扬，她就是自享其乐，乐在其中，油画送人也是助人为乐。她的画是宁肯养在深闺人未识，也不愿意一朝选在君王侧，抛头露面。如果让她做画展就一定要经过她的同意。吴敏伦知道徐梅女士的性格，如果事先让她知道，十有八九是没有希望成功地举办画展的。经过两位教授绞尽脑汁的思量，他们决定利用吴敏伦与徐梅纪念结婚30周年的机会举办徐梅油画展，让亲朋好友欢聚一堂。正当他们私下进行筹备时，徐梅女士还是听到了风声，她还是认为不妥，这样不会让她感到愉快，只觉得很勉强。经过大家反复商量和劝慰，最后才达成协议将画展开办成义卖画展，将所得款项全部捐给香港大学作为性教育基金。这样的理由足够冠冕堂皇了，徐梅女士便也欣然同意。算是侧面支持了丈夫热衷的性教育事业。开办一次画展当然不容易，一时间哪有那么多画呢？他们号召收藏过徐梅女士画作的人士共同参加这次画展和义卖。可以只是展出，也可以义卖。同意义卖的徐梅再另画一幅作为补偿。因为吴敏伦夫妇正式邀请我们夫妇共同参加这次婚庆典礼和画展，让我们倍感荣耀，也进一步领略了徐梅女士的艺术风采。艺术巾帼不让学术须眉，他们不仅是郎才女貌的一对，而且才貌双全，珠联璧合，堪称一对完美的艺术家夫妻。有几幅极具青春气息的肖像画给人留下了深刻的印象，十几年过去了，一幅蓝色衣服的青年女性肖像画至今留在我的脑海之中，心理学上将其称为“印刻”，确实是历历在目，久久难忘。展览结束之后，她将所得的67万元港币捐献给香港大学性教育基金会，让这次结婚纪念和画展活动圆满落幕。也让与会者再一次见证了爱情与艺术的相辅相成的浪漫关系。这次活动之后，我们来到吴敏伦夫妇的家里，徐梅女士问我要什么画，一方面我不能轻易获取她如此名贵的画作，另一方面也觉得受之有愧。我看她非常有诚意，就选择了一幅小画——《四只小狗》，画中的小狗描绘得惟妙惟肖，每根毛须都清晰可见，非常逼真，这是油画的技法。她问我为什么要这幅画，我说这四只狗，睁一只眼，闭一只眼，要不然就全闭上。选对象时要睁大眼睛，看个明白，结婚后要学习这些狗，对爱人的缺点要睁一只眼，闭一只眼，不然就全闭上眼。这样就容易相处了。她笑了，也算是知音吧！她将画送给了我们。至今那幅画还挂在我家的墙上。

艺术家未必要配艺术家，但至少要配艺术欣赏家或艺术评论家。吴敏伦教授其实本质上也是一位艺术家，中学时就组建乐队，到考大学时才不得不解散，无论是唱歌还是拉小提琴都是一流。我对歌唱和音乐不在行，对吴敏伦歌唱能力的认识是在世界性学大会期间在维多利亚港湾举行的邮轮酒会上。当时大家喝鸡尾酒，吴敏伦唱了一首英文歌，引来阵阵掌声与喝彩。一首歌足以窥见他的演唱功底。几年后，在深圳举办学术活动之际，我请吴敏伦夫妇、阮芳赋教授等到蛇口码头附近的“海上世界”参观游览。当时小型的艺术广场上有很多人，大家都在喝啤酒和聊天。一个小型的舞台上有一把小提琴，我就请吴敏伦试一试。他走上台去，随意拉了几下，可谓未成曲调先有情，乐音一下就将几十人的目光吸引住了，大家这才反应过来，顿时报以热烈的掌声。吴敏伦全情投入地拉完一首曲子，大家起立鼓掌，表示敬意。这让我又一次见识到了吴敏伦教授的音乐天赋。

爱情9·19，中国爱情日 扫码更精彩

随着我与吴敏伦夫妇的深入交往和对他们爱情故事的了解，引发了我作出一个重要的工作决策调整。我认为当今中国人讲爱情容易，有爱情容易，维护爱情不容易，而且如今有些年轻人似乎并不相信爱情，有些人，甚至有些爱情专家和性学专家都断言婚姻即将消亡，他们热烈地探讨未来的不婚社会，似乎那更加值得期待。值此之际，我认为展示爱情比诠释爱情更加重要，身教胜于言传，要让青年人懂得有真正的爱情还存在，爱情需要经营而不是坐享其成。吴敏伦夫妇就是现成的爱情典范。

吴敏伦和徐梅的爱情故事在香港可谓家喻户晓，吴敏伦作为性学家，在性教育、性医学和性社会学方面多有建树，所以自然有人关心他的夫妻生活。性学家在性方面如何呢？这自然是热门话题。吴敏伦也经常成为媒体的焦点、新闻的热点。如果要简单地概括吴敏伦对性的观点，可以说是严于律己，宽以待人。他严格地恪守一夫一妻制，没有外遇与绯闻，但却用较为开放的态度对待他人。在谈到他自己为什么没有外遇或婚外情时，他会说我未曾遇见比徐梅更好的女子，如何能够有婚外情呢？我享受婚内情还享受不过来，哪有时间去搞婚外情呢？当其他人在为婚姻是爱情的坟墓而悲伤之时，他却说自己的爱情比初恋之时还好上一百倍。也许有人不信，但不管你信不信，他们自己坚信，而且走到哪里说到哪里。他们就是陶醉在他们自己的“爱情桃花源”中。难怪著名的性学家阮芳赋教授曾正式地说：“吴敏伦与徐梅的爱情是千万分之一。”而吴敏伦更倾向于毫无顾忌地说他们的爱情就是“唯一”，而不是“之一”。也许他们在爱情方面太骄傲了，也许他们没有丝毫谦虚，但如果接触久了，人们就会逐渐发现他们说的都是真话。如果说在爱情的悲壮或曲折离奇上，吴敏伦夫妇未必首屈一指，那么在和和美美、甜甜蜜蜜、水乳交融上，他们的爱情似乎无人匹敌。当代中国人说到爱情无法回避徐志摩、林徽因、梁思成、金岳霖，他们的爱情故事非常值得

研究，也可以用于爱情教育，但我认为他们的爱情不是完美与和谐的，因为只有林徽因成为这种爱情的掌控者。16 岁的她对于爱情的认识就是理性战胜感性，她爱徐志摩，但不忍心伤害他的妻子，也知道与他结婚未必会有完美结局，而是将步他妻子的后尘。她理智地选择了梁思成，真诚而不浪漫，但又对金岳霖逐渐产生好感，几乎移情别恋了，当她大胆地向梁思成表明自己同时爱上两个人时，梁思成却将爱人之爱当作至爱，给她自由，让她自己决定。梁思成的高风亮节感动了正人君子的金岳霖，他沉痛地说出了“梁思成是真爱你”。他不忍心伤害梁思成，主动退却了，将真爱埋在心中。难怪林徽因去世后金岳霖曾请人吃饭，大家问其缘由，他说今天是林徽因的忌日。可见金岳霖更加重情。徐志摩、梁思成、金岳霖三个才华横溢的男人围绕林徽因坎坎坷坷，惊心动魄、提心吊胆地过了一生。徐志摩得到了心，未必得到人；梁思成得到了人，没有得到心；金岳霖没有得到人，也未必得到心，却一生痴情于林徽因。所以我认为这是爱情研究的经典案例，错综复杂。而吴敏伦却说他和徐梅的爱情胜过徐志摩、林徽因、梁思成和金岳霖，“他们的爱情故事尽管感人，但他们是失败的爱情故事，而我们是成功的爱情故事，所以我们为我们的爱情而骄傲”。的确如此，惊心动魄的爱情才能够吸引人，罗密欧与朱丽叶的爱情，林黛玉与贾宝玉的爱情都以悲剧感人，但那样的爱情却是折磨人的，也无法进行爱情教育。甚至对美国心理学家弗洛姆的爱情理论，吴敏伦也颇有微词，他不赞成爱情完全是学习和奉献的清教徒式的爱情，他更加强调爱情的自由和快乐，而弗洛姆本身的爱情也不具有示范性，看来都是说起来容易，做起来难。

我研究爱情多年，对于世界上多种爱情理论也比较熟悉，但在婚恋教育和婚姻治疗之中，我越来越感到爱情说教的无力，当下的年轻人对于所谓的爱情故事已经麻木了，他们不幻想灰姑娘式的浪漫爱情，对于婚前性行为也能够接受了，在这种婚恋环境和市场婚姻的现实情境之中，如何看待爱情和倡导爱情以及进行婚恋教育，我经过认真的思考后得出结论，我们缺乏的是真实美好而又可以公开的爱情故事。我们不能再用历史上那些过时而又真假难分的爱情故事来教育当代的年轻人，必须与时俱进。吴敏伦和徐梅的婚姻和爱情故事就是当代的经典爱情，因为他们的爱情故事具有真实性、传奇性、预见性、创造性、丰富性、哲理性和示范性。我们完全可以将他们的爱情故事用于爱情教育，这是我们现今社会的稀缺资源，人们不相信爱情，那我们就要让他们看到真实的爱情，让他们看到爱情的希望。吴敏伦教授是中国最早研究爱情的专家之一，不但因为他是精神病学家，懂得弗洛伊德的爱情理论，而且因为他是性治疗专家，在婚姻框架之中进行夫妻之间的性治疗，所以他是最为深刻的爱情理论专家。无论是情爱、性爱还是仁爱都了然于心。我最近几年只请吴敏伦教授和徐梅女士讲他们的爱情故事而不是一般的性教育和婚姻治疗。他们将他们认同的爱情理念融入生活之中，让我们能够寻找出性与婚姻治疗的脉络。他们是在用真实的生活诠释他们的爱情理论。

吴敏伦和徐梅的爱情故事逐渐被深圳人知晓，在婚恋咨询和教育工作中起到了推动作用。深圳市计划生育协会在深圳大学开展青春健康（性教育）活动时，我们邀请了吴敏伦夫妇前往，作爱情专题讲座，结果近三百人的教室座无虚席，过道走廊都挤满了大学生，无论是学生会还是心理咨询中心的老师都对他们的讲座给予高度评价。每年一次几乎成为惯例。这也推动了我们与深圳大学心理咨询中心的合作，让大学生自己做有关爱情的科研课题，增进他们对现代学生爱情现状的理解，为爱情教育提供更加具有针对性的依据。富士康科技集团是中国唯一一家在超大型外资企业成立计划生育协会总会的企业，有近百万员工。吴敏伦教授也是第一位到富士康婚恋研讨会上作爱情教育的香港专家。我们在深圳市富士康专门召开了婚恋教育研讨会。有一次我和吴教授谈到爱情主题时，我提出爱情就要有“久”的概念，认为人们期望爱情能够天长地久，但要做到很困难，所以必须要有个易记的标志来使人不忘进修爱情，我说选择9月19日作为爱情日如何？这样比较好记，中国人都愿意将爱情赋予美好的寓意，如同选择良辰吉日结婚一样。其实我提出9·19是因为我喜欢9，中国人认为9就是“久”的谐音，我的手机号最后三位就是9·19。结果吴敏伦教授立即说“9·19好呀！我的结婚纪念日就是9月19日”。我才想起多年前他们举办结婚35周年纪念庆典的日子就是9月19日。这真是一种巧合，大家都爱9，可他们选择结婚的日子是四十多年前。后来我解释“爱情9·19”的意义时说，“爱情9·19”的谐音就是爱情久又久，爱情救一救，爱情就要久，爱情就要救。目的就是要提倡爱情教育和爱情咨询，长久是爱情目标，教育和咨询是具体的措施。这个解释得到了吴敏伦和阮芳赋两位教授的一致肯定。我们当即决定今后每年阳历9月19日就是“中国爱情日”，用以倡导爱情教育和开展婚恋咨询。

2014年9月19日在深圳市中心书城，深圳市计划生育协会为吴敏伦和徐梅夫妇举办了盛大的“爱情9·19”庆典活动，在他们结婚43周年纪念日当天作爱情巡讲，将这次深圳爱情宣讲作为布鲁塞尔爱情巡讲的延续。这次活动可谓盛况空前了，我们为吴敏伦准备了小提琴，为徐梅准备了钢琴，吴敏伦夫妇还从香港带来了多幅油画。活动在深圳市书城南区大看台如期举行。这次活动事先作了广泛宣传，民众对于爱情主题的演讲一向青睐。我作为深圳市计划生育协会常务副会长主动要求主持这次结婚周年庆典。在简短介绍了活动背景之后就由吴敏伦教授唱主角。他的精彩演讲让观众享受了视觉和听觉的爱情盛宴。尤其是他们传奇的爱情故事，那么多精美的照片，再配上欧洲爱情巡讲的精彩视频片段，让观众如醉如痴。在演讲临近尾声时，吴敏伦拿起了小提琴，徐梅女士端坐在钢琴旁，全场鸦雀无声，大家期待他们琴瑟和鸣的一曲，他们合奏了一首《月亮代表我的心》和一首《奔放的旋律》，演奏完毕观众报以热烈的掌声。演讲结束之后，观众提出很多有趣的问题，他们都一一解答。很多观众久久不愿离去，欣赏徐梅女士的画作并且拍照留念。这次活动给各界留下了良好的印象，“爱情9·19”活动也有了良好的开端。吴敏伦和徐梅的爱情故事一时也成为社会美谈。

2015年底我已经退休了，但“爱情9·19”活动每年还照样举行。以习近平总书记为核心的党中央高度重视家庭文明建设，注重家庭家教家风。国家卫生和计生委员会也高度重视这项工作。2017年深圳市卫生计生委委托深圳市性学会举办以家庭健康为主题的大型学术活动。最后我们决定在深圳市体育健康大讲堂会场举办中国爱情婚姻家庭讲坛。这是一次有市政府和主管局参与的高规格的学术活动。我们除了邀请吴敏伦和徐梅女士作为主讲嘉宾继续讲述他们的爱情故事之外，还邀请了来自台湾的晏涵文和李兰夫妇和国内著名的婚姻家庭研究专家陈一筠教授前来助阵。开幕式上，我们邀请吴敏伦和徐梅，晏涵文和李兰夫妇共同坐在主席台上，这也许是中国大型学术会议上让夫妻共同在主席台就座的先例。我们就是要弘扬家庭文化，赞美和歌颂美好的爱情，让吴敏伦和徐梅又一次在深圳公众面前展示他们的爱情故事，让年轻人有学习的榜样。吴敏伦和徐梅女士有很多亲友和粉丝都前来助阵，聆听他们的爱情故事。我也为他们能如此欣赏吴敏伦和徐梅女士的爱情故事而感到喜悦。我们夫妇和吴敏伦夫妇相识20多年了，更多的是学术上的交流，但可喜的是我们共同创造了“中国爱情日”这个可以不断延续的节日。吴敏伦和徐梅女士通过他们积极的、阳光的爱情理念和实践促进了中国青少年爱情观的健康发展，而将他们自己的结婚纪念日演变成“中国爱情日”更具有与时俱进的新时代使命感。让我们赞美和歌颂他们的爱情吧！让“中国爱情日”深入人心，成为美好爱情、婚姻、家庭的民族象征。

时间飞逝，2017年即将过去了，而吴敏伦和徐梅的爱情故事《蜜室：性学大师吴敏伦伉俪的爱情与艺术人生》也即将出版，该书的作者黄灿先生是一位资深的油画家、美学家、艺术理论批评家、诗人、性学家，岭南原生艺术研究中心副主任兼秘书长，也是世界华人性学家协会性文学艺术专业委员会主任委员，新版《中国性学百科全书》性文化门类副主编。黄灿先生特立独行，才华横溢，多元化发展，在诸多领域成就斐然。他为撰写吴敏伦和徐梅的爱情故事可谓呕心沥血，经常废寝忘食，通宵达旦。他就是这么一个怪人，我能够理解，但无法学习，这是他的天才之处。他才思敏捷，动辄洋洋洒洒几十万言，已出版有关性学、文化学、人类学、社会学、心理学、艺术理论及历史研究等方面的14部学术专著和文学作品，可是他写作这本传记文学作品却前后用了整整6年时间，其中艰辛，可想自知。黄灿承诺为吴敏伦夫妇撰写爱情故事之始，我就对他寄予厚望，认为将这种真实而美丽的爱情故事通过他客观的描述和文学性的演绎奉献于社会，是对人类爱情研究的巨大贡献！

2018年2月26日于深圳

【作者简介】陶林，精神医学主任医师，大学兼职教授。曾任深圳市康宁医院副院长、深圳市计划生育服务中心主任、深圳市计划生育协会常务副会长。社会兼职：北京大学医学部性学研究中心研究员、深圳市医学继续教育中心兼职教授、世界华人性学家协会会长、中国陶行知研究会青春期教育专业委员会理事长，中国性学会常务理事、性心理专业委员会副主任委员、青少年性教育专业委员会副主任委员、中国心理卫生协会委员兼性心理健康专业委员会副主任委员、广东省性学会副会长、深圳市性学会会长、深圳市医学会性医学专委会主任委员、深圳市心理咨询师协会会长、深圳市婚姻家庭研究会常务副会长。

后记

列夫·托尔斯泰在《安娜·卡列尼娜》中写道："幸福的家庭总是相似的，不幸的家庭却各有各的不幸。"然而，我却觉得是："不幸的家庭都是相似的，幸福的家庭却各有各的幸福。"因为对于不幸的人和家庭来说，他们都要一样未能达到理想和幸福的彼岸，或多或少带有一定的悲剧色彩；而幸福的人或家庭却各自有着各种自己的幸福，因为人们对幸福的理解和感受不同，而幸福的表现形态也是百花齐放，呈多元化。那么，幸福究竟是什么？也许有人认为是足够的金钱，或者是显赫的权力，或者是辉煌的荣誉。但当一个人真的得到这一切的时候，可能随之而来的并不是幸福，而是无穷无尽的烦恼。罗素认为，"人类幸福的本质是很简单的"，幸福的获得，在很大程度上是由于消除了对自我的过分关注。因此，"一箪食，一瓢饮，在陋巷，人不堪其忧，回也不改其乐"。

然而，欲望与焦虑将伴随人的一生，正如弗洛伊德所说："人类是充满欲望并受欲望驱使的动物。"在现代社会中，欲望的扭曲、自我的迷失和自我的分裂往往是痛苦和悲剧的根源。因此，对幸福的享受和体验又与自我的发现、自我的创造紧密相连。米歇尔·福柯将自我塑造、生活创造和生存技术看作现代生活的准则。他认为，使人的生存具有风格，也就是生活艺术化，才是真正的道德："作为服从规则的道德理念正在消失……而填补这一道德空白的是与艺术相应的生存美学。"因此，他极力倡导一种自由的生活方式，他所谓的“生存美学”，就是他的人生态度，独立自主，不甘寂寞，渴望改变，追求进步，造就艺术的人生。事实上，做人本身，就是体现艺术创造、实现审美生存的实践过程。

作为一种生活理念和社会理想，生活的艺术化在文人、艺术家中间大规模流行是在19世纪的欧洲。法国和英国的唯美主义运动推波助澜，给了它大规模传播的可能。就英国而言，当时著名的批评家、艺术家、文学家佩特、莫里斯、王尔德对生活艺术化都有生动的阐述，还有众多的通俗艺术家、文人和妇女也在音乐、绘画、园艺、装修、通俗读物、生活起居等各个方面倡导并实践生活艺术化的理念。

随着现代文明的推进，在感官的物化与欲望的商品化背后，传统的生活模式悄然分崩离析，日常生活的审美化逐渐成为一股不可逆转的潮流，人们向往一种更加人性化、主体化和艺术化的自由生活。正如福柯所指出的，“生活艺术”是自由主体的表现形式，“让他的生活成为一种技艺的对象，让他的生活因此成了一种十足的作品”。而且，“他将他的身体、行为、感觉和情感，以及他的全部存在，变成一种艺术品”。

人偶然地来到这个世上，又匆匆地离去。在短暂的一生中，有几多欣喜和情爱，就有多少痛苦和磨难，有绚丽的画卷，精彩的插曲，也有灰暗的阴影，破碎的音符，有的被忽视，有的被强化，有的被遗忘，也有的被世人津津乐道，成为永恒的记忆。在现实生活中，人们生活着，快乐着或痛苦着，在生活艺术化的过程中以主体的身份体验着美感。朱光潜认为，“艺术的生活也就是情趣丰富的生活。……所谓人生的艺术化就是人生的情趣化”。而人生艺术化所体现的恰恰是一种生存智慧、生活情调，所激活的是主体的创造才情，所指向的正是高扬主体精神的更具有理想色彩的人生。令人欣喜的是，这种人生的艺术化在本书的主人公吴敏伦夫妇的精彩人生中得到了充分的展示和出神入化的演绎。

那么，我为什么要写这本书？也许有人认为，因为这对夫妇一位是性学家，一位是艺术家，而我恰恰既是性学从业者又是艺术从业者，这样一来，在写作过程中，或许会对他们有更多、更深刻的认识、理解和感悟。事实上并非如此，我之所以要写这本书，是因为他们的爱情故事感动了我，他们的艺术人生启迪了我，他们的人格魅力吸引了我，他们的人生理念激励了我。因此，我才会萌生出写作本书的冲动和意念，才会有本书的诞生。而且我相信，每一位细心的读者都能从这本书的字里行间，更确切地说，是从吴敏伦夫妇的旷世奇缘和流光溢彩的艺术人生中感受到爱情的力量和生命的价值，领略到名人的魅力和风采，体验到高尚情感和绝妙艺术的陶冶，受到良好

的教益和深刻的启迪，寻找到自己的性福之路，以及开启幸福之门的钥匙。

记得我第一次见到吴教授，是在2005年11月5日广东省性学会第九次性学年会上，当时与他有过极其简短的交流，并一起合影留念。作为一位国际性学大师，他丝毫没有人们所想象的那种盛气凌人和高不可攀的架势，而是虚怀若谷，平易近人，给我留下了十分深刻的印象。

其实，早在2004年，我与吴教授就有过“神交”。当时，我的第一本性学研究专著《禁果真相：女阴文化研究》刚出版不久，通过香港新风出版社社长向楚新先生向吴教授呈上一册求教，并请求他为我刚脱稿的另一本72万字的性学研究专著《妓女研究》作序，我有些诚惶诚恐，觉得实在有些冒昧和唐突，没想到的是，他居然在百忙之中为一个素未谋面的后学的拙作赐序，使我十分感激。

几年之后，一个偶然的机会，我又一次见到了吴教授。2007年2月4日，受陶林教授的热情邀请，国际著名性学家阮芳赋教授和吴敏伦教授来深圳讲学，我有幸聆听了他们的讲座，并一起参加了晚宴，席间，吴教授和蔼可亲而又不失风趣，他那温文

尔雅而超然大度的气质，使我加深了对他的印象。

2007 年 7 月 21 日，为了筹备成立世界华人性学家协会，在阮芳赋教授的精心策划下，召集了国内外几位著名性学家在深圳大梅沙的梅沙宾馆内举行了一次小型的筹备会议。这一次吴敏伦的太太徐梅女士与他随行，这是我第一次见到吴太太，她那朴素清新的形象和随和大方的性格给我留下了十分深刻的印象。那天傍晚，在夕阳的余晖里，看到他们像一对热恋中的年轻人那样手挽着手，漫步在银色的沙滩上，深感爱情的神奇和魅力，对他们这对恩爱的夫妇加深了感性认识。

2011 年 8 月 21 日至 24 日，世界华人性学家协会第三届学术年会在四川成都郫县举行，作为该会的会长吴敏伦偕夫人一同莅临此会，我也有幸参加了会议。会议结束后，会务组组织我们去成都市号称“西蜀第一街”的锦里游览。锦里以川西民居风格建筑为主，布局井然有序，酒吧娱乐区、四川餐饮名小吃区、府第客栈区、特色旅游工艺品展销区错落有致。我陪同吴敏伦夫妇饶有兴致地品尝了成都著名的“秦妈火锅”之后，一起游览了热闹非凡的锦里古街夜市。在回来的大巴上，正好与吴太太坐在一排上。在短暂的旅途中，也许是出于好奇，也许是由于以前曾阅读过一些香港报刊对吴敏伦夫妇极富传奇色彩的爱情故事的报道，便询问她是否真实，想一探究竟，没想到她坦然地向我娓娓道来，谈起了他们相恋的罗曼史。我默默地聆听着，为他们的爱情故事所深深感动，觉得这对我们现代人的人生观，尤其是年轻人的婚恋观具有十分重大的教育意义和启迪。于是，心中突然萌生了一个想法，希望将这一切书写下来。回到郫县的酒店后，我向吴敏伦夫妇表明了我的意愿：希望将他们的爱情故事和艺术

人生通过文字记录下来，作一个详细而全面的统合，以流传后世，启迪世人。

2012 年 1 月 5 日，微风吹拂，细雨蒙蒙。吴敏伦夫妇一大早启程，不辞辛劳地从香港来到深圳，在梅林一村社区的“名典咖啡屋”内，接受了我对他们的第一次采访。我们在咖啡屋二楼的一角，四周十分优雅、温馨和宁静。随着话题的开展，过去那一幕幕令人难忘的情景又重新浮现在他们眼前，使他们陷入深深的回忆之中，这一切也经由他们兴致勃勃的描述，深深地印入我的脑海。这是一次十分开心而轻松的访谈，持续了六七个小时，就连晚上一起在梅林酒店海鲜酒楼的餐桌上，我们都还在继续谈论他们的“爱情罗曼史”和“生活艺术史”。

2012 年春节期间，承蒙陶林教授夫妇的盛情邀请，我有机会与吴敏伦夫妇在广东惠州一起度过了 4 天难忘的时光。我充分利用这个难得的机会对他们进行了更深入和更全面的访谈，甚至在往返深圳和惠州的车上，也没有忘记对他们进行录音追踪采访，由此而掌握了大量的一手资料，收获颇丰。

于是，我开始对吴敏伦夫妇的“艺术人生”的相关资料进行全面而仔细阅读和研究。遗憾的是，这段时间由于受聘于深圳的一家出版社，编辑一本极具价值的性学专著，而该出版社因其出版流程及印刷程序等问题，进程十分缓慢，使我付出了整整大半年的时间，致使本书的写作迟迟未能展开。而一晃到了年底，又受聘为广东省某医科大学的客座教授，到广东省内一家大型精神病院进行一项关于精神病人的美术心理治疗的课题研究，在闭锁的精神病院中度过了“痛苦而漫长”的两个多月。在那段阴郁和沉闷的日子里，我每天面对着行动无常的精神障碍患者，试图与他们沟通和交流，行走于理性与非理性之间，徘徊于意识与无意识之间，有时仿佛感觉到自己也有些精神恍惚，甚至处于精神崩溃的边缘。尽管如此，我并没有忘记本书写作的前期准备工作，于是，白天与精神障碍患者打交道，夜晚便“疯狂”地阅读和研究吴敏伦夫妇的“艺术人生”。

2013 年 4 月，在陶林教授的大力支持和鼓励下，我决定抛开其他一切事物，同时也放弃了几个国际学术会议的邀请，终于开始全力以赴，且具体全面地展开了本书的写作。虽然在此之前已经拟定好写作提纲和基本的创作思路，但具体实施起来确实感到有一定的难度，这不仅表现为书中的主人公的生活经历十分丰富和曲折，而且其相关资料林林总总、错综复杂，即便只是每一份资料都仔细地阅读一遍，也得花上一年多的时间。但为了客观真实地还原主人公的生活经历和情感历程，还是必须非常仔细地去阅读每一份资料，不能放过任何一个细节，而且必须从浩如烟海的陈旧发黄的纸片中，寻找他们情感发展的蛛丝马迹，挖掘他们内心世界最深层的生命意向和精神内涵，将其中最精彩的片段和亮点提炼出来。

当然，具体的写作过程是十分艰难的。在深圳一个十分炎热的夏季，气候变化无常，时而电闪雷鸣、狂风暴雨，时而骄阳普照、酷热无比，最高气温达到40℃。由于我“患”有“空调不适症”，只能靠一个小破电扇“吱吱呀呀”地吹着热风，在狭小而闷热的客厅里身着裤衩，赤膊上阵，在持续的高温和常常不期而至的台风袭击中断断续续地敲击着键盘，屏幕上密密麻麻的文字随着我指尖的舞蹈悄然化为各种激动人心的意象和情景。偶尔，电闪雷鸣，窗外的电光透过鼻梁上的老花眼镜直射我的眼睛，在惊吓之余，脑海一片空白，但当我重返“爱情蜜室”，便立即恢复了清醒，仍然思如泉涌，进入最佳的创作状态。就这样，不知经过了多少个不眠之夜，键盘上布满了厚厚的灰尘，烟灰缸里堆满了烟蒂，室内一片狼藉，但也无暇顾及，似有“衣带渐宽终不悔”之意。也许对我来说，写作，是痛并快乐着。

坦率地说，写作的过程是快乐的，也是痛苦的，这种痛苦来自对人类自身命运的探究与思索，因为吴敏伦夫妇的爱情故事使我深切认识到人类两性应该如何相处，如何共同面对生活中各种困境和危机的出现。事实上，探究吴敏伦夫妇的艺术人生和爱情故事背后的秘密，使我们在某种程度上找到了人生航向的坐标，而这种坐标的寻找或定位对于大多数人来说，是痛苦的，也是艰难的，需要付出巨大的努力，甚至是生命的代价。

光阴荏苒，一晃又是一年。2014 年是一个多事之秋，各种令人痛苦的不幸事件接踵而至，3 月 8 日，马航 MH370 客机与管制中心失去联系，后被确认在南印度洋坠毁；7 月 17 日，马航 MH17 客机在乌俄边境被击落；7 月 23 日，台湾复兴航空 GE222 客机坠毁；7 月 24 日，阿尔及利亚航空公司 AH5017 航班坠毁。这些意外之灾，给人们带来的不仅仅是悲痛，而更是对生命的敬畏和珍惜。那么，吴敏伦夫妇的传奇爱情故事无疑会给予我们更多、更深刻的对人生的思考和启迪。

深圳 2014 年的夏天，雷雨交加、狂风暴雨，但我仍然坚守在自己的“陋室”之中，沉醉于吴敏伦夫妇的“爱情蜜室”之中，透过他们的浪漫爱情和趣味生活的各种情景和画面，寻找他们爱的足迹，感受他们的艺术人生。

从 2012 年 1 月 5 日第一次对吴敏伦夫妇进行访谈开始，至今已过去近六个春秋，我对书稿进行了反复修改，前后六易其稿。诚然，本书的写作过程是十分艰辛和曲折的，一方面因我长期处于一种体制外的“自由状态”，为了生存和其他事务性的工作而劳碌奔波，不得不一次又一次地中断写作，另一方面由于我对自己的写作要求十分严

格，不像一般传记作家那样“资料在手，拼凑而成”，而且我所要描述的不仅仅是吴敏伦夫妇的艺术人生和爱情故事，还包括吴敏伦的性学思想及其成就，这就要求我对他的整个性学理论体系要有全面的理解和把握，在浩如烟海的资料中寻找出他性学思想的发展轨迹和独创性，并尽可能体现出他的思想火花和理论精华。这无疑增添了比写作一般传记更高的要求。所以，本书的写作文体和风格并不同于一般的名人传记和报告文学，也不同于一般的专家理论综述和评传，而是在更具深度的文化背景下用一种更广阔的视角对吴敏伦及夫人徐梅的艺术人生和爱情故事进行立体化凸显的同时，对吴敏伦的性学理论及其成就进行精心的提炼和具体的描述，以向读者尽可能地展示其性学思想的深度和价值。所以，可以想象，这项工作的难度正如“罗马不是一日可以建成的”。

本书初稿得到了吴敏伦夫妇的认可和大力支持，他们提出了非常全面而具体的修改建议。于是，2015 年 5 月 23 日，我前往香港，对吴敏伦夫妇再度进行了深度访谈。在短短的几天时间里，吴敏伦夫妇不辞劳苦、顶风冒雨，带领我参观了他们过去曾经生活、工作和学习过的一些旧址，去追寻他们的爱情火花所留下的印迹。在他们的客厅里，餐桌上，甚至在路上，他们都不停地回忆和叙述着他们那一幕幕精彩动人的爱

情故事，向我展现和演绎他们那多姿多彩和无与伦比的艺术人生。不仅如此，我还有幸目睹和查阅了他们几十年来保存完好的两百多封情书的原件，还有吴教授从 1957 年开始写的好几本厚厚的、已经发黄的日记，以及他们十分珍贵的爱情信物。特别令人高兴的是，我还观赏了吴太太不少的油画原作，她那精湛的技艺和高超的艺术水准令人惊叹不已。可以说，此次香港之行，收获颇丰，为进一步修改、充实和完善“蜜室”寻找到了丰富的素材和原生构件，挖掘到了他们深藏 40 多年的爱情珍宝和秘密，他们无意中向我泄露了他们相爱一生的秘籍，也可以说，我终于找到了开启他们“爱情蜜室”大门的钥匙。

2015 年 6 月 13 日，吴敏伦夫妇不顾酷暑炎热，从香港来到深圳，在深圳市的“性吧”里，接受了我对他们的再一次深度访谈。在优雅的环境和轻松愉快的气氛中，我们进行了主题性的对话，内容涉及他们的一些生活细节、性格特征、情感结构，以及吴教授的性学理论和爱情哲学。整整三天的访谈，使我更进一步了解和掌握了他们许多鲜为人知的故事，尤其是对吴教授的性学理论和“性爱谱系学”有了更加系统和透彻的理解，受益匪浅。

2015 年 12 月 4 日，我再次奔赴香港与吴敏伦夫妇会晤，进行了为期 6 天的采访。这次采访的对象和重点由原来的吴敏伦夫妇转向了他们的老同学、老同事和老朋友，

希望能从他们的口中获取更多关于吴敏伦夫妇的爱情故事和生活细节以及吴敏伦在推行性教育过程中的点点滴滴。他们都与吴敏伦夫妇交往了几十年，比一般人对他们的爱情、家庭、婚姻、工作和生活都了解和感受得更真实、具体、细致入微，也就更具有激荡人心的力量。那么，在他们的眼中，吴敏伦夫妇究竟是怎样的人？难道他们的爱情故事是一个神话？是一个传奇？我希望通过他们的回忆和描述还原一个真实的吴敏伦和一个真实的徐梅。接受这次采访的有（按采访时间排序）：香港性教育会副会长叶长秀女士，哲学博士方世豪先生，前香港大学精神医学系讲师李嘉焯医生，香港性教育会会长黎定基先生，心理学博士、前香港大学专业训练学院课程部主任吴慕贤女士，前香港移民局官员、吴敏伦的小学和中学同班同学何仲伟先生，吴敏伦的小学校友罗桂嫦女士、蔡月华女士及其丈夫施德辉先生，前香港玛丽医院精神科护士长麦建华女士，前香港大学精神医学系秘书何婉玲女士。他们在百忙之中不辞劳苦地接受访谈，为本书的写作提供了丰富的素材和极具价值的原始资料，拓展了本书的写作空间，增添了主人公爱情故事的真实性和生动性，还原了主人公的情感历程和真实生活，在此谨向他们致以衷心的感谢！

在本书的写作过程中，国际著名性学家阮芳赋教授提出了许多宝贵的指导性意见和极具价值的建议，给予了极大的关注，深表谢意！

在此非常感谢广州中医药大学经济管理学院院长、博士生导师邱鸿钟教授在本书的出版过程中鼎力相助。感谢徐梅女士的七妹徐权、高中同学陈慧琴和学弟阿英，他们提供了徐梅小学和中学时期珍贵的资料以及相关照片，丰富和充实了本书的内容。还要衷心地感谢暨南大学出版社的领导，尤其要感谢晏礼庆总编辑，晏总对本书的编辑和出版予以热切的关注和极大的支持，并在百忙之中非常精细地审阅了全稿，提出了许多极具价值的建设性意见，使本书增色不少。感谢教育与心理事业部的苏彩桃主任，苏老师在对本书的编辑工作中，严格审阅，呕心沥血，甚为感动，令人敬佩。同时感谢陈绪泉老师为编辑本书所付出的心血！

本书曾大量参考了香港及内地乃至海外有关吴敏伦夫妇的报道资料，这些丰富而宝贵的资料均由吴敏伦夫妇提供，对本书的构成起到了不小的作用。在此谨向吴敏伦夫妇表示崇高的敬意和衷心的感谢，同时向各位素不相识的原作者致以诚挚的感谢！

在这里，我还要特别感谢世界华人性学家协会会长陶林教授的大力支持和一直以来的鼓励，他在百忙之中、不辞劳苦地为本书撰写了关于吴敏伦夫妇的真情实录，为本书增添了丰富内涵。应该说，没有他的热切关注和鼎力支持，本书的问世是不可想象的。

艺术与爱情永恒，真爱使人幸福。

我们要艺术化地生活，要创造、拓展和享受美好的艺术人生！

黄光山

2018年3月29日于深圳锦林寓所